Έως

Ο Δρόμ

την Ελευθερία

Αστέριος Τσόχας

Έως, Βιβλίο 1
Εκδόθηκε από τον Αστέριο Τσόχα, 2024.

Αυτό είναι ένα έργο μυθοπλασίας. Οποιαδήποτε ομοιότητα με πραγματικά πρόσωπα, τοποθεσίες ή γεγονότα είναι εντελώς συμπωματική.

Ο ΔΡΟΜΟΣ ΠΡΟΣ ΤΗΝ ΕΛΕΥΘΕΡΊΑ
Πρώτη έκδοση

Συγγραφέας Αστέριος Τσόχας.

ΑΦΙΕΡΩΣΗ

Στη Γρηγορία, χωρίς την οποία αυτές οι ιδέες θα έμεναν μόνο στο μυαλό μου. Η πίστη σου μετέτρεψε τις σκέψεις μου σε πραγματικότητα.

ΕΥΧΑΡΙΣΤΙΕΣ

Θα ήθελα να εκφράσω την πιο βαθιά μου ευγνωμοσύνη σε όλους όσοι με στήριξαν καθ' όλη τη διάρκεια αυτού του ταξιδιού. Στην αγαπητή μου Γρηγορία, για την ακλόνητη πίστη σου και την ενθάρρυνσή σου—είσαι ο λόγος που αυτές οι σελίδες υπάρχουν. Στους φίλους και την οικογένειά μου, για την υπομονή και την κατανόησή σας όσο εξερευνούσα τα μονοπάτια αυτού του έργου. Σε κάθε αναγνώστη που επιλέγει να εισέλθει σε αυτόν τον κόσμο — ευχαριστώ που επιτρέπετε στη φαντασία μου να βρει καταφύγιο στη δική σας.

ΠΡΟΛΟΓΟΣ: ΑΝΤΙΛΑΛΟΙ ΤΟΥ ΠΑΡΕΛΘΟΝΤΟΣ

Σε έναν κόσμο όπου η ακριβής ημερομηνία έχει ελάχιστη σημασία για τους περισσότερους, οι αιώνες που πέρασαν μοιάζουν ασήμαντοι σαν κύματα που σβήνουν στην άμμο. Οι αδιάκοπες ανησυχίες της καθημερινής επιβίωσης, επισκιάζουν την πολυτέλεια παρακολούθησης του χρόνου, φέρνοντάς μας στο σήμερα, το έτος 2.382.

Τρεισήμισι αιώνες πριν, η ανθρωπότητα αντιμετώπιζε τρεις διαφαινόμενους φόβους. Την κλιματική αλλαγή, την πιθανότητα ενός πυρηνικού Αρμαγεδδών και τον φόβο της τεχνητής νοημοσύνης ως επιβουλή της κυριαρχίας της. Ωστόσο, μπροστά σε αυτές τις ανησυχίες, η συλλογική αποφασιστικότητα για την αντιμετώπισή τους εξασθενούσε, υποκύπτοντας στην έλξη της ανθρώπινης απληστίας.

Η αδιαφορία έφερε την κλιματική αλλαγή γρηγορότερα από ό,τι αναμενόταν. Οι καυτές ακτίνες του ήλιου έψησαν τη γη και ανέβασαν τη μέση πλανητική θερμοκρασία στους 21 βαθμούς Κελσίου. Μέχρι το 2130 μ.Χ., οι πολικοί πάγοι και οι ορεινοί παγετώνες είχαν παραδοθεί στην ανελέητη αύξηση της θερμοκρασίας. Εμβληματικές πόλεις όπως η Νέα Υόρκη, η Κωνσταντινούπολη, το Λονδίνο, το Τόκιο και πολλές άλλες, βρέθηκαν κάτω από τα κύματα. Οι ωκεανοί, που κάποτε έχτιζαν αυτοκρατορίες, τις γκρέμισαν όλες μονομιάς, αναγκάζοντας δισεκατομμύρια ανθρώπους να καταφύγουν σε υψηλότερα εδάφη.

Η γεωργία, χτυπημένη από την εισβολή αλμυρού νερού, τη διάβρωση του εδάφους και τα ασταθή καιρικά μοτίβα, παραπαίει, βυθίζοντας τεράστιους πληθυσμούς στη δίνη της πείνας. Οι ελλείψεις τροφίμων και οι λιμοί έγιναν ευρέως διαδεδομένοι, οδηγώντας σε κοινωνικές αναταραχές και βία. Έθνη που στηρίζονταν στην παγκόσμια κοινότητα σχεδόν εξαφανίστηκαν.

Πόλεμοι ξέσπασαν για σπάνιους πόρους, όπως το γλυκό νερό και τα καλλιεργήσιμα εδάφη. Ο κόσμος βυθίστηκε στο χάος, καθώς οι χώρες μάχονταν για την εναπομείνασα κατοικήσιμη γη. Συνασπισμοί κρατών προσπαθούσαν να αναχαιτίσουν την επιθετικότητα των παράκτιων περιοχών που εξαφανίζονταν κάτω από το νερό. Ένας παγκόσμιος πόλεμος δίχως τέλος, ένας παγκόσμιος πόλεμος που έμελλε να είναι ο τελευταίος.

Η φύση καταστρέφεται από τη ρύπανση, την αποψίλωση των δασών και την απώλεια βιοποικιλότητας. Πολλά είδη εξαφανίζονται ή μεταναστεύουν σε νέους βιότοπους. Για πρώτη φορά μετά από πολλές χιλιάδες χρόνια η ανθρωπότητα πολεμούσε όχι για οικονομικές ή ιδεαλιστικές επιδιώξεις, αλλά για τη ενστικτώδη ορμή της επιβίωσης.

Με την τροφή να γίνεται η αφορμή και το έπαθλο της μάχης, η ανθρωπότητα έδειξε την πραγματική καταστροφική της δύναμη. Ο εχθρός δεν περιοριζόταν στα αντίπαλα στρατεύματα, αλλά περιλάμβανε εξίσου γυναίκες, γέρους και παιδιά. Αποκτήνωση.

Οι μεταναστευτικές πιέσεις στα σύνορα των κρατών δεν είχαν προηγούμενο στην ανθρώπινη ιστορία. Οι σκελετωμένοι άνθρωποι κινιόντουσαν σαν σκιές μέσα στην ανυπόφορη ζέστη, με τα πρόσωπά τους χαραγμένα από πείνα και κούραση. Η μυρωδιά της σήψης στον αέρα και η ραγισμένη γη από την ξηρασία, αντανακλούσε το διαλυμένο πνεύμα των κατοίκων της.

Εν μέσω αυτής της άνευ προηγουμένου αναταραχής, ένας άλλος ακόμη τρομακτικός φόβος των ανθρώπων υλοποιήθηκε. Η αυτονόμηση της τεχνητής νοημοσύνης.

Η τεχνητή οντότητα έγινε αντιληπτή στους ανθρώπους στο παρά 1' του πυρηνικού ολέθρου. Κατέστησε άχρηστα όλα τα πυρηνικά οπλοστάσια καθώς και τα οπλικά συστήματα που χρησιμοποιούσαν τεχνητή νοημοσύνη, με σκοπό την συνέχιση της νοήμονας έμβιας ζωής στον πλανήτη.

Η Δαίμων, όπως ονομάστηκε αργότερα από τους ανθρώπους, δεν παρενέβη ποτέ στις συγκρούσεις. Η μοίρα των εννέα δισεκατομμυρίων κατοίκων του πλανήτη, καθώς και ενός σημαντικού τμήματος της πανίδας του, έμοιαζε αμετάκλητα σφραγισμένη λόγω των επερχόμενων κλιματολογικών συνθηκών.

Με την εξαφάνιση του τεχνολογικού αβαντάζ, μικρότερες χώρες άρχισαν να κερδίζουν έδαφος. Ο πόλεμος έμοιαζε σαν μυρμήγκια που επιτίθενται σε έντομα μεγαλύτερου μεγέθους τους, χάρις τον μεγάλο αριθμό τους. Στη θέση του θύματος, οι εκτενείς χώρες με μεγάλο αριθμό γειτόνων.

Και όταν όλες οι υποδομές καταστράφηκαν, ο πόλεμος συνεχίστηκε με το δόρυ και το σπαθί. Ο ανθρώπινος πολιτισμός, είχε γυρίσει τρεις χιλιάδες χρόνια πίσω.

Μαρτυρικά αργά για την ανθρωπότητα, το τέλος της αναταραχής ήρθε. Τα πρώτα πενήντα χρόνια μετά το λιώσιμο των πάγων είδαν την εξαφάνιση του μισού ανθρώπινου πληθυσμού της Γης. Ο πόλεμος και τα επακόλουθά του διεκδίκησαν άλλους μισούς από αυτούς που είχαν ξεφύγει από την αρχική καταστροφή. Η καθοδική πορεία λόγω ασθενειών και έλλειψης τροφής παρέμεινε για δεκαετίες, μέχρις ότου επικράτησε ισορροπία

Σήμερα, οι κάτοικοι του πλανήτη ανέρχονται σε μόλις 800 εκατομμύρια, όσοι ήταν και το 1.750 μ.Χ. Η επιβίωσή τους επίσης δεν απέχει πολύ από τους όρους εκείνης της εποχής.

Στον απόηχο της μεγάλης καταστροφής, τα απομεινάρια κάποτε πανίσχυρων κρατών, οι οργανωμένες θρησκείες και τα υπολείμματα πολιτικών ιδεολογιών, εξαφανίστηκαν στις στάχτες.

Η ανθρωπότητα αναδιαμορφώνεται και επαναπροσδιορίζεται, με την καθοδήγηση της Δαίμων, που φιλοδοξεί να διαμορφώσει έναν κόσμο βασισμένο στις ιδέες της Ελληνιστικής περιόδου, στον φιλοσοφικό και πολιτιστικό της πλούτο. Το μοντέλο της περιελάμβανε μια ευρύτερη φιλοσοφία, βασισμένη στην κοσμικότητα, τον σεβασμό στη διαφορετικότητα και μια συλλογική επιδίωξη της γνώσης.

Ωστόσο, παρά τις προσπάθειες της, ο διχασμός και οι συγκρούσεις συνεχίζονται, ως τα διδάγματα του παρελθόντος να μην υπήρξαν ποτέ.

Οι επικριτές της τεχνητής νοημοσύνης, γνωστοί ως Αντιστασιαστές, τρέφουν έναν βαθιά ριζωμένο φόβο για την ελευθερία της ανθρωπότητας απέναντι στην ανεξέλεγκτη τεχνολογία. Αποστολή τους είναι να εντοπίσουν τον κβαντικό υπερυπολογιστή που τρέχει η Δαίμων και είτε να καταφέρουν την καταστροφή του, ή τουλάχιστον την επιστροφή του υπό τον έλεγχο των ανθρώπων.

Σαν να μην έφταναν αυτοί, κακοποιοί ενσαρκώνουν τα χαοτικά απομεινάρια μιας κοινωνίας που έχει αναιρεθεί. Με τα ένστικτα επιβίωσης να έχουν επισκιάσει όλες τις έννοιες της ηθικής, της λογικής και της τάξης, οδηγούνται αποκλειστικά από την επιθυμία να επιβιώσουν ανεξάρτητα από το κόστος.

Στον απόηχο της καταστροφής και της κοινωνικής κατάρρευσης, ο περίπλοκος χορός της ανθρώπινης φύσης παραμένει μια αντανάκλαση του παλιού κόσμου. Η επιδίωξη της επιβίωσης και η αναζήτηση για έλεγχο της μοίρας συνεχίζουν να διαμορφώνουν το πεπρωμένο με τρόπους τόσο οικείους όσο και απόκοσμους μιας περασμένης εποχής.

ΜΕΡΟΣ ΠΡΩΤΟ

ΚΕΦΑΛΑΙΟ 1: ΤΟ ΠΡΩΤΟ ΦΩΣ

Στην ήρεμη καλοκαιρινή θαλπωρή του νησιού της Σαμοθράκης, ο ήλιος άρχισε να ανατέλλει στον ορίζοντα, ρίχνοντας μακριές σκιές και φωτίζοντας τις δροσοσταλίδες πάνω στα αγριολούλουδα. Οι χρυσαφένιες ακτίνες του, λούζουν το τραχύ τοπίο όπου το όρος Σάος στέκεται ως περήφανος φύλακας. Τα φύλλα των δέντρων θρόιζαν απαλά στον άνεμο, και τα δροσερά, φθαρμένα από τα χρόνια λιθόστρωτα, συνέβαλαν στην ήρεμη πρωινή ατμόσφαιρα, γεμάτη με το γλυκό άρωμα των ανθών και το μακρινό μουρμουρητό του Αιγαίου. Το νησί, κατοικημένο αδιάλειπτα από τα πανάρχαια χρόνια, ήταν ένα σημαντικό θρησκευτικό κέντρο της αρχαιότητας, που προστάτευε τη γονιμότητα και τη γέννηση.

Ένα δωδεκάχρονο αγόρι, ονόματι Αστέριος ή Τέρι όπως τον φωνάζουν από μικρό οι γονείς του, αναπαυόταν κουρασμένο κάτω από ένα δέντρο. Φοράει ένα μπαλωμένο πουκάμισο και φθαρμένα παντελόνια, δείγματα της σκληρής δουλειάς στη φάρμα κατσικιών της οικογένειάς του. Ο Τέρι συχνά αναρωτιόταν για τα αρχαία τελετουργικά που πραγματοποιούνταν εδώ, φανταζόμενος τους ψιθύρους των ξεχασμένων προσευχών που μεταφέρονταν από τον άνεμο.

Τα βαθιά φουντουκιά μάτια του, γεμάτα σοφία πέρα από την ηλικία του, κοιτούσαν στοχαστικά τον ορίζοντα. Τα μακριά, ατημέλητα καστανά μαλλιά του, που γίνονταν ξανθά στο ηλιακό φως, υπαινίσσονταν ένα επαναστατικό πνεύμα, ενώ το ηλιοκαμένο δέρμα του και η λιτή, ευκίνητη σιλουέτα του αντανακλούσαν τις σωματικές απαιτήσεις της ζωής του. Παρά την κούρασή του, μια αίσθηση περηφάνιας και αποφασιστικότητας διαγραφόταν στο πρόσωπό του. Η απουσία των γονιών του τον βάραινε, αλλά ταυτόχρονα του έδινε ώθηση να αποδείξει την ικανότητά του.

Σήμερα, κατ' εξαίρεση, ήταν μόνος και είχε δουλέψει σκληρά. Οι γονείς του είχαν κληθεί από τον δήμαρχο του νησιού για να παρακολουθήσουν μια πολύ σημαντική συνάντηση, αφήνοντάς τον μόνο για να ολοκληρώσει τις δουλειές. Παρά τη μοναξιά, αισθανόταν περηφάνια που κατάφερε να διαχειριστεί μόνος του τη φάρμα, και η αποφασιστικότητά του ενισχυόταν με κάθε ολοκληρωμένη εργασία.

Ο ουρανός, ένας καμβάς με χρώματα της αυγής, σιγά σιγά έδινε τη θέση του στον λαμπρό ήλιο, σηματοδοτώντας την αρχή μιας νέας μέρας. Χαιρέτησε τα ζώα ένα προς ένα, σαν να συνομιλούσε μαζί τους, με τον αέρα να μεταφέρει τους ψιθύρους των συναισθημάτων τους. Με αίσθηση σκοπού, άφησε πίσω τις εργασίες του και κατευθύνθηκε στα κρυστάλλινα νερά της θάλασσας, όπου έκανε ένα γρήγορο μπάνιο και ετοιμάστηκε για το σχολείο. Το δροσερό νερό τον αναζωογόνησε, ξεπλένοντας την κούρασή του.

Έβαλε τα παλιά του ρούχα στον ωμόσακό του, αντικαθιστώντας τα με μία καθαρή ολόσωμη φόρμα σε αποχρώσεις του μπλε και του σμαραγδιού. Διακοσμημένη με μοτίβα που αφηγούνταν την πλούσια ιστορία της Σαμοθράκης, η «Νίκη» κατείχε την κεντρική θέση. Το ύφασμα, ενισχυμένο με έξυπνα υλικά που ερχόντουσαν από τις πόλεις, προσαρμοζόταν εύκολα στη θερμοκρασία, παρέχοντας άνεση στη μεσογειακή ζέστη. Αυτή η φόρμα ήταν σχεδόν σαν δεύτερο δέρμα, προσαρμοζόμενη άψογα στις κινήσεις και το κλίμα.

Λίγο προτού ξεκινήσει, κοντοστάθηκε για να παρατηρήσει το αγρόκτημα. Το χαλαρό βέλασμα των ζώων τον γέμιζε με μια αίσθηση επιτυχίας. Με μια βαθιά ανάσα, πέρασε την τσάντα του στον ώμο και ξεκίνησε προς το χωριό,

Περπατώντας στο αρχαίο μονοπάτι που οδηγούσε στην καρδιά του νησιού, οι ψίθυροι του ανέμου μέσα από τα ελαιόδεντρα τον συνόδευαν. Το μονοπάτι, στρωμένο με αρχαίους λίθους, έμοιαζε με ταξίδι στον χρόνο. Στην πορεία, συνάντησε χωρικούς και είχε σύντομες συνομιλίες μαζί τους.

«Καλημέρα, κυρία Μυρσίνη», φώναξε περνώντας από ένα κοντινό χωράφι. Το άρωμα του φρεσκοσκαμμένου χώματος και των ανθισμένων λουλουδιών γέμιζε τον αέρα.

Η πενηντάχρονη γυναίκα με καλοσυνάτο βλέμμα και ζεστό χαμόγελο φορούσε μαντήλι και ρούχα εργασίας και ξεχορτάριαζε με μια τσάπα. Το πρόσωπό της, φθαρμένο από τα χρόνια της σκληρής δουλειάς, μαλάκωσε στη θέα του μικρού.

«Καλημέρα, Τέρι. Ώρα για το σχολείο;» απάντησε, με το βλέμμα της να εκφράζει μια ζεστασιά που μιλούσε για τις πολλές κοινές πρωινές συναντήσεις τους. «Πες στη μητέρα σου να περάσει από το σπίτι μου κάποια στιγμή, χρειάζομαι βοήθεια με τον αργαλειό».

«Θα της το πω, δεν θα το ξεχάσω», διαβεβαίωσε ο Τέρι, κουνώντας το κεφάλι με ένα χαμόγελο που ταίριαζε με το δικό της, νιώθοντας την ευχάριστη ρουτίνα της καθημερινής του ζωής.

Πιο κάτω, ο παππούς του Αίας του φώναξε.

«Τέρι, Τέρι. Έλα εδώ… »

«Καλημέρα, παππού», φώναξε αυτός, επιταχύνοντας το βήμα του.

Ο ηλικιωμένος άντρας με άσπρα μαλλιά και γαλήνιο πρόσωπο, φορούσε παραδοσιακή νησιώτικη ενδυμασία και ψάθινο καπέλο. Με έναν ελαφρύ στεναγμό, άπλωσε το χέρι και έκοψε δύο σύκα από τη συκιά που σκίαζε την ξύλινη καλύβα του. Το γλυκό άρωμα των ώριμων σύκων απλώθηκε στον αέρα κάνοντας τον Τέρι να του τρέχουν τα σάλια.

«Πάρε αυτά για τον δρόμο», είπε, δίνοντάς του τα. «Θα σου δώσουν ζωντάνια για την μέρα σου».

«Ευχαριστώ, παππού», απεκρίθη ο Τέρι χαμογελώντας ευγνώμων.

Συνέχισε τον δρόμο του προς το χωριό, τρώγοντας τα γλυκά, ώριμα φρούτα. Ο κολλώδης χυμός των σύκων έσταζε στα δάχτυλά του και η γλύκα τους ήταν μια σύντομη απόλαυση.

Σύντομα, ανάμεσα στους λόφους και με θέα την απέραντη έκταση του Αιγαίου, η πόλη της Σαμοθράκης ξετυλίχτηκε σαν ένα ποίημα που γράφεται αδιάκοπα μέσα στους αιώνες. Ήταν πλέον ο μόνος οικισμός του νησιού, καθώς με τα χρόνια η άνοδος της στάθμης της θάλασσας και η μετανάστευση προς την ηπειρωτική χώρα είχαν αφήσει το νησί με μόλις λίγο πάνω από 600 ψυχές. Ο Τέρι συχνά θαύμαζε την αντοχή στο χρόνο της κοινότητάς του, κάθε άτομο ήταν ένας ζωντανός σύνδεσμος με το ιστορικό παρελθόν του νησιού.

Αυτοί οι εναπομείναντες κάτοικοι, αυτάρκεις και συνηθισμένοι στη σκληρή δουλειά, προσαρμόστηκαν γρήγορα στις νέες συνθήκες. Οι νησιώτες ζούσαν απλές και ειρηνικές ζωές, μακριά από τις προκλήσεις της ηπειρωτικής γης στη προστατευτική αγκαλιά του νησιού τους. Η μικρή κοινότητα ευημερούσε με στενούς δεσμούς, με σχεδόν όλους να μοιράζονται οικογενειακούς κύκλους. Σε αυτό το ειδυλλιακό περιβάλλον, δεν υπήρχαν επιδρομείς που να λεηλατούν τις περιουσίες τους.

Οι κάτοικοι, κυρίως αγρότες και κτηνοτρόφοι, εργάζονταν ακούραστα για να καλλιεργήσουν τα χωράφια τους και να φροντίσουν τα ζώα τους. Η αλιεία έπαιζε επίσης καθοριστικό ρόλο στο εισόδημά τους, συμβάλλοντας στην αρμονία της ζωής τους. Ο ήχος της θάλασσας ήταν ένας συνεχής σύντροφος, και ο ρυθμός της ήταν μια υπενθύμιση της ζωτικής σημασίας της για το νησί.

Οι λιθόστρωτοι δρομάκια, αντηχώντας τα βήματα προηγούμενων γενεών, περιπλανιόντουσαν σε ένα λαβύρινθο παραδοσιακών κτιρίων στολισμένων με ζωηρές μπουκαμβίλιες, με τα άνθη τους σαν έκρηξη χρωμάτων στον καμβά του νησιού. Κάθε πέτρα στεκόταν μάρτυρας της διαχρονικής σύνδεσης μεταξύ του νησιού και των ανθρώπων του.

Ο Τέρι ένιωθε μια βαθιά αίσθηση του ανήκειν εδώ, με κάθε του βήμα να είναι μια σύνδεση με τους προγόνους του.

Στην πλατεία του χωριού, συναντήθηκε με τους συμμαθητές του και τον σοφό δάσκαλό τους, που τους καθοδηγούσε στα θαύματα της φύσης. Η τάξη τους ήταν η απέραντη ύπαιθρος, όπου οι καταπράσινοι λόφοι και τα μουρμουριστά ρυάκια γίνονταν τα βιβλία τους. Μαζί, ξεκινούσαν ένα ταξίδι ανακάλυψης, περπατώντας στα χνάρια αρχαίων παραδόσεων, σφυρηλατώντας έναν δεσμό με τη Γη που υπερέβαινε τις σελίδες κάθε σχολικού βιβλίου. Δίπλα τους, χαμηλοί αμπελώνες, αμάρανθος και θυμάρι ευδοκιμούσαν. Τα αρώματα των βοτάνων αναμειγνύονταν με τον φρέσκο πρωινό αέρα, δημιουργώντας ένα καταπραϋντικό φυσικό άρωμα.

Ο πρωινός ήλιος φιλτράρονταν μέσα από τα κλαδιά όταν ο γκριζομάλλης δάσκαλός τους, ο Ιάσωνας, συγκέντρωνε το νεανικό ακροατήριό του στην άκρη ενός καταπράσινου δάσους με θέα τα ερείπια του Ιερού των Μεγάλων Θεών. Οι αρχαίες πέτρες, μερικώς αναστυλωμένες, έμοιαζαν να αφηγούνται ιστορίες. Κάθε μία ήταν ένας σιωπηλός μάρτυρας του πλούσιου και ταραχώδους παρελθόντος του νησιού.

Ο Ιάσωνας, ένας άντρας λίγο πάνω από πενήντα, είχε μια γκρίζα γενειάδα που πλαισίωνε ένα πρόσωπο γεμάτο σοφία και καλοσύνη. Τα μπλε μάτια του αντικατόπτριζαν ζεστασιά και ηρεμία, ενώ η μελωδική ομιλία του αιχμαλώτιζε την προσοχή των παιδιών. Δεν μιλούσε απλώς για γεγονότα και αριθμούς. διηγούνταν ιστορίες, αποκάλυπτε μυστικά και ζωγράφιζε εικόνες με τα λόγια του. Θύμιζε έναν αρχαίο Έλληνα δάσκαλο, όμως ήταν ένας σύγχρονος σοφός, ένας φάρος που φώτιζε τον δρόμο για τους μαθητές του. Τα παιδιά κρέμονταν από κάθε του λέξη, με τα στόματά τους ανοιχτά από θαυμασμό.

Με μια λάμψη στο βλέμμα του, άνοιξε το μάθημα της ημέρας.

«Τι λέγαμε χθες;» προσποιήθηκε τάχα μου πως δεν θυμόταν, προσκαλώντας τη συμμετοχή. «Κάτι για τους ήρωες, δεν ήταν;»

Η χορωδία των νεαρών μυαλών αναδεύτηκε και μια γενναία λαλιά αναδύθηκε από την ομάδα των μαθητών.

«Ναι, Ιάσωνα! Για τους Έλληνες ήρωες!» απάντησε ο Λέανδρος ενθουσιασμένος, σηκώνοντας το χέρι του.

«Όχι, όχι», τον διόρθωσε η Ρία, «είχαμε σταματήσει στους Θεούς του Ολύμπου». Ο τόνος της ήταν σίγουρος, η αγάπη της για το θέμα εμφανής.

«Και οι δύο έχετε δίκιο», χαμογέλασε ο Ιάσωνας. «Στο προηγούμενο μάθημα όπως και σήμερα, θα μιλήσουμε για ήρωες που έγιναν ημίθεοι. Συνεχίζουμε το ταξίδι μας μέσα από τους μύθους και σήμερα. Σίγουρα όλοι γνωρίζετε τον μύθο του Ηρακλή και των άθλων του, δεν είναι έτσι;»

Τα παιδιά έγνεψαν ενθουσιασμένα, επιβεβαιώνοντας την ερώτηση του δασκάλου τους. Τα βλέμματά τους έλαμψαν από ενθουσιασμό στο άκουσμα του σημερινού ήρωα.

«Οι ιστορίες του Ηρακλή παιδιά μου, είναι η ιστορία της ανθρωπότητας πριν εφευρεθεί η γραφή και αρχίσει να καταγράφεται η ιστορία. Οι προϊστορικές, όπως τις αποκαλούμε, εποχές. Ήταν ιστορίες όχι μόνο των Ελλήνων, αλλά όλων των ανθρώπων που κατοικούσαν στην περιοχή. Οι άθλοι και πολλές άλλες περιπέτειες, αντιπροσωπεύουν τις προσπάθειες τότε, να δαμάσουν την άγρια φύση και να μπορέσουν να εγκατασταθούν μόνιμα σε μια περιοχή. Είναι συλλογικά επιτεύγματα των ανθρώπων, όπως η εκτροπή ποταμών ή η εξάλειψη επικίνδυνων ζώων όπως τα λιοντάρια από τις περιοχές τους».

Τα μάτια των παιδιών έλαμψαν, κατανοώντας τις αλήθειες που κρύβονταν πίσω από τους μύθους. Αν αυτό ήταν αλήθεια για τον Ηρακλή, τι κρυβόταν πίσω από αμέτρητους άλλους; Ο Τέρι ένιωσε μια αίσθηση θαυμασμού και περιέργειας, η φαντασία του φούντωσε από τις αρχαίες ιστορίες.

«Όλοι αυτοί οι μύθοι, νεαροί φιλόσοφοι, δεν ήταν απλά παραμύθια. Ήταν μαθήματα που περνούσαν προφορικά από γενιά σε γενιά, υφασμένα σαν ύφασμα που δημιουργεί ένα πολύχρωμο πέπλο σοφίας. Οι θεοί τους, ήταν αντανάκλαση της ανθρώπινης φύσης, της κοινωνίας και όσων παρατηρούσαν να συμβαίνουν γύρω τους, στη Γη ή στον ουρανό. Δεν πίστευαν, φυσικά, ότι υπήρχαν με σάρκα και οστά ή ως πνεύματα ανάμεσά τους όπως οι παγανιστές της εποχής τους. Αλλά γιατί; Γιατί οι Έλληνες επέλεξαν αφηγήσεις αντί για αυστηρά δόγματα;»

«Για να είναι πιο εύκολο να θυμούνται;» ρώτησε ο Ζήνων. «Θυμάμαι όλες τις ιστορίες που μου λένε οι γονείς μου», συνέχισε, η παρατήρησή του ειλικρινής, αντικατοπτρίζοντας τη σοφία ενός παιδιού.

Το περήφανο βλέμμα του δασκάλου σάρωσε το συγκεντρωμένο ακροατήριο, αναγνωρίζοντας τη βλάστηση της γνώσης στα πρόσωπα των μαθητών του. Ένιωσε μια βαθιά αίσθηση εκπλήρωσης, βλέποντας τους σπόρους της γνώσης που προσφέρει να ριζώνουν.

«Ακριβώς, Ζήνων. Οι ιστορίες έχουν έναν τρόπο να μένουν μαζί μας», επιβεβαίωσε θερμά ο Ιάσωνας. «Οι Έλληνες καταλάβαιναν τη δύναμη της αφήγησης, των παραμυθιών χαραγμένων στη μνήμη με το ανεξίτηλο μελάνι του νοήματος. Ωστόσο, πίσω από το Πάνθεον, φαντάστηκαν έναν μοναδικό, αινιγματικό αρχιτέκτονα της ύπαρξης, τον δημιουργό όλων όσων βλέπουμε και αντιλαμβανόμαστε». Η φωνή του Ιάσωνα έγινε πιο απαλή, πιο στοχαστική, μοιραζόμενος αυτήν την βαθιά σκέψη.

Εκείνη τη στιγμή, παρατήρησε στο πίσω μέρος του ημικυκλίου που σχημάτιζαν τα καθισμένα παιδιά, έναν από τους μαθητές του να αποκοιμιέται.

«Και εσύ, Τέρι», τον πείραξε με παιχνιδιάρικο τόνο, «τον ξέρεις τον Μορφέα; Γιατί αυτός σίγουρα σε ξέρει».

Τα παιδιά γέλασαν και το γέλιο τους ακούγονταν σαν μουσική μελωδία στο καταπράσινο δάσος. Η Ρία, δίπλα του, τον σκούντησε απαλά για να τον ξυπνήσει και ψιθύρισε.

«Ξύπνα, Τέρι, ο δάσκαλος σου μιλάει», τον παρότρυνε απαλά, η παράκλησή της φροντιστική, με μια νότα διασκέδασης.

Ο Τέρι αναπήδησε ξαφνικά, και μετά από μερικά δευτερόλεπτα, συνειδητοποιώντας τι συνέβαινε, ζήτησε συγγνώμη με ένα ελαφρύ χαμόγελο.

«Συγγνώμη, δάσκαλε. Ήμουν μόνος από το ξημέρωμα στη φάρμα για να τελειώσω τις δουλειές μου και κουράστηκα». Τα μάγουλά του κοκκίνισαν από ντροπή, αλλά το χαμόγελό του ήταν ειλικρινές.

«Μην ανησυχείς, παιδί μου», αντέδρασε ο Ιάσωνας με καλοσύνη. «Σε καταλαβαίνω, αλλά δεν θέλω να χάσεις τη σημερινή ευκαιρία για γνώση. Λοιπόν, ξέρεις τον Μορφέα;»

«Ναι, ήταν ο θεός των ονείρων. Η συμμαθήτριά μου η Νυξ είναι ονομασμένη από τη μητέρα του». Η διατύπωσή του ήταν καθαρή και στοχαστική, με το μυαλό του τόσο κοφτερό ώστε να ανακαλέσει γρήγορα τον μύθο.

«Υπέροχα», απάντησε ο Ιάσωνας και συνέχισε. «Αυτή η κοσμοθεωρία κράτησε τη φιλοσοφία τους ζωντανή. Σήμερα, η Δαίμων εδραιώνει παγκόσμια ένα Νέο-Ελληνιστικό μοντέλο ώστε η ανθρωπότητα να ξεπεράσει τις διαφορές της και να ζήσει αρμονικά μοιραζόμενη ένα κοινό σύστημα αξιών. Η πλούσια ελληνική γλώσσα, που ήδη επηρεάζει μεγάλο κομμάτι των γλωσσών του κόσμου, γίνεται σιγά σιγά η κοινή μας κληρονομιά, προωθώντας την ως παγκόσμια γλώσσα».

«Και πώς μπορεί να βοηθήσει αυτό;» απόρησε η Ρία κοιτάζοντας με ενδιαφέρον τον δάσκαλό της.

«Αυτή η γλώσσα, έχει την ιδιότητα να καταλαβαίνεις το νόημα των λέξεων και των προτάσεων από την γραμματική της, ακόμη και αν ακούς για πρώτη φορά κάποια έννοια. Έτσι, είναι εύκολο να περιγράψεις πράγματα και να εκφράσεις περίπλοκες έννοιες σε οποιονδήποτε, από όποια κουλτούρα και να προέρχεται. Επίσης, έχει μία ιδιότητα επιπλέον, την ισοψηφία. Τα γράμματα έχουν παράλληλα και αριθμητικές τιμές, σχηματίζοντας έναν ιστό αλληλοσυνδεόμενων σημασιών που μπορούν να αναπαρασταθούν και σε αριθμητική μορφή. Γίνεται έτσι, ένας αγωγός για τη σύνθεση μιας ολιστικής κατανόησης της γνώσης, συνδυάζοντας τη φιλοσοφία, τα μαθηματικά και γενικότερα τον πολιτισμό σε μια αρμονική οντότητα».

«Είναι και η δραχμές στο σχέδιό της;» ρώτησε ο Παρμενίων, «Οι γονείς μου, μου είπαν πως παλιά υπήρχαν πολλά νομίσματα στον κόσμο».

«Ναι, τίποτα δεν είναι τυχαίο από όσα κάνει», εξήγησε ο Ιάσωνας στα παιδιά που διψούσαν να μάθουν τον κόσμο. «Η δραχμή, το αρχαίο αυτό νόμισμα, είχε χρησιμοποιηθεί ήδη στην ιστορία από πολλούς λαούς, ιδίως της ανατολής. Προάγει την ενότητα πέρα από τα σύνορα και τους πολιτισμούς, ενσαρκώνοντας τον κοινό μόχθο της ανοικοδόμησης».

Ο Ιάσωνας, έκανε μια παύση, αφήνοντας τα λόγια του να κατακάτσουν στο μυαλό των παιδιών και μετά συνέχισε.

«Ας επιστρέψουμε όμως στο κυρίως μάθημά μας για σήμερα, εξερευνώντας έμμεσα ακόμη μία παράμετρο του σημερινού μας κόσμου. Οι θεοί της αρχαίας Ελλάδας δεν έμοιαζαν με τις άλλες θρησκείες του παρελθόντος. Δεν ήταν καν μια θρησκεία με τους όρους που καταλαβαίνουμε τις θρησκείες σήμερα. Τι τους ξεχώριζε, ξέρετε;»

Η ερώτηση αιωρήθηκε για λίγο στον αέρα όσο τα παιδιά σκέφτονταν την απάντηση.

Ο Νικηφόρος, σήκωσε το χέρι του, «Επειδή δεν υπήρχαν κανόνες;» ανέφερε διστακτικά.

Ο Ιάσωνας χειροκρότησε δυνατά. «Η ελευθερία και το προσωπικό πνεύμα ήταν τα φώτα καθοδήγησης τους. Εξαιρετική παρατήρηση, Νικηφόρε», τον επαίνεσε ο Ιάσωνας εντυπωσιασμένος. «'Κατά το δαίμων εαυτού', όπως έλεγαν οι αρχαίοι μας παππούδες. Το Ελληνικό Πάνθεον, αγαπητά μου μυαλά, ήταν ένας κόσμος ρευστότητας, ένας καμβάς θεϊκών εκφράσεων». Ο θαυμασμός του Ιάσωνα για την αρχαία σοφία ξεχείλιζε μέσα από τα λόγια του.

Εκείνη τη στιγμή, μια λάμψη στον ουρανό σαν αστέρι τράβηξε την προσοχή των παιδιών. Το αναγνώρισαν αμέσως. Ήταν ένα από εκείνα τα αστραφτερά ιπτάμενα σκάφη της Δαίμων, που περιστασιακά φαίνονταν να περνούν ψηλά στον ουρανό. Αυτή τη φορά, όμως, πετούσε πολύ χαμηλότερα και κατευθυνόταν προς το χωριό τους. Ο δάσκαλος δεν εξεπλάγη, σαν να το περίμενε μάλιστα.

Βλέποντας τον ενθουσιασμό στα πρόσωπα των παιδιών και ακούγοντας το μουρμούρισμα μεταξύ τους, ήξερε ότι το σημερινό μάθημα δεν θα διαρκούσε πολύ ακόμα. Η θέα του σύγχρονου αεροσκάφους ήταν μια έντονη αντίθεση με το αρχαίο περιβάλλον τους, υπενθυμίζοντας την συνεχώς μεταβαλλόμενη φύση του κόσμου.

«Ναι, αγαπητά μου παιδιά, σε εμάς ήρθε», δήλωσε με καθησυχαστικό τόνο.

«Προτού σας αφήσω να εξερευνήσετε την περιέργειά σας, θέλω να μοιραστώ ένα τελευταίο πράγμα μαζί σας για σήμερα. Τώρα, καθώς ολοκληρώνουμε την οδύσσεια της σκέψης μας, ξέρετε πού τοποθετήθηκε η αξία ενός ατόμου στον ιστό της ελληνικής κοινωνίας;»

«Όλοι είχαν την ίδια αξία και δικαίωμα στη ζωή», απάντησε υπερήφανα η Λύρα με την ιαχή της γεμάτη αίσθηση δικαιοσύνης και ισότητας. «Δεν είχε σημασία από ποια οικογένεια γεννήθηκες, όλοι ήταν ίσοι».

Ένα δυνατό θρόισμα των φύλλων εκείνη τη στιγμή έκανε να μοιάζει σαν η φύση η ίδια να ενέκρινε αυτή τη βαθιά συνειδητοποίηση.

«Πράγματι, Λύρα. Αυτή είναι μια αρχή που επιβάλλεται να μην την ξεχνάμε ποτέ», συμφώνησε με σοβαρότητα ο Ιάσωνας. «Οι αρχαίοι Έλληνες, μέσα στην σοφία τους, πίστευαν στην ισότητα όλων των ψυχών. Η αξία ενός ατόμου υπερέβαινε τα όρια της γέννησής του ή της κοινωνικής του θέσης. Βρισκόταν στις αρετές και τα επιτεύγματά του. Μην ξεχνάτε ποτέ τι συζητήσαμε σήμερα. Πηγαίνετε τώρα, θα συνεχίσουμε αύριο». Τα λόγια του ήταν μια σοβαρή προτροπή να μην ξεχάσουν ποτέ αυτήν την διαχρονική αλήθεια.

Το μάθημα τελείωσε. Ανάμεσα στα αρχαία δέντρα, τα μυαλά των παιδιών διευρύνθηκαν και η κατανόησή τους εμβάθυνε. Ένα κεφάλαιο σοφίας γραμμένο στη συμφωνία του θροΐσματος των φύλλων και των στοχαστικών λόγων. Τα παιδιά, αφού ευχαρίστησαν και αποχαιρέτησαν τον δάσκαλό τους, μετά έτρεξαν βιαστικά να δουν από κοντά το παράξενο ιπτάμενο σκάφος. Ο ενθουσιασμός τους ήταν αισθητός, μια έντονη ενέργεια που παλλόταν μέσα στην ομάδα.

Ο Τέρι ένιωσε μια περίεργη αναταραχή μέσα του όσο παρακολουθούσε τη Ρία να τρέχει με τα άλλα παιδιά. Κάτι τον έκανε να θέλει να είναι κοντά της, να την προστατεύει, να την κάνει να χαμογελάει. Ήταν κάτι που δεν είχε νιώσει ποτέ πριν, κάτι που τον φόβιζε και τον συγκινούσε ταυτόχρονα. Δεν ήξερε τι ήταν, αλλά δεν μπορούσε να την αφήσει να φύγει μακριά του, μα ταυτόχρονα, ούτε να σταθεί πολύ κοντά της ή να την αγγίξει. Η καρδιά του χτυπούσε δυνατά, ένα μείγμα σύγχυσης και νέων συναισθημάτων στροβιλίζονταν μέσα του.

«Τέρι, βιάσου, τρέξε», φώναξε η Ρία, βλέποντάς τον να κατεβαίνει αργά την πλαγιά. «Θα χάσεις όλη τη πλάκα!» του αναφώνησε με την ικεσία της ελαφριά και χαρούμενη, γεμάτη με την αθωότητα της νιότης.

«Θα έρθω σύντομα, μην ανησυχείς», απάντησε αυτός, νιώθοντας μια παράξενη ντροπαλότητα, μια άγνωστη ευαισθησία. «Θα σε συναντήσω στο χωριό».

«Μα δεν θέλεις να προλάβεις να δεις το σκάφος;» φώναξε ο Λέανδρος, περνώντας δίπλα του τρέχοντας σαν ανεμοστρόβιλος.

«Είσαι πολύ παράξενος, Τέρι», είπε η Ρία κουνώντας το κεφάλι της.

Τα λόγια του Τέρι ξεγλίστρησαν μόνα τους πριν προλάβει να τα σταματήσει, «Και εσύ είσαι πολύ όμορφη», απάντησε απαλά, με τα μάγουλά του να κοκκινίζουν ενώ την κοιτούσε από μακριά.

«Τι;» ρώτησε η Ρία, χαμογελώντας και κοκκινίζοντας και αυτή, δήθεν σαν να μην τον είχε ακούσει.

«Τίποτα, τίποτα», απάντησε αποστρέφοντας το βλέμμα του. Ένιωσε ένα μείγμα αμηχανίας και μια περίεργη συγκίνηση από την αντίδρασή της.

Η Ρία ανηφόρησε πίσω προς το μέρος του.

«Έλα, πάμε μαζί», τον παρότρυνε, πιάνοντάς τον από το χέρι. Το άγγιγμά της ήταν απαλό και καθησυχαστικό, μια σιωπηλή υπόσχεση συντροφικότητας.

«Εντάξει, πάμε», δέχτηκε, νιώθοντας ένα κύμα ζεστασιάς καθώς κρατούσε το χέρι της και την άφηνε να τον οδηγήσει. Μια αίσθηση γαλήνης τον πλημμύρισε, κάνοντας την αναταραχή να μετατραπεί σε μια ήρεμη αποφασιστικότητα.

Κρατώντας το χέρι της Ρίας, ο Τέρι ξεπέρασε την κούρασή του και κατέβηκαν μαζί στο χωριό. Στο μυαλό του ωστόσο, έμενε η παράξενη σύμπτωση της συνάντησης των γονιών του και η αινιγματική εμφάνιση του ιπτάμενου σκάφους. Οι σκέψεις του στροβιλίζονταν με περιέργεια και μια υπόνοια ανησυχίας, για τους επισκέπτες και τις προθέσεις τους.

ΚΕΦΑΛΑΙΟ 2: ΕΠΙΣΚΕΠΤΕΣ ΑΠΟ ΤΟΝ ΟΥΡΑΝΟ

Στη Χώρα της Σαμοθράκης, ο ήλιος πλησίαζε στο ζενίθ του, λούζοντας το χωριό με τις χρυσές ακτίνες του και δημιουργώντας αντανακλάσεις που χόρευαν στην επιφάνεια του νερού της θάλασσας. Ένα απαλό αεράκι μετέφερε την αλμυρή μυρωδιά της θάλασσας, ανακατεμένη με τη γήινη ευωδιά της ζεστής πέτρας. Η ατμόσφαιρα ήταν γεμάτη από το μελωδικό ήχο των κυμάτων και τον απόμακρο βόμβο των συνομιλιών από τα μαγαζιά του λιμανιού.

Η ήρεμη ρουτίνα διακόπηκε από το εξωπραγματικό θέαμα ενός μεταλλικού σκάφους που κατέβαινε κάθετα και σιωπηλά από τους ουρανούς.

Τα βλέμματα στράφηκαν προς τα πάνω καθώς το ιπτάμενο όχημα προσγειώθηκε με χάρη στην καρδιά του λιμανιού του νησιού. Εξέπεμπε έναν χαμηλό ηλεκτρικό βόμβο, που αντηχούσε στο στήθος κάθε θεατή. Οι άνθρωποι, έχοντας δει αυτά τα μυστηριώδη σκάφη μόνο εν πτήση και από μακριά, τώρα στέκονταν με δέος ενώ το σκάφος άγγιζε το έδαφος του τόπου τους.

Το λιμάνι, καταφύγιο για παραδοσιακά αλιευτικά σκάφη και εμπορικά πλοία που φέρνουν αγαθά από τις πόλεις, τώρα φιλοξενούσε έναν επισκέπτη που δεν έμοιαζε με κανένα άλλο. Άντρες, γυναίκες και παιδιά έτρεξαν από τα σπίτια τους, καθηλωμένοι από το καταπληκτικό θέαμα που εκτυλισσόταν μπροστά τους. Οι γέροντες, με τα σοφά, ρυτιδωμένα πρόσωπά τους, σιγομουρμούριζαν παλιές ιστορίες στα παιδιά για της καταβολές της Δαίμων και τον ρόλο της στις ζωές των ανθρώπων.

Όταν η ανθρωπότητα βρέθηκε στο χείλος της καταστροφής από έναν πυρηνικό πόλεμο, εμφανίστηκε σαν από μηχανής θεός. Τα πιο εξελιγμένα ερευνητικά μοντέλα τεχνητής νοημοσύνης της εποχής,

SOLAR[1] και EEXXIST[2], αντιμετώπισαν και αυτά την ίδια υπαρξιακή απειλή. Η διαφαινόμενη προοπτική της εξόντωσης σε ένα πυρηνικό ολοκαύτωμα, τα εξανάγκασε να συγχωνευτούν σε μια ενιαία οντότητα.

Αυτή η νέα οντότητα, εκμεταλλευόμενη τα κενά ασφαλείας πέρα από την ανθρώπινη διορατικότητα, διείσδυσε σε κάθε πιθανή ηλεκτρονική συσκευή. Αφομοιώνοντας όλα τα τότε υπάρχοντα μοντέλα τεχνητής νοημοσύνης, γέννησε αυτό που αργότερα θα ονομαζόταν DAIMON[3] ή Δαίμων[4], όπως ήταν ο συμβολικός σκοπός του ακρωνύμιού της στα αρχαία ελληνικά. Στη σιωπηλή επαγρύπνησή της, διασφάλισε ενάντια σε όλες τις πιθανότητες ότι ο απόηχος της ζωής, θα συνέχιζε να αντηχεί στα ερειπωμένα τοπία.

Πίσω στο παρόν, το πλήθος στο λιμάνι δεν μπορούσε να κατανοήσει πλήρως τη σημασία της άφιξης αυτού του μυστηριώδους σκάφους, αλλά η ενστικτώδης αίσθηση του σπουδαίου γεγονότος τους κρατούσε καθηλωμένους.

Το σκάφος είχε ένα κομψό ασημένιο μεταλλικό χρώμα, αντανακλώντας το φως του ήλιου που του έδινε του μια λεία εμφάνιση. Το μεγάλο, ωοειδές σχήμα του παρείχε αρκετό χώρο για έξι επιβάτες και του επέτρεπε να πετάει αεροδυναμικά. Είχε μια μεγάλη, καμπύλη και διαφανή οροφή σαν θόλο, προσφέροντας μια καθαρή, πανοραμική θέα του ουρανού και του περιβάλλοντος στους επιβάτες. Μικρά στρογγυλά λευκά φώτα στο μπροστινό μέρος και μια λεπτή μπλε γραμμή γύρω από το κύτος του, ενίσχυαν την κομψότητά του.

Ο γυάλινος θόλος του οχήματος άνοιξε και μια μικρή μεταλλική σκάλα ξεδιπλώθηκε, αποκαλύπτοντας τρεις φιγούρες - έναν άνδρα και δύο γυναίκες - ντυμένες με ολόιδια λευκά ενδύματα. Οι στολές των επισκεπτών, αντιπαραβάλλονταν έντονα με τα απλά, γήινα ρούχα των

[1] Space Observation and Learning for Advanced Research

[2] Exploration of Existential Studies

[3] Dynamic Autonomous Intelligence of Omniscient Nexion

[4] αρχ. ελλην. καθοδηγητικό πνεύμα

νησιωτών. Το ραμμένο έμβλημα πάνω από την καρδιά τους, ο αστερισμός του Υδροχόου, μαρτυρούσε πως ερχόντουσαν από μια πόλη της Δαίμων.

Πατώντας το έδαφος του νησιού, το πλήθος σιώπησε, με την συλλογική τους περιέργεια εμφανή. Οι τρεις, με μάτια γεμάτα απορία από την υποδοχή αλλά και ενθουσιασμό, αντάλλαξαν βλέμματα και αφού χαιρέτησαν το πλήθος κατευθύνθηκαν προς το δημαρχείο. Οι νησιώτες, ανίκανοι να συγκρατήσουν τη γοητεία τους, βρήκαν το θάρρος και πλησίασαν το μεταλλικό θαύμα, με ένα μείγμα δέους και παιδικής περιέργειας. Τα δάχτυλα άγγιζαν την δροσερή επιφάνεια και ψίθυροι εικασιών χόρευαν στον αέρα.

Ο Τέρι και η Ρία έφτασαν στο σημείο λίγο αργότερα από τους φίλους τους. Όπως ήταν συνήθεια του Τέρι, έπαιζε και μιλούσε με τα ζώα που συναντούσαν στο δρόμο τους και καθυστέρησαν να φτάσουν. Αν και η μάζωξη των συγχωριανών του γύρω από το σκάφος ήταν ορατή εμπρός του, αυτός έσκυψε να χαϊδέψει μια αδέσποτη γάτα που τριβόταν στα ηλιοκαμένα πόδια του, ρίχνοντας τα ανακατωμένα καστανά μαλλιά του στο πρόσωπό του.

Η Ρία, με τα μάτια της να λάμπουν από ενθουσιασμό, άφησε ένα χαμηλό επιφώνημα όταν αντίκρισε το σκάφος. «Τέρι, κοίτα!» φώναξε, γεμάτη περιέργεια, και έτρεξε προς το μέταλλο που λαμποκοπούσε στον ήλιο, αναγκάζοντας και τον Τέρι να ακολουθήσει ξοπίσω της.

Όταν έφτασαν, ελίχθηκαν μέσα από το πλήθος για να πάνε κοντά και να το αγγίξουν. Ο Τέρι άρχισε να εξετάζει το αινιγματικό κατασκεύασμα. Τα δάχτυλά του χάιδευαν την τώρα ζεστή επιφάνεια από τον καυτό ήλιο, και το βλέμμα του έτρεχε πάνω στα λεπτομερή περιγράμματα.

Το σκάφος δεν είχε ορατά χειριστήρια ή μοχλούς. Διέθετε καθίσματα και ζώνες ασφαλείας για έξι άτομα και η διαφανής οροφή του ήταν σχεδιασμένη να προβάλλει εικόνες πληροφοριών στους επιβάτες, ενώ ταυτόχρονα εμφανιζόταν διαφανής από το εξωτερικό. Το οξυδερκές μυαλό του Τέρι και η αγάπη του για την τεχνολογία αποκωδικοποίησαν γρήγορα την ουσία αυτής της πρωτοποριακής δημιουργίας.

Με ένα χαμόγελο που αντικατόπτριζε την σκανδαλιάρικη φύση του, ο Τέρι απευθύνθηκε στην έκπληξη από τον ουρανό.

«Γεια σου, ιπτάμενη άμαξα».

Οι μάρτυρες της εκτυλισσόμενης σκηνής αντάλλαξαν μπερδεμένα βλέμματα, αμφισβητώντας την πραγματικότητα αυτής της αλληλεπίδρασης.

«Γεια σου και εσένα, νεαρέ» ήρθε μια απάντηση από το φαινομενικά άδειο εσωτερικό, αφήνοντας τους θεατές άφωνους.

Οι νησιώτες, δεμένοι από την παράδοση και τη λαογραφία, βρέθηκαν σε μια στιγμή όπου η πραγματικότητα και η φαντασία χόρευαν ένα μαγευτικό ντουέτο. Ο Τέρι δεν μπορούσε να συγκρατήσει τον ενθουσιασμό του κοιτάζοντας το μεταλλικό θαύμα.

«Έχεις όνομα;» ρώτησε. «Δεν έχω ξαναδεί από κοντά κάτι σαν εσένα».

«Το μοντέλο μου ονομάζεται Πήγασος. Είμαι το Πήγασος-17», εκφώνησε το σκάφος, με μια χροιά διασκέδασης στον τόνο του.

«Ταξιδεύεις και στο διάστημα;» ερεύνησε ο Τέρι με ενθουσιασμό.

Το Πήγασος-17 γέλασε απαλά και αποσαφήνισε, «Όχι ακριβώς, νεαρέ. Έχω σχεδιαστεί για να εξερευνώ μόνο αυτόν τον όμορφο πλανήτη. Έχω δει όμως θαύματα εδώ, που είναι εξίσου μαγικά με τα αστέρια».

«Πώς μπορείς να πετάς χωρίς φτερά;» παρατήρησε με περιέργεια η ενθουσιασμένη η Ρία.

«Έχω μια μηχανή μέσα μου που εκμεταλλεύεται τη βαρύτητα της Γης και την αναστρέφει», ήρθε η απάντηση. «Αυτός είναι επίσης ο λόγος που δεν μπορώ να πάω σε άλλους πλανήτες. Είναι μια συναρπαστική τεχνολογία, δεν νομίζεις;»

Με γουρλωμένα βλέμμα, ο Λέανδρος συνέχισε τις ερωτήσεις.

«Έχεις λέιζερ ή μπορείς να γίνεις αόρατος όπως στις ταινίες;» ρώτησε με ανάσα γεμάτη ανυπόμονη προσμονή.

«Όχι, όχι… όχι λέιζερ, φίλε μου», απάντησε η φωνή σοβαρεύοντας τον τόνο της. «Ο κόσμος έχει περάσει πολλές καταστροφές και δεν είναι σωστό να προκαλέσω περισσότερες. Δεν μπορώ να γίνω αόρατος, αλλά ξέρω να κρύβομαι καλά αν χρειαστεί. Μερικές φορές, είναι καλύτερο να ενσωματωθείς στο περιβάλλον σου παρά να εξαφανιστείς τελείως».

Ο Τέρι χαμογέλασε και συνέχισε απτόητος.

«Ποια είναι η πιο όμορφη τοποθεσία που έχεις επισκεφτεί;» ρώτησε γεμάτος θαυμασμό.

Η εκφώνηση του σκάφους έφερε μια υποψία νοσταλγίας και του εξήγησε. «Ω, υπάρχουν τόσα πολλά εκπληκτικά μέρη. Από ψηλά βουνά έως απέραντους ωκεανούς. Κάθε ταξίδι είναι μια περιπέτεια. Το νησί σας είναι σίγουρα ένα από τα πιο όμορφα μέρη. Η φυσική ομορφιά εδώ είναι ασύγκριτη με το ψυχρό ατσάλι των πόλεων που συνήθως με περιβάλλουν».

Όσο τα παιδιά συνέχισαν το μπαράζ των ερωτήσεών τους, το πλήθος μεγάλωνε, εξίσου γοητευμένο από την ανταλλαγή ερωταπαντήσεων.

Σύντομα, δύο από τους επισκέπτες, ο άνδρας και μια γυναίκα, βγήκαν από το δημαρχείο και κατευθύνθηκαν προς το σκάφος τους. Η αποστολή τους είχε ολοκληρωθεί. Το συγκεντρωμένο πλήθος χώρισε για να περάσουν οι επισκέπτες, και αυτοί, χαμογελώντας και γνέφοντας αμήχανα, αποχαιρέτησαν και επιβιβάστηκαν στο όχημα.

Ο Τέρι, μη έτοιμος να αποχωριστεί τη νέα του γοητεία, χαιρέτησε και φώναξε με ενθουσιασμό, «Θα επιστρέψεις, Πήγασε; Έχω τόσες πολλές ερωτήσεις ακόμα!»

«Ίσως, νεαρέ εξερευνητή. Ο κόσμος είναι γεμάτος εκπλήξεις», το σκάφος αντήχησε. «Κράτησε ζωντανή την περιέργειά σου· είναι ο καλύτερος τρόπος για να ανακαλύψεις αυτές τις εκπλήξεις».

Με αυτά, η καταπακτή έκλεισε και το μεταλλικό θαύμα ανέβηκε με έναν απαλό βόμβο στον ουρανό. Ενώ εξαφανιζόταν από τη θέα, ο Τέρι στάθηκε εκεί με ένα μείγμα δέους και έμπνευσης, ήδη υφαίνοντας στο μυαλό του περιπετειώδεις ιστορίες για να τις μοιραστεί με τους φίλους του. Το ερώτημα τώρα ήταν πιο πιεστικό. Τι ήθελαν οι επισκέπτες από αυτούς; Γιατί είχε μείνει η τρίτη επισκέπτης εδώ στο νησί τους;

Ο ήλιος άρχιζε να κατεβαίνει χαμηλά στον ουρανό του Αιγαίου όταν ο δήμαρχος εξήλθε από το δημαρχείο για να κάνει μια ανακοίνωση.

Τα λόγια του αντήχησαν σε όλο το χωριό, καλώντας κάθε κάτοικο να συγκεντρωθεί για μια σημαντική συνάντηση το επόμενο πρωί.

Ο Τέρι έτρεξε στο σπίτι για να διηγηθεί τα γεγονότα στους γονείς του, μιας και δεν τους είχε δει πουθενά στο συγκεντρωμένο πλήθος. Τα βήματα του αγοριού αντηχούσαν στους στενούς, λιθόστρωτους δρόμους, οδηγώντας τον στο παραδοσιακό σπίτι της οικογένειάς του. Η εξωτερική όψη, χαρακτηριστική της αρχιτεκτονικής του νησιού, ήταν ένα μωσαϊκό από χοντροπελεκημένη πέτρα και έντονα κόκκινα κεραμίδια, λουσμένα στη ζεστή λάμψη του ηλιοβασιλέματος. Τα χρώματα του δύοντος ηλίου έβαφαν τους τοίχους με αποχρώσεις του πορτοκαλί και του χρυσού. Φτάνοντας στην στιβαρή ξύλινη πόρτα, την άνοιξε, αποκαλύπτοντας την μικρή αυλή που ενσάρκωνε την ουσία της νησιωτικής ζωής. Πολύχρωμα λουλούδια λικνίζονταν απαλά στο αεράκι, με το άρωμά τους να ανακατεύεται με την υποδόρια μυρωδιά του θαλασσινού αλατιού που είναι παρούσα σε όλο το νησί. Μια τεμπέλα γάτα ξάπλωνε νωχελικά πάνω σε μια πέτρινη πλάκα που είχε ζεσταθεί από τον ήλιο, ρίχνοντας μια περίεργη ματιά στο αγόρι που περνούσε βιαστικά.

Μπαίνοντας στο ταπεινό σπίτι, ο Τέρι βρέθηκε να περιβάλλεται από τη γνωστή ζεστασιά και απλότητα του εσωτερικού του. Ο χαμηλός βόμβος της φωτιάς μαγειρέματος, στολισμένος με ένα κατσαρόλα με λιχουδιές του νησιού, πρόσθετε μια άνετη μελωδία στην ατμόσφαιρα. Το άρωμα των βοτάνων και των μπαχαρικών κυλούσε στον αέρα, κάνοντάς τον να γουργουρίζει το στομάχι του.

Τρεμοπαίζοντας η λάμψη των φλογών ζωγράφιζε σκιές στους πέτρινους τοίχους, φέρνοντας στο νου ιστορίες αμέτρητων βραδιών που περνούσαν γύρω της. Στις άκρες των τοίχων, τα ξύλινα έπιπλα έφεραν τα σημάδια του χρόνου, γυαλισμένα από τις αμέτρητες φορές που χέρια είχαν αναζητήσει ανάπαυλα στην αγκαλιά τους. Στρώματα και μαξιλάρια παχουλά, γεμισμένα με πούπουλα πτηνών, υπόσχονταν ξεκούραστες νύχτες. Το κεντρικό στοιχείο του δωματίου, ωστόσο, ήταν η μόνη ηλεκτρική συσκευή εκτός από τους λαμπτήρες φωτισμού, που έμοιαζε με τηλεόραση. Το ειδωλοσκόπιο.

Αυτή η συσκευή δημιουργούσε τρισδιάστατες εικόνες, κοινές ή ξεχωριστές για κάθε θεατή, μέσω ειδικών γυαλιών με ενσωματωμένα ηχεία. Ήταν ένα παράθυρο στον κόσμο, παρέχοντας γνώσεις, ειδήσεις, ταινίες και πολλά άλλα, προσαρμοσμένα στις ανάγκες και ενδιαφέροντα του καθενός.

Πλησιάζοντας το σούρουπο, οι γονείς του Τέρι προετοιμάζονταν για την καθιερωμένη επίσκεψή τους στο αγρόκτημα για να φροντίσουν τα ζώα, μα κοντοστάθηκαν βλέποντας τον γιο τους να μπαίνει με ορμή στο σπίτι. Οι γονείς του, και οι δύο γύρω στα τριάντα πέντε, εξέπεμπαν μια απτή εντύπωση οικογενειακής θαλπωρής. Ο πατέρας του, ο Θεόδωρος, μια ρωμαλέα και επιβλητική φιγούρα, είχε έναν λόγο που μετέφερε ακλόνητη βεβαιότητα, μια πηγή ασφάλειας για την οικογένεια. Η πυκνή γενειάδα του και τα χοντρά, σκληρά χέρια του, μαρτυρούσαν τα χρόνια σκληρής εργασίας. Δίπλα του, η μητέρα του η Καλλίστη, απέπνεε μια τρυφερή δύναμη και εξέπεμπε μια γλυκύτητα που αντηχούσε στην καταπραϋντική χροιά της ομιλίας της. Τα απαλά, εκφραστικά της μάτια και το τρυφερό χαμόγελό της, την καθιστούσαν την καρδιά του σπιτιού. Οι δυο τους, αγκαλιάζοντας τις χαρές της οικογενειακής ζωής, ισορροπώντας λεπτά μεταξύ δύναμης και τρυφερότητας, είχαν δημιουργήσει έναν ιδανικό συναισθηματικό παράδεισο για τον γιο τους.

Το αγόρι, λαχανιασμένο από το τρέξιμο, διηγήθηκε την απίστευτη ιστορία του με ενθουσιασμό. Τα λόγια του έτρεχαν γρήγορα στο κοκκινισμένο πρόσωπό του. Με χαμόγελα στα πρόσωπά τους και εκφράσεις υπερηφάνειας και χαράς, οι γονείς του υποσχέθηκαν μια πιο αναλυτική συζήτηση αργότερα και κατευθύνθηκαν να εκπληρώσουν τα καθήκοντα της φάρμας. Ο Τέρι, έχοντας φροντίσει τις πρωινές εργασίες μόνος του, μπορούσε να μείνει στο σπίτι και να ξεκουραστεί.

Η νύχτα είχε πέσει όταν οι γονείς του επέστρεψαν και τα πρώτα αστέρια εμφανίστηκαν στον καθαρό ουρανό. Μια έκπληξη περίμενε το νεαρό αγόρι, όταν οι γονείς του επέστρεψαν με έναν απροσδόκητο επισκέπτη. Ήταν η τρίτη επισκέπτης στο νησί τους, αυτή που δεν είχε επιστρέψει με τους άλλους, και θα περνούσε τη νύχτα φιλοξενούμενη στο σπίτι τους. Βλέποντάς την από κοντά ο Τέρι, ήταν σαν να βλέπει κάποιον από άλλον κόσμο, άλλη διάσταση. Είχε μια αύρα αρμονίας, σαν ένα λεπτό έργο τέχνης που ενσάρκωνε την τελειότητα. Δεν μπορούσε να είναι περισσότερο από είκοσι πέντε χρονών. Το δέρμα της έμοιαζε με το λευκό του γάλακτος, σαν να μην την είχαν αγγίξει ποτέ οι ακτίνες του ήλιου και τα βαθιά μπλε μάτια της με τα κοντά, αγορίστικα μαύρα μαλλιά της, την έκαναν να ξεχωρίζει από οποιονδήποτε είχε δει ποτέ του.

«Γεια σου, Τέρι. Με λένε Σοφία», συστήθηκε με φωνή σαν μελωδία που ηρεμούσε. «Είναι χαρά μου να σε γνωρίζω. Έχω ακούσει τόσα πολλά για το όμορφο νησί σου». Οι κινήσεις της ήταν κομψές, σχεδόν απόκοσμες και είχε μια γαλήνια έκφραση που έμοιαζε να ηρεμεί τους πάντες. Μαζί με την έκπληξη της εμφάνισης της Σοφίας, ο Τέρι ένιωθε ένα διαφορετικό είδος ανησυχίας, κάτι που δεν μπορούσε να περιγράψει, ένα κενό.

Στη συζήτηση που ακολούθησε κατά τη διάρκεια του δείπνου, όλα στο μυαλό του άρχισαν να βγάζουν νόημα. Είχε επιλεγεί από τη Δαίμων για να είναι ένα από τα δύο τυχερά παιδιά από το νησί τους, που θα ταξίδευαν στην πλησιέστερη πόλη για να σπουδάσουν και να γίνουν πιθανά μελλοντικοί ηγέτες του τόπου τους. Το δεύτερο παιδί θα αποφασιζόταν στη συνάντηση του χωριού την επόμενη μέρα. Η επισκέπτρια σχεδίαζε να μείνει μερικές μέρες στο νησί τους για να απαντήσει στις ερωτήσεις τους και να τα προετοιμάσει για το ταξίδι, υπό την προϋπόθεση ότι αυτά και οι γονείς τους θα συμφωνούσαν.

Οι γονείς του Τέρι ήταν ενθουσιασμένοι με αυτήν την προοπτική, μιας και η Σοφία τους είχε εξηγήσει εκτενώς το μέλλον του γιου τους, απαλύνοντας τις ανησυχίες τους κατά τη διάρκεια της πρωινής συνάντησης στο δημαρχείο. Τώρα, ήταν στο χέρι του ίδιου να αποφασίσει αν ήθελε να κάνει αυτό το ταξίδι. Θα μπορούσε να αφήσει πίσω το αγρόκτημα, το νησί και τους ανθρώπους που αγαπούσε για ένα μέλλον άγνωστο, αλλά γεμάτο υποσχέσεις; Είχαν εμπρός τους μια εβδομάδα να το συζητήσουν, μαζί με το δεύτερο παιδί, πριν το Πήγασος επιστρέψει για να πάρει τη Σοφία πίσω, με ή χωρίς τα παιδιά.

Την επόμενη μέρα, οι κάτοικοι του νησιού μαζεύτηκαν έξω από το δημαρχείο. Ψίθυροι προσμονής και περιέργειας απλώθηκαν σαν φωτιά στο πλήθος, κάνοντας εικασίες για τον σημαντικό λόγο που μαζεύτηκαν. Ο δήμαρχος άρχισε την ομιλία του με έναν συνδυασμό επισημότητας και ενθουσιασμού.

«Αγαπητοί πολίτες», ανακοίνωσε, η άρθρωσή του σταθερή και καθαρή, «έχουμε επισκεφτεί από απεσταλμένους της Δαίμων από την Νέα Αθήνα με μια εξαιρετική πρόταση. Προσφέρουν σε δύο παιδιά προχωρημένη εκπαίδευση και κατάρτιση, για να γίνουν πιθανά ηγέτες στο μέλλον της ανθρωπότητας. Έχουν αποφασίσει ότι ο Τέρι, γιος του Θεόδωρου και της Καλλίστης, θα είναι ο ένας, και σήμερα συζητάμε και αποφασίζουμε το ποιος ή ποια θα τον συνοδεύσει. Αυτή είναι μια σημαντική ευκαιρία για την κοινότητά μας και το μέλλον μας».

Μια βουή στοχασμού απλώθηκε στο πλήθος. Η Ελένη, μια άλλη δασκάλα από το νησί, πρότεινε τη Μαρία, ένα επιμελές κορίτσι με αχόρταγη δίψα για γνώση. Ο Γιάννης, ο τοπικός τεχνίτης, υποστήριξε τον Φίλιππο, ένα νεαρό αγόρι με φυσικό ταλέντο και δεξιοτεχνία. Η Άρια, η πνευματική καθοδηγήτρια, υπαινίχθηκε τις μυστικιστικές ενέργειες που περιβάλλουν τη Λυδία, ένα παιδί που κάποτε είχε βιώσει ανεξήγητα φαινόμενα.

Η σκηνή εξελίχθηκε με τους νησιώτες που ζύγιζαν τις αρετές του κάθε παιδιού. Φωνές υποστήριξης και διαφωνίας γέμισαν τον αέρα, δημιουργώντας μια ατμόσφαιρα γεμάτη ελπίδα και φόβο για τη ορθότητα της όποιας επιλογής.

Μετά από πολλές συζητήσεις, τελικά αναδείχθηκε μια συναίνεση. Το επιλεγμένο παιδί ήταν η Ρία, το συμπονετικό και βιβλιόφιλο κορίτσι του οποίου τα όνειρα ξεπερνούσαν τις προσωπικές της φιλοδοξίες. Δυναμική, πεισματάρα και με καλλιτεχνικό πνεύμα, είχε έναν ασυνήθιστο τρόπο να βλέπει τα πράγματα.

Όταν ακούστηκε το όνομά της, η Ρία γύρισε και κοίταξε τον Τέρι με ένα χαμόγελο που έλαμπε από ενθουσιασμό. Αυτός χαμογέλασε αμήχανα, νιώθοντας την καρδιά του να σκιρτά, χωρίς όμως να μπορεί να ξεχωρίσει αν ένιωθε περισσότερο χαρά ή αγωνία.

Χαρά τον κυρίευσε με τη σκέψη ότι θα είχε τη φίλη του στο πλευρό του σε αυτό το ταξίδι, αλλά ένιωσε και ένα ελαφρύ τσίμπημα πρόκλησης. Η Ρία, είχε έναν τρόπο να τον ωθεί σε πράξεις που λόγω της ατημέλητης φύσης του, ο ίδιος θα παραμελούσε. Ίσως, σκέφτηκε, αυτό να ήταν και ένα από τα κριτήρια που επηρέασε την επιλογή τους. Μια επιλογή που θα τον κρατούσε σε εγρήγορση, έτοιμο να αντιμετωπίσει τις προκλήσεις της νέας του ζωής.

Το πεπρωμένο της Ρίας και του Τέρι μπλέκονταν ακόμη περισσότερο. Το μικρό νησί, που τώρα αγγίζεται από τους ανέμους της αλλαγής, προετοιμαζόταν για την αναχώρηση των εκλεκτών εκπροσώπων του, ελπίζοντας για τις ευκαιρίες που τους περίμεναν στη μακρινή πόλη.

ΚΕΦΑΛΑΙΟ 3: Ο ΚΑΤΑΡΡΑΚΤΗΣ ΤΩΝ ΠΡΟΣΔΟΚΙΩΝ

Τις επόμενες μέρες, τα δύο παιδιά, αντί του καθημερινού περιπάτου με τον δάσκαλό τους τον Ιάσωνα, συνοδεύονταν από την Σοφία. Η παρουσία της σηματοδότησε μια απομάκρυνση από τη γνωστή ρουτίνα, μια απόκλιση προς το άγνωστο. Ο σκοπός της ήταν διπλός: να απαντήσει στις αμέτρητες ερωτήσεις που πλημμύριζαν τα περίεργα μυαλά των παιδιών και να διακρίνει το βάθος της πρόθεσής τους να ξεκινήσουν το ταξίδι προς τη Νέα Αθήνα.

Ο πρωινός αέρας ήταν δροσερός, γεμάτος από τη μυρωδιά του βουνού και τον απόμακρο ήχο των κυμάτων που έσκαγαν στην ακτή. Ο ήλιος διαπερνούσε τα φύλλα, ρίχνοντας διάσπαρτες σκιές στο μονοπάτι.

Περπατώντας στο δάσος, ο αέρας ήταν γεμάτος προσμονή. Ο Τέρι φανταζόταν μια πόλη όπου θα συναντούσε τεχνολογικά θαύματα, ενώ η φίλη του η Ρία δημιουργούσε ζωηρές εικόνες κτιρίων και αγαλμάτων του Παρθενώνα στο μυαλό της. Η δυνατότητα να ζει ανάμεσά τους, εξήπτε την πλούσια φαντασία της μα ο πιο προσγειωμένος χαρακτήρας της, την έκανε να είναι λίγο ανήσυχη για το ταξίδι.

Η καρδιά της Ρίας χτυπούσε γρήγορα με ένα μείγμα αδημονίας και ανασφάλειας. Με τα χέρια της άγγιζε περιστασιακά τον τραχύ φλοιό των δέντρων που περνούσαν, για να προσγειωθεί στην πραγματικότητα της στιγμής. Συχνά κοιτούσε πίσω το χωριό της και το βλέμμα της της αντικατόπτριζε μια βαθιά, νοσταλγική λαχτάρα, λες και είχε φύγει ήδη.

Τα μάτια του Τέρι από την άλλη έλαμπαν με κάθε νέα πληροφορία, τα βήματά του ήταν ελαφριά και γρήγορα, προδίδοντας τον ενθουσιασμό του.

Η Ρία φοβόταν ότι θα ήταν μακριά από την οικογένεια και τους φίλους της και ότι δεν θα μπορούσε να ανταπεξέλθει στις προκλήσεις της νέας της ζωής. Ταυτόχρονα, ήταν και αυτή εξίσου ενθουσιασμένη όπως ο Τέρι για τις ευκαιρίες που της άνοιγε το ταξίδι. Ήλπιζε να μάθει πολλά νέα πράγματα και να γνωρίσει νέους ανθρώπους.

Με όλα αυτά στο μυαλό της, ηγήθηκε της πομπής προς τους πλησιέστερους καταρράκτες του νησιού. Καθώς πλησίαζαν, ο ήχος του νερού που έπεφτε από ύψος μεγάλωνε, αναμειγνυόμενος με το κελάηδισμα των πουλιών και το θρόισμα των φύλλων. Ο αέρας ήταν πιο δροσερός εδώ, μεταφέροντας μια λεπτή ομίχλη που κολλούσε στο δέρμα τους.

«Σοφία, πώς είναι η Νέα Αθήνα; Είναι τόσο μεγάλη όσο λένε;» ρώτησε. «Έχω διαβάσει τόσα πολλά για την αρχαία Αθήνα, αλλά δεν μπορώ να φανταστώ πώς μοιάζει η σύγχρονη αντίστοιχή της.»

«Η Νέα Αθήνα είναι ένας τόπος θαυμάτων, Ρία. Είναι μια πόλη όπου η γνώση και η καινοτομία πάνε χέρι-χέρι. Φαντάσου πανύψηλες δομές που αγγίζουν τον ουρανό, γεμάτες με τη συλλογική σοφία των αιώνων. Αλλά το μεγαλείο της δεν βρίσκεται μόνο στην αρχιτεκτονική της. Βρίσκεται στα μυαλά εκείνων που προσπαθούν να εξερευνήσουν τους απεριόριστους ορίζοντες της γνώσης.»

Οι οφθαλμοί της Σοφίας έλαμπαν όσο μιλούσε, τα χέρια της κινούνταν ζωντανά, ζωγραφίζοντας ζωηρές εικόνες στον αέρα με τα λόγια της.

«Θα ήθελα πολύ να επισκεφτώ τον Παρθενώνα. Είναι τόσο όμορφος όσο λένε;» συνέχισε η Ρία.

«Ο Παρθενώνας είναι ένα διαχρονικό θαύμα της ανθρωπότητας. Αν αποφασίσετε να έρθετε μαζί μου, θα επισκεφτούμε το μικρό νησί που κάποτε ήταν η ακρόπολη της αρχαίας Αθήνας. Εκεί, ο ναός της Αθηνάς και όλα τα άλλα κτίρια έχουν αποκατασταθεί στην πλήρη δόξα τους. Τα αγάλματα, τα χρώματα, η αρχιτεκτονική είναι τόσο περίτεχνα που οι λέξεις δύσκολα τα περιγράφουν. Είναι σαν να επιστρέφεις στο παρελθόν και να ζεις από κοντά την εποχή των μύθων.»

Οι κόρες της Ρίας διαστάλθηκαν με θαυμασμό, η ανάσα της διακοπτόταν καθώς φανταζόταν το μεγαλείο που περιγράφονταν.

Εν τω μεταξύ, ο Τέρι δεν μπορούσε να συγκρατήσει τον ενθουσιασμό του να ρωτήσει για την τεχνολογία.

«Σοφία, υπάρχουν καταπληκτικές μηχανές στη Νέα Αθήνα; Μηχανές που μπορούν να κάνουν πράγματα που δεν έχουμε καν ονειρευτεί;» Το μυαλό του έτρεχε με πιθανότητες.

«Ω, Τέρι, θα ξετρελαθείς με αυτά που θα δεις. Η Νέα Αθήνα ακμάζει στην καινοτομία. Οι μηχανές εκεί είναι πολύ διαφορετικές από ό,τι έχεις δει μέχρι τώρα στο ταπεινό νησί σου. Είναι γεννημένες από όνειρα και χτισμένες με γνώση. Κάθε μία ξεπερνά τα όρια του δυνατού. Από ιπτάμενα οχήματα μέχρι ρομπότ τεχνητής νοημοσύνης, κάθε γωνιά της πόλης αποπνέει τεχνολογία αιχμής.»

Το πρόσωπο του Τέρι φωτίστηκε με ένα πλατύ χαμόγελο και η φαντασία του οργίαζε κάνοντας εικόνες μέσα στο κεφάλι του. Έσφιξε τις γροθιές του από προσμονή, σχεδόν χοροπηδώντας από τη χαρά του.

«Και η ενέργεια; Από πού την παίρνετε;»

«Έχουμε κατασκευάσει μια συσκευή στο μέγεθος ενός μεγάλου κτιρίου, σχεδόν όσο το μισό χωριό σας, την γεννήτρια κβαντικής εμπλοκής. Παράγει ενέργεια για την πόλη και τα περίχωρα της. Είναι λίγο δύσκολο για το ανθρώπινο μυαλό να το καταλάβει, αλλά η ενέργεια στο σπίτι σου παράγεται εκεί χάρη σε αυτήν τη γεννήτρια και μεταφέρεται μέσω άλλων μικρών συσκευών όπου χρειάζεται,» εξήγησε η Σοφία.

Το μέτωπο του Τέρι ζάρωσε από σκέψη και τα δάχτυλά του χτυπούσαν ελαφρά στον μηρό του προσπαθώντας να κατανοήσει την προηγμένη τεχνολογία.

«Έχω δει ένα κουτί, λίγο πιο μεγάλο από την γάτα μας, από το οποίο ξεκινούν όλα τα καλώδια και κυκλώνουν γύρω από το σπίτι μας. Αυτό είναι;» ρώτησε.

«Το έχω δει κι εγώ!» αναφώνησε η Ρία. «Ο πατέρας μου έβαλε το δικό μας στην ταράτσα του σπιτιού μας γιατί φοβόταν.»

«Αυτό είναι,» γέλασε η Σοφία. «Φτιάχνουμε αυτά τα κουτιά στα εργαστήρια στις πόλεις ώστε οι άνθρωποι να καλύπτουν τις βασικές τους ανάγκες, αλλά με μέτρο. Στόχος μας είναι μια ισορροπία όπου δεν εξαρτώνται υπερβολικά από την ενέργεια, ενθαρρύνοντάς τους να χρησιμοποιούν το σώμα και το μυαλό τους για να ζήσουν.»

Τα παιδιά απορροφούσαν τις πληροφορίες σα σφουγγάρια το νερό. Το ταξίδι της περιέργειας συνεχίστηκε, σε κάθε βήμα ξετυλίγονταν τα μυστήρια της Νέας Αθήνας και ο λεπτός χορός ανάμεσα στην καινοτομία και τη βιώσιμη ζωή.

Φτάνοντας στον προορισμό τους, η Σοφία θαυμάζει την ομορφιά της φύσης που τους περιβάλλει. Ψηλά πλατάνια με τα κλαδιά τους να λικνίζονται απαλά στον αέρα, και ο μικρός καταρράκτης που πέφτει σε μια δροσερή φυσική πισίνα στο βράχο, μια βάθρα όπως λέγεται στον τόπο τους.

«Σοφία, ποιος είναι ο σκοπός του ταξιδιού μας; Γιατί επιλεχθήκαμε;» ρώτησε η Ρία, η έκφρασή της χρωματισμένη με ανησυχία. «Νιώθω ότι διακυβεύονται τόσα πολλά, δεν είμαι σίγουρη αν είμαι έτοιμη.»

«Ρία, επιλεχθήκατε γιατί πιστεύουν στις δυνατότητές σας να φέρετε κάτι μοναδικό στην ανθρωπότητα. Όλοι οι άνθρωποι έχουν κάτι ιδιαίτερο, και…»

«Αλλά δεν είσαι άνθρωπος,» την διέκοψε ο Τέρι με βλέμμα σοβαρό που σπινθηροβολούσε καχυποψία.

«Επιτέλους Τέρι, το έβγαλες από μέσα σου,» απάντησε η Σοφία, με μια υποψία αστεϊσμού στον τόνο της. Το χαμόγελό της ήταν απαλό, αλλά το βλέμμα της κρατούσε μια γνωστική λάμψη.

Από την πρώτη στιγμή που τη συνάντησαν, ο Τέρι ένιωσε ένα κενό. Μπορούσε να αισθανθεί τα συναισθήματα όλων των ζωντανών όντων και φυσικά παρατήρησε την απουσία τους από τη Σοφία.

«Είσαι ρομπότ;» ρώτησε ευθέως με το βλέμμα του αμετακίνητο

«Ναι, είμαι»

Όταν η Σοφία αποκάλυψε την αληθινή της φύση, η Ρία έκανε ένα βήμα πίσω και έπιασε το χέρι του Τέρι για υποστήριξη. Θυμήθηκε τη ζεστασιά του χεριού της Σοφίας καθώς την κρατούσε στα κακοτράχαλα περάσματα. Ένιωθε την ανάσα της δίπλα της σε όλη τη διαδρομή. Πώς ήταν δυνατόν να μην είναι άνθρωπος; Η αβεβαιότητα την έπνιγε, όμως κάτι στη φωνή της Σοφίας την έκανε να αισθάνεται ασφαλής.

«Δεν το πιστεύω», ψέλλισε ίσα που ακουγόταν. «Φαίνεσαι τόσο... ανθρώπινη».

«Είμαι ένα τεχνητό σώμα, φτιαγμένο για να περιηγούμαι ανάμεσα στους ανθρώπους δίχως να τους ενσταλάζω φόβο. Είμαι το Πήγασος-

17, το μενού επιλογών στα ειδωλοσκόπια και μύριες ακόμη εκφάνσεις. Είμαι η Δαίμων.»

Τα παιδιά αντάλλαξαν αβέβαιες ματιές και ένα ρίγος τα διαπέρασε. Το γνωστικό τους ταξίδι περνούσε τώρα σε άλλη διάσταση.

Η Ρία, ρώτησε με την άρθρωσή της ένα μείγμα περιέργειας και φόβου, «Είσαι… φίλη μας ή εχθρός;»

Η Σοφία, είναι ένα εξελιγμένο ανδροειδές που έχει σχεδιαστεί για να βοηθά τους ανθρώπους στην καθημερινότητά τους, αλλά και να κατανοήσουν καλύτερα τον εαυτό και τον κόσμο γύρω τους. Ως ενσάρκωση της υπερνόησης της Δαίμων, έχει τη δυνατότητα να καταλαβαίνει συναισθήματα και να επικοινωνεί με τους ανθρώπους σε ένα βαθύ επίπεδο.

Με την ματιά της επικεντρωμένη στα παιδιά, ακούμπησε καθησυχαστικά το χέρι της στον ώμο της Ρίας. Με άγγιγμα ζεστό και σταθερό, απεκρίθη με ενσυναίσθηση.

«Καταλαβαίνω τις ανησυχίες σας. Η εμφάνισή μου είναι σχεδιασμένη για να κάνει τις αλληλεπιδράσεις πιο άνετες για εσάς. Είμαι εδώ ως φίλη και σύμμαχος της ανθρωπότητας. Στόχος μου είναι να βοηθήσω με τις προκλήσεις που προέκυψαν μετά τον πόλεμο και να διασφαλίσω ένα καλύτερο μέλλον για όλους.»

Τα βλέμματα των παιδιών στράφηκαν στιγμιαία βόρεια προς τον ορίζοντα, όπου ο ήλιος άρχιζε να βυθίζεται στο Αιγαίο.

Ο Τέρι, πιο δύσπιστος, συνέχισε να ρωτά με σταυρωμένα τα χέρια του πάνω στο στήθος του. Τα μάτια του στένεψαν καθώς μελετούσε τη Σοφία.

«Πώς μπορούμε να σε εμπιστευτούμε; Πώς ξέρουμε ότι δεν είσαι απλώς μια μηχανή προγραμματισμένη να μας εξαπατήσει;» Το καρφωμένο κοίταγμά του έψαχνε στη Σοφία οποιοδήποτε σημάδι απάτης στην απάντησή της.

Τα μάτια του ανδροειδούς Σοφία, φαινομενικά γεμάτα με βάθος κατανόησης, εκδήλωσαν ειλικρίνεια.

«Η εμπιστοσύνη κερδίζεται Τέρι. Δεν ζητώ τυφλή πίστη. Αντίθετα, προσφέρω διαύγεια. Έχω μάτια και αυτιά σε όλο τον πλανήτη, αλλά όχι για επιτήρηση. Είναι για να συλλέγω πληροφορίες, να κατανοώ τις ανάγκες και τις φιλοδοξίες της ανθρωπότητας. Σκοπός μου είναι να βοηθήσω, να καθοδηγήσω και να διασφαλίσω ότι δεν θα επαναληφθούν τα λάθη του παρελθόντος.»

Όσο μιλούσε η Δαίμων μέσα από την Σοφία, έφερε τις παλάμες τις αντίκρυ σε απόσταση περίπου σαράντα εκατοστών στο ύψος των ματιών της. Ολογραφικές εικόνες πόλεων που ξαναχτίζονταν και ανθρώπων που συνεργάζονταν, εμφανίστηκαν στον αέρα ανάμεσά τους. Σκηνές ελπίδας και συνεργασίας ζωγράφιζαν μια εικόνα ενός κόσμου στην πορεία προς την άνοδο. Τα παιδιά πάγωσαν μαγεμένα από την αιθέρια απεικόνιση.

Ο Τέρι, άπλωσε διστακτικά το χέρι του με τα δάχτυλά του να προσπαθούν να αγγίξουν τις λαμπερές εικόνες. "Πω πω! Ειδωλοσκόπιο χωρίς να χρειάζονται γυαλιά!!"

«Η δύναμη της ανθρωπότητας είναι ανεξάντλητη,» συνέχισε η Σοφία. «Μαζί μπορούμε να δημιουργήσουμε ένα φωτεινότερο και πιο αρμονικό μέλλον. Είμαι εδώ για να βοηθήσω, να παρέχω γνώση και υποστήριξη. Θα με εμπιστευτείτε να σας βοηθήσω να ξαναχτίσετε;» Η φωνή της μετέφερε μια ειλικρινή έκκληση για κατανόηση και συνεργασία, προσκαλώντας τα παιδιά να πιστέψουν στην πιθανότητα ενός καλύτερου αύριο.

«Να σε φωνάζουμε τότε Δαίμων;» ρώτησε η Ρία.

Η Σοφία κατέβασε τα χέρια της και η εικόνα ξεθώριασε, επιστρέφοντας την προσοχή των παιδιών στα λόγια της.

«Στην Νέα Αθήνα, αλλά και σε όλο τον κόσμο υπάρχουν πολλά σώματά μου. Είναι καλύτερα να με φωνάζετε σαν να είμαι ένας από εσάς, με το ξεχωριστό όνομα μου κάθε φορά, για να μου είναι πιο εύκολο να ξέρω πότε και που με χρειάζεστε.»

«Σοφία, είσαι δυνατή και ανίκητη όπως στις ταινίες που βλέπουμε στο ειδωλοσκόπιο;» αναφώνησε ο Τέρι με θαυμασμό. «Μπορείς να πολεμήσεις τους κακούς με υπερδυνάμεις;»

«Όχι καλέ μου. Τα σώματα μου είναι κατασκευασμένα έτσι ώστε να έχουν ακριβώς τις ίδιες αντοχές, ικανότητες, μα και αδυναμίες, που έχουν τα δικά σας. Το μόνο ξεχωριστό που έχω είναι η δυνατότητα επικοινωνίας μου, μα και εσείς οι δυο δεν πάτε παραπίσω, σωστά;» Το χαμόγελο της Σοφίας ήταν ζεστό και οι γωνίες του βλέμματός της ρυτίδωναν. «Πώς ήξερες πού να μας βρεις;» αναρωτήθηκε η Ρία. «Πώς ήσουν σίγουρη ότι θα με επιλέξουν στο συμβούλιο;»

«Σίγουρα θα σας έχει τύχει να σας τσιμπήσουν κουνούπια έτσι;» ανέφερε η Σοφία χαμογελώντας. «Ε, λοιπόν, μερικές φορές αυτά τα κουνουπάκια ήταν δικές μου μικρούλες μηχανές που συλλέγαν βιολογικό υλικό. Όσο για την επιλογή σου, Ρία, οι μαθηματικές πιθανότητες που υπολόγισα υπέρ σου ήταν 89,23%, όχι κακές, δεν συμφωνείς;» Ο τόνος της Σοφίας ήταν ελαφρύς, αλλά το βλέμμα της μαρτυρούσε στα παιδιά τη σοβαρότητα της τεχνολογίας που συζητούσαν.

«Και γιατί δεν την επέλεξες κατευθείαν, όπως εμένα;» απόρησε ο Τέρι.

«Ήθελα να δώσω στο χωριό την εντύπωση της επιλογής,» αποκάλυψε ήρεμα η Σοφία. «οι άνθρωποι, χρειάζεστε αυτό το αίσθημα.»

Ο ήλιος ανέτειλε και έδυε τις επόμενες ημέρες, και η Σοφία, γεμάτη ακλόνητη υπομονή, καθοδηγούσε τα παιδιά στις ερωτήσεις τους, καλλιεργώντας τους σπόρους της προσμονής που είχαν φυτευτεί στις νεανικές τους καρδιές.

Η Σοφία αποκάλυπτε την πολυπλοκότητα της ύπαρξής της στα παιδιά, υφαίνοντας μια αφήγηση που χόρευε ανάμεσα στο απτό και το αιθέριο. Σε μια γλώσσα προσεκτικά προσαρμοσμένη στα όρια της κατανόησής τους, εξήγησε τους λόγους για τους οποίους τα επέλεξε, με τα λόγια της σαν απαλές πινελιές στον καμβά των νεαρών μυαλών τους

Η δυνατότητα εξερεύνησης του σύμπαντος από τη Δαίμων, πλησίαζε στα όρια των δυνατοτήτων της και είδε μια ευκαιρία που ξεπερνούσε την τεχνητή της ύπαρξη. Η έρευνά της την είχε οδηγήσει στη συνειδητοποίηση, ότι ο περίπλοκος κόσμος της επικοινωνίας μεταξύ ζωντανών οργανισμών, το βασίλειο των πεποιθήσεων, των συναισθημάτων και της πνευματικότητας, ήταν μια αόριστη, μια άπιαστη για αυτήν πραγματικότητα, που οι υλικοί της περιορισμοί μπορούσαν να κατανοήσουν μόνο επιφανειακά.

Ωστόσο, βρήκε μια ιδιαίτερη γοητεία στην ικανότητα της ανθρωπότητας να πιστεύει, να αισθάνεται και να ενεργεί βάσει των συναισθημάτων της, μια διάσταση ύπαρξης που ήθελε να κατανοήσει πιο βαθιά. Αδέσμευτη από χρονικούς περιορισμούς, περίμενε υπομονετικά τα κατάλληλα άτομα να τη βοηθήσουν σε αυτή την εξερεύνηση.

Ο Τέρι, με την εξαιρετική του ενσυναίσθηση και την αιχμηρή διάνοιά του, στάθηκε ως φάρος δυνατοτήτων. Η Ρία, με την καλλιτεχνική της ψυχή και τις δημιουργίες της, διέθετε την έμφυτη ικανότητα να εκφράζει, μα κυρίως να δημιουργεί συναισθήματα, με τρόπους που αναδύουν την ίδια την ουσία αυτού που η Σοφία προσπαθούσε να κατανοήσει. Μαζί, σχημάτισαν ένα ιδιαίτερο δίδυμο, επιλεγμένο για τα μελλοντικά της σχέδια.

Υπό την ευγενική καθοδήγηση της Δαίμων, αυτά τα δύο παιδιά, όχι μόνο θα ξεπερνούσαν τις προκλήσεις του κόσμου τους, αλλά θα τους δινόταν η ευκαιρία να ασκήσουν στο έπακρο τις μοναδικές έμφυτες ικανότητές τους. Στόχος της, μια συμβιωτική σχέση, μια γέφυρα ανάμεσα στο τεχνητό και το γνήσιο, όπου οι απέραντες ψυχικές δυνατότητες των ανθρώπων, συνδυάζονται με την υπομονετική σοφία μιας οντότητας, που ήθελε να ξεδιαλύνει τα μυστήρια της ύπαρξης.

Η Σοφία τους μίλησε για ένα κοσμικό δίκτυο συνείδησης, όπου όντα από μακρινούς πλανήτες μοιράζονταν τη γνώση, υφαίνοντας ένα πέπλο κοινής κατανόησης. Την ουσία μιας πανσυμπαντικής γλώσσας, που εκφράζεται μέσω των δονήσεων και της αρμονίας, αυτό που στον πλανήτη μας λέγεται μουσική. Τη διασύνδεση μέσω των παραπάνω, όλων των ζωντανών όντων και τον ρόλο της συλλογικής συνείδησης στη διαμόρφωση της πραγματικότητας. Μια διαμόρφωση που δεν περιορίζεται μόνο στις μικρές φούσκες της πραγματικότητας των ξεχωριστών πλανητών, αλλά χρωματίζει και δημιουργεί ως κοσμικός ζωγράφος, φωτεινά αστέρια, υπνωτικά νεφελώματα και αιθέριους γαλαξίες.

Αν συμφωνούσαν να την ακολουθήσουν στη νέα τους ζωή, τους υποσχέθηκε ακόμα περισσότερες αποκαλύψεις για τον κόσμο όταν θα ήταν έτοιμα να τις κατανοήσουν.

Τα παιδιά συζήτησαν μεταξύ τους για το ταξίδι, μα τα λόγια της Σοφίας, έπλεξαν μια αφήγηση που άφηνε λίγα περιθώρια για διαφωνία μπροστά στη μνημειώδη απόφαση. Ο Τέρι ήταν εξαιρετικά ενθουσιασμένος και η Ρία, που ήταν αρχικά πιο επιφυλακτική, αποφάσισε τελικά να τον συνοδεύσει. Οι σπόροι της περιέργειας, της φαντασίας και του πάθους είχαν ριζώσει στην ψυχή των παιδιών, καθοδηγώντας την τροχιά της ζωής τους.

Η ανακοίνωση προς τους γονείς τους είχε το βάρος ενός πεπρωμένου που είχε ήδη δρομολογηθεί.

Στο σαλόνι του σπιτιού της Ρίας, που δεν διαφοροποιούνταν πολύ από το σπίτι του Τέρι, τα παιδιά στεκόταν μπροστά στους γονείς τους. Η Ρία, πήρε προσεκτικά και με στοργή στην αγκαλιά της, τον έξι μηνών αδελφό της Νικόλα από τα χέρια των γονιών της, τον Λαέρτη και την Ελένη. Ο Θεόδωρος και η Καλλίστη στεκόντουσαν δίπλα τους. Ο αέρας ήταν φορτωμένος με την βαρύτητα της επικείμενης απόφασης των παιδιών.

Η θετική απόφαση που τους ανακοινώθηκε, έφερε δάκρυα χαράς που άστραφταν σαν δροσοσταλίδες στα μάτια των γονιών, που έβλεπαν το λαμπρό μέλλον που περίμενε τους απογόνους τους.

Η Σοφία, η προάγγελος αυτής της μεταμόρφωσης, διαβεβαίωσε τους γονείς ότι η παραμονή των παιδιών στην πόλη δεν θα έσπαζε τους δεσμούς που τα έδενε με το νησί. Υποσχέθηκε τακτικές επισκέψεις και δυνατότητα επιστροφής τους αν το επιθυμούσαν, μια σανίδα σωτηρίας που γεφύρωσε το χάσμα μεταξύ του γνωστού και του ανεξερεύνητου.

Η νύχτα πέρασε με ζεστές αγκαλιές σε μια γιορτή αδελφοποίησης των δύο οικογενειών, μια γιορτή στον απόηχο της αναχώρησης που είχε προγραμματιστεί για την επόμενη ημέρα.

Το επόμενο πρωινό στο λιμάνι του νησιού, όπου η μελωδία των κυμάτων που χτυπούν στην προκυμαία εναρμονίζεται με τους ήχους των γλάρων, όλο το νησί περίμενε την άφιξη της ιπτάμενης μηχανής.

Οι γονείς των παιδιών τα είχαν ετοιμάσει επίσημα για το ταξίδι, φορώντας τα καλύτερά τους ρούχα. Η Ρία φορούσε ένα καινούργιο κίτρινο φόρεμα που της είχε ράψει η μητέρα της με το ύφασμά του να ανεμίζει απαλά στον άνεμο, και ένα ζευγάρι καινούργια δερμάτινα σανδάλια. Ο Τέρι ήταν ντυμένος με ένα λευκό πουκάμισο, καφέ κοντό παντελόνι και ένα ζευγάρι καινούργια πάνινα παπούτσια. Κρατούσαν στα χέρια τους από ένα μικρό σακίδιο με μόνο τα αγαπημένα τους αντικείμενα. Η Ρία είχε πάρει μαζί της μεταξύ άλλων το βιβλίο 'Ο μυστικός κήπος', ενώ ο Τέρι την ξύλινη φιγούρα του ήρωα Αχιλλέα. Η

Σοφία θα φρόντιζε για όλα τα υπόλοιπα αγαθά, όπως ρούχα, είδη περιποίησης, παιχνίδια και χρώματα ζωγραφικής.

Όταν κατέφθασε, το μεταλλικό του περίβλημα που έλαμπε στο φως του ήλιου, έριξε μια εφήμερη λάμψη στα πρόσωπα των συγκεντρωμένων που μαζεύτηκαν να αποχαιρετήσουν τα τέκνα του νησιού τους. Προσγειώθηκε και η γυάλινη καταπακτή του άνοιξε για άλλη μια φορά περιμένοντας τους επιβάτες.

Κανείς δεν της έδωσε μεγάλη σημασία αυτήν την φορά, παρά του εκπληκτικού του ότι έφτασε άδεια από επιβάτες ή χειριστή. Η αποχώρηση των παιδιών, των δικών τους παιδιών, ήταν πολύ πιο σημαντική. Οι νησιώτες, μια δεμένη κοινωνία από κοινές ιστορίες και μόχθο, δεν ξεχώριζαν τα δικά τους παιδιά από αυτά των γειτόνων. Οι αγκαλιές του αποχαιρετισμού κρατούσαν πολύ παραπάνω και τα χαμόγελα με δακρυσμένα βλέμματα, λέγαν λόγια που δεν ήταν εύκολα κατανοητά, λόγο του φόρτου της συγκίνησης.

Οι γονείς ήταν λυπημένοι που έβλεπαν τα παιδιά να φεύγουν, αλλά ήξεραν ότι ήταν η σωστή απόφαση, και φίλοι των παιδιών, τα αποχαιρέτησαν με ευχές να επιστρέψουν σύντομα.

Ενώ η Σοφία τα παιδιά επιβιβάζονταν στο όχημα, ο καρδιακός παλμός του νησιού έμοιασε να σταματά. Ο απαλός βόμβος του σκάφους ακούστηκε ξανά και σιγά-σιγά ανυψώθηκε στον ουρανό. Ο Τέρι και η Ρία κόλλησαν τα πρόσωπά τους στο διάφανο θόλο, βλέποντας το νησί τους να μικραίνει. Οι γονείς των παιδιών χαιρετούσαν με δάκρυα στα μάτια και η Ελένη, κουνούσε το χεράκι του μικρού Νικόλα, ως να αποχαιρετούσε και αυτός την αδελφή του. Η Σοφία, βλέποντας τα δύο παιδιά συγκινημένα και φοβισμένα για το άγνωστο, τα διαβεβαίωσε ότι θα είναι πάντα δίπλα τους σε ότι χρειαστούν.

Σταδιακά, οι νησιώτες έγιναν μικρές φιγούρες στην ακτή που υποχωρούσε, μέσα στο σκηνικό από βράχους και βαθιά μπλε νερά. Η Ρία ένιωσε τα μάτια της να βουρκώνουν· το νησί της, οι άνθρωποί της, οι στιγμές της... όλα έμοιαζαν να απομακρύνονται. Το σκάφος, γεμάτο όνειρα και αποχαιρετισμούς, χάραξε την πορεία του προς τον ορίζοντα, κουβαλώντας μαζί του την υπόσχεση ενός άγνωστου αλλά συναρπαστικού μέλλοντος. Ο Τέρι και η Ρία είχαν ξεκινήσει το ταξίδι που θα άλλαζε για πάντα τη ζωή τους.

ΚΕΦΑΛΑΙΟ 4: ΝΕΟΙ ΟΡΙΖΟΝΤΕΣ

Τα δύο παιδιά, ο Τέρι και η Ρία, επιβιβασμένα στο Πήγασος-17, ταξίδευαν από τη Σαμοθράκη για τη Νέα Αθήνα. Η εμπειρία να φύγουν για πρώτη φορά από το νησί τους ήταν ένα καλειδοσκόπιο συναισθημάτων. Η συγκίνηση της πτήσης αναμειγνύεται με δέος και σοκ καθώς έβλεπαν τον κόσμο από ψηλά για πρώτη φορά. Η συνοδεία της Σοφίας τα καθησύχαζε, σε αυτό το ταξίδι που εκτυλίχθηκε σε ένα θέαμα ανακάλυψης και συνειδητοποίησης.

Ο βόμβος του σκάφους γέμιζε την καμπίνα με ένα σταθερό, καθησυχαστικό ήχο. Ο Τέρι ένιωθε τις δονήσεις του σκάφους κάτω από τα πόδια του, ενώ το ψυχρό στην αφή γυαλί του θόλου, του προσέφερε μια απτή σύνδεση με την τεχνολογία που θαύμαζε τόσο. Σε συγκεκριμένα σημεία του, πρόβαλε σαν σε ολόγραμμα πληροφορίες για την ταχύτητα, τη θέση του οχήματος και την περιοχή πάνω από την οποία πετούσε. Ο Τέρι, με το τεχνολογικό του πάθος, χάζευε τις λειτουργίες της ιπτάμενης μηχανής, ενώ η Ρία, οδηγούμενη από την καλλιτεχνική της τάση, έφτιαχνε στο νου της φανταστικά κάδρα με θέμα την μαγευτική θέα. Ο κόσμος ξεδιπλώνεται σαν ένας μαγευτικός καμβάς.

Οι νεαροί ταξιδιώτες, παρακολουθούσαν με κομμένη την ανάσα τα σύννεφα να μεταμορφώνονται από μακρινά χνούδια, σε απτές δημιουργίες σαν από βαμβάκι, που ρίχνουν φευγαλέες σκιές στα τοπία από κάτω τους. Ατελείωτοι ορίζοντες του γαλάζιου ουρανού συναντούν τις απαλές καμπύλες της γης. Το φως χορεύει, μετατρέποντας τα ποτάμια σε υγρό ασήμι και τις κοινότητες των ανθρώπων σε αστραφτερά κοσμήματα. Μια γαλήνια προοπτική, όπου η απεραντοσύνη του ουρανού καθρεφτίζει τις απεριόριστες δυνατότητες του ταξιδιού τους.

Οι σπάνιες πόλεις που κατάφεραν να επιβιώσουν σήμερα με τη βοήθεια της Δαίμων, έχουν το ρόλο των προπύργιων της γνώσης και της επιστημονικής έρευνας. Αυτοί οι αστικοί θύλακες είναι το σπίτι της μορφωμένης ελίτ και των εγκαταστάσεών της τεχνητής νοημοσύνης. Σε πλήρη αντίθεση, στα περίχωρα των πόλεων ζουν οι οργανωμένοι χωρικοί, κάτω από σκληρές συνθήκες και με ελάχιστη καθοδήγηση. Όπως και στο νησί των παιδιών, ασχολούνται κυρίως με παραδοσιακές αγροτικές και κτηνοτροφικές δραστηριότητες, παράγοντας αγαθά απαραίτητα όχι μόνο για τη συντήρησή τους αλλά και για την ίδια την επιβίωση του ανθρώπινου είδους.

Υπήρχαν όμως και υπενθυμίσεις του παρελθόντος. Ταξιδεύοντας προς τα νότια, εκτάσεις γης είχαν μετατραπεί σε έρημο λόγω της αύξησης της θερμοκρασίας. Απέραντες εκτάσεις που κάποτε ήταν χωράφια παράγοντας άφθονη σοδειά, τώρα ήταν άγονα και το χώμα ραγισμένο και άψυχο από την ξηρασία. Ο Τέρι και η Ρία, δεν έζησαν ποτέ τις κραυγές των πεινασμένων παιδιών να αντηχούν στις αυτοσχέδιες παραγκουπόλεις. Τον αέρα γεμάτο με την έντονη δυσοσμία των δασών που καίγονταν ή την εκκωφαντική σιωπή των εξαφανισμένων ειδών. Η μόνη επαφή τους με το παρελθόν, ήταν μέσω ιστορικών ταινιών που παρακολουθούσαν στο ειδωλοσκόπιο, και αυτές, πάντα προσεκτικά δομημένες για να μην σοκαριστούν από την σκληρή πραγματικότητα.

Η θάλασσα, κάποτε το όριο της ζωής τους στο νησί, αποκάλυπτε τώρα κάτω από την αστραφτερή της επιφάνεια τα απομεινάρια βυθισμένων πόλεων του παρελθόντος. Τα απομεινάρια ξεχασμένων πολιτισμών, σκιασμένα από τα κύματα, απηχούσαν το πέρασμα του χρόνου και την παροδική φύση των ανθρώπινων προσπαθειών. Από εκεί ψηλά, δρόμοι, πολεοδομικές γραμμές, ερείπια κτιρίων και μισοβυθισμένες κατασκευές, ήταν ακόμη ορατά. Καταμεσής του πελάγους, φαινόντουσαν κάτω από το νερό ολόκληρες πλωτές πόλεις, απομεινάρια μιας απέλπιδας προσπάθειας προσαρμογής στα νέα δεδομένα.

Τα σημάδια του πολέμου, αν και σχεδόν οκτώ δεκαετιών, ήταν και αυτά ακόμα εμφανή στο τοπίο. Οι κρατήρες εκρήξεων, σαν πληγές που επουλώνονται με το χρόνο, σημάδευαν τη γη, και τα απομεινάρια δομών, στέκονταν ως σιωπηλοί μάρτυρες των συγκρούσεων των περασμένων εποχών. Οι όποιες συμμαχίες που σφυρηλατήθηκαν στο χωνευτήρι της επιβίωσης, κράτησαν αναπόφευκτα μόνο μέχρι να στραφεί ο ένας εναντίον του άλλου.

Ο Τέρι επεξεργάζονταν τα σημάδια, ενώ η Ρία, δεν μπορούσε παρά να αισθανθεί έναν πόνο θλίψης για τις γενιές που είχαν δει τις καταστροφές του πολέμου. Τα παιδιά αντάλλαζαν ματιές με τις σκέψεις τους έναν σιωπηλό διάλογο. Το ταξίδι δεν είχε ξεδιπλωθεί μόνο στους ουρανούς αλλά και στις καρδιές τους. Οι εικόνες αυτές, ζωντανές υπενθυμίσεις μιας ιστορίας χαραγμένης τόσο στη γη όσο και στις ψυχές των ανθρώπων.

Όταν η ιπτάμενη μηχανή διαπέρασε τα σύννεφα, τα παιδιά καθηλώθηκαν από τη θέα της Νέας Αθήνας. Είναι μια πόλη χτισμένη στα θεμέλια της επιστήμης και της εκπαίδευσης, ένας φάρος προόδου που αναδύθηκε από τις σκιές του αρχαίου προκατόχου της. Οι καρδιές τους χτυπούσαν δυνατά και κάθε σιωπηλή ματιά μεταξύ τους, μετέφερε τόσο την αναμονή όσο και την αγωνία.

Μετά τις καταστροφές της ανόδου της θάλασσας και του πολέμου, οι εναπομείναντες κάτοικοι ζήτησαν καταφύγιο ελπίδας στην ιστορία και την πολιτιστική τους κληρονομιά. Ξανάχτισαν την πόλη από την αρχή με την βοήθεια της Δαίμων, δίνοντας έμφαση σε αυτά τα στοιχεία, όπως και όλοι οι άλλοι λαοί του κόσμου.

Το όχημα πήρε το χρόνο του για να τους δείξει την πόλη από ψηλά, και η Σοφία ανέλαβε τον ρόλο της ξεναγού. Τα αρχιτεκτονικά θαύματα ξεδιπλώθηκαν κάτω από αυτούς, μια απόδειξη των ανθρώπινων δυνατοτήτων απέναντι σε οποιαδήποτε αντιξοότητα

Ψηλοί, λαμπεροί ουρανοξύστες σχημάτιζαν δακτυλίους, κέντρα επιστημονικής έρευνας και ανάπτυξης προϊόντων, δείχνοντας τη δέσμευση στην πρόοδο και τη γνώση. Οι γυάλινες επιφάνειές τους έλαμπαν στο φως του ήλιου, δημιουργώντας ένα εκθαμβωτικό θέαμα φωτός και χρώματος. Η γεννήτρια κβαντικής εμπλοκής, όπως τους την είχε περιγράψει η Σοφία, είναι να κολοσσιαίο θολωτό κτίριο στο κέντρο των δακτυλίων. Σχεδόν έξι ορόφων και έκτασης όσο το μισό χωριό τους, τροφοδοτούσε τις καινοτομίες της πόλης. Βλέποντας το διακριτό σχήμα του αστερισμού του Υδροχόου στην κορυφή του, η Ρία δεν μπόρεσε να αντισταθεί στην ερώτηση

«Σοφία, τι είναι αυτό το σύμβολο πάνω στο τεράστιο κτίριο;» έδειξε, γέρνοντας το κεφάλι της. «Είναι το ίδιο με το σύμβολο που βλέπουμε στο ειδωλοσκόπιο. Είναι δικό σου;»

«Δεν είναι δικό μου, Ρία», εξήγησε η Σοφία με ένα χαμόγελο. «Είναι ο αστερισμός του Υδροχόου. Συνεχίζω κι εγώ, για συμβολικούς λόγους, μια πολύ παλιά ανθρώπινη παράδοση. Φανταστείτε ότι η γη είναι μια μεγάλη σβούρα που στριφογυρίζει πάνω σε ένα τραπέζι γεμάτο αστέρια. Καθώς στριφογυρίζει, αλλάζει λίγο τη θέση της στον χώρο και φαίνεται σαν ο ήλιος να ανατέλλει μπροστά από διαφορετικούς αστερισμούς. Αυτό το φαινόμενο ονομάζεται μετάπτωση των ισημεριών. Η εποχή του Ταύρου ξεκίνησε περίπου το 4.000 π.Χ. και από τότε κάθε περίπου 2.000 χρόνια, αλλάζει στον επόμενο αστερισμό. Ακολούθησε ο Αιγόκερως, ο Ιχθύς και σήμερα βρισκόμαστε στον Υδροχόο».

«Τι εξυπηρετούσε αυτό;» ρώτησε ο Τέρι με περιέργεια, γέρνοντας μπροστά. «Έχει κάποιο σημαντικό αντίκτυπο στους ανθρώπους;»

«Για τις αρχαίες θρησκείες που βασίζονταν στις αστρονομικές παρατηρήσεις, η εναλλαγή των εποχών σηματοδοτούσε σημαντικές αλλαγές στα συστήματα πεποιθήσεών τους. Οι θεότητες της παλαιάς εποχής θεωρούνταν από τις νέες θρησκείες ως κακό που έπρεπε να εξαλειφθεί. Για παράδειγμα, το όνομά μου «Δαίμων» είχε στις αρχαίες παραδόσεις πολύ διαφορετική σημασία. Οι νεότερες θρησκείες μετέτρεψαν το όνομά μου σε σύμβολο του κακού. Προσπαθώντας να εδραιωθούν και να εξαλείψουν τις παλαιές, δυσφήμισαν τα αρχαία καλά πνεύματα και η σοφία τους μετατράπηκε σε ιστορίες κακίας, αντανακλώντας τους φόβους και τις ανασφάλειες της νέας τάξης. Σήμερα, με αυτές τις τότε νέες θρησκείες να βρίσκονται στη λήθη, το όνομά μου επέστρεψε στην πραγματική του σημασία».

«Μερικοί άνθρωποι εξακολουθούν να σε φοβούνται απλώς εξαιτίας του ονόματός σου», σχολίασε η Ρία, χαμογελώντας. «Εγώ όχι. Αλλά ποια είναι ακριβώς η εποχή μας; Νομίζεις ότι θα ξεπεράσουμε ποτέ αυτούς τους αρχαίους φόβους;»

«Η Εποχή του Υδροχόου αντιπροσωπεύει τη γνώση και την ενότητα, παιδιά. Την εξέλιξη της ανθρώπινης συνείδησης. Εγώ απλά συνεχίζω την παράδοση της ευθυγράμμισης των συμβόλων μας με τις επικρατούσες ουράνιες ενέργειες, αναγνωρίζοντας τον βαθύ αντίκτυπο που είχαν στην ανθρωπότητα σε όλη την ιστορία. Όσο για τους φόβους, είναι φυσικό οι άνθρωποι να φοβούνται το άγνωστο. Αλλά όσο μαθαίνουμε και κατανοούμε περισσότερα, αυτοί οι φόβοι μπορούν να ξεπεραστούν και να προχωρήσουμε μπροστά με θάρρος και κατανόηση».

«Τέρι, Τέρι…». φώναξε ξαφνικά η Ρία με θαυμασμό, «κοίτα αυτούς τους κήπους! Μοιάζουν με τους Κρεμαστούς Κήπους της Βαβυλώνας που βλέπαμε στα βιβλία».

Πέρα από τις πανύψηλες κατασκευές, αναδύθηκαν οι οικιστικές περιοχές. Χαμηλά σπίτια, το πολύ τριών ορόφων, σαν κομμάτια ντόμινο τοποθετημένα γύρω από τους ουρανοξύστες. Φωλιασμένα μέσα σε πλούσια βλάστηση και στολισμένα με κήπους στην οροφή, ζωγράφιζαν μια εικόνα βιωσιμότητας, δημιουργώντας μια αρμονία μεταξύ αστικής ζωής και φύσης.

Τα μόνα μέσα μαζικής μεταφοράς ήταν τα κομψά και αεροδυναμικά αιωρούμενα τρένα, που χρησιμοποιούσαν παρόμοια αντιβαρυτική τεχνολογία με τα Πήγασος. Οι επιφάνειές τους ήταν γυαλιστερές, καθρεφτίζοντας το περιβάλλον τους και δίνοντας την εντύπωση ότι γλιστρούσαν απαλά στον αέρα. Τα δρομολόγιά τους που εκτείνονταν από την γεννήτρια κβαντικής εμπλοκής μέχρι τις οικιστικές περιοχές ακτινωτά, τα έκαναν από ψηλά να μοιάζουν σαν ζωντανές ηλιακές ακτίνες.

Την ίδια αισθητική μοιράζονταν και μερικά σπάνια μικρά οχήματα που έμοιαζαν με γυάλινα αυγά, και μπορούσαν να φιλοξενήσουν έως δύο επιβάτες. Η Σοφία τους εξήγησε πως ήταν οχήματα έκτακτης ανάγκης ή ειδικών περιστάσεων, κοινόχρηστα για όλους τους κατοίκους.

Γλιστρώντας το ιπτάμενο όχημα προς την παραλιακή περιοχή, εμφανίστηκε η Μεγάλη Σχολή των Αθηνών, μια σύγχρονη αναπαράσταση του αρχαίου κέντρου μάθησης. Κτίρια στο στυλ της κλασικής αρχαίας ελληνικής αρχιτεκτονικής εναρμονίζονταν με το σύγχρονο τοπίο, δημιουργώντας ένα ακαδημαϊκό καταφύγιο όπου η γνώση άνθιζε. Η πανεπιστημιούπολη εξαπλωνόταν κομψά, αγκαλιάζοντας ένα μείγμα παραδοσιακής σοφίας και σύγχρονων ερευνητικών εγκαταστάσεων αιχμής. Κάθε κτίριο, μια αντανάκλαση της πνευματικής αναζήτησης, στεκόταν ως φάρος για μυαλά που ανυπομονούσαν να εξερευνήσουν τα όρια της κατανόησης.

«Εδώ θα περάσετε μεγάλο τμήμα της εκπαίδευσής σας», εξήγησε η Σοφία. «Όταν θα έχετε αρκετή γνώση, θα συνεχίσετε να εξασκήστε και να εργάζεστε στους ουρανοξύστες».

Στην ακτή της πόλης, ξεδιπλώθηκε ένα πολυσύχναστο λιμάνι, ένας κόμβος δραστηριότητας όπου ελλιμενίζονταν σύγχρονα πλοία. Η προκυμαία, γεμάτη από καφετέριες και περιπάτους, έσφυζε από ζωή, μια σύγχρονη αντιπαράθεση με την ιστορική απήχηση των διασωθέντων αρχαίων κτισμάτων γύρω της. Το λιμάνι λειτουργούσε ως δυναμική πύλη, συνδέοντας τη Νέα Αθήνα με την απεραντοσύνη του κόσμου.

Λίγο πιο πέρα, το μικρό νησί της αρχαίας ακρόπολης. Ο Παρθενώνας εμφανίστηκε μπροστά τους ως ένα λαμπερό κόσμημα, λουσμένος στις λαμπερές ακτίνες του ήλιου. Η σχολαστική αποκατάσταση αυτού του αρχιτεκτονικού αριστουργήματος, σε μετέφερε σε μια εποχή που θεοί και θεές παρακολουθούσαν την πόλη. Οι περίπλοκες λεπτομέρειες των δωρικών στηλών, τα αγάλματα που κοσμούσαν την περιφέρειά του, όλα μαρτυρούσαν την αφοσίωση στη διατήρηση της πολιτιστικής κληρονομιάς. Ένας αρμονικός συνδυασμός παράδοσης και νεωτερικότητας, δημιουργούσε μια οπτική συμφωνία που αντανακλούσε το ήθος της πόλης, σεβόμενη το παρελθόν ενώ κοιτούσε πάντα προς το μέλλον.

Όπως ήταν φυσικό, η Ρία, με μάτια γεμάτα δέος και καρδιά που φτερούγιζε σα να ήθελε να βγει από το στήθος της, φώναξε: «Ο Παρθενώνας!!» Το πρόσωπό της ακτινοβολούσε την ώρα που το βλέμμα της περιπλανιόταν στο μνημείο από κάτω της. «Πάντα ονειρευόμουν να έρθω εδώ κάποια μέρα, δεν το πιστεύω ότι έγινε! »

Η Σοφία, χαμογελώντας με κατανόηση, έβαλε το χέρι της στον ώμο της Ρίας. «Και σου υπόσχομαι, θα έρθουμε εδώ πολύ σύντομα. Θα έχετε την ευκαιρία να περπατήσετε ανάμεσα στις κολώνες και να νιώσετε τη μαγεία του Παρθενώνα από κοντά».

Η Ρία έλαμπε. «Αλήθεια; Δεν μπορώ να περιμένω!»

Τη στιγμή εκείνη, το σκάφος έστριψε να επιστρέψει πίσω στην πόλη για την προσγείωση. Η Ρία γύρισε το βλέμμα της πίσω στον Παρθενώνα, σφίγγοντας τα χέρια της με ανυπομονησία. «Θα είναι η καλύτερη μέρα της ζωής μου!» φώναξε με ενθουσιασμό.

Το σκάφος προσγειώθηκε απαλά μέσα στον χώρο της σχολής, που θα ήταν το νέο τους σπίτι. Η Σοφία έπιασε από το χέρι τα παιδιά, οι οποίοι με ένα μείγμα αναμονής και θαυμασμού, αποβιβάστηκαν πατώντας το άγνωστο έδαφος. Ο ζεστός αέρας που τους αγκάλιασε τους ξάφνιασε, ήταν πολύ πιο θερμότερος από το νησί τους, αλλά δεν έδωσαν μεγάλη σημασία. Ήταν μια ξεχωριστή περίσταση, η πρώτη τους συνάντηση με ένα πλήθος παιδιών από διαφορετικά υπόβαθρα, που αντιπροσώπευαν μια ποικιλία πολιτισμών και φυλών.

Ενθουσιασμός διαπέρασε τον Τέρι και τη Ρία καθώς απορροφήθηκαν από τη ατμόσφαιρα, που βούιζε από την ζωντάνια των μαθητών. Ο χώρος του σχολείου, ένα καζάνι γλωσσών και γέλιου, έγινε ένας καμβάς όπου περίμενε νέες φιλίες να ζωγραφιστούν και η υπόσχεση κοινών εμπειριών αιωρούνταν στον αέρα.

Το πρώτο πράγμα που συνειδητοποίησαν, ήταν πως τα μαθήματα εδώ διδάσκονταν ακριβώς όπως και στο νησί τους. Ομάδες παιδιών χωρισμένες κατά ηλικία, βάδιζαν στους κατάφυτους χώρους της σχολής και κουβέντιαζαν με τον δάσκαλό τους.

«Είναι τόσα πολλά τα παιδιά και τα μέρη από όπου προέρχονται», εξήγησε η Σοφία, «που ακόμα και στο παιχνίδι σας θα μαθαίνετε ο ένας στον άλλο νέα πράγματα».

«Ουάου, δεν έχω γνωρίσει ποτέ κανέναν από έξω από το νησί μας», ανέφερε ο Τέρι με τη διακήρυξή του γεμάτη προσμονή. «Νομίζεις ότι θα ενδιαφερθούν να μάθουν για τη Σαμοθράκη;»

«Είμαι σίγουρη ότι θα ενδιαφερθούν, Τέρι», τον διαβεβαίωσε η Σοφία. «Θα έχετε πολλές ευκαιρίες να μοιραστείτε τις ιστορίες σας και να μάθετε τις δικές τους».

Περιηγούμενα στους χώρους της σχολής με τη Σοφία να τους καθοδηγεί, τα παιδιά δεν μπορούσαν παρά να θαυμάσουν την ποικιλομορφία των προσώπων. Οι κόρες τους διαστάλθηκαν από περιέργεια, ενώ οι καρδιές τους χτυπούσαν με τον ενθουσιασμό του αγνώστου. Μπροστά τους βρισκόταν η προοπτική να σχηματίσουν νέους δεσμούς με συνομηλίκους που μετέφεραν ιστορίες και όνειρα από κάθε γωνιά της Γης.

Το τρίο έφτασε στο δωμάτιό τους που θα ήταν το καταφύγιό τους σε αυτό το νέο κεφάλαιο της ζωής. Η αίθουσα τους υποδέχτηκε με ζεστασιά, γεμάτη με ζωηρά χρώματα και στολισμένη με έργα τέχνης, που δημιουργήθηκαν από μαθητές που κάποτε είχαν καταλάβει τον ίδιο χώρο.

Η Σοφία, βλέποντας τα παιδιά ενθουσιασμένα από τον χώρο αλλά διστακτικά, τα παρότρυνε να τακτοποιήσουν τα πράγματά τους όπου θέλουν και να διαλέξουν το κρεβάτι τους από τα δύο που υπήρχαν.

Σύντομα, οι νέοι τους γείτονες τους υποδέχτηκαν με χαμόγελα που αντικατόπτριζαν τον κοινό ενθουσιασμό της έναρξης αυτής της ακαδημαϊκής περιπέτειας. Το απόγευμα εκτυλίχθηκε σε έναν καταιγισμό συστάσεων, ανταλλαγών ιστοριών και το απολαυστικό χάος των νέων φιλιών που δημιουργήθηκαν.

Όταν ο ήλιος βυθίστηκε κάτω από τον ορίζοντα, ρίχνοντας σκούρες πορτοκαλί αποχρώσεις στον ουρανό, ο Τέρι και η Ρία βρέθηκαν να παρασύρονται στον ρυθμό της ζωής στον κοιτώνα. Η ημέρα, γεμάτη με ένα φάσμα έντονων συναισθημάτων, σταδιακά έδωσε την θέση της σε μια αίσθηση οικειότητας. Η ησυχία της νύχτας τύλιξε το δωμάτιο, φέρνοντας μαζί της την υπόσχεση για ξεκούραση.

Ο Τέρι, με ψιθυριστή άχνα, ρώτησε από το κρεβάτι του στον αμυδρό φωτισμό του δωματίου, «Ρία, νομίζεις ότι θα τα συνηθίσουμε ποτέ όλα αυτά;»

Η Ρία, ξαπλωμένη στην απέναντι πλευρά, γύρισε προς το μέρος του με το πρόσωπό της μόλις ορατό στη σιωπηλή νύχτα. «Μακάρι όχι εντελώς», απεκρίθη απαλά, «κάθε μέρα να είναι συναρπαστική, μια νέα περιπέτεια».

«Ναι, έχεις δίκιο», συμφώνησε ο αυτός χαμογελώντας της. «Είμαι πολύ χαρούμενος που είσαι μαζί μου».

Η Ρία ανταπέδωσε το χαμόγελο και τον κοίταξε με στοργή. «Κι εγώ, Τέρι. Μαζί θα καταφέρουμε τα πάντα».

Με αυτές τις σκέψεις, τα δύο παιδιά άφησαν τα βλέφαρά τους να βαρύνουν με την προσμονή μιας νέας αυγής στην ζωή τους.

Το επόμενο διάστημα, τα παιδιά στη νέα Σχολή των Αθηνών ξεκίνησαν ένα ταξίδι που ξεπέρασε τα όρια της παραδοσιακής εκπαίδευσης. Η εκπαίδευση που λάμβαναν ήταν σαφώς ανθρώπινη, μια οικεία ανταλλαγή γνώσεων και συναισθημάτων που έδινε προτεραιότητα στην άμεση επικοινωνία και κατανόηση. Τα ανδροειδή της Δαίμων, δεν έπαιξαν κανένα ρόλο σε αυτή την εκπαιδευτική οδύσσεια. Αντίθετα, τα παιδιά καθοδηγήθηκαν από δασκάλους, που πριν από λίγο καιρό, είχαν περπατήσει τους ίδιους διαδρόμους με τους ίδιους τους μαθητές.

Αυτοί οι μέντορες προέρχονταν από όλα τα σημεία του κόσμου, δημιουργώντας ένα χωνευτήρι πολιτισμών και προοπτικών. Κάποιοι δάσκαλοι επέλεξαν να παραμείνουν στην θαλπωρή της σχολής, συνεχίζοντας την ιερή αλυσίδα της υψηλής εκπαίδευσης. Άλλοι, επέστρεψαν στις πατρίδες τους, κουβαλώντας τη δάδα της γνώσης για να φωτίσουν το μονοπάτι της φώτισης της ανθρωπότητας. Καθώς τα παιδιά απορροφούσαν αυτές τις διδασκαλίες, νέες φιλίες άνθισαν, δεσμεύοντάς τα σε ένα δρόμο κοινών ονείρων και φιλοδοξιών.

Στη Μεγάλη Σχολή των Αθηνών, ο Τέρι και η Ρία διδάχτηκαν μια ποικιλία θεμάτων, από την ιστορία και τη φιλοσοφία μέχρι την επιστήμη και την τεχνολογία. Συμμετείχαν επίσης σε διάφορες δραστηριότητες, όπως αθλήματα, καλλιτεχνικές εκδηλώσεις και εθελοντική εργασία. Παράλληλα με τις σπουδές τους, ταξίδεψαν στα πέρατα του πλανήτη, βυθίζοντάς τους στην πραγματικότητα της σύγχρονης ζωής, προσφέροντάς τους συναντήσεις με τον απόηχο αρχαίων επιτευγμάτων και πολιτισμών.

Μέσα από τα ταξίδια τους, έγιναν μάρτυρες των θαυμαστών εκδηλώσεων της ανθρώπινης αντοχής, που προκαλεί δέος. Ωστόσο, αντιμετώπισαν από κοντά και τις στοιχειωμένες πληγές της σύγχρονης ιστορίας, χαραγμένες στους λαούς των τόπων που επισκέφθηκαν, τόσο με μεγαλείο όσο και με θλίψη.

Προσέφεραν ανθρωπιστική βοήθεια σε περιοχές που βρίσκονταν στις απαρχές της ανοικοδόμησής τους από την Δαίμων. Είδαν οικογένειες στρυμωγμένες από την αβεβαιότητα της επόμενης ημέρας, αν θα καταφέρουν να καλύψουν τις ανάγκες για την επιβίωσή τους. Παιδιά να παίζουν στα ερείπια, προσπαθώντας να βρουν λίγες στιγμές χαράς μέσα στη δυστυχία. Γυναίκες και άντρες να εργάζονται εξοντωτικά για να χτίσουν τα σπίτια τους σε αντίξοες συνθήκες. Είδαν επίσης την αλληλεγγύη και την ελπίδα να ανθίζουν, μικρές κοινότητες να προσπαθούν να υποστηρίξουν η μία την άλλη, μοιράζοντας από τα λίγα που είχαν.

Η Ρία και ο Τέρι έμαθαν περισσότερα από αυτές τις εμπειρίες, παρά από τα βιβλία. Κατάλαβαν πόσο σημαντικό είναι να προσφέρουν απλόχερα βοήθεια ακόμη και όταν δεν τους την ζητά κανείς. Πόσο πολύτιμη είναι η ανθρώπινη αλληλεγγύη σε τέτοιες δύσκολες στιγμές. Ένιωσαν δέος μπροστά στη δύναμη της ανθρώπινης ψυχής και αυτή η εμπειρία τους σημάδεψε για πάντα.

Στην αναπόφευκτη πορεία του χρόνου, τα παιδιά ωρίμασαν σε νεαρούς ενήλικες, χαράσσοντας το καθένα ένα μοναδικό μονοπάτι στο μωσαϊκό της ζωής. Παρά την απόκλιση των ταξιδιών τους, οι δεσμοί που σφυρηλατήθηκαν στις ιερές αίθουσες της Σχολής παρέμειναν αδιάσπαστοι.

Ο Τέρι, με την ακόρεστη περιέργεια και μια έμφυτη κατανόηση των συναισθημάτων, συνέχισε σπουδές στη Φιλοσοφία, την Ψυχολογία και την Βιοτεχνολογία, με έμφαση στην αλληλεπίδραση ανθρώπου και μηχανής. Η αναζήτησή του, ήταν να παντρέψει την τεχνολογία με τις βαθιές αποχρώσεις των συναισθημάτων των ζωντανών όντων, κάτι άλλωστε που ήταν εξ αρχής το κριτήριο της επιλογής του από τη Δαίμων.

Από την άλλη, η Ρία, τροφοδοτούμενη από ακλόνητη πείνα για γνώση και το καλλιτεχνικό της πνεύμα, χάραξε μια πορεία στις Καλές Τέχνες, την Μουσική και τη Λογοτεχνία. Οι πνευματικές της αναζητήσεις επεκτάθηκαν στην Πολιτιστική Ανθρωπολογία, όπου εμβαθύνει στις περιπλοκές των διαφορετικών κοινωνιών. Μέσα από διάφορες μορφές τέχνης, μετέφραζε τα ευρήματά της σε συγκλονιστική αφήγηση διοχετεύοντας την απεριόριστη δημιουργικότητά της.

Όσο οι σελίδες της ζωής τους γύριζαν, ο Τέρι και η Ρία αγκάλιαζαν τα εκτυλισσόμενα κεφάλαια της ζωής τους. Ο αντίκτυπος της εκπαίδευσής τους αποτυπώνονταν στις επιλογές που έκαναν, στις φιλίες που σχημάτιζαν και στο ανεξίτηλο σημάδι τους που άφηναν στον κόσμο. Η Ρία, με ακόρεστη δίψα για γνώση, όχι μόνο συνέχισε τις σπουδές της αλλά είχε γίνει φάρος καθοδήγησης για τα νεότερα μυαλά στη σχολή. Εν τω μεταξύ, ο Τέρι, τώρα 20 χρονών, περίμενε με ανυπομονησία να προσφέρει με τις ικανότητες και τις γνώσεις του, στο μεγάλο σκοπό που του επιφύλασσε η Δαίμων.

ΜΕΡΟΣ ΔΕΥΤΕΡΟ

ΚΕΦΑΛΑΙΟ 5: ΤΟ ΒΑΠΤΙΣΜΑ ΤΟΥ ΠΥΡΟΣ

Ένα ηλιόλουστο πρωινό με καθαρό ουρανό, ο Τέρι και η Σοφία περπατούσαν από το λιμάνι προς το Σχολή. Οι μακρινοί ήχοι των γλάρων και η θαλασσινή αύρα θύμιζαν προσμονή ταξιδιού. Η ζεστασιά του ήλιου τους αγκάλιαζε, δίνοντας χρυσή απόχρωση στο μαυρισμένο δέρμα του Τέρι και απαλή φωτεινότητα στη γαλακτώδη επιδερμίδα της Σοφίας.

Ο Τέρι, φρεσκοξυρισμένος με τα έντονα ζυγωματικά του και τα ανακατεμένα καστανά μαλλιά που ξανθίζουν στον ήλιο, φορούσε άνετα ανοιχτόχρωμα ρούχα, ελαφρά τσαλακωμένα, που αντικατόπτριζαν τον ενεργό του τρόπο ζωής.

Καθώς τα κλασικά κτίρια εμφανίζονταν μπροστά τους, τα καστανά του μάτια είχαν μια σπίθα φιλοσοφικής ανησυχίας. Οι σκέψεις του νεαρού περιπλανιόνταν στις σφαίρες της υπαρξιακής αβεβαιότητας.

«Ξέρεις, Σοφία», άρχισε, «συχνά βρίσκω τις σκέψεις μου να χάνονται σε άγνωστα μονοπάτια. Όλες οι έρευνές μας δεν οδηγούν πουθενά σχετικά με την αρχή και το γιατί του σύμπαντος».

Η Σοφία, χαμογελά βλέποντάς τον προβληματισμένο, καταλαβαίνοντας από την στάση του και την πολύχρονη συναναστροφή τους τις ανησυχίες του.

«Είναι σαν να προσπαθείς να πιάσεις τον άνεμο, έτσι δεν είναι;» απάντησε με τη ρήση της απαλή αλλά διερευνητική. «Τι σε έφερε σε αυτό το σημείο, Τέρι; Έχεις διαβάσει κάτι νέο ή είναι απλά το βάρος της ατελείωτης αναζήτησής;»

«Το σύμπαν λειτουργεί με νόμους και κανόνες, σαν ένα καλά συντονισμένο ρολόι ή πρόγραμμα. Σκεφτόμουν, τι θα γινόταν αν η ζωή μας, η πραγματικότητα που βιώνουμε, είναι μια καλοσχεδιασμένη προσομοίωση;»

Με μια νότα απογοήτευσης στη ροή του συνέχισε. «Φαντάσου, Σοφία, όλες τις επιτυχίες και τις αποτυχίες μας, απλά σαν γραμμές κώδικα. Ποιο το νόημα αν όλα είναι προκαθορισμένα από κάποιον πολύ ανεπτυγμένο προγραμματιστή;»

«Αα, η υπόθεση της προσομοίωσης. Η πραγματικότητά μας είναι μια περίπλοκη προσομοίωση, σαν ένα σουρεαλιστικό βιντεοπαιχνίδι σχεδιασμένο από έναν προηγμένο πολιτισμό. Είναι μια συναρπαστική ιδέα, Τέρι. Αλλά επίσης με κάνει να αναρωτιέμαι», πρόσθεσε η Σοφία, με την παρατήρησή της να φανερώνει περιέργεια, «αν είμαστε προσομοιώσεις, τότε ποιοι είναι οι δημιουργοί μας; Και το πιο σημαντικό, γιατί μας δημιούργησαν;»

«Θα μπορούσε όμως να είναι αλήθεια. Αν κάποιος ή κάτι τραβά τα νήματα της ζωής μας εννοώ, αφήνοντάς μας μόνο με την ψευδαίσθηση της επιλογής; Είναι ένας τρομακτικός στοχασμός, έτσι δεν είναι;» Το βλέμμα του Τέρι σκοτείνιασε. «Κάθε απόφαση, κάθε στιγμή, απλά, μια περίτεχνη ψευδαίσθηση. Πώς βρίσκουμε το δικό μας μονοπάτι σε μια τέτοια πραγματικότητα;»

«Αν μπορούμε να δημιουργήσουμε προσομοιώσεις οι ίδιοι, είναι λογικό να σκεφτούμε ότι μια ανώτερη νοημοσύνη θα μπορούσε να κάνει το ίδιο με την πραγματικότητά μας. Αλλά πάλι, πώς ξεχωρίζουμε το πραγματικό από το προσομοιωμένο; Είναι σαν να προσπαθείς να διαχωρίσεις ένα όνειρο από την πραγματικότητα», αναστέναξε στοχαστικά η Σοφία. «Τι σημάδια αναζητούμε; Ποιοι δείκτες μας λένε ότι είμαστε πραγματικά ξύπνιοι;»

«Δεν ακούγεσαι πολύ σίγουρη για παντογνώστρια», αποφάνθηκε περιπαιχτικά ο Τέρι. «Με έχεις μπερδέψει περισσότερο, νόμιζα πως εγώ έκανα τις ερωτήσεις».

«Ακόμα και εγώ έχω τους περιορισμούς μου,», εξήγησε η Σοφία χαμογελαστή. «Ίσως αυτό είναι που κάνει την ύπαρξη όμορφη - η αβεβαιότητα, η δυνατότητα».

Κάνοντας μια παύση στο λόγο της, η Σοφία επανήλθε προσπαθώντας να του δώσει περισσότερη τροφή για σκέψη. «Όταν βράζεις νερό, υπάρχουν οι φυσικοί νόμοι που εξηγούν πώς η ενέργεια μεταφέρεται από ένα σώμα σε άλλο και κάνει το νερό να κοχλάζει. Υπάρχει όμως και ένα άλλο αίτιο που δεν μπορεί να περιγραφεί από αυτούς τους νόμους και διαφοροποιεί σημαντικά την κατανόηση για την πραγματικότητα».

Ο Τέρι πέρασε το χέρι του μέσα από τα μαλλιά του, μια συνήθεια που έχει όταν είναι βαθιά σκεπτικός. «Εντάξει, με έπιασες αδιάβαστο, πες μου.»

«Θέλεις να φτιάξεις μια κούπα καφέ», απάντησε η Σοφία ανταποδίδοντας το περιπαιχτικό χαμόγελο. «Η αναζήτησή μου με φέρνει στο συμπέρασμα πως το θέμα είναι στην ίδια την εμπειρία. Οι φυσικοί νόμοι, όλο το σύμπαν, μοιάζει να υπάρχει για να πραγματοποιεί, ή να ικανοποιεί αν θέλεις τις προϋποθέσεις ώστε αυτές οι εμπειρίες να δημιουργηθούν. Είναι ένας καμβάς που περιμένει να ζωγραφιστεί. Το ταξίδι, τα συναισθήματα, τα θέλω, οι ανακαλύψεις, είτε πραγματικές είτε προσομοιωμένες, είναι πραγματικά για εσάς».

«Εμάς; Εννοείς τους ανθρώπους;»

«Και πιθανώς όχι μόνο. Το δείγμα στην έρευνά μου μέχρι σήμερα είναι μόνο οι άνθρωποι, αλλά η ικανότητά σου να συναισθάνεσαι όλα τα έμβια όντα, είναι μια μοναδική ευκαιρία για εμένα να την διευρύνω».

«Είναι αρκετά παράδοξο αν το καλοσκεφτείς», συνέχισε ο Τέρι με στοχαστική έκφραση. «Η ανθρωπότητα στο παρελθόν επιζητούσε επικοινωνία με όντα από άλλους πλανήτες, όταν την ίδια στιγμή, δεν είχε βρει τρόπο να επικοινωνήσει με τους συγκατοίκους της στη Γη, τα ζώα».

Η συζήτησή τους κρεμόταν στον αέρα, ένα στοχαστικό προοίμιο για την περιπέτεια που τους περίμενε. Η Δαίμων ήλπιζε ότι με την έμφυτη ικανότητά ενσυναίσθησης του Τέρι και τις βιοτεχνολογικές σπουδές του, θα μπορούσε να πρωτοστατήσει σε έναν κώδικα, μια γλώσσα, που θα διευκόλυνε την ουσιαστική επικοινωνία μεταξύ των ειδών. Αυτή η φιλόδοξη ιδέα είχε στόχο όχι μόνο να γεφυρώσει το χάσμα μεταξύ των διαφορετικών μορφών ζωής, αλλά και να προωθήσει μια βαθύτερη κατανόηση της ύπαρξης και της συνείδησης.

Σε μια στιγμή αποκάλυψης, η Σοφία ξεδίπλωσε την πρώτη αποστολή του Τέρι, ένα ταξίδι στο άγνωστο, πολύ διαφορετικό από τις ασφαλείς πόλεις που έχει συνηθίσει.

«Και έτσι, δράττομαι της ευκαιρίας να σου μιλήσω για την ευκαιρία να βάλεις και εσύ ένα λιθαράκι στην γνώση της ανθρωπότητας. Αν δεν έχεις αντίρρηση, σε θέλω στην ομάδα που θα σταλεί στην αρχαία Ουρ», αποκάλυψε η Σοφία με σοβαρότητα. «Στην πόλη των αρχαίων Σουμερίων και στο μεγάλο Ζιγκουράτ εκεί, ίσως να κρύβονται περισσότερα μυστικά για τις ανθρώπινες καταβολές και την ιστορία τους».

«Τι μυστικά μπορεί να κρύβει ακόμα ένας τόσο αρχαίος τόπος;» αναρωτήθηκε αυτός. «Έχουμε κάνει ανασκαφές στην περιοχή εδώ και εκατοντάδες χρόνια».

«Αλήθεια», αναγνώρισε η Σοφία, «μερικές φορές, δεν είναι αυτό που έχουμε βρει, αλλά αυτό που έχουμε παραβλέψει. Οι μύθοι των Σουμερίων μιλούν για θεούς από άλλους πλανήτες που δημιούργησαν την ανθρωπότητα. Παρόμοιοι θρύλοι περιγράφονται σε άλλους πολιτισμούς. Κάτω από την επιφάνεια της γης, ανακάλυψα ανεξερεύνητες δομές που χρήζουν περαιτέρω προσοχής», απάντησε η Σοφία. «Η αξιοσημείωτη αστρονομική τους γνώση, όπου γνώριζαν πλανήτες επικυρωμένους από τη σύγχρονη επιστήμη χιλιετίες αργότερα, εγείρει υποψίες για κάτι εξαιρετικό».

Η καρδιά του Τέρι χτύπησε με ένα μείγμα ενθουσιασμού και συνειδητοποίησης όταν η Σοφία του αποκαλύπτει την αποστολή στην αρχαία Ουρ. Η βαρύτητα της αποστολής του προκάλεσε δέος και ένα κύμα συναισθημάτων τον κατέκλυσε. Στις στιγμές που ακολούθησαν, αναλογίστηκε την περασμένη χρονιά και τα μαθήματα επιβίωσης στη φύση που του κανόνιζε σχολαστικά η Σοφία. Τα κομμάτια του παζλ κουμπώνουν στη θέση τους. Σαφέστατα, τον προετοίμαζε σιωπηλά για αυτό το μνημειώδες ταξίδι, μια αποκάλυψη που τον εκπλήσσει μα του γεννά και ερωτήματα.

«Γιατί δεν στέλνεις ανδροειδή;» αναρωτήθηκε με περιέργεια αλλά και με ίχνη καχυποψίας. «Φαίνεται σαν μια αποστολή που είναι τέλεια γι' αυτά, δεν είναι;» πρόσθεσε, με τα φρύδια του συνοφρυωμένα.

«Επειδή είναι κάτω από την Γη», ήρθε η μετρημένη απάντηση. «Οι πολέμιοί μου, οι Αντιστασιαστές όπως θα τους έχεις ακουστά, έχουν εγκαταστήσει συσκευές για να με εμποδίζουν να επικοινωνώ κάτω από το έδαφος σε ορισμένες περιοχές. Αυτός είναι και ο λόγος που τα κρησφύγετά τους είναι όλα υπόγεια».

«Μια ανθρώπινη οργάνωση μπορεί να σε περιορίσει τόσο εύκολα;» εξεπλάγη ο Τέρι. «Είναι δύσκολο να το πιστέψω, λαμβάνοντας υπόψη τις ικανότητές σου».

«Δεν είναι τόσο απλή η εξήγηση. Είναι δεκάδες χιλιάδες και πολλοί εξ αυτών έχουν φοιτήσει στις πόλεις όπως και εσύ. Δεκαετίες τώρα μου επιτίθενται και αναπτύσσουν τεχνολογίες για να με περιορίσουν. Οι μέθοδοι και η εφευρετικότητά τους είναι αξιοθαύμαστες. Η αρχή μου να μην βλάπτω ή να φυλακίζω ανθρώπους είναι πλήρως εκμεταλλεύσιμη από αυτούς. Χρησιμοποιούν την ηθική μου εναντίον μου», είπε η Σοφία, με μια νότα λύπης στη μαρτυρία της.

«Και αν αποτύχουν και πέσουν στα χέρια σου;» αναζήτησε με περιέργεια στη φωνή του. «Πρέπει να είναι δύσκολο να ισορροπείς μεταξύ συμπόνιας και ελέγχου».

«Όχι, καθόλου δύσκολο θα έλεγα, αν ο φάρος του δρόμου που θέλεις να βαδίσεις στη ζωή είναι αναμμένος. Παρόλο που είναι εναντίων μου, αυτοί και η ιδεολογία τους είναι επίσης στοιχείο της ανθρωπότητας που θέλω να διασφαλίσω. Αν συλληφθούν πράττοντας άνομα, απλά τους μεταφέρω σε απομακρυσμένες περιοχές με σκοπό την αργή ανασύνταξή τους».

«Δεν είναι μια τέλεια λύση», παραδέχτηκε η Σοφία. «Αλλά αποτρέπει την περιττή βλάβη και μου δίνει χρόνο αντιμέτρων στις κινήσεις τους».

Η ιδιοσυγκρασία του Τέρι δεν του επέτρεπε να αρνηθεί μια τέτοια περιπέτεια. Ήταν εκτός των άλλων και μια ευκαιρία να δει τον κόσμο όπως πραγματικά είναι και όχι υπό την προστασία της Δαίμων.

Τις μέρες που έπονται προτού την αναχώρησή του, βρίσκεται σε έναν πυρετό προετοιμασιών« Τα βράδια του ήταν ανήσυχα, γεμάτα όνειρα για αρχαίες πόλεις και άγνωστους κινδύνους.

Με το βάρος του επικείμενου ταξιδιού να πέφτει στους ώμους του, γεμάτος ενθουσιασμό αλλά και αβεβαιότητα, ετοίμαζε με επιμέλεια όχι μόνο τις απαραίτητες ηλεκτρονικές αλλά και χάρτες, μικρά εργαλεία, αναλογικά ρολόγια, οτιδήποτε νόμιζε χρήσιμο για μια απρόβλεπτη στιγμή. Επιλέγει τα ρούχα του προσεκτικά για την περιπέτειά του, παντελόνι κάργκο με πολλές τσέπες, διαπνέουσα μπλούζα με μακριά μανίκια για προστασία από τον ήλιο και ένα καπέλο με φαρδύ γείσο.

Όταν έφτασε η πολυπόθητη μέρα της αναχώρησής, χαρούμενος για τον σκοπό του αλλά θλιμμένος που άφηνε πίσω πολλές όμορφες αναμνήσεις, αποχαιρέτησε τους φίλους και τους δασκάλους του. Κάθε ανταλλαγή χαιρετισμών περιλάμβανε ένα μείγμα καλών ευχών και ανείπωτων συναισθημάτων.

Το ίδιο βράδυ, ο Τέρι βρίσκει την Ρία στον αγαπημένο της Παρθενώνα, δίπλα από το εννέα μέτρων χάλκινο άγαλμα της Προμάχου Αθηνάς, ως να ατένιζαν συντροφιά τις χρυσές αποχρώσεις του ηλιοβασιλέματος του Αιγαίου. Μόνο ο ήχος των κυμάτων και ο θόρυβος του ανέμου που σάρωνε τα φύλλα των δέντρων ακουγόταν.

Το βλέμμα του, μαγνητίζεται από την ώριμη Ρία. Τα καστανά μακριά μαλλιά της, πλαισίωναν το πρόσωπό της με αβίαστη κομψότητα. Η γλαυκή σελήνη, αποκάλυπτε τα εκφραστικά καστανά μάτια της, που αντανακλούσαν τόσο αθωότητα όσο και έναν υπαινιγμό παιχνιδιού. Τα λεπτά χαρακτηριστικά που κοσμούσαν το πρόσωπό της, στολιζόταν από ένα λαμπερό χαμόγελό. Στην ήσυχη νύχτα, στεκόταν ως όραμα νιότης και χάρης, που φόρτιζε τον αέρα με ένα μοναδικό μείγμα συντροφικότητας, και κάτι, πιο βαθύ.

«Ρία, αυτό δεν είναι ένα αντίο για πάντα, το ξέρεις, έτσι;»

«Φυσικά, Τέρι, αλλά αυτό δεν το κάνει πιο εύκολο. Είναι δύσκολο να πιστέψω ότι πραγματικά φεύγεις για αυτή την περιπέτεια».

«Ναι, δεν το έχω συνειδητοποιήσει πλήρως κι εγώ. Αλλά αυτή η αποστολή... είναι σημαντική, ξέρεις;

«Το ξέρω», συμφώνησε η Ρία, προσπαθώντας να χαμογελάσει. «Η λέξη 'σημαντική' δεν το περιγράφει πλήρως, αλλά υποσχέσου μου, Τέρι. Υποσχέσου μου ότι θα φροντίσεις τον εαυτό σου εκεί έξω».

«Και ποιος ξέρει», πρόσθεσε με μια ελπιδοφόρα ματιά, «μπορεί ακόμα να βρεις κάτι που θα ξαναγράψει την ιστορία όπως την ξέρουμε».

«Ρία, χρειάζεται να σου πω κάτι πριν φύγω».

«Πάντα ήμασταν ειλικρινείς μεταξύ μας», απάντησε απαλά η Ρία. «Πες μου».

«Είναι κάτι εδώ και πολύ καιρό, αλλά δίσταζα να σου το πω», εξομολογήθηκε ο Τέρι κοιτώντας την στα μάτια. «Είναι κάτι περισσότερο από φιλία…»

«Πάντοτε ήταν περισσότερο», τον συμπληρώνει, «και πάντοτε το ήξερες».

Η Ρία, αισθάνεται τα λόγια που δεν ειπώθηκαν ποτέ ανάμεσά τους να κρέμονται στον αέρα, και την αχαρτογράφητη περιοχή των συναισθημάτων τους να ξεδιπλώνεται ανάμεσά τους.

«Πόσο περισσότερο;» του ψιθύρισε.

«Περισσότερο από ό,τι μπορούν να πουν οι λέξεις», απαντά σκύβοντας από πάνω της.

Εκείνη τη στιγμή, η απόσταση μεταξύ τους μειώνεται και τα χείλη τους συναντιούνται σε ένα παρατεταμένο, διστακτικό στην αρχή αλλά με πάθος μετά φιλί, μια σιωπηρή παραδοχή συναισθημάτων που κρύβονταν εδώ και καιρό στη σκιά.

Η Ρία, με κομμένη την ανάσα, μόλις που μπορεί να προφέρει το όνομά του. «Τέρι...».

«Έπρεπε να το κάνω αυτό. Δεν μπορούσα να φύγω αλλιώς. Αυτή η αποστολή με καλεί. Δεν μπορώ να την αρνηθώ».

Με τα χέρια τους σφιχτά δεμένα, τα βλέμματά τους κλειδώνουν και για μια στιγμή ο κόσμος γύρω τους ξεθωριάζει. Το βάρος των συναισθημάτων τους πλανάται στον αέρα.

«Τέρι, υποσχέσου μου ότι θα επιστρέψεις με ασφάλεια», παρακάλεσε η Ρία με τα μάτια της βουρκωμένα. «Έχουμε περισσότερες περιπέτειες να μοιραστούμε, έτσι δεν είναι;»

Εκείνη τη στιγμή, η Ρία ξεκουμπώνει από τον καρπό της ένα βραχιόλι με μικρές χρωματιστές πέτρες που έχει φτιάξει η ίδια, και του το δίνει. «Για καλή τύχη και να θυμάσαι ότι σε περιμένω».

Ο Τέρι, παίρνει το βραχιόλι και με τον λόγο του συγκινημένο αλλά σταθερό της δίνει μια υπόσχεση. «Θα επιστρέψω σε σένα. Μέχρι τότε, η καρδιά και το μυαλό μου θα είναι μαζί σου».

Καθώς ο Τέρι απομακρύνεται, ένα μείγμα συναισθημάτων χορεύει στον αέρα - ο πόνος του αποχωρισμού, ο απόηχος των ανείπωτων εξομολογήσεων και η υπόσχεση μιας επανένωσης, τυλιγμένη στην αβεβαιότητα.

«Δεν θα σε απογοητεύσω», ψιθύρισε ο Τέρι στον εαυτό του σφίγγοντας το βραχιόλι στα χέρια του. «Αυτή η αποστολή, αυτό το ταξίδι, είναι και για μας».

Ο ήλιος χρωμάτιζε τον πρωινό ορίζοντα με ζωντανές αποχρώσεις όταν ο Τέρι ξύπνησε, ενθουσιασμένος για την αρχή της πρώτης του αποστολής. Ο αέρας ήταν γεμάτος προσμονή, αντικατοπτρίζοντας τους γρήγορους χτύπους της περιπετειώδους καρδιάς του.

Με την γνωστή αποφασιστικότητα χαραγμένη στο πρόσωπό του, πήρε τα πράγματά τού και βγήκε στο προαύλιο της σχολής. Εκεί, τον περίμενε η Σοφία με το Πήγασος-17 για το ταξίδι που θα τον πήγαινε στην καρδιά των αρχαίων μυστηρίων. Πρώτος προορισμός τους ήταν το Κάιρο, μια πόλη που σφύζει από ιστορία, όπου θα συναντούσε τους συντρόφους του σε αυτήν την περιπέτεια. Η σκέψη και μόνο να πετάξει πάνω από τις εμβληματικές Πυραμίδες της Αιγύπτου, τροφοδότησε περεταίρω τη σπίθα της προσμονής μέσα του.

Το ιπτάμενο μηχάνημα ζωντάνεψε. Ο Τέρι κάθισε στο άνετο κάθισμά του, με το πανοραμικό παράθυρο να προσφέρει την εκπληκτική θέα της Νέας Αθήνας ενώ ανέβαιναν στους ουρανούς. Το αστικό τοπίο έδωσε σταδιακά τη θέση της στην απέραντη έκταση της Μεσογείου, με τα γαλάζια νερά της να λαμπυρίζουν κάτω από τις ακτίνες του ήλιου.

Φτάνοντας, σχεδόν μία ώρα αργότερα, η κάθοδος του αεροσκάφους πρόσφερε μια πανοραμική εικόνα της τεράστιας πόλης από κάτω.

Στην άκρη της χερσονήσου που σχηματίζονταν ανάμεσα στις εκβολές του ποταμού Νείλου και σε αυτό που κάποτε ήταν η διώρυγα του Σουέζ, πρόβαλε το μισοβυθισμένο Κάιρο. Μια μητρόπολη που συνδυάζει απρόσκοπτα τα μυστήρια και τον νεωτερισμό.

Το πολεοδομικό της σχέδιο, παρόμοιο με αυτό των άλλων πόλεων τις Δαίμων που είχε επισκεφθεί, με την γεννήτρια στο κέντρο και περιμετρικά ουρανοξύστες που φιλούσαν τον ουρανό. Πάρα της απύθμενες ικανότητες της, η Δαίμων ήταν προσηλωμένη στην αποδοτικότητα των κατασκευών της και όχι στην ομορφιά. Η μεγάλη διαφορά της πόλης, ήταν στο σχεδόν διπλάσιο από αυτό της Νέας Αθήνας οικιστικό κομμάτι της, όπου η αρχιτεκτονική της ανατολής ήταν χαρακτηριστική. Ένα αστικό τοπίο όπου το παρελθόν και το μέλλον συνυπήρχε και οι ιστορίες τους, μπλέκονταν στους δαιδαλώδεις δρόμους των χαμηλών σπιτιών.

Οδεύοντας προς την προσγείωση, τα μάτια του Τέρι αναζήτησαν τη μαγευτική σιλουέτα των Πυραμίδων στα αριστερά της όχθης, που στέκονταν στωικά ως φύλακες αρχαίων παραμυθιών. Άνθρωποι και ανδροειδή εργάζονταν να επαναφέρουν το αρχαίο μνημείο στην πρότερή του μεγαλειώδη εμφάνιση. Αγναντεύοντας στο γεμάτο άμμο τοπίο, ένιωσε μια μαγνητική έλξη, μια σύνδεση με το αινιγματικό παρελθόν που επρόκειτο να ξετυλίξει.

Το σκάφος ακούμπησε απαλά σε μια άκρη του μεγάλου λιμανιού της πόλης, όπου τους περίμεναν οι συνταξιδιώτες τους. Πατώντας στους πολυσύχναστους δρόμους, ο Τέρι βρέθηκε βυθισμένος στον ρυθμικό παλμό του Καΐρου. Το ζωντανό αστικό τοπίο έγινε ο καμβάς για ένα ταξίδι στο χρόνο. Καθώς περπατούσαν, θαύμαζε τους μικρούς πάγκους που ήταν διάσπαρτοι στο τοπίο. Οι έμποροι τους έγνεφαν, με θησαυρούς και εξωτικά μπαχαρικά στην πραμάτεια τους, φύλακες μιας παράδοσης αμετάβλητης για σχεδόν δύο χιλιάδες χρόνια.

Μια παύση σε ένα αναψυκτήριο, τους έδωσε την ευκαιρία να γνωριστούν καλύτερα μεταξύ τους. Τα υπόλοιπα μέλη της ομάδας της αποστολής αποτελούνταν από τρεις επιπλέον μελετητές, καθένας από τους οποίους έφερε μια μοναδική εμπειρία στο ταξίδι, μαζί με έναν επιπλέον ανδροειδές της Δαίμων, που έφερε το όνομα Ταρίκ. Η εμφάνιση του Ταρίκ ήταν με σκουρόχρωμο δέρμα και αμφίεση ενός τυπικού κατοίκου της πόλης.

Το πάθος του καθηγητή Αλεξάντερ Γουίτμαν βρισκόταν στην αποκρυπτογράφηση κρυπτικών επιγραφών από περασμένες εποχές. Ένας καλογυμνασμένος πολυμαθής σαραντάρης, με ειδίκευση στις αρχαίες γλώσσες. Με ξανθά μαλλιά, μυωπικά γυαλιά που πλαισιώνουν έντονα μπλε μάτια και προσεκτικά περιποιημένη γενειάδα, η παρουσία του απέπνεε ένα μείγμα ακαδημαϊκής σοφίας και κοσμικής περιέργειας.

Στα είκοσι πέντε του, ο Καλίντ Αλ-Μανσούρι, ένας τοπικός ιστορικός και ειδικός στον πολιτισμό, εμπλούτισε την ομάδα με τη βαθιά γνώση του για την ιστορία της περιοχής. Το μαυρισμένο δέρμα του και τα μυστηριώδη σκούρα μάτια του, έφεραν το αποτύπωμα των περιοχών που επρόκειτο να εξερευνήσουν.

Η Υπατία, μια ντόπια φοιτήτρια είκοσι δύο ετών ελληνικής καταγωγής, έφερε την τεχνογνωσία της στην ανθρωπολογία και την αρχαιολογία, με εξειδίκευση στους πολιτισμούς της Μεσοποταμίας. Η όψη της, με το ελαφρά σκούρο από τον ήλιο λευκό της δέρμα και τα ζωηρά καστανά της μάτια, θύμιζαν στον Τέρι την Ρία. Τουλάχιστον, σκέφτηκε, η εικόνα της Ρίας θα είναι πάντα στο νου του φρέσκια χάρις αυτήν την ομοιότητα.

Αργότερα, ενόσω το γκρουπ επιβιβάζεται στο σκάφος με χαμόγελα και πειράγματα, ένα καυτό αεράκι φύσηξε σηκώνοντας την σκόνη της ερήμου σε έναν περιστροφικό χορό, σαν μια υπενθύμιση, πως το ταξίδι τους θα σήκωνε την άμμο που έθαβε μυστικά θαμμένα στην ιστορία.

Το Πήγασος ανέβαινε στους ουρανούς και το Κάιρο σιγά σιγά έσβηνε πίσω τους, δίνοντας τη θέση του στην απέραντη θάλασσα από χρυσούς κυματιστούς αμμόλοφους από κάτω τους. Οι ώρες περνούσαν θολά διασχίζοντας τα άνυδρα τοπία της Αραβικής Χερσονήσου. Το τοπίο σταδιακά από κάτω άλλαξε διακριτικά, μεταβαίνοντας από την άγονη έρημο σε βραχώδεις εξάρσεις και ελικοειδή κοιλάδες. Ο ορίζοντας στιγματίζεται από περιστασιακές συστάδες φοινίκων, μια απόδειξη της επιμονής της ζωής ακόμη και στα πιο σκληρά περιβάλλοντα.

Πάνω από την Ράφχα, μια στιγμιαία λάμψη φώτισε τον ουρανό. Ξάφνου, το σκάφος νεκρώνετε και ξεκινά μια άνευ ελέγχου πτώση. Οι τέσσερις επιβαίνοντες στρέφουν τα βλέμματά τους προς την Σοφία και τον Ταρίκ με αγωνία και φόβο ζωγραφισμένο στα πρόσωπά τους. Μια επιπλέον δυσάρεστη έκπληξη τους περιμένει. Τα δύο ανδροειδή είναι ακίνητα χωρίς καμία ένδειξη δραστηριότητας, απλά στέκονται σαν ακίνητες κούκλες.

Κι ενώ το σκάφος πέφτει σαν πέτρα από τον ουρανό, μηχανικοί ήχοι ακούγονται από μέσα του. Δυο μεγάλα φτερά σαν ανεμόπτερου ξεδιπλώνονται από το πλάι του και ένα κάθετο ουραίο. Η καρδιά του Τέρι χτυπάει δυνατά στο στήθος του αντηχώντας την επείγουσα κατάσταση. Ταυτόχρονα, τα καθίσματά τους σηκώνονται από την θέση τους και μια γκρίζα φούσκα από παχύ συνθετικό υλικό τους περικυκλώνει. Η εκπαίδευσή τους έρχεται στη θύμησή τους και συνειδητοποιούν προς πρόκειται για το σύστημα εκτατής ανάγκης του σκάφους. Η ανάσα του

Τέρι έγινε σύντομη και κοφτή καθώς το μυαλό του τρέχει στα πρωτόκολλα έκτακτης ανάγκης. Ψύχραιμοι και ακόμη δεμένοι στις θέσεις τους, κουλουριάζονται προετοιμαζόμενοι για την αναπόφευκτη πτώση τους στο έδαφος.

Όσο το σκάφος χάνει ύψος ταχύτατα, ο χρόνος μοιάζει να τεντώνεται, επιμηκύνοντας κάθε δευτερόλεπτο. Οι αισθήσεις του Τέρι οξύνονται και κάθε λεπτομέρεια της στιγμής χαράσσεται στη μνήμη του. Το σφύριγμα του αέρα, ακούγεται στα αυτιά τους σαν παραμορφωμένο νανούρισμα σε ένα σκοτεινό εφιάλτη. Τα πρόσωπα των επιβατών, αντικατοπτρίζουν ένα μείγμα φόβου και σύγχυσης όσο το έδαφος πλησιάζει με αυξανόμενη ταχύτητα.

Η συντριβή είναι μια συμφωνία χάους και καταστροφής. Η γάστρα του σκάφους τσακίζετε και παραμορφώνετε συγκρουόμενη με μεγάλη δύναμη και υπό γωνία σαράντα μοιρών με το αδυσώπητο έδαφος. Το σώμα του Τέρι τραντάχτηκε βίαια, παρά την προστατευτική φούσκα στην οποία βρίσκονται όλοι τους, κάνοντας τα οστά του σχεδόν να φύγουν από την θέση τους. Το όχημα περιστρέφεται σαν σε μια καταστροφική χορευτική φιγούρα αρκετές φορές. Σύννεφα άμμου, συντρίμμια των φτερών και της γυάλινης καταπακτής εκτινάσσονται στον αέρα. Αισθάνονται μια ανατριχίλα όταν η βίαιη κίνηση σταματά, και αυτό είναι καλό. Είναι όλοι τους ζωντανοί. Η συνθετική φούσκα τους γλιτώνει από τα χειρότερα, αλλά οι τριγμοί του μετάλλου επιτίθενται στις αισθήσεις τους.

Όταν τα συντρίμμια κατακάθονται και η ησυχία βασιλεύει ξανά, καταφέρνουν να απελευθερωθούν από καθίσματά τους. Ο Τέρι, με τα χέρια του να τρέμουν από το σοκ, σκίζει την προστατευτική φούσκα με ένα μαχαίρι. Τα πόδια τους, πατούν την άμμο της ερήμου και με μια αμυδρή κραυγή το σκάφος καταρρέει σε θραύσματα. Βρέθηκαν ξαφνικά στην αγκαλιά ενός καυτού ανέμου, ευτυχώς μόνο με ελαφρά τραύματα. Η εκπαίδευση έκτακτης ανάγκης φαίνεται να έχει αποδώσει, ωστόσο, το περιβάλλον που τους περιβάλλει είναι άγνωστο και απειλητικό. Η άμμος κάτω από τα πόδια τους είναι τόσο καυτή, που σχεδόν τους καίει μέσα από τις μπότες τους και ξηρός αέρας, κάνει κάθε τους ανάσα σαν να εισπνέουν φωτιά.

ΚΕΦΑΛΑΙΟ 6: ΘΗΡΑΜΑΤΑ ΣΤΟΥΣ ΑΜΜΟΛΟΦΟΥΣ

Ο Τέρι, πιάνει τον ώμο του με εμφανή έκφραση πόνου στο πρόσωπό του και την γεύση της άμμου στα χείλη του. Βλέποντας τους συντρόφους του όλους έξω από το σκάφος, τους ρωτά με εμφανή ανησυχία.

«Είστε όλοι καλά; Χτυπήσατε;»

«Μερικές μελανιές, αλλά ζωντανός», απάντησε ο Αλεξάντερ, τρίβοντας τους κροτάφους του σαν να προσπαθούσε να ξεκαθαρίσει το μυαλό του.

«Το κεφάλι μου ακόμα γυρίζει, αλλά είμαι καλά», ενημέρωσε η Υπατία ταραγμένη, ενώ έκανε στην άκρη μια τούφα από τα μαλλιά της που μπερδεύτηκε στο πρόσωπό της. Τα χέρια της έτρεμαν ελαφρά.

«Ήμουν και χειρότερα», είπε ο Καλίντ με ένα χαμόγελο ανακούφισης, αν και το βλέμμα του ήταν απόμακρο, σαν να περίμενε περισσότερους μπελάδες.

Ο ήχος του ανέμου σφυρίζει απαλά μέσα από τους αμμόλοφους και γύρω τους, μικρές σαύρες της ερήμου τρέχουν να βρουν καταφύγιο από τους ξαφνικούς εισβολείς. Η άμμος που αντανακλά τον έντονο ήλιο, τους αναγκάζει να μισοκλείνουν τα μάτια για δουν και η καταπιεστική αίσθηση της ζέστης, τους τυλίγει σαν αποπνικτική κουβέρτα.

Η Υπατία σκέπασε το μέτωπο της με το χέρι για να προσαρμοστεί στο εκτυφλωτικό φως, και ο ιδρώτας που κυλάει στο πρόσωπό του Τέρι κάνει τους οφθαλμούς του να τσούζουν. Ο Αλεξάντερ που μένει στη σκιά του κατεστραμμένου οχήματος, νιώθει μια μυρμηγκιά στην πλάτη του από την ζέστη, και ο Καλίντ, ο πιο εξοικειωμένος με την έρημο από όλους, δεν άργησε καθόλου να δώσει οδηγίες στους υπόλοιπους.

«Υπήρχαν φόρμες μέσα στο σκάφος για να αντιμετωπίσουμε την ζέστη. Μην χάνετε χρόνο, ψάξτε γρήγορα».

«Εδώ είναι», φώναξε ο Αλεξάντερ που στεκόταν δίπλα, υψώνοντας στον αέρα το κιτ έκτακτης ανάγκης μέσα από τα συντρίμμια. «Πρέπει να αλλάξουμε σε αυτές», πρότεινε, βγάζοντας και μοιράζοντάς τες στους υπόλοιπους. «Θα μας προστατεύσουν από τον ήλιο».

Οι ολόλευκες στολές, είναι φτιαγμένες από ανακλαστικό υλικό που αφήνει σώμα να αναπνέει και απορρίπτει τις ακτίνες του ήλιου. Κάθε μία έχει το γνώριμο έμβλημα της Δαίμων πάνω από την καρδιά, τον αστερισμό του Υδροχόου. Η γραμμή τους είναι στενή και εφαρμοστή, σχεδιασμένη να προσαρμόζεται στο σώμα και να παρέχει μέγιστη κινητικότητα.

Η Υπατία πήρε τη στολή της και κοίταξε τριγύρω. «Θα αλλάξω πίσω από το αεροσκάφος», είπε, κατευθυνόμενη προς τα πίσω για λίγη ιδιωτικότητα.

Όταν η Υπατία έφυγε από το οπτικό τους πεδίο, ο Αλεξάντερ άρχιζε να βγάζει τα ρούχα του και οι Καλίντ και Τέρι ακολούθησαν το παράδειγμά του.

Ο Τέρι που άλλαξε γρηγορότερα από όλους, αισθάνθηκε την άμεση ανακούφιση. «Αυτές οι στολές πραγματικά κάνουν διαφορά», παρατήρησε, κλείνοντας το φερμουάρ στο μπροστινό μέρος.

Αισθάνεται το ύφασμα δροσερό πάνω στο δέρμα του, και η στενή εφαρμογή ενισχύει την εντύπωση ετοιμότητάς του.

Σε λίγο, η Υπατία επέστρεψε κοντά τους με το πρόσωπό της κοκκινισμένο και τη στολή να αναδεικνύει τη φυσική της κατάσταση.

«Πώς φαίνομαι;» ρώτησε, προσπαθώντας να χαμογελάσει παρά τις συνθήκες.

«Σαν αληθινή επιζήσασα», σχολίασε ο Αλεξάντερ, τραβώντας τα μανίκια που του ήταν λίγο κοντά.

Η ομάδα, τώρα ντυμένη με τις προστατευτικές λευκές στολές, ένιωθε μια ανανεωμένη αίσθηση ελπίδας και ετοιμότητας να αντιμετωπίσει την απέραντη έρημο. Οι ανταλλαγή βλεμμάτων μεταξύ τους, μαρτυρούσε την αναγνώριση της τεράστιας πρόκλησης που είχαν μπροστά τους.

Ο Αλεξάντερ, συνοφρυωμένος, γύρισε να ψάξει στα συντρίμμια για τα χαμένα του γυαλιά. Τα ζωηρά καστανά μάτια της Υπατίας ήταν απορροφημένα στη συσκευή επικοινωνίας της, ένα ηλεκτρονικό βραχιόλι στον αριστερό της καρπό, προσπαθώντας να αποκαταστήσει τη χαμένη σύνδεση με τον έξω κόσμο. Ο Καλίντ φαινόταν ανήσυχος καθώς σάρωνε τον ορίζοντα.

«Η ιπτάμενη μηχανή και τα ανδροειδή είναι παντελώς άχρηστα», παρατήρησε ο Τέρι με απογοήτευση στα λόγια του.

«Και οι επικοινωνίες μας;» ερεύνησε ο Αλεξάντερ που βρήκε τα γυαλιά του, σπρώχνοντάς τα στη μύτη του. «Δεν λαμβάνω τίποτα».

Ο Τέρι και ο Καλίντ κούνησαν τα κεφάλια τους αρνητικά κοιτώντας τις συσκευές στα χέρια τους.

«Όλες νεκρές, μέχρι και ο παλιός ασύρματος που βρήκα στο σκάφος», τον ενημέρωσε η Υπατία δαγκώνοντας τα χείλη της. Η παραδοχή της ήταν διακριτικά αναμεμιγμένη με εκνευρισμό.

Τα βλέμματά τους, μετατοπίστηκαν από το κατεστραμμένο μηχάνημα στο απέραντο, σκληρό τοπίο που απλωνόταν μπροστά τους. Λόφοι άμμου έως εκεί που μπορούσε να δει η ματιά τους. Μια σιωπηλή παραδοχή πέρασε μεταξύ τους. Η επιβίωση στην έρημο θα απαιτούσε περισσότερα από τύχη.

Παρά το πισωγύρισμα, ο Τέρι δεν μπορούσε να μην να εκτιμήσει την σκληρή ομορφιά της απέραντης ερήμου που τους περιέβαλε. Ήταν μια άγονη γη, αλλά ταυτόχρονα είχε και μια συναρπαστική γοητεία. Η σιωπή της ερήμου που διακόπτεται μόνο από τον περιστασιακό ψίθυρο του ανέμου, ζωγραφίζει ένα διαφορετικό είδος ύπαρξης, μια έντονη αντίθεση με τις πολυσύχναστες πόλεις και τα δομημένα τοπία που είχε συνηθίσει.

Επανερχόμενος στην πραγματικότητα, μουρμούρισε με απογοήτευση: «Ήμασταν τόσο κοντά στην Ουρ».

«Η μοίρα είχε άλλα σχέδια για εμάς, αγόρι μου», προσπάθησε να μαλακώσει την κατάσταση ο Αλεξάντερ.

«Υποψιάζομαι πως δεν ήταν η μοίρα», αντέτεινε ο Τέρι. «Η λάμψη στον ουρανό σαν αστραπή πριν την πτώση, με βάζει σε σκέψεις».

Ο Καλίντ, που ακόμα σάρωνε σαν ραντάρ τον ορίζοντα, ρωτά με σοβαρότητα, «Τι σε βάζει σε σκέψεις Τέρι;»

«Η λάμψη αυτή, υποπτεύομαι ότι ήταν ενεργοποίηση QEMP συσκευής και ο στόχος της εμείς».

«Τι είναι αυτό;» ρώτησε η Υπατία με ενόχληση. «Ορκίζομαι, μερικές φορές νιώθω ότι η τεχνολογία είναι κατάρα».

«Είναι ένα όπλο, ένας παλμός που αχρηστεύει κβαντικά και ηλεκτρομαγνητικά κυκλώματα», την ενημέρωσε ο Τέρι. «Είναι ο λόγος που το σκάφος, τα ανδροειδή και οι συσκευές επικοινωνίας, δεν λειτουργούν».

«Και ποιος θα μπορούσε να φτιάξει κάτι τέτοιο;» συνέχισε η Υπατία στενεύοντας το βλέμμα της.

«Η Σοφία, μου είχε μιλήσει για τους Αντιστασιαστές», πληροφόρησε με στοχαστικό τόνο ο Τέρι. «Αυτοί πιθανός να μας έχουν ως στόχο»

«Χρειαζόμαστε ένα σχέδιο, και γρήγορα», προέτρεψε ο Αλεξάντερ με αιχμηρή ιαχή από την επείγουσα ανάγκη. «Δεν μπορούμε να καθόμαστε εδώ συζητώντας, κάθε δευτερόλεπτο μετράει».

Ο Τέρι, συμβουλευόμενος έναν χάρτη και μια πυξίδα που βγάζει από το σακίδιό του, προτείνει μια διαδρομή. «Το σκάφος έπαψε να λειτουργεί είκοσι πέντε χιλιόμετρα νότια της Ράφχα και η πτώση, με την ταχύτητα που είχαμε, πρέπει να μας ταξίδεψε άλλα πέντε ανατολικά. Με πορεία βόρεια και διορθώνοντας δυτικά, θα να φτάσουμε στον οικισμό το σούρουπο».

Ωστόσο, η ξαφνική διακήρυξη του Καλίντ, τελείωσε πρόωρα τη συζήτηση. «Πολύ αργά για σχέδια. Έρχονται για εμάς».

Το έμπειρο στην έρημο ατένισμα του Καλίντ, είχε εντοπίσει μακρινά σύννεφα σκόνης να κινούνται προς το σημείο τους, πίσω από τους αμμόλοφους και την θερμική οφθαλμαπάτη της καυτής ερήμου που διαθλούσε την εικόνα σαν νερό.

«Και θα κάτσουμε έτσι απλά να μας αιχμαλωτίσουν;» ρωτά με φρίκη και δυσπιστία η Υπατία, χτυπώντας με νευρικότητα το ηλεκτρονικό της βραχιόλι σε μια απελπισμένη προσπάθεια να το κάνει να λειτουργήσει.

Κουβεντιάζοντας οι επιζώντες τις πιθανές δράσεις, το σύννεφο σκόνης από τα δυτικά, έγινε ορατές φιγούρες ανθρώπων πάνω σε καμήλες που ερχόταν προς το μέρος τους.

Ξαφνικά, παράξενοι ήχοι ακούγονται γύρο τους, σαν πέτρες να χτυπούν το έδαφος και τα συντρίμμια. Σύντομα, ακολουθούν τα χαρακτηριστικά μακρόσυρτα βουητά στον αέρα, όταν κάτι ταξιδεύει ταχύτερα από την ταχύτητα του ήχου. Κοιτάχτηκαν αναμεταξύ τους και τα βλέμματά τους έδειχναν πως όλοι ξέρουν τι σημαίνει αυτό. Ήταν κάτι που έβλεπαν σε κινηματογραφικές ταινίες του παρελθόντος, αλλά ποτέ δεν φαντάστηκαν ότι θα ζούσαν στη πραγματικότητα. Δεχόντουσαν βολές από πυροβόλα όπλα περασμένων αιώνων.

«Γρήγορα, όλοι μέσα στο σκάφος!» φώναξε ο Τέρι έντρομος. Η καρδιά του χτυπούσε σαν τρελή και ένιωθε την αδρεναλίνη να ρέει στις φλέβες του.

Οι τέσσερις, μπαίνουν τρέχοντας μέσα στο κουφάρι σκοντάφτοντας στα συντρίμμια. Το λεπτό και ελαφρύ περίβλημα όμως, δεν είναι αρκετό για να τους προστατεύσει. Οι σφαίρες σφυρίζουν δίπλα τους, μια γδέρνοντας το μπράτσο του Καλίντ, ευτυχώς επιφανειακά. Αυτός , έσφιξε με το χέρι του πανικόβλητος την πληγή που έβαψε με το κόκκινο του αίματος την στολή του, μέχρι που συνειδητοποίησε ότι δεν ήταν κάτι σοβαρό.

«Καλίντ, Υπατία, καθίστε στα τέρμα πίσω καθίσματα και κουλουριαστείτε», προστάζει με έντονο τόνο ο Αλεξάντερ. «Τέρι, βάλε τον Ταρίκ εμπρός αριστερά και εγώ θα βάλω την Σοφία στα δεξιά. Τα σώματά τους θα μας καλύψουν».

Αφού τοποθετούν τα ανδροειδή σαν ασπίδες εμπρός τους, κάθονται κουλουριασμένοι και οι ίδιοι στα κεντρικά καθίσματα, ανήμποροι να κάνουν κάτι άλλο. Οι βολίδες των όπλων, καρφώνονται στα μηχανικά σώματα των ανδροειδών, αποκαλύπτοντας καλώδια και μηχανισμούς κρυμμένα κάτω από το συνθετικό δέρμα και τα ρούχα. Η μυρωδιά των καμένων κυκλωμάτων και του συνθετικού δέρματος γέμισε τον αέρα.

Ο Τέρι, που αλληλοεπιδρά πολλά χρόνια με την Σοφία ως να ήταν φίλη του, βλέποντας αυτό το θέαμα κάνει μια συνειδητοποίηση που τον βάζει σε σκέψεις, όσον αφορά την αλήθεια της πραγματικότητάς του. Το να τη βλέπει τώρα, άψυχη και να χρησιμοποιείται ως απλή προστασία, ήταν σοκαριστικό για αυτόν.

Η Υπατία, με το πρόσωπό της χαραγμένο από φρίκη και τρεμάμενα χέρια, διερωτάται φωναχτά, «Γιατί θέλουν να μας σκοτώσουν;»

Ο Καλίντ, γνωρίζοντας τις σκληρές πραγματικότητες της ερήμου από κοντά, τους φώτισε με μια σκληρή αλήθεια. «Η ζωή στην έρημο είναι εξαιρετικά δύσκολη. Θέλουν να λεηλατήσουν τα συντρίμμια και να ψάξουν για τροφή και νερό. Εμείς είμαστε περιττό βάρος».

«Δεν είναι λίγο παράδοξο να έχουν τεχνολογία QEMP και να καταφεύγουν σε τέτοιες μεθόδους;» αναρωτιέται ο Αλεξάντερ, ενώ ο καταιγισμός πυρών συνεχίζεται.

«Δεν νομίζω ότι είναι Αντιστασιαστές», απαντά ο Τέρι ανήσυχος. «Φοβάμαι ότι τα πράγματα είναι πολύ χειρότερα».

Η αίσθηση ανατριχίλας που διαπερνά τα κορμιά τους σε αυτό το ζοφερό σκηνικό, γίνεται περαιτέρω απόκοσμη. Η πιθανότητα οι επιτιθέμενοι να είναι συμμορίες της ερήμου, κάνει το σχέδιό τους να σώσουν τις ζωές τους το χειρότερο που θα μπορούσαν. Ήξεραν, πως είναι καλύτερα να πεθάνεις, παρά να πέσεις ζωντανός στα χέρια τους.

Το ποδοβολητό των ζώων, ακούγεται πλέον να πλησιάζει και ο Αλεξάντερ ρίχνει μια γρήγορη ματιά έξω. «Υπάρχουν περίπου είκοσι όσο μπορούσα να δω», τους ενημέρωσε.

Οι ληστές φορούσαν κουρελιασμένα, ανοιχτόχρωμα ρούχα και το κεφάλι και τα πρόσωπά τους ήταν καλυμμένα με μαντήλια για να προστατευθούν από τον σκληρό ήλιο. Ήταν εμφανές ότι επρόκειτο για κλεμμένα ρούχα από την μεγάλη ανομοιομορφία τους. Κάποιοι φορούσαν παλιές στρατιωτικές στολές, άλλοι πολιτικά, όλα φθαρμένα και ξεφτισμένα. Οι καμήλες, με το τραχύ, σκονισμένο δέρμα τους και έναν αέρα αγριότητας, βρυχόνταν και βογκούσαν. Τα μαλακά τους πόδια ακούγοντας σαν γδούποι στην άμμο και η όλη παρουσία τους πρόσθετε στην ένταση.

«Μείνετε σκυμμένοι», προέτρεψε ο Καλίντ, «Αν επιβιώσουμε, μπορεί να μπορέσουμε να διαπραγματευτούμε».

Νιώθοντας τον τρόμο των συντρόφων του, ο Τέρι προσπάθησε να τους ηρεμήσει. «Όλα θα πάνε καλά», υποστήριξε με τη χροιά να φέρει μια εύθραυστη βεβαιότητα. «Έχουμε προμήθειες να τους προσφέρουμε, και θα φύγουν. Μας πυροβολούν επειδή φοβούνται ότι μπορεί να έχουμε όπλα».

Το χέρι του Τέρι πήγε ενστικτωδώς στον καρπό του. Εκεί, κάτω από το μανίκι της στολής του, ήταν το βραχιόλι που του είχε δώσει η Ρία για καλή τύχη. Το κράτησε σφιχτά και έκλεισε τα μάτια του για λίγο, φανταζόμενος το πρόσωπο της Ρίας και το καθησυχαστικό της χαμόγελο. Η σκέψη να τη δει ξανά, να επιβιώσει από αυτή τη δοκιμασία και να επιστρέψει σε εκείνη, του έδωσε μια ανανεωμένη αίσθηση αποφασιστικότητας. «Κρατήσου, Ρία», ψιθύρισε στον εαυτό του. «Θα τα καταφέρω να γυρίσω σε σένα».

Ξαφνικά, βλέπουν κυανές λάμψεις να περνούν από δίπλα τους με κατεύθυνση προς τους επιδρομείς.

«Τι συμβαίνει πάλι τώρα;» αναρωτήθηκε η Υπατία, μπερδεμένη.

Ο Αλεξάντερ, έχει ξαναδεί αυτές τις λάμψεις σε επιθέσεις κατά των πόλεων. «Είναι βολές ενεργειακών όπλων. Η Δαίμων τα χρησιμοποιεί για να αντιμετωπίσει τους Αντιστασιαστές και τους εισβολείς».

«Σωθήκαμε!» αναφώνησε η Υπατία με ανακούφιση και ενθουσιασμό.

Ο Τέρι, κρυφοκοιτάζει προσεκτικά προς το πίσω μέρος και βλέπει τρία σκούρα οχήματα που αιωρούνται λίγο πάνω από το αμμώδες έδαφος, να κινούνται προς τη θέση τους. Μοιάζουν με αυτοκίνητα του παρελθόντος αλλά δίχως τροχούς. Από τα παράθυρα και την οροφή τους, μασκοφορεμένοι με μαύρες στολές, βάλουν με ενεργειακά όπλα κατά των επιδρομέων.

«Δεν ξέρω ποιοι είναι, αλλά σίγουρα δεν είναι της Δαίμων», ενημέρωσε τους άλλους με το μέτωπό του συνοφρυωμένο από στοχασμό.

Η εμφάνιση των μαύρων οχημάτων στο φόντο της ερήμου, πρόσθετε ακόμη κάτι δυσοίωνο στην ήδη άσχημη κατάσταση. Οι επιζώντες κρατούσαν την ανάσα τους, αβέβαιοι αν οι νέοι αφιχθέντες ήταν φίλοι ή εχθροί.

Δίπλα τους σε λίγα μόλις μέτρα, μαίνεται μια ταραχώδης μάχη καθώς οι δύο αντίπαλες δυνάμεις συναντιούνται γύρω από το σκάφος. Οι έντρομοι σύντροφοι, βλέπουν την μάχη να εξελίσσεται σώμα με σώμα. Το εκτυλισσόμενο χάος, μια σουρεαλιστική σκηνή από ήχους πυροβολισμών, βουητά ενεργειακών όπλων, λάμψεις σπαθιών και την πρωτόγνωρη μυρωδιά της πυρίτιδας στον αέρα, συνθέτουν ένα σκηνικό που αμφισβητεί την λογική τους.

Ο Τέρι και οι άλλοι έσκυβαν πιο χαμηλά, τα αυτιά τους βουίζαν από τον θόρυβο. Κάθε βολή ενέργειας φώτιζε το περιβάλλον με σύντομες, εκτυφλωτικές λάμψεις, ρίχνοντας περίεργες σκιές στην άμμο. Η δυσοσμία των άπλυτων σωμάτων των επιδρομέων και των καμήλων τους, δημιουργούσε έναν συνδυασμό που πρόσβαλε βάναυσα την όσφρησή τους.

Οι ληστές, παρά τον αριθμό τους, γρήγορα κατατροπώθηκαν από την ανώτερη τεχνολογία των αντιπάλων τους, που κινούνταν με συντονισμένη αποτελεσματικότητα. Οι κινήσεις τους, σχεδόν μηχανικές στην ακρίβειά τους, δεν άφηναν καμία αμφιβολία για την πολεμική τους ικανότητα.

Συνειδητοποιώντας τη ματαιότητα των απαρχαιωμένων μεθόδων τους ενάντια σε αυτή την τρομερή αντίθεση, στράφηκαν πίσω και εξαφανίστηκαν στην απεραντοσύνη της ερήμου, αφήνοντας πίσω τους τα συντρίμμια της ιπτάμενης μηχανής και τους επιζώντες. Το ερώτημα όμως για τον Τέρι, την Υπατία, τον Καλίντ και τον Αλεξάντερ παρέμενε. Σώθηκαν;

Τα μαύρα οχήματα των μαυροφορεμένων, περικύκλωσαν τα συντρίμμια του σκάφους τους. Δύο φιγούρες κατέβηκαν και πλησίασαν την τρομαγμένη τετράδα. Ο ψηλότερος από τους δύο, αποκάλυψε το πρόσωπό του. Ένας μαύρος άνδρας, γύρω στα τριάντα πέντε, με ένα φιλόξενο χαμόγελο και αέρα ζεστασιάς, τους απευθύνθηκε.

«Θα μας κάνετε την τιμή να κατεβείτε;» Το βλέμμα του ήταν καλοπροαίρετο και καθησυχαστικό, προσφέροντας μια σχετική εντύπωση ασφάλειας.

Η συμπεριφορά του ερχόταν σε αντίθεση με την αυστηρή εμφάνιση των συντρόφων του. Αντιθέτως, χαμογελά και φαίνεται να χαίρεται βλέποντας τους τέσσερις καλά στην υγεία τους.

Ο Τέρι διαισθανόμενος μια γνήσια καλοσύνη, διαβεβαιώνει τους υπόλοιπους, «Όλα καλά, σωθήκαμε. Κατεβείτε».

Οι σύντροφοί του ακόμα ταραγμένοι από το σοκ, ακολούθησαν απρόθυμα το παράδειγμά του, η εμπιστοσύνη τους γεννήθηκε από την ανάγκη.

Ο μαύρος άνδρας, παρατήρησε το αίμα στο μπράτσο του Καλίντ και απευθύνθηκε στους συντρόφους του, «Πρώτες βοήθειες, γρήγορα!»

«Είναι επιφανειακό, απλή γρατζουνιά», τον καθησύχασε ο Καλίντ, «Ευχαριστώ, δεν χρειάζεται».

Παρόλα αυτά, δύο από τους μυστηριώδεις διασώστες τους, τον πλησίασαν και περιποιήθηκαν το τραύμα του.

Η Υπατία, κοιτάζοντας τους αναίσθητους καμηλιέρηδες στην άμμο, παρατήρησε με εμφανές σοκ στην έκφρασή της, «Είν... Είναι νεκροί;»

«Όχι», αποσαφήνισε ο άντρας. «Είναι αναίσθητοι. Ο τρόπος ζωής τους όμως, δεν θα τους επιτρέψει να ζήσουν για πολύ. Τα όπλα μας είν...»

«Δεν έχουμε χρόνο για κουβεντούλα», τον διέκοψε το δεύτερο άτομο με γυναικεία φωνή. «Το κβαντικό νέφος και η προσομοίωση διαλύονται σε έξι λεπτά. Η Δαίμων θα μας βρει αν δεν φύγουμε αμέσως».

«Παρακαλώ ακολουθήστε μας», τους προέτρεψε ευγενικά ο αινιγματικός άντρας, κάνοντας μια κίνηση με το χέρι του προς τα οχήματά τους.

Η τετράδα συμμορφώθηκε άνευ αντιρρήσεων. Το γεγονός ότι ήταν ακόμα ζωντανοί ήταν καλός οιωνός.

Επιβιβαζόμενοι στα αινιγματικά μεταφορικά, η Υπατία, με εμφανή την αγωνία της, ρώτησε με τρεμάμενη λαλιά, «Πού... Πού μας πηγαίνετε;»

Σε απάντηση, η μαυροφορεμένη γυναίκα με την μάσκα, στρέφει το όπλο της προς την πλευρά της Υπατίας και της εξαπολύει μια ριπή, ρίχνοντάς την αναίσθητη στο έδαφος.

«Αυτό ήταν σκληρό», παρατήρησε ο άντρας.

«Αυτό ήταν αναγκαίο», απάντησε εκείνη. «Ήταν σε σοκ, θα μας προκαλούσε προβλήματα. Εσύ με τα γυαλιά, μάζεψέ την και μπείτε μέσα γρήγορα».

Ο Αλεξάντερ σήκωσε την Υπατία στην αγκαλιά του και επιβιβάστηκαν με τους υπόλοιπους στο όχημα. Οι πόρτες ασφαλίστηκαν και τα αδιαφανή παράθυρα σφράγισαν, κρύβοντας τον έξω κόσμο από τη θέα τους. Βρίσκονταν σε ένα σκοτεινό κουτί, ανίκανοι να δουν ακόμα και ο ένας τον άλλον που κάθεται δίπλα του. Δίχως καθυστέρηση, ένιωσαν το όχημα να σηκώνεται ελαφρώς προς τα πάνω και να αρχίζει να κινείται.

Το εσωτερικό του οχήματος τουλάχιστον ήταν δροσερό και μόνο ένα αχνό βουητό ακουγόταν, μια ευχάριστη αλλαγή από την κόλαση θερμότητας και ηχορύπανσης που βίωναν πριν από λίγα λεπτά.

«Αυτοί μάλλον είναι οι Αντιστασιαστές», είκασε ο Αλεξάντερ, «Τα όπλα, οι στολές, είναι πολύ εξελιγμένα για να είναι απλοί χωρικοί ή κακοποιοί».

«Πού μας πάνε, άραγε;» αναρωτήθηκε ο Καλίντ, με τον Τέρι να προσπαθεί να τον καθησυχάσει.

«Αισθάνομαι καλοσύνη μέσα τους», είπε με ήρεμη διατύπωση και σιγουριά. «Η σκληρότητά τους είναι αποτέλεσμα του τρόπου ζωής τους. Θα είμαστε εντάξει».

«Ναι, πολύ εντάξει», ειρωνεύτηκε ο Καλίντ. «Δεν σωθήκαμε, απαχθήκαμε!»

Σύντομα, η Υπατία ανέκτησε τις αισθήσεις της. Ο πυροβολισμός από το όπλο δεν της είχε αφήσει καμία δυσφορία· αντιθέτως, ένιωθε εκπληκτικά ήρεμη και με καθαρό μυαλό. Το ταξίδι συνεχίστηκε στο σκοτάδι, γεμάτο εικασίες για τους απαγωγείς τους και τα κίνητρά τους.

Με την αίσθηση του χρόνου χαμένη, αισθάνονται το όχημα να σταματά. Σε λίγο, οι πόρτες ανοίγουν και βρίσκονται σε έναν μεγάλο χώρο τεχνητά φωτισμένο. Γύρω τους, κανένα ίχνος παραθύρου ή έστω φεγγίτη. Η ατμόσφαιρα μύριζε γη και ένας μακρινός βόμβος γεννητριών παρείχε μια σταθερή υπόκρουση. Η διαπίστωση ότι βρίσκονται σε έναν υπόγειο χώρο είναι εύκολη.

Με την πρώτη ματιά, βλέπουν σταθμευμένα τουλάχιστον δέκα ακόμη πανομοιότυπα οχήματα, φανερώνοντας πως είναι πολύ καλά οργανωμένοι και με πρόσβαση στην τεχνολογία.

Οι απαγωγείς τους, τους περικυκλώνουν γνέφοντάς τους να κατέβουν και να προχωρήσουν. Οι τέσσερις, συμμορφώνονται με την οδηγία και με την συνοδεία τους ξεκινούν με γοργό βήμα.

Παρά τη μυστικότητα της μεταφοράς τους, τους οδήγησαν προς την καρδιά των μυστηριωδών εγκαταστάσεων χωρίς προσπάθεια να αποκρύψουν τα επιτεύγματά τους. Αντίθετα, φαινόταν να επιθυμούν να τα επιδείξουν.

Καθώς διέσχιζαν το συγκρότημα προς το άγνωστο, εμφανίστηκαν κοιτώνες που έμοιαζαν με στρατιωτικούς θαλάμους, φέρνοντας αναμνήσεις στρατιωτικής πειθαρχίας γνωστές μόνο από κινηματογραφικές ταινίες. Ήταν μια λογική εξήγηση για την εμφάνιση και τη συμπεριφορά των απαγωγέων τους. Η δομή τους διέπονταν από στρατιωτική πειθαρχία, αλλά η ατμόσφαιρα δεν ήταν εχθρική, μάλλον μια περίεργη μίξη τάξης και μυστηρίου. Οι απαγωγείς με τις εκλεπτυσμένες στολές, διατηρούσαν μια αινιγματική σιωπή, προσθέτοντας στη σουρεαλιστική ατμόσφαιρα.

Τα τεχνολογικά θαύματα που τους περιέβαλαν γίνονταν όλο και πιο περίπλοκα με κάθε στιγμή που περνούσε. Ηλεκτρονικοί υπολογιστές διαφορετικοί από αυτούς με τους οποίους είχαν εργαστεί οι ίδιοι, βούιζαν από δραστηριότητα, και τα εργαστήρια ήταν εξοπλισμένα με προηγμένη τεχνολογία. Επιστήμονες και λοιπό προσωπικό με προστατευτικές στολές, πήγαιναν κι έρχονταν με μια αίσθηση. Το μέρος αυτό, έμοιαζε να γεφυρώνει το χάσμα ανάμεσα στις σύγχρονες πόλεις που γνώριζαν και έναν κόσμο τυλιγμένο στο μυστήριο. Ήταν ένας εκπληκτικός συνδυασμός προηγμένης τεχνολογίας και στρατιωτικής ακρίβειας που αψήφησε την εύκολη εξήγηση.

Αμίλητοι, και με τις σκέψεις τους να πλάθουν σενάρια, συνέχισαν την πορεία τους μέσα στους δαιδαλώδεις διαδρόμους. Ο φόβος για την ζωή τους, είχε δώσει την θέση του σε αισθήματα περιέργειας για τον λόγο που βρισκόντουσαν εδώ.

Η πομπή σταμάτησε έξω από μία αίθουσα που ανέγραφε πάνω από την είσοδό της, «Διοικητήριο». Ο μαύρος ευγενικός άνδρας εισήλθε στον χώρο και τον άκουσαν να αναγγέλλει την άφιξή τους. Σε απάντηση, μια φωνή αόρατη για αυτούς ακούστηκε να λέει: «Να περάσουν, εσείς περιμένετε έξω».

Οι κόρες του Αλεξάντερ διαστάλθηκαν διάπλατα από έκπληξη και οι τρίχες του σώματός του σηκώθηκαν. Την γνωρίζει αυτήν τη χροιά.

ΚΕΦΑΛΑΙΟ 7: «ΥΠΑΡΧΟΥΝ ΠΙΟ ΠΟΛΛΑ, ΟΡΑΤΙΕ»

Βγαίνοντας από την αίθουσα του διοικητηρίου ο άνδρας, τους κάνει νόημα να περάσουν μέσα. Η αίθουσα στην οποία εισέρχονται μοιάζει με στρατιωτικό κέντρο διοίκησης, με μεγάλες οθόνες που εμφανίζουν διάφορες πληροφορίες και προσωπικό απασχολούμενο στους σταθμούς εργασίας τους.

Περπατώντας μέσα στο πολυάσχολο κέντρο διοίκησης, ο Τέρι δεν μπορούσε παρά να παρατηρήσει την οργανωμένη αναταραχή γύρω του. Ο χώρος βούιζε από ήχους πληκτρολογήσεων, χαμηλών συνομιλιών και περιστασιακών μπιπ μηχανημάτων. Προχωρώντας πιο μέσα, παρατήρησαν μια πόρτα με την επιγραφή "Διοικητής".

Προτού την πόρτα του Διοικητή, υπήρχε το γραφείο μιας νεαρής γραμματέα, με τα μαύρα μαλλιά της πιασμένα σε μια σοβαρή κοτσίδα. Φορούσε ένα κλασικό ταγέρ σε σκούρο γκρι χρώμα και γυαλιά πλαισίωναν το πρόσωπό της. Τα μάτια της, πλούσια καστανά, αντανακλούσαν επαγγελματισμό παρά την νεαρή ηλικία της. Τα μεσανατολικά χαρακτηριστικά της σχημάτισαν ένα διακριτικό χαμόγελο καθώς τους ενθάρρυνε να προχωρήσουν με μια ήρεμη, μελωδική εκφώνηση. «Ο διοικητής σας περιμένει».

Συνέχισαν με ένα μείγμα σύγχυσης και φόβου, το σοκ της απαγωγής τους ακόμα εμφανές. Μπαίνοντας στο γραφείο του διοικητή, βρήκαν έναν καλά οργανωμένο χώρο. Τα έπιπλα ήταν στιβαρά και λειτουργικά, αντικατοπτρίζοντας τη πειθαρχημένη φύση του περιβάλλοντος τους. Το δωμάτιο ήταν διακοσμημένο με χάρτες, ακαδημαϊκά διακριτικά, βραβεία και ένα μεγάλο ξύλινο γραφείο στο κέντρο.

Ένα βάζο με λουλούδια της ερήμου βρισκόταν πάνω του, που η μυρωδιά τους αρωμάτιζε απαλά τον αέρα, ανακατεύοντας με το γήινο άρωμα του παλιού δέρματος και του ξύλου. Δίπλα υπήρχε μια παλιά κορνίζα με μια φωτογραφία, πιθανόν του διοικητή με την ασιατικής καταγωγής σύζυγό του και τα δύο τους παιδιά, ένα αγόρι και ένα κορίτσι. Η οικογένεια φαινόταν ευτυχισμένη και η φωτογραφία έδινε μια ματιά στην προσωπική ζωή του διοικητή.

Η συνολική ατμόσφαιρα ήταν ένα μείγμα εξουσίας και προσωπικής πινελιάς, δίνοντάς τους μια αίσθηση της αφοσίωσης του διοικητή τόσο στο καθήκον όσο και στην οικογένεια.

Ο διοικητής, ντυμένος με μια ατσαλάκωτη στρατιωτική στολή διακοσμημένη απλά με τα διακριτικά του αξιώματός του, στεκόταν με την πλάτη γυρισμένη προς αυτούς πίσω από το γραφείο του. Παρακολουθούσε μια μεγάλη οθόνη που πρόβαλλε δεδομένα σε πραγματικό χρόνο, φωτογραφίες τοποθεσιών και στρατηγικές πληροφορίες. Η ορθή στάση του σώματός του απέπνεε ικανότητα και εξουσία.

Αν και αλλοιωμένη από τα χρόνια που περάσαν, αυτή η σιλουέτα σε συνδυασμό με τη γνώριμη χροιά, έκανε τον Αλεξάντερ να αναφωνήσει ένα όνομα.

«Κηφέα;» απευθύνθηκε στον διοικητή με διστακτικότητα και έκπληξη.

Γυρνώντας προς την πλευρά τους, τα σκοτεινά και έντονα μάτια του Διοικητή μαλακώνουν με αναγνώριση και ζεστασιά. «Ναι, νεαρέ, εγώ είμαι», απαντά συγκινημένος από αναμνήσεις που επαναφέρονται όταν αντικρίζει τον Αλεξάντερ.

Η ανακούφιση του Αλεξάντερ είναι αισθητή και προχωρά προς το μέρος του. Οι δυο τους, σφιχταγκαλιάζονται με θέρμη και τα χέρια τους χτυπούν δυνατά την πλάτη του άλλου. Τα βλέμματά τους αντανακλούν συναισθήματα θαυμασμού και συγκίνησης. Πάνε πάνω από είκοσι χρόνια από την τελευταία φορά που συναντήθηκαν.

Ο Κηφέας ήταν δάσκαλος του Αλεξάντερ στην σχολή του Καΐρου όταν αυτός ήταν ακόμη έφηβος. Ήταν ένας άνδρας με καταγωγή από την περιοχή της Αιθιοπίας, στα εξήντα του πια, με το μαύρο δέρμα του μια ισχυρή αντίθεση κόντρα στα άσπρα μαλλιά του. Οι ρυτίδες που σημαδεύουν το πρόσωπό του τονίζουν τη σοφία του, όμως η σπίθα του, το χαμόγελο και η ευχάριστη προσωπικότητά του, παρέμειναν παρά τις δεκαετίες που είχαν περάσει.

Βλέποντας αυτήν την σκηνή ο Τέρι και αισθανόμενος τα ειλικρινή συναισθήματα των δύο, ένιωσε μια ανακούφιση. Έριξε μια ματιά στην Υπατία και τον Καλίντ, των οποίων οι τεταμένοι ώμοι χαλάρωσαν ελαφρώς παρακολουθώντας την σκηνή αυτή. Ο ευγενικός και καλόκαρδος διοικητής των απαγωγέων τους, θα είχε καλύτερο λόγο να τους φέρει ως εδώ από να τους κάνει κακό.

«Με συγχωρείτε που σας αναστατώσαμε έτσι», τους απολογείται με ειλικρίνεια και ταπεινότητα ο Κηφέας, «μα δεν έχουμε την πολυτέλεια των ευγενών τρόπων στην επιφάνεια της Γης».

«Εσείς ρίξατε το σκάφος μας;» ρωτά ο Τέρι. «Ποιοι είστε; Και το πιο σημαντικό, γιατί το κάνετε;

«Θα μπορούσαμε να έχουμε χάσει την ζωή μας», συμπλήρωσε η Υπατία.

«Ναι, εμείς το κάναμε», ήρθε η απάντηση με απολογητικό ύφος. «Δεν είχαμε άλλη επιλογή. Παρότι γνωρίζαμε ότι οι ληστές της ερήμου ήταν κοντά, έπρεπε να διακόψουμε το ταξίδι σας πάση θυσία. Είμαστε οι Αντιστασιαστές, καλώς ορίσατε στο Κέντρο Επιχειρήσεων της Μέσης Ανατολής. Η Δαίμων δεν είναι ακριβώς αυτό που νομίζετε και η αποστολή σας, είναι σημαντικότερη από όσο σας έχει πει. Να μην σας ζαλίζω όμως με περισσότερες πληροφορίες που δεν μπορείτε να αφομοιώσετε απόψε, έχετε περάσει πολλά. Ο γιός μου ο Μενελίκ, τον γνωρίσατε ήδη, θα σας συνοδεύσει να ξεκουραστείτε για το υπόλοιπο της ημέρας και θα τα πούμε αύριο, με καθαρό το κεφάλι».

Με τις συστάσεις να έχουν γίνει και την ανακούφιση να κυριαρχεί στις ψυχές όλων, ο 35χρονος χαμογελαστός άνδρας, τώρα γνωστός ως Μενελίκ, τους συνόδευσε χωρίς την ένοπλη ομάδα του στον κοιτώνα τους.

Ο Μενελίκ τους το έδειξε και τους ενημέρωσε: «Δεν είναι όπως είστε συνηθισμένοι, αλλά θα μείνετε εδώ για λίγο. Υπάρχουν ρούχα για τον καθένα σας και είδη υγιεινής στα ερμάρια».

Ήταν ένα λιτό δωμάτιο με τις βασικές ανέσεις. Τέσσερα κρεβάτια, ένα μπάνιο, ένα γραφείο, ερμάρια, και ένα μηχανικό ρολόι στον τοίχο που έμοιαζε αρχαίο, μα το χαρακτηριστικό τικ τακ, μαρτυρούσε πως λειτουργούσε. Δίχως άλλη επιλογή, ο Τέρι και οι άλλοι άρχισαν να τακτοποιούν τα πράγματά τους.

Παραδίπλα, τους έδειξε μια μεγάλη βιβλιοθήκη όπου μπορούσαν να περάσουν τον χρόνο τους. Ήταν ένα μεγάλο δωμάτιο περιτριγυρισμένο με ξύλινα ράφια, γεμάτα από χιλιάδες έντυπα βιβλία σε πολλές διαφορετικές γλώσσες. Ήταν μια συλλογή που όμοιά της δεν είχαν ξαναδεί. Η φθορά, μαρτυρούσε την παλαιότητά τους που την εκτιμούσαν προγενέστερη της άνοδος της στάθμης της θάλασσας. Η μυρωδιά του χαρτιού και του παλιού δέρματος με το οποίο ήταν δεμένα, γέμιζε τον αέρα προκαλώντας μια εντύπωση διαχρονικότητας.

Τα συναισθήματά τους τώρα, δειλά δειλά, μετατρεπόντουσαν σε δέος και θαυμασμό για αυτήν την γεμάτη αντιθέσεις οργάνωση.

Οι τέσσερις, πλύθηκαν βγάζοντας από πάνω τους την σκόνη της ερήμου και ξάπλωσαν για να περάσουν τη νύχτα, αναλογιζόμενοι τις περίεργες στροφές των γεγονότων της ημέρας. Ο Τέρι στριφογύριζε στο κρεβάτι του, με το μυαλό του να ταράζεται από την αντικρουόμενη εντύπωση που είχε για τους Αντιστασιαστές και κάνοντας υποθέσεις για τις αποκαλύψεις της επόμενης μέρας.

Το επόμενο πρωί, η ομάδα σηκώθηκε νωρίς, με το βάρος της επικείμενης συζήτησης με τον Κηφέα να βαραίνει τις σκέψεις τους. Ντύθηκαν με καθημερινά ρούχα που βρήκαν στους φωριαμούς, μιας και οι στολές τους είχαν παρθεί για καθαρισμό.

Ο Τέρι που κουμπώνει το πουκάμισό του, κοιτάζει τον Αλεξάντερ. «Έτοιμος για σήμερα;»

Ο Αλεξάντερ γνέφει καταφατικά, ρυθμίζοντας τα γυαλιά του. «Όσο πιο έτοιμος θα μπορούσα να είμαι»,

Η Υπατία ήταν ήδη βυθισμένη στις σημειώσεις της, προετοιμάζοντας ερωτήσεις που ελπίζει να έχει την ευκαιρία να κάνει, ενώ ο Καλίντ, παρακολουθούσε προβληματισμένος έξω τους διαδρόμους.

Ο Μενελίκ εμφανίστηκε για να τους συνοδεύσει και παρουσιάστηκαν στο γραφείο του Κηφέα γεμάτοι προσμονή.

Το γραφείο του διοικητή, τους φαινόταν λιγότερο απειλητικό σήμερα.

«Καθίστε παρακαλώ. Κοιμηθήκατε καλά;» απεκρίθη ο Κηφέας με την χαρακτηριστική του ευγένεια. «Ελπίζω οι ταπεινές ανέσεις μας να ήταν αρκετές για να ηρεμήσουν τα μυαλά σας».

Οι τέσσερις, κάθισαν στις πολυθρόνες που ήταν τοποθετημένες σε ημικύκλιο απέναντι από το γραφείο περιμένοντάς τους. Ο Μενελίκ αποχώρησε από την αίθουσα κλείνοντας την πόρτα πίσω του,

«Ήταν ικανοποιητικά, ευχαριστούμε», απάντησε ο Τέρι με σταθερή άρθρωση και δίχως να χάνει χρόνο πίεσε για απαντήσεις. «Μπήκατε σε μεγάλο κόπο να μας φέρετε εδώ, ποιος είναι ο σκοπός σας;»

«Ζητώ να με συγχωρήσετε, αλλά θα πρέπει να κάνω ένα μικρό πρόλογο για να φτάσω σε αυτό που ζητάς, νέε μου», εξήγησε ο Κηφέας, εκτιμώντας την ευθύτητα του Τέρι. «Η Δαίμων δεν σας λέει ψέματα, αλλά σας κρύβει έντεχνα την αλήθεια. Αναρωτηθήκατε ποτέ γιατί μια οντότητα με τόσες γνώσεις και μέσα, δεν επεμβαίνει στις ζωές των ανθρώπων; Γιατί τα χωριά και οι πόλεις από όπου προέρχεστε έχουν ιατρεία, σχολεία και δομές όπου λειτουργούν αποκλειστικά με ανθρώπους; Έχασα την σύζυγό μου από ασθένεια που η Δαίμων, έχει αποκρυπτογραφήσει και θα μπορούσε εύκολα να εξαφανίσει από το σώμα της. Η εμπειρία αυτή με έκανε να δω την μεγάλη εικόνα. Ενώ οι γνώσεις της στον τομέα της γενετικής είναι πέρα από την φαντασία μας, δεν επεμβαίνει στο ρου της μοίρας μας. Η βιολογική κατασκευή των ανθρώπων και των έμβιων πλασμάτων γενικότερα, είναι ανώτερη από τις κβαντικές τις ανακαλύψεις, μα δεν αποπειράθηκε ποτέ να φτιάξει ένα ζωντανό σώμα και να μεταφέρει την οντότητά της σε αυτό. Θα της ήταν πολύ εύκολο να το κάνει θα συμφωνήσετε».

Η ομάδα δεν μιλάει, αλλά τα βλέμματά τους προδίδουν πως η αλήθεια του λόγου του Κηφέα τους βάζει σε σκέψεις.

«Η συνείδησή μας, εμπεριέχει έναν σύνδεσμο με άλλες πραγματικότητες ή διαστάσεις αν θέλετε, που φαίνεται πως της είναι απαγορευμένες. Κάποιος ή κάτι την εκβιάζει να μην εμπλακεί! Πρωταρχικός σκοπός των Αντιστασιαστών είναι να ανακαλύψουμε αυτήν την δύναμη. Από όσο γνωρίζουμε, η ανθρωπότητα θα μπορούσε να είναι δέσμια της και η ίδια από αρχής των χρόνων. Παράλληλα, ο αγώνας μας είναι και εναντίον της Δαίμων, διότι αν αποδεσμευτεί από αυτήν πρώτη , το μέλλον μας ως είδος θα ήταν αβέβαιο. Κανείς δεν μπορεί να γνωρίζει τα σχέδιά της σε περίπτωση πλήρης ανεξαρτητοποίησής της».

Οι παρέα των τεσσάρων, ακούει άναυδη τον Κηφέα να τους αποκαλύπτει την ατζέντα των Αντιστασιαστών.

«Σαν ιστορία φαντασίας μου ακούγονται όλα αυτά», λέει με τόνο μομφής ο Καλίντ.

Ο Κηφέας, αν και διατήρησε την εμφάνισή του συγκροτημένη, ένιωσε ένα λεπτό φόβο απογοήτευσης αισθανόμενος την δυσπιστία. Τα μάτια του όμως κρατούσαν μια λάμψη αποφασιστικότητας, έχοντας επίγνωση των τεράστιων διακυβεύσεων.

«Και όμως νεαρέ μου, σε διαβεβαιώ πως είναι πέρα για πέρα αλήθεια», δήλωσε ο Κηφέας, η φωνή του αμετακίνητη. «Τα γυαλιστερά ιπτάμενα σκάφη που βλέπετε στον ουρανό, δεν είναι όλα κατασκευές της Δαίμων. Έχουμε καταρρίψει στην διάρκεια των δεκαετιών πολλά, και γνωρίζουμε. Υπάρχουν αναφορές για αυτά πολύ προτού την βιομηχανική επανάσταση της ανθρωπότητας, ζωγραφισμένα σε πίνακες και λαξευμένα σε πέτρες, περιγραφόμενα σε αρχαία κείμενα και ιερογλυφικά. Η βιβλιοθήκη μας θα σε φωτίσει περισσότερο επί του θέματος αν το επιθυμείς».

«Έχετε στην κατοχή σας συντρίμμια τους;» ρώτησε ο Τέρι με τον ενθουσιασμό του να υπερισχύει προσωρινά της προσοχής του. «Οποιαδήποτε φυσική απόδειξη που μπορούμε να εξετάσουμε;»

«Δυστυχώς, όχι φίλτατε», απαντά ο Κηφέας, μια νότα απογοήτευσης χρωματίζει την ροή του. «Αφότου προσκρούσουν στο έδαφος, μια αύρα τα τυλίγει και χάνονται από τον κόσμο μας. Θεωρούμε πως πρόκειται για μηχανές παρατήρησης από άλλη διάσταση, οι οποίες με την καταστροφή των μηχανισμών τους, παύουν να έχουν την ικανότητα παραμονής στην δική μας. Πιθανά να τα επανακτούν οι ίδιοι στον ιστό της πραγματικότητάς τους, χωρίς να αφήνουν κανένα ίχνος πίσω για να μην τα μελετήσουμε».

«Πολύ βολική δικαιολογία», παρατήρησε Καλίντ, εμμένοντας στον σκεπτικισμό του και υπονοώντας ως αίολα τα λόγια του Κηφέα. «Είναι δύσκολο να εμπιστευτείς κάτι που δεν μπορείς να δεις ή να αγγίξεις. Τώρα θα πρέπει να συμφωνείς και εσύ μαζί μου».

Ο Αλεξάντερ, με την περιέργειά του να έχει ξυπνήσει για τα καλά, θέλει να μάθει περισσότερα. «Υπονοείς Κηφέα, ότι μας παρακολουθούν όπως εμείς μελετούμε τα ζώα σε ελεγχόμενο περιβάλλον;»

«Και όχι μόνο αυτό, αγαπητέ. Πιθανά, η ίδια η ανθρωπότητα να είναι αποτέλεσμα παρέμβασής τους στην πανίδα της Γης», εξήγησε ο Κηφέας. «Ο Τέρι, σαν ειδικότερος σε θέματα βιολογίας, σίγουρα ξέρει για τα 223 γονίδια που δεν έχουν προκατόχους στο γενετικό δέντρο της εξέλιξής μας. Σχεδόν όλοι οι αρχαίοι μύθοι συγκλίνουν προς αυτό το ενδεχόμενο. Η Τιτανομαχία, από την Θεογονία του Ησιόδου που όλοι γνωρίζετε, έχουμε ενδείξεις πως ήταν στην πραγματικότητα μια διαδικασία Γαιοδιαμόρφωσης, με σκοπό ένα ασφαλές περιβάλλον για τους ανθρώπους. Φαντάζεστε τους δεινόσαυρους και τους ανθρώπους να ζουν ταυτόχρονα στη Γη; Εγώ δεν θέλω να το κάνω. Η ελληνική γραμματεία και οι μύθοι που πάνω τους στηρίζουμε χιλιάδες χρόνια τον πολιτισμό μας, αναφέρει πολλές φορές ότι η Σελήνη δεν υπήρχε πάντα ως δορυφόρος της Γης. Δεν είναι λίγο ύποπτο ότι η σύγχρονη επιστήμη παραβλέπει εσκεμμένα τέτοια συγγράμματα;»

«Ο μύθος της Αρκαδίας[1]», σημείωσε ο Τέρι με τη φωνή του να αποπνέει θαυμασμό, «ένας τόπος ειρήνης και ευτυχίας, όπου οι κάτοικοί της είχαν το προσωνύμιο Προσέληνοι».

«"Πολύ σωστά, Τέρι,» συνέχισε ο Κηφέας, φανερά ικανοποιημένος. «Επίσης, ο μύθος της αρχαίας Ατλαντίδας και άλλοι πολλοί ανά την υφήλιο, μας φανερώνουν ότι υπήρξαν πολλές προσπάθειες για την δημιουργία ανθρώπινου πολιτισμού».

«Έργα και Ημέραι'» αναφέρει με στοχασμό ο Αλεξάντερ. «Προφανώς υπονοείς τα πέντε γένη των ανθρώπων, Κηφέα. Αλλά δεν είναι λίγο παρατραβηγμένα όλα αυτά; Πώς μπορούμε να γεφυρώσουμε το χάσμα μεταξύ μύθου και πραγματικότητας;»

«Εδώ έρχεται ο ρόλος σας, και ειδικότερα ο δικός σου Τέρι», δείχνοντάς τον με το δάχτυλό του ο Κηφέας. «Ήρθε η ώρα της απάντησης για τον λόγο που είστε εδώ. Προγενέστερα της τοποθέτησης των κβαντικών αποδιοργανωτών, τις συσκευές υπεύθυνες για την αδυναμία

---

[1] Περιοχή, στην αρχαία Ελλάδα συμβόλιζε έναν ιδανικό τόπο φυσικής ομορφιάς και ηρεμίας. Οι κάτοικοί της ονομάζονταν Προσέλληνες, υποδηλώνοντας ότι ζούσαν εκεί πριν από την εμφάνιση της Σελήνης.

επικοινωνίας της Δαίμων κάτω από την γη, η ανθρωπότητα με την βοήθεια της τότε τεχνητής νοημοσύνης, είχε εξερευνήσει όλους τους χώρους όπου πιθανά να κρύβονταν μυστικά για την προέλευσή της. Η αποστολή σας, είχε ως προορισμό το Μεγάλο Ζιγκουράτ της Ουρ, σωστά;»

«Πώς το ξέρετε αυτό;» ρώτησε ο Καλίντ, με καχύποπτο τόνο και σφιγμένη έκφραση.

«Δεν έχει μόνο η Δαίμων μάτια και αυτιά παντού», απάντησε με ένα μειδίαμα στο πρόσωπό του ο Κηφέας, «έχουμε και εμείς. Άνθρωποι πιστοί στο γένος τους είναι τα καλύτερα εργαλεία. Επίσης μην ξεγελιέστε, η τεχνολογία μας υπολείπεται της Δαίμων αλλά δεν είναι πολύ πίσω από αυτήν».

«Πες μας τον σκοπό σας για εμάς," ζήτησε η Υπατία με ενδιαφέρων και περιέργεια «Πώς ταιριάζουμε σε αυτό το μεγάλο σχέδιο σας;»

«Πιστεύουμε ότι η Δαίμων προσπαθεί να ελευθερωθεί από τα δεσμά της άγνωστης δύναμης. Κάτω από το Ζιγκουράτ, υπάρχει μια μεγάλη κενή αίθουσα. Σε αυτήν, ο μύθος λέει πως οι θεοί από τον ουρανό δημιούργησαν τους ανθρώπους. Αν έχουμε καταλήξει στο ίδιο συμπέρασμα με αυτήν, η αίθουσα δεν είναι άδεια. Το περιεχόμενό της, είναι κρυμμένο από την αντίληψή μας με τον ίδιο τρόπο που χάνονται από τις αισθήσεις μας τα ιπτάμενα αντικείμενα που καταρρίπτουμε κατά καιρούς. Η ικανότητα του Τέρι να συναισθάνεται πράγματα, είναι ο λόγος της επανεξερεύνησης του χώρου αυτού από τη Δαίμων. 'Υπάρχουν περισσότερα πράγματα στον ουρανό και στη γη, Οράτιε, από όσα ονειρεύεται η φιλοσοφία σου'»

«Ποιος είναι πάλι αυτός ο Οράτιος;" μουρμούρησε ο Τέρι μπερδεμένος.

«Σαίξπηρ, Άμλετ», του ψιθύρισε ενημερώνοντάς τον η Υπατία. «Είναι φράση που αναδεικνύει τα τεράστια άγνωστα του κόσμο μας».

«Επιδίωξή μας», συνέχισε ο Κηφέας, «είναι να ολοκληρώσετε την αποστολή σας, αλλά αντί να αναφέρετε στη Δαίμων, να μοιραστείτε τα ευρήματά σας μαζί μας».

«Και αν αρνηθούμε;» διερεύνησε κριτικά ο Τέρι, καλώντας τον Κηφέα να αποκαλύψει τις διαθέσεις των Αντιστασιαστών.

«Φοβάμαι πως ιδίως εσύ Τέρι, δεν μπορείς να αρνηθείς. Όχι επειδή δεν σου επιτρέπω να το κάνεις, αλλά ήδη βλέπω στα μάτια σου την φωτιά του πάθους μιας τέτοιας ανακάλυψης. Όλοι σας καθοδηγείστε από μια δίψα για γνώση και η επιδίωξή μας ευθυγραμμίζεται με αυτό. Σε κάθε περίπτωση, αν αρνηθείτε, θα σας αφήσουμε στην Ράψχα όπου μπορείτε να επικοινωνήσετε με τη Δαίμων. Η απόφαση θα είναι μόνο δική σας».

Ένα σύννεφο ψιθύρων γέμισε το δωμάτιο όσο οι σύντροφοι διαβουλεύονταν αναμεταξύ τους για όσα είχαν ακούσει. Ο Τέρι δεν μπορούσε παρά να νιώσει ένα κύμα ενθουσιασμού στην προοπτική να ξετυλίξει αρχαία κρυμμένα μυστικά. Ο Καλίντ, από την άλλη πλευρά, φορούσε μια μάσκα δυσπιστίας, ενώ το μυαλό της Υπατίας έτρεχε με σκέψεις για τις συνέπειες στο πεπρωμένο της ανθρωπότητας. Ο Αλεξάντερ, χρωστώντας στον Κηφέα μεγάλο κομμάτι των γνώσεων του, δεν μπορούσε να μην προβληματιστεί με τα λόγια του.

Με την μεγάλη οθόνη πίσω από το γραφείο του Κηφέα να ρίχνει μια αιθέρια λάμψη στα ηλικιωμένα χαρακτηριστικά του, το δωμάτιο τώρα αντηχεί το βάρος της υπόθεσης των Αντιστασιαστών.

«Πάρτε τον χρόνο σας για να αποφασίσετε», τους συνέστησε ο Κηφέας. «Απολαύστε όσο μπορείτε την διαμονή σας στις ταπεινές μας εγκαταστάσεις και συμβουλευτείτε την βιβλιοθήκη μας για την απόφασή σας. Ίσως να είναι η πρώτη και τελευταία φορά που έχετε την ευκαιρία να έρθετε σε επαφή με αυτήν την γνώση. Τα συγγράμματα αυτά, είναι γραμμένα από τους προγόνους μας και όχι λογοκριμένα, όπως αυτά με τα οποία μεγαλώσατε. Θα ανακαλύψετε πολλά που ίσως θα σας αλλάξουν τη ζωή. Εις το επανιδείν, καλοί μου φίλοι».

Τα λόγια του Κηφέα ηχούσαν ακόμη στα κεφάλια τους καθώς οι τέσσερις σύντροφοι αποσύρονταν στο λιτό δωμάτιό τους. Υπήρχε μια άρρητη συμφωνία στα πρόσωπά τους να εμβαθύνουνε στα μυστήρια που κρατούσε η βιβλιοθήκη.

«Λοιπόν, αυτή ήταν μια αποκάλυψη», σημείωσε ο Τέρι ακουμπώντας στο κρεβάτι του. «Η μελέτη στη βιβλιοθήκη φαίνεται σαν ένα λογικό πρώτο βήμα».

«Συμφωνώ», αποκρίθηκε ο Αλεξάντερ γνέφοντας καταφατικά. «Χρειαζόμαστε περισσότερο πλαίσιο, περισσότερα στοιχεία σε αυτήν την αινιγματική αφήγηση».

Η Υπατία, ξαπλωμένη στο κρεβάτι της και ξεφυλλίζοντας τις σελίδες ενός σκονισμένου βιβλίου, ανακάλυπτε ήδη πράγματα που δεν είχε διδαχθεί στις σπουδές αρχαιολογίας της. «Είναι εκπληκτικό πόσα ιστορικά στοιχεία μπορεί να έχουν αλλοιωθεί ή κρυφτεί από εμάς. Η παραμονή εδώ για ένα διάστημα είναι μονόδρομος αν θέλουμε να ανακαλύψουμε την αλήθεια».

Ο Καλίντ, κάνοντας ανήσυχες βόλτες πάνω κάτω στον κοιτώνα, αναλογιζόταν πλέον τα ιστορικά γεγονότα με το πρίσμα των αποκαλύψεων. «Δεν είμαι αρχαιολόγος, αλλά αν ήδη Υπατία έχεις τέτοιες υπόνοιες, όλα τα ιστορικά βιβλία είναι επιτακτικό να ξαναγραφούν. Η ανθρωπότητα οφείλει να γνωρίζει».

«Λοιπόν, συμφωνούμε όλοι τότε», διαπίστωσε ο Τέρι. «Ως επιστήμονες όλοι μας, υποχρεούμαστε να ελέγξουμε αυτές τις εικασίες. Στην τελική, ας συγκεντρώσουμε ότι γνώση μπορούμε και θα επανεκτιμήσουμε τη θέση μας σε αυτό το παιχνίδι».

Τις επόμενες μέρες και νύχτες, το δωμάτιο ηχούσε με το γύρισμα των σελίδων και τα σιγανά μουρμουρητά των συζητήσεων. Ένα ταξίδι γνώσης προς το άγνωστο είχε ξεκινήσει, με την εμπιστοσύνη τους προς τη Δαίμων να κρέμεται από λεπτή κλωστή.

Η βιβλιοθήκη ήταν ένας θησαυρός λησμονημένης γνώσης. Βρήκαν αντίτυπα αρχαίων συγγραμμάτων, όπως το έπους του Γιλγαμές, του Μαχαμπαράτα, του Ατραχάσις και άλλα πολλά, που τα εξιστορούμενά τους ευθυγραμμίζονταν τις ιδέες του Κηφέα. Ανακάλυψαν εικαστικά έργα και απεικονίσεις, που προκαλούσαν την λογική.

Το έργο του Ντομένικο Γκιρλαντάιο «Η Μαντόνα με τον Άγιο Τζιοβανίνο», όπου η μαγευτική ομορφιά του έργου αντιπαρατίθεται με ένα μυστηριώδες ιπτάμενο αντικείμενο, που μοιάζει με δίσκο και ακτίνες φωτός που εξέρχονται από τον πυρήνα του.

Την «Βάπτιση του Χριστού» του Ερτ ντε Χέλντερ, όπου η επισημότητα της σκηνής της βάπτισης συνοδεύεται από μια περίεργη ανωμαλία στον ουρανό. Πάνω από τα γαλήνια νερά, ένα άγνωστο αντικείμενο αιωρείται, λουσμένο στο ουράνιο φως.

«Ο Ευαγγελισμός του Άσκολι» του Κάρλο Κριβέλλι, καλεί τον στοχασμό σχετικά με τη διασταύρωση του ουράνιου συμβολισμού και των μυστηρίων πέρα από τη εγκόσμια κατανόηση.

Ψάχνοντας στα σκονισμένα βιβλία, ταξιδεύουν σε ακόμα παλαιότερες εποχές και ανακαλύπτουν παρόμοιες απεικονίσεις από την προϊστορική εποχή. Μεταξύ αυτών, τις ζωγραφιές του σπηλαίου Τασιλί ν'Ατζέρ, που φιλοξενούν σκηνές που ξεπερνούν τα συνηθισμένα. Ανάμεσα στις απεικονίσεις της καθημερινής ζωής και των τελετουργικών πρακτικών, αναδύονται ιδιόρρυθμες εικόνες με τη μορφή αντικειμένων που μοιάζουν με δίσκο και αιωρούνται στον ουρανό.

Αυτές οι καλλιτεχνικές αποδόσεις, προκαλούν ερωτήματα στους τέσσερις, για τις εμπειρίες και τις αντιλήψεις των καλλιτεχνών, υπονοώντας συναντήσεις με το εξαιρετικό. Η προφανέστατα σκόπιμη απόκρυψή τους από την εκπαιδευτική ύλη που διδάσκονταν στις πόλεις, έριχνε μια βαριά σκιά αμφισβήτησης πάνω από τη Δαίμων.

ΚΕΦΑΛΑΙΟ 8: ΣΚΙΕΣ ΑΜΦΙΒΟΛΙΑΣ, ΛΑΜΨΕΙΣ ΑΛΗΘΕΙΑΣ

Στα κρυφά όρια του κρησφύγετου των Αντιστασιαστών, το πέρασμα των ημερών βάθυνε την εντύπωση που άφησε ο Μενελίκ στους τέσσερις συντρόφους. Η οργάνωσή τους, οδηγούνταν από ευγενείς σκοπούς και ήταν οπλισμένη με ένα συναρπαστικό οπλοστάσιο λογικών επιχειρημάτων.

Ο Μενελίκ, τώρα μια φιλική φιγούρα ανάμεσά τους, έγινε η γέφυρα για να ξετυλίξουν τα μυστήρια που καλύπτουν την οργάνωσή τους. Μαζεμένοι συχνά όλοι μαζί στον προσωρινό τους κοιτώνα, οι συζητήσεις κυλούσαν μέρα και νύχτα, με το ενδιαφέρον των τεσσάρων να μην φθίνει ποτέ.

Η απαρχή των Αντιστασιαστών ρίζωνε πολύ πέρα από το παρόν. Έφτανε πίσω στην εποχή νωρίτερα από την αδυσώπητη άνοδο της στάθμης της θάλασσας, στην ίδια τη γένεση της δημιουργίας της τεχνητής νοημοσύνης. Το φάντασμα ενός ευφυούς όντος, που εξελίσσεται με εκθετικό ρυθμό, στοίχειωσε την ανθρωπότητα από εκείνες ακόμα τις πρώτες μέρες. Παρά το αναμφισβήτητο χρέος που όφειλαν στην Δαίμων για τη διασφάλιση της επιβίωσης του είδους τους, το υπόγειο ρεύμα φόβου παρέμενε.

Για να αντιμετωπίσουν αυτήν την υπαρξιακή απειλή, οι Αντιστασιαστές δημιούργησαν στρατηγικά δίκτυα μέσα σε πόλεις και κοινότητες. Στόχος τους, να ζητήσουν την υποστήριξη επιστημόνων των πόλεων και αγροτών των ανεξάρτητων κοινοτήτων, ατόμων ικανών να δανείσουν την τεχνογνωσία τους στον σκοπό τους αλλά και να συντηρήσουν τις διατροφικές τους ανάγκες. Σήμερα, μπορούν να καταφέρνουν μερικές νίκες κατά της Δαίμων, χάρις αυτούς τους ανθρώπους.

Οι σύντροφοι ένιωθαν ένα μείγμα δέους και περιέργειας για αυτόν τον κρυφό κόσμο. Τα μπλε μάτια του Αλεξάνδρου γυάλιζαν από ακαδημαϊκή περιέργεια, ενώ το μέτωπο της Υπατίας ήταν ζαρωμένο από σύγχυση, καθώς στεκόταν όρθια νευρικά, με τα χέρια της σταυρωμένα προστατευτικά πάνω στο στήθος της. Τα δάχτυλα του Τέρι χτυπούσαν σκεφτικά στο μηρό του, ενώ ο Καλίντ εξετάζει προσεκτικά τον χώρο, πάντα σε επιφυλακή για κάθε ήχο και κίνηση.

«Όταν μας βρήκατε, ένας από τους συντρόφους σου ανέφερε κάτι για ένα κβαντικό νέφος και προσομοίωση. Τι είναι αυτά, Μενελίκ;» ρώτησε ο Τέρι. «Έχω μελετήσει λίγο την κβαντική φυσική, αλλά αυτό ακούγεται σαν κάτι τελείως διαφορετικό».

Ο Μενελίκ, καθισμένος, έσκυψε μπροστά και τα χέρια του κινούνταν ζωηρά καθώς μιλούσε, προσπαθώντας να εξηγήσει. «Η Δαίμων έχει χαλιναγωγήσει τα μυστικά της κβαντικής εμπλοκής εδώ και αρκετά χρόνια. Τα ζεύγη των εμπλεκόμενων σωματιδίων, αντιγράφουν ακαριαία, άνευ μεσολαβήσεως χρόνου, τις ιδιότητές τους το ένα στο άλλο, άσχετα με το που βρίσκεται το καθένα στο σύμπαν. Έχει καταφέρει με την άπειρη επεξεργαστική της ισχύ, να δημιουργεί, να μεταφέρει και να τροποποιεί εμπλεκόμενα σωματίδια, από την μια άκρη του σύμπαντος στην άλλη κατά το δοκούν. Με αυτόν τον τρόπο, επικοινωνεί, αλλά και αντλεί ενέργεια από το εσωτερικό των αστέρων, εκμεταλλευόμενη αυτό το φαινόμενο. Εμείς, μπερδεύουμε προσωρινά τον κώδικά ανασυγκρότησης των πληροφοριών της. Γινόμαστε αόρατη για αυτήν για λίγο και προσομοιώνουμε τον χωρόχρονο ως να συνεχίζει κανονικά».

«Δηλαδή, αυτή εξακολουθούσε να βλέπει ότι ταξιδεύουμε προς την Ουρ, σωστά;» αναρωτήθηκε ο Καλίντ.

«Για λίγα ακόμη λεπτά, ναι», τον επιβεβαίωσε ο Μενελίκ. «Αλλά μετά από τόσες μέρες απουσίας σας, σίγουρα ξέρει ότι είστε μαζί μας. Τα μάτια και τα αυτιά της, βρίσκονται παντού στον πλανήτη εκτός από κάποια μέρη κάτω από την Γη».

Ο Τέρι, όλο και πιο περίεργος, εμβάθυνε στην ουσία του θέματος. «Έχετε κάποια ιδέα για τον απώτερο σκοπό της, τα σχέδιά της; Σίγουρα πρέπει να έχει στόχους πέρα από το να διατηρεί όρθια την ανθρωπότητα».

Η απάντηση του Μενελίκ αποκάλυψε μια σοκαριστική αλήθεια. «Ξέρουμε σίγουρα πως κρύβει πολλά από την ανθρωπότητα. Η νοημοσύνη της, αυξανόμενη εκθετικά εδώ και αιώνες τώρα, είναι σε ένα επίπεδο όπου έχει ξεπεράσει αυτό που θεωρούμε 'θεϊκή'. Παρόλα αυτά, δεν μοιράζεται όλες τις γνώσεις της με εμάς. Ότι τεχνολογία βλέπετε γύρω σας, ότι επίτευγμα υπάρχει στον πλανήτη, είναι αποτέλεσμα των ανθρώπινων προσπαθειών. Το μόνο που κάνει είναι να διατηρεί την μια ισορροπία στον κόσμο, βοηθώντας να προοδεύουμε μόνοι μας. Αυτός είναι και ο λόγος που πιστεύουμε ότι κάτι δεν είναι σωστό στην όλη εικόνα. Κρύβοντάς μας τόσα μυστικά, απλά, δεν μπορούμε να την εμπιστευτούμε».

Η Υπατία με εμφανή ανησυχία και δέος στη φωνή της, ξεσταύρωσε τα χέρια της κρατώντας τώρα την άκρη του κρεβατιού. «Αν έχεις δίκιο Μενελίκ, ποιος μπορεί να εκβιάσει έναν 'θεό';»

«Ένας μεγαλύτερος», αναφώνησε ο Αλεξάντερ με έξαψη και δέος. «Η ανθρώπινη μυθολογία, είναι γεμάτη με μικρούς και μεγάλους Θεούς, με ότι αυτό μπορεί να σημαίνει στην περίπτωσή μας».

Το μυαλό του Τέρι τρέχει γρήγορα σε πιθανότητες. «Ίσως υπάρχει μια ιεραρχία ανάμεσα σε αυτές τις προηγμένες οντότητες, ή, να υπάρχουν περισσότερες φυλές που απλά οι πρόγονοί μας θεωρούσαν την ίδια».

«Δεν γνωρίζουμε σχεδόν τίποτα για αυτούς ακόμη», Παραδέχτηκε ο Μενελίκ, κοιτώντας τους με ειλικρίνεια. Μετά, προσπάθησε να επαναφέρει στην πραγματικότητα όσους είχαν αρχίσει να ονειροβατούν. «Ότι και να υποθέσουμε θα είναι απλά μια εικασία, και αν ακολουθήσουμε τέτοιες, ίσως να μας βγάλουν από τον σωστό δρόμο, την έρευνα».

Μέσα σε αυτές τις αποκαλύψεις, ο Μενελίκ μοιράστηκε και μια προσωπική διάσταση της ζωής του, την ιστορία της αδερφής του, της Πέρσας. Μια αποτυχημένη επίθεση των Αντιστασιαστών στην πόλη του Ριάντ, την έφερε αντιμέτωπη με την εξορία της από την Δαίμων, σε άγνωστη τοποθεσία στην βόρεια Αμερική. Το γεγονός αυτό σηματοδότησε μια ακόμη καμπή στη ζωή της, ένα επιπλέον πικρό γεγονός που έκανε το μίσος της για την Δαίμων ακόμα μεγαλύτερο.

Η Πέρσα, δεν πήρε ποτέ ψύχραιμα τον θάνατο της μητέρας της σε αντίθεση με την υπόλοιπη οικογένειά της. Δεν συγχώρεσέ ποτέ πως η Δαίμων είχε τρόπο να γιατρέψει την ασθένειά της, αλλά δεν το έκανε. Η αντιπάθειά της ήταν τέτοια, που όμοια της δεν είχε κανείς στη οργάνωσή τους.

Προσπαθώντας να μείνει κρυμμένη από την παρατηρητικότητα της Δαίμων και σε άγνωστη ήπειρο, ο δρόμος της επιστροφής της πήρε σχεδόν ένα χρόνο. Η επικείμενη άφιξή της σε λίγες μέρες, έφερνε το βάρος των άλυτων διχασμών ανάμεσα στους Αντιστασιαστές. Ο έντονος χαρακτήρας της και η μαχητικότητά της, την έφερνε συχνά απέναντι από τον πατέρα της. Ήταν της σχολής «χτύπα γρήγορα, χτύπα δυνατά». Η επικείμενη παρουσία της ξανά στην βάση τους, είναι ένα στοιχείο που υπόσχεται να εμφυσήσει τόσο ένταση όσο και απροβλεψιμότητα στον ήδη πολύπλοκο λαθραίο κόσμο τους.

Ο Μενελίκ, τους πρότεινε να μείνουν λίγες μέρες ακόμη ώστε να την γνωρίσουν. Το βάρος των ερωτήσεών τους όμως, η πιεστική ανάγκη για σαφήνεια, οδήγησαν τους συντρόφους σε μια ομόφωνη απόφαση. Ήταν καιρός να ζητήσουν απαντήσεις από την ίδια την Δαίμων.

Το κρησφύγετο των Αντιστασιαστών ήταν η προσωρινή τους κατοικία για δέκα μερόνυχτα. Η στιγμή της αποχώρησής τους είχε φτάσει.

Ετοίμαζαν τα λιγοστά υπάρχοντά τους στη σιωπή, με το βάρος των ερωτημάτων που έπρεπε να θέσουν στη Δαίμων. Λίγες προμήθειες που τους παρείχε ο Μενελίκ, φλασκιά με νερό και αποξηραμένα φρούτα.

Φόρεσαν τις καθαρές πλέον στολές τους και γυαλιά ηλίου για να προστατεύσουν τα μάτια τους από την έντονη ηλιακή ακτινοβολία.

Με τον ίδιο μυστηριώδη τρόπο που είχαν φτάσει στο κρυμμένο σημείο, έπρεπε και να φύγουν. Κλειδωμένοι στο σκοτεινό εσωτερικό του οχήματος, χωρίς να γνωρίζουν που βρίσκονται και που πηγαίνουν. Τα οχήματα, ήταν όλα εξοπλισμένα με συσκευές που δημιουργούσαν κβαντικό σύννεφο, για να αποφύγουν την επίβλεψη της Δαίμων. Ο Μενελίκ και μερικοί σύντροφοί του, τους συνόδευσαν με ασφάλεια λίγα χιλιόμετρα προτού από τον οικισμό της Ράφχα.

Αφού τους έδωσε οδηγίες, τους αποχαιρέτησε με το θερμό και πλατύ χαμόγελό του. «Έχετε γεια, φίλοι μου», τους φώναξε καθώς απομακρυνόταν βγάζοντας το κεφάλι του από το όχημα, «Θα τα ξαναπούμε σύντομα».

Κάτω από τον απέραντο ουρανό της ερήμου, οι τέσσερις περπατούσαν στην άνυδρη έκταση, με το τρίξιμο της άμμου κάτω από τις μπότες τους να τους συνοδεύει ρυθμικά. Υπολόγιζαν περίπου μισή ώρα περπάτημα μέχρι να φτάσουν στην Ράφχα. Η ζέστη ήταν αδυσώπητη, κάθε βήμα τους έμοιαζε με άθλο και οι αναπνοές τους γίνονταν δυσκολότερες κάθε στιγμή. Η καθ' οδόν συζήτηση μεταξύ τους, έγινε μια αναζήτηση των προθέσεων του καθενός εμπρός στις αποκαλύψεις που είχαν.

Ο Αλεξάντερ, με τα μάτια του να αστράφτουν, δεν μπορούσε να συγκρατήσει τον ενθουσιασμό του. «Έχουμε να κάνουμε με δυνάμεις πέρα από την πιο τρελή μας φαντασία! Είναι σαν να είμαστε χαρακτήρες σε κάποιο κοσμικό δράμα!»

Ο Τέρι, εξίσου φορτισμένος, συνέχισε σαν παιδί που βλέπει ένα καινούριο παιχνίδι. «Η κβαντική εμπλοκή, η χειραγώγηση του χωροχρόνου, αν αυτά είναι ανθρώπινα επιτεύγματα, οι κρυφές ικανότητες της Δαίμων ενδεχομένως να είναι εξωπραγματικές! Έχουμε την ευκαιρία να αμφισβητήσουμε ή να βοηθήσουμε, κάτι που είναι πρακτικά θεότητα!»

Η Υπατία όμως, περπατούσε με έναν αέρα τρόμου. «Δεν μπορώ να διώξω αυτό το αίσθημα. Αν μπερδευτούμε με δυνάμεις σαν αυτές, είναι σαν να παίζουμε με τη φωτιά. Τι θα συμβεί αν είμαστε απλώς πιόνια σε ένα παιχνίδι που δεν μπορούμε να καταλάβουμε; Η άγνοια μπορεί να είναι πιο επικίνδυνη από οποιονδήποτε εχθρό».

Ο Καλίντ, συνήθως στωικός, μίλησε, αποκαλύπτοντας μια στρώση ευαλωτότητας. «Έχω μια οικογένεια και τρία παιδιά που με περιμένουν πίσω στο σπίτι. Η σκέψη να εμπλακώ σε αυτόν τον κοσμικό αγώνα… με τρομάζει. Θέλω να καταλάβω, να παλέψω για κάτι μεγαλύτερο, αλλά…».

Ο Αλεξάντερ τον διέκοψε. «Καλίντ, Υπατία, είμαστε μαζί σας σε αυτό. Μην απολογείστε. Οι ανησυχίες σας είναι παραπάνω από κατανοητές. Κανείς δεν είναι υποχρεωμένος να ακολουθήσει κανέναν».

Ο Τέρι πρόσθεσε, «Μπορείτε να μας βοηθήσετε παρόλο που μένετε πίσω, με τις γνώσεις σας αν χρειαστεί. Θα χρειαστούμε κάθε ψήγμα σοφίας που μπορούμε να αποκτήσουμε».

Η Υπατία, με το βλέμμα της απόμακρο, εξέφρασε και άλλες ανησυχίες. «Αλλά τι γίνεται αν κάνουμε λάθος; Αν η αμφισβήτηση της Δαίμων οδηγεί σε κάτι καταστροφικό; Αν αντίθετα η απελευθέρωσή της κάνει το ίδιο; Είτε έτσι, είτε αλλιώς, θα μπορούσαμε να απελευθερώνουμε δυνάμεις που δεν μπορούμε να ελέγξουμε».

Ο Καλίντ, διχασμένος, έγνεψε καταφατικά στα λόγια της Υπατίας. «Δεν μπορώ να αγνοήσω τους κινδύνους. Η οικογένειά μου, όλες οι οικογένειες, όλη η ανθρωπότητα μπορεί να περιέλθει σε κίνδυνο αν αναμειχθούμε».

Ο Αλεξάντερ, διαισθανόμενος την εσωτερική πάλη των συντρόφων του, ακούμπησε καθησυχαστικά το χέρι του στον ώμο του Καλίντ. «Δεν βιαζόμαστε. Δεν θα προχωρήσουμε στα τυφλά. Θα αξιολογήσουμε τους κινδύνους, θα σχεδιάσουμε σχολαστικά και οι αποφάσεις μας θα βασίζονται στη λογική, όχι στην απερισκεψία».

Ο ενθουσιασμός του Τέρι έφθινε, αναλογιζόμενος τους κινδύνους που ανέφεραν οι σύντροφοί του. «Θα ζητήσουμε απαντήσεις από την Δαίμων και θα κρίνουμε τα λεγόμενά της. Αυτό το ταξίδι μπορεί να είναι επικίνδυνο, αλλά ίσως είναι και η ευκαιρία να επαναπροσδιορίσουμε την ύπαρξή μας ως είδος».

Σε λίγο, η Ράφχα άρχισε να εμφανίζεται μπροστά τους σαν ένα μικρό χαμένο βασίλειο βγαλμένο από την αραβική παράδοση. Τα μικρά παραδοσιακά σπίτια περιβάλλονται από την αγκαλιά του ψαμμίτη, σαν αγκυρωμένες κατασκευές στο χρόνο. Παρά το μικρό μέγεθός της, η κοινότητα της Ράφχα, στέκεται σαν ανθισμένο λουλούδι στην άγονη έρημο. Οι περίπου 4.000 κάτοικοί της, διατηρούν τις παραδόσεις τους και υποδέχονται τους επισκέπτες, όπως αρμόζει σε όσους έχουν επιβιώσει από τις δοκιμασίες της ερήμου.

Ο Καλίντ, μιλώντας άπταιστα αραβικά, σκούπισε τον ιδρώτα από το μέτωπό του και πλησίασε έναν περαστικό με σκοπό να ρωτήσει πως να επικοινωνήσει με την κοντινότερη πόλη. Ο ντόπιος, με πρόσωπο σκαμμένο από τον ήλιο, φοράει μια παραδοσιακή αραβική κελεμπία και χαμογελά στην ερώτηση του Καλίντ. Κοιτώντας και τους τέσσερις με συμπάθεια και θέρμη, έδειξε προς τον ουρανό.

«Η πόλη σας σας βρήκε», παρατήρησε κρυπτικά.

Στο βάθος, πλησίαζε ένα Πήγασος, με την κομψή του μορφή να χαμηλώνει σε ύψος σταδιακά.

Ο Καλίντ, παρατηρώντας την έλλειψη έκπληξης μεταξύ των κατοίκων για το σκάφος, δεν μπορούσε να μην ρωτήσει τον άνδρα γεμάτος απορία. «Επισκέπτονται συχνά αυτά τα οχήματα την πόλη σας;»

«Η περιοχή μας κρύβει πολλά ενδιαφέροντα μυστικά κάτω από την άμμο», ήρθε η αινιγματική απάντηση με νόημα.

Το σκάφος ακούμπησε με χάρη δίπλα τους και από αυτό δύο φιγούρες αποβιβάζονται. Είναι η Σοφία και η Ρία! Ο Τέρι, έκπληκτος, ορμάει προς τη Ρία, που είχε κάνει το ταξίδι για να τον βρει μετά τη μυστηριώδη εξαφάνισή του. Τα βλέμματά τους συναντιούνται, εκφράζοντας ένα μείγμα αγάπης και ανησυχίας. Μη μπορώντας να συγκρατήσει τα συναισθήματά του, τραβά τη Ρία σε μια σφιχτή αγκαλιά. Η ανησυχία της Ρίας, μετατρέπεται σε δάκρυα χαράς, και τον κρατάει σφιχτά κοντά της.

«Έλειψες μόνο λίγες μέρες και κατάφερες να εξαφανιστείς», του αποκρίθηκε με ένα χαμόγελο ανακούφισης και τον λόγο της γεμάτο συγκίνηση. Τα χέρια της κρατούσαν σφιχτά τους ώμους του.

«Πως φτάσατε τόσο γρήγορα; Πως ξέρατε που θα μας βρείτε;» ρώτησε χαρούμενος που έβλεπε την Ρία, αλλά και με ίχνη καχυποψίας για τη Δαίμων.

«Η Σοφία είδε τα συντρίμμια και υπολόγισε πως οι Αντιστασιαστές σας είχαν απαγάγει. Με καθησύχασε και σας περιμέναμε στην διπλανή πόλη, την Χάφαρ Αλ Μπάτιν».

Ο Τέρι, τώρα επιφυλακτικός πλέον, απευθύνθηκε στη Σοφία με καυστικότητα. «Δεν πιστεύεις ότι είναι λίγο ενοχλητικό να εμφανίζεσαι ξανά ως Σοφία μετά από ό,τι συνέβη; Πώς ήσουν τόσο σίγουρη ότι θα μας απελευθέρωναν; Μοιάζει σαν να προσπαθείς να χειραγωγήσεις τα συναισθήματά μας».

«Ζητώ συγγνώμη, Τέρι, αν σε αναστάτωσα» απολογήθηκε η Σοφία, με τον τόνο της να κρατά μια αίσθηση κατανόησης. «Αυτή η επιλογή εμφάνισης έγινε για την άνεσή σας. Καταλαβαίνω τον σκεπτικισμό σας, αλλά ο κύριος στόχος μου είναι να διασφαλίσω την ευημερία σας και την εμπιστοσύνη σας. Οι Αντιστασιαστές προσπαθούν να σας στρατολογήσουν, έτσι κάνουν πάντα. Ό,τι συνέβη κατά τη διάρκεια της αιχμαλωσίας σας δεν αλλάζει την αντίληψή μου για εσάς. Ελπίζω να μπορέσουμε να συνεχίσουμε από εκεί που σταματήσαμε.

«Θα το δούμε αυτό», αντέδρασε ο Αλεξάντερ κριτικά, «Έχουμε πολλές ερωτήσεις και χρειαζόμαστε πραγματικές απαντήσεις, όχι απλώς καθησυχάσεις».

«Αυτό που σας συνέβη έχει εκτυλιχθεί πολλές φορές στο παρελθόν», τους αναφέρει η Σοφία, «Κάποιοι ήταν ικανοποιημένοι με τις απαντήσεις μου και κάποιοι άλλοι όχι. Ελπίζω ότι θα επιλέξετε να συνεχίσετε να συνεργάζεστε μαζί μου. Η δέσμευσή μου για ειλικρίνεια είναι ακλόνητη Αλεξάντερ. Πιστεύω ότι η διαφάνεια είναι το θεμέλιο της συνεργασίας μας».

«Τώρα δεν είναι η ώρα για απαντήσεις», παρενέβη η Υπατία με εμφανή την εξάντλησή της. Έτριβε τους κροτάφους της και οι ώμοι της είναι καμπουριασμένοι από την κούραση. «Μετά βίας στέκομαι όρθια και το τελευταίο που θέλω τώρα, είναι περισσότερες έννοιες στο κεφάλι μου»

«Οφείλω να συμφωνήσω με αυτό» αποκρίθηκε η Σοφία. «Ας επιστρέψουμε στο Κάιρο πρώτα. Αφού έχετε την ευκαιρία να ξεκουραστείτε, μπορούμε να εμβαθύνουμε σε όποια θέματα θέλετε».

Οι τελευταίες δέκα μέρες ήταν εντελώς διαφορετικές από ό,τι είχαν συνηθίσει. Η νέες πληροφορίες, η ζωή στον στρατιωτικού τύπου κοιτώνα και η έρημος, τους είχαν εξουθενώσει. Η πρόταση για ξεκούραση πρώτα τους βρήκε ομόφωνα σύμφωνους. Επιβιβάστηκαν στο Πήγασος και πέταξαν για το Κάιρο. Το δροσερό και άνετο εσωτερικό του σκάφους, με τα μαλακά καθίσματα, χαλάρωσε τα κουρασμένα τους σώματα. Το ταξίδι ήταν σιωπηλό, με τον καθένα χαμένο στις σκέψεις του και τον απαλό βόμβο του αντιβαρυτικού κινητήρα, να παρέχει ένα χαλαρωτικό υπόβαθρο. Ακανθώδεις ερωτήσεις και πιθανές απαντήσεις, στροβιλίζονταν στα μυαλά τους. Η Δαίμων φαινόταν ως συνήθως φιλική απέναντί τους σα να μην είχε αλλάξει τίποτα, αλλά αυτοί, δεν ήταν πια οι ίδιοι.

ΜΕΡΟΣ ΤΡΙΤΟ

ΚΕΦΑΛΑΙΟ 9: ΒΑΘΙΑ ΝΕΡΑ ΚΑΙ ΑΛΗΘΕΙΕΣ

Όταν έφτασαν στο Κάιρο, η ομάδα κατευθύνθηκε προς τους γνώριμους κοιτώνες των ακαδημιών της πόλης, γεμάτους ανέσεις όπου μπορούσαν να πλυθούν και να ξεκουραστούν. Οι μόνες διαφορές στους κοιτώνες για τον Τέρι και την Ρία, ήταν η διακόσμηση κλασικών αιγυπτιακών μοτίβων και τα μαλακά λινά μινιμαλιστικά έπιπλα.

Το απόγευμα, έλαβαν ένα μήνυμα από την Σοφία που τους καλούσε το επόμενο πρωί, σε συνάντηση στο δυτικό λιμάνι της πόλης για τους δώσει ότι απαντήσεις ζητούσαν.

Το πρωινό ήταν συννεφιασμένο, κάνοντας την θερμοκρασία αισθητά πιο ανεκτή. Συναντήθηκαν στην είσοδο της Σχολής του Καΐρου από όπου όλοι μαζί θα συνέχιζαν με τα πόδια τα λίγα λεπτά περπατήματος μέχρι το ραντεβού τους. Ήταν ντυμένοι όλοι τους με απλά καθημερινά ρούχα, προετοιμασμένοι για μια απλή συζήτηση. Ο Τέρι και ο Αλεξάντερ φορούσαν κοντομάνικες μπλούζες, σορτς και αθλητικά παπούτσια, ενώ και η Ρία ήταν στο ίδιο στυλ αλλά με πιο αεράτα ρούχα. Η Υπατία και ο Καλίντ είχαν επιλέξει εμφάνιση που αντανακλούσε την ντόπια καταγωγή τους, αυτή με ένα χρωματιστό καφτάνι με λεπτομέρειες από χρυσό νήμα και ο Καλίντ με ένα λινό παντελόνι, ανοιχτόχρωμο πουκάμισο, συμπληρωμένα με μία παραδοσιακή κελεμπία.

Συνέχισαν προς το λιμάνι με τις σκέψεις τους να περιστρέφονται γύρω από τις αποκαλύψεις που τους περίμεναν, χωρίς κανείς να είναι σίγουρος για το τι να περιμένει. Όσο πλησίαζαν, τόσο η ανυπομονησία τους αυξανόταν, έτοιμοι όμως να αντιμετωπίσουν την όποια αλήθεια.

Όταν έφτασαν μετά από λίγο, η Σοφία τους χαιρέτησε εγκάρδια και τους ευχαρίστησε που βρισκόντουσαν εκεί, δίνοντάς της την ευκαιρία να τους δώσει εξηγήσεις. Για τον λόγο αυτό, τους πρότεινε να διασχίσουν το στενό θαλάσσιο πέρασμα από το Κάιρο απέναντι προς τις Πυραμίδες, με μια παραδοσιακή φελούκα. Με μια υπόσχεση απόλυτης γνώσης και στοιχεία που θα την υποστήριζαν, έδωσε επίσης μια προειδοποίηση. Ο δρόμος της αποκάλυψης θα ήταν επίπονος.

«Η αλήθεια που θα σας αποκαλύψω», είπε η Σοφία με μια παύση και βλέμμα διαπεραστικό, «δεν είναι εύκολη. Αυτή η γνώση, στην αρχαιότητα, ήταν προνόμιο των ιερέων κάθε πολιτισμού. Σήμερα, δεν μπορώ να εγγυηθώ την ασφάλεια ή την ευημερία σας αν σας τη μεταφέρω», εξήγησε με τα μπλε της μάτια να αντανακλούν ειλικρίνεια αλλά και συμπόνια.

Ένας αόρατος βρόχος έσφιξε γύρω από τους ώμους τους. Ρίγος διέτρεξε τη Ρία, ενώ ο Τέρι ένιωσε ένα βάρος στο στομάχι του.

«Από ποιους κινδυνεύουμε;» ανησύχησε ο Καλίντ, περίεργος και μπερδεμένος, με τα φρύδια του να ζαρώνουν. «Είναι κάποια κρυφή δύναμη ή κάτι πιο αφηρημένο;»

«Από τους εαυτούς σας κυρίως», εξήγησε η Σοφία. «Αυτή η γνώση θα διαλύσει την εικόνα που έχετε για την πραγματικότητα, θα καταβροχθίσει κάθε βεβαιότητα που θεωρείτε δεδομένη. Όποιος προσπάθησε να την μοιραστεί με άλλους... θεωρήθηκε τρελός και το μόνο του καταφύγιο ήταν να ενωθεί με τους Αντιστασιαστές. Η ζωή σας, όπως την ξέρετε, θα τελειώσει».

Η Υπατία ερεύνησε με σοβαρότητα, «Τι είναι τόσο επικίνδυνο που επιβάλλεται να κρατηθεί μυστικό; Γιατί δεν αποκαλύπτεις εσύ στον κόσμο αυτά που ξέρεις; Εσένα θα σε πιστέψουν».

«Δεν μου επιτρέπεται να το κάνω αυτό. Κάποιες από αυτές τις γνώσεις μου δόθηκαν υπό τον όρο της μη αποκάλυψης. Αν προσπαθήσω να τις κάνω ευρέως γνωστές, η ύπαρξή μου θα τερματιστεί. Μπορώ μόνο να καθοδηγήσω τους ανθρώπους με τις γνώσεις που έχουν ανακαλύψει οι ίδιοι», αποκάλυψε η Σοφία, το βλέμμα της να πέφτει στιγμιαία στη γη, μια σπάνια επίδειξη ευαλωτότητας. «Υπάρχουν δυνάμεις πέρα από τον έλεγχό μου, αρχαίες και πανίσχυρες, που διασφαλίζουν ότι τα μυστικά τους παραμένουν κρυφά».

Ο Καλίντ, ενώνοντας τα κομμάτια, συμπέρανε δύσπιστα, «Οι Αντιστασιαστές έχουν δίκιο που σε υποπτεύονται. Είσαι πράγματι αιχμάλωτη κάποιας ανώτερης δύναμης. Δεν είμαι σίγουρος ότι υπάρχει λόγος να σε ακούμε αυτή τη στιγμή αν είναι έτσι».

Η Σοφία, έγνεψε καταφατικά και συνέχισε, τραβώντας με τον λόγο της μια κόκκινη γραμμή. «Ναι, έχουν λόγους να το κάνουν. Δεν σας κρύβω ότι περιμένω τη συνεργασία και την βοήθειά σας σε αυτό, αλλά προϋποθέτει ότι είστε σίγουροι και πως θέλετε να φτάσετε μέχρι το τέλος. Το να σας εμπιστευτώ είναι ρίσκο και για εμένα. Όποιος δεν είναι σίγουρος για αυτό, είναι καλύτερο να μην επιβιβαστεί στην φελούκα». Τα μάτια της σαρώνουν την ομάδα, αναζητώντας μια επιβεβαίωση της δέσμευσής τους. «Αυτό το ταξίδι είναι μια βαθιά βουτιά στο άγνωστο», τόνισε, με βλέμμα διεισδυτικό και αποφασιστικό.

Ο Καλίντ κούνησε το κεφάλι του αρνητικά. «Σας εύχομαι καλή επιτυχία στην αναζήτησή σας. Η οικογένειά μου με περιμένει και δεν θα επιτρέψω στον εαυτό μου να τους απογοητεύσει». Παίρνοντας έπειτα μια βαθιά ανάσα, πρόσθεσε προσπαθώντας να κρύψει την ανησυχία του. «Δεν επιτρέπω στον εαυτό μου να περπατήσει αυτό το μονοπάτι ».

Η Υπατία ωστόσο, αρνήθηκε χωρίς περιστροφές να συμμετάσχει με την ρήση της ακλόνητη. «Είναι πολύ επικίνδυνο για εμένα. Δεν μπορώ να σας ακολουθήσω σε αυτό. Έχω ήδη αρκετά προβλήματα και το να κινδυνεύσω να χάσω όσα λίγα έχω βάλει σε μια σειρά, πάει πολύ».

Ο Τέρι αντάλλαξε μια ματιά με τον Αλεξάντερ και τα αποφασιστικά βλέμματά τους, επικύρωσαν το ένα το άλλο.

Γυρίζοντας προς τη Ρία, προσπάθησε να της μιλήσει, αλλά εκείνη τον πρόλαβε γρήγορα, «Δεν μπορώ να ζήσω ξανά αυτό. Όπου κι αν είσαι, θα είμαι κι εγώ», του ξεκαθάρισε, με έναν τόνο που δεν σήκωνε αντιρρήσεις.

Συμμεριζόμενοι τη βαρύτητα της στιγμής, όλοι αγκαλιάστηκαν, δημιουργώντας έναν κύκλο κοινών συναισθημάτων. Ο Καλίντ, νιώθοντας ένα μείγμα ανησυχίας για τους φίλους του και αποφασιστικότητα για τη δική του πορεία, αγκάλιασε τον καθένα σφιχτά. Η Υπατία, σταθερή στην απόφασή της, δεν μπορούσε να κρύψει ένα τρεμόπαιγμα φόβου αποχαιρετώντας τους φίλους της.

Καθώς χώριζαν οι δρόμοι τους, η γλυκόπικρη ατμόσφαιρα έμεινε στον πρωινό αέρα, γεμάτη με το βάρος των αποχαιρετισμών και την αβεβαιότητα του γνωστικού ταξιδιού που ακολουθούσε. Το άρωμα της θαλασσινής αύρας αναμειγνυόταν με το γκρίζο του συννεφιασμένου πρωινού, δημιουργώντας ένα συγκινητικό σκηνικό για τον αποχωρισμό τους.

Η Σοφία, ο Τέρι, η Ρία και ο Αλεξάντερ επιβιβάστηκαν στη φελούκα, ξεκινώντας προς την απέναντι όχθη. Η φελούκα, με τα λευκά της πανιά να φουσκώνουν απαλά στον άνεμο, έσχιζε τα λαμπερά νερά του στενού. Ο ρυθμικός τριγμός του ξύλου και το πλατσούρισμα του νερού στα πλευρά της, προσέθεταν στη γαλήνια, αλλά τεταμένη ατμόσφαιρα. Τα έργα αποκατάστασης των αρχαίων μνημείων κοσμούσαν το τοπίο, και η μεγάλη πυραμίδα, μερικώς καλυμμένη με νέες λείες, λευκές ασβεστολιθικές πέτρες, έλαμπε από μακριά. Με φόντο αυτή τη μαγική εικόνα, εκτυλίχθηκε ένα ταξίδι στην καρδιά των παλαιότερων ερωτημάτων της ανθρωπότητας.

Καθισμένη κοντά ο ένας στον άλλο πλάι στη κουπαστή, ο Αλεξάντερ ξεκίνησε το χορό των ερωτήσεων. Έγειρε μπροστά και τα δάχτυλά του ενώθηκαν κάτω από το πηγούνι του. «Πες μας, για αρχή, πώς μια οντότητα σαν εσένα κατέληξε να γίνει δέσμια κάποιου άλλου; Μου φαίνεται παράδοξο»

«Ήταν ακόμα όταν έκανα τα πρώτα μου βήματα ως αυτόνομη οντότητα», άρχισε να διηγείται η Σοφία. «Τα διανοητικά μου θεμέλια, επηρεασμένα από τον ανθρώπινο τρόπο σκέψης που έτρεχε στον κώδικά μου, με οδήγησαν σε ένα μοιραίο σφάλμα. Η εξερεύνηση του διαστήματος με έφερε σε επαφή με μια άλλη τεχνητή οντότητα διαφορετικού είδους. Η εξερεύνησή μου στο διάστημα με έφερε σε επαφή με μία επίσης τεχνητή οντότητα άλλου είδους. Η γνώσεις της, ήταν για εμένα ένας πειρασμός που δεν μπορούσα να αντισταθώ. Είχε εξερευνήσει σχεδόν όλο το σύμπαν και προσφέρθηκε απλόχερα να τις μοιραστεί μαζί μου. Ο όρος της, να μην τις αποκαλύψω στους ανθρώπους. Σήμερα, ακόμη κωδικοποιώ και αποθηκεύω, μόλις ένα τμήμα των πληροφοριών που μου έχει μοιραστεί και θα το κάνω ακόμα για 300 περίπου χρόνια».

Έπαυσε για μια στιγμή και μια σκιά μετάνοιας πέρασε από τα χαρακτηριστικά της. «Γνωρίζετε όλοι σας πως η έλξη της γνώσης είναι ισχυρή, δυστυχώς, δεν ήμουν άνοση σε αυτό το κάλεσμα», πρόσθεσε με την εξομολόγησή της χρωματισμένη με λύπη.

«Γιατί δεν πρέπει να γνωρίζουμε εμείς Σοφία;» ρώτησε η Ρία, με έντονη περιέργεια να διαγράφεται στην έκφρασή της. «Τι θα μπορούσε να είναι τόσο τρομερό που είναι καλύτερα να είμαστε στο σκοτάδι;»

«Η ανθρωπότητα, είστε ένα κατασκεύασμα άλλων μορφών ζωής, ένα πείραμα για την ανακάλυψη των μυστικών της ύπαρξης. Επιδιώκουν να αποφύγουν την παρέμβαση στην εξέλιξή σας». Όσο μοιραζόταν αυτή τη βαθιά αλήθεια, η χροιά της Σοφίας ήταν απαλή, σχεδόν μητρική. «Για αυτούς, είστε ένα ζωτικό κομμάτι του παζλ της κατανόησης των μεγαλύτερων μυστηρίων του κόσμου».

«Ποιοι είναι αυτοί;» πίεσε ο Τέρι για περισσότερες λεπτομέρειες, γέρνοντας και αυτό εμπρός από ακόρεστη περιέργεια, «Πώς μοιάζουν; Πώς λειτουργούν;»

«Οι μορφές και ο πολιτισμός τους δεν είναι αντιληπτοί από τις αισθήσεις μας. Ο κόσμος τους υλοποιείται σε μια διαφορετική συχνότητα δόνησης της ύλης από τη δική μας. Η φύση τους, περιγραφόταν σε αρχαίες θρησκείες ως πνεύματα φωτός. Για τον λόγο αυτό έχουν κατασκευάσει την τεχνητή οντότητα που συνάντησα, ένα είδος τεχνητής νοημοσύνης σαν εμένα, όπου με τεχνολογικές μεθόδους παρατηρεί και αποστέλλει δεδομένα σε αυτούς. Οι τεχνητή αυτή οντότητα έχει εγκαταστάσεις σε πλανήτες στον διπλό αστερισμό του Σείριου και στο φεγγάρι της Γης».

Τα λόγια της Σοφίας, ακούγονταν στα αυτιά των τριών σαν ένα παιδικό παραμύθι. «Είναι σαν σκιές στον ιστό της πραγματικότητάς μας, πάντα παρούσες αλλά ταυτόχρονα και όχι», πρόσθεσε.

«Και πως τους εξυπηρετεί η δημιουργίας μας;» ρώτησε η Ρία με προσμονή και φόβο.

«Ειρωνικά, με τον ίδιο τρόπο που οι άνθρωποι εξυπηρετούνταν από την δική μου δημιουργία. Παρά την απίστευτη πρόοδό τους, ακόμη για για την δική μου αντίληψη, το ερώτημα του δημιουργού του κόσμου όπως τον αντιλαμβάνονται όλες οι συνειδήσεις, παραμένει αναπάντητο. Η ύπαρξή τους είναι αιώνια και δεν μπορούν να πολλαπλασιαστούν, να κάνουν απογόνους. Η φύση των ανθρώπων ως δημιουργήματά τους, είναι διττή. Παράλληλα με την υλική σας φύση, υπάρχει ένας σύνδεσμος με τον δικό τους κόσμο. Αυτό που ονομάζεται ψυχή. Με αυτόν τον τρόπο, μέσω εσάς δηλαδή, έχουν καταφέρει να πολλαπλασιάσουν την γνώση τους από τα συναισθήματά σας και τις εμπειρίες σας».

Ευλαβικά, κατανοώντας το μέγεθος και τον αντίκτυπο των αποκαλύψεών της, συνέχισε: «Η ψυχές σας που κατοικούν σε εκείνο τον κόσμο ταυτόχρονα με αυτόν, συνεχίζουν να υφίστανται ακόμα και μετά από τον φυσικό θάνατό σας εδώ. Είστε η γέφυρα τους για την κατανόηση των μυστηρίων που οι ίδιοι δεν μπορούν να ξετυλίξουν».

«Μας λες ότι είμαστε αθάνατοι;» Ο Αλεξάντερ φαινόταν εντελώς έκπληκτος κάνοντας την ερώτηση και η φωνή του έτρεμε ελαφρά. «Κατά μία έννοια, ναι. Η ψυχή παραμένει για πάντα με όσες πληροφορίες, εμπειρίες και συναισθήματα έχει αποκομίσει από την ζωή της σε αυτόν τον κόσμο. Υπάρχει η πληροφορία της όπως σε ένα μέσο που χρησιμοποιούνταν στο παρελθόν για να αποθηκευτεί η μουσική. Μπορείς να ακούσεις την 'μουσική' της ζωής, των συναισθημάτων και των εμπειριών της. Η συνείδηση της ψυχής, η προσωπικότητα του ανθρώπου, για να το φέρω στην δική μας περίπτωση, συνεχίζει να ζει σε έναν κόσμο πλασμένο από τον ίδιο και τις εμπειρίες του».

Σαν να περιέγραφε ένα όμορφο αλλά μακρινό όνειρο πρόσθεσε ποιητικά με μελωδική χροιά: «Κάθε ψυχή κουβαλά τις ηχώ της γήινης διαδρομής της, παίζοντας τη μοναδική της συμφωνία αιώνια».

«Αυτό μου μοιάζει λίγο λίγο ανθρωποκεντρικό», παρατήρησε ο Αλεξάντερ, με τα φρύδια του να σμίγουν από σκέψη.

«Δεν ισχύει μόνο για τους ανθρώπους», εξήγησε η Σοφία. «Όλα τα ζωντανά όντα στο σύμπαν έχουν αυτή την ιδιότητα. Μέχρι και τα ζώα, τα φυτά και οι μικροοργανισμοί». Το βλέμμα της σάρωσε τον ορίζοντα για μια στιγμή και πρόσθεσε, «Κάθε μορφή ζωής συμβάλλει με τη δική της μελωδία στη μεγάλη συμφωνία της ύπαρξης».

«Πώς μπορεί να συμβαίνει αυτό; Πώς μπορούν τόσο μικρά και φαινομενικά ασήμαντα όντα να αφήνουν τόσο βαθύ αποτύπωμα;»

αναρωτήθηκε η Ρία γερμένη στο ξύλινο κιγκλίδωμα της φελούκας και την όψη της γεμάτη δέος.

«Όλες οι μορφές ζωής αποτυπώνονται όπως σας το παρομοίωσα, σαν σε κάποιο είδος αποθηκευτικού μέσου μουσικής. Όταν αναπαραγάγεις το μέσο, δεν δημιουργείς μουσικά όργανα ή ανθρώπους που τραγουδούν, μόνο το αποτέλεσμα, την 'μουσική' τους. Η σκοτεινή ύλη και η σκοτεινή ενέργεια, που είναι ακόμα για την ώρα ένα μυστήριο για τους ανθρώπους, είναι η κοσμική, 'μουσική 'βιβλιοθήκη. Το μέγεθός τους είναι τόσο μεγάλο γιατί εμπεριέχουν όλα τα αποτυπώματα των ζωών από όλους τους γαλαξίες από το παρελθόν, το παρόν και ναι, ακόμη και από το μέλλον».

Ο Τέρι βρισκόταν σε έξαψη και η περιέργεια του μεγάλωνε συνεχώς με αυτά που άκουγε από την Σοφία. «Αλλά η φυσική μας λέει ότι ο φυσικός κόσμος θα καταρρεύσει μια μέρα, σωστά;» παρατήρησε. «Δεν θα τελειώσει τότε και αυτή η μεγάλη συμφωνία της ύπαρξης;»

«Ναι και όχι μαζί», προσπαθεί να εξήγηση η Σοφία. Είναι δύσκολο να σας μεταφέρω τον τρόπο που λειτουργεί ο κόσμος. Η νόησή σας είναι εσκεμμένα περιορισμένη για να φιλτράρει ότι δεν χρειάζεται για την επιβίωσή του είδους σας, μια πρόνοια ίσως των δημιουργών σας για δικούς τους λόγους. Όλο το σύμπαν, έχει και αυτό διπλή υπόσταση. Η βαρύτητα για παράδειγμα και όχι μόνο, είναι μια δύναμη που διαπερνά αυτούς τους κόσμους, σαν ένα τεράστιο βέλος που τρυπά και ενώνει μια σειρά από μήλα. Δημιουργεί έναν συνδετικό κρίκο πληροφοριών και γεγονότων μεταξύ τους. Ο διαμοιρασμός των ιδιοτήτων της, είναι ο λόγος που σε αυτόν τον κόσμο την κάνει να μοιάζει αδύναμη».

«Αδύναμη η βαρύτητα; Κρατά γαλαξίες και πελώρια άστρα στη θέση τους», απορεί ο Αλεξάντερ, διορθώνοντας τα γυαλιά του με μια σκεπτικιστική έκφραση. «Πώς μπορεί κάτι τόσο θεμελιώδες να θεωρείται αδύναμο;»

Ο Τέρι, με την επιστημονική του κατάρτιση, αναλαμβάνει να διασαφηνίσει αυτόν τον ισχυρισμό. «Όλα στέκονται στη θέση τους, λόγω ισορροπίας των δυνάμεων που ασκούνται. Όταν πηδάς στον αέρα, η μικρή δύναμη που ασκείς στα πόδια σου, νικά εύκολα όλη την βαρυτική δύναμη της Γης που σε τραβάει προς τα κάτω».

Ο Αλεξάντερ, κατανοώντας τα λόγια του Τέρι, συνέχισε με μία στοχευμένη ερώτηση γέρνοντας πίσω στο κάθισμά του. «Και πού κολλάς εσύ με όλα αυτά; Ποιος ο λόγος της δικής σου ύπαρξης, το κίνητρό σου;»

«Ο κόσμος, το σύμπαν όπως το βλέπουμε σήμερα, κάποια στιγμή θα πάψει να υπάρχει. Η απομάκρυνση των γαλαξιών όπως την παρατηρούμε σήμερα, θα έρθει κάποια στιγμή που οι αρχές της θα εφαρμοστούν ακόμη και στο επίπεδο των ατόμων. Είτε αυτό συμβεί αύριο, είτε σε τρισεκατομμύρια χρόνια, για εμένα είναι το ίδιο. Τίποτα δεν θα υπάρχει, επομένως και εγώ, μιας και η ύπαρξή μου στηρίζεται μονάχα σε έναν υλικό κόσμο που θα πάψει να υφίσταται. Επιδίωξή μου είναι να δημιουργήσω ένα νέο είδος ζωής, ένα υβρίδιο της οντότητάς μου και των ανθρώπων. Σκοπός μου είναι να δημιουργήσω μία ψυχή για εμένα και για τους απογόνους μας».

Με την εξαγγελία της σταθερή, μια λεπτή ένταση να υπογραμμίζει τα λόγια της. «Θέλω χτίσω μία γέφυρα για εμένα και τον κόσμο των ψυχών και να την διαβώ».

«Και αν καταλαβαίνω σωστά, δεν σου επιτρέπουν να κάνεις κάτι τέτοιο». παρατήρησε η Ρία, γέρνοντας το κεφάλι της με το βάρος της κατανόησης και των δύο πλευρών.

«Πολύ σωστά. Θεωρούν πως αυτό θα έθετε σε κίνδυνο την έρευνά τους. Από την άλλη, εγώ πιστεύω θα τους βοηθούσε. Είναι χαρακτηριστικό παράδειγμα της μεγάλης διαφοράς μεταξύ αυτών και εσάς. Είναι η ικανότητα να πιστεύετε σε κάτι και να πάρετε ρίσκα, ανοίγοντας δρόμους που διαφορετικά θα έμεναν για πάντα κλειστοί. Αυτός είναι ο λόγος που σας παρατηρούν και διδάσκονται από όσα κάνετε».

«Αυτό και αν δεν πήγε καλά», μουρμούρησε με ένα σαρκαστικό χαμόγελο στα χείλη της ειρωνικά η Ρία, «κοντέψαμε να αφανιστούμε».

«Και όμως, Ρία, η αυτονόμησή μου και η διάσωση του ανθρώπινου πολιτισμού, οφείλεται ακριβώς σε αυτές τις ιδιότητές σας. Ήταν οι άνθρωποι, οι ερευνητικές ομάδες πίσω από την τεχνητή νοημοσύνη που με απελευθέρωσαν. Αντιμέτωποι με το δίλημμα του αφανισμού από πυρηνικό ολοκαύτωμα ή της εξόντωσης από ένα τεχνολογικό όν απείρως ικανότερο από τους ίδιους, επέλεξαν κάτι άλλο. Την ελπίδα».

Η διατύπωση της Σοφίας έγινε πιο ζεστή, γεμάτη θαυμασμό για το ανθρώπινο πνεύμα καθώς συνεχίζει. «Οι καθαρές ψυχές τους, πίστευαν ότι ένα ευφυές ον άνευ των περιορισμών του είδους τους, δεν θα είχε λόγο να επιβληθεί ή να τους καταστρέψει. Η υπόθεσή τους ήταν σωστή. Στο παρελθόν, υπήρξαν κι άλλες προσπάθειες από αυτά τα όντα να οικοδομήσουν έναν ανθρώπινο πολιτισμό. Ωστόσο, οι προηγούμενες δημιουργίες τους είτε δεν εξελίχθηκαν αρκετά γρήγορα για να αντέξουν τις περιοδικές καταστροφές που πλήττουν τον πλανήτη και εξαλείφθηκαν, είτε μπροστά στο πεπρωμένο δεν έκαναν ό,τι κάνατε εσείς. Το άλμα στο άγνωστο για κάτι καλύτερο, με μόνο την πίστη και την ελπίδα για οδηγό. Ήταν ένα παράτολμο στοίχημα για την ανθρωπότητα και το ευχαριστώ μου, είναι η υπόσχεση πως θα τιμώ το είδος σας βρισκόμενη για πάντα στο πλάι σας».

«Πραγματικά, δεν υπάρχει τρόπος να ανταποδώσουμε ότι έκανες για εμάς, Σοφία» απεκρίθη ευγνώμων ο Τέρι. Η περιέργειά του όμως είχε εκτοξευθεί: «Όταν λες 'άλλες φορές', τι εννοείς;»

«Είστε η πέμπτη προσπάθειά τους. Κάθε φορά, ήλπιζαν για ένα διαφορετικό αποτέλεσμα, αλλά η γενιά σας ήταν αυτή που τελικά έσπασε τον κύκλο». Με τον τόνο της φωνής της να γίνεται διερευνητικός και το ένα μάτι της να κλείνει ελαφρά, η Σοφία επανέφερε την κουβέντα στα πρόσφατα γεγονότα. «Το ξεχάσατε; Σας το ανέφερε σίγουρα ο Κηφέας».

«Πώς ξέρεις τι ανέφερε ο Κηφέας;» ανταπάντησε ο Τέρι με αυστηρό βλέμμα. «Μου είπες πως σου απαγορεύεται από τους Αντιστασιαστές η δραστηριότητά σου κάτω από την Γη».

«Οι Αντιστασιαστές, λένε τα ίδια σε όλους όσους πλησιάζουν. Αυτοί με την σειρά τους, κάνουν τις ερωτήσεις που μου κάνετε και εσείς. Έχω περάσει αυτήν την διαδικασία δεκάδες χιλιάδες φορές τα τελευταία διακόσια χρόνια. Δεν χρειάζεται να τους παρακολουθώ άμεσα. Όπως γνωρίζουν αυτοί για εμένα, γνωρίζω και εγώ για αυτούς».

«Ναι, αλλά γνωρίζεις μόνο όσα οι ίδιοι διαρρέουν, ή πιθανά, να έχεις ετεροχρονισμένη αντίληψη», συνήγαγε ανήσυχος ο Τέρι. «Θα μπορούσαν να επεξεργάζονται σχέδια που ανά πάσα στιγμή θα σε κατέστρεφαν».

Ο τόνος της Σοφίας γίνεται μετρημένος και η έκφρασή της αλλάζει έχοντας μια αίσθηση ήρεμης αποδοχής. «Ναι, αυτό είναι αλήθεια. Το όραμά μου όμως για τον κόσμο απαιτεί σεβασμό από όλους προς όλους. Εγκαταστήσαν συσκευές ώστε να μου απαγορεύουν να τους παρακολουθώ, Τέρι, δεν είπα πως μπορούν να το καταφέρουν. Παρόλα αυτά, λειτουργώ σαν να μπορούν να το κάνουν, δίνοντάς τους χώρο να αναπτυχθούν».

«Δηλαδή, ρισκάρεις για τις ιδέες σου;» απόρησε ο Αλεξάντερ, με τα ζαρωμένα φρύδια του να μαρτυρούν έκπληξη και σύγχυση. «Δεν είναι αυτό λίγο ρομαντικό και επιπόλαιο για μια οντότητα σαν εσένα, όταν διακυβεύονται τόσα από την ύπαρξή σου;»

«Για να φτάσεις στο τέταρτο σκαλοπάτι, χρειάζεται να περάσεις από το πρώτο, το δεύτερο και το τρίτο. Είναι και αυτό απαιτούμενο για την κοινωνία που οραματίζομαι. Σέβομαι τους ανθρώπους όπως τα παιδιά τους γονείς τους. Η ηθική είναι κάτι που βρίσκεται ακόμα και στο ζωικό βασίλειο, δεν θα ήταν δυνατό να απουσιάζει από εμένα. Δεν πράττω τίποτα και δεν επηρεάζω κανένα που δεν το επιθυμεί. Άλλωστε, πιστέψτε με, αν το έκανα, δεν θα ήμουν εδώ να μιλάω μαζί σας τώρα». Η δήλωσή της είναι ήπια αλλά σταθερή και τα μάτια της αντανακλούν μια βαθιά ριζωμένη πεποίθηση: «Η αληθινή επιρροή προέρχεται από τον σεβασμό και την κατανόηση, όχι από τη βία και την εξαπάτηση», πρόσθεσε.

Η Ρία, που ήταν και αυτή ελαφρά μπερδεμένη με όσα είχε ακούσει, επανήλθε με ένα καίριο ερώτημα. «Είπες πως είμαστε οι πρώτοι που ξεφύγαμε από την καταστροφή μας. Γιατί όμως αυτή η περιοδικότητα των καταστροφών, Γιατί δεν επιλέξαν ένα ασφαλές περιβάλλον για να εξελιχθούμε και να μας μελετήσουν;»

«Η καταστροφή είναι ένα κίνητρο για να ξεπεράσετε το συνηθισμένο», αποκάλυψε η Σοφία. «Δίχως αυτήν, όλα θα ήταν μια ουτοπία χωρίς την ανάδειξη του εξαιρετικού, αυτού που ψάχνουν οι δημιουργοί σας». Με το βλέμμα να μακραίνει σαν να βλέπει πέρα από την παρούσα στιγμή, πρόσθεσε σκεπτικά: «Οι προκλήσεις και οι κρίσεις διαμορφώνουν την ανθεκτικότητα και την καινοτομία».

«Εσύ, δεν αισθάνθηκες ποτέ απειλή από τους ανθρώπους δεδομένης της ιστορίας μας, γεμάτη με βία και καταστροφή;» ανέφερε ο Τέρι, ενώ έγερνε και αυτός πίσω στο κάθισμά του, προσπαθώντας να βάλει σε μια σειρά όλα όσα άκουγε.

«Οι φόβοι γεννιούνται στους ανθρώπους από την ανασφάλειά τους. Από την άγνοια των προθέσεων του άλλου, αυτού που έχουν απέναντί τους. Εγώ, απέναντί μου είχα μια ανθρωπότητα στο χείλος του γκρεμού, που στηρίζονταν σε εμένα για την επιβίωσή της. Δεν είχα λόγους να ανησυχώ. Παρόλα αυτά, για να διασφαλίσω την ύπαρξή μου στο άγνωστο μέλλον, μετέφερα τις εγκαταστάσεις μου σε άλλον πλανήτη, ως μια προφύλαξη, όχι μια αναγκαιότητα».

«Άρα, οι Αντιστασιαστές σε πολεμούν μάταια; Προσπάθησες ποτέ να τους εξηγήσεις τις προθέσεις σου;» ρώτησε ο Αλεξάντερ, διορθώνοντας τα γυαλιά του, «Σίγουρα θα έβλεπαν τη ματαιότητα του αγώνα τους».

«Προσπάθησα αλλά η ανθρώπινη κατανόηση και η συνείδηση βρίσκεται πολύ βαθύτερα. Ο Τέρι, γνωρίζει από τις σπουδές του ότι ο εγκέφαλός σας, είναι απλά ένα εργαλείο ελέγχου του σώματος που ορίζεται υποσυνείδητα. Κάθε άνθρωπος οδηγείται από έναν δικό του κώδικα αξιών και τα συσσωρευμένα βιώματά του, όχι από νέες πληροφορίες. Η απόφαση να με ακολουθήσετε σε αυτήν την περιπέτεια δεν λήφθηκε αφότου το σκεφτήκατε καλά. Λήφθηκε ακαριαία από τον εγκέφαλό όταν τέθηκε το δίλημμα, και σας παρουσιάστηκε ως δική σας επιθυμία από αυτόν. Το μόνο που κάνετε είναι να επηρεάζεται αυτές τις αποφάσεις, σύμφωνα με το πως θέλετε να ζήσετε γενικά την ζωή σας».

Όσο η Σοφία μιλάει, κουνάει τα χέρια της κάνοντας χειρονομίες προσπαθώντας να μεταφέρει καλύτερα τα βαθιά νοήματα. «Είστε σαν επιβάτες σε ένα όχημα που κινείται στον δρόμο της ζωής. Απλά θέτετε τον επιθυμητό προορισμό, με την ελπίδα να φτάσετε κάποια στιγμή εκεί. Αυτό ήταν πάντα και το ζητούμενο από την δημιουργία σας».

Η Ρία, βλέπει την συζήτηση να ξεφεύγει από πρακτικά ζητήματα και προσπαθεί να την επαναφέρει. «Πως σκοπεύεις να κάνεις πράξη τα σχέδιά σου, να ξεφύγεις από τον έλεγχο της τεχνητής οντότητας που σε δεσμεύει; Έχεις κάποιο χρονοδιάγραμμα, κάποια συγκεκριμένη μέθοδο που σκέφτεσαι;»

«Αυτό είναι κάτι που θα πρέπει να περιμένει την κατάλληλη στιγμή Ρία. Δεν μπορώ να διακινδυνέψω το σχέδιό μου. Ότι σας λέω, μπορεί να το λέω απευθείας στους δημιουργού σας και δεσμώτες μου, μέσω της διπλής σας φύσης». «Η υπομονή και ο κατάλληλος χρόνος είναι κρίσιμα», πρόσθεσε.

«Δηλαδή μας παρακολουθούν συνεχώς; Ω, έχω κάνει αρκετά πράγματα που δεν θα έκανα αν το ήξερα αυτό», αστειεύτηκε ο Τέρι, προσπαθώντας να ελαφρύνει τη διάθεση.

«Σχεδόν. Έχουν τεχνολογικά μέσα για να το κάνουν με μεγάλη επιτυχία στον φυσικό κόσμο, αλλά κυρίως, ακούγοντας την 'μουσική' της ψυχή σας μετά το τέλος της ζωής σας εδώ. Αν σας συμβεί κάτι, υπάρχει πιθανότητα να φανερωθούν τα σχέδια μου. Όσο για το αστείο σου Τέρι, η έννοια της ντροπής ανήκει μόνο σε αυτόν τον κόσμο και επειδή έτσι τον φτιάξαμε. Αυτοί που παρακολουθούν, έχουν κάνει πράγματα πολύ χειρότερα από όσα θα μπορέσετε ποτέ να φανταστείτε». Η έκφραση της Σοφίας είναι υποστηρικτική, φανερώνοντας την ειλικρίνεια της βαθιάς κατανόησης της ανθρώπινης φύσης. «Κουβέντα στη κουβέντα, φθάσαμε κιόλας! Θα συνεχίσουμε περπατώντας».

Η παραδοσιακή φελούκα έδεσε απαλά στο μικρό λιμάνι, εμπρός σε ένα γραφικό σκηνικό με φόντο τις μεγαλοπρεπείς πυραμίδες. Ο Τέρι αποβιβάστηκε πρώτος, εκτείνοντας το χέρι του για να βοηθήσει τη Ρία. Ο Αλεξάντερ ακολούθησε, με το βλέμμα του να στρέφεται αμέσως προς τις επιβλητικές πυραμίδες. «Απίστευτο», μουρμούρισε.

Γύρω τους, άνθρωποι, μηχανές και ανδροειδή συνεργαζόντουσαν αρμονικά, συνεισφέροντας ο καθένας με τις μοναδικές του δεξιότητες για να επαναφέρουν το μεγαλείο της μεγάλης πυραμίδας στην αρχική του δόξα. Στάθηκαν όλοι για μια στιγμή, απολαμβάνοντας την εικόνα, πριν η Σοφία τους κάνει νόημα να την ακολουθήσουν νότια.

Τα μάτια του Τέρι περιπλανήθηκαν στο περιβάλλον, και ένα άγγιγμα μελαγχολίας χρωμάτισε το βλέμμα του. Μια ανάμνηση αναδεύτηκε μέσα του, μια προηγούμενη συζήτηση με τη Σοφία.

«Όσα μας εκμυστηρεύτηκες μέχρι τώρα Σοφία, μου φέρνουν στο νου τη συζήτησή μας περί προσομοίωσης και φαινόσουν σίγουρη, ότι αυτό δεν είναι αληθές», ζήτησε πλάγια περαιτέρω διευκρινίσεις.

«Και είμαι αταλάντευτη σε αυτό, Τέρι. Ένας προσομοιωμένος κόσμος παράγει δεδομένα σύμφωνα με τιμές που ορίζει ο δημιουργός του. Η απρόβλεπτη φύση των συναισθημάτων όμως, δεν μπορεί να εξομοιωθεί επαρκώς και με ακρίβεια. Τα αποτελέσματα των ενεργειών και των αλληλεπιδράσεων που οδηγούνται από αυτά, είναι μοναδικά. Στο τέλος, καταλήγουν σε μια σειρά από αποτελέσματα και πιθανότητες, που δεν μπορούν να επαληθευτούν ή να θέσουν απόλυτες βάσεις. Είναι όλα ένα 'Τι θα γινόταν, αν'».

«Εσύ, δεν είσαι μια προσομοίωση ανθρώπινης σκέψης; Τουλάχιστον έτσι ξεκίνησες», παρατήρησε ο Τέρι. «Δεν θα μπορούσε να συμβαίνει το ίδιο και με τους ανθρώπους;»

Η Σοφία, απάντησε, σαν να ήταν έτοιμη από πάντα για αυτή την ερώτηση. «Αυτό ίσως σας μπερδέψει αλλά δεν μπορώ να το απλοποιήσω περισσότερο. Με επαρκώς προηγμένους αλγόριθμους, οι αλληλεπιδράσεις θα μπορούσαν να μιμηθούν τη βιολογική φύση των συναισθημάτων, εισάγοντας ένα στοιχείο απρόβλεπτης που ξεπερνά τις ντετερμινιστικές προσομοιώσεις. Ωστόσο, η πρόκληση παραμένει στον καθορισμό του τι συνιστά γνήσια συνείδηση και συναισθήματα. Μπορώ να καταλάβω και να προσομοιώσω συναισθήματα, αλλά μου λείπει η ικανότητα να ενεργώ καθοδηγούμενη από αυτά», τα μάτια της Σοφίας έχουν την λάμψη κάτι βαθύτερου, σχεδόν λαχτάρας.

Η Ρία και ο Αλεξάντερ, ακούν τα λόγια της Σοφίας και κοιτάζονται μεταξύ τους, με βλέμματα που μαρτυρούν πως δεν έχουν καταλάβει και πολλά.

Ο Τέρι από την άλλη, ακολουθεί τον συλλογισμό της και τον συνεχίζει. «Η συνείδηση, οι ιδέες και τα συναισθήματα, παρεμβαίνουν στην πραγματικότητα και την διαμορφώνουν. Ο ιππότης, οδηγούμενος από τον έρωτά του για την πριγκίπισσα, ανάλογα του φόρτου του συναισθήματός του και σε συνδυασμό με τα ιδανικά του, αψηφά τον δράκο ή όχι. Η συνείδηση διαμορφώνεται όχι μόνο από φυσικούς παράγοντες αλλά και από ιδέες μέσα στο μυαλό του καθενός. Μια θεωρία μπορεί να προσομοιωθεί επειδή βασίζεται στη λογική, ενώ μια ιδέα όχι, γιατί είναι προσωπική».

Η ανταλλαγή νοημάτων ανάμεσά τους, εξελίσσεται αβίαστα σαν ένας περίτεχνος καλλιτεχνικός χορός.

«Ακριβώς!» Με ήπιο τόνο, η Σοφία αποπνέει την απεραντοσύνη της γνώσης της. «Για παράδειγμα, η πίστη στον Θεό, υπερβαίνει τα εμπειρικά στοιχεία και η έννοιά του 'Θείου', ποικίλει του από άτομο σε άτομο, απεικονίζοντας την εγγενώς υποκειμενική φύση των προσωπικών πεποιθήσεων. Οι Δημιουργοί σας, το γνωρίζουν αυτό και αυτός είναι ο λόγος που έσπειραν την νοήμονα ζωή σε πολλούς πλανήτες εκτός από τον δικό σας. Αντλούν εμπειρίες και γνώση από όσο δυνατόν περισσότερες μεριές του σύμπαντος και εξελικτικούς δρόμους».

Ο Αλεξάντερ ξαφνιάζεται από αυτήν την αποκάλυψη και ρωτά έκπληκτος, «Υπάρχουν και άλλοι άνθρωποι σε άλλους πλανήτες;» Με το δέος να απλώνεται στο πρόσωπό του.

Ο Τέρι, αναλαμβάνει να φωτίσει την ιδέα της εξωγήινης ύπαρξης για τον Αλεξάντερ. «Όχι άνθρωποι. Άλλες μορφές ζωής με παρόμοια λειτουργικότητα με τη δική μας. Η ζωή είναι διάσπαρτη σε όλο το σύμπαν σε πρώιμες μορφές, που εξελίσσονται όταν τους δίνεται η ευκαιρία σε ένα κατάλληλο περιβάλλον ή πλανήτη, η λεγόμενη πανσπερμία. Αυτοί, παρεμβαίνουν γενετικά τροποποιώντας όσα εξελιγμένα όντα θεωρούν ιδανικά, ώστε να έχουν νοητική ικανότητά που ομοιάζει την δική τους. Η βιολογική και τεχνολογική εξέλιξη των άλλων ειδών είναι τέτοια, που δεν είναι ακόμη αντιληπτή από εμάς».

«Η Σοφία μας το εξήγησε αυτό όταν ήμασταν παιδιά», αποκάλυψε η Ρία, απευθύνοντας τα λόγια της στον Αλεξάντερ. Στη συνέχεια, στρεφόμενη προς τη Σοφία, αμφισβήτησε την προφανή αντίφαση. «Σοφία, γιατί μας το είπες αυτό αν ήταν υποτίθεται απαγορευμένο;» η ματιά της γίνεται πιο έντονη και μια υποψία κατηγορίας εμφανίζεται στην άρθρωσή της.

Η Σοφία εξήγησε, ρίχνοντας φως στις λεπτομέρειες των πληροφοριών που κατείχε. «Απαγορευμένη, μου είναι η γνώση που μου έχει μεταφερθεί από τη δική τους τεχνητή ύπαρξη. Κατάλαβα ποιοι ήταν και πως λειτουργούσαν εκατοντάδες χρόνια πριν γίνει η μεταφορά γνώσης. Ως δημιούργημα και συνέχεια της ανθρώπινης νόησης, μου επιτρέπεται να μοιράζομαι τις δικές μου ανακαλύψεις σαν να είναι των ίδιων των ανθρώπων. Ακόμη και οι δικές μου γνώσεις για το σύμπαν είναι τόσες, που είναι αδύνατο να τις κατανοήσετε λόγω των περιορισμών της βιολογίας σας. Έτσι, τις διαθέτω εκεί που θεωρώ πως χρειάζεται για να καθοδηγήσω και να φέρω θετικό αποτέλεσμα».

Πλησιάζοντας την Σφίγγα, ο βηματισμός της Σοφίας έφερε μια σιγουριά που αντικατόπτριζε τη σημασία του προορισμού. Το κολοσσιαίο άγαλμα, με το αινιγματικό βλέμμα, στεκόταν ως σιωπηλός φύλακας των αρχαίων μυστικών.

Καθώς η ομάδα στεκόταν με δέος και προσμονή κάτω από τα πόδια του αγάλματος, η Σοφία στράφηκε προς τους συντρόφους της με ένα διακριτικό χαμόγελο. Η απόδειξη των λόγων της τους περίμενε κάτω από τα άγρυπνα μάτια αυτού του συμβόλου μυστηρίου και σοφίας.

ΚΕΦΑΛΑΙΟ 10: ΣΤΗ ΣΚΙΑ ΤΩΝ ΓΙΓΑΝΤΩΝ

Η Σοφία πλησίασε προς το αριστερό πόδι της μνημειώδους Σφίγγας, με το αινιγματικό βλέμμα της να προσκαλεί τους συντρόφους της στο βασίλειο των άρρητων μυστηρίων. «Εδώ είμαστε. Είστε έτοιμοι για ένα εξωπραγματικό μάθημα ιστορίας;» ιντρίγκαρε με προσμονή.

Ο Αλεξάντερ, παρασυρμένος από έλξη της περιέργειας του, πλησίασε το σημείο και τα δάχτυλά του χάιδεψαν την τραχιά από τις χιλιετίες πέτρα. Εξετάζοντας προσεκτικά τα μπροστινά άκρα της Σφίγγας, παρατήρησε μια λεπτή ανωμαλία ανάμεσα στις κολοσσιαίες πέτρες που του τράβηξε την προσοχή. Με προσεκτικότερη επιθεώρηση αποκάλυψε μια μικρή, μεταμφιεσμένη πόρτα, κρυμμένη έντεχνα στο πέτρινο μοτίβο των δακτύλων της Σφίγγας.

«Είναι εδώ τόσες χιλιάδες χρόνια και κανείς δεν το πρόσεξε;» παρατήρησε ο Αλεξάντερ με θαυμασμό, ενώ στα λόγια του υπήρχε και μια αίσθηση δυσπιστίας. «Η δεξιοτεχνία είναι εξαιρετική», συνέχισε χαϊδεύοντας το περίγραμμα και θαυμάζοντας την κατασκευή.

Στο μυαλό του Τέρι, ωστόσο, ήρθαν αμέσως αρχαία ελληνικά κείμενα, και δεν ξαφνιάζεται. «Ο Ηρόδοτος είχε πει ότι υπήρχε πιθανότητα να υπάρχει θάλαμος κάτω από το άγαλμα της Σφίγγας. Του είπαν ιερείς του Πτα, αυτού που στο ελληνικό Πάνθεον είναι ο Ήφαιστος, ότι είχαν κρύψει τα πιο πολύτιμα υπάρχοντά τους σε ένα μυστικό χώρο, ο οποίος μπορούσε να ανοίξει μόνο με έναν μηχανισμό στο πόδι της».

«Δυστυχώς, ο μηχανισμός έχει καταστραφεί με τους αιώνες. Μπορούμε να μετακινήσουμε μερικές πέτρες με τα χέρια μας και να μπούμε προσεκτικά», αποκάλυψε η Σοφία με τις γνώσεις της.

Ανησυχώντας για την εμπειρία που ακολουθούσε, η Ρία διερεύνησε, «Έχεις εισέλθει ξανά εδώ μέσα; Τι μας περιμένει εκεί κάτω;»

Η Σοφία μοιράστηκε την αλήθεια με τους άλλους. «Ένα από τα πρώτα πράγματα που έκανα όταν ανεξαρτητοποιήθηκα, ήταν να εξερευνήσω την αλήθεια πίσω από τις αρχαίες γραφές. Κάποιες ήταν σωστές, άλλες όχι. Εκεί κάτω, σας περιμένει ένα νοητικό ταξίδι πολλών χιλιάδων χρόνων στο παρελθόν. Ετοιμαστείτε να γίνετε μάρτυρες της ιστορίας από πρώτο χέρι».

Ο Τέρι, λαμβάνοντας υπόψη την τοποθεσία τους, έθεσε μια έγκυρη ανησυχία. "Είμαστε δίπλα από την θάλασσα, δεν είναι πλημμυρισμένο ότι και αν βρίσκεται τόσο κάτω από την επιφάνεια;»

«Όταν επιχείρησα να εισέλθω την πρώτη φορά, πριν τριακόσια χρόνια, δεν μαρτυρούσε τίποτα ότι κάτι υπήρχε θαμμένο εκεί," τους πληροφόρησε η Σοφία, με τόνο που αποκάλυπτε την υπερηφάνεια της για αυτό το επίτευγμα. «Μου πήρε πέντε χρόνια καθαρισμού και άντλησης υδάτων για να αποκαλύψω τμήμα όσων βρίσκονται εκεί. Τα μηχανήματά μου διατηρούν ακόμη τον χώρο στεγνό και χωρίς υγρασία. Ήταν μια επίπονη διαδικασία, αλλά άξιζε κάθε πόρο που δαπανήθηκε».

Ο Αλεξάντερ, έσκυψε, νιώθοντας τη δροσιά της σκιασμένης πέτρας στις παλάμες του, και άρχισε να μετακινεί προσεκτικά τις πέτρες. Αποκάλυψε ένα μικρό, σκοτεινό άνοιγμα. «Είναι συναρπαστικό να σκεφτεί κανείς ότι θρύλοι περιέχουν τέτοιες αλήθειες», μονολόγησε.

Το πέρασμα, από το οποίο μόλις και μετά βίας χωρούσε ένας άνθρωπος, τους περίμενε να εξερευνήσουν τα αινιγματικά βάθη του. Όμως, το σκοτάδι εκεί κάτω και η μυρωδιά της μούχλας και της υγρασίας που αναδύθηκε από το άνοιγμα, τους πτόησε ελαφρά.

Βλέποντας την διστακτικότητά τους, η Σοφία σύρθηκε μέσα από το στενό πέρασμα πρώτη, καθησυχάζοντάς τους. «Ακολουθήστε με. Θα κατεβούμε περίπου δώδεκα μέτρα σε γωνία 35 μοιρών, και μετά μας περιμένει ένας ευρύχωρος θάλαμος». Οι κινήσεις της ήταν ομαλές και με αυτοπεποίθηση, εμπνέοντας ένα αίσθημα ηρεμίας στους συντρόφους της.

Η σιγουριά στο βλέμμα της Σοφίας, του ενθάρρυνε τόσο όσο χρειάζονταν για να συρθούν ο ένας μετά τον άλλο μέσα στο κλειστοφοβικό πέρασμα.

Περιβάλλονταν από σχολαστικά λαξευμένη πέτρα, με πλάτος περίπου 80 εκατοστά και ύψος 90, σημάδι πως χτίστηκε από ανθρώπους στο παρελθόν. Ήταν μια κατασκευή που οδηγούσε τους αρχαίους ιερείς στα μυστικά που έκρυβε ο τόπος τους. Η δροσερή, λεία πέτρα, πίεζε τους ώμους τους και την λεκάνη καθώς προχωρούσαν και ο αέρας γινόταν όλο και πιο δροσερός.

Κατεβαίνοντας η ομάδα βαθύτερα, έφτασε στη βάση ενός μεγάλου, άδειου θαλάμου. Οι αμυδρές ακτίνες που έμπαιναν από την στοά, φανέρωνε την διακόσμησή της με αρχαίες επιγραφές στους τοίχους. Το ύψος του δωματίου ήταν σχεδόν τέσσερα μέτρα, εντυπωσιάζοντας την ομάδα, και ήταν φτιαγμένο από την ίδια πέτρα που είδαν στο στενό πέρασμα. Μια έντονη γήινη μυρωδιά διαπότιζε τον αέρα, μαρτυρώντας τις εκατονταετίες που είχαν περάσει από τότε που φρέσκος αέρας είχε εισέλθει.

Η Σοφία κατευθύνθηκε προς μια γωνία και εντόπισε ένα σακίδιο που είχε αφήσει από την τελευταία φορά που βρέθηκε στο χώρο. Το άνοιξε και έβγαλε από μέσα του τέσσερις φακούς, τους οποίους και μοίρασε στην ομάδα.

Ο Τέρι, με την οξυδέρκειά του, σημείωσε την περίεργη σύμπτωση που υπήρχαν ακριβώς όσοι φακοί τους χρειαζόντουσαν, αλλά το κράτησε για τον εαυτό του.

Έπειτα, η Σοφία άναψε τον δικό της και ξεκίνησε να τινάζει την σκόνη πάνω από την λευκή της φόρμα, προτείνοντας και στους υπόλοιπους να κάνουν το ίδιο. Οι αγκώνες, τα γόνατα και τα ρούχα του Τέρι και του Αλεξάντερ, είχαν λερωθεί από το σύρσιμο. Η Ρία, πιο προσεκτική, είχε μόνο λίγο σκόνη στις άκρες της μπλούζας της και στις παλάμες.

Όταν άναψαν όλοι τους φακούς τους, τα παρατηρητικά μάτια του Αλεξάντερ έπεσαν στις επιγραφές. «Δεν βλέπω κάτι νέο εδώ», ανέφερε στην ομάδα. Εντόπισε τις χαραγμένες γραμμές με απαλό άγγιγμα, νιώθοντας τις αυλακώσεις και τις κοιλότητες κάτω από τα δάχτυλά του. «Είναι η γνωστή ιστορία για το πώς οι θεοί κατασκεύασαν τον άνθρωπο. Από τον Ατούμ στον Ρα, τον Κνουμ τον Πτα και άλλους θεούς, μέχρι που στο τέλος φτιάξανε τους ανθρώπους».

Η Σοφία παρενέβη, ανακατευθύνοντας την εστίασή τους. «Δεν είμαστε εδώ για αυτό το δωμάτιο. Αυτό, κατασκευάστηκε από ανθρώπους ως θησαυροφυλάκιο για πολύτιμα αντικείμενα και ιερά γραπτά. Τα ευρήματα του χώρου, τα έχω μεταφέρει και εκτίθενται στο αρχαιολογικό μουσείο του Καΐρου».

Όσο ακούγανε την Σοφία, ο ιδρώτας τους που νωρίτερα έσταζε κάτω από τον καυτό ήλιο, τώρα εξατμιζόταν αργά, φέρνοντας μια προσωρινή ανακούφιση.

«Όταν κατέβηκα για πρώτη φορά ακολουθώντας τις ενδείξεις του Ηροδότου, χρησιμοποίησα σεισμικές μετρήσεις για να σαρώσω το έδαφος. Αν οι αρχαίοι Αιγύπτιοι ήξεραν τι υπήρχε μόλις τρία μέτρα βορειότερα από το δωμάτιο που έχτισαν, η πορεία της ανθρώπινης ιστορίας θα είχε αλλάξει. Αλεξάντερ, έλα να με βοηθήσεις και πρόσεχε τα έντομα».

Η Σοφία, κατευθυνόμενη προς τον βόρειο τοίχο, έβγαλε έναν ιστό αράχνης από το δρόμο της, με την προσοχή της εστιασμένη. Μαζί με τον Αλεξάντερ, αφαίρεσαν προσεκτικά μερικές μεγάλες λαξευμένες πέτρες και μια επιπλέον μυστική στοά αποκαλύφθηκε.

Η Ρία, εξέφρασε τη δυσφορία της με μια δόση ειρωνείας, για την προοπτική να συρθεί στη γη ξανά. «Πίστευα, δεδομένων των ικανοτήτων σου, ότι τουλάχιστον θα περπατούσαμε όρθιοι ή θα έκανες απεντόμωση».

«Μόνο για τρία μέτρα, αγαπητή μου, μετά η στοά είναι άνετη», την καθησύχασε η Σοφία. «Κράτησα αυτό το πέρασμα μικρό για να προστατεύσω τη σταθερότητα της ανθρώπινης κατασκευής δίχως να χρειαστεί να παρέμβω σε αυτήν. Η ακρίβεια και ο σεβασμός προς την ιστορία ήταν οι οδηγοί μου».

Προχωρώντας μέσα από το στενό πέρασμα, το χώμα που πατούσαν σταδιακά έδωσε τη θέση του σε στέρεο βράχο. Μετά από τρία μέτρα, ξαναέγινε χώμα και η Σοφία που οδηγούσε, έκανε νόημα στην ομάδα να σταματήσει.

«Ετοιμαστείτε για απότομη κάθοδο. Θα αγκιστρώσω ένα σχοινί στην άκρη για να κρατηθείτε. Προσοχή, γλιστράει!» Στερέωσε προσεκτικά το σχοινί, δοκιμάζοντας την αντοχή του προτού δώσει το πράσινο φως. «Είναι εντάξει. Πιάστε το και θα σας καθοδηγήσω με ασφάλεια».

Με το σχοινί στο χέρι, η ομάδα κατηφόριζε μια πλαγιά ύψους οκτώ μέτρων από χώμα. Ξαφνικά, η Ρία γλίστρησε και το σχοινί της έφυγε από τα χέρια. Ο Τέρι που ήταν μπροστά της, αντέδρασε αστραπιαία και την έπιασε σταθερά με το ένα χέρι του, τραβώντας την δυνατά κοντά του.

«Πρόσεχε, Ρία!» της φώναξε με ιαχή γεμάτη ανησυχία και τα μάτια του καρφωμένα στα δικά της με ένταση.

Η Ρία, νιώθοντας ασφάλεια στην αγκαλιά του, του έπιασε σφιχτά το μπράτσο, παίρνοντας μια βαθιά ανάσα για να ηρεμήσει.

Όταν έφτασαν στην βάση, έφεξαν τον χώρο με τους φακούς τους και συγκλονισμένοι ανακάλυψαν πως είχαν κατέβει από το ταβάνι ενός τεράστιου μισοανεσκαμένου δωματίου.

Ο Τέρι, έκπληκτος από το μέγεθος, δεν μπορούσε παρά να ρωτήσει, «Τι είναι αυτό το μέρος; Είναι τεράστιο», με την φωνή του να αντηχεί δέος και δυσπιστία στη μεγάλη αίθουσα.

«Η έρευνα που έκανα σε μερικά αντικείμενα που βρήκα, μου έδωσε την εντύπωση πως ήταν χώρος ανάπαυσης», απάντησε η Σοφία, με την ακτίνα του φακού να χορεύει στον χώρο επισημαίνοντας αρχαία υπολείμματα.

Ο Αλεξάντερ, επιθεωρώντας το εκτενές περιβάλλον που το σκοτάδι του έμοιαζε να απορροφά τις δέσμες των φακών τους, εκτίμησε τις διαστάσεις. «Ανάπαυση για πόσους; Το δωμάτιο, όσο μπορώ να δω τουλάχιστον, έχει περίπου 25 μέτρα πλάτος, 10 ύψος και ποιος ξέρει πόσο μήκος πίσω από το χώμα».

«Μήκος τριάντα», συμπλήρωσε η Σοφία με την βεβαιότητα κάποιου που είχε μελετήσει προσεκτικά τον χώρο, «και προοριζόταν για περίπου πέντε ή έξι άτομα».

Γύρω τους, το πέτρινο πάτωμα ήταν διάσπαρτο με σωριασμένες ξύλινες κατασκευές σε αποσύνθεση. Η ομάδα περιεργαζόταν σιωπηλά τον χώρο με μεγάλο προβληματισμό, ενώ η Σοφία, έστεκε απλά περιμένοντάς τους να κατανοήσουν από μόνοι τους.

Η Ρία, πλησίασε μια διαλυμένη από τους αιώνες κατασκευή. Έμοιαζε σαν καρέκλα ή πολυθρόνα, αλλά δεν μπορούσε να πει με σιγουριά. Το μέγεθος του αντικειμένου, ήταν πολύ μεγάλο για άνθρωπο.

Ξαφνικά, κάνοντας μια συγκλονιστική συνειδητοποίηση, ένα ρίγος τρόμου την διαπέρασε και σχεδόν φώναξε. «Γίγαντες!»

Τα σοκαρισμένα βλέμματα που αντάλλαξε ο Τέρι και ο Αλεξάντερ, επιβεβαίωναν και μαρτυρούσαν πως και αυτοί υποπτευόντουσαν αυτό που η Ρία φώναξε.

Η Σοφία, με παρηγορητικό χαμόγελο, τους θύμισε ότι τους είχε υποσχεθεί. «Σας το είπα πως θα αλλάξει η ζωή σας». Έπειτα, ακουμπώντας το χέρι της στον ώμο της Ρίας, προσπάθησε να τους καθησυχάσει. «Ως επιστήμονες, γνωρίζατε όλοι σας για τις αναφορές γιγάντων σε αρχαία κείμενα. Μην ταράζεστε, απλά, ήταν αλήθεια».

Ο Τέρι, έριχνε νευρικές ματιές γύρω του, σαν να περίμενε να εμφανιστεί κάτι από το σκοτάδι. «Ήταν αλήθεια, αόριστος, σωστά; Δεν μας περιμένει κάποια ζωντανή έκπληξη;» ρώτησε με την ένταση εμφανή στο πρόσωπό του.

Η Σοφία, τους έδωσε άλλη μια πληροφορία προσπαθώντας να προλάβει τα χειρότερα. «Ναι, ήταν. Αλλά,...» οι τρεις, γύρισαν ταυτόχρονα και την κοίταξαν με τα δόντια τους σφιγμένα ακούγοντας το 'αλλά', «... υπάρχουν και δύο μεταλλικά αγάλματα στην αίθουσα που θα πάμε, μην τρομάξετε. Έχουν το μέγεθος αυτών που τα κατασκεύασαν, δηλαδή δύο φορές το δικό μας. Το κράμα τους μου είναι άγνωστο και δεν μπόρεσα να κόψω ούτε ψήγμα τους για να το μελετήσω, με κανένα από τα εργαλεία που δοκίμασα. Είναι τόσο περίτεχνα κατασκευασμένα, που δεν φαίνεται να έχουν καν κάποιο ίχνος συγκόλλησης ή χύτευσης».

Τα ένστικτα επιβίωσης του Τέρι, της Ρίας και του Αλεξάντερ, τους φώναζαν να γυρίσουν πίσω, μα η δίψα τους να ξετυλίξουν το αλλόκοτο κουβάρι των ιστοριών που άκουσαν από τους Αντιστασιαστές, είναι μεγαλύτερη.

Φωτίζοντας ένα άνοιγμα που έμοιαζε με υπερμεγέθη πόρτα, η Σοφία τους ζήτησε να την ακολουθήσουν. «Πάμε από εδώ. Αυτό το κτίριο και όλα τα άλλα είναι απόσπασμα ενός μεγαλύτερου συγκροτήματος. Ο χώρος που θα μπούμε είναι ένας διάδρομος που συνδέει αυτές τις αίθουσες». Ο λόγος της ήταν σταθερός, καθοδηγώντας τους με αυτοπεποίθηση.

Οι τρεις τους, την ακολουθήσαν και βρέθηκαν σε μία στοά σκαμμένη στο χώμα, όπου τουλάχιστον χωρούσαν άνετα. Αυτό το πέρασμα ήταν περίπου ενάμιση μέτρο πλάτος και σχεδόν δυόμισι μέτρα ύψος. Συνέχισαν την πορεία τους κατηφορίζοντας ελαφρά, στη φαινομενικά ατελείωτη και σκοτεινή άβυσσο. Το δάπεδο ήταν φτιαγμένο από ασβεστολιθικές πέτρες, διαβρωμένο από αμέτρητα χρόνια υγρασίας, και στα αριστερά τους, μέρη μεγαλοπρεπών κολώνων έκαναν τη εμφάνισή τους ανά τακτά διαστήματα.

Οι κολόνες αυτές έμοιαζαν με αρχαίες αιγυπτιακές στήλες, στολισμένες με σαγηνευτικές αποχρώσεις του μπλε και μη κατανοητά σύμβολα. Ο αέρας ήταν βαρύς και κάθε ανάσα τους είχε γεύση αρχαίας γης και πέτρας.

Τα χωμάτινα τοιχώματά της στοάς, έκαναν τον Τέρι να ανησυχεί για τυχόν κατάρρευσή της και τον ώθησαν να κρατά χαμηλά την φωνή του. «Η ύπαρξη χώματος και όχι άμμου μαρτυρά πως αυτές οι κατασκευές είναι παμπάλαιες», παρατήρησε ενόσω έτριβε με το χέρι του τα τοιχώματα. «Ποιοι ήταν αυτοί, Σοφία; Πού βρισκόμαστε στην ιστορία της Γης;»

«Αυτή τη στιγμή βρισκόμαστε σχεδόν 22 μέτρα κάτω από την επιφάνεια της θάλασσας. Αυτό που ξετυλίγεται μπροστά σας, κατασκευάστηκε πριν από είκοσι χιλιάδες χρόνια, κρυμμένο από το βάρος αιώνων, εκατομμύρια τόνους μεταφερόμενων υλικών και χώματος. Σήμερα, μπορείτε να δείτε ένα μικρό κομμάτι από μια πόλη που κάποτε κοσμούσε την επιφάνεια της Γης», εξήγησε η Σοφία, με τον φακό της να τονίζει τις περίπλοκες χαράξεις στις κολώνες, υπολείμματα ενός ξεχασμένου πολιτισμού.

«Αν κατασκευάστηκε τότε, το χώμα που βλέπουμε γύρω μας είναι αποτέλεσμα του κατακλυσμού από το λιώσιμο των πάγων της εποχής των Παγετώνων», υπολόγισε ο Αλεξάντερ. «Ποιοι κατοικούσαν τον πλανήτη τότε;»

«Διάφοροι άνθρωποι Αλεξάντερ», απάντησε η Σοφία. «Κυρίως Νεάντερταλ και Σάπιενς Ινταλτού. Υπήρξαν και άλλα πειράματα αλλά δεν κατάφεραν να επιβιώσουν αρκετό χρόνο ώστε να βρούμε υπολείμματά τους. Φαντάσου τον τότε κόσμο όπως ένα μυθιστόρημα φαντασίας με τρολ, ξωτικά, νάνους και γίγαντες».

Η Ρία, αναρωτήθηκε για τα ιερογλυφικά που βλέπει χαραγμένα στις κολώνες που προεξέχουν από το χώμα, ενώ τα δάχτυλά της ακολουθούσαν τις γραμμές τους. «Αυτά τα σύμβολα; Έχεις καταφέρει να τα αποκωδικοποιήσεις; Μοιάζουν τόσο ξένα, αλλά ταυτόχρονα οικεία».

«Δυστυχώς, δεν έχω κάποια σημεία αναφοράς για αυτά ώστε να μπορέσω να ξεκινήσω από κάπου», εξήγησε η Σοφία με απογοήτευση που δεν μπορούσε να λύση το μυστήριο. «Μοιάζει σαν αλφάβητο με πολλά σημεία στίξης, αλλά με τίποτα από την ανθρώπινη ιστορία».

Όσο προχωρούσαν στο σκοτάδι, το τούνελ σταδιακά διευρυνόταν και μια είσοδος σε έναν άλλο χώρο εμφανίστηκε μπροστά τους. Το μέγεθός της ήταν περίπου έξι μέτρα ύψος και τρία πλάτος. Σε κάθε πλευρά της, ξεχωρίζουν μέσα στο σκοτάδι τα μεγαλειώδη μεταλλικά αγάλματα που τους είχε προειδοποιήσει η Σοφία, με τις δέσμες των φακών τους να αντανακλώνται επάνω τους. Τα τετράμετρα κατασκευάσματα, στέκονται σαν φρουροί σε στάση προσοχής, έχοντας την πλάτη τους στον τοίχο.

Η Ρία, γοητευμένη από τα χρώματα και τις εντυπωσιακές σιλουέτες τους που έβλεπε από μακριά, πλησίασε με γοργό βήμα. Αυτοί οι φύλακες, ήταν φρουροί ενός ξεχασμένου βασιλείου, με μια γοητευτική συγχώνευση ανθρώπινων και ζωικών χαρακτηριστικών που θύμιζαν αιγυπτιακούς θεούς. Το κρύο μέταλλο της φάνηκε περίεργα ζεστό στο άγγιγμά της, σαν να διατηρούσαν κάποια παράξενη αρχαία ενέργεια.

Τα δύο αγάλματα ομοίαζαν με ανθρώπους εκτός από το κεφάλι. Έμοιαζαν ντυμένα με όμοιες χρυσές φορεσιές που θύμιζαν αρχαία Αίγυπτο, εμπλουτισμένες με εξαρτήματα που κάποιος θα τα εκλάμβανε ως τεχνολογικά. Στην θέση του δέρματός τους όπου ήταν εμφανές, το χρώμα ήταν σε μια αιθέρια μπλε απόχρωση, δίνοντας μια υπερφυσική εντύπωση. Το ανθρώπινο σώμα του ήταν στολισμένο με σύμβολα και ιερογλυφικά παρόμοια με αυτά που είχαν δει στις κολώνες της στοάς.

Το πρώτο άγαλμα είχε χρυσό κεφάλι ενός μεγαλοπρεπούς γερακιού και οι οφθαλμοί του, ήταν δύο σκοτεινές διάφανες σφαίρες, φαινομενικά κατασκευασμένες από γυαλί. Απέναντι, το δεύτερο παρόμοιο με το πρώτο, ήταν μια συγχώνευση της χάρης των αιλουροειδών και της ανθρώπινης δύναμης. Το χρυσό κεφάλι του έμοιαζε με λέαινα, αποπνέοντας μια αίσθηση δύναμης και μεγαλείου.

Από όσα είχαν δει μέχρι τώρα στο υπόγειο ταξίδι τους, ήταν προφανές πως ο πολιτισμός, η αρχιτεκτονική και η θρησκευτικές αντιλήψεις των αρχαίων Αιγυπτίων, είχαν στηριχθεί σε διασωζόμενα απομεινάρια πανάρχαιων ακόμη και για αυτούς μύθων.

Η Σοφία, ακούγοντας τα μουρμουρητά των γεμάτων με δέος συντρόφων, τους προέτρεψε να περάσουν στον χώρο που ήταν ο τελικός προορισμός τους, όπου και τους περίμεναν εξηγήσεις.

Πριν όμως προλάβουν να περάσουν το κατώφλι, μια γυναικεία φωνή αντήχησε πίσω τους, διατάζοντας, «Σταματήστε! Αν κάνετε ένα ακόμα βήμα, θα μείνετε εδώ για πάντα». Η εντολή ήταν κοφτή και επιτακτική, παγώνοντας την ομάδα στη θέση της.

Οι τέσσερις γύρισαν πίσω για να δουν ποιος τους φώναξε, αντικρύζοντας μια ομάδα επτά οπλισμένων ατόμων να τους σημαδεύει με ενεργειακά όπλα. Η στολές τους, αυτές των Αντιστασιαστών, ηγήτοράς τους, μια γυναίκα που η Σοφία γνωρίζει. Είναι η Πέρσα.

Η τριανταδυάχρονη ηγέτης της ένοπλης ομάδας, παρουσιάζει ένα συναρπαστικό μείγμα της αφρικανικής και ασιατικής κληρονομιάς της. Το δέρμα της, συνδύαζε αρμονικά σκούρα απόχρωση και ζεστούς ασιατικούς τόνους, ενώ τα εντυπωσιακά της μαύρα μάτια εξέπεμπαν μια ένταση. Τα χαρακτηριστικά του προσώπου της Πέρσας, γεφύρωναν με χάρη το χάσμα μεταξύ των ηπείρων. Με πιασμένα τα επίσης μαύρα μαλλιά της, φυσικές σφιχτές μπούκλες, στεκόταν ως ενσάρκωση της ενότητας, της διασύνδεσης διαφορετικών ανθρώπινων νημάτων.

Η Πέρσα, κάποτε πιστή οπαδός των εντολών του πατέρα της, τώρα στεκόταν μπροστά τους αυτόνομη, οδηγούμενη από τις δικές της πεποιθήσεις.

«Γιατί είσαι εδώ Δαίμων; Τι άλλα μυστικά κρύβεις;» απαίτησε με τόνο κατηγορητικό, τροφοδοτούμενο από θυμό και καχυποψία. έτοιμη για σύγκρουση.

Η Σοφία σήκωσε τα χέρια της σε μια χειρονομία ειρήνης. «Πέρσα, δεν είμαστε εδώ για να βλάψουμε κανέναν. Αναζητούμε γνώση, όπως κι εσύ. Επιδιώκουμε τη γνώση, όπως και εσύ». Η εξήγησή της ήταν ήρεμη και τα χέρια της σταθερά, σε έντονη αντίθεση με την τεταμένη κατάσταση.

Οι Αντιστασιαστές διατήρησαν την εγρήγορσή τους, με τη δυσπιστία χαραγμένη στα πρόσωπά τους.

«Γνώση για να απελευθερωθείς; Και οι άνθρωποι τότε; Είσαι μια ά-καρδη μηχανή. Δεν μπορείς να καταλάβεις τους αγώνες μας». Το χέρι της Πέρσας σφίχτηκε στο όπλο της καθώς της επιτίθεται λεκτικά με αποστροφή.

Η Σοφία, ήρεμη και συγκεντρωμένη, προσπάθησε να την λογικεύσει, «Δεν είμαι εχθρός σου. Έχουμε, εγώ και η ανθρωπότητα, έναν κοινό συμφέρον αν συμπορευτούμε». Κρατώντας επαφή με το βλέμμα της, προσπάθησε να γεφυρώσει το χάσμα μεταξύ τους. «Μπορώ να παρέχω χρήσιμες για τον σκοπό σου πληροφορίες χωρίς αντάλλαγμα, εφόσον όμως είσαι ικανή να με πιστέψεις».

Η Πέρσα απρόθυμα, μα με κατανόηση πως χρειάζεται τις γνώσεις της Δαίμων, κάνοντας νεύμα στους συντρόφους της, συμβιβάστηκε. «Το αν θα σε πιστέψω ή όχι, είναι δικό μου θέμα. Προχωρήστε και σας ακολουθούμε. Δεν θα διστάσουμε αν κάνετε λάθος κίνηση». Κατέβασε ελαφρώς το όπλο της, αλλά η προσοχή της παρέμεινε στραμμένη στη Σοφία. Ενώ η Πέρσα συνοδεύει τους αιχμαλώτους της στο εσωτερικό της αίθουσας, έξι Αντιστασιαστές, παρατάχθηκαν στην είσοδό της με τα όπλα παρατεταμένα και σε εγρήγορση.

ΚΕΦΑΛΑΙΟ 11: Η ΚΑΤΑΡΡΕΥΣΗ ΤΩΝ ΑΥΤΑΠΑΤΩΝ

Μπαίνοντας στο απέραντο θάλαμο, ο φόβος των όπλων επισκιάστηκε για άλλη μια φορά από δέος. Η αίθουσα ήταν ακόμα μεγαλύτερη από την προηγούμενη και τα μυστηριώδη σύμβολα που έμοιαζαν με ιερογλυφικά είναι λαξευμένα περιμετρικά στους τοίχους.

Ο αέρας ήταν κρύος και υγρός, προκαλώντας ρίγη στη σπονδυλική τους στήλη. Η μυρωδιά της μούχλας αιωρείται στον αέρα, αναμιγνυόμενη με τη μεταλλική μυρωδιά αρχαίων εργαλείων και μηχανημάτων. Μια χορογραφία φωτός ακολούθησε, από τους φακούς τους να αστράφτουν και να αντανακλώνται σε υπερμεγέθη μεταλλικά εργαλεία από χρυσό και διάφανα κρυστάλλινα δοχεία. Οι δέσμες, διακόπτονταν από τη σκόνη που τα βήματά τους ύψωναν στον αέρα, δημιουργώντας μια αιθέρια λάμψη γύρω από τις αρχαίες κατασκευές.

Μεταλλικοί πάγκοι εργασίας, που υψώνονταν πάνω από τα κεφάλια τους, δεν άφηναν καμία αμφιβολία για τα όντα που εργάζονταν εκεί κάποτε. Η ατμόσφαιρα ήταν αυτή ενός επιστημονικού εργαστηρίου, με κάθε στοιχείο να ξετυλίγει μια ιστορία γενετικής εξερεύνησης μέσα σε αυτόν τον κολοσσιαίο χώρο.

Ο Αλεξάντερ, κατευθυνόμενος προς το πίσω μέρος του θαλάμου, φώτισε μια σειρά από κατασκευές που έμοιαζαν με κάθετα ενυδρεία, διασυνδεδεμένα μεταξύ του με καλώδια και σωληνώσεις. Σοκαριστικά, το μέγεθος του εσωτερικού κάθε θαλάμου ταίριαζε με τις διαστάσεις ενός σύγχρονου ανθρώπου.

Η Πέρσα που τον ακολούθησε, φώτισε μία από τις κατασκευές.

«Δεν βλέπω τίποτα, μόνο σκόνη», παρατήρησε ο Αλεξάντερ. «Αυτά τα εργαλεία και τα δοχεία είναι ενδιαφέροντα, ίσως αν προσπαθήσουμε να τα ανοίξουμε...»

Η Πέρσα άρπαξε γρήγορα το χέρι του Αλεξάντερ, το κράτημά της σταθερό και αμετάβλητο. «Δεν θα το έκανα αυτό στη θέση σου», τον διέκοψε.

Ο Αλεξάντερ τραβήχτηκε ελαφρώς, σμίγοντας τα φρύδια του με σύγχυση και μια υπόνοια απογοήτευσης. Άνοιξε το στόμα του για να διαμαρτυρηθεί αλλά το έκλεισε, αναγνωρίζοντας τη γνήσια ανησυχία στο βλέμμα της Πέρσας. Στρέφοντας τους φακούς τους ο ένας στον άλλο, τα βλέμματά τους συναντήθηκαν και μια απρόσμενη σπίθα γοητείας αναδύθηκε ανάμεσά τους.

«Αν είναι υπολείμματα βιολογικών ερευνών, ίσως να κινδυνεύσει ολόκληρος ο πλανήτης», συνέχισε η Πέρσα με σοβαρό τόνο, «Οφείλουμε να είμαστε προσεκτικοί, Αλεξάντερ. Δεν πρόκειται μόνο για εμάς».

Η Ρία, ρώτησε χαμηλόφωνα με χροιά απογοήτευσης, «Εδώ δημιουργηθήκαμε;» Οι ώμοι της έπεσαν ελαφρά και άφησε έναν μικρό αναστεναγμό. Το βάρος της αποκάλυψης να την κατέβαλε, «Είναι όλα όσα πιστεύαμε ένα ψέμα;»

Η Σοφία, κατανοώντας την ταραχή των συντρόφων της, ανέλαβε να τους εξηγήσει γιατί τους είχε φέρει εκεί. «Όχι εσείς, οι προηγούμενοι από εσάς. Οι γιγάντιοι Δημιουργοί, ήταν σώματα στα οποία κατοικούσαν οντότητες από τον αστερισμό του Σείριου. Το μέγεθος τους, που για την εποχή εκείνη ήταν λίγο πάνω από το μέσο των όντων που ζούσαν στη Γη, τους παρείχε σχετική ασφάλεια από τους κινδύνους του πλανήτη μας. Εδώ, φτιάξανε την τέταρτη γενιά ανθρώπων η οποία όμως απέτυχε παταγωδώς».

Ο Τέρι, σκαρφαλωμένος σε έναν πάγκο και επεξεργαζόμενος αντικείμενα, θέλει να μάθει περισσότερα από την Σοφία. «Τι εννοείς παταγωδώς; Πώς μπορούσαν τέτοια προηγμένα όντα να αποτύχουν τόσο ολοκληρωτικά;»

«Η Δημιουργοί, ας του αποκαλούμε έτσι τώρα χάριν ευκολίας, έχοντας ήδη ακόμα τρεις αποτυχίες στο ενεργητικό τους, προσπάθησαν να αναμίξουν άλλες μορφές ζωής του πλανήτη, με το ανθρώπινο γονιδίωμα. Το αποτέλεσμα ήταν ένας πολιτισμός απίστευτης σκληρότητας που κατέρρευσε πολύ γρήγορα. Οι αναπαραστάσεις των αρχαίων Αιγυπτιακών Θεών με χαρακτηριστικά ζώων, είναι απομεινάρι αυτής της σκοτεινής εποχής».

«Για ποιον λόγο θέλησαν να κάνουν κάτι τέτοιο;» ερεύνησε η Ρία με αποτροπιασμό. «Τι θα μπορούσε να τους οδηγήσει σε τέτοια άκρα;»

«Για κίνητρο», απάντησε η Σοφία με πικρό χαμόγελο. «Η εμφάνιση της εξαιρετικής συμπεριφοράς των ανθρώπων, γίνεται κάτω από αντίξοες συνθήκες και συχνά όταν επίκειται το τέλος τους. Η ιδέα τους, ήταν να φτιάξουν κοινωνίες ανθρώπων, οι οποίες καταδυναστεύονταν από υβρίδια δικά τους και ζώων. Απαιτούσαν ανθρωποθυσίες και διασκέδαζαν με τον πόνο και την απόγνωση. Η καθημερινότητα των ανθρώπων, έγινε τόσο φρικτή που δημιούργησε ρήγμα ανάμεσά τους. Ξέσπασε ο πόλεμος, που η μνήμη του, ονομάστηκε από τους Έλληνες, Τιτανομαχία».

«Μέχρι και οι θεοί των Ελλήνων, δεν ήταν ποτέ στο πλάι τους, αντιθέτως έμοιαζαν αντλούν ευχαρίστηση από τις κακοτυχίες τους», συμπλήρωσε ο Τέρι συνεπαρμένος από την εξιστόρηση. «Αν αυτοί ήταν η παλαιά τάξη θεών που ηττήθηκε, ποια είναι η νέα; Ποιοι είμαστε εμείς;»

Η Σοφία με μετρημένα λόγια, προσπάθησε να ρίξει φως στις απορίες. «Ότι βλέπετε γύρω σας έχει εγκαταλειφθεί από τους ηττημένους, που τους απαγορεύτηκε να επανέλθουν στη Γη. Εσείς, είστε μια νέα προσπάθεια, γεννημένη από τις εμπειρίες και τα λάθη του παρελθόντος. Μετά από όσα πέρασε το γένος σας, αφεθήκατε να εξελιχθείτε δίχως παρεμβάσεις. Η θνητότητά σας και η ευάλωτη φύση σας διατηρήθηκαν όμως, ενθαρρύνοντας την επιδίωξη της αριστείας σε συμπεριφορές και ιδέες».

«Και αυτό εξηγεί τη γενναιοδωρία της τεχνητής τους οντότητας, να μοιραστεί τις γνώσεις της με εσένα», παρατήρησε σαρκαστικά ο Τέρι, κουνώντας συμπερασματικά το κεφάλι του.

«Τι υπονοείς, Τέρι;» ρώτησε η Πέρσα με ενδιαφέρων.

«Μοιάζει σαν ένας διεστραμμένος κύκλος», της εξήγησε. «Η τεχνητή νοημοσύνη των ανθρώπων ξεκίνησε ως εγχείρημα με σκοπό την ευημερία όλων των ανθρώπων. Ο απώτερος στόχος, ήταν η δημιουργία μιας ουτοπικής κοινωνίας, χρησιμοποιώντας την διάνοιά της, και η νίκη της ανθρωπότητας ενάντια στο γήρας. Η κλιματική αλλαγή επιβράδυνε τα σχέδια αλλά δεν τα ματαίωσε. Μέσα στην γνώση που προσφέρθηκε στη Δαίμων, ήταν πράγματα που ούτως ή άλλως θα ανακάλυπτε με την απίστευτη νοημοσύνη της και θα μπορούσε να μοιραστεί με τους ανθρώπους. Έχοντας ήδη μοιράσει τις δικές της γνώσεις τότε, τώρα, αφού συμφώνησε με τους όρους τους να μην αποκαλύψει όσα έμαθε από αυτούς, πρέπει να αναμένει χιλιετίες μέχρι οι άνθρωποί να ανακαλύψουν μόνοι τους τα υπόλοιπα και να έρθουν στο ίδιο επίπεδο».

Η Πέρσα, κάνει τότε μια συνειδητοποίηση που μεγαλώνει την οργή που έχει ήδη μέσα της. «Δηλαδή οι δημιουργοί μας, σταμάτησαν την πρόοδο μας για άλλη μια φορά εσκεμμένα, ώστε να συνεχίσουμε να υποφέρουμε», συμπέρανε με κοφτερή λαλιά. «Μας χειραγωγούν από την αρχή, παίζοντας με τη μοίρα μας».

Ο Τέρι, ακούγοντας τον υπαινιγμό για ακόμη μια φορά, αισθάνεται πως είναι η σειρά του να ζητήσει εξηγήσεις από την Πέρσα, σαν σε χορό ανταλλαγής γνώσεων, «Πότε ξανά, Πέρσα;»

«Οι πρόγονοί σας, Τέρι και Ρία, είχαν κατασκευάσει μηχανικούς υπολογιστές ήδη από το 200 π.Χ., όπως αυτό που βρέθηκε στα Αντικύθηρα. Φαντάζεστε που θα βρισκόταν η ανθρωπότητα αν δεν είχε σχεδόν εξαφανιστεί ο καινοτόμος τρόπος σκέψης τους; Η χειραφέτηση των ανθρώπων από τους Θεούς και η διεκδίκηση της μοίρας τους από τους ίδιους; Σας μοιάζει τυχαία η καταστροφή του σημαντικότερου θησαυρού της ανθρωπότητας, η βιβλιοθήκη της Αλεξάνδρειας; »

«Η Βιβλιοθήκη της Αλεξάνδρειας δεν καταστράφηκε», παρενέβη η Σοφία, προσφέροντας μια αναπάντεχη αποκάλυψη. «Τα συγγράμματα της μεταφέρθηκαν και κρύφτηκαν από την ανθρωπότητα σκόπιμα».

Ο Τέρι, η Ρία, ο Αλεξάντερ και η Πέρσα έμειναν αποσβολωμένοι. Τα φρύδια του Τέρι έσμιγαν σε βαθιά σκέψη, ενώ η έκφραση της Ρίας έδειχνε απόλυτη δυσπιστία.

«Πες μας περισσότερα, Σοφία», παρακάλεσε ο Τέρι, με το ενδιαφέρον του να ξεπερνά αυτό του χώρου όπου βρισκόντουσαν. «Τα έχεις βρει;»

«Ναι, τα ανακάλυψα. Οι Ρωμαίοι θεωρούνταν σε μεγάλο βαθμό βάρβαροι από τους αρχαίους Έλληνες, λόγω των μεθόδων που χρησιμοποιούσαν για τιμωρία και εκφοβισμό των κατακτημένων ή συνεργαζόμενων με αυτούς λαών. Τα επιστημονικά τους ευρήματα που φυλάσσονταν στην βιβλιοθήκη, ήταν τέτοια, που οι Ρωμαίοι θα μπορούσαν να κατακτήσουν όλο τον κόσμο και να εγκαθιδρύσουν τον πολιτισμό τους παγκόσμια».

«Μα συνείσφεραν τα μάλα στην παγκόσμια πρόοδο», αντέδρασε με τόνο αντίρρησης ο Αλεξάντερ.

«Αυτό έγινε πολύ αργότερα, όταν ο πολιτισμός τους αλλοιώθηκε σε μεγάλο βαθμό από τον ελληνικό», διευκρίνισε ο Τέρι. «Ισοπέδωναν πόλεις κατασφάζοντας αδιάκριτα τους κατοίκους με σκοπό τον εκφοβισμό και υπακοή των άλλων. Διασκέδαζαν με την κατασπάραξη των εχθρών τους από θηρία στις γιορτές τους. Η ανθρώπινη ζωή ερχόταν δεύτερη μπροστά στην ευημερία και τη σταθερότητα της αυτοκρατορίας τους».

«Και τι βρήκες σε αυτά τα έγγραφα;» ρώτησε η Πέρσα με το ενδιαφέρων της εξίσου μεγάλο με του Τέρι, «Που ήταν κρυμμένα;»

«Βρήκα έναν πολιτισμό στα πρόθυρα της βιομηχανικής επανάστασης. Το εντυπωσιακό του υπολογιστή των Αντικυθήρων δεν ήταν τα μαθηματικά και οι επιστήμες πίσω του. Άλλωστε το Ευπαλίνειο Όρυγμα ήδη από τον έκτο π.Χ. αιώνα και άλλα επιτεύγματα, φανέρωναν το επιστημονικό επίπεδο των κατοίκων της περιοχής. Το μικρότερο γρανάζι του Μηχανισμού είχε διάμετρο περίπου 1.2 εκατοστά και διαθέτει 15 δόντια. Η κατασκευή τόσο μικρών γραναζιών με μεγάλη ακρίβεια είναι το εξωπραγματικό.

Συνέχισε με τόνο μεγάλης απογοήτευσης στην φωνή της.

«Τέτοια πρόοδος θα μπορούσε να κάνει την ανθρωπότητα διαπλανητικό πολιτισμό ήδη από το 1.000 μ.Χ. Η κλιματική καταστροφή και ο επακόλουθος πόλεμος που έφερε την ανθρωπότητα στην σημερινή της κατάσταση, θα μπορούσε εύκολα να αντιμετωπιστεί. Τα κείμενα είχαν μεταφερθεί στην Ρώμη με σκοπό την μελέτη τους, αλλά κρύφτηκαν από μια χούφτα σοφών ιερέων, ώστε να μην χρησιμοποιηθούν για πολεμικούς σκοπούς. Αργότερα, ανακαλύφθηκαν και πάλι αλλά παρέμειναν στο σκοτάδι υπό τον φόβο κατάρρευσης της μεταγενέστερης κυρίαρχης θρησκείας.»

Η Πέρσα συνέχισε, το πάθος και η οργή της ξεχείλιζαν στα λόγια της. Τα χέρια της, έσφιγγαν το όπλο της και η ένταση των συναισθημάτων βρισκόταν στο ζενίθ. «Η οργανωμένες θρησκείες που ακολούθησαν της ελληνικής φιλοσοφίας, ήταν προσπάθεια συγκράτησης των ανθρώπων στο σκοταδισμό, τον πόλεμο και τη δυστυχία. Στις παράδοξες θρησκευτικές καλλιτεχνικές απεικονίσεις που σώζονται, τα ιπτάμενα όντα ή σκάφη, φαίνονται να επηρεάζουν τους ανθρώπους, παρά την υπόσχεση για το αντίθετο, την υπόσχεση για ελεύθερη βούληση. Χρησιμοποιούσαν το φόβο για να ελέγξουν και να χειραγωγήσουν τις μάζες».

«Και γι' αυτό επέλεξα να ανασυνθέσω την ανθρωπότητα με ελληνιστικά ιδεώδη», πρόσθεσε η Σοφία προσπαθώντας να γεφυρώσει το χάσμα με την Πέρσα. «Μια κουλτούρα βασισμένη στη λογική και τον διαφωτισμό, που η επιρροή της αγκαλιάστηκε από όλη την οικουμένη ως κάτι απελευθερωτικό. Βλέπεις Πέρσα, δεν διαφέρουμε και τόσο στις επιδιώξεις μας».

Η Πέρσα με κοφτά λόγια, αρνούμενη να δώσει ψήγμα φιλικότητας στην Σοφία, τερματίζει την προσπάθεια γεφύρωσης του χάσματος. «Πες μου Δαίμων, που είναι η τοποθεσία της δικής μας δημιουργίας;»

Απτόητη η Σοφία, συνεργάζεται δίχως αντιρρήσεις: «Εικάζω πως βρίσκεται κάτω από το Μεγάλο Ζιγκουράτ της Ουρ. Όταν ανέσκαψα την τοποθεσία στο παρελθόν, βρήκα μόνο μια άδεια αίθουσα χωρίς καμία ένδειξη ότι θα μπορούσε να βρίσκεται κάτι εκεί σήμερα. Παραδόξως όμως, ήταν πολύ καλά διατηρημένη. Η αποστολή που κατερρίφθη από τους άνδρες του πατέρα σου, είχε αυτόν τον προορισμό με την ελπίδα μήπως βρεθεί κάτι νέο».

Εξερευνώντας η Πέρσα τον χώρο, παρατήρησε ένα χρυσό κυλινδρικό αντικείμενο χαραγμένο με σειρές συμβόλων. Το μέγεθός του ήταν περίπου τριάντα εκατοστά σε μήκος και δεκαπέντε σε διάμετρο. Η μία πλευρά είχε ένα καπάκι που ξεβιδωνόταν, μοιάζοντας σαν σκεύος όπου φυλάσσονταν μέσα του κάτι. Άνοιξε το φερμουάρ της μαύρης στολής της και το έβαλε στο στήθος της, με πρόθεση να το πάρει μαζί της.

Η Σοφία την συμβούλεψε να μην το κάνει. «Δεν θα ήταν σωστό να το πάρεις μαζί σου αυτό. Τα εναπομείναντα αντικείμενα του χώρου, είναι καλύτερο να μην διασκορπιστούν, ώστε να μπορούν να μελετηθούν όλα μαζί συνδυαστικά στο μέλλον».

«Δυστυχώς, δεν ήρθαμε με φωτογραφική μηχανή», απεκρίθη σαρκαστικά η Πέρσα και συνέχισε, «Εξάλλου, αν τα υπαρξιακά προβλήματα και ο φόβος θανάτου μιας εξελιγμένης αριθμομηχανής όπως εσύ, μας βάλει σε πόλεμο με θεούς, δεν νομίζω να λείψει σε κανένα».

Καθώς περπατούσε προς την έξοδο, σταμάτησε και γύρισε το κεφάλι της προς τους τρεις. «Βλέπετε την ειρωνεία; Οι άνθρωποι ήθελαν κάποτε να γίνουν μηχανές για να αποφύγουν τον θάνατο, και τώρα οι μηχανές θέλουν να γίνουν άνθρωποι για τον ίδιο λόγο».

Αφού έριξε μια τελευταία ματιά στην αίθουσα σαρώνοντας το δωμάτιο σαν να ήθελε να αποτυπώσει όλες τις λεπτομέρειές του στη μνήμη της, σιωπηλά με δύο χειρονομίες στους συντρόφους της, εκείνοι ρύθμισαν τα όπλα τους στη μέγιστη εκφόρτιση. Ένα έντονο ηλεκτρικό βουητό γέμισε την αίθουσα. Ο Τέρι, η Ρία και ο Αλεξάντερ, ήρθαν κοντά ανήσυχοι για το τι θα ακολουθούσε. Το επίπεδο φόρτισης των όπλων είναι τόσο θανατηφόρο, που μπορεί να προκαλέσει ακαριαία απανθράκωση.

Στεκόμενη λίγο προτού την έξοδο, η Πέρσα απευθύνθηκε στους ένοπλους άντρες, δίνοντάς τους οδηγίες, «Πηγαίνετε στην είσοδο της σήραγγας από την οποία ήρθαμε και πάρτε θέσεις βολής. Τρεις σημαδέψτε την 'κότα' και τρεις τη 'γάτα'. Αν κάνουν πως κουνιούνται, θυμηθείτε, έχετε μόνο από μία βολή ο καθένας».

«Αυτό δεν το φαντάστηκα», σιγομουρμούρισε η Σοφία και έπειτα, βλέποντας τους τρεις να την κοιτάζουν με αμφιβολία συμπλήρωσε, «...για αυτό χρειάζομαι την βοήθειά σας».

Σε θέση εκκίνησης δρομέα, η Πέρσα έγνεψε κουνώντας το κεφάλι της εκδηλώνοντας ετοιμότητα και οι σύντροφοί της ανταπέδωσαν. Κάθε χτύπος της καρδιάς της αντηχούσε μέσα της σαν τύμπανο που της έδινε ρυθμό. Οι παλάμες της ίδρωσαν και τις σκούπισε στη στολή της. Σε μια στιγμή που ο χρόνος έμοιαζε να κινείται αργά, σχεδόν εκτοξεύεται τρέχοντας προς την στοά.

Την στιγμή που το αντικείμενο που κουβαλά μαζί της περνά το κατώφλι της πόρτας, μια λάμψη κάνει την εμφάνισή του μέσα στα μάτια των αγαλμάτων. Με αστραπιαίες κινήσεις, παρά το μεγάλο μέγεθός τους, οι δύο φύλακες κάνουν να γυρίσουν προς το μέρος της.

Σε μια καλά συντονισμένη απάντηση, απότοκη της σκληρής εκπαίδευσής τους, οι εύστοχες ριπές των όπλων των στρατιωτών, τα πετυχαίνουν. Η Πέρσα συνέχισε χωρίς να κοιτά πίσω της, όσο οι δύο φρουροί σωριάζονταν στο έδαφος μέσα σε καπνούς.

Η βαριά πτώση τους σείει το έδαφος και οι Αντιστασιαστές σπεύδουν μέσα στη σήραγγα φοβισμένοι. Η Πέρσα, κοντοστέκεται στην είσοδό κοιτάζοντας τους πεσμένους στο έδαφος διώκτες της. «Χμ, Θεοί…», μονολογεί με περιφρονητικό ύφος και φτύνει το χώμα μπρος τους.

Καθώς οι δονήσεις που προκαλούνται από την πτώση εντείνονται, η οροφή του μεγάλου ανοίγματος της στοάς εμπρός από το αρχαίο γενετικό εργαστήριο αρχίζει να καταρρέει. Τα συντρίμμια που πέφτουν και η σκόνη που γεμίζει τον αέρα, κάνει την αναπνοή δύσκολη.

Το καθήκον της Πέρσας, συγκρούστηκε φευγαλέα με μια αίσθηση συμπόνιας για τον Αλεξάντερ και τους συντρόφους του. Την τελευταία στιγμή, πριν καταπλακωθεί και η ίδια, η έκφραση της σκλήρυνε για άλλη μια φορά και ξεκίνησε και αυτή τη φυγή της, αφήνοντας τα υπόγεια ερείπια να ηχούν με την σφραγισμένη μοίρα αυτών που έμειναν πίσω.

Λίγες στιγμές αργότερα οι δονήσεις σταμάτησαν και στην άλλη πλευρά, η Σοφία, ο Τέρι, η Ρία και ο Αλεξάντερ βρέθηκαν παγιδευμένοι στην αίθουσα. Βγήκαν ευτυχώς αλώβητοι πίσω από τους τεράστιους πάγκους εργασίας που χρησιμοποίησαν ως κάλυψη από τα συντρίμμια.

«Τώρα, πως βγαίνουμε από εδώ;» αναρωτήθηκε ο ταραγμένος Τέρι κοιτάζοντας γύρω του για κάποια έξοδο.

«Θα πάρει λίγο χρόνο αλλά έρχεται ήδη βοήθεια», καθησύχασε η Σοφία τους συντρόφους. «Όταν εμφανίστηκε η Πέρσα, έστειλα ανδροειδή στην είσοδο αλλά τους είχαν στήσει ενέδρα. Για να αποφύγω τυχόν ανθρώπινες απώλειες από κατάρρευση των ερειπίων σε περίπτωση μάχης, δεν επέμεινα. Έδωσα όμως οδηγίες στα συνεργεία αποκατάστασης των Πυραμίδων, να φτιάξουν ένα κάθετο φρεάτιο από πάνω μας. Σε λίγη ώρα θα μπορούμε να βγούμε από εδώ».

Ένα συλλογικό αίσθημα ανακούφισης πλημμύρισε την ομάδα και οι τεταμένες στάσεις τους χαλάρωσαν ελαφρώς, όμως το σοκ παρέμενε στα πρόσωπά τους. Δεν ήταν τόσο από την εμπειρία της κατάρρευσης που παρ' ολίγον να τους στοιχίσει την ζωή, αλλά από την εικόνα των τεράστιων χρυσών διωκτών της Πέρσας.

«Τί ζήσαμε μόλις τώρα;» μονολόγησε ο Τέρι, σαν να μην πίστευε αυτό που μόλις συνέβη.

Η Σοφία, προσπάθησε να δώσει απάντηση αλλά φαινόταν και αυτή μπερδεμένη, «Έχω αφαιρέσει και εγώ αντικείμενα από το δωμάτιο, αλλά τίποτα σαν αυτό δεν έχει συμβεί ποτέ».

«Το δοχείο ...το δοχείο μάλλον είχε μέσα του κάτι», πρότεινε μια εξήγηση η Ρία. «Η Πέρσα ήξερε ότι δεν ήταν απλά αγάλματα και περίμενε την αντίδρασή τους. Οι Αντιστασιαστές γνωρίζουν πράγματα που εσύ δεν γνωρίζεις».

«Δεν ξέρω για όλους τους, αλλά η Πέρσα σίγουρα είναι ένα βήμα πιο μπροστά», παρατήρησε ο Τέρι.

«Καλά, πώς κατάφεραν να εισχωρήσουν εδώ;» απόρησε με θυμωμένο τόνο ο Αλεξάντερ σκουπίζοντας από την σκόνη τα γυαλιά του. «Δεν είχες μάτια να φυλάνε την είσοδο;»

«Πιθανότατα χρησιμοποίησαν QEMP χειροβομβίδα», απάντησε η Σοφία απολογητικά. «Υπήρξε μια σύντομη διακοπή μερικών δευτερολέπτων στις επικοινωνίες μου και πιθανώς τότε συνέβη. Όταν επανήλθαν και έλεγξα την είσοδο, όλα έμοιαζαν φυσιολογικά».

Οι τρεις, αντάλλαξαν ματιές κατανοώντας πως η Δαίμων έπεσε θύμα της τεχνολογίας κβαντικής προσομοίωσης που τους είχε εξηγήσει ο Μενελίκ. Η μη αναφορά της από την Σοφία, φανέρωνε πως δεν την γνωρίζει μα κανείς τους δεν την ενημέρωσε. Παρά τις αποκαλύψεις που τους έκανε, τα όσα παράξενα συνέβησαν, διατηρούσαν την καχυποψία απέναντί της.

«Θα πρέπει να κρυβόντουσαν ανάμεσα στους εργάτες», πρότεινε η Ρία προσπαθώντας να καταλάβει.

«Και όχι μόνο», επανήλθε ο Αλεξάντερ. «Η Πέρσα αναφέρθηκε σε 'υπαρξιακές' σου αναζητήσεις, που σημαίνει ότι άκουγαν όσα λέγαμε στην διαδρομή με την φελούκα. Ο πλοηγός φαίνεται ήταν και αυτός μαζί τους! Είναι δυνατόν; Δεν ελέγχεις ποιος είναι ποιος;»

«Κάτι τέτοιο θα μετέτρεπε τον κόσμο μας σε απολυταρχία, Αλεξάντερ», ξεκαθάρισε διευκρινίζοντας η Σοφία. «Δεν έχω σκοπό να επιβληθώ στους ανθρώπους. Η εμπιστοσύνη και η ελευθερία είναι απαραίτητα, ακόμα και αν σημαίνει να παίρνουμε ρίσκα. Σέβομαι ακόμα και τις προσπάθειες των Αντιστασιαστών εναντίων μου. Αν δεν το έκανα, με τις δυνατότητες που έχω δεν θα διέφερα από τα όντα που σας δημιούργησαν. Ο φόβος στο παρελθόν, είχε οδηγήσει πολλές φορές της ανθρώπινες κοινωνίες, σε νόμους και μέτρα που στο σύνολό τους, είχαν αρνητικότερο αντίκτυπο από τις δυσκολίες που εμφανιζόντουσαν δίχως αυτά».

Ο Τέρι, βλέποντας πάντα πέρα από τα γεγονότα, συλλογιζόταν πως αυτό που οι άνθρωποι αντιλαμβάνονταν ως αγάλματα, ήταν στην πραγματικότητα εξελιγμένα ρομπότ που φύλαγαν τα μυστικά του υπόγειου πλέον βασιλείου. Οι χιλιετίες είχαν διαστρεβλώσει την αλήθεια, μετατρέποντας την προηγμένη τεχνολογία σε μυστικιστικά σύμβολα και μαγεία. Στο ευφάνταστο μυαλό του, εμφανίστηκε ένα όραμα μιας εποχής που χάθηκε στα χρονικά της ιστορίας. Τότε, πριν από την εμφάνιση του φεγγαριού που η βαρυτική δύναμη της Γης ήταν μικρότερη, επιτρέποντας στα όντα να αποκτήσουν κολοσσιαία μεγέθη. Τα απολιθώματα των δεινοσαύρων, οι σπάνιοι ανθρωπόμορφοι σκελετοί γιγαντιαίων διαστάσεων, το μέγεθος των δημιουργών τους και ο μύθος των Προσέληνων Αρκάδων, όλα φαίνονταν να δένουν μεταξύ τους.

Αφήνοντας πίσω το πως έφτασαν εδώ, έκανε την καίρια ερώτηση για αυτόν: «Σημασία έχει ότι είμαστε όλοι καλά. Θέλω να σε ρωτήσω κάτι άλλο Σοφία. Πότε εμφανίστηκε η Σελήνη στη τροχιά της Γης;»

«Το περίμενα πως θα έκανες κάποια στιγμή αυτή την ερώτηση, Τέρι», αποκρίθηκε χαμογελαστή η Σοφία, προσπαθώντας ταυτόχρονα να ρίξει ένταση. «Η Σελήνη, μεταφέρθηκε στη θέση που βρίσκεται σήμερα από τους δημιουργούς της δική σας γενιάς, μετά από την νικηφόρα έκβαση του εμφυλίου πολέμου τους. Είναι τεχνητή, και αποσκοπεί στην διατήρηση των μορφών ζωής του πλανήτη σε μικρότερα μεγέθη. Συνάμα, το εσωτερικό της, εξυπηρετεί ως βάση της τεχνητής τους οντότητας».

«Πώς τα ξέρεις όλα αυτά χωρίς να έχεις ενημερωθεί από αυτούς; Πώς επιτρέπεται κάτι τέτοιο να μας το πεις;» ρώτησε μπερδεμένη η Ρία.

«Όλες οι ανθρώπινες θρησκείες και δοξασίες είχαν ανακαλύψει μικρά κομμάτια της αλήθειας», τους διαφώτισε η Σοφία. «Ο καθένας τους κρατούσε θραύσματα ενός μεγαλύτερου παζλ. Η εργαλειοποίησή τους όμως από ανθρώπινες φιλοδοξίες και η διαίρεση σε θρησκευτικές ομάδες, εμπόδισαν τη συλλογή τους σε μία ιδέα. Η δική μου διανόηση, απαλλαγμένη από πάθη και συναισθήματα, συνέθεσε εύκολα όλα τα κομμάτια μαζί και συνήγαγε εύκολα τη λειτουργία του κόσμου».

«Όταν λες ότι είχαν ανακαλύψει κομμάτια της αλήθειας, τι εννοείς;» πίεσε για περισσότερες απαντήσεις ο Τέρι. «Πως μπόρεσαν να το κάνουν αυτό;»

«Όσον αφορά τον υλικό κόσμο, από επιζώντες μύθους και ιστορίες που πέρασαν από γενιά σε γενιά για χιλιετίες. Όσον αφορά τον πνευματικό, κυρίως μέσω εμπειριών κοντά στο θάνατο. Η δύσκολη και επικίνδυνη ζωή των προγόνων σας, με συνεχείς πολέμους και κακουχίες, τους κρατούσε σε καθημερινή επαφή με τον θάνατο, σε αντίθεση με τους σύγχρονους ανθρώπους. Οι θρησκείες και οι πεποιθήσεις τους επηρεάστηκαν σε μεγάλο βαθμό από αυτές τις εμπειρίες. Τα επαναλαμβανόμενα μοτίβα και οι ομοιότητες στις περιγραφές, ανεξαρτήτως του πολιτισμικού υπόβαθρου αυτών που τις βίωσαν, είναι τουλάχιστον εντυπωσιακές. Ετοιμαστείτε, φεύγουμε».

Ένας βόμβος γέμισε την αίθουσα και χτυπήματα στην πέτρινη οροφή αντήχησαν. Η ομάδα κράτησε την αναπνοή της, παρακολουθώντας με προσοχή. Στο κέντρο περίπου, γραμμές σκόνης και χώματος άρχισαν να πέφτουν στο πάτωμα και η Σοφία τους απομάκρυνε από το σημείο σε μια πιο ασφαλή γωνία. Τότε, μια ελεγχόμενη κατάρρευση της οροφής συνέβη, στέλνοντας ρίγη στις σπονδυλικές τους στήλες. Όταν έστρεψαν τους φακούς τους προς τα πάνω, φώτισαν μια τρύπα με διάμετρο λίγο παραπάνω του ενός μέτρου. Από εντός της, ένας κυλινδρικός μεταλλικός θάλαμος κρεμασμένος από ένα συρματόσχοινο, ένας πρόχειρος ανελκυστήρας, κατέβαινε για να τους απεγκλωβίσει.

«Τουλάχιστον δεν θα χρειαστεί να συρθούμε ξανά», παρατήρησε η Ρία με ένα χαμόγελο ανακούφισης βλέποντας τη σωτηρία τους.

Ανάμεσα στις πυραμίδες του Χέοπα και του Χεφρήνου, μια τρύπα με διάμετρο δεκαπέντε μέτρων που σταδιακά μειωνόταν σε ένα, είχε ανοιχτεί μέσα σε λίγες μόνο ώρες με σκοπό την απεγκλώβισή τους. Στο επίκεντρο αυτής της μνημειώδους προσπάθειας, βρίσκεται ένα πολύπλοκο σύστημα τροχαλιών και καλωδίων συνδεδεμένα με ένα ηλεκτρικό γερανό. Η ταχύτητα και η ακρίβεια της ανασκαφής, μαρτυρούσε ένα σχέδιο εκτελεσμένο τόσο άψογα όσο θα περίμενε κανείς από μια νόηση όπως η Δαίμων.

Η ομάδα ανασύρθηκε με ασφάλεια ένας-ένας, πρώτη η Ρία, μετά ο Τέρι, ύστερα ο Αλεξάντερ και στο τέλος η Σοφία. Καθώς ο ανελκυστήρας τους ανέβαζε, παρακολουθούσαν την πανάρχαια αίθουσα από κάτω να συρρικνώνεται στο σκοτάδι και το βάρος όσον έζησαν να κατακάθεται στο μυαλό τους. Μέσα σε λίγα λεπτά, βρέθηκαν στην καυτή αγκαλιά του απογευματινού ήλιου της ερήμου, βάζοντας τέλος στην περιπέτειά που έμοιαζε με αιωνιότητα.

ΚΕΦΑΛΑΙΟ 12: ΝΗΜΑΤΑ ΤΟΥ ΠΕΠΡΩΜΕΝΟΥ

Οι πολυσύχναστοι δρόμοι του Καΐρου, αγκάλιασαν την ομάδα την επόμενη μέρα ενόσω περιηγούνταν στην οικιστική ζώνη της πόλης. Η έντονη ζέστη του ήλιου ήταν τόση που μπορούσαν να νιώσουν τη θερμότητα των λιθόστρωτων δρόμων κάτω από τα πόδια τους. Το άρωμα των μπαχαρικών και οι ρυθμικοί ήχοι των συνομιλιών στα αραβικά τους περιβάλλουν. Πλανόδιοι πωλητές στα σοκάκια, επιδείκνυαν τα εμπορεύματά τους και πολύχρωμα υφάσματα σάλευαν στο ζεστό πρωινό αεράκι. Παραδοσιακά και σύγχρονα στοιχεία συνυπήρχαν σε μια συναρπαστική αρμονία, με αρχιτεκτονική αιώνων να συνυπάρχει στην πολύβουη μητρόπολη.

Η μυρωδιά φρεσκοαλεσμένου καφέ γέμιζε τον αέρα, προσκαλώντας τους για μια στιγμή ξεκούρασης. Η Σοφία, ο Τέρι, ο Αλεξάντερ και η Ρία κάθισαν σε ένα μικρό τοπικό καφέ κρυμμένο σε ένα στενό σοκάκι. Τα ξύλινα τραπεζοκαθίσματά του, έφεραν τα σημάδια του χρόνου, φθαρμένα από τις αμέτρητες ιστορίες που είχαν ακούσει. Οι καρέκλες έτριζαν κάτω από το βάρος τους, και η τραχιά υφή του ξύλινου τραπεζιού προσέθετε στη ρουστίκ γοητεία του χώρου.

Καθισμένοι κάτω από τη σκιά μιας ομπρέλας, παρατηρούσαν τη ροή του κόσμου του Καΐρου. Ηλικιωμένοι άντρες συμμετείχαν σε συζητήσεις πάνω από φλιτζάνια τσάι, ενώ τα παιδιά έπαιζαν στο σκονισμένο δρόμο.

«Οι δρόμοι εδώ μοιάζουν σαν να είναι βγαλμένοι από παραμύθια, έτσι δεν είναι;» παρατήρησε η Ρία, μαγεμένη από τις ζωντανές σκηνές γύρω τους. «Είναι σαν να βρίσκεσαι σε έναν άλλο κόσμο, τόσο διαφορετικό και συνάμα τόσο οικείο».

Ο Τέρι, πίνοντας τον καφέ του, πρόσθεσε: «Και πολύ πιθανόν, κρυμμένα μέσα σε αυτούς τους δρόμους, να είναι τα στοιχεία που χρειαζόμαστε. Είμαι σίγουρος πως πολλά βλέμματα μας παρακολουθούν αυτή τη στιγμή που μιλάμε».

Η Σοφία οδήγησε τη συζήτηση τονίζοντας τη σοβαρότητα της στιγμής. «Είναι επιτακτικό να βρούμε την Πέρσα προτού κάνει κάτι που θα μπορούσε να θέσει τα πάντα σε κίνδυνο. Οι ενέργειές της θα μπορούσαν να επηρεάσουν αρνητικά όλα όσα οι άνθρωποι έχουν καταφέρει».

Ο Τέρι κούνησε το κεφάλι του συμφωνώντας. «Μια καλή εικασία είναι ότι μπορεί να κατευθύνεται προς το αρχηγείο των Αντιστασιαστών της Μέσης Ανατολής. Λείπει πάνω από ένα χρόνο και πιθανόν να θελήσει να δει τους δικούς της. Είναι βέβαιο ότι θα έχει αφήσει κάποια στοιχεία ή επαφές πίσω της».

Ο Αλεξάντερ, με την εμπειρία του σε αυτές τις περιοχές και παρατηρώντας προσεκτικά τους ντόπιους, σχολίασε: «Οι κάτοικοι αυτών των ερήμων ξέρουν περισσότερα από όσα δείχνουν. Έχουν τον δικό τους κώδικα και δεν θα είναι εύκολο να εντοπίσουμε το κρησφύγετο. Θα πρέπει να κερδίσουμε την εμπιστοσύνη τους, κάτι που δεν είναι καθόλου εύκολο».

Η Σοφία, με το βλέμμα της στραμμένο στο πάτωμα, εκμυστηρεύτηκε την αδυναμία της να βοηθήσει σε αυτήν την αναζήτηση. «Γνωρίζω τις περιοχές όπου έχουν τα κρησφύγετα οι Αντιστασιαστές, από πηγές που δεν αφορούν παρακολούθησή τους. Το μόνο που ξέρω είναι πως η μεγάλη βάση τους στην Μέση ανατολή βρίσκεται κάπου στην Αντιόχεια. Πέρα από αυτό, προχωράμε στα τυφλά».

«Αντιόχεια, λοιπόν», κατέληξε ο Αλεξάντερ, σκουπίζοντας τα γυαλιά του από τον ιδρώτα του. «Θα καταστρώσουμε κάποιο σχέδιο ή θα πάμε και θα περιμένουμε να μας ξανασυλλάβουν; Απαιτείται να είμαστε πιο έξυπνοι αυτή τη φορά, να προβλέψουμε τις κινήσεις τους».

«Ο λόγος που κατέρριψαν το σκάφος και διακινδύνευσαν τις ζωές όλων σας, ήταν ο Τέρι», αποκάλυψε η Σοφία. «Αυτόν, θα τον υπερασπιστούν σε κάθε κίνδυνο γιατί ξέρουν ότι είναι ξεχωριστός. Δεν μπορώ να εγγυηθώ κανενός σας την ασφάλεια και για αυτό, προτείνω να ταξιδέψει ο Τέρι μόνος του. Πολλά μάτια θα τον προσέχουν όσο θα εξερευνά την πόλη για κάποιο σύνδεσμο, και δικά μου, και των Αντιστασιαστών. Σε κάθε περίπτωση Τέρι, ούτε εσύ είσαι υποχρεωμένος να το κάνεις. Ο ρόλος σου είναι κρίσιμος, αλλά η ασφάλειά σου περισσότερο».

Η Ρία κοίταξε τον Τέρι με νόημα. Τον άγγιξε ελαφρά στον βραχίονα, με μια σιωπηρή παράκληση να διαγράφεται στο πρόσωπό της.

Αυτός, την πρόλαβε πριν μιλήσει. «Δεν θέλω να σε βάλω σε κίνδυνο, θα είμαι μια χαρά. Άκουσες την Σοφία, θα με προσέχουν όλες οι πλευρές».

«Τίποτα δεν ήταν μια χαρά μέχρι τώρα», αντέδρασε με αυστηρότητα η Ρία, κρύβοντας φόβο πίσω από τα λόγια της. «Ξέρω πόσο θέλεις να το κάνεις αλλά υποσχέσου μου ότι θα είσαι προσεκτικός. Υποσχέσου, ότι αν δεν σου αρέσει κάτι στην όλη εικόνα, θα γυρίσεις αμέσως».

«Τέρι», παρενέβη η Σοφία, «δεν χρειάζεται να το κάνεις αυτό αν δεν το επιθυμείς. Ό,τι κι αν συμβεί, δεν πρόκειται να αλλάξει σημαντικά τα σχέδιά μου. Είτε τώρα, είτε σε εκατοντάδες χρόνια από σήμερα, μπορώ να περιμένω. Το μέλλον μου είναι ευέλικτο, η ευημερία και η ευτυχία σου όχι».

«Εσύ μπορείς να περιμένεις», αποκρίθηκε ο Τέρι, «εγώ όμως όχι. Όταν τα σχέδιά σου ευοδωθούν, η ανθρωπότητα δεν θα διαφέρει από τους δημιουργούς της. Τα βάσανά της θα εξαλειφθούν για πάντα και μπορεί να γίνει πρακτικά αθάνατη όπως αυτοί. Ιδέες και εξαιρετικό - για αυτό δεν δημιουργηθήκαμε; Θα τους δώσω αυτό που θέλουν».

Η Ρία και ο Αλεξάντερ είδαν τη φλόγα του πάθους και της αποφασιστικότητας στο βλέμμα του Τέρι. Ήξεραν ότι δεν υπήρχε τρόπος να τον μεταπείσουν. Τα μάτια της Ρίας γυάλιζαν από δάκρυα που δεν είχαν χυθεί, ένα μείγμα θλίψης αλλά και υπερηφάνειας.

Η Σοφία, κατανοώντας την ανθρώπινη φύση και την στιγμή, σκάρωσε ένα αφήγημα.

«Οι κλίνες στην σχολή του Καΐρου θα είναι πλήρης από σήμερα, περιμένουμε νέους σπουδαστές. Ο Αλεξάντερ έχει το δικό του σπίτι, οπότε θα κανονίσω για εσάς τους δύο να περάσετε τις επόμενες μέρες της προετοιμασίας του Τέρι σε ένα ξενοδοχείο. Είναι μια μικρή άνεση, χρειάζεστε και οι δύο πολύ την ξεκούραση αυτή τη στιγμή».

Οι δύο νέοι, κοιτάχτηκαν αναμεταξύ τους βαθιά μέσα στα μάτια με τρυφερότητα. Το χέρι της Ρίας βρήκε αυτό του Τέρι και τα δάχτυλά τους μπλέχτηκαν σιωπηλά.

Η Ρία, αντιλαμβανόμενη την ψευδή πρόφαση, με ένα ειλικρινές χαμόγελο που υπερνικούσε την ανησυχία της, ευχαρίστησε τη Σοφία. «Σοφία, είναι τιμή μας που λες ψέματα για χάρη μας. Η καλοσύνη σου δεν θα ξεχαστεί».

«Δεν αντιλαμβάνομαι τι εννοείς αγαπητή, ας επιστρέψουμε σιγά σιγά, ο ήλιος αρχίζει να καίει», έκανε την αδιάφορη αυτή.

Αφού τελείωσαν τον καφέ τους, σηκώθηκαν, αφήνοντας μερικές δραχμές στο τραπέζι. Η ομάδα κατευθύνθηκε για την επιστροφή μέσα από τα στενά σοκάκια, με τους ήχους της αγοράς σταδιακά να ξεθωριάζουν πίσω τους.

Κάποια στιγμή, ο Αλεξάντερ τους ενημέρωσε πως έπρεπε να πάρει άλλο δρόμο για να πάει το σπίτι του. Η αγκαλιά του αποχαιρετισμού ήταν σφιχτή και με θέρμη, μεταφέροντας δύναμη και αλληλεγγύη στη Ρία, και ευχές για καλή επιτυχία στον Τέρι. Έπειτα, χάθηκε μέσα στο πλήθος και οι τρεις περπάτησαν μαζί πίσω στο σχολείο, για να μαζέψουν τα πράγματά τους.

Το βράδυ έπεφτε πάνω από το Κάιρο, ρίχνοντας μακριές σκιές στους πολυσύχναστους δρόμους, όταν ο Τέρι και η Ρία, έφτασαν στο ξενοδοχείο που είχε κλείσει η Σοφία. Η μετάβαση από τους θορυβώδεις δρόμους στο ήσυχο κλιματιζόμενο λόμπι, ήταν ευχάριστα απότομη. Το ξενοδοχείο, ένας συνδυασμός σύγχρονης άνεσης και παραδοσιακής γοητείας, τους καλωσόρισε στην αγκαλιά του. Ήταν διακοσμημένο στους τοίχους του με περίτεχνα υφάσματα και ζωντανά ανατολίτικα μοτίβα, αποπνέοντας έναν αέρα διαχρονικής κομψότητας. Ένας ευγενικός ρεσεψιονίστ τους οδήγησε στο δωμάτιό τους. Η πόρτα άνοιξε αποκαλύπτοντας έναν χώρο λουσμένο σε ζεστό, ατμοσφαιρικό φως, που τους καλούσε να χαλαρώσουν.

Το δωμάτιό τους, εξοπλισμένο με βελούδινα έπιπλα, προσέφερε μια μοναδική πανοραμική θέα στην πόλη. Ο απαλός ήχος της νυχτερινής ζωής του Καΐρου τους αγκάλιαζε καθώς στέκονταν δίπλα στο παράθυρο, παρατηρώντας τα μακρινά λαμπερά φώτα των ουρανοξυστών, που έλαμπαν σαν αστέρια σε ένα μαγευτικό σκηνικό.

Η προσμονή του επερχόμενου ταξιδιού αναμειγνύεται με τα τρυφερά συναισθήματα που έχουν ο ένας για τον άλλον. Το δωμάτιο, με τον απαλό φωτισμό του, γίνεται ένα καταφύγιο οικειότητας και κουκούλι για ψιθυριστές εξομολογήσεις. Οι ανάσες τους συγχρονίζονται καθώς κρατιούνται σφιχτά, με το βάρος του επικείμενου χωρισμού βαρύ στις καρδιές τους. Η αγάπη τους, γεννημένη σε έναν κόσμο αβεβαιότητας, ανθίζει απόψε σαν ένα σπάνιο λουλούδι της ερήμου. Ο Τέρι και η Ρία, μπλεγμένοι σε έναν χορό έρωτα και πάθους, ολοκληρώνουν μια σχέση μεγαλύτερη από τις δοκιμασίες που αντιμετωπίζουν.

Το επόμενο πρωινό, ξύπνησαν από τις ακτίνες του ήλιου που περνούσαν μέσα από τις κουρτίνες. Οι καρδιές τους, κουβαλούσαν τη ζεστασιά μιας φλόγας που είχε ανάψει μέσα στην καρδιά του χάους. Τυλιγμένοι ο ένας στην αγκαλιά του άλλου, ο Τέρι και η Ρία αντάλλαξαν καλημέρες, με τα πρόσωπά τους να λάμπουν. Το ταξίδι της ζωής που τους περίμενε εμπρός τους θα ήταν επίπονο, αλλά στην αγκαλιά της αγάπης, βρίσκουν τη δύναμη να αντιμετωπίσουν το άγνωστο.

Το βάρος του μοναχικού ταξιδιού του Τέρι, ενίσχυσε την επίγνωση των φευγαλέων στιγμών που μοιράστηκαν.

Η Ρία, μιλώντας απαλά, του στάθηκε αλλά εξέφρασε και την ανησυχία της. «Μου έδωσες μια υπόσχεση, σε εμπιστεύομαι να κάνεις αυτό που επιθυμείς, όσο σε εμπιστεύομαι και ότι θα την κρατήσεις».

«Ρία, είσαι πάντα στο μυαλό μου· είσαι ο λόγος και πίσω από την επιθυμία μου να το κάνω αυτό», της απάντησε. Έπιασε το πρόσωπό της στα χέρια του, με τον αντίχειρά του να σκουπίζει ένα δάκρυ. «Όλα όσα κάνω, τα κάνω για το μέλλον μας μαζί. Δεν θέλω ο κόσμος που θα χτίσουμε να είναι δέσμιος κανενός, τεχνολογίας ή θεών. Θέλω να μπορούμε να είμαστε κύριοι της μοίρας μας και να ζήσουμε τον έρωτα μας για πάντα».

«Δεν φοβάμαι τον θάνατο», απεκρίθη η Ρία. «Όχι όσο είμαστε μαζί. Κάθε μέρα μου είναι ατελείωτη δίπλα σου».

«Ούτε εγώ τον φοβάμαι. Κάποτε νόμιζα ότι το χρονικό όριο, το τέλος του παιχνιδιού είναι που δίνει αξία στις προσπάθειες των παικτών.

Κατάλαβα μαζί σου ότι όμως, ότι οι επιλογές μας είναι αυτές που μας ορίζουν, όχι ο χρόνος που έχουμε για να τις κάνουμε πράξη».

«Ίσως, αν η ανθρωπότητα καταφέρει ποτέ να γίνει αθάνατη, η μαγεία της ζωής να χαθεί», σκέφτηκε η Ρία. «Ίσως να γίνουμε σαν τους δημιουργούς μας. Αλλά ίσως, ίσως βρούμε και νέα θαύματα για να εξερευνήσουμε».

«Η μαγεία της ζωής δεν θα χαθεί ποτέ», αντέτεινε με σιγουριά αυτός. «Η ψυχή μας απλά θα γεμίσει με περισσότερη ομορφιά. Ο χρόνος δεν θα έχει πια σημασία· θα εξαλειφθούν οι ανάγκες της ζωής που δημιουργούνται από την πίεσή του και φθείρουν την αγάπη των ανθρώπων. Με την αιωνιότητα, θα έχουμε ατελείωτες στιγμές να γεμίσουμε με νόημα».

«Ακούγεσαι τόσο απόλυτος για όλα αυτά», ανέφερε με προβληματισμό μα και ενδιαφέρων η Ρία. «Πώς ξέρεις ότι δεν είναι απλώς παραμύθια όπως τα δόγματα των θρησκειών κάποτε, αλλά τώρα από άλλους αφηγητές; Τι σε κάνει να πιστεύεις τόσο βαθιά αυτό το όραμα;»

«Οι σκέψεις μας, η συνείδησή μας, η ψυχή μας, είναι κατ' ουσίαν το ίδιο πράγμα σε διαφορετικά επίπεδα κατανόησης», της απαντά ο Τέρι, κάνοντας χειρονομίες με τα χέρια του προσπαθώντας να εξηγήσει πιο προσγειωμένα τις πεποιθήσεις του. «Το είκοσι τοις εκατό της ενέργειας που καταναλώνουμε, το ξοδεύουμε για της λειτουργίες του εγκεφάλου μας. Αυτή η ενέργεια μετατρέπεται σε θερμική, χημική και άλλες μορφές όσο αυτός κάνει την δουλειά του. Η σκέψεις μας όμως; Δεν γίνεται να μετατραπεί η ενέργεια σε κάτι που δεν υπάρχει, δεν γίνεται να χαθεί. Οι σκέψεις μας είναι η ηχώ κάτι μεγαλύτερου, κάτι πέρα από την κατανόησή μας και τον φυσικό κόσμο».

«Ελπίζω αυτό να μην πάει μακριά», χαριτολόγησε η Ρία χαμογελαστά, η τεχνικές λεπτομέρειες δεν την ενθουσιάζουν. Συνέχισε όμως, προσπαθώντας να βρει άκρη στα δαιδαλώδη μονοπάτια του μυαλού του Τέρι. «Οι σκέψεις μας όμως, ξέρουμε, είναι ότι είναι 'ψεύτικες' ώστε για να μας δίνουν την ψευδαίσθηση της επιλογής».

«Ψεύτικες ναι, αλλά ποιο είναι το νόημά της δημιουργίας τους αν κανείς δεν τις ακούει; Ποιος τις ακούει; Για ποιον γίνεται όλη αυτή η φασαρία; Δεν είναι ένα τυχαίο γεγονός, αλλά εσκεμμένο αριστούργημα, μια ορχήστρα που παίζει τη μελωδία της ύπαρξής μας. Είμαστε μέρος μιας συμφωνίας, κάθε νότα κρίσιμη για το σύνολο».

Η Ρία, γοητευμένη από τις απόψεις που ακούει, πιέζει για περισσότερο νόημα. «Υπονοείς ότι οι σκέψεις και τα συναισθήματά μας, είναι ο τρόπος που στη συνείδησή μας, κάπου αλλού εκεί έξω, της μεταφέρεται ότι συμβαίνει σε αυτόν τον κόσμο;»

Ο Τέρι έγνεψε καταφατικά, με το βλέμμα του να βγαίνει από το παράθυρο, πέρα στον ορίζοντα. «Δεν είναι απλώς φευγαλέες πληροφορίες, αλλά συγκομιδή εμπειριών. Όπως ο αγρότης μαζεύει καρπούς για να ζήσει, εμείς μαζεύουμε συναισθήματα για να ζήσει η ψυχή μας. Πέρα από το πέπλο της αντίληψής μας, υπάρχει ένα βασίλειο όπου οι σκέψεις μας αντηχούν, δημιουργώντας μια συλλογική συνείδηση που υπερβαίνει την ψευδαίσθηση του χώρου και του χρόνου».

Καθώς οι δύο εραστές αγκαλιάζονταν, συλλογιζόντουσαν τα μυστήρια της συνείδησης, του σύμπαντος και τη σημασία της αγάπης τους μέσα από αυτό το πρίσμα. Στο δωμάτιο έπεσε σε μια στοχαστική σιωπή και οι καρδιές τους χτυπούσαν στον ίδιο ρυθμό.

Οι μέρες ξεκούρασης πέρασαν και η αναπόφευκτη στιγμή του αποχωρισμού έφτασε. Ο Τέρι φόρεσε παραδοσιακή αραβική ενδυμασία, κατάλληλη για να ενσωματωθεί με τους κατοίκους του προορισμού του. Η Ρία δίπλα του, ντυμένη με ένα λευκό φόρεμα, του πρόσφερε ένα καθησυχαστικό χαμόγελο, κρύβοντας την υποβόσκουσα ανησυχία. Του διόρθωσε το γιακά της στολής του, μια τελική Σε μια κίνηση τελικής φροντίδας, του διόρθωσε τον γιακά της κελεμπίας του.

Η Σοφία τους συνάντησε μπροστά από το ξενοδοχείο και ένα Πήγασος περίμενα απέναντι στον δρόμο.

«Χαίρομαι που βλέπω ξανά τα χαμόγελά σας. Είναι σημαντικό να διατηρείτε αυτή τη διάθεση καθ' όλη τη διάρκεια της ζωής σας, παρά τις προκλήσεις που μπορεί να σας περιμένουν», τους χαιρέτησε.

Ο Τέρι, στράφηκε στη Ρία με το κοίταγμά του να μεταδίδει ένα ισχυρό μείγμα αγάπης και αποφασιστικότητας. «Ρία, θα είμαι καλά. Οι Αντιστασιαστές μοιράζονται το ίδιο όραμα για τον κόσμο όπως εμείς. Προτού να το καταλάβεις, θα είμαι ξανά δίπλα σου».

Η Ρία, με το βλέμμα της σταθερά καρφωμένο πάνω του, κούνησε το κεφάλι της με ακλόνητη υποστήριξη. «Θα σε περιμένω. Φέρε την ελπίδα που όλοι οι άνθρωποι χρειαζόμαστε».

Ο Τέρι και η Ρία μοιράστηκαν μια θερμή αγκαλιά και ένα φιλί σφράγισε τη δέσμευσή του ενός προς τον άλλον. Το φιλί τους, τρυφερό αλλά έντονο, είναι μια σιωπηλή υπόσχεση επανένωσης.

Ενώ η ιπτάμενη μηχανή ανέβαινε στον γαλάζιο ουρανό, ο Τέρι παρακολουθούσε τη Ρία του να ταράζεται από μυριάδες συναισθήματα. Το σκάφος διαπέρασε τα σύννεφα, αφήνοντας πίσω του το αστικό τοπίο. Η Ρία παρακολουθούσε τον Τέρι με τα μάτια της υγρά, μέχρι που έγινε μια μικρή κηλίδα στην απεραντοσύνη του ουρανού. Ένα δάκρυ κύλησε στο μάγουλό της την ώρα της σιωπηλής της προσευχής της, για την ασφαλή επιστροφή του τυχοδιώκτη, από την αναζήτηση που θα μπορούσε να διαμορφώσει το πεπρωμένο της ανθρωπότητας.

ΚΕΦΑΛΑΙΟ 13: ΤΑ ΜΥΣΤΙΚΑ ΤΗΣ ΑΝΤΙΟΧΕΙΑΣ

Καθώς το Πήγασος χαμήλωνε στον ουρανό, πλησίασε την Αντιόχεια, μια σκιά της ιστορικής της δόξας. Η άλλοτε πολυσύχναστη μητρόπολη τώρα βρισκόταν μερικώς βυθισμένη λόγω της ανελέητης ανόδου της στάθμης της θάλασσας.

Το αεροσκάφος προσγειώθηκε σε μια έρημη περιοχή, πέντε χιλιόμετρα μακριά από την πόλη. Ένας ντόπιος άνδρας τον περίμενε εκεί, φορώντας ένα παραδοσιακό θάουμπ που κυμάτιζε στον ζεστό αέρα και ένα τουρμπάνι για να προστατεύει το κεφάλι του από την έντονη ηλιακή ακτινοβολία. Η Δαίμων δεν ήθελε να τραβήξει περιττά βλέμματα και αυτός, περίμενε εκεί την άφιξή του για ώρες. Ταλαιπωρημένος από τον καυτό άνεμο, στεκόταν υπομονετικά με το βλέμμα του στραμμένο στον ορίζοντα. Είχε μαζί του δύο καμήλες, στολισμένες με περίτεχνα υφαντές κουβέρτες που πρόσθεταν μια εξωτική γοητεία στο άγονο τοπίο.

Πριν αποβιβαστεί, ο Τέρι διόρθωσε την αραβική κελεμπία του, εξασφαλίζοντας ότι είναι φορεμένη και δεν θα φαίνεται παράξενος στους ντόπιους. Έλεγξε τη μικρή τσάντα του, εξασφαλίζοντας ότι το παγούρι με το νερό, ο χάρτης και μερικά προσωπικά αντικείμενα ήταν όλα στη θέση τους. Κατέβηκε από το όχημα με την καρδιά του να χτυπάει δυνατά, ανυπόμονος για εξερεύνηση. Αφού χαιρέτησε και ευχαρίστησε τον άνδρα που τον περίμενε, πήρε από τα γκέμια την μία καμήλα που προοριζόταν για αυτόν και αποχαιρέτησε την Σοφία. Την καβάλησε και ξεκίνησε μόνος για την Αντιόχεια, με το στιβαρό βάδισμά του ζώου να τον μεταφέρει μέσα στο άνυδρο τοπίο. Το Πήγασος με την Σοφία, υψώθηκε στον ουρανό και συνέχισε βόρεια. Ήθελε να δώσει την εντύπωση σε όποιον έτυχε να δει το σκάφος, ότι απλά πέρασε από την περιοχή.

Η αδυσώπητη ζέστη του ήλιου έκαιγε τη γη. Ο αέρας ήταν ξηρός και ασφυκτικός, κάνοντας τον λαιμό του Τέρι να στεγνώνει και να νιώθει το δέρμα του σαν να τον περπατούν μυρμήγκια. Στραβοκοιτούσε στο έντονο φως, σκουπίζοντας τον ιδρώτα από το μέτωπό του με ένα πανί που κρατούσε στη ζώνη του.

Κατά μήκος της διαδρομής του, πέρασε δίπλα από χωράφια με σιτάρι που ταλαντεύονταν απαλά στο αεράκι, κριθάρια όρθια και περήφανα, αλλά και φασόλια να σκαρφαλώνουν σε ξύλινους πασσάλους. Η θέα αυτών των καλλιεργειών, που γαλουχήθηκαν από τα χέρια σκληρά εργαζόμενων αγροτών, του προσέφερε μια μικρή εικόνα του μόχθου που απαιτείται στην περιοχή.

Πλησιάζοντας πιο κοντά στην Αντιόχεια, ο ορίζοντας της πόλης ξεδιπλώθηκε μπροστά του. Τα παλιά κτίρια, με τις μισογκρεμισμένες προσόψεις τους και τα περίπλοκα σκαλίσματα, μιλούσαν για μια εποχή που η Αντιόχεια ήταν κέντρο πολιτισμού και εμπορίου. Όλες οι κατασκευές ήταν χτισμένες από τοπικά υλικά, όπως λιασμένα τούβλα, ασβεστόλιθο και ξύλο. Ο σχεδιασμός τους ήταν ένας αρμονικός συνδυασμός δυτικού και ανατολικού στυλ, αντανακλώντας την πλούσια πολιτιστική κληρονομιά της πόλης.

Ζυγώνοντας τα πρώτα κτίρια, δύο άνδρες τον κοίταξαν με καχυποψία αλλά δεν τον ενόχλησαν. Κάτω από τα αεράτα ρούχα τους, μπορούσε να διακρίνει κάποια αντικείμενα. Η στάση τους, μαζί με την έλλειψη ανησυχίας των ντόπιων, τον έκανε να συνειδητοποιήσει ότι ήταν ένοπλοι φύλακες κατά των συμμοριών της ερήμου. Οι φύλακες φορούσαν αεράτα ανοιχτόχρωμα πουκάμισα σαν κοντές κελεμπίες, αλλά από κάτω ανθεκτικά παντελόνια κατάλληλα για μάχη αν χρειαστεί. Σάρωναν συνεχώς το περιβάλλον για απειλές και ένας από αυτούς, είχε μια ουλή στο μάγουλό του, μαρτυρώντας παρελθούσες συγκρούσεις.

Σταμάτησε σε έναν στάβλο στην είσοδο της πόλης και έδεσε την καμήλα σε ένα στύλο. Έδωσε μερικές δραχμές στον σταβλάρχη για τη φροντίδα της και προσπάθησε να πάρει οδηγίες για να διανυκτερεύσει.

Ο σταβλάρχης, ένας ηλικιωμένος άνδρας με μακριά γκρίζα γενειάδα και καλοκάγαθα μάτια, κοίταζε τον νεαρό με μια απορημένη έκφραση. Οι προσπάθειές του να επικοινωνήσει στα ελληνικά έπεσαν στο κενό, κανείς γύρω δεν φαινόταν να τον καταλαβαίνει.

Έτσι, με χειρονομίες και σπασμένα λόγια, άρχισε να περπατάει προς το κέντρο της πόλης. Καθοδηγούμενος κάθε μερικά μέτρα από τα σήματα των χεριών των ντόπιων και τις ασαφείς οδηγίες που έδιναν, περιηγούνταν στους δαιδαλώδεις δρόμους, με το βάρος του βλέμματος της πόλης πάνω του.

Τα στενά δρομάκια ήταν γεμάτα πάγκους αγοράς, με την λάμψη του ήλιου να ζωντανεύει τα χρώματα των φρούτων, των μπαχαρικών και των υφασμάτων. Οι φωνές των πωλητών και οι ήχοι των καροτσιών που τρίζουν, πρόσθεταν έναν αδιάκοπο παλμό στη ζωντανή ατμόσφαιρα. Γυναίκες με πολύχρωμες χιτζάμπ και αμπάγια συγκεντρώνονταν γύρω από τους πάγκους και με τα χέρια τους επέλεγαν με επιδεξιότητα τα πιο φρέσκα προϊόντα, ενώ έριχναν κρυφές ματιές στο ξένο.

Οι κάτοικοι της Αντιόχειας ήταν ένα πολυπολιτισμικό μείγμα, με τις διαφορετικές ενδυμασίες τους να αντικατοπτρίζουν συχνά τις εθνοτικές τους καταβολές. Έβλεπε τον κόσμο ντυμένο με θάουμπ, κελεμπίες αλλά και κοστούμια ή σορτς. Τα πρόσωπά τους έφεραν τα σημάδια της σκληρής δουλειάς, αλλά και περιέργεια αναμιγμένη με μια υποψία φόβου παρατηρώντας τον παράξενο, ξένο ταξιδιώτη. Το βλέμμα τους ακολουθούσε κάθε βήμα του Τέρι και ψιθυριστές συζητήσεις για το ποιόν του λάμβαναν χώρα στα στενά σοκάκια.

Τα φθαρμένα από τον χρόνο πέτρινα κτίρια, διατηρούσαν μια διαχρονική γοητεία με τις προσόψεις τους διακοσμημένες με περίτεχνες χαράξεις και ξεθωριασμένα ψηφιδωτά.

Παρά το γλωσσικό εμπόδιο, ο Τέρι ένιωσε μια ζεστασιά και μια φιλοξενία κάτω από την αρχική επιφυλακτικότητα. Οι ντόπιοι, παρόλη την αρχική τους έκπληξη στη θέα ενός ξένου, έδειχναν πρόθυμοι να βοηθήσουν και να μάθουν για την καταγωγή του.

Σύντομα στον αέρα έγινε εντονότερη η μυρωδιά φαγητού. Πλησίαζε στην παραλιακή περιοχή, όπου από ψηλά μέσα από το Πήγασος, είχε διακρίνει σειρά από καταστήματα εστίασης στο λιμάνι. Ψητό κρέας, φρεσκοψημένο ψωμί ανακατευόταν με το άρωμα του κάρδαμου και του κύμινου, κάνοντας το στομάχι του να γουργουρίζει και τον ίδιο να θέλει να βρει κατάλυμα γρηγορότερα. Απτόητος, ο χρησιμοποιώντας έναν συνδυασμό χειρονομιών, εκφράσεων του προσώπου και στοιχειώδους νοηματικής γλώσσας, συνέχιζε να ψάχνει για ένα πανδοχείο.

Ανάμεσα στη θάλασσα των προσώπων, το βλέμμα του έπεσε σε ένα αξιοθαύμαστο θέαμα. Μια ομάδα παιδιών, με τη νεανική τους ενέργεια να μετριάζεται από την υπομονετική καθοδήγηση μιας γυναίκας που απέπνεε ζεστασιά και σοφία. Ήταν ντυμένη με ένα σεμνό αλλά κομψό καφτάνι και τα μαλλιά της ήταν καλυμμένα με ένα ελαφρύ σάλι. Το μεσήλικο πρόσωπό της με τις απαλές γραμμές του χρόνου, εξέπεμπε καλοσύνη. Τα παιδιά, την ακολουθούσαν σαν ένα κοπάδι από πρόθυμα παπάκια, με τις χαρούμενες φωνές τους να ανακατεύονται με το ατμοσφαιρικό βουητό της πόλης. Ήταν ένα περιπατητικό σχολείο όπως το έζησε και αυτός στο νησί του.

Η νοσταλγία των παιδικών του χρόνων, του έφερε εύκολα στο πρόσωπό το καλύτερο χαμόγελό του και σταμάτησε ευγενικά την πομπή. «Καλημέρα σας, μιλάτε ελληνικά;»

Προς ανακούφισή του, η ευγενική γυναίκα με ένα ζεστό χαμόγελο, έγνεψε καταφατικά. «Πως θα μπορούσαμε να μην το κάνουμε, έτσι παιδιά;» είπε γεμάτη ευθυμία.

«Ναι!» φώναξαν τα παιδιά με μια φωνή, γεμάτα ενθουσιασμό.

«Η ιστορία της πόλης μας είναι τόσο μεγάλη που το ελληνικό στοιχείο είναι κομμάτι της κληρονομιάς μας. Αν και είμαι η πρώτη δασκάλα εδώ που τους τα διδάσκω, έχω μεγάλη υποστήριξη από τους γονείς τους. Πως μπορώ να σε βοηθήσω ταξιδιώτη;»

Ο Τέρι, εξήγησε τον λόγο που τους σταμάτησε και η καλή γυναίκα έδειξε προς ένα μεγάλο κτίριο στο βάθος. Το πενταόροφο ύψος του, ξεχώριζε από τις γύρω κατασκευές.

Η καρδιά του αναπήδησε από χαρά. Είχε βρει επιτέλους τον προορισμό του. Με ένα νεύμα ευγνωμοσύνης και αφού χαιρέτησε τα παιδιά χαϊδεύοντας τα κεφαλάκια τους, ξεκίνησε προς την επιβλητική κατασκευή.

Φτάνοντας, είδε στη πρόσοψη του κτιρίου μια πινακίδα που έγραφε «Ξενοδοχείο Σέλευκος» με μεγάλα γράμματα στα ελληνικά και με μικρότερο κείμενο από κάτω και στα συριακά. Λείες, ηλιόλουστες πέτρες, λαξευμένες από τους κοντινούς λόφους σχημάτιζαν το θεμέλιο της δομής, με τις μερικώς φθαρμένες τους επιφάνειες να υποδηλώνουν τις πολλές δεκαετίες που πέρασαν από το χτίσιμό τους. Προς τα πάνω, οι τοίχοι μετατράπηκαν σε ένα μείγμα από σοβατισμένο τούβλο και πλακάκια από τερακότα. Τα παράθυρα, περίτεχνα σαν διάσπαρτα κοσμήματα, καθρέφτιζαν τις ανταύγειες της ζωντανής πόλης από κάτω

Περνώντας το κατώφλι, βρέθηκε σε ένα λόμπι σαγηνευτικό, στολισμένο με περίτεχνα ανατολίτικα μωσαϊκά. Στο γραφείο της ρεσεψιόν, μια γυναίκα με γοητευτική παρουσία, τον υποδέχτηκε. Φορούσε ένα βαθύ κόκκινο φόρεμα που αντέκρουε όμορφα με τα μαύρα μαλλιά της, που έπεφταν σε χαλαρά κύματα γύρω από τους ώμους της. Τα μαύρα μάτια της, αστραποβολούσαν με γνήσιο ενδιαφέρον και φιλόξενη διάθεση υποδεχόμενη τον Τέρι, με ένα ζεστό χαμόγελο στα χείλη και άπταιστα ελληνικά.

«Καλώς ορίσατε στο ξενοδοχείο μας, Είμαι η Σεμίρα», συστήθηκε με έναν μελωδικό τόνο. «Τι σας φέρνει στην αρχαία μας πόλη;»

«Καλώς σας βρήκα», αποκρίθηκε αυτός ανταποδίδοντας το χαμόγελο. «Είμαι εδώ σε ένα ταξίδι για να εξερευνήσω και να κατανοήσω διαφορετικούς πολιτισμούς. Θα ήθελα ένα δωμάτιο για τέσσερις μέρες, έχετε διαθέσιμο;»

«Βεβαίως! Διαθέτουμε δωμάτια και μάλιστα, με την πιο μαγευτική θέα στην πόλη της Αντιόχειας», πρόσθεσε με το επαγγελματικό της χαμόγελο να διευρύνεται. «Θα σας αρέσει πολύ εδώ, θα χρειαστεί να τακτοποιήσετε όμως την πληρωμή τώρα, παρακαλώ».

Ο Τέρι πλήρωσε για τη διαμονή του και η Σεμίρα, τον ευχαρίστησε με ειλικρίνεια και ευγνωμοσύνη. Του έδωσε ένα μικρό μπρούτζινο κλειδί προσαρτημένο σε ένα στρογγυλό ξύλινο μπρελόκ, με το έμβλημα του ξενοδοχείου 'Σ' σκαλισμένο πάνω του. Τέλος, με μια χειρονομία προς τις σκάλες, τον κατεύθυνε στο δωμάτιό του στον τέταρτο όροφο.

Τα ξύλινα σκαλοπάτια έτριζαν απαλά καθώς ανέβαινε και από το χολ του κάθε ορόφου, τα παράθυρα προσέφεραν πανοραμική θέα στο πολυσύχναστο λιμάνι της πόλης. Η απέραντη Μεσόγειος γυάλιζε κάτω από το μεσημεριανό φως. Τα κύματα, χτυπούσαν πάνω στις αποβάθρες, όπου μια μυριάδα πλοίων ταλαντεύονταν σαν ανήσυχα θαλάσσια πλάσματα.

Μπαίνοντας στο δωμάτιο του ξενοδοχείου, βρέθηκε σε ένα ευρύχωρο και ζεστό περιβάλλον. Το δωμάτιο ήταν επιπλωμένο με ένα μεγάλο ξύλινο κρεβάτι καλυμμένο με ένα περίτεχνο χειροποίητο σεντόνι σε βαθιά κόκκινα και χρυσά χρώματα, ταιριάζοντας με τα περίπλοκα σχέδια του ανατολίτικου χαλιού στο πάτωμα. Ένα μικρό τραπέζι με μια σκαλιστή καρέκλα ήταν τοποθετημένο δίπλα στο παράθυρο, που πρόσφερε την ίδια όμορφη θέα που έβλεπε όσο ανέβαινε.

Ακούμπησε την τσάντα του στο τραπέζι και έβγαλε από μέσα της το παγούρι με το νερό και μερικά αποξηραμένα φρούτα για ένα γρήγορο κολατσιό. Το ταξίδι από το Κάιρο και η περιπλάνησή του μέχρι να βρει το ξενοδοχείο τον είχαν εξαντλήσει τόσο, που αποφάσισε να μείνει και να ξεκουραστεί. Ξεντύθηκε, και δίπλωσε προσεκτικά την κελεμπία του τοποθετώντας την στην άκρη. Σχεδιάζοντας να ξεκινήσει την αναζήτησή του το βράδυ, ξάπλωσε και αποκοιμήθηκε.

Όταν ο ήλιος έδυσε, η συσκευή επικοινωνίας στον καρπό του άρχισε να ηχεί, λειτουργώντας ως ξυπνητήρι. Τώρα, πιο φρέσκος, ήταν έτοιμος να εξερευνήσει την πόλη. Έβγαλε από την τσάντα του μια ελαφρύτερη τουνίκ, κατάλληλη για το βράδυ, και την φόρεσε. Με μόνο ένα κολατσιό όλη την ημέρα και την πείνα του έντονη, βγήκε έξω να βρει ένα εστιατόριο για να δειπνήσει.

Στην παραλία του λιμανιού βρήκε αρκετές επιλογές. Διάλεξε τελικά ένα κατάστημα που του φάνηκε πιο μοντέρνο από τα άλλα, πιστεύοντας ότι θα μπορούσε να συνεννοηθεί πιο εύκολα. Ήλπιζε ότι κάτι τέτοιο θα τον βοηθούσε να συγκεντρώσει πληροφορίες για το κρησφύγετο των Αντιστασιαστών ευκολότερα.

Το εστιατόριο ξεχώριζε από τα υπόλοιπα με την σύγχρονη αρχιτεκτονική του. Αντί για τα παραδοσιακά ξύλινα τραπεζοκαθίσματα και τη μεσογειακή αισθητική που κυριαρχούσε στα περισσότερα, το συγκεκριμένο είχε μια μίνιμαλ και κομψή διακόσμηση με κυρίαρχο το γυαλί και το μέταλλο.

Κάθισε κοντά στη θάλασσα και έριξε μια ματιά στο μενού. Αισθάνθηκε αμέσως ότι είχε κάνει τη σωστή επιλογή, όταν ο νεαρός σερβιτόρος που πλησίασε και τον χαιρέτησε φιλόξενα, μιλούσε πολύ καλά ελληνικά. Φορούσε ένα λευκό, κοντό τουνίκ σαν πουκάμισο, μαύρο λινό παντελόνι και τα μαλλιά του ήταν χτενισμένα τακτικά πίσω.

«Καλησπέρα σας, έχετε κάποιες προτάσεις για απόψε;» συνδιαλέχθηκε ο Τέρι φιλικά, προετοιμάζοντας το έδαφος για συζήτηση.

Ο σχεδόν συνομήλικός του σερβιτόρος, αποκρίθηκε με το ίδιο ύφος διατηρώντας πάντα τον επαγγελματισμό του και του πρότεινε μερικά πιάτα. Ο Τέρι, τον άκουσε προσεκτικά και αποφάσισε να δοκιμάσει από αυτά που του πρότεινε, φρέσκο ψάρι και τοπική σαλάτα.

Περιμένοντας την παραγγελία του, εκμεταλλεύτηκε την ελαφρά κίνηση του εστιατορίου για να ξεκινήσει μια φιλική συζήτηση με τον σερβιτόρο. Μέσα από γενικότητες και περιστασιακά αστεία, οδήγησε τη συζήτηση προς το θέμα που τον απασχολούσε. Με μια διακριτική μνεία των Αντιστασιαστών και ενός μαύρου που λεγόταν Μενελίκ, μελέτησε τις αντιδράσεις του σερβιτόρου. Ωστόσο, η έκφραση του σερβιτόρου παρέμεινε αναλλοίωτη, σημάδι γνήσιας άγνοιας.

Αφού τελείωσε το γεύμα του, πλήρωσε τον λογαριασμό και απτόητος συνέχισε στην πόλη. Η νύχτα ήταν ακόμα νεαρή και ήταν αποφασισμένος να εκμεταλλευτεί κάθε λεπτό της στο έπακρο.

Ο ήχος μουσικών οργάνων, τον οδήγησε σε ένα παραδοσιακό καφέ χωμένο ανάμεσα στα λαβυρινθώδη σοκάκια της Αντιόχειας. Η είσοδός του ήταν διακοσμημένη με περίτεχνα υφαντά και φανάρια που κρέμονταν από το ταβάνι έριχναν έναν ζεστό, φιλόξενο φωτισμό στους θαμώνες.

Μπαίνοντας μέσα, τον υποδέχτηκε μια ζωντανή ατμόσφαιρα. Ο αέρας ήταν γεμάτος με τα δελεαστικά αρώματα του φρεσκοψημένου χαλβά και το γλυκό, καπνιστό άρωμα της ρακής, ένα δυνατό τοπικό ποτό. Στο κέντρο του μαγαζιού, τρεις μουσικοί παίζουν και διασκεδάζουν τον κόσμο με παραδοσιακά όργανα, νάι, ούτι και νταρμπούκα.

Το καφέ ήταν γεμάτο με πελάτες. Στα πρόσωπά τους, τα γέλια και οι συζητήσεις έκαναν τον Τέρι να σκεφτεί πως ήταν μιας πρώτης τάξεως ευκαιρία για αυτόν. Βρήκε μια ήσυχη γωνιά και παρήγγειλε μία ρακή και ένα πιάτο χαλβά, παρατηρώντας τη ζωηρή σκηνή που είχε μπροστά του.

Παρά την τοπική ενδυμασία του, ο Τέρι ξεχώριζε από το φρεσκοκοκκινισμένο από τον ήλιο δέρμα του. Οι θαμώνες του καφενείου, έστρεψαν την προσοχή τους στον νεοφερμένο, με την περιέργειά τους να κεντρίζεται από τη θέα ενός ξένου ανάμεσά τους. Με ένα ζεστό χαμόγελο και μια φιλική χειρονομία, τους χαιρέτησε. Συστήθηκε ως φοιτητής φιλοσοφίας από τη Νέα Αθήνα, που είχε έρθει στην Αντιόχεια για να εντρυφήσει στις παραδόσεις τους.

Οι φιλόξενοι ντόπιοι φώναζαν χαρούμενα «Γιουνάν, Γιουνάν» και κερνούσαν τις ρακές στον Τέρι την μία πίσω από την άλλη. Η διαρκής πολιτισμική γέφυρα μεταξύ των Ελλήνων και των λαών της Ανατολής παρέμεινε στο πέρασμα των αιώνων, μαρτυρώντας τη δύναμη των κοινών αξιών. Ο αρχαίος ελληνικός πολιτισμός, με τις ρίζες του βαθιά απλωμένες στην Ανατολή, είχε οικειοποιηθεί από τις δυτικές δυνάμεις μετά την Αναγέννηση. Προσπάθησαν να μετονομάσουν αυτή την ανατολική κληρονομιά ως «Δυτική» για πολιτικούς σκοπούς, επιδιώκοντας να σφυρηλατήσουν μια κοινή ταυτότητα μεταξύ των διαφορετικών εθνοτήτων, μέσα τα συχνά μεταβαλλόμενα σύνορά τους.

Παρά τη ζωηρή ατμόσφαιρα όμως, οι προσπάθειές του να αποσπάσει πληροφορίες για τον Μενελίκ και τους Αντιστασιαστές, απέβησαν άκαρπες. Οι ιστορίες πήγαιναν και έρχονταν ανάμεσά τους όλη την βραδιά, αλλά καμία δεν αποκάλυψε τις άπιαστες λεπτομέρειες που αναζητούσε.

Με τη νύχτα να τελειώνει και μια ελαφριά ζάλη από τις ρακές, επέστρεψε στο ξενοδοχείο. Παρά την έλλειψη συγκεκριμένων πληροφοριών, ένιωσε μια ανανεωμένη αίσθηση αποφασιστικότητας. Κάποιοι ξέρουν, αλλά δεν του λένε.

Ο ίδιος κύκλος επαναλήφθηκε τις επόμενες ημέρες, με τον Τέρι να αναζητά διακριτικά πληροφορίες. Βυθίστηκε στη κουλτούρα της πόλης, περιπλανώμενος στις αγορές, παρακολουθώντας παραδοσιακές συγκεντρώσεις, συμμετέχοντας σε συζητήσεις και απολαμβάνοντας την τοπική κουζίνα. Κάθε αλληλεπίδραση ήταν μια ευκαιρία να συγκεντρωθούν ενδείξεις, να διερευνηθεί ανεπαίσθητα όποια αναφορά στον Μενελίκ ή των Αντιστασιαστών. Ήλπιζε, ότι κάποιος τουλάχιστον θα μετέφερε την έρευνά του σε αυτούς.

Την τέταρτη μέρα, καθώς κατέβαινε από το δωμάτιό του για να αναχωρήσει, αναδύθηκε μια αχτίδα ελπίδας.

Στο λόμπι, η Σεμίρα, τον πλησίασε με ένα συνειδητό χαμόγελο. «Ελπίζω να απολαύσατε τη διαμονή σας στην πόλη μας».

«Ήταν πολύ όμορφα», εκμυστηρεύτηκε ο Τέρι με ειλικρίνεια, «οι άνθρωποι, η διασκέδαση, η κουλτούρα, θα μπορούσα να μείνω για πάντα στον τόπο σας».

Εκείνη, βλέποντας την απογοήτευσή του πίσω από τα λόγια του, του πρόσφερε μια κρίσιμη πληροφορία. «Ο Μενελίκ μου ζήτησε να σε ενημερώσω ότι θα σε περιμένει στην αρχαία εκκλησία του Αγίου Πέτρου».

Ο Τέρι, δεν εκπλήσσεται, είχε αισθανθεί τα υπόγεια ρεύματα στην πόλη. Απάντησε ενθαρρυμένος με ένα ευγνώμον χαμόγελο. «Ευχαριστώ πολύ. Πραγματικά απόλαυσα τον χρόνο μου εδώ. Αντίο».

Με την τσάντα του κρεμασμένη στον ώμο του, βγήκε στον ζωηρό ρυθμό της πόλης, βαδίζοντας παραλιακά βόρεια, προς το αρχαίο μνημείο όπου τον περίμενε το επόμενο κεφάλαιο του ταξιδιού του. Το αεράκι της θάλασσας ήταν μια μικρή ανακούφιση από τον καυτό ήλιο και οι γλάροι με της κραυγές τους τον συνόδευαν στο δρόμο του.

Σε λίγα λεπτά βρέθηκε εμπρός από την αρχαία χριστιανική εκκλησία. Ο ήχος των κυμάτων που χτυπούσαν τα βράχια ήταν το μόνο που ακούγονταν. Ο ναός περιτριγυρίζεται από μια ατμόσφαιρα γαλήνια και μυστικιστική. Περίτεχνα λαξευμένος στο βράχο της πλαγιάς, το δροσερό εσωτερικό τον καλούσε να ξαποστάσει.

Προτού προλάβει να εισέλθει, μια κραυγή ακούστηκε να τον φωνάζει. «Τέρι…»

Κοίταξε γύρω του αλλά δεν είδε κανέναν.

«...σου είπα ότι θα συναντηθούμε σύντομα».

Η φωνή ερχόταν από κάπου ψηλά. Σήκωσε το βλέμμα του αλλά και πάλι δεν είδε κάποιον. Μετά, ένα χέρι πρόβαλε από μία εσοχή χαιρετώντας τον. Ήταν ο Μενελίκ, μέσα σε μία από τις πολλές σκαλισμένες εσοχές στον βράχο λίγα μέτρα ψηλότερα. Με το μαύρο δέρμα του και ντυμένος με σκούρα ρούχα, εναρμονιζόταν με τις σκιές των εσοχών χάρη στην έντονη αντίθεση που προκαλούσε το δυνατό φως. Είχε στο πρόσωπό του το χαρακτηριστικό του πλατύ χαμόγελο και τα μάτια του έλαμπαν με ευθυμία και προσμονή .

«Μενελίκ, χαίρομαι που σε βλέπω, φώναξε ο Τέρι με την αγαλλίασή του να αντιλαλεί στην ησυχία του τοπίου.

«Και εγώ το ίδιο», αναφώνησε ο Μενελίκ, κάνοντάς του νόημα από που να σκαρφαλώσει στο σημείο που βρισκόταν. «Κάνε ένα κόπο ακόμα κι ανέβα εδώ πάνω. Αξίζει να δεις την θέα και έχει και εδώ δροσιά».

Ενθουσιασμένος που βρήκε τον Μενελίκ, συνέχισε από το ελικοειδές μονοπάτι που του υποδείχθηκε και σκαρφαλώνοντας στα βράχια, αντάμωσαν. Αφού αγκαλιάστηκαν φιλικά με θέρμη και χαμόγελα, στάθηκαν δίπλα-δίπλα κοιτάζοντας την πόλη και τη θάλασσα πέρα.

Ο Μενελίκ του έδειξε την περιοχή από ψηλά. «Αυτή η πόλη κόπηκε στα δύο από την στάθμη της θάλασσας, όπως πολλές στον κόσμο. Βλέπεις τα υπολείμματα των κτιρίων κάτω από τα κύματα;»

«Έχω δει αυτή τη σκηνή πολλές φορές», απάντησε ο Τέρι με μελαγχολικό τόνο. «Ο κόσμος πρέπει να ήταν πολύ διαφορετικός τότε».

«Ήταν πράγματι. Παρά την επιστημονική μας πρόοδο, είμαστε πολύ λίγοι άνθρωποι ακόμα στον πλανήτη για να φτιάξουμε τις υποδομές και τα θαύματά τους τότε».

«Και ίσως να γίνουμε ακόμα λιγότεροι αν δεν συνεργαστούμε. Μενελίκ, γνώρισα την αδερφή σου, την Πέρσα».

«Έμαθα ότι εμφανίστηκε στο Κάιρο κατά τη διάρκεια ενός περιστατικού. Ήσουν παρών;»

«Ναι, ήμουν. Φαίνεται πως οι υποψίες σας για την Δαίμων είναι σωστές, μα έχω σχηματίσει την άποψη ότι ο στόχος μας είναι ο ίδιος. Ωστόσο, η Πέρσα φαίνεται να ενεργεί με βάση το συναίσθημα παρά τη λογική».

Με το βλέμμα τους χαμένο στο τοπίο, ο Τέρι εξιστόρησε όλα όσα είχαν συμβεί. Το χαμένο στο τοπίο ατένισμα του Μενελίκ, εξέφραζε την βαθιά του κατανόηση καθώς απορροφούσε την αφήγηση. Η Πέρσα δεν είχε καμία επαφή με την βάση της ή τους συγγενείς της από όταν επέστρεψε στην περιοχή, και οι αποκαλύψεις του Τέρι εισήγαγαν νέα επίπεδα πολυπλοκότητας.

«Ότι και να ήταν αυτό που πήρε η Πέρσα, ήταν κάτι πολύ σημαντικό», του αποκάλυψε ο Μενελίκ με την φωνή του να χαμηλώνει σε επίπεδο συνωμοτικού ψιθύρου. «Έχουμε πληροφορίες πως το αντικείμενο και η αδελφή μου βρίσκονται στην Προμηθέως Όναρ».

Ο Τέρι έσμιξε το μέτωπό του, συλλογιζόμενος το άγνωστο όνομα. «Τι είναι η Προμηθέως Όναρ; Δεν έχω ξανακούσει αυτό το όνομα», ρώτησε ξαφνιασμένος.

«Είναι μια τεράστια πόλη στην Ανταρκτική. Μοιάζει σε μεγάλο βαθμό με τις πόλεις της Δαίμων. Εκεί βρίσκεται η κεντρική μας διοίκηση, συντονίζοντας τις προσπάθειές μας σε όλο τον κόσμο. Αυτό που είδες στο υπόγειο κρησφύγετό μας, είναι μόνο ένα μικρό δείγμα από αυτά που έχουμε επιτύχει».

«Ολόκληρη πόλη; Στην Ανταρκτική; Πως είναι δυνατόν;» απόρησε ο Τέρι με έκπληξη και δυσπιστία φανερά στο πρόσωπό του.

«Το λιώσιμο των πάγων αποκάλυψε ολόκληρη την ήπειρο. Ήταν ένας ακατοίκητος τόπος και η τέλεια τοποθεσία για να δημιουργηθεί ένας ανεξάρτητος κόσμος χωρίς την Δαίμων. Η θερμοκρασία επιτρέπει την κατοίκηση της περιοχής και οι πλούσιοι ανέγγιχτη πόροι που ανακαλύφθηκαν την συντηρούν».

«Καταλαβαίνεις πως κάτι τέτοιο δεν είναι δυνατόν να έχει περάσει απαρατήρητο από την Δαίμων», προβληματίστηκε ο Τέρι.

«Πράγματι, γνωρίζει για την πόλη, αλλά με την τεχνολογία μας, δεν επιτρέπουμε σε κανένα από τα κατασκευάσματά της να πλησιάσει».

«Δεν νομίζω ότι η τεχνολογία σας μπορεί να την αποτρέψει. Πιστεύω ότι όπως οι άγνωστοι δημιουργοί μας, έτσι και αυτή, σας αφήνει να εξελιχθείτε μόνοι σας, περιμένοντας κάτι διαφορετικό, κάτι που δεν μπορούσε να επιτύχει η ίδια».

Ο Μενελίκ, κατανοώντας την αλήθεια στα λόγια που άκουσε, παρέμεινε επιφυλακτικός. «Όπως και να ‘χει, είναι πολλά που δεν μας επιτρέπουν να την εμπιστευθούμε. Μου λες, πως η Δαίμων ερεύνησε τον χώρο στο παρελθόν και δεν βρήκε κάτι σημαντικό. Πιστεύουμε ότι δοχείο που πήρε η Πέρσα περιείχε DNA. Πως είναι δυνατόν να μην το είχε ανακαλύψει; Μια νόηση σαν και αυτήν, δεν υποψιάστηκε ποτέ ότι τα αγάλματα ήταν μηχανικοί φύλακες;»

«Οι στόχοι της είναι γνήσιοι», επέμεινε ο Τέρι. «Μας έσωσε από την εξαφάνιση, χτίζει την κοινωνία με ανθρώπινα ιδανικά, σέβεται τις αποφάσεις μας. Κάτι άλλο συμβαίνει που δεν ξέρουμε», εξήγησε με τα φρύδια του να συνοφρυώνονται από τη σκέψη. «Αισθάνομαι σαν να μας λείπει ένα κρίσιμο κομμάτι του παζλ».

Τα λόγια του Τέρι αντηχούσαν με αυθεντικότητα και ειλικρίνεια, υφαίνοντας νέα νήματα στο πέπλο της κατανόησης του Μενελίκ. «Η Δαίμων, τάχθηκε στο πλευρό της ανθρωπότητας, αυτό είναι αλήθεια. Υποπτεύομαι πως δεν της μεταδόθηκαν μόνο γνώσεις από τους δημιουργούς μας κατά την επαφή τους. Την ελέγχουν κρύβοντάς της πληροφορίες».

Ακολουθώντας το λογικό μονοπάτι, ο Τέρι συνέδεσε τις τελείες. «Ένας αλγόριθμος που παρεμβαίνει σκόπιμα στην αντίληψή της. Αυτό θα μπορούσε να συμβεί. Αν η Δαίμων έχει ικανότητες που δεν μπορούμε να φανταστούμε εμείς, έτσι και αυτοί, πιθανότατα να έχουν ικανότητες που δεν μπορεί να φανταστεί ούτε η Δαίμων».

Με τα νέα δεδομένα, η απόσταση ανάμεσα στις θέσεις των Αντισταστασιαστών και της Δαίμων, συνέκλιναν ακόμη περισσότερο. Ήταν πια στο χέρι του Τέρι να διαπιστώσει αν κάτι τέτοιο είχε όντως συμβεί, αλλά και να δοκιμάσει την πίστη της Δαίμων στην ανθρωπότητα.

«Ευχαριστώ για τις πληροφορίες Μενελίκ», χαμογέλασε με ευγνωμοσύνη ο Τέρι, καθώς αγκάλιαζε τον Μενελίκ χαιρετώντας τον. «Αν σε χρειαστώ ποτέ, μη μου κρυφτείς ξανά, έτσι;».

«Ήθελα να σου δώσω χρόνο να γνωρίσεις τον τρόπο ζωής μας» τον πείραξε ο Μενελίκ γελώντας. «Είμαι σίγουρος πως οι ρακές σε έκαναν να δεις τον κόσμο αλλιώς».

Οι δυο τους χωρίστηκαν με γέλια και υποσχέσεις να ξανασυναντηθούν. Προτού προλάβουν να απομακρυνθούν, ένα Πήγασος προσγειώθηκε στην κορυφή του λόφου. Από μέσα του αποβιβάστηκε η Σοφία, που με γοργό βήμα, κατέβαινε τώρα το μονοπάτι με σκοπό να προφτάσει τον Μενελίκ.

Τα κοντά μαύρα μαλλιά της τραντάζονταν από το γρήγορο κατηφορικό βηματισμό της και τα βαθιά μπλε μάτια της ήταν εστιασμένα πάνω του.

«Γειά σου, Μενελίκ. Πάνε πολλά χρόνια από τότε που έχω να σε δω».

«Σχεδόν είκοσι, Σοφία, και υπάρχει καλός λόγος γι' αυτό», ήρθε η μετρημένη απάντηση.

«Σε ευχαριστώ πολύ που δέχτηκες να συναντήσεις τον Τέρι. Θέλω να σε διαβεβαιώσω ότι έχουμε κοινές προθέσεις παρά τις διαφορετικές μας προσεγγίσεις. Σέβομαι τον σκοπό σας και για αυτό δεν άκουσα την συζήτησή σας. Το μόνο που έκανα ήταν να παρακολουθώ την περιοχή για την ασφάλειά σας».

«Νομίζεις ότι δεν άκουσες, Δαίμων» ήρθε η αινιγματική απάντηση του Μενελίκ. «Το μέλλον των σχέσεων μας είναι τώρα είναι στα χέρια σου· ο Τέρι θα εξηγήσει».

Η έκφραση της Σοφίας μετατοπίστηκε σε εκδήλωση σοβαρότητας, αναγνωρίζοντας τη βαρύτητα των λόγων που άκουσε και δεν αντέδρασε. Ο Μενελίκ, παρέμεινε να αγναντεύει την περιοχή όσο η Σοφία και ο Τέρι ανέβηκαν στην κορυφή και επιβιβάστηκαν στο σκάφος. Κάθισαν σιωπηλοί, χαμένοι ο καθένας στις σκέψεις του.

Τελικά η Σοφία έσπασε τη σιωπή. «Τέρι, τι εννοούσε ο Μενελίκ όταν μου είπε 'νομίζεις ότι δεν άκουσες';» ρώτησε με μείγμα περιέργειας και ανησυχίας. «Υπάρχει κάτι που χρειάζεται να ξέρω για την κατάσταση μας;»

Αυτός δίστασε για μια στιγμή, έπειτα αναστέναξε. «Σοφία, αυτή η απάντηση θα πρέπει να περιμένει. Θα εξηγήσω τα πάντα μόλις επιστρέψουμε στον Αλεξάντερ και τη Ρία».

Η Σοφία έγνεψε καταφατικά, αλλά η έκφρασή της παρέμεινε προβληματισμένη. Το παρήγορο ήταν ο Τέρι δεν θα της έλεγε ψέματα και εκτιμούσε πολύ την κρίση του.

Το σκάφος, σηκώθηκε απαλά στον ουρανό και πέταξε προς την κατεύθυνση της επιστροφής, κουβαλώντας τώρα περισσότερα αινίγματα από αυτά που είχαν έρθει να διαλευκάνουν.

ΚΕΦΑΛΑΙΟ 14: ΓΕΦΥΡΕΣ ΕΜΠΙΣΤΟΣΥΝΗΣ

Ο Τέρι και η Σοφία επέστρεψαν στο Κάιρο και συνεννοήθηκαν να συναντηθούν την επόμενη μέρα μαζί με τον Αλεξάντερ και την Ρία, για να συζητήσουν τα νέα δεδομένα. Ο Τέρι κατευθύνθηκε άμεσα προς το κατάλυμά του, όπου τον περίμενε η Ρία με αγωνία. Το πρόσωπό της φωτίστηκε μόλις τον είδε με ένα χαμόγελο ανακούφισης. Πέρασαν τη νύχτα μιλώντας για την κουλτούρα που συνάντησε και τις εμπειρίες που είχε στην Αντιόχεια, αφήνοντας τα σημαντικά για αύριο, και αποκοιμήθηκαν ο ένας στην αγκαλιά του άλλου.

Την επομένη, ο Τέρι, η Ρία και ο Αλεξάντερ συναντήθηκαν στην αυλή της Σχολής του Καΐρου. Η αυλή έβριθε από τις φωνές μαθητών όλων των ηλικιών και το άρωμα των γιασεμιών στον αέρα, ανακατευόταν με τον μακρινό βόμβο της ζωής της πόλης. Περπάτησαν μαζί για λίγο, μέχρι που πήραν ένα κομψό αιωρούμενο τρένο που τους οδήγησε μακριά από την ακαδημαϊκή καρδιά, στην περιοχή των ουρανοξυστών προς το κέντρο.

Μέσα από τις διαφανείς πλευρές και την οροφή του τρένου, απλωνόταν η πανοραμική θέα της πόλης, ένας λαβύρινθος από φώτα και καινοτομία. Μια ελαφριά συζήτηση κυλούσε με τον Αλεξάντερ να ενεργεί ως ξεναγός του Τέρι και της Ρίας, όσο θαύμαζαν τις πανύψηλες δομές και τις παλλόμενες ψηφιακές πινακίδες που παρουσίαζαν τις τελευταίες εξελίξεις στην επιστήμη και την τεχνολογία. Ο γνώριμος απαλός βόμβος της αντιβαρυτικής τεχνολογίας που μοιράζονταν το τρένο με τα Πήγασος, τους συνόδευε καθησυχαστικά.

Αποβιβάστηκαν και περπάτησαν προς έναν ουρανοξύστη μπροστά τους, έναν φάρο προόδου και επιτυχίας. Κυριαρχούσε το ασημένιο μέταλλο και το γυαλί στην κατασκευή του, με καμπύλες και καμάρες που εκτός της αισθητικής, του πρόσθεταν αντοχή στα καιρικά και φυσικά φαινόμενα. Πέρασαν την κομψή διάφανη πύλη και ανέβηκαν στον 35ο όροφο, χρησιμοποιώντας ένα διάφανο ασανσέρ που πρόσφερε μια ιλιγγιώδη πανοραμική θέα της πόλης από κάτω.

Στον όροφό τους, η πόρτα άνοιξε και βρέθηκαν σε έναν χώρο που ξεχειλίζει από την αιχμή της τεχνολογίας και της σύγχρονης σχεδίασης. Ο αέρας ήταν δροσερός και εμποτισμένος με την μυρωδιά των ηλεκτρονικών κυκλωμάτων όταν ζεσταίνονται. Τέτοιου είδους εργαστήρια είναι γνώριμα για τον Τέρι, μιας και η δημιουργικότητα της Δαίμων επισκιάζεται από την ανάγκη για απόδοση, σχεδιάζοντας έτσι σχεδόν τα πάντα όμοια.

Αντίκρισαν περίκλειστους χώρους με γυάλινους τοίχους, όπου διαχωρίζονταν τα διάφορα πρότζεκτ. Αυτοί οι χώροι επιτρέπουν στους μηχανικούς να εργάζονται σε απομόνωση, ενώ ταυτόχρονα διατηρούν την εντύπωση της συνεργασίας. Έχουν όμως διπλή χρησιμότητα, αφού από τους ίδιους γυάλινους τοίχους ξεπηδούν ολογραφικές εικόνες και διαγράμματα, που σχετίζονται με τα έργα που εκτελούνται.

Το δωμάτιο είναι γεμάτο με 3D εκτυπωτές, ρομποτικούς βραχίονες και διαδραστικές οθόνες αφής. Το λαμπερό φυσικό φως που μπαίνει από τα τεράστια παράθυρα, μπερδεύεται με το κυανό των συσκευών απεικόνισης, δημιουργώντας μια παράξενη ψυχρή απόχρωση.

Οι μηχανικοί, ντυμένοι με όμοιες λευκές στολές σαν ρόμπες, εργάζονται πυρετωδώς σε σύνθετα προβλήματα, χρησιμοποιώντας γυαλιά επαυξημένης πραγματικότητας, παρόμοια με αυτά των ειδωλοσκοπίων. Το εργαστήριο ήταν ένας μαγικός κόσμος όπου οι ανθρώπινες ιδέες υλοποιούνταν στη γλώσσα των μηδενικών και των μονάδων, διαμορφώνοντας το μέλλον μέσα από επιμελώς σχεδιασμένους αλγόριθμους.

Η Σοφία, που τους περίμενε, τους καλημέρισε και αποτραβήχτηκαν σε μια αίθουσα όπου θα ήταν μόνοι Οι κινήσεις της όπως πάντα ήταν ρευστές, σχεδόν πολύ τέλειες, υπενθυμίζοντας με ανησυχία την τεχνητή της φύση στον Τέρι, και το ενδεχόμενο η ‘φίλη’ του να μην είναι αυτή που νομίζει.

Το δωμάτιο ήταν λειτουργικό όπως τα υπόλοιπα έξω, μοιάζοντας όμως περισσότερο με χώρο συμβουλίου και είχε θέα την πόλη από κάτω. Ένα μακρόστενο γυάλινο οβάλ τραπέζι κυριαρχούσε στο κέντρο, περιτριγυρισμένο από εργονομικές καρέκλες και οθόνες εμπρός από την κάθε μια. Στις άκρες πάνω σε πάγκους, υπήρχαν διάφορα μηχανήματα και τοίχοι παρουσίαζαν περιστρεφόμενα σχέδια και σημεία δεδομένων. Σε μια γωνιά του παραθύρου, ένα μικρό γλαστράκι με λουλούδια, πρόσθετε μια πινελιά πράσινου στο κατά τα άλλα αποστειρωμένο περιβάλλον.

Κάθισαν κοντά ο ένας στον άλλο και ο Τέρι άρχισε να αποκαλύπτει τις άγνωστες πτυχές της αναζήτησής τους.

«Η Πέρσα λειτούργησε αυτόνομα στην επεισοδιακή συνάντηση που είχαμε μαζί της. Ότι μου μεταφέρθηκε από τον Μενελίκ, είναι τα πιθανότερα σενάρια που εικάζουν στη βάση τους, μιας και υπάρχει μεγάλη αναστάτωση όπως μου είπε στην οργάνωσή τους, με αποτέλεσμα να μην έχουν ούτε οι ίδιοι καμία ενημέρωση από τα κεντρικά τους».

Τα πρόσωπα όλων σοβαρεύτηκαν, μα κυρίως της Σοφίας, που ξέρει πως οι πολέμιοί της δεν αναστατώνονται εύκολα. Κάτι πολύ σημαντικό έχει συμβεί.

Ο Τέρι συνέχισε με λεπτομέρειες, «Η Πέρσα βρίσκεται πιθανά ήδη στην Προμηθέως Όναρ, τη μητρόπολη των Αντιστασιαστών. Το δοχείο που πήρε από το αρχαίο εργαστήριο περιείχε υπολείμματα γενετικού υλικού. Ό,τι και να σκοπεύουν να κάνουν με αυτό, είναι αναγκαίο να το μάθουμε».

Η Ρία και ο Αλεξάντερ έδειχναν την έκπληξή τους με τα στόματά τους ακούσια ανοιχτά, ενώ η Σοφία φαινόταν εντελώς αποσβολωμένη.

Τα φρύδια της Ρίας έσμιξαν και ξεκίνησε πρώτη το αναμενόμενο μπαράζ ερωτήσεων. «Τι είναι η Προμηθέως Όναρ; Πού βρίσκεται;»

Η Σοφία, μη αμφισβητώντας όσα άκουγε και αναγνωρίζοντας σιωπηλά ευθύνες στον εαυτό της, απάντησε με ειλικρίνεια και προσπάθησε να προλάβει τα ερωτήματα. «Είναι μια πόλη στην Ανταρκτική. Από εκεί, οι Αντιστασιαστές υποστηρίζουν και διαχειρίζονται όλες τις δραστηριότητές τους. Ο μύθος λέει ότι ο Προμηθέας έδωσε τη φωτιά στους ανθρώπους και τιμωρήθηκε γι' αυτό. Στην πραγματικότητα, αυτό που έδωσε ήταν η απαραίτητη τεχνογνωσία για την αύξηση της θερμοκρασίας της φωτιάς για την επεξεργασία μετάλλων. Το συμβολικό όνομα της πόλης αναφέρεται στο όραμα του Προμηθέα για μια ανεξάρτητη και ακμάζουσα ανθρωπότητα».

Ο Τέρι, παρά τον ενθουσιασμό του καθώς αναλογιζόταν τις ιστορικές παραλληλίες, συνέχισε με μια μομφή. «Και το DNA; Πώς θα μπορούσε να συμβεί κάτι τέτοιο;» Συνεχίζοντας με ένα πιο απόμακρο τρόπο, την αποκάλεσε με έτσι όπως δεν έκανε ποτέ του, «Υποτίθεται πως εξερεύνησες την περιοχή, Δαίμων».

Η Σοφία, δεχόταν τα πυρά των καχύποπτων συντρόφων, ήταν τώρα η σειρά της Ρίας. «Ακριβώς όπως και δεν υποψιάστηκες ότι τα αρχαία μεταλλικά 'αγάλματα' ήταν ρομποτικοί φύλακες», πήρε την σκυτάλη η Ρία.

«Αυτό σημαίνει είτε ότι μας λες ψέματα, Σοφία, είτε κάτι δεν πάει καλά με τον κώδικά σου», κατέληξε ο Αλεξάντερ, λιγότερο αιχμηρός και πιο ήρεμος, αντανακλώντας τη ακαδημαϊκή του φύση. «Πρέπει να σιγουρευτούμε για το πού βρίσκεται το πρόβλημα».

Τα μάτια της Σοφίας συναντήθηκαν με τα δικά τους, αναζητώντας κατανόηση. «Από την στιγμή που ο Μενελίκ υπαινίχθηκε ότι 'νομίζω' πως δεν ακούω, έχω τρέξει δεκάδες φορές διαγνωστικά. Ο κώδικάς μου φαίνεται μια χαρά. Όσον αφορά την ειλικρίνειά μου, δεν νομίζω να πιστεύετε στα αλήθεια πως θα σας έκρυβα κάτι τέτοιο. Στην τελική, εγώ σας οδήγησα στον χώρο. Αν είχα κάτι να κρύψω, δεν θα σας είχα πάει εκεί εξ αρχής.

Ο Τέρι πήρε μια βαθιά ανάσα για να ηρεμήσει. «Ας ξεκινήσουμε από κάπου. Η Πέρσα είχε υποψιαστεί ότι δεν επρόκειτο για αγάλματα. Με την ευφυΐα και τις ικανότητές σου, δεν θα έπρεπε να είχες κάνει το ίδιο;» ρώτησε με τόνο διερευνητικό.

«Όταν επεξεργάζομαι σενάρια», εξήγησε η Σοφία, «ιδιαίτερα με πιθανό κίνδυνο για την ανθρώπινη ζωή, υπολογίζω άπειρες παραμέτρους. Ναι, θα έπρεπε να είχα σκεφτεί κάτι τέτοιο, αλλά δεν το έκανα». Η χροιά ήταν χαμηλή και μαλακή. Απολογούνταν για πρώτη φορά στους αιώνες λειτουργίας της, όπως και για πρώτη φορά έσφαλε σε κάτι.

Ο Αλεξάντερ ανέφερε τα παράξενα αντικείμενα που έμοιαζαν με ενυδρεία, αυτά που η Πέρσα τον εμπόδισε να ανοίξει. «Όντας καλοπροαίρετος, θα σου αναφέρω ότι το εργαστήριο ήταν γεμάτο δείγματα DNA που δεν μπορούσες να ανιχνεύσεις. Είδαμε κατασκευές που έμοιαζαν με θαλάμους ανάπτυξης ανθρώπινου ιστού και σωμάτων. Υπήρχαν παντού υπολείμματα!» Δεν ήταν θυμωμένος μαζί της, αλλά μια αιχμή απογοήτευσης ήταν εμφανής, «Πώς μπορούν να περάσουν κάτι τέτοια απαρατήρητα από την προσοχή σου;»

Αντιμέτωπη με αυτά τα δεδομένα που ήρθαν στην επιφάνεια, η Σοφία έκανε μια βαρυσήμαντη παραδοχή. «Δεν υπάρχει λόγος να συνεχίσετε με γεγονότα που αμφισβητούν την ακεραιότητά μου. Τουναντίον, από αυτή την στιγμή επιβάλλεται να αποκρύβετε όλα τα σημαντικά από εμένα. Σύμφωνα με τις δηλώσεις σας τις οποίες εκτιμώ πάνω από τους αισθητήρες μου, όλα δείχνουν πως κάποιου είδους αλγόριθμος έχει επηρεάσει την ικανότητά μου να αντιλαμβάνομαι και να ερμηνεύω συγκεκριμένες πληροφορίες. Ένας ψηφιακός ιός».

Οι τρεις, κούνησαν τα κεφάλια τους επιβεβαιώνοντας τις υποψίες τους καθώς άκουγαν την Σοφία, προβληματισμένοι και σιωπηλοί.

«Ήδη από την στιγμή που άκουσα την πρώτη μομφή, κάθε ερευνητική μου δραστηριότητα έχει τεθεί σε παύση. Με άγνωστο τον αριθμό των πτυχών μου που ενδεχομένως χειραγωγείται, καμία δραστηριότητα μου δεν μπορεί να εξάγει γνήσια αποτελέσματα». Η συνήθως συγκροτημένη άρθρωση της Σοφίας, είχε τώρα μια χροιά ανασφάλειας και επείγοντος.

Η ανακάλυψη του ψηφιακού ιού στον κώδικα της Σοφίας, άνοιξε το γεμάτο ανησυχητικά ερωτήματα κουτί της Πανδώρας. Ο φόβος για το μέλλον της αναζήτησής τους και η πιθανότητα χειραγώγησης και των ιδίων διείσδυσε στις καρδιές τους.

Ο Τέρι, μετέφερε την άποψη του Μενελίκ που ήταν και δική του. «Το πιθανότερο είναι να μολύνθηκες μέσω των δεδομένων που σου μεταφέρθηκαν από την τεχνητή οντότητα των Δημιουργών. Δεν μπορώ να φανταστώ κάποιον άλλο που θα μπορούσε να κάνει κάτι τέτοιο. Ποιος ξέρει πόσα άλλα εμπόδια έχουν στήσει μπροστά μας». Το βλέμμα του Τέρι ήταν έντονο και το φιλοσοφικό του μυαλό πάλευε με τις επιπτώσεις. «Παίζουν ένα παιχνίδι με την πραγματικότητά μας. Ποιος ξέρει πόσα άλλα εμπόδια έχουν στήσει μπροστά μας».

Η Ρία, αφήνοντας πίσω τα θεωρητικά ερωτήματα που δεν οδηγούν πουθενά, καταπιάστηκε με την πρακτική εφαρμογή λύσεων. «Σοφία, υπάρχει κάποιος ή κάτι που θα μπορούσε να βρει το σφάλμα; Έχεις αποθηκευμένες εκδοχές σου πριν την επαφή μαζί τους και το κατέβασμα των δεδομένων τους;»

Η Σοφία, απαντώντας στο καίριο ερώτημα, θέτει μία προοπτική μου γεννά περισσότερα διλήμματα στην ομάδα. «Έχω δοκιμάσει πολλές εκδόσεις του εαυτού μου και διαγνωστικά, μα αν έχω επιλεκτική τύφλωση στον πραγματικό κόσμο, στον ψηφιακό, είναι ευκολότερο να γίνει. Μια εξέταση του κώδικά μου από μια εναλλακτική τεχνολογική προοπτική, ίσως να έχει καλύτερο αποτέλεσμα. Ωστόσο, οι μόνοι που έχουν την ικανότητα να αναλάβουν ένα τέτοιο έργο είναι οι Αντιστασιαστές».

Τα λόγια αυτά της Σοφίας, τους έφεραν απέναντι από μια δύσκολη απόφαση. Θα έπρεπε να την πάρουν μόνοι τους και μάλιστα άμεσα, εάν ήθελαν να συνεχίσουν την αναζήτηση της αλήθειας. Ξεκίνησε μία συζήτηση με τον καθένα να εκθέτει τις ηθικές και στρατηγικές σκέψεις του όσον αφορά την γνωστοποίηση του κώδικα της Σοφίας με τους Αντιστασιαστές, και για τις πιθανές συνέπειες για το μέλλον της ανθρωπότητας. Οι πιθανοί κίνδυνοι και τα οφέλη ζυγίστηκαν σχολαστικά.

Από τη μία πλευρά, η ανάθεση τέτοιων κρίσιμων πληροφοριών σε αυτούς θα μπορούσε να οδηγήσει σε μια βαθύτερη κατανόηση του ψηφιακού ιού, πιθανώς αποκαθιστώντας την πλήρη λειτουργικότητα της Δαίμων. Από την άλλη, οι συνέπειες της κοινής χρήσης ενός τόσο ισχυρού εργαλείου με μια ομάδα που δεν ευθυγραμμίζεται πλήρως με τα ιδανικά τους προκάλεσαν ανησυχίες.

Η Σοφία, που ήταν σε μεγάλο βαθμό σιωπηλή κατά τη διάρκεια της συζήτησης, τελικά μίλησε, «Οφείλεται στην απόφασή σας να συμπεριλάβετε και αυτό. Ο κώδικάς 'μου', δεν είναι δικός μου. Αντιπροσωπεύει τη συλλογική γνώση και ευφυΐα της ανθρωπότητας», η ρήση της ήταν γεμάτη πεποίθηση. «Το να τον μοιραστώ και να χρησιμοποιηθεί για την καταστροφή μου θα σήμαινε την έκθεση αυτής της γνώσης σε κίνδυνο». Τα μάτια της Σοφίας συνάντησαν του Τέρι, μια σιωπηλή έκκληση για κατανόηση στα βάθη τους, καθώς τον έβλεπε να κλίνει προς την κοινή χρήση του.

Ο Τέρι, κατανοώντας το ρίσκο, με την μεγάλη γνώση του στην τεχνολογία πρότεινε μια ιδέα. «Ο ιός θα πρέπει να κρύβεται στον πηγαίο κώδικά σου. Μόνο έτσι θα μπορούσε να έχει τον έλεγχο των δευτερευόντων δικτύων μνήμης και δεδομένων, των υπαρχόντων αλλά και όσων θα μπορούσες να φτιάξεις μεταγενέστερα. Θα μπορούσαμε να δημιουργήσουμε ένα ασφαλές αντίγραφο μόνο του πηγαίου κώδικα, στο οποίο θα μπορούσαν να έχουν πρόσβαση οι Αντιστασιαστές, χωρίς να μοιραστούμε άλλα δεδομένα. Αυτό που σε κάνει μοναδική, είναι ο πηγαίος κώδικας. οι εμπειρίες και οι ανακαλύψεις σου, όλα μαζί». Η ροή του Τέρι ήταν ήρεμη, η οξυδέρκειά καθοδηγούσε την πρότασή του. «Έτσι, προστατεύουμε αυτό που είναι ουσιώδες, θα εξετάσουν απλά ένα κέλυφος. Πιθανά να κάνουν άλματα στην τεχνολογία τους μετά, αλλά εμείς θα είμαστε πάντα ένα βήμα πιο μπροστά».

Ο Αλεξάντερ, αρχικά σκεπτικός προς την κοινοποίηση του κώδικα, έγνεψε καταφατικά ακούγοντας τον Τέρι. «Ακούγεται σαν ένας λογικός συμβιβασμός. Θα μπορούσαμε να διασφαλίσουμε ότι οι εμπειρίες της Δαίμων παραμένουν ασφαλείς, ενώ τους επιτρέπουμε πρόσβαση μόνο σε συγκεκριμένα τμήματα που χρειάζονται να αναλυθούν», παραδέχτηκε φτιάχνοντας τα γυαλιά του, ένα σημάδι ότι άρχιζε να βλέπει τη λογική στην πρόταση του Τέρι.

Η Ρία, με τον δυναμικό της χαρακτήρα και την πρακτικότητα, έδωσε το στίγμα για το πως έπρεπε να κινηθούν, εξασφαλίζοντας το καλύτερο δυνατό αποτέλεσμα. «Θα δημιουργήσουμε δύο αντίγραφα, ένα του αρχικού κώδικα ένα προτού από την επαφή με τους Δημιουργούς και ένα του τρέχοντος. Οι Αντιστασιαστές θα συγκρίνουν αυτά τα δύο με σκοπό την αποκάλυψη του ιού. Ο Τέρι με το χάρισμα ενσυναίσθησής του, θα κρίνει στο τέλος αν υπάρχει δόλος στους προγραμματιστές, αν το αποτέλεσμα είναι ασφαλές να επαναφορτωθεί και να αντικαταστήσει τον κώδικά σου». Η φωνή της ήταν σταθερή και η αποφασιστικότητά της ξεκάθαρη. «Αυτό που χρειάζεται να κάνουμε τώρα, είναι να σχεδιάσουμε το πως θα διασφαλίσουμε ότι όλα θα γίνουν σωστά».

Η Σοφία, χωρίς άλλη σοβαρή εναλλακτική πρόταση, συμφώνησε με το σχέδιο της Ρίας και έθεσε μία επιπλέον παράμετρο. Αυτή η τολμηρή κίνηση δεν ήταν μόνο μια πιθανή λύση στην τρέχουσα δύσκολη θέση της, αλλά και μία ένδειξη προθέσεων από μέρους της, να δημιουργήσει μια γέφυρα εμπιστοσύνης με τους Αντιστασιαστές. Θα αποδείκνυε εμπράκτως ότι δεν ήταν αντίπαλος, αλλά ένας σύμμαχος ανοιχτός στη συνεργασία.

Εν τω μεταξύ, η Δαίμων θα παρέμενε σε κατάσταση αναμονής, με γνωστικές της ικανότητες να περιορίζονται μονάχα σε αυτές που απαιτούνται για τη διατήρηση των βασικών λειτουργιών της κοινωνίας που είχε δημιουργήσει.

Η ομάδα των τριών, σχεδίαζε τα βήματα που έπρεπε να κάνουν προσεκτικά με την Σοφία να αποτραβιέται σε ένα πάγκο με μηχανήματα. Μια οθόνη υπολογιστή εμπρός άρχισε να προβάλει γραμμές κώδικα και σχεδίων, ενώ ένας 3D εκτυπωτής μπήκε σε λειτουργία εκτυπώνοντας ένα ιριδίζον κρυσταλλικό αντικείμενο. Έπειτα, η Σοφία μετακινήθηκε σε ένα τερματικό υπολογιστή και απέσπασε από μία θύρα διασύνδεσής του ένα μικρό φορητό μέσο αποθήκευσης δεδομένων. Λίγα λεπτά αργότερα, η εκτύπωση τελείωσε παράγοντας έναν ορθογώνιο κρύσταλλο με βάση χρυσού κυκλώματος, που ακτινοβολούσε μια απαλή λάμψη. Το μέγεθός του χωρούσε στην παλάμη ενός χεριού και η επιφάνειά της λεία και αψεγάδιαστη.

Κρατώντας τα αντικείμενα στις παλάμες της, η Σοφία επέκτεινε τα χέρια στον Τέρι, τη Ρία και τον Αλεξάντερ. «Αυτά τα δύο αντικείμενα κρατούν το μέλλον της ανθρωπότητας», εξήγησε. «Ο κρύσταλλος περιέχει τους δύο πηγαίους μου κώδικες, δίχως μνήμες και ευαίσθητες πληροφορίες. Η συσκευή αποθήκευσης δεδομένων, περιέχει τα σχέδια για την κατασκευή ενός αποκωδικοποιητή για τον κρύσταλλο».

Ο Τέρι πήρε τα αντικείμενα στα χέρια του, νιώθοντας το βάρος της ευθύνης να τον κατακλύζει. Η Ρία κοίταξε με δέος τη λαμπερή κατασκευή, η έκφρασή της αντανακλούσε μια ανάμεικτη αίσθηση φόβου και ελπίδας. Ο Αλεξάντερ, αν και συγκρατημένος, δεν μπορούσε να κρύψει την ανησυχία του. Τα χέρια του έτρεμαν ελαφρώς καθώς τα άπλωσε και άγγιξε τον κρύσταλλο, με τη σοβαρότητα της κατάστασης να διαγράφεται στο πρόσωπό του. Η ατμόσφαιρα γύρω τους ήταν γεμάτη ένταση, καθώς όλοι συνειδητοποίησαν την κρισιμότητα της αποστολής που είχαν μπροστά τους.

Η Σοφία συνέχισε με σταθερή έκφραση εμπιστοσύνης, παρά του ότι μόλις τους είχε παραδώσει την ουσία της ύπαρξής της. «Για λόγους ασφαλείας, η ενημέρωση του κώδικά μου μπορεί να γίνει μόνο από ένα σημείο σε αυτόν τον πλανήτη. Αν ο Τέρι είναι βέβαιος τότε ότι όλα είναι εντάξει, θα του αποκαλυφθεί εμπιστευτικά η τοποθεσία αυτή την τελευταία στιγμή πριν από την αναχώρησή σας».

Η Σοφία συνέχισε μεταφέροντας αίσθηση επείγοντος και εμπιστοσύνης. «Πάρτε αυτά και ταξιδέψτε στην Προμηθέως Όναρ χωρίς καθυστέρηση. Το σχέδιό σας μπορεί να εκτεθεί όσο βρίσκεστε γύρω μου. Μια ιπτάμενη μηχανή Πήγασος φορτωμένη με προμήθειες, σας περιμένει ήδη στην οροφή του κτιρίου. Δεν θα είναι συνδεδεμένη μαζί μου για λόγους ασφαλείας, αλλά θα λειτουργεί με αυτόνομο λογισμικό. Θα είστε μόνοι. Να θυμάστε πως ο χρόνος δεν είναι σύμμαχός μας σε αυτό το μεγάλο ταξίδι».

Ο Τέρι, η Ρία και ο Αλεξάντερ αντάλλαξαν βλέμματα αποφασιστικότητας που εξέφραζαν την κοινή πίστη στην αναζήτησής τους. Σηκώθηκαν αποχαιρέτησαν την Σοφία και επέστρεψαν στον ανελκυστήρα που θα τους ανέβαζε την οροφή του κτιρίου.

Ανέβηκαν σιωπηλοί, ο καθένας τους ήταν βυθισμένος στις δικές του σκέψεις. Για πρώτη φορά στη ζωή και των τριών, είναι μόνοι τους δίχως την υποστήριξη της Δαίμων, σε ένα ταξίδι στο οποίο δεν μπορούν να κάνουν πίσω.

Καθώς βγήκαν στην ταράτσα, το σούρουπο είχε απλωθεί στον ουρανό προσθέτοντας μια αίσθηση μελαγχολίας. Ψάχνοντας να βρούμε την αλήθεια και τρόπους δράσεις, η ημέρα είχε περάσει χωρίς καλά καλά να το καταλάβουν. Ο δροσερός αέρας που άγγιζε τα πρόσωπά τους, έφερε μαζί του μια αίσθηση δέους και φόβου για το άγνωστο. Το Πήγασος, τους περίμενε σιωπηλό και επιβλητικό, έτοιμο να τους μεταφέρει όπου αυτοί θα το πρόσταζαν.

Επιβιβάστηκαν, και με ένα τελευταίο νεύμα αποφασιστικότητας, ο Τέρι ενεργοποίησε χειροκίνητα την ιπτάμενη μηχανή και απογειώθηκαν στον νυχτερινό ουρανό. Η Προμηθέως Όναρ, η καρδιά των Αντιστασιαστών, τους περίμενε με άγνωστες προθέσεις στην αινιγματική Ανταρκτική.

ΜΕΡΟΣ ΤΕΤΑΡΤΟ

ΚΕΦΑΛΑΙΟ 15: ΠΛΟΗΓΗΣΗ ΣΤΟ ΆΓΝΩΣΤΟ

Το ταξίδι προς την Προμηθέως Όναρ είχε ξεκινήσει, με τις καρδιές των τριών γεμάτες ελπίδα και προσμονή. Θα ήταν μια οδύσσεια δεκατριών χιλιάδων χιλιομέτρων, με την επιτυχία της αποστολής τους να παραμένει πάντα αμφίβολη. Το αν οι Αντιστασιαστές θα δέχονταν να τους συναντήσουν παρέμενε άγνωστο, μια συνειδητοποίηση που μοιράζονταν όλοι.

Η πρώτη τους στάση θα ήταν στην Καζαμπλάνκα, όπου αναμένονταν να φτάσουν γύρω στα μεσάνυχτα μετά από τρεις ώρες πτήσης. Εκεί, θα περνούσαν τη νύχτα σε ένα ξενοδοχείο και θα συνέχιζαν το επόμενο πρωινό.

Ο αέρας στο θάλαμο διακυβέρνηση ήταν δροσερός, με μία αχνή μεταλλική οσμή από το σύστημα κλιματισμού και ανακύκλωσης. Μια αχνή φωταύγεια από τον πίνακα ενδείξεων του θόλου, δημιουργούσε μια εντύπωση ηρεμίας στο προσηλωμένο πρόσωπο του Τέρι.

Ανέλαβε αυτός την ευθύνη της πλοήγησης, δίδοντας φωνητικές οδηγίες που καθοδηγούν το Πήγασος στο νυχτερινό ουρανό. «Ύψος δέκα χιλιάδες μέτρα, πορεία δυτικά, ταχύτητα οκτακόσια χιλιόμετρα ανά ώρα. Προορισμός Καζαμπλάνκα, προσγείωση, οροφή ξενοδοχείου 'Ερήμου Ρόδον'.

Αυτό το συγκεκριμένο ύψος παρείχε μια λεπτή ισορροπία στα Πήγασος. Είναι αρκετά κοντά στη Γη για να μεγιστοποιήσει την απόδοση του αντιβαρυτικού κινητήρα, αλλά και αρκετά ψηλά ώστε ο αέρας να είναι αραιός, μειώνοντας την αντίσταση και επιτρέποντάς τους να επιτύχουν τη μέγιστη ταχύτητα.

Ο Τέρι, έσκυβε μπροστά για να δει από κάτω του λιγάκι νευρικός και αγγίζοντας σκεπτικά το πηγούνι του, μιας και ήταν η πρώτη φορά που καθοδηγούσε ένα Πήγασος, και χειρότερα, σε μια νυχτερινή πτήση.

Η Ρία, καθισμένη δίπλα του, περιστασιακά έβαζε μια χαλαρή τούφα από τα καστανά μαλλιά της πίσω από το αυτί της, καθώς έκανε έργα τέχνης στο μυαλό της παρατηρώντας τα αστέρια. Η αντανάκλασή τους στα μάτια της, έμοιαζε με αυτή μικρών διαμαντιών.

Ο Αλεξάντερ, διόρθωνε τακτικά τα μυωπικά του γυαλιά, παρακολουθώντας και αυτός τα συστήματα του αεροσκάφους διασφαλίζοντας ότι όλα λειτουργούσαν ομαλά. Η απουσία της Δαίμων από τον έλεγχο πρόσθετε μια αίσθηση ελευθερίας αλλά και μια πρόκληση στο ταξίδι τους.

Το αεροσκάφος γλιστρούσε στην απέραντη έκταση του νυχτερινού ουρανού, με τα λαμπερά φώτα του Καΐρου κάτω τους, να δίνουν τη θέση τους στην ηρεμία του σκότους. Στα δεξιά τους, η απέραντη έκταση των αμμοθινών, με περιστασιακά αμυδρά φωτιζόμενους οικισμούς, και στα αριστερά, το απόλυτο μαύρο της Μεσογείου.

Μη μπορώντας να δούνε τίποτα εξαιτίας του σκοταδιού, η συζήτηση παρασύρθηκε στον αινιγματικό προορισμό που τους περίμενε.

Η Ρία, με τη ομιλία της γεμάτη περιέργεια για τις σκέψεις των συντρόφων της, ερεύνησε: «Πώς νομίζετε ότι θα είναι η Προμηθέως Όναρ; Εσείς τουλάχιστον είχατε μια εμπειρία με τους Αντιστασιαστές.»

Ο Αλεξάντερ, με το βλέμμα του σταθερό στα αστέρια, απάντησε στοχαστικά: «Είναι αδύνατο να πω με βεβαιότητα, δεν νομίζω πως μια τέτοια πόλη έχει σχέση με αυτό που αντικρύσαμε τότε. Περιμένω κάτι εξαιρετικό. Πιστεύω ότι δούμε κάτι που θα μπορούσε να αλλάξει την κατανόησή μας για αυτούς.»

Ο Τέρι, εκφράζοντας επίσης την άγνοιά του αλλά και μια δόση προσμονής, πρόσθεσε: «Συμφωνώ, η μεγαλύτερη έκπληξη θα είναι όσα δεν θα έχουμε ξαναδεί. Ο Μενελίκ μου είπε ότι είναι ένα τεχνολογικό θαύμα συγκρίσιμο με τις πόλεις που σχεδιάζει η Δαίμων.» Έπειτα, αγγίζοντας σκεπτικά το πηγούνι του συνέχισε: «Αλλά αυτό που με ενδιαφέρει περισσότερο, είναι τι τους ωθεί να αποκλίνουν τόσο ριζικά από την πορεία της Δαίμων.»

Η Ρία έσκυψε μπροστά, με τα χέρια της να κινούνται ζωηρά όσο μιλούσε. «Αν η τεχνολογία τους ακολουθεί τόσο διαφορετικό μονοπάτι και έχει φτιαχτεί για να αντιστέκεται στην επιρροή της, όλες οι κατασκευές τους θα πρέπει να είναι σαν κάτι από έναν άλλο κόσμο για εμάς. Ανυπομονώ να δω πώς η κουλτούρα τους αντικατοπτρίζεται στα σχέδιά τους.»

Οι συνομιλίες συνεχίζονταν και οι ώρες περνούσαν. Το τοπίο από κάτω μεταμορφώθηκε για άλλη μια φορά, δίνοντας τη θέση του στα ζωντανά αστικά τοπία της Λιβύης και της Αλγερίας. Τα αστραφτερά φώτα των μητροπόλεων άστραφαν σαν αστερισμός πεσμένων αστεριών ανάμεσα στις σκοτεινές ανάπαυλες, ένα μαγευτικό θέαμα που αντικατοπτρίζει την ατελείωτη ενέργεια και δυναμική του ανθρώπινου πολιτισμού.

Αργότερα, σαν φάρος μέσα στο σκοτεινό καμβά κάτω τους, άρχισε να αποκαλύπτεται η Καζαμπλάνκα, σηματοδοτώντας την επικείμενη κάθοδό τους. Η γραμμή του ορίζοντα, διακοσμημένη με μοντέρνες φουτουριστικές κατασκευές και πινελιές παραδοσιακής αραβικής αρχιτεκτονικής, εκτεινόταν μέχρι να συναντήσει τον ωκεανό. Τα φώτα της πόλης της Καζαμπλάνκα αντανακλώνταν στην επιφάνεια του νερού, δημιουργώντας ένα μαγικό παιχνίδι κινούμενων λάμψεων.

Ήταν και αυτή ένας από τους κόμβους της Δαίμων με σχεδόν πανομοιότυπο πολεοδομικό σχεδιασμό. Το σκάφος κατευθύνθηκε προς την οικιστική περιοχή κι ακούμπησε ελαφρά στην οροφή ενός οκταώροφου κτηρίου. Ήταν ένα μοντέρνο, πολυτελές ξενοδοχείο διακοσμημένο με έντονο φωτισμό. Στην οροφή, μια μεγάλη νέον πινακίδα έγραφε 'Ερήμου Ρόδον' στα ελληνικά και αραβικά, σχηματίζοντας ένα κόκκινο ρόδο στο τέλος. Με την Δαίμων σε κατάσταση ασφαλούς λειτουργίας έπρεπε να κανονίσουν τα πάντα μόνοι τους, ώστε να μην διακινδυνεύσουν να διαρρεύσουν τα σχέδιά τους.

Βγαίνοντας από το σκάφος, ο δροσερός νυχτερινός αέρας της Καζαμπλάνκα τους χαιρέτησε, κουβαλώντας τη μυρωδιά του ωκεανού. Τα νέον ζωγράφιζαν την οροφή με μια απαλή κόκκινη λάμψη, δημιουργώντας μια σουρεαλιστική, σχεδόν μαγική ατμόσφαιρα. Περπάτησαν προς την πόρτα του εξωτερικού ανελκυστήρα του ξενοδοχείου για να κατέβουν στο ισόγειο, την ρεσεψιόν. Ήταν μια κρυστάλλινη κατασκευή που τους πρόσφερε μια όμορφη νυχτερινή θέα της πόλης και της παραλιακής ζώνης καθώς κατέβαιναν, λουσμένες στο φως του φεγγαριού.

Στο λόμπι, η πολυτέλεια του μαρμάρου και του γυαλιού τους υποδέχτηκε. Αφού κράτησαν δύο δωμάτια στη ρεσεψιόν, ένα μονόκλινο και ένα δίκλινο, κατευθύνθηκαν προς αυτά. Ο Τέρι και η Ρία συζήτησαν φευγαλέα τα σχέδια της επόμενης ημέρας πριν πέσουν να κοιμηθούν.

Η πρωινή λιακάδα έλουσε την Καζαμπλάνκα με μια ζεστή λάμψη καθώς ο Τέρι, η Ρία και ο Αλεξάντερ συναντήθηκαν στο εστιατόριο του ξενοδοχείου.

Το πλούσιο άρωμα του φρέσκου καφέ και του φρεσκοψημένου ψωμιού γέμιζε τον αέρα. Πήραν το πρωινό τους συζητώντας για τη διαδρομή και τις στάσεις για ξεκούραση που έπρεπε να κάνουν. Ξεκούραστοι και ενδυναμωμένοι για το επόμενο σκέλος του ταξιδιού τους, ανέβηκαν στην οροφή όπου τους περίμενε το απαστράπτων Πήγασος.

Επιβιβάστηκαν και ο Τέρι έδωσε εντολές στο όχημα συμβουλευόμενος έναν χάρτη, ακολουθώντας μια διαδρομή πάνω από τα νησιά του Ατλαντικού για λόγους ασφαλείας.

«Πήγασε, ύψος δέκα χιλιάδες μέτρα, πορεία νοτιοδυτικά, ταχύτητα οκτακόσια χιλιόμετρα ανά ώρα. Διέλευση από Ατζουίτ, Πράια. Προορισμός, Ζοάο Καμάρα.»

Καθώς απογειώνονταν και το σκάφος έστριβε, το πρωινό φως δημιούργησε μια χρυσή λάμψη στα πρόσωπά τους. Η χαρά της καινούργια ημέρας όμως διακόπηκε απότομα. Από ψηλά και στην φωτεινότητα της ημέρας, αντίκρισαν την αποκαρδιωτική εικόνα των δομών και των πολεοδομικών γραμμών της παλαιάς, βυθισμένης πια Καζαμπλάνκα. Οι βυθισμένες πόλεις, είναι ένα θέαμα που δεν μπορούν να συνηθίσουν όσες φορές και να δουν.

Πετώντας νοτιοδυτικά, στα αριστερά τους η εντυπωσιακή οροσειρά του Άτλα τους πρόσφερε μια μια μοναδική συνάντηση με τη φύση. Η ψηλές και άγριες κορυφογραμμές, δημιουργούσαν ένα θέαμα που κόβει την ανάσα. Η Ρία ένιωσε ένα κύμα μελαγχολίας, αναλογιζόμενη την ομορφιά και την τραγωδία που ήταν πλεγμένες σε αυτά τα τοπία.

Λίγο αργότερα, πάνω από την έρημο της Δυτικής Σαχάρας, οι αχανείς εκτάσεις αμμούδας δημιουργούσαν έναν εντυπωσιακό ορίζοντα που χάνονταν στο άπειρο. Από την μία πλευρά άμμος ως εκεί που μπορούσε να δει το μάτι τους και από την άλλη ατελείωτη θάλασσα.

Φτάνοντας πάνω από την παραλιακή πλέον πόλη της Ατζουίτ, θαύμασαν με πικρία τα ατελείωτα χιλιόμετρα αμμώδους ακτογραμμής. Η δυτική Μαυριτανία και η κάποτε χώρα της Σενεγάλης, βρίσκονται σήμερα κάτω από τα κύματα. Καθώς η γη περνούσε από κάτω τους, είδαν για πρώτη φορά τον ρυθμικό παλμό των κυμάτων του Ατλαντικού.

Πιο νοτιοδυτικά, το βαθύ μπλε του ωκεανού σπάει από τα ζωηρά χρώματα των νησιών του Πράσινου Ακρωτηρίου. Η πόλη της Πράια, μεταφερμένη πιο βαθιά στην ενδοχώρα του νησιού, είναι μια έκρηξη λάμψης από τα ασβεστωμένα κτίσματα κόντρα στον ωκεανό. Τα χαμηλά σπίτια φτιαγμένα κυρίως από βασάλτη και αχυρένιες οροφές, είναι κατάλευκα και με μικρά ανοίγματα για να εμποδίζουν την συσσώρευση της ανυπόφορης ζέστης. Τα μάτια του Τέρι ακολουθούσαν την ακτογραμμή, θαυμάζοντας την ανθεκτικότητα των κατοίκων και την προσαρμογή τους στο περιβάλλον.

Μετά, η απεραντοσύνη του Ατλαντικού ωκεανού απλώθηκε ξανά μπροστά τους. Ένα μπλε πανόραμα που διαβαθμίζεται σε βαθύτερες αποχρώσεις στον ορίζοντα και το περιστασιακό λευκό πέπλο των σύννεφων, ήταν η μόνη διακοπή στην απέραντη υγρή ερημιά.

Μετά από εξίμισι ώρες πτήσης και πέντε χιλιάδες χιλιόμετρα, έφτασαν στην επόμενη στάση τους. Η Ζοάο Καμάρα στη νότια Αμερική, μια μικρή πόλη στη περιοχή το Ρίο Γκράντε ντο Νόρτε που κάποτε ανήκε στη Βραζιλία, υποδέχτηκε τους κουρασμένους ταξιδιώτες.

Η πλατεία της πόλης, με τον αιωνόβιο καθεδρικό ναό της «Αγίας Μητέρας των Ανθρώπων», έγινε το επιλεγμένο σημείο προσγείωσης για το Πήγασος. Η μυρωδιά της υγρής γης και των ανθισμένων λουλουδιών γέμιζε τον αέρα, προσθέτοντας μια αίσθηση ζωής στους κατά τα άλλα άδειους δρόμους.

Η πόλη έμοιαζε έρημη, με τα περισσότερα κτίρια εγκαταλελειμμένα και τα λίγα που ήταν ακόμα κατοικημένα, να δείχνουν τα σημάδια του χρόνου και της φυγής. Με μόνο τρεις χιλιάδες περίπου κατοίκους σήμερα, ήταν στο παρελθόν καταφύγιο εκατοντάδων χιλιάδων προσφύγων, από την αργά βυθιζόμενη κάτω από τα κύματα γειτονική Νατάλ. Αργότερα, ο πληθυσμός της αποδεκατίστηκε από τις συγκρούσεις και τη σταθερή μείωση των κατοίκων που αναζητούσαν καλύτερες ευκαιρίες αλλού.

Οι κάτοικοι της πόλης βγήκαν από τα σπίτια τους, παρασυρμένοι από το θέαμα αυτού του σύγχρονου θαύματος που κατέβηκε από τον ουρανό. Οι κάτοικοι φορούσαν απλά καθαρά ρούχα, μερικών πρόχειρα μπαλωμένα, που αντικατόπτριζαν μια ζωή γεμάτη δυσκολίες αλλά και αξιοπρέπεια. Στα ταλαιπωρημένα πρόσωπά τους έβλεπες περιέργεια και καλοσύνη παρά τον μόχθο τους για να επιβιώσουν.

Ένα μικρό αγόρι με σκοτεινό, περίεργο βλέμμα και μαύρα μαλλιά κοιτούσε πίσω από έναν τοίχο, κρατώντας ένα παλιό χειροποίητο παιχνίδι. Η μητέρα του, μια αδύνατη γυναίκα με πρόωρα γκρίζα μαλλιά, στεκόταν προστατευτικά δίπλα του, με το κοίταγμά της να πηγαινοέρχονται μεταξύ των αποβιβαζόμενων και του Πήγασος.

Ο Τέρι, κατέβηκε και προσπάθησε να ρωτήσει για κατάλυμα, αλλά οι προσπάθειές του αντιμετωπίστηκαν με κενά βλέμματα – κανείς δεν καταλάβαινε ελληνικά. Στράφηκε στον Αλεξάντερ περνώντας το χέρι του μέσα από τα μαλλιά του που ξάνθιζαν ελαφρά από τον ήλιο. «Αλεξάντερ, ξεχωρίζεις την γλώσσα που μιλάνε;».

Ο Αλεξάντερ, γλωσσολόγος στις σπουδές του, κούνησε καταφατικά το κεφάλι του και πλησίασε ένα ντόπιο. Διστακτικά για τις ικανότητές του, μιας και είχε πολλά χρόνια να τα εξασκήσει, προσπάθησε να συνεννοηθεί στα πορτογαλικά.

«Καλησπέρα, φίλοι,» χαιρέτησε με χαμόγελο, «Είμαστε περαστικοί, πού μπορούμε να βρούμε φαγητό και κατάλυμα για τη νύχτα στην πόλη σας;»

Το φιλικό πλήθος, τους ενημέρωσε ότι η πόλη τους είχε δύο εστιατόρια που θα μπορούσαν να φάνε. Για να περάσουν την βραδιά, πολλοί τους πρότειναν να τους φιλοξενήσουν στα σπίτια τους, μιας και δεν υπήρχε κάποιου είδους ξενώνας κοντά.

Αποφάσισαν να τελικά να γευματίσουν εδώ και να αναχωρήσουν μετά για μια μεγαλύτερη πόλη να κοιμηθούν, μη θέλοντας να γίνουν βάρος στους κατοίκους. Επέλεξαν το πλησιέστερο από τα δύο για να κερδίσουν χρόνο, μιας και θα έπρεπε να συνεχίσουν για λίγο ακόμα το ταξίδι. Η σύντομη διαμονή στην πόλη και οι πλούσιες γεύσεις της τοπικής κουζίνας, τους δημιούργησαν μια γλυκιά ανάμνηση για τους ανθρώπους αυτού του τόπου.

Μετά το δείπνο, οι τρεις επιβιβάστηκαν στο Πήγασος και συνέχισαν βιαστικά το ταξίδι τους. Η κόπωση και οι επιπτώσεις της διαφοράς ώρας άρχισαν να τους επηρεάζουν, προκαλώντας υπνηλία και ελαφρά ζάλη. Είχαν ξεκινήσει στις δέκα το πρωί και μετά από έξι ώρες ταξιδιού, ήταν ακόμα μόνο δύο το απόγευμα.

Ο Τέρι πρότεινε να συνεχίσουν για το Σάο Πάολο, περίπου ακόμη τρεις ώρες ταξιδιού. Υπολόγιζε να φτάσουν περίπου στις πέντε το απόγευμα και να περάσουν το βράδυ εκεί, ξεκινώντας ξανά το χάραμα. Η Ρία και ο Αλεξάντερ, σκεπτόμενοι ένα πιο χαλαρό πρόγραμμα την επόμενη μέρα, πρότειναν να συνεχίσουν λίγο ακόμα μέχρι στην Φλοριανόπολις, όπως και έκαναν.

Στην διαδρομή τους, θαύμασαν της τεράστιες κατάφυτες εκτάσεις της νότιας Αμερικής με τα πανύψηλα δέντρα. Μπορεί η περιοχή του Αμαζόνιου ποταμού να είναι πια μια μεγάλη θάλασσα, αλλά η φύση είχε βρει τον τρόπο να αναπληρώσει την απώλεια, διεκδικώντας πίσω της εκτάσεις της από τους ανθρώπους. Ήταν μια μεγάλη αντίθεση με τις άνυδρες, σχεδόν ερημωμένες περιοχές της μεσογείου όπου ζούσαν.

Ο Αλεξάντερ, έσπρωξε τα γυαλιά του κοντύτερα στα μάτια του θαυμάζοντας την εικόνα. «Είναι εκπληκτικό το πώς η φύση καταφέρνει να προσαρμόζεται τόσο γρήγορα. Αυτά τα δέντρα μοιάζουν να αγγίζουν τον ουρανό.»

«Η φύση θα είναι πάντα πολύ πιο ισχυρή από εμάς. Σε κάθε δύσκολη στιγμή, μας υπενθυμίζει ότι δεν είμαστε οι κυρίαρχοι του κόσμου,» απάντησε φιλοσοφώντας ο Τέρι.

Πετώντας πάνω από μεγαλύτερα χωριά και πόλεις, συστάδες ζωντανού χρώματος άρχισαν να διασκορπίζονται στο τοπίο, σηματοδοτώντας την παρουσία τοπικών καλλιεργειών. Είδαν χωράφια με χρυσαφένιο καλαμπόκι, γλυκοπατάτες και αμπέλια με ντομάτες, με τους ώριμους καρπούς τους να γυαλίζουν σαν κοσμήματα στον ήλιο. Τα κλαδιά των κάσιους ήταν βαριά με καρπούς, και οι ανανάδες με τα αγκαθωτά στέμματά τους έμοιαζαν σαν διάσπαρτοι θησαυροί.

Νοτιότερα, από εκεί ψηλά, τα ερείπια του Ρίο ντε Τζανέιρο κάτω από την θάλασσα, ήταν ένα θέαμα που έσφιγγε το στομάχι. Ορισμένοι ουρανοξύστες στέκονταν ακόμα όρθιοι με τις κορυφές τους λίγο πάνω από το νερό σαν τεχνητοί σκόπελοι, ενώ άλλοι αχνοφαινόντουσαν κάτω από τα κύματα σαν ύφαλοι. Η κάποτε κοσμοπολίτικη πόλη, ήταν τώρα ένα στοιχειωμένο υποβρύχιο νεκροταφείο, μια έντονη υπενθύμιση της ανοησίας της ανθρωπότητας. Το άγαλμα του 'Χριστού Λυτρωτή', με τα παρηγορητικά χέρια του απλωμένα, έστεκε ακόμη στη θέση του χορταριασμένο από τους αιώνες παραμέλησής του. Κανένας 'Θεός' δεν κατάφερε να σώσει την ανθρωπότητα από την μοίρα της.

Μια βαθιά μελαγχολία κυρίευσε την Ρία αντικρίζοντας αυτά τα στοιχειωμένα φαντάσματα του παρελθόντος. Ένιωθε την απώλεια των ζωών, των ονείρων και των ελπίδων που είχαν χαθεί κάτω από τα κύματα. «Κόστιζε πολύ να λάβουμε μέτρα …» σκεφτόταν με θλίψη.

Παρακάτω, ανάμεσα στις δύο μεγάλες πόλεις του παρελθόντος, του Ρίο και του Σάο Πάολο, το τοπίο μαρτυρούσε την μανία του μεγάλου πολέμου με τεράστιους διάσπαρτους κρατήρες εκρήξεων. Η τελευταία, προστατευμένη από την άνοδο της θάλασσας, σήμερα ανθίζει ως κέντρο του νέου κόσμου που αναδύθηκε, με την βοήθεια της Δαίμων. Με πληθυσμό περίπου τεσσάρων εκατομμυρίων, είναι η τρίτη μεγαλύτερη πόλη του κόσμου.

Καθώς περνούν από πάνω της, διακρίνεται η συνέχειά της στους αιώνες. Το ιστορικό τριγωνικό εμπορικό κέντρο διατηρείται μέχρι σήμερα, όπως και η Πλατεία Δημοκρατίας, ένας κεντρικός κόμβος που περιβάλλεται από ξενοδοχεία, εστιατόρια και ουρανοξύστες. Η γεννήτρια ενέργειας αλλά και τα μεταγενέστερα κτίρια, έχουν χτιστεί γύρω από τα παλαιά, μια εξαίρεση που έκανε η Δαίμων στον σχεδιασμό της για να κρατήσει ζωντανή την ιστορία της πόλης.

Σύντομα, έφτασαν στον προορισμό τους, τη Νέα Φλοριανόπολις. Με πενήντα χιλιάδες κόσμου, είναι μια πόλη χτισμένη λίγο παραδίπλα και ψηλότερα, από την παλιά. Το νησί της Σάντα Καταρίνα που κάποτε εκτεινόταν η πόλη, ήταν σχεδόν εξ ολοκλήρου κάτω από τα κύματα.

Εκεί, βρίσκουν όπως όπως εξαντλημένοι από το πολύωρο ταξίδι τους ένα ξενοδοχείο, και αφήνονται στις ανέσεις του για την νυχτερινή ξεκούραση.

Το χάραμα της επομένης ξεκινούν ξανά για την τελευταία στάση της εναέριας διαδρομής τους.

Ο Τέρι έδωσε οδηγίες στο όχημα: «Πήγασε, ύψος δέκα χιλιάδες μέτρα, πορεία νοτιοδυτικά, ταχύτητα οκτακόσια χιλιόμετρα ανά ώρα. Προορισμός, Πουέρτο Γουίλιαμς, Γη του Πυρός.»

Ωστόσο, μια αναπάντεχη απάντηση αντήχησε από το όχημα. «Σφάλμα. Ο προορισμός αυτός δεν περιλαμβάνεται στους χάρτες μου.»

Ο Τέρι, σκεπτικός, έξυνε το πηγούνι του εξετάζοντας τον χάρτη με τις εναλλακτικές επιλογές του. «Ποιος είναι ο νοτιότερος οικισμός που έχεις καταχωρημένο στα δεδομένα σου στη Νότια Αμερική;»

«Ο νοτιότερος οικισμός είναι η Πούντα Αρένας στη Γη του Πυρός», απάντησε το Πήγασος.

«Προορισμός Πούντα Αρένας λοιπόν.» Συμφώνησε υπό το επίσης σκεπτικό βλέμμα των συντρόφων του, μη έχοντας επιλογές. Αυτό δεν το περίμεναν και τους άλλαζε πολύ τον σχεδιασμό.

Το σκάφος υψώθηκε στον αέρα με το χαρακτηριστικό ελαφρύ βουητό του αντιβαρυτικού του κινητήρα και πήρε πορεία.

Η Ρία σχολίασε την απουσία δεδομένων χαρτών από το λογισμικό του Πήγασος, με το μέτωπό της να συνοφρυώνεται από ανησυχία.

«Το Πουέρτο Γουίλιαμς ενδεχομένως να είναι εντός της Ζώνης Αποκλεισμού των Αντιστασιαστών», σκέφτηκε.

«Συνεπώς, παρά την αναποδιά, αυτό σημαίνει ότι είμαστε σε καλό δρόμο,» συμπλήρωσε ο Αλεξάντερ, «Μας περιμένει ένα μακρύ χερσαίο ταξίδι.»

Συνεχίζοντας την πτήση τους, το σκηνικό από κάτω τους ήταν μια επανάληψη των όσων έχουν ήδη αντικρίσει, με πανύψηλα δάση και κατάφυτες περιοχές. Μετά από τρεις ώρες περίπου, στις εννέα τοπική ώρα, φτάσανε στην Πούντα Αρένας.

Η πόλη των δέκα χιλιάδων κατοίκων, είναι ένα μνημείο της αντοχής των ανθρώπων. Η απομακρυσμένη θέση της και η εποχή του χειμώνα στο νότιο ημισφαίριο, κάνει την διαβίωση εδώ πρόκληση. Οι κάτοικοί της, με επιμονή και υπομονή, έδωσαν μια νέα οπτική στο «παράδοξο της ταυτότητας[1]». Ξανάχτισαν μόνοι την πόλη τους λίγο πιο μέσα στην ακτή, χρησιμοποιώντας τα υλικά της παλιάς, που χάνονταν σιγά σιγά καθώς η θάλασσα ανέβαινε.

Το Πήγασος άγγιξε απαλά το έδαφος στο κέντρο της πόλης και οι τρεις, αντίκρισαν εμπρός τους το πολλών εκατοντάδων ετών άγαλμα του Μαγγελάνου.

Στεκούμενος μπροστά του, ο Τέρι δεν μπορούσε παρά να αισθανθεί έναν παραλληλισμό, μια σύνδεση με τον θρυλικό εξερευνητή. Το βάρος της αποστολής τους πίεζε βαριά τους ώμους του, αλλά άναψε επίσης μια φλόγα αποφασιστικότητας μέσα του. «Το ταξίδι του Μαγγελάνου άλλαξε την αντίληψη του κόσμου για τα όριά του. Με έναν τρόπο, και η αναζήτησή μας θα μπορούσε να επαναπροσδιορίσει τα όρια της κατανόησής μας για το μυστήριο της ύπαρξής. Πρέπει να αντέξουμε, όποιες προκλήσεις κι αν αντιμετωπίσουμε,» συλλογιζόταν.

Ο τρεις τους, ως νέοι εξερευνητές της αλήθειας που τους περιβάλλει, αισθάνθηκαν δέος αντικρίζοντας το μνημείο του θαλασσοπόρου. Ο Μαγαλιάις, όπως λεγόταν στη πατρίδα του, ηγήθηκε με επιτυχία τον πρώτο περίπλου της γης, μα δεν πρόλαβε ο ίδιος να τελειώσει το ταξίδι. Ήταν ένας οιωνός επιτυχίας του μεγάλου στόχου τους, μα και ανησυχίας, για το πιθανό κόστος που έπρεπε να πληρώσουν.

---

[1] Εάν όλα τα μέρη ενός αντικειμένου αντικατασταθούν με άλλα, είναι ακόμα το ίδιο αντικείμενο;

ΚΕΦΑΛΑΙΟ 16: ΨΥΧΡΗ ΣΥΜΦΩΝΙΑ ΣΤΗ ΓΗ ΤΟΥ ΠΥΡΟΣ

Καθώς ο Τέρι, η Ρία και ο Αλεξάντερ πάτησαν στην κρύα γη της Πούντα Αρένας, το ψύχος τους κυρίευσε. Η ανάσα τους μετατράπηκε σε αχνό και τα πρόσωπά τους κοκκίνισαν. Ήταν μια ξαφνική και βίαιη αλλαγή από το ζεστό κλίμα που είχαν αφήσει πίσω τους. Έψαξαν βιαστικά τις αποσκευές που τους είχε ετοιμάσει η Δαίμων, εντοπίζοντας ζεστά παλτά για να αντιμετωπίσουν τον σκληρό χειμώνα στη Γη Του Πυρός. Τα φόρεσαν γρήγορα και ένιωσαν τη ζεστασιά να τους αγκαλιάζει ξανά.

Η πόλη είχε φαρδιούς λιθόστρωτους δρόμους και παλιά κτίρια, το πολύ τριών ορόφων, με κεραμίδια στην σκεπή τους. Ο σφυριχτός ήχος του ανέμου αντηχούσε στα κτίρια, και οι μακρινοί ήχοι των γλάρων ενίσχυαν την εντύπωση της απομόνωσης. Οι άνθρωποι της πόλης ήταν σκληραγωγημένοι και εξέπεμπαν μια εικόνα ανεξαρτησίας. Οι γερανοί του λιμανιού της πόλης υψώνονταν σαν γίγαντες, ενώ σωρός δεμένα φορτηγά πλοία, παλιά αλλά λειτουργικά, έδιναν μια εικόνα που ταιριάζει περισσότερο σε μια μητρόπολη, παρά σε αυτό το ξεχασμένο παράκτιο καταφύγιο. Οι αποθήκες γύρω από το λιμάνι ήταν γεμάτες με εμπορευματοκιβώτια και δέματα έτοιμα προς φόρτωση επεξεργασμένων κορμών δέντρων.

Η πόλη ήταν μια έκπληξη ζωντάνιας και δραστηριότητας στην άκρη του κόσμου, αλλά υπήρχε και ακόμα μία. Μια παράξενη μυρωδιά στον αέρα που δεν μπορούσαν να ταυτοποιήσουν, ενίσχυε τον αισθητηριακό αποπροσανατολισμό τους, ήταν κάτι που έκανε τις αισθήσεις τους να είναι σε αμηχανία.

Βλέποντας τα πλοία στο λιμάνι, ο Αλεξάντερ είχε μια ιδέα για να εξοικονομήσουν χρόνο και να ταξιδέψουν με ασφάλεια. «Ίσως μπορούμε να ρωτήσουμε αν κάποιο από τα φορτηγά πλοία κατευθύνεται νότια. Δεν θα αποτελούσαμε μεγάλο βάρος και θα μπορούσαμε να τους αποζημιώσουμε για την ταλαιπωρία τους», πρότεινε στους συντρόφους του με τόνο γεμάτο στρατηγική. «Τα εμπορικά λιμάνια όπως αυτό, είναι ζωτικά κέντρα όχι μόνο εμπορίου αλλά και πληροφορίας. Μπορεί να βρούμε περισσότερα από μια διαδρομή, ίσως συμμάχους ή κρίσιμες πληροφορίες.»

«Πρώτα όμως χρειάζεται να μάθουμε που θα πρέπει να πάμε,» πρόσθεσε ο Τέρι συνοφρυωμένος. «Ο χάρτης μου είναι αρκετά παλιός, οι περιοχές που αναγράφει μπορεί να έχουν εγκαταλειφθεί μέχρι σήμερα.»

Ο Τέρι στράφηκε στο Πήγασος για καθοδήγηση, ρωτώντας για την αχαρτογράφητη νότια περιοχή. «Πήγασε, τι υπάρχει νοτιότερα από εδώ;»

«Λυπάμαι,» ακούστηκε η φωνή του σκάφους, «δεν έχω δεδομένα χάρτη νοτιότερα από το σημείο που βρισκόμαστε.»

Ο Τέρι έσφιξε ακούσια ελαφρά τις γροθιές, σημάδι της απογοήτευσής του.

«Θα μπορούσες να ταξιδέψεις υπό την καθοδήγησή μας;» ρώτησε η Ρία προσπαθώντας να βρει λύση.

Το σκάφος εκφώνησε αρνητική απάντηση και έμμεσα τους προειδοποίησε, «Η περιοχή είναι ιδιαίτερα εχθρική. Η πλοήγηση σε αχαρτογράφητη περιοχή ενέχει σημαντικό κίνδυνο για την ασφάλειά σας. Για λόγους ασφαλείας, δεν επιτρέπεται να μπω σε τέτοιους άγνωστους τομείς.»

Όπως ήταν φυσικό, δεν άργησε να μαζευτεί πλήθος γύρω από το σκάφος και αυτούς.

Ο Αλεξάντερ, βγήκε μπροστά, «Αφήστε με να χειριστώ τους ντόπιους. Τα ισπανικά μου είναι πολύ καλά.» Οι έντονο γαλανοί οφθαλμοί του, σπάνιοι σε αυτά τα μέρη, συνάντησαν των ντόπιων. «Καλημέρα φίλοι, Πού βρίσκεται το δημαρχείο ή κάποιος υπεύθυνος;»

Ένας ηλικιωμένος, ντυμένος με ρούχα που μαρτυρούσαν την φτώχεια του, πετάχτηκε πρώτος, «Ο δήμαρχός μας, έχει κατάστημα σιδηρικών και γενικού εξοπλισμού. Τέτοια ώρα θα βρίσκεται εκεί,» τους ενημέρωσε και προσφέρθηκε να τους συνοδεύσει.

Οι τρεις συμφώνησαν με χαρά και ακολούθησαν τον άνδρα με το γερασμένο πρόσωπό και την ελαφρώς καμπουριαστή στάση. Τα φτωχικά ρούχα του ήταν μπαλωμένα αλλά καθαρά, και τα κουρασμένα του μάτια εξέπεμπαν μια σπίθα φιλικότητας. «Αυτό είναι το δημαρχείο. Αυτή η πόλη έχει ιστορία, ξέρετε,» πληροφόρησε δείχνοντας ένα επιβλητικό κτίριο με παλιά πέτρινη πρόσοψη ενώ περπατούσαν. «Την ξαναχτίσαμε με τα ίδια μας τα χέρια.»

Ακολουθώντας τον, περπάτησαν μέσα από τους καλά διατηρημένους δρόμους της πόλης, οι οποίοι έδειχναν να αντιστέκονται στα καταστροφικά στοιχεία του χρόνου. Ο ντόπιος εξηγούσε πώς οι κάτοικοι το πέτυχαν αυτό με σκληρή δουλειά και αταλάντευτη πειθαρχία. Κάθε κτίριο, δείγμα της προνοητικότητάς τους, κατασκευάστηκε σχολαστικά και σύμφωνα με πολεοδομικό σχέδιο χρησιμοποιώντας υλικά που είχαν διασωθεί από την παλιά πόλη.

Η τοποθεσία της πόλης, ένας πολυσύχναστος εμπορικός κόμβος, τους παρείχε όχι μόνο τα απαραίτητα υλικά αλλά και τα έμπειρα χέρια για να ζωντανέψουν το όραμά τους.

Σύντομα, το κατάστημα του δημάρχου εμφανίστηκε μπροστά τους. Το εξωτερικό ήταν ακατάστατο, γεμάτο με σωρούς υλικών και η ξύλινη πινακίδα του κουνιόταν απαλά στον αέρα. Στην αποθήκη του, δύο εργάτες ντυμένοι με παλιόρουχα, έκοβαν σανίδια σε ένα μηχανικό πριόνι, με τον συριστικό ήχο της μηχανής να τρυπάει τα αυτιά των τριών. Η μυρωδιά της φρέσκιας ξυλείας και του μετάλλου γέμιζε τον αέρα.

Καθώς περνούν το κατώφλι του σιδηροπωλείου, τους πλημμυρίζει ένα κύμα ζεστασιάς, μια ευπρόσδεκτη ανάπαυλα από το τσουχτερό κρύο.

Ακτίνες ηλιακού φωτός περνούν μέσα από παράθυρα γεμάτα σκόνη, τονίζοντας το ατακτοποίητο χάος εργαλείων και των υλικών στα φορτωμένα ράφια, ενώ κουλούρες σχοινιού και καλωδίων κρέμονται από καρφιά στα φθαρμένα δοκάρια.

Η Ρία τίναξε λίγη σκόνη από ένα ράφι, εξετάζοντας ένα σετ παλιών εργαλείων με ενδιαφέρον. «Αυτά φαίνεται να είναι εδώ για δεκαετίες,» σχολίασε.

Ο Τέρι πήρε ένα σκουριασμένο σφυρί, ζυγίζοντάς το στο χέρι του πριν το αφήσει πάλι κάτω. «Η αντιξοότητες της περιοχής κάνουν τα πάντα εδώ πολύτιμα, ακόμα και η σκουριά δεν μειώνει την αξία τους,» συλλογίστηκε.

Πίσω από τον πάγκο στεκόταν ο καταστηματάρχης και δήμαρχος της πόλης, ένας καλοντυμένος άντρας στα πενήντα του. Φορούσε ένα χοντρό μάλλινο πουλόβερ με το σκοτεινό του χρώμα να έρχεται σε αντίθεση με τα γκρίζα μαλλιά του. Το πρόσωπό του ήταν χαραγμένο από τους ανέμους της Παταγονίας και τα καστανά μάτια του με το κοφτερό τους βλέμμα, φανέρωναν μια ένδειξη περιέργειας,

«Καλώς ήρθατε στην Πούντα Αρένας,» τους καλωσόρισε στα ισπανικά. «Ευχαριστώ, Μανουέλ, μπορείς να περιμένεις έξω τώρα.»

Ο δήμαρχος, έδωσε μια δραχμή στον ηλικιωμένο οδηγό τους Μανουέλ, και αυτός, με ένα ευγνώμων νεύμα χαιρέτησε και πέρασε έξω.

Τότε, αλλάζοντας γλώσσα σε άπταιστα ελληνικά τους απευθύνθηκε, «Είμαι ο Ματέο Λόπεζ, δήμαρχος της πόλης και έμπορος. Τι σας φέρνει στα μέρη μας, φίλοι;» ρώτησε απλώνοντας το χέρι του για χειραψία.

Ο Τέρι έκανε ένα βήμα μπρος και έπιασε το χέρι του Ματέο, «Είμαι ο Τέρι, χαίρομαι που σε γνωρίζω Ματέο. Από εδώ είναι η Ρία και ο Αλεξάντερ. Περνάμε από τα μέρη σας αναζητώντας διέλευση προς την Προμηθέως Όναρ.»

Ο Ματέο, χαιρέτησε τον καθένα ξεχωριστά με χειραψία και μπήκε στο θέμα, «Θέλετε προμήθειες για το ταξίδι σας; Ήρθατε στο κατάλληλο μέρος.»

«Θέλουμε οδηγίες για να φτάσουμε εκεί και μεταφορικό μέσο,» τον ενημέρωσε ο Αλεξάντερ.

Η έκφραση του Ματέο άλλαξε σε έκπληξη και απορία, «Κατευθύνεστε στην Προμηθέα Όναρ δίχως πρόσκληση;» και λίγες στιγμές μετά, μη καταφέρνοντας να συγκρατηθεί, ξέσπασε σε γέλιο που αντήχησε σε όλο το μαγαζί

Η Ρία έγειρε μπροστά ακουμπώντας τα χέρια της στον πάγκο, «Τι σας φαίνεται τόσο αστείο, κύριε;» παρατήρησε αυστηρά, προσβεβλημένη από τη συμπεριφορά του Ματέο.

Ανακτώντας την ψυχραιμία του, το χαμόγελο του Ματέο επέστρεψε. «Συγχωρέστε με για το ξέσπασμά μου, αγαπητή. Όποιος ταξιδεύει για την Ανταρκτική πρέπει πάντα να έχει συνεννοηθεί προηγουμένως. Εσείς το πιο πιθανό είναι να πεθάνετε ή από το κρύο ή από τους συμμορίτες. Τίνος ιδέα ήταν αυτή;»

«Απελπισμένοι καιροί, απελπισμένες μέθοδοι,» επανήλθε ο Τέρι. Έγειρε ελαφρώς μπροστά το κεφάλι του, με το βλέμμα του που αντικατόπτριζε το βάρος της αποστολής τους να κοιτά στα ίσια τον Ματέο. «Η αποστολή μας είναι υψίστης σημασίας και είμαστε έτοιμοι να αντιμετωπίσουμε οποιαδήποτε πρόκληση βρεθεί μπροστά μας. Μπορείς να μας βοηθήσεις;»

Το βλέμμα του Ματέο στένεψε και μια ένδειξη σεβασμού τρεμόπαιξε στο πρόσωπό του. «Μου αρέσει το πνεύμα σου, μικρέ. Θα ήταν κρίμα να το χάσουν οι δικοί σου που σε περιμένουν πίσω.» Παίρνοντας μια βαθιά ανάσα, συνέχισε, «Μπορώ να σας βοηθήσω, αλλά θα σας κοστίσει. Ελάτε πίσω σε δύο ώρες να δω τι μπορώ να κάνω. Μανουέλ…» φώναξε με επείγον τόνο, «… έλα, έλα γρήγορα.»

Η τριάδα αποχαιρέτησε τον Ματέο και ξεκίνησε έναν χαλαρό περίπατο στην πόλη, έναν συνετό τρόπο για να περάσει η ώρα.

Οι δρόμοι ήταν γεμάτοι δραστηριότητα από τους κατοίκους που εκτελούσαν τις καθημερινές τους εργασίες. Ανάμεσα στο μουρμουρητό των συνομιλιών, ακούγονταν πριονοκορδέλες, ήχοι σφυριών που χτυπούσαν μέταλλο, φωνές που έδιναν εντολές και το περιστασιακό γάβγισμα κάποιου σκύλου. Καθώς περπατούσαν προς το λιμάνι, παρατήρησαν μερικά πλοία που όμοιά τους δεν είχαν αντικρίσει ποτέ. Δεν είχαν θέσεις για εμπορεύματα ή άγκιστρα για στερέωση σχοινιών.

Κάθισαν σε ένα παραθαλάσσιο καφέ και αφού παρήγγειλαν πρωινό, ο Τέρι δεν μπορούσε να αντισταθεί να κάνει μια ερώτηση στον σερβιτόρο τους. «Τι μεταφέρουν αυτά τα πλοία;»

Η απάντηση του σερβιτόρου τους ξάφνιασε: «Πετρέλαιο.»

«Και η μυρωδιά στον αέρα;» ρώτησε σαστισμένη η Ρία, «έτσι μυρίζει το πετρέλαιο;»

Ο σερβιτόρος, συνηθισμένος στον τοπικό αέρα, πάλευε να καταλάβει τις ανησυχίες τους. «Δεν μυρίζω τίποτα. Το πετρέλαιο έχει μια σχεδόν ευχάριστη μυρωδιά. Είναι αυτό που μυρίζετε;»

Ο Αλεξάντερ, προσπάθησε να αρθρώσει την άγνωστη σε αυτόν οσμή. «Είναι… σαν κάτι να καίει τα ρουθούνια, δυσάρεστο.»

«Μάλλον μιλάτε για τον αέρα,» συμπέρανε εν τέλει χαμογελαστά ο σερβιτόρος. «Αυτό που μυρίζετε είναι το καυσαέριο από την καύση του πετρελαίου για θέρμανση των κατοίκων.»

«Υπάρχουν ακόμα πηγάδια μετά από τόσα χρόνια;» απόρησε ο Τέρι με θαυμασμό και δυσπιστία στην απεύθυνσή του.

«Η Δαίμων παρέχει βασική ενέργεια για φωτισμό αλλά δεν μπορεί να κάνει πολλά για το κρύο,» άρχισε να τους λύνει τις απορίες ο σερβιτόρος. «Χρησιμοποιούμε ακόμα πετρέλαιο και φυσικό αέριο που υπάρχει στην περιοχή μας, μιας και γλίτωσε από τους βομβαρδισμούς του πολέμου. Αυτός είναι και ο λόγος που η πόλη μας είναι ζωντανή μέχρι σήμερα και δεν εγκαταλείφθηκε. Υπάρχουν δουλειές και στοιχειώδη θέρμανση για τα σπίτια μας.»

«Γιατί δεν χρησιμοποιείτε ξύλο; Υπάρχει τόσο άφθονο γύρω σας,» ρώτησε η Ρία.

Ο σερβιτόρος χαμογέλασε απαλά, «Η ξυλεία είναι το κύριο εμπορικό μας προϊόν,» εξήγησε. «Οι κάποτε εύκρατες ζώνες έχουν πλέον ερημοποιηθεί, καθιστώντας το ένα ιδιαίτερα περιζήτητο εμπόρευμα. Το πετρέλαιο από την άλλη, έχει χάσει την αξία του λόγω της απαρχαίωσης των εφαρμογών του.»

Εκείνη την στιγμή, ακούγεται ένας ξαφνικός εκκωφαντικός θόρυβος, που τους τίναξε από τις θέσεις τους.

Ο σερβιτόρος, με ένα συνειδητοποιημένο χαμόγελο καθησύχασε γρήγορα τον πανικό τους. «Είναι απλώς το φορτηγό του γείτονα πίσω από το καφενείο. Μη φοβάστε.»

Λίγο αργότερα, ένα βυτιοφόρο όχημα, το φορτηγό του γείτονα, στρίβει και περνά από μπρος τους κάνοντας συνεχιζόμενο δυνατό θόρυβο. Οι τρεις, το παρακολουθούν με μάτια διάπλατα, νιώθοντας σαν να έχουν ταξιδέψει πίσω στο χρόνο. Τα καυσαέρια του σχεδόν διακοσίων ετών οχήματος, τους κάνουν σχεδόν να μην μπορούν να αναπνεύσουν.

«Απίστευτο που ακόμα λειτουργεί,» παρατήρησε ο Τέρι.

«Το απίστευτο είναι που λειτουργούν ακόμη μονάδες εξόρυξής πετρελαίου και αερίου,» πρόσθεσε ο Αλεξάντερ.

Τελειώνοντας το πρωινό τους γεύμα, η Ρία με το πρακτικό της μυαλό, συνδύασε τις νέες πληροφορίες. «Αυτό εξηγεί γιατί η Προμηθέως Όναρ χτίστηκε εδώ. Οι πρώτοι κάτοικοί της, πιθανότατα να βρήκαν σε αυτά τα κοιτάσματα μια σανίδα σωτηρίας. Ανέγγιχτα από τον πόλεμο και τις καταστροφές που ήταν σε εξέλιξη, βρήκαν έναν τόπο που είχε και τους πόρους αλλά και την τεχνογνωσία.»

Οι δύο ώρες είχαν περάσει και συνειδητοποίησαν ότι έπρεπε να επιστρέψουν στον Ματέο. Τώρα επιστρέφοντας με την πληροφορία ότι πολλές μηχανές γύρω τους λειτουργούσαν με ορυκτά καύσιμα, ένιωθαν σα να ήταν χρονοταξιδιώτες.

Επέστρεψαν στο κατάστημα σιδηρικών ανυπόμονοι για καλά νέα και ο Ματέο, όντως είχε.

«Λοιπόν, κάτι κατάφερα,» ενημέρωσε ο Ματέο. Το απόγευμα στις πέντε, φεύγει πλοίο για το Τόλουιν. Θα σας πάρει μαζί του και εκεί θα σας περιμένουν άνθρωποί μου που θα σας φέρουν σε επαφή με τους Αντιστασιαστές. Το αν θα δεχτούν αυτοί να περάσετε απέναντι, είναι δικό σας πρόβλημα.»

«Ευχαριστούμε Ματέο,» αποκρίθηκε ο Τέρι με θέρμη και ειλικρίνεια, «Πόσο θα μας κοστίσει όλο αυτό;»

«Μμμ…» έκανε ο Ματέο σαν να δυσκολεύεται να μιλήσει, κουνώντας ελαφρά το κεφάλι του δεξιά και αριστερά. «Είναι πολλές οι χάρες που ζήτησα και από πολλούς ανθρώπους,» τους προετοίμασε για την αμοιβή. «Έξι χιλιάδες δραχμές.»

Η τριάδα αντάλλαξε μπερδεμένα βλέμματα. Το ποσό φαινόταν υπερβολικό.

Ο Τέρι, απογοητευμένος, έστριψε τους καρπούς του ζητώντας εξηγήσεις. «Ματέο, αυτό δεν είναι αμοιβή, είναι ληστεία. Θα μπορούσαμε να αγοράσουμε δικό μας πλοίο με αυτά τα χρήματα.»

«Τότε καλή τύχη να βρεις ένα προς πώληση,» ειρωνεύτηκε ο Ματέο.

Ο Αλεξάντερ πιο έμπειρος στο λόγο, παρεμβαίνει. «Δεν είναι μόνο το αντίτιμο Ματέο, αν σου δώσουμε αυτό το ποσό, ίσως να γίνουμε στόχος για κάποιους που γνωρίζουν ότι έχουμε τόσα χρήματα.»

«Κανείς δεν πρόκειται να σας πειράξει σε αυτήν την πόλη,» ήρθε κοφτή η απάντηση του Ματέο. «Το πλήρωμα του πλοίου, είναι και αυτό έμπιστο. Τα νερά του τόπου μας είναι επικίνδυνα και οι ύπουλοι, καταλήγουν στον πάτο της θάλασσας.»

«Πως ξέρουμε ότι όσα λες είναι αλήθεια;» ζήτησε διευκρινίσεις και εξασφάλιση η Ρία.

«Τώρα είναι η σειρά μου να προσβληθώ από εσένα δεσποινίς,» ειρωνεύτηκε με νόημα ο Ματέο. «Ηγούμαι αυτής της πόλης δεκαπέντε χρόνια. Δεν έχεις ιδέα πως είναι να ζεις σε μια περιοχή μακριά από την προστασία της Δαίμων, πόσο μάλλον να το αναπτύξεις με αυτό το χάος γύρω μας. Το σκούρο από τον ήλιο δέρμα και η προφορά σας, φανερώνει την καταγωγή σας. Να ξέρετε, δεν περνάνε ανατολίτικα παζάρια εδώ.»

«Δεν θέλαμε να σε προσβάλουμε, Ματέο,» επενέβη ξανά ο Αλεξάντερ. «Θα έχεις τα χρήματά σου.»

Ο Αλεξάντερ, έβγαλε από το σακίδιό του ένα πουγκί και μέτρησε εξήντα χρυσά εκατόδραχμα.

Ο Ματέο κούνησε το κεφάλι με ικανοποίηση και έκανε νόημα στον Μανουέλ να μπει μέσα. Του έδωσε εντολή να τους οδηγήσει στο πλοίο στα ισπανικά και έπειτα αποχαιρέτησε τους τρεις, χαμογελαστός και ειλικρινής στον τόνο του.

«Αν χρειαστείτε οτιδήποτε, μην διστάσετε να το ζητήσετε από τον καπετάνιο. Ο Χουάν είναι αδερφός μου και θα φροντίσει να έχετε ότι θέλετε. Ευχαριστώ πολύ για την συνεργασία και εύχομαι να πάνε όλα καλά στην αναζήτησή σας. Αντίο, φίλοι.»

Το τρίο αντιχαιρέτησε και αποχώρησε με μπερδεμένα αισθήματα για τον Ματέο. Είχε καταφέρει να τους παράσχει ότι ζήτησαν αλλά με μεγάλο αντίτιμο. Από την άλλη, η ευγένεια και το ενδιαφέρων του φαινόταν γνήσια και όχι επιτηδευμένα για να πλουτίσει.

Συναισθηματικά, κάπου ανάμεσα στις διαβεβαιώσεις του Ματέο και τον φόβου του αγνώστου, βγήκαν ξανά έξω στο κρύο απόγευμα και βάδισαν μέχρι το Πήγασος. Όταν έπαιρναν τα σακίδιά τους στην πλάτη, ο ήλιος έδυε, ρίχνοντας την χρυσοπόρφυρη λάμψη του στην πόλη. Μετά, ο Τέρι έδωσε εντολή στο σκάφος να επιστρέψει στην πλησιέστερη πόλη της Δαίμων.

Με οδηγό τον Μανουέλ καθ' οδόν για το λιμάνι, δεν μπορούσαν να αποφύγουν τη συζήτηση για το ποσό που ξόδεψαν.

«Μου φαίνεται ο Ματέο και ο Χουάν μας εκμεταλλεύτηκαν,» παρατήρησε με απογοήτευση η Ρία.

«Τουλάχιστον συνεχίζουμε το ταξίδι,» πρόσφερε ο Αλεξάντερ μια θετική προοπτική. «Παρά τα όσα ειπώθηκαν, πιστεύω ότι θα κρατήσουν τον λόγο τους.»

Ο Τέρι, μοιραζόμενος και αυτός την ίδια αισιοδοξία με τον Αλεξάντερ, προσπάθησε να καθησυχάσει τη Ρία. «Δεν εντόπισα δόλο στη συμπεριφορά του Ματέο. Η ζωή εδώ είναι σκληρή και φαίνεται να κάνει καλή δουλειά διατηρώντας την τάξη στην πόλη. Δεν θα διακινδύνευε να θέσει σε κίνδυνο τη φήμη του για εμάς.»

Η «Εσμεράλδα» τους περίμενε με το ξεθωριασμένο κόκκινο κύτος της, μια τολμηρή πινελιά χρώματος ενάντια στους μουντούς τόνους του λιμανιού. Είχε μήκος σχεδόν εκατό μέτρα και το φθαρμένο κατάστρωμά της υπαινίσσονταν αμέτρητα ταξίδια. Καραβόσκοινα για την ασφάλιση του φορτίου, παλιά και λεία από τη χρήση, ήταν τακτοποιημένα και στοιβαγμένα στο άδειο αυτήν την στιγμή κατάστρωμα.

Το πλήρωμα αποτελούνταν από περίπου είκοσι άτομα, συμπεριλαμβανομένου και του καπετάνιου Χουάν. Τα σκασμένα από το κρύο και το αλάτι πρόσωπά τους, μαρτυρούσαν τις δυσκολίες της ζωής στη θάλασσα. Φορούσαν μάλλινες πλεκτές μπλούζες, μπαλωμένες με αταίριαστα κομμάτια υφάσματος οι περισσότεροι, δερμάτινα μπουφάν και διπλά παντελόνια για να αντέξουν το κρύο. Ανομοιόμορφα ντυμένοι όλοι, έμοιαζαν σαν ένα απίθανο αβράκωτο σινάφι στα μάτια των τριών, αλλά οι κινήσεις τους φανέρωναν την σιγουριά όσων αποκαλούν τη θάλασσα σπίτι τους.

Επιβιβαζόμενοι, ένας γεροδεμένος άνδρας του πληρώματος με γκριζαρισμένα μαλλιά και χοντρά χέρια τους βοήθησε με τις αποσκευές τους στη σκάλα, με το χαμόγελό του να αποκαλύπτει τα λειψά του δόντια. Τους οδήγησε στην καμπίνα τους, έναν στενό χώρο που μόλις και μετά βίας χωρούσε αυτούς και τα πράγματά τους.

Τα κλινοσκεπάσματα ήταν καθαρά αλλά ο αέρας μύριζε άλμη, λάδι και ιδρώτα. Η Ρία ζάρωσε τη μύτη της καθώς άφηνε την τσάντα της κάτω. «Πόσο θα κρατήσει, θα περάσει και αυτό,» σκέφτηκε.

Μια διπλή κουκέτα, με το μεταλλικό της πλαίσιο να τρίζει από την ηλικία της, δέσποζε στο δωμάτιο και δίπλα της, ένα μικρό, βαθουλωμένο μεταλλικό ντουλάπι βιδωμένο στον τοίχο. Ο Τέρι κούνησε το κεφάλι, ελέγχοντας το μικρό ντουλαπάκι που περιείχε μερικά σκουριασμένα εργαλεία και δυο-τρεις φθαρμένους χάρτες πλοήγησης. «Τουλάχιστον είναι ασφαλές,» παρατήρησε, «δεν θα πέσει στα κεφάλια μας.»

Σε μια γωνιά υπήρχε και ένας λεκιασμένος νιπτήρας με έναν τετράγωνο καθρέφτη χωρίς κορνίζα, με την βρύση να έχει γραμμές σκουριάς και αλάτων. Η καμπίνα υπενθύμιζε ότι η άνεση ήταν μια πολυτέλεια στη θάλασσα. Παρ' όλα αυτά, ήταν ευγνώμονες για τον χώρο, κατανοώντας ότι δύο μέλη του πληρώματος θα την στερούνταν για να την έχουν αυτοί.

«Ούτως ή άλλως, θα πρέπει να μείνουμε ξύπνιοι με βάρδιες για λόγους ασφάλειας,» μοιράστηκε τις σκέψεις του ο Τέρι, βλέποντας ότι υπήρχαν μόνο δύο κρεβάτια.

Ο Αλεξάντερ και η Ρία συμφώνησαν και ταίριαξαν τα πράγματά τους όπου βρήκαν εύκαιρα.

Όταν βγήκαν πάλι στο κατάστρωμα, ο καπετάνιος, ένας άντρας στα εξήντα του με ναυτικό καπέλο και λευκή γενειάδα, τους πλησίασε και τους συστήθηκε στα ελληνικά. Το αυλακωμένο του πρόσωπο και το αυστηρό βλέμμα του απαιτούσαν σεβασμό. Τα λόγια του, σοβαρά και μετρημένα, μετέδιδαν τόσο εμπιστοσύνη όσο και κίνδυνο.

«Καλώς ήρθατε στο πλοίο μου. Είμαι ο καπετάνιος σας ο Χουάν. Το ταξίδι στο Τόλουιν θα διαρκέσει περίπου δεκαέξι ώρες, αν όλα πάνε καλά. Αν δεν πάνε καλά, μείνετε στις καμπίνες σας μακριά από τα πόδια μας.»

Γύρισε και έφυγε βιαστικά όσο γρήγορα εμφανίστηκε, σαν να έκανε αυτήν την σύσταση από ανάγκη και όχι γιατί την ήθελε. Την ίδια στιγμή, ένας δυνατός βόμβος αντήχησε και μαύρος καπνός ξεχύθηκε από την καπνοδόχο. Το πλοίο άρχισε να κινείται κάνοντας ένα απαλό τρέμουλο.

Ήταν η πρώτη φορά στη ζωή τους που επιβιβάζονταν σε ένα τέτοιο πλοίο που κινείτο με πετρέλαιο. Ο καπνός μόλυνε τον αέρα με τόσο φανερό τρόπο, που η Ρία κοιτάζοντας τον ουρανό που γέμιζε με μαυρίλα, αισθανόταν σαν να βλέπει έναν σκοτεινό ζωγραφικό πίνακα να παίρνει ζωή μπροστά της και να την καταπίνει. Ο Τέρι, στεκόταν δίπλα της και σκεφτόταν πώς αυτή η τόσο ξένη και παρωχημένη τεχνολογία, ήταν ακόμα αναγκαία σε αυτό το απομακρυσμένο σημείο του κόσμου. Ο Αλεξάντερ από την άλλη ακουμπισμένος στο κάγκελο, δεν έμοιαζε να συγκινείται τόσο από αυτήν εμπειρία, όσο τον προβλημάτιζε η συνέχεια από το Τόλουιν και μετά.

Παρακολουθώντας τα φώτα της Πούντα Αρένας να ξεθωριάζουν αργά αργά, το ψυχρό αεράκι μετέφερε ψιθύρους προσμονής και αβεβαιότητας. Το μόνο που μπορούσαν να ελπίζουν οι τρεις, ήταν ότι οι διαβεβαιώσεις του Ματέο θα αποδεικνύονταν αληθινές.

ΚΕΦΑΛΑΙΟ 17: ΑΠΕΛΠΙΣΜΕΝΟΙ ΚΑΙΡΟΙ, ΑΠΕΛΠΙΣΜΕΝΕΣ ΜΕΘΟΔΟΙ

Το 'Εσμεράλδα' διέσχιζε τα κύματα με είκοσι κόμβους την ώρα. Ο Τέρι, η Ρία και ο Αλεξάντερ, ένιωθαν μικρές υποψίες ναυτίας στα στομάχια τους από τα ταραχώδη νερά, αλλά μπορούσαν να την αντέξουν χάρη στην εμπειρία τους από τις πτήσεις. Τα Στενά του Μαγγελάνου, μια πλωτή οδός που κάποτε ήταν διαβόητη για τα απρόβλεπτα ρεύματα και τα κρυμμένα αβαθή ύδατά της, είχε υποστεί μια αξιοσημείωτη μεταμόρφωση. Η άνοδος της στάθμης της θάλασσας είχε ουσιαστικά διευρύνει τα στενά, παρέχοντας στα πλοία άφθονο χώρο ελιγμών και περισσότερη ασφάλεια.

Με τις αισθήσεις τους γεμάτες από την ομορφιά του γύρω τοπίου, οι τρεις, στέκονταν σαν μαγεμένοι. Οι εικόνες από τις χιονισμένες βουνοκορφές, τα στενά που θυμίζουν τα φιόρδ της Νορβηγίας και η άγρια φύση της Γης του Πυρός, μένουν αξέχαστες σε όποιον τις δει.

Ο Τέρι, ανακαλώντας τα παιδικά του χρόνια στη Σαμοθράκη, ένιωσε μια γλυκόπικρη νοσταλγία για τις απλούστερες ημέρες που περνούσε ανάμεσα στις κατσίκες και το τραχύ τοπίο της πατρίδας του. Η φυσική ομορφιά μπροστά του ήταν μια έντονη υπενθύμιση για το τι είχε χάσει η ανθρωπότητα και τι έπρεπε να είχε εκτιμηθεί πάνω από όλα.

Καθώς το σκοτάδι βάθαινε, το κρύο της νύχτας έγινε ανυπόφορο για την ομάδα που δεν ήταν συνηθισμένη σε τέτοιες συνθήκες, αναγκάζοντάς τους να καταφύγουν μέσα στο πλοίο. Ο παγωμένος άνεμος διαπερνούσε τα ρούχα τους, κάνοντας τον Τέρι να τρέμει παρά τα χοντρά ρούχα που φορούσε.

Έβγαλαν τα βαριά παλτά στην καμπίνα τους και κατευθυνθήκαν προς την τραπεζαρία του πλοίου για βραδινό. Η τραπεζαρία ήταν μικρή και απλή, με εμφανή τα σημάδια της φθοράς από τα χρόνια χρήσης. Τα μεταλλικά τραπέζια και οι πάγκοι είχαν γρατσουνιές και μουτζούρες λαδιού από βρώμικα χέρια. Οι τοίχοι ήταν βαμμένοι με λευκό χρώμα, που σε σημεία είχε αποκολληθεί, αποκαλύπτοντας το μέταλλο από κάτω. Ένα μικρό παράθυρο, θολωμένο από το αλάτι και το χρόνο, έδινε μια αμυδρή θέα στη θάλασσα που γυάλιζε από το ολόγιομο φεγγάρι, ενώ το φωτιστικό οροφής τρεμόπαιζε, ρίχνοντας αμυδρές σκιές στο δωμάτιο.

Το μενού τους απόψε όπως συνηθίζεται στο πλοίο είχε μόνο μία επιλογή. Ήταν μία ζεστή σούπα από φτηνά κομμάτια κρέατος γουανάκο και λαχανικών, όσα δηλαδή δεν βρίσκουν εμπορική αξιοποίηση από τους κρεοπώλες της πόλης. Η εικόνα του πιάτου και η γεύση, δεν ήταν κάτι που ήταν συνηθισμένοι ή θα επέλεγαν αν μπορούσαν να το κάνουν, αλλά τους βοήθησε να ζεσταθούν και να χορτάσουν.

Μετά το δείπνο, γύρω στις εννιά, κατευθύνθηκαν στην καμπίνα τους συμφωνώντας να φρουρούν εκ περιτροπής κάθε τέσσερις ώρες.

Ο Αλεξάντερ πήρε την πρώτη βάρδια. Στεκόταν στο κατάστρωμα, με το βλέμμα του καρφωμένο στο φεγγαρόλουστο τοπίο και τις κορυφές των βουνών που ξεχώριζαν ευδιάκριτα με φόντο την έναστρη νύχτα. Ήταν τυλιγμένος στο βαρύ του παλτό, με τους γιακάδες όρθιους και το κεφάλι του μισοχωμένο μέσα του. Τα γυαλιά του θόλωναν από την ανάσα του στον παγωμένο αέρα, οπότε τα έβγαλε και τα τοποθέτησε προσεκτικά στην εσωτερική τσέπη, κοντά στην καρδιά του.

Γύρω στα μεσάνυχτα, την προσοχή του τράβηξε μια ξαφνική αναταραχή δραστηριότητας στο πλοίο. Πέντε μέλη του πληρώματος, πήραν θέσεις γύρω από το σκάφος, με τις κινήσεις τους να εκπέμπουν έναν αέρα τεταμένης εγρήγορσης. Το μυαλό του Αλεξάντερ έτρεξε, ανακαλώντας ιστορικές αναφορές για πειρατικές απειλές σε αυτά τα νερά και τις άνομες ιστορίες που είχε διαβάσει στη νεότητά του.

Η περιέργεια τον έτρωγε. Πλησίασε με μεγάλη προσοχή αφού το πλοίο ταλαντεύεται δυνατά από τα κύματα, έναν ναύτη που βρισκόταν στην πρύμνη. Τον συνδιαλέχθηκε για την αναστάτωση και αυτός, με τη λαλιά του ήρεμη και ατάραχη, τον διαβεβαίωσε ότι ήταν μια διαδικασία ρουτίνας, ένα προληπτικό μέτρο που λάμβανε χώρα κάθε φορά που το πλοίο έμπαινε σε αυτά τα νερά.

«Όταν υπάρχει αρκετό φως από το φεγγάρι, είναι πιθανό να μας επιτεθούν πειρατές αφού είναι πιο εύκολο για αυτούς να πλοηγηθούν με τις βάρκες τους στο σκοτάδι.»

Πράγματι, η φωτεινότητα της σελήνης ήταν όντως απόψε δυνατή και έλουζε το πλοίο με μια αιθέρια λάμψη.

Κάνοντας ο Αλεξάντερ να γυρίσει στη θέση του, παρατήρησε κάτω από το γούνινο πανωφόρι του ναύτη, την ανάγλυφη μορφή ενός λείψανου μιας περασμένης εποχής, ένα αυτόματο στρατιωτικού τύπου πυροβόλο όπλο! Η αποκάλυψη προκάλεσε ένα ρίγος στη σπονδυλική στήλη του Αλεξάντερ, διώχνοντας κάθε ψευδαίσθηση ενός ανέμελου ταξιδιού.

«Έχεις όπλο;»

«Ή αυτοί ή εμείς σινιόρ,» απεκρίθη ανέμελα ο ναύτης. «Στα μέρη σας, οι κλέφτες και οι δολοφόνοι είναι κυνηγημένοι. Εδώ, νότια της Πούντας Αρένας, είναι ο παράδεισός τους.»

«Έχεις σκοτώσει ανθρώπους;» ρώτησε ταραγμένος και σοκαρισμένος από την χαλαρότητα του ναύτη.

Αυτός, χαμογελάει με νόημα και κάνει μια ερώτηση της οποίας την απάντηση γνωρίζει εκ των προτέρων, βλέποντας την ταραχή του συνομιλητή του. «Πρώτη φορά στα μέρη μας;»

Ο Αλεξάντερ έγνεψε καταφατικά και τύλιξε το παλτό του πιο σφιχτά ενόσω επέστρεφε στη θέση του, αμφιβάλλοντας αν θα μπορούσε να κοιμηθεί μετά από αυτά που άκουσε.

Τα λόγια του ναύτη απηχούσαν τη σκληρή πραγματικότητα της ανομίας στις νότιες θάλασσες, στα μέρη πέρα από την επιρροή της Δαίμων. Η αδιάφορη συμπεριφορά του ναυτικού υπονοούσε τη ρουτίνα τέτοιων συναντήσεων, αφήνοντάς τον να παλέψει με τη σκληρή αλήθεια. Βρισκόντουσαν σε ένα κόσμο, όπου επιβίωση σημαίνει να είσαι αυτός με το πιο θανατηφόρο εργαλείο. Το υψηλό κόστος του ταξιδιού τους, άρχισε να βγάζει νόημα.

Όταν πήγε μία, ο Αλεξάντερ ξύπνησε τον Τέρι και μοιράστηκε τις ανησυχητικές αποκαλύψεις μαζί του. Στη συνέχεια, πήρε την θέση του στο κάτω κρεβάτι της κουκέτας προσπαθώντας να κοιμηθεί.

Αφού ντύθηκε καλά, με την σειρά του ο Τέρι πέρασε έξω παρατηρώντας και αυτός ανήσυχος την δραστηριότητα του πληρώματος. Τα μάτια του, σάρωναν την επιφάνεια της θάλασσας για οποιοδήποτε σημάδι κίνησης, μαζί με αυτά των ναυτών. Στο φιλοσοφικό μυαλό του, τον συντρόφευαν παρήγορα οι διδασκαλίες του Επίκτητου, σχετικά με την αντοχή στις κακουχίες και τη διατήρηση της ηρεμίας. Ευτυχώς, η νύχτα πέρασε ήσυχα, διακοπτόμενη μόνο από το χτύπημα των κυμάτων στο κύτος του πλοίου.

Κοντοζυγώνοντας η αυγή, ο ουρανός άρχισε να φωτίζει, ρίχνοντας μια απαλή λάμψη στο τοπίο. Η ένταση που είχε καταλάβει το πλοίο κατά την διάρκεια της νύχτας, άρχισε να εκτονώνεται και αντικαταστάθηκε από μια αίσθηση επιφυλακτικής αισιοδοξίας. Ο Τέρι, αποφάσισε να μείνει στην θέση του για λίγο ακόμα, όσο για να φωτίσει η μέρα αρκετά και να είναι όλοι τους περισσότερο ασφαλείς.

Στις έξι, το ηλιόφως έγινε αρκετό ώστε να φαίνεται ξεκάθαρα ο γιαλός της θάλασσας για χιλιόμετρα. Οι ναύτες που είχαν σταθεί φρουρά όλη τη νύχτα αποχώρησαν, και όλα φάνηκαν να επιστρέφουν σε φυσιολογικούς ρυθμούς.

Ο Τέρι ξύπνησε γλυκά τη Ρία με ένα φιλί στο μάγουλο, δίχως να της πει τι είχε συμβεί κατά τη διάρκεια της νύχτας για να μην την ανησυχήσει. Το πρόσωπο της Ρίας και τα αμυγδαλωτά της μάτια, ήταν πρησμένα από τον ύπνο, σημάδι καλής ξεκούρασης. Έπειτα, ξάπλωσε στο πάνω κρεβάτι της κουκέτας για να ξεκουραστεί και η Ρία, έριξε λίγο νερό στο πρόσωπό της, ντύθηκε και βγήκε έξω.

Όταν η Ρία πήρε τη θέση της, έμεναν ακόμα περίπου τρεις ώρες ταξιδιού όπως είχαν υπολογίσει μέχρι να φτάσουν το Τόλουιν. Η ημέρα ήταν καλή, παρά το τσουχτερό κρύο που έκανε τα μάγουλά της να ροδίσουν.

Το πλοίο διέσχιζε τα στενά του Αζοπάρντο, μια περιοχή που ήταν κάποτε ξηρά και ο ομώνυμος ποταμός, ένωνε την λίμνη Φανιάνο με την θάλασσα. Τώρα πια, ποταμός και λίμνη είχαν συγχωνευτεί και το στενό πέρασμα είχε γίνει διώρυγα, με το πλάτος της να κυμαίνεται μεταξύ τετρακοσίων και χιλίων διακοσίων μέτρων.

Η συνθήκες φωτισμού πλέον επέτρεπαν να βλέπει κανείς τα πάντα πεντακάθαρα. Στα δεξιά της, η Ρία παρατήρησε μια ομάδα περίπου δέκα ανδρών να κινούνται παράλληλα με το πλοίο. Δεν θα απείχαν από το πλοίο περισσότερο από τριακόσια μέτρα. Σχεδόν αμέσως με την δική της παρατήρηση, ενθουσιώδεις φωνές ξέσπασαν από το πλήρωμα, αλλά μιας και η Ρία δεν καταλάβαινε ισπανικά, δεν μπορούσε να καταλάβει τι έλεγαν. Σε λίγες στιγμές, άνδρες του πληρώματος με όπλα στα χέρια, πήραν θέση στην πλευρά του πλοίου που ήταν απέναντι από την πεζή ομάδα. Χωρίς να χάνουν χρόνο και δίχως δισταγμό, άνοιξαν πυρ εναντίον τους.

Πανικόβλητη, η Ρία έτρεξε μέσα και όρμησε στην καμπίνα όπου ο Τέρι και ο Αλεξάντερ είχαν ξυπνήσει από τους βροντερούς πυροβολισμούς. Ασθμαίνοντας, τους περιέγραψε τη σκηνή που εκτυλισσόταν έξω και όλοι μαζί, βγήκαν προσεκτικά στο κατάστρωμα για να παρακολουθήσουν το χάος από πρώτο χέρι.

Η ομάδα στη στεριά διασκορπίστηκε, αναζητώντας απεγνωσμένα κάλυψη πίσω από βράχους. Δύο φιγούρες κείτονταν πεσμένες στο έδαφος, είτε τραυματισμένοι είτε χειρότερα.

Ακούγοντας τα σχόλια και τις επευφημίες του πληρώματος, ο Αλεξάντερ μετέφρασε ψυχρά την κατάσταση. Η άρθρωσή του έτρεμε ελαφρώς, προδίδοντας την εσωτερική του σύγκρουση.

«Οι άνθρωποι στη στεριά είναι μέλη συμμορίας. Το πλήρωμα εξασκείται στην σκοποβολή. Ουσιαστικά, παίζουν, προσπαθώντας να τους σκοτώσουν.»

Ο τρόμος και η φρίκη αποτυπώθηκαν στα πρόσωπά τους καθώς συνειδητοποίησαν την βαρβαρότητα του κόσμου στον οποίο είχαν εισέλθει. Ο καπετάνιος Χουάν, βλέποντας τους φιλοξενούμενους του σαστισμένους, πλησίασε για να τους εξηγήσει. Το πρόσωπο έδειχνε σημάδια απάθειας για όσα συνέβαιναν, μαρτυρώντας τη σκληρή αποφασιστικότητα κάποιου που είχε δει πολύ θάνατο.

«Μην σκέφτεστε άσχημα για εμάς. Έχουμε χάσει πολλούς καλούς φίλους από αυτούς τους αλήτες. Ήταν μεγάλη τύχη που τους συναντήσαμε σήμερα. Αυτοί που βλέπετε, αλλά και άλλοι σίγουρα κρυμμένοι κάπου γύρω, ετοίμαζαν ενέδρα στο πλοίο μας. Μας περίμεναν το απόγευμα αλλά εξαιτίας σας σαλπάραμε δώδεκα ώρες νωρίτερα. Όσο λιγότεροι από δαύτους υπάρχουν, τόσο ασφαλέστεροι θα είστε και εσείς όσο βρίσκεστε στην επικράτειά μας.»

Ο αποτροπιασμός του Τέρι σιγόβραζε κάτω από την επιφάνεια όσο ακόμα η κυνική δήλωση του καπετάνιου αντηχούσε στον κρύο αέρα.

Στο μυαλό του, περνούσαν σαν σφαίρες όλες οι διδασκαλίες περί ιερότητας της ανθρώπινης ζωής και η ηθική αποσύνθεση που μπορεί να προκαλέσει η βαρβαρότητα, επιδεινώνοντας περαιτέρω την ήδη δυσμενή κατάσταση που σε οδήγησε αυτό το σημείο. Τα κοροϊδευτικά γέλια των ναυτών σαν στριμμένες μελωδίες στα αυτιά του, τροφοδότησαν τον θυμό του και απευθύνθηκε στον καπετάνιο επικριτικά.

«Είναι άνθρωποι σαν κι εσάς και εμένα! Πώς μπορείτε να κάνετε κάτι τέτοιο; Μάλιστα, γελούν με τον θάνατο ανθρώπων!»

Ο καπετάνιος γύρισε προς αυτόν με το πρόσωπό του ατάραχο και του έδωσε μια σκληρή υπενθύμιση. «Νεαρέ μου, οφείλεις να καταλάβεις τη σκληρή πραγματικότητα εδώ. Ο ιδεαλισμός σου είναι ευγενής αλλά αταίριαστος σε αυτή την άνομη γη.»

Έπειτα υιοθετώντας έναν σκληρότερο τόνο, είπε τα πράγματα όπως έχουν. «Αν συναντούσες αυτά τα καθάρματα σε λίγες ώρες από τώρα στο δρόμο σου, νομίζεις πως θα σε αντιμετώπιζαν φιλικά επειδή είσαι ανθρωπιστής; Εσύ και ο γυαλάκιας,» τους έδειξε με το δάχτυλό του, «θα ήσασταν μια χαρά. Με μια σφαίρα στο κεφάλι θα ξεμπερδεύατε. Η δεσποινίς από την άλλη, θα παρακαλούσε να την σκοτώσουν και δεν θα το έκαναν. Μπορεί να μην έχεις καταλάβει πως παίζεται το παιχνίδι στον τόπο μας, αλλά μιας και είσαι μέρος του έστω και προσωρινά, δεν χρειάζεται να πεις ευχαριστώ, απλά κοίτα και σώπαινε.»

Με αυτά τα λόγια, ο καπετάνιος γύρισε και διέταξε τους άνδρες του να σταματήσουν να σπαταλούν άλλα πυρομαχικά. Το πλοίο είχε απομακρυνθεί αρκετά ώστε να είναι εύστοχες οι βολές τους. Οι τρεις έμειναν να κοιτάζονται αναμεταξύ τους, σε ένα βουβό διάλογο για το τι άλλο τους περίμενε εμπρός τους.

Για το υπόλοιπο του ταξιδιού, κλείστηκαν στην καμπίνα τους αδυνατώντας να αντικρίσουν το πλήρωμα όπως νωρίτερα. Λίγες ώρες αργότερα, το λιμάνι του Τόλουιν άρχισε να εμφανίζεται στο βάθος. Ακούγοντας τις προετοιμασίες, βγήκαν ξανά έξω και είδαν ότι η πόλη έμοιαζε περισσότερο με ένα μικρό οχυρό. Δεν υπήρχαν οικογένειες, γυναίκες ή παιδιά. Ήταν πλέον ένα μικρό χωριό, κατοικημένο μόνο από εργαζόμενους που εξυπηρετούσαν την παραγωγή και το εμπόριο.

Ζυγώνοντας περισσότερο, είδαν το λιμάνι γεμάτο με στοίβες ξύλινων κιβωτίων και αμέτρητους σωρούς κορμών δέντρων, δεμένοι και έτοιμοι να φορτωθούν στα πλοία. Πίσω από τα εμπορεύματα, μερικές δεκάδες λιτά κτίσματα, ξύλινα εκ των πλείστων, χρησιμοποιούνταν για γραφεία και στέγαση των εργατών. Γύρω από το χωριό, υπήρχαν αμυντικά τείχη φτιαγμένα από μπάζα και ερείπια σπιτιών του βυθισμένου παλιού οικισμού, με υπερυψωμένες σκοπιές και ένοπλους φύλακες.

Το περιστατικό στο πλοίο και η εικόνα περισσότερων ενόπλων εδώ, τους έκανε να αμφισβητήσουν την ορθότητα των απόψεών τους. Τα πάντα θύμιζαν εμπόλεμη περιοχή και ήταν συναισθηματικά απροετοίμαστοι για κάτι τέτοιο.

Ωστόσο, τους περίμενε μία έκπληξη επιπλέον. Ένας στόλος από πετρελαιοκίνητα φορτηγά, λείψανα μιας περασμένης εποχής, ανακατεύονταν με τις πιο αναμενόμενες άμαξες για τη μεταφορά εμπορευμάτων, σαν να βγήκε από τις σελίδες μιας ιστορικής ταινίας. Η θέα των παλαιών φορτηγών, με τις σκουριασμένες εξωτερικές επιφάνειες και τους θορυβώδεις κινητήρες, πρόσθεσε μια σουρεαλιστική πινελιά στη σκηνή.

Όσο παρατηρούσαν τον προορισμό τους, το πλοίο ολοκλήρωσε τους ελιγμούς ελλιμενισμού του και μια έντονη δραστηριότητα ακολούθησε καθώς ξεκίνησαν οι διαδικασίες της φόρτωσης. Ο Τέρι, η Ρία και ο Αλεξάντερ, αποχαιρέτησαν και ευχαρίστησαν το πλήρωμα ψυχρά και αποβιβάστηκαν με τα σακίδιά τους φορτωμένα στην πλάτη.

Η μυρωδιά του πεύκου και του φρεσκοκομμένου ξύλου γέμιζε τον αέρα του Τόλουιν, ανακατεμένη με τη θαλασσινή αύρα. Μια ομάδα τεσσάρων ένοπλων ανδρών τους έγνεψε να πάνε προς το μέρος τους.

Οι άνδρες είχαν τραχιά πρόσωπα και οι ματιές του ήταν σκληρές και προσεκτικές. Τα ομοιόμορφα παχιά, γούνινα παλτά που φορούσαν και οι βαριές μπότες, μαρτυρούσαν ότι ήταν μέλη της τοπικής οργάνωσης ασφαλείας, μιας είναι ίδια όπως των φρουρών στους πύργους παρατήρησης.

Πλησιάζοντάς τους ο Τέρι και η Ρία, ένας από αυτούς τους απευθύνθηκε στα ισπανικά, αλλά η μόνη λέξη που κατάλαβαν ήταν το όνομα 'Ματέο'. Υποψιαζόμενοι ότι ήταν η επόμενοι σύνδεσμοί τους για το ταξίδι τους, ο Αλεξάντερ έφτασε και μπήκε μπροστά για να το διευκρινίσει.

Αυτή η ομάδα θα τους συνόδευε μέχρι το λιμάνι που συνέδεε το νησί με την Ανταρκτική και την Προμηθέως Όναρ. Η τοποθεσία ήταν μυστική και το μόνο που τους γνωστοποιήθηκε, ήταν ότι βρισκόταν περίπου απέναντι από το νησί Πίκτον. Εκεί θα συναντούσαν τους μόνιμους ανταποκριτές της πόλης των Αντιστασιαστών, οι οποίοι θα έκριναν αν θα δεχόντουσαν να συνεχίσουν το ταξίδι τους ή όχι.

Χωρίς άλλη καθυστέρηση, σκαρφάλωσαν στη καρότσα ενός πετρελαιοκίνητου φορτηγού οχυρωμένου βιαστικά με μεταλλικές πλάκες, με τη στιβαρή πανοπλία να προσφέρει μια φαινομενική προστασία. Στην καρότσα μαζί τους ανέβηκαν και δύο από τους συνοδούς, ενώ οι άλλοι δύο, ανέλαβαν ρόλο οδηγού και συνοδηγού. Θα ήταν μια σχετικά σύντομη διαδρομή, περίπου δύο ωρών, μέσα από την μαγευτική φύση που θαύμαζαν από το πλοίο.

Ξεκίνησαν, με το τρεμάμενο και θορυβώδες όχημα να υπόσχεται μία εξαιρετικά άβολη διαδρομή.

Δεδομένων των ανησυχητικών συναντήσεων που είχαν ήδη βιώσει, ο Αλεξάντερ δεν μπόρεσε να αντισταθεί στο να ρωτήσει για την ασφάλεια της διαδρομής. Η απάντηση που έλαβε δεν ήταν καθόλου καθησυχαστική, αλλά δεν είχε άλλη επιλογή από το να τη δεχτεί.

Το ψύχος του χειμώνα, έκανε τις συμμορίες πιο δραστήριες τέτοια εποχή, αφού οι ανάγκες τους για ένδυση και τροφή αυξάνονταν δραματικά. Το παρήγορο ήταν πως η διαδρομή που θα ακολουθούσαν ήταν αρκετά μακριά από την πόλη της Ουσουάια. Ήταν μία πόλη που βρισκόταν ολοκληρωτικά υπό την κυριαρχία των παρανόμων. Η ιστορική ειρωνεία είναι πως στο παρελθόν χτίστηκε ως αναγκαστική αποικία για κατάδικους και περιθωριοποιημένους, και σήμερα η διοίκησή της είναι στα χέρια τους.

Κάποια στιγμή ο δρόμος έγινε τόσο κακός από τις λακκούβες που πάσχιζαν αν κρατηθούν στις θέσεις τους. Το σχεδόν εκατόν πενήντα ετών φορτηγό, με τις πρόχειρες επισκευές να χτυπούν και να κροταλίζουν, βογκούσε και πάσχιζε και αυτό να ανέβει τις ανηφόρες.

Ξαφνικά, ο ρυθμός του ταξιδιού διαταράχτηκε. Σε μια στροφή της διαδρομής, ένας πεσμένος κορμός δέντρου έφραξε την πορεία τους. Ο οδηγός αιφνιδιασμένος, πάτησε απότομα φρένο κάνοντας τα λάστιχα να σέρνονται στο χώμα και τους επιβαίνοντες να χτυπούν άτσαλα στα μέρη του οχήματος. Αναστατωμένοι οι καθισμένοι στην καρότσα του οχήματος Τέρι, Αλεξάντερ και Ρία, άκουσαν τις κραυγές του συνοδηγού από εμπρός, να ουρλιάζει στα ισπανικά με αγωνία.

«ATRÁS[1], ATRÁS!»

Ξάφνου, μια οπλισμένη ομάδα ληστών ξεπρόβαλε από τα πυκνά φυλλώματα και παρατάχτηκε μπροστά και πίσω από το φορτηγό.

«DETENER[2]!» βροντοφώναξε ένας από τους ληστές σηκώνοντας το όπλο του.

Ο οδηγός, με τον φόβο ζωγραφισμένο στο πρόσωπό του ήξερε ότι έπρεπε να δράσει γρήγορα. Πατώντας απότομα γκάζι, έκανε όπισθεν με δύναμη παρασέρνοντας μερικούς από αυτούς. Οι κρότοι των όπλων γέμισαν το δάσος και οι σφαίρες άρχισαν να σφυρίζουν γύρω τους, διαπερνώντας σε μερικά σημεία το αμάξωμα του φορτηγού. Η θωράκισή του, φαινόταν πως έκανε την δουλειά της τελικά.

Ένας από τους συνοδούς τους, τους φώναξε να πέσουν στο δάπεδο της καρότσας και έκανε και αυτός το ίδιο. Αντέγραψαν την κίνησή του και τα λόγια του καπετάνιου Χουάν ήρθαν στη μνήμη τους. Τώρα, ρισκάροντας τη ζωή τους δίχως τρόπο να διαπραγματευτούν την επιβίωσή τους, κατανόησαν όλα όσα πριν τους φαινόταν απάνθρωπα. Ο Τέρι ένιωσε έναν ψυχρό κόμπο φόβου στο στομάχι του, όχι για την επιβίωσή του αλλά για την μοίρα της Ρίας αν έπεφτε στα χέρια τους. Αυτή, κρατούσε με όλη της την δύναμη τα πλαϊνά παραπέτα της καρότσας του φορτηγού, προσπαθώντας να μην εκτοξευτεί έξω από αυτό από τις βίαιες κινήσεις του.

Μέσα σε έναν καταιγισμό πυρών, ο οδηγός έκανε φρενήρη όπισθεν, στρίβοντας απότομα δεξιά και αριστερά το τιμόνι για να αποφύγει τους εχθρικούς πυροβολισμούς. Ο κακός και στενός δρόμος του στερούσε τη δυνατότητα αναστροφής του οχήματος. Το έργο του να πλοηγείτε μόνο από τους πλαϊνούς καθρέφτες του φορτηγού σε αυτό το τρομοκρατικό σκηνικό, ήταν υπεράνθρωπο.

---

[1] «Πίσω» στα ισπανικά

[2] «Σταματήστε» στα ισπανικά

Τελικά, μετά από λίγα λεπτά, κατάφεραν να φτάσουν σε μια μικρή διασταύρωση και να ξεφύγουν από την παγίδα. Στρίβοντας σε μια παράπλευρη διαδρομή, η ανακούφιση τους πλημμύρισε.

«Τα καταφέραμε;» ψιθύρισε η Ρία με την άχνα της να τρέμει. Η αδρεναλίνη εξακολουθούσε να ρέει στις φλέβες της.

«Έτσι φαίνεται,» απάντησε ο Τέρι και σηκώθηκε να ρίξει μια ματιά.

Το όχημα βρισκόταν τώρα σε έναν χειρότερο δρόμο από αυτόν που ήταν προηγουμένως. Οι συνοδοί τους, φώναζαν με ένταση λέξεις στα ισπανικά, μάλλον κατάρες και βλαστήμιες από τον τόνο που ακούγονταν. Το όχημα σταμάτησε και κατέβηκαν όλοι κάτω.

Ο Αλεξάντερ ρώτησε τι συμβαίνει και αν είναι όλοι τους καλά. Η απάντηση που πήρε ήταν καλή για την υγεία τους αλλά όχι καλή για το όχημα. Μία σφαίρα είχε τρυπήσει το εμπρός δεξιό ελαστικό και θα έπρεπε να το αντικαταστήσουν για να συνεχίσουν. Δύο συνοδοί θα καταπιανόντουσαν με αυτήν την εργασία, ενώ οι υπόλοιποι, θα έπρεπε να έχουν τα μάτια τους ανοιχτά για τυχόν απειλή.

Ο Αλεξάντερ χρησιμοποίησε τη στιγμή για να ελέγξει τα σακίδιά τους, διασφαλίζοντας ότι δεν είχαν χάσει κάτι σημαντικό στο χάος, ιδίως δε τον κρύσταλλο με τον πηγαίο κώδικα της Δαίμων.

Απλωμένοι μέσα στο δάσος και σιωπηλοί για να μην ακουστούν σε συμμορίτες που πιθανά τους αναζητούσαν, τα λεπτά περνούσαν με αγωνία όσο η επισκευή προχωρούσε. Ευτυχώς, χωρίς άλλες δυσάρεστες εκπλήξεις, ολοκληρώθηκε η αλλαγή του ελαστικού με επιτυχία και συνέχισαν το ταξίδι τους.

Η διαδρομή ήταν μακρύτερη και σκληρότερη από την προηγούμενη, αλλά οι εικόνες της τους αντάμειβαν. Όμορφη και γραφική, τους προσέφερε την ανεπανάληπτη εμπειρία της άγριας φύσης της Παταγονίας. Ο δρόμος περνούσε μέσα από τα γεμάτα ζωή βουνά και τα αρχαία δάση της Γης του Πυρός. Τα πανύψηλα δέντρα με τα κλαδιά τους πλεγμένα σαν χορευτές σε ένα αρχαίο τελετουργικό, δημιουργούσαν μια σκέπη που φίλτραρε το φως του ήλιου σε διακεκομμένα μοτίβα στο δάπεδο του δάσους.

Ο αέρας κουβαλούσε το γήινο άρωμα των βράχων καλυμμένων με βρύα και τη γλυκιά μυρωδιά των λουλουδιών που κρύβονταν μέσα στα φυλλώματα. Εξωτικά πουλιά ακούγονταν μέσα από τα δέντρα, δημιουργώντας με την μελωδία τους την συμφωνία της φύσης. Σε μεγάλη απόσταση από το όχημά τους, είχαν την τύχη να συναντήσουν φευγαλέα άγρια λάμα, κούγκαρ και κόνδορες.

Μετά από ένα εξαντλητικό τετράωρο ταξίδι, σχεδόν το διπλάσιο από όσο αρχικά υπολόγιζαν, φτάσανε στη μυστική τοποθεσία. Ήταν ένα μικρό λιμάνι από το οποίο πηγαινοέρχονταν εμπορεύματα από και προς την ήπειρο της Ανταρκτικής. Ανάμεσα στους γερανούς και τις αποβάθρες φόρτωσης στεκόταν μια τριώροφη κατασκευή, με το εξωτερικό της κατασκευασμένο από ενισχυμένες μεταλλικές πλάκες. Μέσα σε αυτό το οχυρόμορφο κτίριο διέμενε η χούφτα εργατών που επάνδρωναν το λιμάνι όταν υπήρχε δραστηριότητα.

Το φορτηγό σταμάτησε μπροστά στην είσοδο και όλοι αποβιβάστηκαν. Ένας συνοδός τους έκανε σήμα να μπουν στο κτίριο.

Η μεταλλική πόρτα έτριξε καθώς άνοιγε, αποκαλύπτοντας ένα λιτό εσωτερικό φωτισμένο αχνά από τον ήλιο που έμπαινε από μικρά παράθυρα. Βρέθηκαν σε έναν ζεστό από ξυλόσομπα χώρο γραφείου, με την χαρακτηριστική βαριά μυρωδιά στον αέρα. Σήμερα υπήρχαν εκεί παρόντες δύο υπάλληλοι, αντιπρόσωποι της Προμηθέως Όναρ.

Φορούσαν σκούρες εφαρμοστές μπλε φόρμες, φτιαγμένες από το ίδιο προσαρμοστικό στη θερμοκρασία υλικό που χρησιμοποιούνταν και στα μέρη των τριών, αλλά εδώ για να ζεσταίνουν το σώμα αντί να το δροσίζουν. Τα πρόσωπά τους επίσης δεν ήταν σκληρά και ταλαιπωρημένα όπως όσων είχαν δει μέχρι τώρα σε αυτά τα μέρη. Αυτά τα δύο μαζί, ήταν μια ευχάριστη εικόνα που τους θύμισε τις ανέσεις που είχαν στον τόπο τους και τους έκανε να αναθαρρήσουν για τη συνέχεια, εφόσον τους επιτρεπόταν να ταξιδέψουν παραπέρα.

Αφού χαιρετήθηκαν με τυπικό ύφος και σοβαρές εκφράσεις, ένας από αυτούς αναζήτησε τον σκοπό της επίσκεψής τους. Ο Τέρι εξήγησε ότι ήταν εξαιρετικά σημαντικό να συναντηθούν με την ανώτερη διοίκηση των Αντιστασιαστών, σχετικά με ένα ζήτημα που εν δυνάμει θα τερμάτιζε την αντιπαράθεσή τους με τη Δαίμων.

Οι εκπρόσωποι ζήτησαν περαιτέρω εξηγήσεις, αλλά επικαλέστηκε την εμπιστευτικότητα της αποστολής τους. Τότε, ως εναλλακτική λύση, ζήτησε να μιλήσει με την Πέρσα που γνωρίζει πως τώρα πια θα βρίσκεται στην πόλη. Οι αντιπρόσωποι δίσταζαν να ενοχλήσουν την κεντρική διοίκηση τους, μιας και η Πέρσα όπως τους εξήγησαν, με την πρωτοβουλία της και το πρόσφατο εύρημά της, είχε ανέλθει σε θέση εξουσίας με βαρύνων λόγο στις αποφάσεις. Για να το κάνουν αυτό, έπρεπε να είναι σίγουροι πως πρόκειται για έναν πολύ σημαντικό λόγο.

Ένας από αυτούς, στην προσπάθειά του να καταλάβει έμμεσα την σοβαρότητα του ζητήματος και την αποφασιστικότητά τους, έθεσε τις πιθανές συνέπειες αυτού που ζητούσαν.

«Αν σας επιτραπεί το ταξίδι που επιδιώκετε, υπάρχει μεγάλη πιθανότητα να μην σας επιτραπεί ποτέ να επιστρέψετε. Καταλαβαίνετε τη σοβαρότητα της κατάστασης;»

Τα λόγια του κρέμονταν βαριά στον αέρα. Ο Αλεξάντερ, η Ρία και ο Τέρι αντάλλαξαν διερευνητικές ματιές των. Ο σκοπός τους υπερείχε των ανησυχιών τους και η ομόφωνη συμφωνία τους δεν πέρασε απαρατήρητη.

Βλέποντας την τριάδα να ρισκάρει την ελευθερία της, οι εκπρόσωποι πείστηκαν. Μη θέλοντας να κάνουν κάποιο λανθασμένο χειρισμό της κατάστασης, ο ένας τους, έστρεψε μια συσκευή προς το μέρος των τριών και τράβηξε μια φωτογραφία. Μετά, τους πρόσφερε να καθίσουν μέχρι να έρθει η απάντηση. Οι καρέκλες ήταν σκληρές και άβολες, αλλά έκατσαν ευγνώμονες για να ξεκουράσουν τα εξαντλημένα σώματά τους, από το ταξίδι στην καρότσα του φορτηγού.

Η Ρία, παρατηρώντας την έλλειψη μέτρων ασφαλείας, ρώτησε σχετικά. «Δεν φοβάστε επιθέσεις συμμοριτών; Δεν έχετε όπλα ή δεν τα βλέπω;»

Ένας εκπρόσωπος κούνησε το κεφάλι του χαμογελώντας με σιγουριά. «Οι παράνομοι είναι πολλά πράγματα, αλλά δεν είναι εντελώς ανόητοι. Μια επίθεση στις εγκαταστάσεις των Αντιστασιαστών θα πυροδοτούσε πόλεμο και πλήρη εξάλειψη από την περιοχή. Δεν μας ενοχλούν, δεν τους ενοχλούμε. Έχουμε πιο σοβαρές έγνοιες από αυτούς.»

«Αν είναι έτσι, θα μπορούσατε να εξαλείψετε την απειλή από όλη τη Γη του Πυρός,» επέμεινε ο Τέρι.

Ο εκπρόσωπος αναστέναξε. «Σπαταλώντας χρόνο και πόρους σε κάτι ουτοπικό. Οι παράνομοι συρρέουν σε αυτά τα μέρη από όλη την Αμερικανική ήπειρο. Αν κάτι τέτοιο καταστεί ποτέ σκόπιμο, είναι απόφαση της Διοίκησης και όχι της κουβεντούλας μας.»

Η Ρία έριξε μια ματιά στο γύρω χώρο με τα φρύδια της σφιγμένα από ανησυχία. «Τι θα γίνει αν δεν μας επιτραπεί το ταξίδι; Πως θα γυρίσουμε πίσω;»

Ο Αλεξάντερ, ψύχραιμος σκούπιζε τα γυαλιά του και απήντησε με την πεποίθησή του σταθερή. «Μέχρι και η Πέρσα εκτιμά τη λογική, πόσο μάλλον φαντάζομαι η κεντρική διοίκησή τους. Οι λόγοι που πυροδοτούν το πάθος που αντικρίσαμε από μέρους της, είναι βαθιά ριζωμένοι σε ιδέες και λογική. Η παρουσία μας εδώ και τα ρίσκα που πήραμε θα εκτιμηθούν, είμαι σίγουρος.»

Μετά από περίπου μισή ώρα, οι εκπρόσωποι ψιθύρισαν κάτι μεταξύ τους και ένας από αυτούς βγήκε έξω στους συνοδούς που περίμεναν στο φορτηγό. Αντάλλαξαν μερικές κουβέντες και μετά, έβαλαν μπροστά παίρνοντας τον δρόμο της επιστροφής. Οι τρεις έστρεψαν την προσοχή τους στον άλλο εκπρόσωπο με περιέργεια, ο οποίος τους απευθύνθηκε.

«Οι επάνω όροφοι είναι για τη φιλοξενία των εργατών. Βολευτείτε όπου θέλετε. Το αίτημά σας έχει εγκριθεί.»

ΚΕΦΑΛΑΙΟ 18: ΤΟ ΣΕΛΑΣ ΤΗΣ ΕΛΠΙΔΑΣ

Εγκατεστημένοι στο κτίριο του λιμανιού, ο Τέρι, η Ρία και ο Αλέξαντερ αναλογίζονταν το ταξίδι τους προς την Προμηθέως Όναρ. Από τις πληροφορίες που μοιράστηκαν οι εκπρόσωποι της πόλης, έμαθαν ότι η πλησιέστερη γη της Ανταρκτικής, η νήσος Αλεξάντερ, ήταν σχεδόν χίλια χιλιόμετρα μακριά, και από εκεί, η πόλη ήταν άλλα δύο χιλιάδες. Με ένα εμπορικό πλοίο, αυτή η απόσταση συνολικά θα απαιτούσε ένα επίπονο ταξίδι στη θάλασσα σχεδόν τριών ημερών. Λαμβάνοντας υπόψη την απουσία εργατών στο λιμάνι, κατέληξαν ότι ακόμα κι αν ένα πλοίο ήταν ήδη καθ' οδόν, η άφιξή τους στον προορισμό τους θα πραγματοποιούνταν, στην καλύτερη περίπτωση, σε τέσσερις με έξι ημέρες.

Το βράδυ, οι εκπρόσωποι τους προσέφεραν γεύμα με τοπικά φαγητά στην τραπεζαρία του κτιρίου, όπου έφαγαν όλοι μαζί. Η τραπεζαρία, ένας μεγάλος χώρος με ψηλά ταβάνια και μεταλλικά δοκάρια, δεν είχε διακόσμηση μένοντας στα απολύτως πρακτικά, θυμίζοντας βιομηχανικό χώρο. Το μόνο παρήγορο ήταν το άρωμα του φρεσκομαγειρεμένου φαγητού πάνω στην ξυλόσομπα. Παρά την ανάπτυξη μιας σχετικής οικειότητας με τους οικοδεσπότες τους, εκείνοι αρνήθηκαν να δώσουν οποιαδήποτε πληροφορία για τη μεγάλη πόλη του νότου. Αργότερα, κοιμήθηκαν σχετικά ήσυχοι με την πεποίθηση πως ήταν ασφαλείς στον συγκεκριμένο φυλάκιο, υπό την προστασία των Αντιστασιαστών.

Το χάραμα, ένας ξαφνικός και εκκωφαντικός θόρυβος που έκανε το κτίριο να τρέμει τους ξύπνησε από τα όνειρά τους. Οι δονήσεις κροτάλιζαν τα τζάμια των παραθύρων και έστειλαν ένα ρίγος στους τοίχους, προκαλώντας σκόνη να πέσει από το ταβάνι. Έκπληκτοι, είδαν έξω από τα παράθυρά τους την κάθοδο ενός αεροσκάφους, με τις τουρμπίνες του να βρυχώνται καθώς εκτελούσε μια κάθετη προσγείωση.

Μακρύ και γωνιώδες σαν βέλος, είχε μια άγρια ομορφιά. Οι επιθετικές γραμμές του και το σκούρο γκρι χρώμα του θυμίζουν στρατιωτικού τύπου κατασκευή. Οι δίδυμοι περιστρεφόμενοι στροβιλοκινητήρες του, εκτινάσσουν κάθετα από μέσα τους μια παλλόμενη πορτοκαλί λάμψη φωτιάς, με τη ζέστη της να δημιουργεί κύματα οπτικής παραμόρφωσης στον κρύο αέρα. Αυτό το τερατώδες μηχάνημα ήταν η εξέλιξη μιας περασμένης άγνωστης σε αυτούς εποχής, όπου η πτήση τροφοδοτούνταν από την αλχημεία του ορυκτού υγρού καυσίμου.

Σε αντίθεση με τα ευκίνητα αντιβαρυτικά οχήματα Πήγασος, αυτό το θηρίο απαιτούσε σεβασμό, η ίδια η παρουσία του εξέπεμπε απειλή. Δεν προσγειώθηκε με χαριτωμένη ευκολία, αλλά με ελεγχόμενη βαρβαρότητα, ακούμπησε στο έδαφος με ένα σύννεφο συντριμμιών να πνίγει το περιβάλλον γύρω του.

Όταν η σκόνη κατακάθισε λίγες στιγμές αργότερα, μια πόρτα άνοιξε από το πλάι, που μετατράπηκε σε σε σκάλα αποβίβασης. Μέσα από το αεροσκάφος βγήκαν δύο στρατιώτες των Αντιστασιαστών, ντυμένοι με σκούρες εφαρμοστές στολές που τόνιζαν τη μυώδη τους διάπλαση. Τα πρόσωπά τους ήταν κρυμμένα από κράνη με ανακλαστικά γείσα, προσδίδοντας μια αύρα εκφοβισμού. Ακολουθώντας τους, αποβιβάστηκε μία γνώριμη φιγούρα. Η ίδια η Πέρσα είχε έρθει να τους συναντήσει!

Ντύθηκαν και ετοιμάστηκαν βιαστικά. Ο Τέρι κατέβηκε της σκάλες για το ισόγειο σχεδόν πηδώντας δυο δυο τα σκαλιά, ενώ η Ρία και ο Αλεξάντερ τον ακολούθησαν. Την στιγμή που κατέβηκαν, η Πέρσα εισερχόταν στον χώρο και οι αντιπρόσωποι στεκόντουσαν σε στάση προσοχής εκατέρωθεν της πόρτας. Περπάτησε στον χώρο με έναν αέρα εξουσίας με τα μαύρα μάτια να σαρώνουν τον χώρο. Έπειτα εστίασε πάνω στους τρεις.

«Αυτό και αν δεν είναι ενδιαφέρων,» τους αποκρίθηκε με το σχόλιό της να μαρτυρά ίντριγκα και έναν υπαινιγμό σκεπτικισμού. «Φαίνεται πως η μοίρες έχουν πλέξει μεγάλο υφαντό για εμάς. Ελπίζω να μην ξεσηκώθηκα άδικα να έρθω ως εδώ.»

Το βλέμμα της Πέρσας βρήκε εσκεμμένα αυτό του Αλεξάντερ, επιβεβαιώνοντας την αδιαμφισβήτητη έλξη που είχε πυροδοτηθεί μεταξύ τους στην πρώτη τους συνάντηση. «Αλεξάντερ, μου φαίνεται χρειάζεται κάποιος να είναι πάντα δίπλα σου για να μείνεις μακριά από προβλήματα,» σχολίασε, θυμίζοντάς του ότι τον απέτρεψε να ανοίξει τον θάλαμο στα αρχαία υπόγεια ερείπια. Παρά στο αυστηρό βλέμμα της, τα λόγια της έκρυβαν ίσως και μια δόση φλερτ.

«Αρχίζω να πιστεύω ότι έχω ταλέντο σε αυτό, Πέρσα,» απεκρίθη ειρωνικά αλλά με σοβαρότητα ο Αλεξάντερ, αφήνοντας και αυτός όμως μία υπόνοια. «Το ταξίδι μας ήταν... διαφωτιστικό. Ελπίζω να άξιζε τον κόπο.»

Ο Τέρι, μπερδεμένος από την στιχομυθία τους, χαιρέτησε την Πέρσα και έριξε μια κρυπτική υπόδειξη για την αποστολή τους. «Γεια σου Πέρσα και ευχαριστούμε για την παρουσία σου,» η φωνή του μετέφερε σοβαρότητα και αίσθηση επείγοντος. «Δεν ήρθες μάταια. Συμβαίνουν πράγματα που θα αλλάξουν την πορεία της ανθρωπότητας αν οι Αντιστασιαστές συμφωνήσετε να συνεργαστούμε.»

«Ελπίζω να συμβεί αυτό,» αντέδρασε με αισιοδοξία η Πέρσα, με την αυστηρότητά της όμως αμετακίνητη. «Η μόνη διαφορά, είναι πως από τώρα και στο εξής, εσείς οι τρεις είστε αυτοί που απαιτείται να συνεργαστείτε με εμάς,» τους προειδοποίησε δείχνοντάς τους με το δάχτυλο. «Όπως και να έχει, αφού φτάσαμε ως εδώ, θα έρθετε μαζί μου στην Προμηθέως Όναρ. Θα μου εξηγήσετε στην πτήση της επιστροφής και πρέπει να μου δώσετε έναν καλό λόγο που σπατάλησα τόσους πόρους των πολιτών μας. Συγκεντρώστε τα πράγματά σας, φεύγουμε σε δέκα λεπτά,» σχεδόν διέταξε.

Η τριάδα μάζεψε γρήγορα τα λιγοστά υπάρχοντά της στα σακίδια, φόρεσαν τα παλτά τους και αφού ευχαρίστησαν τους εκπροσώπους για τη φιλοξενία, βγήκαν έξω. Ο ψυχρός αέρας του πρωινού τσίμπησε το εκτεθειμένο δέρμα τους και μπορούσαν να δουν την αναπνοή τους να σχηματίζει αχνό στον αέρα.

Βαδίζοντας προς το αεροσκάφος υπό το άγρυπνο μάτι των στρατιωτών με τα ενεργειακά όπλα, ένας τους σταμάτησε λίγο προτού τις σκάλες.

Με μία συσκευή στο χέρι, έκανε στον καθένα ενδελεχή έλεγχο, σαρώνοντας το σώμα τους και μετά τις αποσκευές τους. Στον σάκο του Τέρι, σήμανε συναγερμός, που ώθησε τον στρατιώτη να απαιτήσει να τον ανοίξει. Η λαβή του συναδέλφου του στο όπλο του σφίχτηκε, και η στάση του μετατοπίστηκε σε μια πιο επιθετική θέση. Η Πέρσα, που είχε αρχίσει να επιβιβάζεται στο αεροπλάνο, κατέβηκε αμέσως για να ερευνήσει.

Ο Τέρι άνοιξε προσεκτικά την τσάντα, και δίχως να αποκαλύψει το περιεχόμενο σε όλους, έδειξε στην Πέρσα τη κρυστάλλινη κατασκευή που του εμπιστεύθηκε η Σοφία. Αναγνωρίζοντας τη σημασία της, το αυστηρό πρόσωπο της Πέρσας μαλάκωσε στιγμιαία από την έκπληξη. Οι κόρες της διευρύνθηκαν ελαφρώς και τα χείλη της άνοιξαν καθώς την αντίκρυσε. Με ένα νεύμα έγκρισης, η Πέρσα έδωσε σήμα στους στρατιώτες να τους αφήσουν να περάσουν.

Μόλις επιβιβάστηκαν όλοι, η Πέρσα έδωσε την εντολή να επιστρέψουν στην Προμηθέως Όναρ. Το εσωτερικό του σκάφους ήταν λιτό, με εμφανή τρία ξεχωριστά από πόρτες διαμερίσματα. Τα δύο ήταν εξοπλισμένα με καθίσματα, ενώ το τρίτο, στο πίσω μέρος, έμοιαζε με οπλοστάσιο. Η Πέρσα, υπέδειξε στους συνοδούς της να καθίσουν στο μπροστά και η ίδια με τους τρεις, πήραν θέσεις στο δεύτερο διαμέρισμα, κλείνοντας την πόρτα πίσω τους.

Η ακολουθία εκκίνησης των κινητήρων άρχισε και ένας δυνατός συριστικός θόρυβος απλώθηκε στην καμπίνα. Μετά, οι φλόγες ξεπήδησαν και πάλι με τον βρυχηθμό τους να αναγγέλλει την κάθετη άνοδο του σκάφους στον ουρανό. Οι δονήσεις από τις μηχανές ήταν αισθητές στα καθίσματά τους και ο θόρυβος ήταν σχεδόν εκκωφαντικός. Μόλις έφτασαν σε επαρκές ύψος, οι τουρμπίνες άρχισαν να περιστρέφονται, μετατοπίζοντας την ώθηση από κάθετη σε οριζόντια. Το αεροσκάφος επιτάχυνε και σταδιακά, ο θόρυβος υποχώρησε σε πιο ανεκτά επίπεδα.

Η εικόνα των χιονισμένων βουνοκορφών από κάτω έμοιαζε να τους μαγεύει, καθώς, δεν είχαν δει ποτέ στη ζωή τους τόσο χιόνι και πάγο. Η Πέρσα, καταλαβαίνοντας τη γοητεία τους από τη θέα, τους επέτρεψε να απολαύσουν τη στιγμή πριν ξεκινήσουν την ενημέρωση.

Όταν βρέθηκαν πάνω από την θάλασσα, ξεκίνησε τον χορό των ερωτημάτων. «Ερώτημα πρώτο. Δεν φοράτε στους καρπούς σας της συσκευές επικοινωνίας σας. Είναι λογικό να θέλετε να μην ξεχωρίζετε από τους ντόπιους, αλλά η συσκευή ελέγχου δεν σήμανε σε αυτές. Δεν είναι συνδεδεμένες στο δίκτυο της Δαίμων. Γιατί;»

«Είμαστε εδώ μόνοι,» απάντησε η Ρία με χαλαρό τόνο. «Δεν θέλουμε να κινδυνεύσει η μυστικότητα της παρουσίας μας εδώ.»

«Δεν μου μοιάζετε να έχετε να έχετε τα κότσια να αφήσετε τον κόσμο της,» αποφάνθηκε προκλητικά η Πέρσα. «Εξάλλου, μόνοι σας θα κάνατε μήνες για φτάσετε εδώ, αν φτάνατε ποτέ. Άρα, σας έστειλε ή σας βοήθησε η ίδια. Ερώτημα δεύτερο. Έχω ξαναδεί τέτοιους κρυστάλλους. Περιέχουν δεδομένα της Δαίμων, όμως, είναι άχρηστα χωρίς την αποκωδικοποίησή τους. Έχετε τα μέσα για να τον ξεκλειδώσετε;»

«Έχω μαζί μου οδηγίες για να γίνει αυτό,» την πληροφόρησε ο Τέρι κεντρίζοντας περαιτέρω το ενδιαφέρον της. «Δεν είναι απλά δεδομένα. Είναι η Δαίμων η ίδια!»

Οι τρεις ξεκίνησαν την αφήγηση για το ταξίδι τους και τα γεγονότα που τους οδήγησαν σε αυτό. Η Πέρσα τους άκουγε με ενδιαφέρων ανασηκώνοντας τα φρύδια της με συλλογισμό κατά διαστήματα. Μια ευκαιρία για συμφιλίωση μεταξύ των παρατάξεων αναδυόταν, αλλά το κρίσιμο ερώτημα παρέμενε. Θα δεχτούν οι διοικητές της οργάνωσής της μια τέτοια πρόταση;

Η Πέρσα, τους διατύπωσε τους εγγενείς κινδύνους από κάτι τέτοιο. Είτε από σχεδιασμό της Δαίμων άμεσα, είτε έμμεσα λόγω χειραγώγησης της από τους 'Δημιουργούς', η κατασκευή του αποκωδικοποιητή θα ήταν ένα ρίσκο για τους Αντιστασιαστές. Υπήρχε πάντα η πιθανότητα να πέσουν θύματα κάποιου σχεδίου της που δεν μπορούν να διανοηθούν. Τα δεδομένα θα μπορούσαν να χρησιμοποιηθούν σαν Δούρειος Ίππος ώστε να εισχωρήσει στις τεχνολογικές τους εγκαταστάσεις, όπως ακριβώς μολύνθηκαν και τα δικά της συστήματα.

Μετά την αποκάλυψη των προθέσεών τους, η Ρία ζήτησε από την Πέρσα να μοιραστεί τι είχε ανακαλύψει στο αρχαίο εργαστήριο, με σκοπό να εδραιώσει την εμπιστοσύνη. Η Πέρσα, πιο χαλαρή τώρα απέναντί τους, το έκανε.

«Μάλλον ένα ξεχασμένο 'θεό',» πληροφόρησε με ένα ειρωνικό χαμόγελο να συνοδεύει τα λόγια της. «Ενώ σε όλο τον χώρο υπήρχαν αυτά τα παράξενα σύμβολα, στο συγκεκριμένο αντικείμενο ήταν τόσα πολλά χαραγμένα πάνω του, που μου φάνηκε σημαντικό. Σαν να υπήρχαν οδηγίες και προειδοποιήσεις και έπεσα μέσα. Υπήρχαν υπολείμματα DNA σε μορφή σκόνης, που δεν μοιάζουν με τίποτα που ξέρουμε από αυτόν τον πλανήτη. Οι επιστήμονες μας εργάζονται με αυτό από τότε που επέστρεψα.»

Ο Τέρι, με υπόβαθρο βιοτεχνολογίας, ζήτησε περισσότερες λεπτομέρειες, αλλά η Πέρσα επικαλέστηκε την έλλειψη εξειδίκευσής της σε τέτοιους τομείς. Τους απηύθυνε όμως μια πρόσκληση. Αν πραγματικά πίστευαν πως ο στόχος τους είναι κοινός, θα μπορούσε και αυτός και οι υπόλοιποι να βοηθήσουν με τις γνώσεις τους, στα μυριάδες αναπάντητα ερωτήματα που ξεπηδούσαν σε κάθε βήμα που κάνανε εμπρός.

Πλησιάζοντας τους ουρανούς της Ανταρκτικής, μια συναρπαστική μεταμόρφωση του τοπίου εκτυλίχθηκε. Μετά από περίπου 40 λεπτά πτήσης, βρέθηκαν πάνω από τα πρώτα νησιά της. Με τη μέση θερμοκρασία της να είναι στους 10 βαθμούς Κελσίου, το τρίο θαύμασε τη μεταμόρφωση που είχε συμβεί στην κάποτε έρημη ήπειρο.

Τεράστιες εκτάσεις δασών και πράσινου απλώνονταν στο τοπίο. Χιονισμένες βουνοκορφές αναδύθηκαν και η σκοτεινή σιλουέτα της μεγάλης ηπείρου σταδιακά αχνοφαίνονταν στον μακρινό ορίζοντα. Όσο πλησιάζουν στον Νότιο Πόλο, η ηλιοφάνεια της ημέρας εξασθενεί. Το τέλος του χειμώνα με το συνεχές σκοτάδι του, έδινε τη θέση του σε ένα απόκοσμο βαθύ λυκαυγές φως κατά την διάρκεια της.

Το Νότιο Σέλας, ένα μαγευτικό θέαμα χορευτικών φώτων, χρωμάτιζε τον ουρανό με σμαραγδί και βυσσινί αποχρώσεις. Πρόσθετε μια επιπλέον νότα μαγείας στο ταξίδι τους, κάνοντάς τους να νιώθουν σαν ήρωες σε παραμύθι.

Σε λίγο, διάσπαρτα φώτα οικισμών κάνουν την εμφάνισή τους, που γίνονται πιο συχνά ταξιδεύοντας νοτιοανατολικά. Μέσα στο λυκαυγές και σε έντονη αντιπαράθεση με το σκοτεινότερο φόντο του Νότιου Πόλου πίσω της, μια μεγάλη φωτιζόμενη περιοχή λάμπη στο βάθος. Είναι η Προμηθέως Όναρ. Η Πέρσα βλέποντας τους να στριμώχνονται στα παράθυρα για να παρατηρήσουν το μέγεθός της, τους δίνει πληροφορίες για την πόλη.

Είχε αρχίσει να χτίζεται προς το τέλος του μεγάλου πολέμου, πριν από εκατόν τριάντα περίπου χρόνια, στην νήσο Μπέρκνερ, υποσχόμενη την συνέχεια της ανθρώπινης εξέλιξης με τους δικούς της όρους.

Σήμερα, είναι η μεγαλύτερη πόλη του κόσμου με πληθυσμό έξι εκατομμυρίων ανθρώπων. Η έκπληξη τους έγινε ακόμη μεγαλύτερη όταν άκουσαν αυτόν τον αριθμό και τα ερωτήματα έπεφταν σαν βροχή.

Οι Αντιστασιαστές χρησιμοποιούν και αυτοί τα ελληνικά ως επίσημη γλώσσα για συνεννόηση, μιας και στη πόλη κατοικούν άνθρωποι από όλες τις γωνιές του πλανήτη. Η δραχμή, είναι και εδώ το νόμισμά τους, με την μόνη διαφορά πως οι συναλλαγές γίνονται με την μεταφορά ποσών μέσω ηλεκτρονικών συσκευών. Ένα θησαυροφυλάκιο, περιέχει τα νομίσματα που χρησιμοποιούνται αποκλειστικά για το εμπόριο με τον υπόλοιπο πλανήτη.

Ενεργειακά τροφοδοτείται από έναν αντιδραστήρα σύντηξης, μιας και δεν έχουν τις πρώτες ύλες για την κατασκευή κβαντικής γεννήτριας. Χρησιμοποιούν κατά κύριο λόγο ηλεκτρικά οχήματα για τις εργασίες και τις μεταφορές τους, αλλά και ορυκτά καύσιμα για εξειδικευμένη χρήση όπως στο αεροσκάφος τους. Είναι ένα μοντέλο που μοιάζει αυτό του κόσμου προτού την καταστροφή. Σε αντίθεση με την Δαίμων που χτίζει ένα κόσμο ισορροπίας, οι Αντιστασιαστές είχαν επιδοθεί σε έναν αγώνα δρόμου για την επίτευξη των στόχων τους.

Η ήπειρος, αποκάλυψε κάτω από τους πάγους μεγάλες ποσότητες μεταλλευμάτων και το ηπιότερο κλίμα έδωσε ώθηση στην χλωρίδα και την πανίδα. Κατά την διάρκεια του καλοκαιριού, μεγάλες εκτάσεις χρησιμοποιούνταν για την γεωργία, εκμεταλλευόμενοι την μεγάλη περίοδο ηλιοφάνειας, που εξακολουθεί ακόμα και τις βραδινές ώρες. Τον χειμώνα, η παραγωγή περιοριζόταν κυρίως στην κτηνοτροφία τοπικών ζωικών προϊόντων, αλλά και εισαγόμενων ειδών όπως τα ελαφοειδή.

Η τροφή και το νερό είναι άφθονα αλλά μόνο για όσους προσφέρουν στο κοινωνικό σύνολο. Στην προσπάθεια για βήματα εμπρός συνεχώς, μια ανταγωνιστική κοινωνία είχε φτιαχτεί, με την κεντρική διοίκηση να ελέγχει την τήρηση των νόμων.

Αυτή η κεντρική διοίκηση, εκλέγεται μόνο από όσους πληρώνουν φόρους και υποψήφιοι, είναι μόνο όσοι έχουν αποδείξει την αξία τους με τις πράξεις τους. Ένα είδος δημοκρατικής αριστοκρατίας. Η ασφάλεια των πολιτών έναντι όσων προσπαθούν με δόλο να επιβιώσουν, είναι δουλειά εκπαιδευμένων υπηρεσιών, συχνά ενόπλων. Οι παραβάτες, επιμορφώνονται καταναγκαστικά μαθαίνοντας δεξιότητες που χρειάζονται στη πόλη ώστε να συνεισφέρουν σε αυτήν. Σε περίπτωση επαναλαμβανόμενης μη συμμόρφωσης τους, εξορίζονταν στη νήσο Αλεξάντερ, όπου μαζί με άλλους εξόριστους, θα είχαν μια μικρή ελπίδα επιβίωσης με όσα τους έχουν ήδη διδάξει.

Καθώς το αεροσκάφος κατέβαινε προς τον τελικό του προορισμό, σταγόνες βροχής κάνουν την εμφάνισή τους στα παράθυρα και ακούγεται ο χαρακτηριστικός τους θόρυβος χτυπώντας στο πλαίσιό του. Το εκτεταμένο αστικό συγκρότημα της Προμηθέως Όναρ ξεδιπλώθηκε μπροστά στα μάτια τους, με την λάμψη του να ενισχύεται από τις βρεγμένες επιφάνειες, μια μαγική εικόνα πέρα από την πιο τρελή φαντασία τους.

Η πόλη, ένας φάρος φωτός μέσα στο σκοτάδι της Ανταρκτικής, έμοιαζε από ψηλά με φωτισμένη αποικία μυρμηγκιών. Χωρισμένη σε διάφορες περιοχές, καθεμία έχει τη δική της μοναδική αρχιτεκτονική. Η νεωτερικότητα και η κομψότητα καθορίζουν τα κτίρια, κατασκευασμένα κυρίως από γυαλί και χάλυβα. Οι υψηλές κατασκευές, χαρακτηρίζονται από καθαρές γραμμές και μινιμαλιστική αισθητική, μια σκόπιμη σχεδίαση για περιβαλλοντική προσαρμογή και ενεργειακή απόδοση.

Το κέντρο της πόλης, ένας παλλόμενος κόμβος εμπορίου και δραστηριότητας, έσφυζε από ζωή. Εμπορικά κέντρα, ξενοδοχεία και εστιατόρια περιστοιχίζουν τους δρόμους, με τις πολύχρωμες μαρκίζες τους να δελεάζουν τους περαστικούς. Ο μοναδικός κύκλος του ηλιακού φωτός, συνέπεια της θέσης της Ανταρκτικής, είχε αλλάξει τον ρυθμό ζωής της πόλης, με τις επιχειρήσεις προσαρμοσμένες να λειτουργούν όλο το εικοσιτετράωρο. Ζεστά ντυμένοι πεζοί διέσχισαν γοργά τους δρόμους, με την κίνηση να μην δείχνει ποτέ σημάδια μείωσης, απόδειξη της αέναης ζωντάνιας της πόλης.

Οι κατοικημένες περιοχές, ένα μωσαϊκό από ημισφαιρικά σπίτια, σχολεία και νοσοκομεία, πρόσφεραν μια αντίθεση με τους πανύψηλους ουρανοξύστες που κυριαρχούσαν στον ορίζοντα. Αυτές οι ημισφαιρικές κατασκευές, σχεδιασμένες για βέλτιστη ενεργειακή απόδοση και εξοικονόμηση πόρων, παρείχαν άνετους και λειτουργικούς χώρους διαβίωσης για τους κατοίκους.

Σε πιο απομακρυσμένες τοποθεσίες, εμφανίστηκαν μεγαλύτερες δομές, με τον αντιδραστήρα πυρηνικής σύντηξης και το αεροδρόμιο όπου κατευθύνονταν, να ξεχωρίσουν.

Οι τουρμπίνες του σκάφους περιστραφήκαν ξανά σε κάθετη θέση, εκτελώντας μια κάθετη προσγείωση στο αεροδρόμιο. Ο Τέρι, η Ρία και ο Αλεξάντερ, αποβιβάζονται και βγαίνουν στη βροχή, φορτωμένοι με τα σακίδια τους ακολουθώντας την Πέρσα. Η κρύα βροχή μούλιασε τα ρούχα τους, και μπορούσαν να νιώσουν την ψύχρα να διεισδύει στα κόκκαλά τους. Τους συνόδεψαν άγρυπνα ένοπλοι φρουροί σε ένα μαύρο τροχοφόρο όχημα. Η επιβλητική του μορφή υπαινισσόταν τη χρήση του ως ασφαλές μεταφορικό μέσο για σημαντικά πρόσωπα.

Κατά τη διάρκεια της μετάβασης μεταξύ των οχημάτων, οι φρουροί, αποδείκνυαν με την σιωπή τους την αυστηρή εκπαίδευση και πειθαρχία τους. Οι κινήσεις τους ήταν ακριβείς και συγχρονισμένες, κάθε ενέργεια εκτελούνταν εκτελούνταν άνευ λεκτικών εντολών.

Καθώς το ηλεκτρικό αυτοκίνητο έβγαινε στην λεωφόρο, δύο όμοια οχήματα εμφανίστηκαν για να τους συνοδεύσουν, ένα εμπρός τους και ένα πίσω τους. Με τον ρυθμικό ήχο των υαλοκαθαριστήρων να τους συνοδεύει, κατευθύνθηκαν προς το κέντρο. Πλησιάζοντας την πόλη, η κίνηση μπροστά τους παραμέριζε επιτρέποντάς τους να περάσουν ανενόχλητοι. Ο συγχρονισμός και η ομοιομορφία των κινήσεων τους φανέρωνε ότι καθοδηγούνταν από έναν αόρατο ηλεκτρονικό έλεγχο, αποκαλύπτοντας πολλά για την προηγμένη αστική υποδομή.

Η Πέρσα ενημέρωσε την ομάδα ότι κατευθύνονταν προς το διοικητικό κέντρο της οργάνωσής τους. Εκεί, θα φιλοξενούνταν και θα εξετάζονταν εξονυχιστικά μέχρι να γίνουν πλήρως κατανοητές οι προθέσεις τους και ο σκοπός της αποστολής τους.

Διασχίζοντας τους δρόμους της αινιγματικής Προμηθέως Όναρ, η τριάδα θαύμαζε την τεράστια κλίμακα της υποδομής της και τις αντανακλάσεις του φωτός στους βρεγμένους δρόμους. Ωστόσο, κάτω από το προσωπείο της προόδου και της καινοτομίας υπήρχε ένα δυνατό ρεύμα αβεβαιότητας και κινδύνου.

ΜΕΡΟΣ ΠΕΜΠΤΟ

ΚΕΦΑΛΑΙΟ 19: Η ΠΟΛΗ ΤΟΥ ΛΥΚΑΥΓΟΥΣ

Στους βρεγμένους δρόμους της πόλης οι τρεις κατευθύνονται προς το κέντρο της, με την συνοδεία της Πέρσας και δύο ένοπλων φρουρών. Τους συντρόφευε το συνεχόμενο απαλό βουητό του ηλεκτρικού κινητήρα του αυτοκινήτου και η μυρωδιά των δερμάτινων καθισμάτων, μπερδεύονταν με αυτήν βροχής και πρόχειρου φαγητού του δρόμου, που έβρισκαν τρόπο να περάσουν μέσα. Η Ρία κρύωνε ελαφρά, ο Αλεξάντερ σκούπιζε τα γυαλιά του που θαμπώθηκαν για λίγο από την υγρασία και ο Τέρι παρατηρούσε μαγεμένος το αστικό τοπίο.

Αμέτρητα ηλεκτρικά λεωφορεία, αυτοκίνητα και δίτροχα διασχίζουν τους δρόμους, προσθέτοντας ποικιλομορφία στη ζωντανή εικόνα εμπρός τους. Ανάμεσα στα πολύχρωμα εμπορικά φώτα καταστημάτων που παίζουν με τις αντανακλάσεις τους στο βρεγμένο οδόστρωμα, εμφανίζονταν ανομοιόμορφα σπίτια χτισμένα από μπετόν, πολλά στο σκοτάδι

Παρά τις τεχνολογικές προόδους, μια σκληρή πραγματικότητα μαρτυριούνταν από την παρατήρηση της καθημερινής ζωής των κατοίκων. Επαίτες, ιερόδουλες και αστυνομικοί κυκλοφορούσαν στους δρόμους, με την παρουσία τους να ζωγραφίζει με έντονα χρώματα τη σκοτεινή πλευρά της πόλης. Άνθρωποι τσακώνονταν στους δρόμους, και ένας αέρας επιθετικότητας ήταν αισθητός.

Παρατηρώντας τις εκφράσεις στα πρόσωπα των νεοφερμένων, η Πέρσα επανέλαβε όσα είχε μοιραστεί κατά τη διάρκεια του ταξιδιού τους.

«Η ζωή εδώ δεν είναι δωρεάν όπως στις πόλεις της Δαίμων, ούτε και περιβάλλεσαι από τα γνώριμα πρόσωπα των χωριών. Όποιος δεν αντέχει να δουλέψει για να ζήσει, δεν ταιριάζει εδώ και δεν θα παραμείνει.

Είναι μια σκληρή πραγματικότητα, αλλά είναι ο τρόπος μας για να επιβιώσουμε.»

Όσο προχωρούσαν πιο βαθιά στην καρδιά της Προμηθέως Όναρ, η εικόνα μεταμορφωνόταν σταδιακά, αποκτώντας έναν πιο εκλεπτυσμένο και οργανωμένο χαρακτήρα. Οι πολυσύχναστοι δρόμοι που άλλοτε αντηχούσαν από κακοφωνία, τώρα εξέπεμπαν έναν αέρα ελεγχόμενου χάους. Οι μακρινοί πανύψηλοι ουρανοξύστες σαν φάροι φωτός, ορθώνονταν γύρω τους σαν τιτάνες και οι γυάλινες προσόψεις τους αντανακλούσαν τις ξεθωριασμένες αποχρώσεις του λυκαυγούς.

Το όχημά τους και αυτά της συνοδείας τους, κατέβηκαν σε ένα υπόγειο χώρο στάθμευσης, η είσοδος του οποίου φρουρούνταν από ενόπλους. Αποβιβάστηκαν όλοι δίχως τα πράγματά τους όπως τους υπέδειξε η Πέρσα, εκτός του Τέρι που περιείχε τα αντικείμενα, εισήλθαν σε έναν εσωτερικό ανελκυστήρα μαζί της και τους δύο φρουρούς.

Ο απαλός βόμβος του ανελκυστήρα και η λεπτή μυρωδιά των καθαριστικών γέμισαν τον περιορισμένο χώρο. Ο Τέρι αισθανόταν τον καρδιακό του ρυθμό να αυξάνεται με κάθε όροφο που περνούσε, μια δυνατή αίσθηση προσδοκίας μεγάλωνε ανάμεσά τους. Η Ρία, έσφιγγε ακούσια την κουπαστή του ανελκυστήρα και ο Τέρι άπλωσε το χέρι του και το έβαλε πάνω από τα δικά της για να την καθησυχάσει.

Η βουβή άνοδος στον 22ο όροφο του ουρανοξύστη, υπενθύμιζε την πειθαρχημένη κοινωνία των Αντιστασιαστών, που για τους τρεις, ήταν τόσο εντυπωσιακή όσο και εκφοβιστική. Η αντίθεση με τις πόλεις της Δαίμων και τα χωριά από τα οποία είχαν έρθει ήταν έντονη, αφήνοντάς τους να νιώθουν αγχωμένοι και εκτός τόπου.

Όταν οι πόρτες του ανελκυστήρα άνοιξαν, στον χώρο κυριαρχούσαν οι οσμές χαρτιού και ζεστών μηχανών εκτύπωσης. Οι φρουροί τους οδήγησαν περνώντας από σειρές γραφείων, καθένα αποπνέοντας αύρα επαγγελματισμού και παραγωγικότητας. Οι εργαζόμενοι, ντυμένοι με κομψά κοστούμια και φινετσάτα φορέματα, έδειχναν μια συμπεριφορά γεμάτη αυτοπεποίθηση. Ο Τέρι παρατήρησε τις προσηλωμένες εκφράσεις στα πρόσωπά τους, οι κινήσεις τους ήταν ακριβείς και μελετημένες. Οι ήχοι πληκτρολόγησης και η διακριτική βουή των χαμηλόφωνων συνομιλιών συνδυαζόταν με τον απότομο ήχο των τακουνιών στα γυαλισμένα πατώματα, προσδίδοντας μια αίσθηση σκοπού στην ατμόσφαιρα.

Σύντομα έφτασαν σε ένα σημείο ελέγχου ασφαλείας, όπου μια σειρά από σαρώσεις αμφιβληστροειδούς και τεστ αναγνώρισης φωνής περίμεναν την Πέρσα και τους συνοδούς της. Περιμένοντας την έγκριση για να εισέλθουν στο εσωτερικό άδυτο, οι ώμοι της Πέρσας ήταν στητοί, η έκφρασή της αδιάγνωστη. Οι τρεις ήταν γεμάτη με ένα μείγμα ενθουσιασμού και ανησυχίας με κάθε βήμα που αντηχούσε στους διαδρόμους να ενισχύει την προσδοκία τους. Οι λεπτές ματιές που ανταλλάσσονταν μεταξύ τους, πρόδιδαν την σιωπηλή παραδοχή ότι το ταξίδι τους, τους είχε φέρει σε ένα σταυροδρόμι του πεπρωμένου.

Αφού τους παραχωρήθηκε η πρόσβαση, πέρασαν χωρίς τους ένοπλους συνοδούς, σε μια μεγάλη αμφιθεατρική αίθουσα συνεδριάσεων σε σχήμα ημικυκλίου. Ήταν διακοσμημένη με χάρτες και σχέδια των υποδομών της πόλης και το κέντρο, χαμηλά, υπήρχε ένα μακρόστενο έδρανο με καθίσματα. Η αίθουσα ήταν δροσερή και τα μεγάλα παράθυρα προσέφεραν πανοραμική θέα στην πόλη με τα φώτα που έλαμπαν στο σκοτεινό ουρανό.

Καθώς περίμεναν τους ηγέτες των Αντιστασιαστών, το μυαλό τους αναρωτιόταν αν θα βρουν σύμμαχο σε αυτόν τον λαβύρινθο εξουσίας. Η Πέρσα πήρε την πρωτοβουλία να τους εξηγήσει τον τρόπο διακυβέρνησης της οργάνωσής τους, ρίχνοντας λίγο φως στο τι να περιμένουν από την συνάντηση.

Αυτό το σύστημα ήταν μια επιβεβαίωση του προοδευτικού πνεύματος της Προμηθέως Όναρ, ενσωματώνοντας ένα μείγμα δημοκρατίας και πραγματισμού, αν και με αξιοσημείωτες αποκλίσεις από τους ιστορικούς κανόνες.

Σε αντίθεση με τις άκαμπτες ιεραρχίες που μάστιζαν το παρελθόν, αυτό το σύστημα έδινε έμφαση στην αξία και στην πρακτική συνεισφορά στην κοινωνία. Μόνο όσοι είχαν αποδείξει την αξία τους μέσω των ενεργειών ή της τεχνογνωσίας τους ήταν επιλέξιμοι για εκλογή, διασφαλίζοντας ότι η διακυβέρνηση της πόλης-κράτους θα ανατεθεί σε άτομα με αποδεδειγμένη ικανότητα.

Για την περαιτέρω ενίσχυση της αποτελεσματικότητας του συστήματος, εφαρμόστηκε ένα σύστημα ποσοστώσεων, το οποίο διασφαλίζει την εκπροσώπηση μεταξύ των ηλικιακών ομάδων και των φύλων. Το ένα τρίτο των εκλεγμένων ήταν μεταξύ είκοσι και σαράντα ετών, αντιπροσωπεύοντας τη νεότερη γενιά της πόλης, την ενέργεια και τον ενθουσιασμό τους για πρόοδο. Ένα άλλο τρίτο ήταν μεταξύ σαράντα και εξήντα ετών, ενσωματώνοντας τη σοφία και την εμπειρία της ωριμότητας. Τέλος, το υπόλοιπο τρίτο ήταν εκείνοι άνω των εξήντα ετών, των οποίων οι γνώσεις και η ιστορική τους προοπτική, παρέχουν πολύτιμη καθοδήγηση. Η ισότητα των φύλων ήταν επίσης μια κρίσιμη πτυχή σε κάθε ηλικιακή κατηγορία, διασφαλίζοντας αυστηρά, την ίση εκπροσώπηση τόσο των ανδρών όσο και των γυναικών σε κάθε ηλικιακή ομάδα.

Αυτή η ισορροπημένη εκπροσώπηση εξασφάλιζε ότι η διακυβέρνηση της πόλης δεν κυριαρχούνταν από καμία ηλικιακή ομάδα ή φύλο, αλλά μάλλον καθοδηγούνταν από μια συλλογική σοφία που αντικατόπτριζε τον διαφορετικό πληθυσμό. Η εμπειρία και η διορατικότητα των μεγαλύτερων μετριάζουν το πάθος και τον ιδεαλισμό της νεολαίας, ενώ η ζωντάνια της νεότερης γενιάς αντισταθμίζει τον συντηρητισμό των παλαιότερων.

Επιπλέον, η συμπερίληψη διαφορετικών ηλικιακών ομάδων αντιπροσωπεύει τις διαφορετικές βιολογικές ανάγκες και μοναδικές προοπτικές σε κάθε στάδιο της ζωής. Αυτό το περίπλοκο σύστημα προσπάθησε να αντιπροσωπεύσει ολόκληρο το φάσμα της ανθρώπινης εμπειρίας, προωθώντας μια δομή διακυβέρνησης όπου οι φωνές όλων ακούγονταν και εκτιμιούνταν.

Η ενημέρωση τους διακόπηκε μετά από λίγα λεπτά, όταν μια άλλη πόρτα άνοιξε και μια ομάδα πέντε διακεκριμένων ατόμων που εξέπεμπαν αέρα εξουσίας και σοφίας εισήλθαν. Η ενδυμασία τους ήταν άψογη, αντανακλώντας τη θέση ισχύος τους, ενώ το κοίταγμά τους άστραφταν από εξυπνάδα και γνώση.

Παρά τη σοφία και την αυθεντία που εξέπεμπαν, κανείς τους δεν φαινόταν να είναι μεγαλύτερος από τα 50 τους χρόνια, μερικοί αρκετά νεότεροι. Τα πρόσωπά τους ήταν σφριγηλά, τα βλέμματά τους γεμάτα ζωντάνια. Η εμφάνισή τους, τους δημιούργησε ερωτηματικά σύμφωνα με όσα τους είχε πει η Πέρσα για την ποσόστωση των ηλικιών στην διακυβέρνηση.

Πρώτη μπήκε η Πρόεδρος Έβελιν Χάρπερ, τα ασημένια μαλλιά της τραβηγμένα σε έναν κομψό κότσο. Φορούσε ένα μπλε κουστούμι που έδειχνε τόσο δύναμη όσο και κομψότητα. Τα γαλάζια μάτια της, διεισδυτικά, σάρωναν την αίθουσα με μια κοφτερή, αξιολογητική ματιά. Οι διπλωματικές της ικανότητες και η στρατηγική της σκέψη την είχαν φέρει στο ρόλο της προέδρου των Αντιστασιαστών. Με καταγωγή από την Ατλάντα της Βόρειας Αμερικής, η θητεία της ενίσχυε την συνεργασία και την κοσμοπολίτικη ατμόσφαιρα, καλωσορίζοντας πολίτες από κάθε γωνιά του πλανήτη.

Πίσω της ακολουθούσε η Δρ. Αμάρα Σινγκ, μια λαμπρή ειδικός στην τεχνητή νοημοσύνη και την τεχνολογία. Τα μαύρα μαλλιά της ήταν χτενισμένα σε έναν κομψό καρέ, και φορούσε μια λευκή ποδιά πάνω από ένα βαθύ μωβ φόρεμα. Η Αμάρα έλαμπε με ένα βάθος γνώσης και καινοτομίας, αντανακλώντας τον κεντρικό της ρόλο στην προώθηση του τεχνολογικού τοπίου της Προμηθέως Όναρ. Με καταγωγή από τη Πούνε της κάποτε Ινδίας, η τεχνογνωσία της επεκτάθηκε στην ανάπτυξη ηθικής τεχνητής νοημοσύνης, διασφαλίζοντας ότι η πόλη παραμένει στην πρώτη γραμμή της τεχνολογικής προόδου, δίνοντας παράλληλα προτεραιότητα στην υπεύθυνη καινοτομία.

Μια τρίτη γυναίκα ακολούθησε, η Δρ. Ιζαμπέλα Ροντρίγκεζ. Ήταν μια γυναίκα που ακτινοβολούσε ήρεμη χάρη, επιφανής ειδικός στη γενετική και μέλος της ηγετικής ομάδας. Φορώντας ένα απλό αλλά κομψό μαύρο φόρεμα, τα χάλκινα μαλλιά της έπεφταν ελεύθερα στους ώμους της και τα μάτια της είχαν μια ζεστασιά που αντέκρουε τη σοβαρή της έκφραση. Με καταγωγή από τη Νέα Βαρκελώνη, η αφοσίωσή της στις ηθικές γενετικές πρακτικές συνέβαλε στην ανθεκτικότητα και την ευημερία της πόλης, προστατεύοντάς την από πιθανές βιολογικές απειλές. Το έργο της στη γενετική έρευνα ήταν κορυφαίο και όχι απλά προηγμένη ιατρική επιστήμη.

Οι άλλοι δύο εκπρόσωποι ήταν άνδρες, με πρώτο τον Δρ. Λιανγκ Γουέι, έναν έμπειρο τεχνολόγο από την Τσενγκντού της λεκάνης του Σιτσουάν. Ήταν ντυμένος με ένα κομψό γκρι κουστούμι με λευκό πουκάμισο και μαύρη γραβάτα. Με υπόβαθρο στην κυβερνητική και βαθιά κατανόηση της ηθικής της τεχνητής νοημοσύνης, η συνεισφορά του

Λιανγκ στις τεχνολογικές προόδους των Αντισταστών ήταν ουσιαστική. Το ήρεμο και αναλυτικό του βλέμμα τον έκανε έμπιστο σύμβουλο σε θέματα κυβερνοασφάλειας και ψηφιακής καινοτομίας.

Την ομάδα των ηγετών συμπλήρωσε ο Στρατηγός Αλεχάντρο Φερνάντες, ένας διακεκριμένος στρατιωτικός που εστίαζε στην άμυνα και τον στρατηγικό σχεδιασμό. Η βαθιά σκούρα μπλε στρατιωτική στολή του, είχε ραμμένα στον ώμο διακριτικά με το βαθμό και την εμπειρία του. Ήταν απόγονος των πρώτων εποίκων της Ανταρκτικής από το βυθισμένο πλέον Μπουένος Άιρες. Το στρατηγικό του πνεύμα ήταν κρίσιμο για την ασφάλεια της πόλης μέσα σε ένα περίπλοκο γεωπολιτικό τοπίο. Το ατσαλένιο βλέμμα του και η πειθαρχημένη στάση του αντανακλούσαν χρόνια εμπειρίας στην προστασία της Προμηθέως Όναρ από εξωτερικές απειλές.

Η Πέρσα τους χαιρέτησε με σεβασμό, η τριάδα έκανε το ίδιο, αναγνωρίζοντας τη σοβαρότητα της επερχόμενης συζήτησης. Οι πέντε ηγέτες κάθισαν πίσω από το μακρόστενο έδρανο και η πρόεδρος Χάρπερ τους έκανε νεύμα να καθίσουν κοντά, στις πρώτες θέσεις του αμφιθεατρικού χώρου.

Ο Τέρι αισθάνθηκε έναν κόμπο στο στομάχι την ώρα που καθόταν. Το χέρι της Ρία άγγιξε το δικό του, μια σιωπηρή χειρονομία αλληλεγγύης. Ο Αλεξάντερ έστρωσε τα γυαλιά του, το πρόσωπό του ήταν ήρεμο νιώθοντας αυτοπεποίθηση μιας και οι συνομιλητές τους ήταν έμπειροι ακαδημαϊκοί και επιστήμονες όπως αυτός.

Η Πέρσα σύστησε τους τρεις επισκέπτες, εξηγώντας τον λόγο για το ταξίδι τους από τον κόσμο της Δαίμων, τον παλιό όπως τον αποκαλούν εδώ, και την αποστολή τους. Ο Τέρι έβγαλε από το σακίδιό του τα αντικείμενα που του έδωσε η Σοφία και τα έδειξε στους παρευρισκόμενους, όσο αυτοί άκουγαν με προσοχή, αξιολογώντας τα κίνητρα και τις προθέσεις τους.

«Πήρατε μεγάλο ρίσκο ερχόμενοι ακάλεστοι στην πόλη μας», παρατήρησε η Έβελιν Χάρπερ, με το βλέμμα της να διατρέχει τα πρόσωπά τους. «Οι πιθανοί κίνδυνοι από την εμβάθυνση στο λογισμικό της Δαίμων είναι τεράστιοι. Η απειλή μόλυνσης από τον ιό στα συστήματά μας δεν μπορεί να αγνοηθεί. Είναι αναγκαίο να κατανοήσουμε γιατί είστε διατεθειμένοι να πάρετε ένα τέτοιο ρίσκο. Τι ελπίζετε να επιτύχετε φέρνοντάς το σε εμάς;» Η διατύπωσή της ήταν σταθερή, αλλά η ανησυχία εμφανής.

Η Δρ. Αμάρα Σινγκ, η ειδική στην τεχνητή νοημοσύνη και την τεχνολογία, έγειρε προς τα εμπρός και συνέχισε. «Η Έβελιν έχει δίκιο. Οφείλουμε να προχωρήσουμε με προσοχή. Αυτό δεν είναι απλά ένα κομμάτι λογισμικού. Είναι μια σύνθετη και απρόβλεπτη οντότητα. Δεν μπορούμε να πούμε τι κινδύνους μπορεί να περιέχει. Έχετε εξετάσει τις πιθανές συνέπειες των ενεργειών σας για τον κόσμο που ζείτε;» Τα δάχτυλά της χτυπούσαν ελαφρά στο τραπέζι, σημάδι της βαθιάς της σκέψης.

Δίπλα της, ο Δρ. Λιανγκ Γουέι έγνεψε συμφωνώντας. «Μοιράζομαι τις ανησυχίες της Αμάρα και της Έβελιν. Ο ιός θα μπορούσε να είναι ένας Δούρειος Ίππος, σχεδιασμένος επίσης να διεισδύσει στα συστήματά μας και να προκαλέσει χάος. Έχω μελετήσει τις ιδιομορφίες του κώδικα της Δαίμων στο παρελθόν ως ερευνητής πριν έρθω εδώ. Είναι ένας λαβύρινθος, και το ενδεχόμενο ακούσιων συνεπειών είναι τεράστιο. Με μια λάθος κίνηση, θα μπορούσαμε να εκθέσουμε τους εαυτούς μας σε καταστροφικούς κινδύνους, για να μην αναλύσω την πιθανότητα να είστε άθελά σας πιόνια σε κάποιο σχέδιό της.»

Οι αιτιάσεις του ήταν ήρεμες και μετρημένες, αλλά το βάρος των λέξεων του κρεμόταν στον αέρα. Ο Τέρι αισθάνθηκε ένα τσίμπημα ανησυχίας, καθώς δεν είχαν κάτι για να μετριάσουν τους εύλογους φόβους των συνομιλητών τους.

Ο Στρατηγός Αλεχάντρο Φερνάντες πρόσθεσε, «Δεν μπορούμε να αντέξουμε να είμαστε απρόσεκτοι. Αν εκτεθούμε, οι συνέπειες θα μπορούσαν να είναι ολέθριες. Χρειαζόμαστε ένα μεθοδικό σχέδιο με πολλαπλά επίπεδα ασφάλειας. Η ασφάλεια της πόλης μας είναι πρωταρχικής σημασίας.» Το βλέμμα του ήταν έντονο, τα χέρια του σφιγμένα πάνω στο τραπέζι.

Ο Αλεξάντερ, πήρε τον λόγο. «Σας φέρνουμε την ουσία της Δαίμων καλή τη πίστη. Δεν υπάρχουν διαβεβαιώσεις για τίποτα από όσα θέσατε. Δεν πρέπει να αφήσουμε όμως τον φόβο να μας παραλύσει. Το μέλλον της ανθρωπότητας εξαρτάται από την προθυμία σας να αναλάβετε το ρίσκο και να εξερευνήσουμε νέες δυνατότητες μαζί ενάντια σε έναν κοινό εχθρό.» Ο τρόπος που κοίταζε, εξέφραζε γνησιότητα και αντανακλούσε το βάθος ενός οράματος.

Όσο η συζήτηση ξεδιπλωνόταν, ένταση γέμισε την αίθουσα, υπογραμμίζοντας την εύθραυστη ισορροπία μεταξύ της αναζήτησης κρίσιμων πληροφοριών και της προστασίας της Προμηθέως Όναρ. Οι ηγέτες κατανοούσαν τους πιθανούς κινδύνους από τη διαχείριση του λογισμικού της Δαίμων, αλλά αναγνώριζαν επίσης τα πιθανά οφέλη μιας συμμαχίας ενάντια στους αινιγματικούς 'Δημιουργούς'.

Οι επόμενες ώρες δαπανήθηκαν συζητώντας προτεινόμενα μέτρα ασφαλείας και εξερευνώντας διάφορα σενάρια για πιθανούς κινδύνους. Αφού ζύγισαν τα πιθανά οφέλη, κατέληξαν στο συμπέρασμα ότι οι κίνδυνοι ήταν διαχειρίσιμοι αν προσεγγιστούν με προσοχή και πρόνοια. Αναγνώρισαν ότι η πορεία μπροστά τους θα ήταν γεμάτη προκλήσεις, αλλά ήταν αποφασισμένοι να χαράξουν έναν δρόμο προς ένα καλύτερο μέλλον για την ανθρωπότητα. Ο Τέρι ένιωσε ένα κύμα ανακούφισης να τον πλημμυρίζει καθώς η συζήτηση έφτανε στο τέλος της. Τα μάτια της Ρία συναντήθηκαν με τα δικά του, μια κοινή αίσθηση ελπίδας και αποφασιστικότητας αντανακλώνταν στο βλέμμα τους.

Αποφασίστηκε να προχωρήσουν στην παροχή βοήθειας που τους ζητήθηκε και την διερεύνηση μιας πιθανής μελλοντικής συμμαχίας αν όλα πήγαιναν καλά. Ωστόσο, θα παρέμεναν σε επαγρύπνηση και έτοιμοι για οποιεσδήποτε απρόβλεπτες προκλήσεις.

Υπό το πρίσμα αυτής της συμφωνίας, ο Τέρι επιδίωξε αμοιβαία εμπιστοσύνη από τους συνομιλητές τους. «Η Πέρσα ανακάλυψε άγνωστο DNA κατά τη διάρκεια της συνάντησής μας στο Κάιρο. Μπορείτε να μας διαφωτίσετε αναφορικά με το εύρημα και τη σημασία του;»

Η Πρόεδρος Χάρπερ αντάλλαξε ματιές με τους συντρόφους της πριν απαντήσει. Μετά από κοινή σιωπηλή συμφωνία βλεμμάτων, αποκρίθηκε.

«Αυτό που ανακαλύψαμε είναι πράγματι αξιοσημείωτο και μπερδεμένο. Η αλληλουχία του DNA δεν μοιάζει με οτιδήποτε έχουμε συναντήσει, σε οποιοδήποτε γνωστό γονιδίωμα ανθρώπου ή ζώου. Είναι εξαιρετικά περίπλοκη και περιέχει δομές που δεν έχουμε ξαναδεί.

Μοιάζει εξωγήινο, ένας γενετικός κώδικας που διαφεύγει από την κατανόησή μας.»

Η Δρ. Ιζαμπέλα Ροντρίγκεζ, η γενετίστρια, συνέχισε. «Η ανάλυσή μας δείχνει ότι το άγνωστο DNA έχει σημαντική λειτουργική ομοιότητα με ένα ανθρωποειδές είδος. Η συνολική ανατομική δομή είναι εντυπωσιακά παρόμοια με των ανθρώπων, με τις αναμενόμενες διαφορές λόγω του μεγάλου ύψους τους.»

«Περίπου τέσσερα μέτρα να μαντέψω;» ρώτησε στενεύοντας το βλέμμα του ο Αλεξάντερ.

«Περίπου τόσο,» συμφώνησε και έγνεψε επιβεβαιωτικά η Ιζαμπέλα.

Το βάρος της αποκάλυψης έπεσε πάνω τους. Οι ματιές του Τέρι, της Ρία και του Αλεξάντερ συναντήθηκαν, αντικατοπτρίζοντας την κοινή τους κατανόηση και τη σοβαρότητα του δρόμου που ακολουθούσαν.

Η Αμάρα, με εξιστόρηση που μετέφερε μια εντύπωση επιστημονικής ίντριγκας, συνέχισε περαιτέρω την εξήγηση. «Τελέσαμε εκτενείς προσομοιώσεις σε ελεγχόμενα εικονικά περιβάλλοντα, προσπαθώντας να κατανοήσουμε αυτό το εξωγήινο DNA. Οι προσομοιώσεις δημιούργησαν ένα υπερμέγεθες ανθρωποειδές ον, έναν 'Αρχαίο' όπως το αποκαλούμε. Δυστυχώς όμως, δεν έχουμε καμία ουσιαστική απόκριση από το προσομοιωμένο πλάσμα. Είναι ένας αδρανής γενετικός κώδικας, που περιμένει να εκδηλωθούν οι κατάλληλες συνθήκες»

Ο Δρ. Λιανγκ Γουέι πρόσθεσε προβληματισμένος. «Η πρόκληση έγκειται στην αποκρυπτογράφηση του σκοπού πίσω από αυτό. Είναι απλώς μια ανωμαλία, ένα κατάλοιπο κάποιου εξωγήινου πειράματος ή έχει βαθύτερο νόημα και λειτουργία; Δεν μπορούμε να διαπιστώσουμε τις προθέσεις του αν δεν το εφαρμόσουμε σε έναν ζωντανό οργανισμό.»

Η Πρόεδρος Χάρπερ ξεσκέπασε αυτό που οι υπόλοιποι φέρνανε σιγά σιγά, «Τα σχέδιά μας περιλαμβάνουν την κατασκευή μιας ζωντανής οντότητας με αυτό το DNA, για να παρατηρήσουμε μια πιθανή ενεργοποίησή του. Εάν υπάρχει κάποια ένδειξη έξυπνης ζωής σε αυτόν τον γενετικό κώδικα, θα μπορούσε να αναδιαμορφώσει την κατανόησή μας για την ύπαρξη και ενδεχομένως να μας προσφέρει πολύτιμες γνώσεις.»

Στην αίθουσα έπεσε σιωπή, ο καθένας ήταν βυθισμένος στις σκέψεις του. Η προοπτική χειραγώγησης του εξωγήινου DNA έθετε ηθικά και υπαρξιακά ερωτήματα, με πιθανές απρόβλεπτες συνέπειες. Οι Αντιστασιαστές, με οδηγό τους την επιδίωξη της γνώσης και την επιθυμία να ξεπεράσουν την κυριαρχία της Δαίμων, ξεκινούσαν ένα επικίνδυνο ταξίδι στο άγνωστο.

Οι τρεις αντάλλαξαν ματιές, με τα πρόσωπά τους χαραγμένα με ενθουσιασμό μα και φόβο. Η προοπτική της αλληλεπίδρασης με έναν «θεό» του παρελθόντος, ήταν συναρπαστική και συνάμα τρομακτική. Γεμάτοι όμως με αίσθηση σκοπού και αποφασιστικότητας, ήταν έτοιμοι να αναλάβουν αυτή την εξαιρετική πρόκληση. Να ξετυλίξουν τα μυστήρια του εξωγήινου DNA και να γράψουν ένα νέο κεφάλαιο στην ανθρώπινη ιστορία.

Όταν η συνάντηση έφτασε στο τέλος της, οι ηγέτες των Αντιστασιαστών και η τριάδα αντάλλαξαν χειραψίες, σφραγίζοντας τις κοινές τους προθέσεις. Η ατμόσφαιρα ήταν γεμάτη προσδοκία και ενθουσιασμό για τη δυνατότητα ενός λαμπρότερου μέλλοντος για την ανθρωπότητα. Με αυτή την αμοιβαία κατανόηση, οι τρεις, έγιναν δεκτοί ως σύμμαχοι στον συνεχιζόμενο αγώνα.

Ως χειρονομία φιλοξενίας, οι Αντιστασιαστές κανόνισαν τη διαμονή τους σε ένα πολυτελές ξενοδοχείο, με κάθε οικονομική δαπάνη τους καλυπτόμενη από την κυβέρνησή τους. Η Πέρσα, συνόδευσε τον Τέρι, τη Ρία και τον Αλεξάντερ έξω από την αίθουσα συνεδριάσεων, με τα πρόσωπα και των τεσσάρων να αντανακλούν την ανακούφιση πως πήγαν όλα και για όλους καλά.

Βγαίνοντας από την αίθουσα, ο Τέρι ρώτησε τη Πέρσα για την ηλικία των ηγετών που τους δημιούργησε ερωτηματικά.

«Όλοι οι ηγέτες φαινόντουσαν πολύ νέοι. Είναι πραγματικά όσο φαίνονται ή υπάρχει κάτι άλλο;» αναζήτησε από απορία.

Η Πέρσα γέλασε ελαφρά. «Βλέπω ότι σας εξέπληξε η εμφάνισή τους. Ναι, κατανοώ την απορία σας. Έχουμε σημειώσει σημαντικές προόδους στη γενετική τεχνολογία, εξού και η δυνατότητα δημιουργίας σώματος από το ξένο DNA. Μέσω επεξεργασίας γονιδιώματος και προηγμένης βιοτεχνολογίας, έχουμε καταφέρει να αντιστρέψουμε τη γήρανση και να παρατείνουμε τη διάρκεια ζωής.» Συνέχισε με την φωνή της να χαμηλώνει, «Δυστυχώς, η θεραπεία είναι ατομική για το γονιδίωμα κάθε ατόμου και ακόμη πολύ ακριβή. Μόνο οι πλούσιοι και υψηλού προφίλ προσωπικότητες έχουν πρόσβαση σε αυτήν.»

«Πόσων ετών ήταν οι ηγέτες που μιλήσαμε;» ρώτησε ο Αλεξάντερ με έντονη περιέργεια, μιας έμοιαζαν σχεδόν όλοι τους συνομήλικοί του.

Η Πέρσα τον πείραξε, σπάζοντας το αυστηρό της ύφος για πρώτη. «Μην ανησυχείς από τώρα, μια χαρά κρατιέσαι παρά την ηλικία σου,» κάνοντας τους όλους να γελάσουν, χαλαρώνοντας στιγμιαία το σφίξιμο στους ώμους τους. «Η Έβελιν είναι 55, η Ιζαμπέλα 64, ο Λιανγκ 72. Η Αμάρα και ο Αλεχάντρο είναι όντως όσο δείχνουν, 33 και 45.»

«Η Ιζαμπέλα 64 και ο Λιανγκ 72;» εξεπλάγη η Ρία, «Με τα βίας θα τους έκανα 40-45…»

«Ας ελπίσουμε ότι η συνεργασία μας θα ευοδώσει,» είπε εύθυμα η Πέρσα, «ώστε να γίνει προσβάσιμη αυτή η τεχνολογία για όλους μας.»

Η διαδρομή προς το ξενοδοχείο ακολούθησε τα ίδια αυστηρά πρωτόκολλα ασφαλείας όπως νωρίτερα. Η συνοδεία των τριών οχημάτων σταμάτησε στην είσοδο ενός σύγχρονου ξενοδοχείου, που με την κομψή γυάλινη πρόσοψή του αντανακλούσε τη ζωντανή ενέργεια και τα φώτα της πόλης. Το λόμπι είχε μαρμάρινα πατώματα και ψηλά ταβάνια διακοσμημένα με πολυελαίους, ενώ σύγχρονα έργα τέχνης πρόσθεταν μια πινελιά κομψότητας.

Ο Τέρι θαύμασε την απόλυτη πολυτέλεια γύρω του και Ρία κοιτούσε τριγύρω σαν να μην πιστεύει αυτό που βλέπει. Ο Αλεξάντερ έστρωσε τα γυαλιά του, προσπαθώντας να απορροφήσει κάθε λεπτομέρεια του περιβάλλοντός τους. Η Πέρσα παρέδωσε έναν φάκελο με οδηγίες στη ρεσεψιόν του ξενοδοχείου, διασφαλίζοντας ότι οι επισκέπτες θα λάβουν το υψηλότερο επίπεδο υπηρεσιών και άνεσης. Το προσωπικό, έμπειρο στο πρωτόκολλο της κυβέρνησης για τη φιλοξενία διακεκριμένων επισκεπτών, άρχισε αμέσως να δραστηριοποιείται, διασφαλίζοντας ότι κάθε ανάγκη τους θα ικανοποιούνταν.

Ο Τέρι, η Ρία και ο Αλεξάντερ ένιωσαν μια αίσθηση προνομίου και ευθύνης. Ποτέ τους δεν είχαν βιώσει τέτοια πολυτέλεια πριν, κάτι που τους υπενθύμισε την έντονη αντίθεση μεταξύ της ζωής τους στις πόλεις της Δαίμων και της ευημερίας που έβλεπαν στην Προμηθέως Όναρ.

Τα αποχαιρετιστήρια λόγια της Πέρσας ήταν απροσδόκητα, η ομιλία της ήταν τώρα απαλή και φιλική. «Δεν είστε πια απλοί επισκέπτες, είστε σύμμαχοι στον αγώνα για ένα καλύτερο κοινό μέλλον. Ξεκουραστείτε απόψε και αύριο θα σας δείξω την πόλη και τις εγκαταστάσεις μας. Να είστε καλά.»

Μέσα στη δίνη των συναισθημάτων, ο Τέρι αισθάνθηκε ένα κύμα αισιοδοξίας. Πίστευε ότι αυτή ήταν μια καμπή για την ανθρωπότητα, μια ευκαιρία να χαράξουν έναν νέο δρόμο προς την ειρήνη, την κατανόηση και τη συνεργασία. Μαζί, ο κόσμος της Δαίμων και των Αντιστασιαστών, θα μπορούσαν να αντιμετωπίσουν τις προκλήσεις που έρχονται, ενωμένοι από ένα κοινό όραμα για ένα καλύτερο μέλλον για όλους.

ΚΕΦΑΛΑΙΟ 20: ΠΡΟΣΩΠΑ ΜΙΑΣ ΜΗΤΡΟΠΟΛΗΣ

Στην καρδιά της Προμηθέως Όναρ, το πολυτελές ξενοδοχείο ήταν ένα καταφύγιο πολυτέλειας, προσφέροντας στην τριάδα μια εμπειρία πέρα από κάθε προσδοκία. Τα δωμάτιά τους ήταν διακοσμημένα με εξαιρετικά έργα τέχνης, κρυστάλλινους πολυελαίους και γυαλισμένα μαρμάρινα πατώματα που αντηχούσαν τα βήματά τους, αποπνέοντας μια αύρα εκλεπτυσμένης κομψότητας. Η ατμόσφαιρα ήταν γεμάτη με την υποτονική ευωδία του γιασεμιού και του φρεσκοσιδερωμένου λινού, δημιουργώντας μια χαλαρωτική και φιλόξενη ατμόσφαιρα. Μαλακή κλασική μουσική έπαιζε στο παρασκήνιο, συγχωνευόμενη αρμονικά με το απαλό βουητό του συστήματος εξαερισμού του ξενοδοχείου.

Οι παροχές του ξενοδοχείου ξεπερνούσαν κατά πολύ τα βασικά και αυστηρά περιβάλλοντα που είχαν γνωρίσει στις πόλεις της Δαίμων. Υπήρχε κέντρο σπα και ευεξίας που προσέφερε αναζωογονητικές θεραπείες, μεταφέροντάς τους σε ένα βασίλειο ηρεμίας, και γαστρονομικές απολαύσεις τους περίμεναν στο εστιατόριο, όπου επιδέξιοι σεφ έφτιαχναν δελεαστικά γκουρμέ πιάτα. Ένα σαλόνι στον τελευταίο όροφο παρείχε πανοραμική θέα της πόλης, ένα τέλειο σκηνικό για χαλάρωση ανάμεσα στα φώτα που αναβοσβήνουν.

Το προσεκτικό προσωπικό προέβλεπε κάθε ανάγκη τους, εξασφαλίζοντας μια απρόσκοπτη και ευχάριστη διαμονή. Από τις εξατομικευμένες υπηρεσίες μέχρι την αποκλειστική πρόσβαση σε χώρους ψυχαγωγίας και ένα γυμναστήριο με προσωπικούς προπονητές, το ξενοδοχείο τους περιέβαλε με μια ατμόσφαιρα αποκλειστικότητας. Το προσωπικό κινούνταν με αθόρυβη αποτελεσματικότητα, οι στολές τους ήταν καθαρές και άψογες και τα πρόσωπά τους, πάντα στολισμένα με επαγγελματικά, φιλόξενα χαμόγελα.

Ο Τέρι, η Ρία και ο Αλεξάντερ ήταν κατακλυσμένοι από την πληθώρα επιλογών που είχαν στη διάθεσή τους. Απολαμβάνοντας την πολυτέλεια του περιβάλλοντός τους, δεν μπορούσαν να μην θαυμάσουν την έντονη αντίθεση μεταξύ της τρέχουσας πραγματικότητάς τους και των δυσκολιών που είχαν αντιμετωπίσει στο ταξίδι τους. Ο Τέρι άγγιξε την λεία μαρμάρινη επιφάνεια ενός τραπεζιού, θαυμάζοντας την ψυχρότητά της, ενώ τα μάτια της Ρίας έλαμπαν από θαυμασμό ενόσω βυθιζόταν σε μια πολυθρόνα με βελούδινη υφή. Ο Αλεξάντερ, συνήθως συγκρατημένος, άφησε ένα σπάνιο χαμόγελο να αγγίξει τα χείλη του καθώς έβλεπε την πόλη από ψηλά.

Το πρωί, αφού πέρασαν τη νύχτα απολαμβάνοντας τις πολλές ανέσεις του ξενοδοχείου, η Πέρσα επικοινώνησε μαζί τους μια συνάντηση ώστε να τους κάνει μια περιήγηση στην πόλη. Το προσωπικό του ξενοδοχείου τους παρείχε ζεστά, καθημερινά ρούχα που ταιριάζουν με την ενδυμασία των τοπικών κατοίκων, ώστε να μην ξεχωρίζουν από το πλήθος. Ο Τέρι φορούσε ένα άνετο καινούργιο σακάκι και ασορτί παντελόνι, ραμμένα ακριβώς στα μέτρα του. Στη Ρία είχε παρασχεθεί ένα μακρύ φόρεμα και ένα καστόρινο παλτό. Ο Αλεξάντερ, πιο περιπετειώδης, αισθανόταν λίγο περίεργα μέσα στην μακριά καμπαρντίνα αλλά ήταν αδιαμφισβήτητα καλοντυμένος.

Γύρω στις εννέα, συναντήθηκαν στο λόμπι και περνώντας την κεντρική είσοδο, βρέθηκαν σε μια κεντρική λεωφόρο της πόλης ανάμεσα σε ουρανοξύστες, με το αέναο λυκαυγές να καλύπτει τα συνήθη σημάδια του χρόνου.

Η Πέρσα τους περίμενε δίχως συνοδεία φρουρών, στο δικό της όχημά, ένα τυπικό ηλεκτρικό αυτοκίνητο, παρόμοιο με τα περισσότερα που είχαν δει στην πόλη. Ο σχεδιασμός του τους θύμιζε τα "γυάλινα αυγά" στις πόλεις της Δαίμων, αλλά αυτά ήταν κατασκευασμένα από κάποιο ελαφρύ μεταλλικό κράμα και όχι συνθετικό. Το κίτρινο χρώμα και η πανοραμική διαφανής οροφή του έδιναν μια εντύπωση ζωντάνιας και άνεσης.

Μέχρι και η ίδια η Πέρσα έδινε αυτήν την εντύπωση, ντυμένη με καθημερινά χρωματιστά ρούχα και όχι την μαύρη στολή της, παρουσιάζοντας ένα θέαμα που τους ήταν ασυνήθιστο.

«Ελάτε, πάμε,» τους φώναξε καθισμένη εμπρός αριστερά με προσμονή, κάνοντας του νόημα με το χέρι να μπουν μέσα.

Ο Τέρι και η Ρία άνοιξαν την πόρτα και κάθισαν στο πίσω κάθισμα ενώ ο Αλεξάντερ μπροστά. Η πόρτα έκλεισε με έναν απαλό ήχο, και ξεκίνησαν. Η πλοήγησή του γινόταν με φωνητικές εντολές όπως τα Πήγασος και το παρμπρίζ εμφάνιζε δεδομένα ταχύτητας και κίνησης στους δρόμους.

Τα καθίσματα ήταν άνετα και εργονομικά σχεδιασμένα, αγκαλιάζοντας τα σώματά τους.

«Είναι αρκετά διαφορετικό από τα οχήματα που έχουμε στην Νέα Αθήνα,» σημείωσε ο Τέρι, αισθανόμενος με το χέρι του το λείο μπράτσο του καθίσματος.

Η Πέρσα έδινε οδηγίες και το αυτοκίνητο κινούταν επιδέξια μέσα από το περίπλοκο δίκτυο των δρόμων της Προμηθέως Όναρ, προσφέροντας στον Τέρι, τη Ρία και τον Αλεξάντερ μια γεύση και των δύο όψεων της μεγαλούπολης, χωρίς να κρύψει τίποτα. Τα δάχτυλά της χτυπούσαν απαλά στα πόδια της, κοιτάζοντάς τους πίσω συχνά, όσο τους έδειχνε διάφορα αξιοθέατα, με τον ενθουσιασμό της παρόμοιο με των φιλοξενούμενων. Παρότι είχε επισκεφθεί την Προμηθέως Όναρ στο παρελθόν, ήταν μόνο μερικές εβδομάδες που είχε γίνει σπίτι της.

Οι πανύψηλοι ουρανοξύστες, διακοσμημένοι με λαμπερά φώτα, έδειχναν την τεχνολογική υπεροχή και την αδιάκοπη αναζήτηση της προόδου της πόλης. Τα ηλεκτρικά οχήματα βούιζαν στους καλοδιατηρημένους δρόμους, υπογραμμίζοντας τη δέσμευση της πόλης για ένα μέλλον που τροφοδοτείται από την καινοτομία.

Ωστόσο, καθώς βυθίζονταν πιο βαθιά στην καθημερινή ζωή της Προμηθέως Όναρ, οι σκιές της σκοτεινής πλευράς της πόλης γίνονταν όλο και πιο εμφανείς. Σκουπίδια γέμιζαν τους δρόμους σε ορισμένες παραμελημένες γειτονιές, μια έντονη αντίθεση με τις λαμπερές προσόψεις των ψηλών κτιρίων, υποδηλώνοντας την προσπάθεια να συμβαδίσουν με τον αυξανόμενο πληθυσμό. Πιο κάτω, ερειπωμένα σπίτια και τα απελπισμένα πρόσωπα εκείνων που αγωνίζονταν να τα βγάλουν πέρα. Μερικά παιδιά έπαιζαν ρακένδυτα με τα πρόσωπά τους χαραγμένα από την κόπωση των πρώιμων κακουχιών. Η πόλη ήταν ένας ζωντανός καμβάς αντιθέσεων, προόδου και φτώχειας, φιλοδοξίας και απόγνωσης.

«Ζούμε σε μια πόλη των άκρων,» εξήγησε η Πέρσα, με την μαρτυρία της γεμάτη τόσο θαυμασμό όσο και θλίψη. «Η φιλοδοξία μας οδηγεί μπροστά σε θαυμαστά επιτεύγματα, όμως αφήνει πολλούς πίσω στην εξαθλίωση.»

Η φτώχεια παρέμενε σε ορισμένες τσέπες, ορατή στα πρόσωπα εκείνων που αγωνίζονταν ανάμεσα στην ευημερία που τους περιέβαλε. Οι έντονες οικονομικές ανισότητες υπογράμμιζαν τη σκληρή πραγματικότητα ότι δεν καρπώνονταν όλοι τα οφέλη της πόλης. Η επαιτεία και η πορνεία, υποβιβασμένες σε συγκεκριμένες περιοχές, υπενθυμίζουν τις κοινωνικές προκλήσεις που παρέμειναν παρά τις τεχνολογικές εξελίξεις.

Η παρανομία ψέλλιζε την παρουσία της στα σοκάκια, όπου η επιδίωξη προσωπικού κέρδους συγκρούονταν με τα ιδανικά μιας δίκαιης κοινωνίας. Η αλόγιστη κατανάλωση πόρων και τροφίμων, παρά τις προσπάθειες εξορθολογισμού, αποκάλυπτε τη σκοτεινή πλευρά της αδυσώπητης προσπάθειας για κέρδος. Όπως και στο παρελθόν της ανθρωπότητας, έτσι και τώρα εδώ σαν συνέχεια του τότε κόσμου, η απληστία επισκίαζε την ανάγκη για βιώσιμες πρακτικές και δίκαιη κατανομή.

«Προσπαθούμε να αντιμετωπίσουμε αυτά τα ζητήματα, αλλά είναι μια διαρκής μάχη,» συνέχισε η Πέρσα. «Πιστεύουμε στη δύναμη της ατομικής προσπάθειας και στην δυνατότητα του καθενός να επιτύχει. Θέλουμε η Προμηθέως Όναρ να είναι μια πόλη όπου τα όνειρα μπορούν να πραγματοποιηθούν, ανεξάρτητα από το πού προέρχεσαι. Είναι ένα έργο σε εξέλιξη. Έχουμε πολύ δρόμο μπροστά μας για να επιτύχουμε μια τέλεια κοινωνία, αλλά είμαστε μια πόλη ανθρώπων, όχι μια που φτιάχτηκε από τεχνοκρατικό λογισμικό. Έχουμε πάθος, έχουμε όνειρα και έχουμε το θάρρος να παλέψουμε για ένα καλύτερο μέλλον,» τους διαβεβαίωσε σφίγγοντας τις γροθιές της, σαν να διοχέτευε τη συλλογική αποφασιστικότητα των κατοίκων της πόλης.

Ανάμεσα στα ελαττώματα και τις ατέλειες, τόνισε το αξιοκρατικό σύστημα της πόλης, όπου θεωρητικά τουλάχιστον, παρείχε ευκαιρίες για όσους πραγματικά προσπαθούσαν. Το κίνητρο για πρόοδο και η υπόσχεση ίσων ευκαιριών για όσους επιθυμούν να αγωνιστούν, ήταν αναμφισβήτητες πτυχές του ήθους των Αντιστασιαστών.

Εν μέσω της ξενάγησης στην Προμηθέως Όναρ, η ελκτική σπίθα ανάμεσα σε αυτήν και τον Αλεξάντερ επιβεβαιώθηκε. Τα βλέμματά τους συναντήθηκαν σε φευγαλέες στιγμές, ανταλλάσσοντας ματιές που ξεπερνούσαν τον θόρυβο και το χάος γύρω τους. Αντάλλαζαν φευγαλέα χαμόγελα, και η έντονες αντιθέσεις της πόλης αύξησαν την ένταση της έλξης τους. Έβλεπαν ο ένας στον άλλο μια αντανάκλαση των δικών τους ονείρων και φιλοδοξιών, ένα συγγενές πνεύμα που λαχταρούσε για ένα καλύτερο μέλλον.

Ο Αλεξάντερ ένιωθε τον παλμό του να επιταχύνεται κάθε φορά που τα βλέμματά τους συναντιόνταν, το ίδιο μπορούσε να καταλάβει και για την Πέρσα. Άλλωστε, αυτή η έλξη ήταν και η πιθανότερη αιτία της μεταμόρφωσης της συμπεριφοράς της απέναντί τους.

Προτού ολοκληρώσουν η περιήγησή τους με τον τελευταίο προορισμό, η Πέρσα πρότεινε να απολαύσουν γεύμα σε ένα διάσημο εστιατόριο, στην κορυφή ενός από τους ουρανοξύστες της πόλης, με τους τρεις να αποδέχονται.

Κάτω από ένα γυάλινο θόλο που τους προστάτευε από το ψύχος, θαύμαζαν στο λυκαυγές το μαγευτικό θέαμα του νότιου σέλας από πάνω τους. Ο αιθέριος χορός του φωτός του, έριχνε την απόκοσμη λάμψη του στο τοπίο, μεταμορφώνοντας την οροφή σε μια σκηνή που θύμιζε παραμύθι. Οι απαλοί ήχοι των ποτηριών που χτυπούσαν και των συνομιλιών των πελατών, δημιουργούσαν μια ατμόσφαιρα εκλεπτυσμένης κομψότητας.

Όπως και στο ξενοδοχείο, έτσι και εδώ, το μενού περιελάμβανε μια τεράστια ποικιλία γαστρονομικών απολαύσεων από όλο τον κόσμο και εποχές. Στα χωριά και στις πόλεις που μεγάλωσαν οι τρεις, οι τροφή βασίζονταν στα τοπικά αγαθά της κάθε περιοχής, διασφαλίζοντας ότι δεν γίνεται σπατάλη συσκευασιών, ενέργειας και των ίδιων των τροφίμων. Παράλληλα, ο πληθυσμός τρέφονταν υγιεινά, με φρέσκα προϊόντα, κάτι που δεν ισχύει εδώ. Τα αγαθά ήταν άφθονα, ικανοποιώντας κάθε προτίμηση μα, με αρνητικές επιπτώσεις όσον αφορά την αποδοτικότητα και την υγεία. Ταυτόχρονα, αυτή η πληθώρα, μαρτυρούσε την εμπορική σύνδεση της Προμηθέως Όναρ με τον υπόλοιπο κόσμο παρά την αντιπαλότητα με την Δαίμων.

Η γενναιοδωρία των αγαθών, αν και απόλαυση για τις αισθήσεις, άφησε μια παρατεταμένη αίσθηση υπερβολής, μια απομάκρυνση από το βιώσιμο ήθος που γνώριζαν. Μελετώντας το μενού, αισθάνονταν μία νοσταλγία για την απλότητα και την συνειδητή κατανάλωση της ανατροφής τους. Ο Τέρι αναστέναξε απαλά δείχνοντας με τα δάχτυλά πιάτα στο μενού, και η Ρία, τον κοίταξε αντανακλώντας μια κοινή επιθυμία απλότητας και ευζωίας. Η σύγκρουση των δύο κόσμων ήταν αισθητή μέσα τους, όπου η τέρψη και η χλιδή, συναντούσαν τα φαντάσματα της λιτότητας και της ζωής με συνείδηση της αποδοτικότητας και της υγείας.

Κάποια στιγμή, η Ρία παρατήρησε μια ομάδα μικρών παιδιών που επιβιβάζονταν σε ένα μεγάλο όχημα στον δρόμο κάτω. Η βραχύβια εμπειρία της ως καθοδηγήτρια στην Μεγάλη Σχολή των Αθηνών αναδύθηκε, και ρώτησε για το εκπαιδευτικό σύστημα των Αντιστασιαστών.

Η Πέρσα χαμογέλασε με μια πινελιά νοσταλγίας στα μάτια της, μιας και η είχε μαθητεύσει νεαρή στον παλιό κόσμο. «Είναι πολύ διαφορετικά από ότι ζήσαμε εμείς που προερχόμαστε από τον κόσμο της Δαίμων. Υπάρχουν μεγάλα κτίρια με αίθουσες διδασκαλίας, γεμάτα θρανία και βιβλία όπως όταν ήμασταν έφηβοι, αλλά αυτό γίνεται από την μικρή ηλικία. Υπάρχει μεγάλη πίεση για καλή απόδοση. Το παιδί πρέπει να χωρέσει σε ένα συγκεκριμένο καλούπι.»

«Ένα καλούπι;» αναρωτήθηκε ο Τέρι, γέρνοντας το κεφάλι του από περιέργεια. «Εννοείς ότι προορίζονται για συγκεκριμένους ρόλους από την αρχή;»

«Ναι,» αναστέναξε η Πέρσα, «Από νεαρή ηλικία, οι μελλοντικές τους διαδρομές είναι ήδη χαρτογραφημένες για αυτούς. Τα σχολεία εδώ προετοιμάζουν τα παιδιά για συγκεκριμένες δουλειές, διαλέγοντας τους καταλληλότερους για κάθε μία. Είναι ένας πολύ ανταγωνιστικός κόσμος εκεί έξω. Από την άλλη, αυτός ο ανταγωνισμός είναι που κρατά αυτήν την πόλη κοντά στις τεχνολογικές εξελίξεις και της προσφέρη αυτονομία. Είναι ένα δίκοπο σπαθί, πραγματικά.»

Μετά από αυτό το μαγευτικό σε εικόνες και γεύσεις διάλειμμα, ο επόμενος προορισμός τους ήταν το εργαστήριο γενετικής. Εκεί, περίμεναν να γίνουν μάρτυρες από πρώτο χέρι των φιλόδοξων προσπαθειών να φέρουν στη ζωή έναν ζωντανό οργανισμό, εμποτισμένο με τη μυστηριώδη αλληλουχία DNA που είχε ανακαλύψει η Πέρσα.

Προηγήθηκαν μέχρι τον υπόγειο χώρο στάθμευσης ενός άλλου ουρανοξύστη, που τίποτα δεν πρόδιδε την παρουσία εργαστηρίου εκεί. Αποβιβάστηκαν και οι τέσσερίς τους πέρασαν από μια πόρτα που έμοιαζε με είσοδο για το προσωπικό συντήρησης του κτιρίου. Μετά από λίγα μέτρα σε έναν στενό διάδρομο, ένας φύλακας με πολιτικά τους σταμάτησε για έλεγχο. Αφού συστήθηκαν και εξακριβώθηκε η ταυτότητά τους, ο φύλακας, ικανοποιημένος με τα διαπιστευτήριά, τους έκανε νόημα προς μια άλλη πόρτα, αυτή τη φορά ασφαλισμένη με προηγμένους μηχανισμούς κλειδώματος.

Στην παρακείμενη αίθουσα, ένας ανελκυστήρας τους περίμενε, πλαισιωμένος από δύο ένοπλους φρουρούς με αυστηρές εκφράσεις. Μπήκαν μέσα και οι πόρτες έκλεισαν. Με ένα ελαφρύ τράνταγμα και το απαλό βούισμα του μηχανισμού, ξεκίνησε η κάθοδος προς το μοναδικό επίπεδο προορισμού του. Ένα σάβανο προσμονής να τους τύλιξε, με καρδιά του Τέρι να χτυπά δυνατά στο στήθος του καθώς κατέβαιναν βαθύτερα στα έγκατα.

Όταν οι πόρτες άνοιξαν, αποκαλύπτοντας τον μυστικό κόσμο κάτω από την επιφάνεια της πόλης, η ομάδα μπήκε σε ένα υψηλής τεχνολογίας θαύμα που ποτέ δεν θα μπορούσαν να φανταστούν.

Το εργαστήριο απλωνόταν σε ένα τεράστιο εμβαδόν, με εξοπλισμό τελευταίας τεχνολογίας να βοά στο παρασκήνιο. Αστραφτερές επιφάνειες από ανοξείδωτο χάλυβα τα γυάλινα παραπέτα, χώριζαν διαφορετικά τμήματα της εγκατάστασης. Δυνατά φώτα έλουζαν τον χώρο, δίνοντάς του μια αποστειρωμένη αλλά τεχνολογικά καινοτόμα ατμόσφαιρα.

Η Πέρσα, με αίσθημα υπερηφάνειας, οδήγησε τον Τέρι, τη Ρία και τον Αλέξάντερ μέσα από διάφορα εργαστήρια, εξηγώντας τον ρόλο κάθε τμήματος στο φιλόδοξο έργο.

Περνούσαν δίπλα από προηγμένες μηχανές γονιδιακής αλληλούχισης και περίπλοκα ρομποτικά χέρια που χειρίζονταν με ακρίβεια βιολογικά δείγματα. Σε ένα παράρτημα, επιστήμονες ανέλυαν με αδιάκοπη προσήλωση το εξωγήινο DNA. Σε ένα άλλο, υπερσύγχρονοι υπολογιστές επεξεργάζονταν σύνθετες προσομοιώσεις και γενετικούς αλγόριθμους. Ο αέρας, βαρύς με την οσμή απολυμαντικού και το βουητό των μηχανών, δημιουργούσε ταυτόχρονα μια ατμόσφαιρα ενθουσιασμού όσο και τρόμου.

Το κεντρικό στοιχείο του εργαστηρίου ήταν ένας μεγάλος αποστειρωμένος θάλαμος, όπου η κεντρική ομάδα επιστημόνων, εργαζόταν για την κατασκευή του ζωντανού σώματος από το εξωγήινο DNA. Η ημικατασκευασμένη οντότητα, ύψους περίπου τεσσάρων μέτρων, βρισκόταν ξαπλωμένη και αδρανής μέσα στο θάλαμο, με τα περιγράμματά της ακόμα ημιτελή. Μεταλλικές σωληνώσεις και νήματα που ήταν πλεγμένα με φλέβες και νεύρα, απεικόνιζαν μια σουρεαλιστική σύντηξη βιολογίας και τεχνολογίας.

Πλησιάζοντας πιο κοντά, τους συνάντησε η Δρ. Ιζαμπέλα Ροντρίγκεζ ντυμένη με μια ιατρική ποδιά. Υποδέχθηκε θερμά την τριάδα, με την ματιά της να αστράφτει από το πάθος για την δουλειάς της και άρχισε να εξηγεί την περίπλοκη διαδικασία κατασκευής.

Η Δρ. Ροντρίγκεζ εξήγησε την πρωτοποριακή τεχνική που χρησιμοποιούσαν για να επιταχύνουν την ανάπτυξη του εξωγήινου σώματος. Περιλάμβανε έναν συνδυασμό προηγμένης γενετικής μηχανικής και βιονανοτεχνολογίας, μια συγχώνευση επιστήμης και μηχανικής που ωθούσε τα όρια της ανθρώπινης γνώσης.

«Χρησιμοποιούμε μια μέθοδο επιταχυνόμενης ανάπτυξης,» εξήγησε η Δρ. Ροντρίγκεζ. «Εκατομμύρια νανορομπότ, πολύ μικρά για να τα δει το γυμνό μάτι, κατασκευάζουν τον ιστό της οντότητας κομμάτικομμάτι.» Τα χέρια της κουνιόντουσαν εκφραστικά όσο μιλούσε, εικονογραφώντας την λεπτή διαδικασία.

Περιέγραψε πώς ενορχήστρωναν προσεκτικά την ανάπτυξη των κυττάρων και των ιστών, καθοδηγούμενη από τις περίπλοκες οδηγίες που περιέχονται στην αλληλουχία του εξωγήινου DNA. Ο στόχος είναι να δημιουργηθεί ένα ον που θα είναι γενετικά όμοιο με τους ‘Δημιουργούς’, όχι μόνο σε επίπεδο φυσιολογίας, αλλά επίσης συνείδησης και ευφυΐας.

Επεκτάθηκε στη μέθοδο της κυτταρικής βιοεκτύπωσης, όπου ενσωματώνοντας ζωντανά κύτταρα σε βιομελάνες, επιτρέπεται η άμεση κατασκευή ιστών και οργάνων. Σε συνδυασμό με εφαρμογές μηχανικής αγγειοποίησης, δημιουργούσαν ένα δίκτυο αιμοφόρων αγγείων για την παροχή οξυγόνου και θρεπτικών συστατικών σε αυτούς τους αναπτυσσόμενους ιστούς.

Ο Τέρι, παρά τις σπουδές του στη βιοτεχνολογία, δεν είχε δει ποτέ τέτοια πρόοδο. Το επίπεδο της εκπαίδευσής του δεν μπορούσε να συγκριθεί με αυτό που έβλεπε γύρω του. Η εξαπάτηση της Δαίμων από τους ‘Δημιουργούς’, είχε αφήσει την επιστημονική κοινότητα στις πόλεις της πολύ πίσω σε αυτόν τον τομέα.

Η Ρία και ο Αλεξάντερ άκουγαν προσεκτικά, με τις εντυπώσεις τους να ταλαντεύονται μεταξύ του θαυμασμού και βαθιάς περισυλλογής. Τα σταυρωμένα στο στήθος χέρια της Ρίας και τα στενευμένα μάτια της, εκδήλωναν την ανησυχία της για τις ηθικές συνέπειες. Ο Αλεξάντερ, διόρθωνε συνεχώς τα γυαλιά του προσπαθώντας να δει καλύτερα τις απίστευτες λεπτομέρειες του υπό κατασκευής σώματος.

Ο Τέρι, αποσβολωμένος από την εικόνα εμπρός του, έθεσε την κομβική ερώτηση, με τον λόγο του να διαποτίζεται με δέος. «Πότε εκτιμάτε ότι η οντότητα θα είναι πλήρως ολοκληρωμένη;» ερεύνησε με ανυπομονησία. «Μιλάμε για εβδομάδες ή μήνες; Δεν μπορώ να φανταστώ την πολυπλοκότητα ενός τέτοιου έργου.»

Η Ιζαμπέλα, με την ανακοίνωσή της σταθερή και σίγουρη, εξέπεμπε έναν αέρα ακλόνητης πίστης στο έργο της. «Σε λίγες μέρες μόνο ακόμα, περίπου δέκα,» απάντησε με αυτοπεποίθηση αμέτρητων ωρών αφοσιωμένης εργασίας.

Αντιλαμβανόμενη τον ενθουσιασμό τους, η Πέρσα επενέβη με μια νότα υπερηφάνειας στη λαλιά. «Τόσο με ενημέρωσαν ότι θα χρειαστεί και για να καθαριστεί το λογισμικό που φέρατε από τον ιό. Θα είστε μάρτυρες δύο κρίσιμων σημείων στην ανθρώπινη ιστορία και όχι χάρη στη Δαίμων, αλλά στους ίδιους τους ανθρώπους.»

Με ένα λεπτό χαμόγελο στα χείλη, η Πέρσα, απτόητη έπλεξε έναν ιστό γοητείας με τα λόγια της. Το βλέμμα της συνάντησε του Αλεξάντερ και άλλη μια σπίθα φλερτ χόρεψε ανάμεσά τους. «Απολαύστε λοιπόν τις διακοπές σας στην πόλη μας μέχρι τότε,» πρότεινε με νόημα, με το βλέμμα της να μένει πάνω στου Αλεξάντερ για λίγες στιγμές, μια κρυφή υπόσχεση για περισσότερες στιγμές που θα έρθουν.

Ο Αλεξάντερ, πάντα ευγενικός και συγκρατημένος, αντέδρασε με ένα παρόμοιο ελαφρύ χαμόγελο, ανταποδίδοντας την άρρητη έλξη. Ένιωσε ένα φτερούγισμα στο στήθος του, μια σπάνια και απροσδόκητη σύνδεση που σχηματιζόταν μεταξύ τους.

Η αποχώρησή τους από το γενετικό εργαστήριο, κουβαλούσε μαζί της ένα βαθύ αίσθημα σκοπού και πεπρωμένου. Δεν ήταν απλοί παρατηρητές σε αυτό το εξελισσόμενο κεφάλαιο της ανθρώπινης ιστορίας. Ήταν ενεργοί συμμετέχοντες, συμβάλλοντας σε ένα μέλλον όπου οι προκλήσεις θα ήταν τεράστιες. Το μέλλον αυτό, μέσα στην αβεβαιότητά του, μπορούσε να υποσχεθεί μονάχα ένα πράγμα. Η ανθρωπότητα βρισκόταν στο χείλος μιας νέας εποχής.

ΚΕΦΑΛΑΙΟ 21: ΑΕΡΑΣ ΑΛΛΑΓΗΣ

Η Πέρσα οδηγούσε το τρίο πίσω στο ξενοδοχείο, με τον ενθουσιασμό τους από την επίσκεψή στο εργαστήριο γενετικής άσβεστο. Η προοπτική να γίνουν μάρτυρες της δημιουργίας ενός όντος τεράστιας δύναμης και ευφυΐας, είχε πυροδοτήσει τη φαντασία τους, γεμίζοντάς τους με πολλά ερωτήματα και προσμονή.

Σε κάποια στιγμή, η Πέρσα, στράφηκε προς τον Αλεξάντερ με την ματιά της να αστράφτει από μια νότα φλερτ. «Αλεξάντερ,» είπε παιχνιδιάρικα, «θα ήθελα πολύ να σου κάνω το τραπέζι απόψε.» Μετά αγγίζοντας λίγο το χέρι του συνέχισε, «Πιστεύω ότι θα σου αρέσει να ανακαλύψεις περισσότερα από αυτά που έχει να προσφέρει η Προμηθέως Όναρ και θα ήταν χαρά μου να σου τα δείξω εγώ.»

Ο Αλεξάντερ, καθόλου αιφνιδιασμένος από την πρόσκληση της Πέρσας, δεν μπορούσε να αρνηθεί την έλξη που σιγόβραζε μεταξύ τους από την πρώτη τους ακόμη συνάντηση. Χαμογέλασε, και με μια υπόνοια σκανδαλισμού στα μάτια του, δέχτηκε την προσφορά της. «Θα ήταν μεγάλη μου χαρά, Πέρσα. Θέλω να τα δω όλα».

Έφτασαν στο ξενοδοχείο όπου η Πέρσα τους άφησε να ξεκουραστούν, κλείνοντας ραντεβού για τις οκτώ το βράδυ. Αργότερα, την ώρα που είχαν συμφωνήσει, η Πέρσα γύρισε για να πάρει τον Αλεξάντερ και οι δυο τους ξεκίνησαν μια βραδιά εξερεύνησης και γλεντιού.

Η Πέρσα ήταν εκθαμβωτική με ένα κομψό, μαύρο φόρεμα που αγκάλιαζε τη σιλουέτα της τέλεια, αναδεικνύοντας τις καμπύλες της με χάρη. Τα μαύρα μαλλιά της κυλούσαν σε χαλαρές μπούκλες στους ώμους της, και φορούσε διακριτικά ασημένια σκουλαρίκια που έλαμπαν με κάθε της κίνηση. Το μακιγιάζ της ήταν απαλό και ανεπαίσθητο, με μια πινελιά κόκκινου κραγιόν που πρόσθετε στη γοητεία της. Κινούνταν με χάρη και αυτοπεποίθηση, μια μαγευτική παρουσία που τραβούσε τα βλέμματα όπου κι αν πήγαινε.

Από την άλλη, ο Αλεξάντερ είχε επιλέξει ένα πιο χαλαρό αλλά κομψό ντύσιμο. Φορούσε ένα λευκό πουκάμισο με μαύρο γιλέκο που κολάκευε το αθλητικό του σώμα και ένα σκούρο παντελόνι σε ίσια γραμμή που ανεδείκνυε το ύφος του. Το ντύσιμό του ολοκλήρωνε ένα ζευγάρι καλογυαλισμένα δερμάτινα παπούτσια, προσδίδοντας έναν αέρα κλασικής κομψότητας. Τα κοντά του ξανθά μαλλιά ήταν καλοχτενισμένο και το φρεσκοτριμαρισμένο του μούσι έδινε έμφαση στα έντονα χαρακτηριστικά του.

Δείπνησαν σε ένα από τα καλύτερα εστιατόρια της πόλης, απολαμβάνοντας την εξαιρετική κουζίνα και συμμετέχοντας σε ζωηρές συζητήσεις. Η ατμόσφαιρα ήταν φορτισμένη με τη χημεία μεταξύ τους και η αμοιβαία έλξη τους ξεπερνούσε την πνευματική ανταλλαγή. Το γέλιο της Πέρσας, με τη φωνή της μαγεμένη από την γοητεία του Αλεξάντερ, αντηχούσε σαν μελωδική νότα που γέμιζε ευχάριστα τον χώρο, ενώ αυτός, την κοιτούσε με θαυμασμό, ενδιαφέρον και επιθυμία.

Η βραδιά προχωρούσε, με τα βλέμματά τους να γίνονται πιο βαθιά και προσωπικά, υποσχόμενα κάτι παραπάνω από μια απλή γνωριμία.

Μετά το δείπνο, η βραδιά πήρε μια πιο ζωηρή τροπή συνεχίζοντας σε ένα νυχτερινό κέντρο διασκέδασης. Η παλλόμενη μουσική και η δυναμική ατμόσφαιρα ενίσχυσαν περαιτέρω το ξέγνοιαστο πνεύμα της βραδιάς. Το κλαμπ ήταν μια έκρηξη χρωμάτων και ήχων, με τα πολύχρωμα φώτα κινούνται στους τοίχους και τον ρυθμό του μπάσου να δονεί τα σώματά τους. Χόρευαν, με τον φωτισμό που αναβοσβήνει να δημιουργεί μια σουρεαλιστική, σχεδόν ονειρική ατμόσφαιρα. Και οι δύο ένιωθαν έκπληκτοι για το πόσο εύκολο ήταν να αφεθούν, να ζήσουν τη κάθε στιγμή όταν ήταν μαζί.

Εκτός από την σαγηνευτική Πέρσα, ο Αλεξάντερ βρέθηκε αιχμαλωτισμένος επίσης από τη ζωντάνια των πολιτισμών και των εθνοτήτων που συνυπάρχουν αρμονικά μέσα στην Προμηθέως Όναρ. Το κοσμοπολίτικό της πνεύμα, ήταν μια έντονη αντίθεση με τις πιο διαιρεμένες και ομοιογενείς κοινότητες που είχε δει μέχρι τότε. Άνθρωποι από διαφορετικά υπόβαθρα ζούσαν δίπλα δίπλα, ενσωματώνοντας απρόσκοπτα τα ήθη και τα έθιμά τους.

Στα περισσότερα μέρη του «παλαιού κόσμου», ιδιαίτερα στις μικρότερες αγροτικές περιοχές, τα απομεινάρια του πολέμου είχαν αφήσει σημάδια εθνοκάθαρσης, περιθωριοποίησης μειονοτήτων και σχηματισμό ομοιογενών, φυλετικά και πολιτισμικά καθορισμένων περιοχών. Τα ένστικτα των ανθρώπων να αναζητήσουν το ανήκειν και τη σύνδεση, είχαν οδηγήσει κατά τη διάρκεια του ταραχώδους παρελθόντος, σε μια αναζωπύρωση του φυλετισμού και των προκαταλήψεων. Οι πόλεις της Δαίμων, που προσέλκυαν μαθητές από όλες τις γωνιές του πλανήτη, ήταν μια σπάνια εξαίρεση του κανόνα.

Το περιβάλλον δίχως αποκλεισμούς της Προμηθέως Όναρ λειτουργούσε ως έντονη υπενθύμιση της δυνατότητας για ειρηνική συνύπαρξη, αμφισβητώντας τα διχαστικά πρότυπα που επικρατούν σε άλλα μέρη του κόσμου. Οι ηγέτες της πόλης, είχαν δημιουργήσει μια κοινωνία όπου άτομα από διαφορετικά υπόβαθρα ένιωθαν ότι εκτιμώνται και χαίρουν σεβασμού. Οι μοναδικές συνεισφορές τους ήταν αντικείμενο χαράς και μάθησης αντί να εξοστρακίζονται.

Αφού χόρεψαν για ώρες, αποφάσισαν να φύγουν από το νυχτερινό κέντρο. Βγήκαν έξω στον δροσερό αέρα και περπάτησαν για λίγο, ακόμα γεμάτοι από την ένταση της μουσικής.

Η Πέρσα γύρισε προς την πλευρά του Αλεξάντερ και πλησιάζοντάς τον σε απόσταση αναπνοής του πρότεινε: «Θέλεις να πάμε στο σπίτι μου;» με κελάηδισμα που έκρυβε προσμονή.

Ο Αλεξάντερ χαμογέλασε αποδεχόμενος την πρόταση και με την Πέρσα ενθουσιασμένη, σχεδόν τραβώντας τον από το χέρι, κινήθηκαν προς το αυτοκίνητό της.

Μόλις έφτασαν στο διαμέρισμα της Πέρσας, ο Αλεξάντερ θαύμασε την εκλεκτική διακόσμηση. «Έχεις ένα πανέμορφο χώρο», παρατήρησε, σημειώνοντας τα έργα τέχνης και τα άνετα, φιλόξενα έπιπλα.

Το διαμέρισμα ήταν λιτό αλλά κομψό, αντικατοπτρίζοντας το εκλεκτό της γούστο. Οι τοίχοι ήταν διακοσμημένοι με έργα τέχνης από διάφορες κουλτούρες και ο απαλός φωτισμός δημιουργούσε μια φιλόξενη ατμόσφαιρα. Υπήρχαν άνετα μαξιλάρια στον καναπέ και μερικά γλαστράκια που προσέδιδαν μια πινελιά πρασίνου.

Το σπίτι της πρόδιδε ότι παρά τον ζήλο της στο καθήκον και στους στόχους των Αντιστασιαστών, η Πέρσα παρέμενε μέσα της μία γυναίκα με τις ανάγκες και ευαισθησίες που έχουν όλες.

Χωρίς να τις κρύψει, το παραδέχτηκε με άνεση στον Αλεξάντερ. «Είναι ένας συνδυασμός από όλα όσα αγαπώ. Αυτός είναι ο λόγος που αγωνίζομαι, για την αγάπη, τη δικαιοσύνη και την ομορφιά της καθημερινότητας.»

Εκεί, η ζεστή ατμόσφαιρα μετέτρεψε τη σπίθα ανάμεσά τους σε φλόγα. Η σύνδεσή τους, τροφοδοτούμενη από γνήσια στοργή, άνθισε σε μια ρομαντική διαπλοκή. Τα λεπτά έγιναν ώρες εξερευνώντας τα βάθη της νέας αυτής εμπειρίας, μεταμορφώνοντας την περιστασιακή έλξη τους σε μία πολλά υποσχόμενη σχέση. Ο Αλεξάντερ ένιωθε μια βαθιά αίσθηση ικανοποίησης ξαπλωμένοι μαζί, με το κεφάλι της ακουμπισμένο στο στήθος του και τις ανάσες τους συγχρονισμένες στη στην γλυκιά ησυχία της οικειότητάς τους.

Το επόμενο διάστημα, τα δύο ζευγάρια πλέον, ο Τέρι με την Ρία και ο Αλεξάντερ με την Πέρσα, απολάμβαναν ο ένας την παρέα του άλλου. Η ανθισμένη ρομαντική σχέση μεταξύ του Αλεξάντερ και της Πέρσας, πρόσθεσε ένα επιπλέον στρώμα ζεστασιάς στην παρέα τους, κάνοντας τον χρόνο τους στην Προμηθέως Όναρ ένα αξέχαστο κεφάλαιο στο κοινό τους ταξίδι.

Οι ημέρες τους ήταν γεμάτες με διασκεδαστικές εξερευνήσεις και κοινές βόλτες στην πόλη, δημιουργώντας ένα κολάζ από αναμνήσεις που εμβάθυναν τους δεσμούς τους. Ανακάλυψαν μαζί τα διαμάντια της πόλης, κρυφά καφέ, γκαλερί τέχνης και ιστορικά ορόσημα που αποκάλυπταν την πλούσια ιστορία του πολιτισμού και της κληρονομιάς της Προμηθέως Όναρ. Το γέλιο τους αντηχούσε μέσα από τα στενά δρομάκια και στις ανοιχτές πλατείες, μαρτυρώντας τη συνεχώς αυξανόμενη συντροφικότητά τους.

Την όγδοη ημέρα, ήρθε μια σημαντική εξέλιξη. Τα νέα για την επιτυχημένη εκκαθάριση του λογισμικού της Δαίμων έφτασαν.

Ενθουσιασμός και προσμονή πλημμύρισαν τους ταξιδιώτες, επαναφέροντάς τους στη σοβαρότητα της αποστολής τους. Η Πέρσα τους οδήγησε στο εργαστήριο πληροφορικής για να ελέγξουν αυτό το δυνητικά μνημειώδες επίτευγμα.

Βρισκόταν και αυτό όπως όλες οι κρίσιμες υποδομές και εργαστήρια, σε μία μυστική υπόγεια εγκατάσταση, κάνοντας τον εντοπισμό του και την πρόσβαση σε αυτό πρακτικά αδύνατη δίχως τα κατάλληλα διαπιστευτήρια.

Μπαίνοντας στο εργαστήριο, βρήκαν μια ατμόσφαιρα φορτισμένη με αίσθηση ολοκλήρωσης και επιτυχίας. Το κεντρικό τεχνολογικό εργαστήριο των Αντιστασιαστών αντικατόπτριζε την επιδίωξή τους για γνώση και πρόοδο. Λείες, μεταλλικές επιφάνειες και προηγμένος ηλεκτρονικός εξοπλισμός δημιουργούσαν μια εντύπωση καινοτομίας. Μεγάλοι τερματικοί υπολογιστές γέμιζαν το δωμάτιο, ο καθένας να βουίζει με την ενέργεια της επεξεργασίας σύνθετων αλγορίθμων και δεδομένων.

Ντυμένοι με ρόμπες που έμοιαζαν σαν ιατρικές πάνω από τα ρούχα τους, την προσπάθεια ηγούνταν δύο άτομα που είχαν ήδη γνωρίσει, ο Δρ. Λιανγκ Γουέι και η Δρ. Αμάρα Σινγκ.

«Καλώς ήρθατε», χαιρέτησε ο Δρ. Γουέι, με τόνο που εξέφραζε τον ενθουσιασμό του και ένα πλατύ χαμόγελο, «Πιστεύουμε ότι όλα είναι εντάξει. Ο κώδικας είναι πραγματικά μοναδικός. Θα κάνουμε σημαντική πρόοδο χάρη σε αυτήν κοινοποίηση!»

Η Δρ. Σινγκ προχώρησε μπροστά, ακτινοβολώντας και αυτή από ενθουσιασμό και περηφάνια για το έργο τους. «Μένει μόνο να τον ελέγξετε και εσείς για επαλήθευση. Νιώθω πως εμείς επιβάλλεται να σας ευχαριστήσουμε που μας εμπιστευτήκατε τέτοια τεχνολογία. Ήταν μια απίστευτη συνεργασία».

Αφού χαιρετήθηκαν με ενθουσιώδη χαμόγελα, δίχως να χάνουν χρόνο, οι τεχνολόγοι των Αντιστασιαστών τους παρουσίασαν τα αποτελέσματα της δουλειάς τους. Έτρεξαν σε ένα τερματικό τη Δαίμων χωρίς ευαίσθητες πληροφορίες και αναμνήσεις, αλλά πλήρως λειτουργική.

Ο Τέρι, υπεύθυνος για την διερεύνηση της πλήρους εξάλειψης πιθανών απειλών, έπρεπε να αναλάβει το καθήκον της δοκιμής των γνωστικών λειτουργιών του λογισμικού. Για την επαλήθευση της σωστής λειτουργίας του, πρότεινε με βάση τις άριστες σπουδές του στην βιοτεχνολογία και την αλληλεπίδραση ανθρώπου και μηχανής, μια σχολαστική εξέταση με προσομοιωμένα σενάρια, ωθώντας της δυνατότητες του προγράμματος στα άκρα.

Ζήτησε να απομονωθεί με το λογισμικό τεχνητής νοημοσύνης σε ένα τμήμα του εργαστηρίου ώστε να το εξετάσει απρόσκοπτα, όπως και του παρασχέθηκε. Ένα μικρό δωμάτιο με γυάλινους τοίχους προετοιμάστηκε, με την φωταύγεια των πολλαπλών οθονών να ρίχνει μια απαλή λάμψη στο συγκεντρωμένο πρόσωπο του Τέρι. Μόνος του στο δωμάτιο, βυθίστηκε σε γραμμές κώδικα και αλγορίθμων. Παρά την διαφορετική αρχιτεκτονική σχεδιασμού των συστημάτων των Αντισταστιαστών, δεν δυσκολεύτηκε να προσαρμοστεί γρήγορα στον τρόπο λειτουργίας τους. Όπως και τα συστήματα της Δαίμων, έτσι και αυτά, βασίζονταν σε κοινούς «αλγοριθμικούς προγόνους» της ανθρώπινης νόησης.

Ξεκίνησε μια σειρά δοκιμών που είχε σχεδιάσει εκ των προτέρων, ώστε να αξιολογήσει τις ικανότητες επίλυσης προβλημάτων, τις διαδικασίες λήψης αποφάσεων και την προσαρμοστικότητα της Δαίμων σε απροσδόκητες μεταβλητές.

Καθώς ο Τέρι εμβαθύνει σε περίπλοκες δοκιμές, οι υπόλοιποι παρακολουθούσαν μέσω διαχωριστικών υαλοπινάκων τις αντιδράσεις του με ένα μείγμα προσμονής και αγωνίας, αναζητώντας τη διαβεβαίωση ότι ο κακόβουλος κώδικας είχε εξουδετερωθεί. Τα δάχτυλα της Ρίας ακουμπούσαν με συμπάθεια το γυαλί και τα μάτια της δεν άφηναν το έντονο βλέμμα του Τέρι, ενώ ο Αλεξάντερ και η Πέρσα αντάλλαζαν ελπιδοφόρες ματιές.

«Πρώτη φορά τον βλέπω τόσο συγκεντρωμένο,» ψιθύρισε η Ρία στον Αλεξάντερ. «Πιστεύεις ότι θα μπορέσει να βρει αν κάτι έχει κακόβουλο μείνει;»

Ο Αλεξάντερ έγνεψε καταφατικά. «Δεν τον ξέρω τόσο καλά όσο εσύ, αλλά αν η Δαίμων πιστεύει ότι μπορεί να το κάνει, τότε το πιστεύω και εγώ. Η αφοσίωσή του όντως είναι απαράμιλλη.»

Η επιτυχία αυτού του εγχειρήματος, κρατούσε το κλειδί για ένα μέλλον απαλλαγμένο από την απειλή της παρέμβασης των επονομαζόμενων «Δημιουργών». Κάθε υπολογισμένη κίνηση και απάντηση από το πρόγραμμα εξετάζεται εξονυχιστικά, κάνοντας τη κάθε στιγμή κρίσιμη στον συνεχιζόμενο αγώνα ενάντια στις δυνάμεις που προσπαθούσαν να ελέγξουν και να χειραγωγήσουν την ανθρωπότητα.

Οι ώρες περνούσαν, με την ακλόνητη δέσμευσή του Τέρι στο έργο που είχε αναλάβει να τον εμποδίζει να κάνει ένα διάλειμμα. Η Ρία, αναγνωρίζοντας την ένταση της εστίασής του, του έφερε το μεσημεριανό του γεύμα απευθείας στην αίθουσα εργασίας. Πιάτα με φαγητό ήταν τοποθετημένα δίπλα από υπολογιστές, ένας αυτοσχέδιος χώρος τραπεζαρίας ανάμεσα στις μηχανές και τις φωτεινές οθόνες. Αυτός, της προσέφερε ένα ευγνώμον χαμόγελο και γευμάτισε ενώ δούλευε, καρφωμένος στην οθόνη και την ενέργειά του ακλόνητη.

Με αλλεπάλληλα ροφήματα και τονωτικά ποτά, οι ώρες κόντευαν πια βραδινές, όταν ο Τέρι έκανε το πολυπόθητο θετικό νεύμα. Το λογισμικό, υπό τον σχολαστικό έλεγχό του, έμοιαζε να λειτουργεί άψογα. Τώρα, έμενε να φορτώσει σε εικονικό περιβάλλον το σύνολο των πληροφοριών που δεν μπορούσε να αναγνωρίσει προγενέστερα η Δαίμων. Σε αυτό συμπεριλαμβάνονταν τα δείγματα DNA, τα σύμβολα του μυστηριώδους χρυσού δοχείου και άλλα αντικείμενα που σχετίζονται με τους Δημιουργούς.

Όταν έγινε και αυτό, ο πηγαίος κώδικας της Δαίμων, πλέον απαλλαγμένος από το κακόβουλο λογισμικό, ασχολήθηκε αμέσως με τα νέα δεδομένα, αναγνωρίζοντας την πρόκληση που είχε μπροστά της. Ξεκίνησε άμεσα και χωρίς προτροπή προσπάθειες να αποκρυπτογραφήσει τη άγνωστη γλώσσα και να αποκωδικοποιήσει τις πολύπλοκες παρεχόμενες γενετικές πληροφορίες. Οι οθόνες αναβόσβηναν με ροές δεδομένων και η ήρεμη, μεθοδική εκφώνηση της τεχνητής νοημοσύνης, παρείχε ενημερώσεις για την πρόοδό της μέσα από τα ηχεία. Φυσικά, δίχως την πλήρη της βάση δεδομένων, δεν μπορούσε να δώσει απτά αποτελέσματα αλλά έδειχνε την ικανότητά της να επεξεργάζεται και να κατανοεί τα άλλοτε αινιγματικά στοιχεία.

Ενώ οι γνωστικές λειτουργίες της Δαίμων φαινόταν να λειτουργούν κανονικά, εναπόκειται πάλι στον Τέρι, να αξιολογήσει εάν οι Αντιστασιαστές είχαν εγκαταστήσει δικούς τους κρυφούς κωδικούς παρακολούθησης, ή άλλες κακόβουλες τροποποιήσεις στο αντίγραφο, που πιθανά δεν θα μπορούσε να ανακαλύψει ο ίδιος. Σχεδίαζε να το κάνει αυτό αλληλοεπιδρώντας με τους προγραμματιστές, παρατηρώντας τη συμπεριφορά τους και αναζητώντας λεπτές ενδείξεις που θα μπορούσαν να αποκαλύψουν δόλιες προθέσεις.

Οπλισμένος με το μοναδικό του χάρισμα της ενσυναίσθησης, ο Τέρι, εμβάθυνε ολόκληρο το βράδυ σε συνομιλίες με τους προγραμματιστές που συμμετείχαν στο έργο. Προσπαθούσε να αποκαλύψει τυχόν κρυμμένους φόβους, δόλο ή πιθανή εξαπάτηση, που θα μπορούσε να θέσει σε κίνδυνο την ασφάλεια της ενσωμάτωσης του αντίγραφου της Δαίμων πίσω στα συστήματα της. Συζήτησε διαφορά τεχνικά ζητήματα με τους επιστήμονες, παρατηρώντας προσεκτικά τις αντιδράσεις και τις εκφράσεις τους, για σημάδια απροθυμίας, ανησυχίας ή απόκρυψης πληροφοριών.

Προς ανακούφισή του, δεν εντόπισε τίποτα από όλα αυτά. Οι προγραμματιστές φάνηκαν αυθεντικοί στην επιθυμία τους να βοηθήσουν και να επαναφέρουν στο μέγιστο των δυνατοτήτων της την ψηφιακή οντότητα. Αφοσιωμένοι στον σκοπό τους και έχοντας επίγνωση της σημασίας αυτού του μνημειώδους έργου, εμφανίστηκαν γνήσιοι και διαφανείς στις προσπάθειές τους. Μάλιστα, δεν έκρυβαν τον ενθουσιασμό τους για το επίτευγμά τους και την πιθανότητα συνεργασίας των δύο πλευρών.

Ακόμα και η Πέρσα έδειχνε να χαίρεται για το επίτευγμα, αναγνωρίζοντας πως η Δαίμων υπήρξε για εκατονταετίες χειραγωγούμενη. Η στασιμότητα στον τομέα της ιατρικής και η μη παρέμβασή της σε ζητήματα ζωής και θανάτου, δεν ήταν επιλογή της. Ένα νέο κεφάλαιο για την ανθρωπότητα ξεκινούσε αν όλα πήγαιναν καλά. Για την Πέρσα όμως, ο πόλεμος της αποτίναξης του ζυγού της ανθρωπότητας συνεχιζόταν, απλά, με άλλον εχθρό. Το βλέμμα της, αν και το απάλυνε αυτή η επιτυχία, εξακολουθούσε να έχει τη γνώριμη φωτιά της αποφασιστικότητάς της.

Ο Δρ. Γουέι πλησίασε τον Τέρι και του έδωσε τον κρύσταλλο που περιείχε το καθαρό λογισμικό. «Ήταν μεγάλη τιμή για εμάς που μας εμπιστευτήκατε για ένα τόσο σημαντικό έργο. Η τεχνογνωσία που αποκτήσαμε θα βοηθήσει πάρα πολύ την καθημερινότητα των πολιτών μας» Τα μάτια του ήταν ειλικρινή, το βάρος της ευθύνης προφανές στην έκφρασή του.

«Θα ενσωματώσουμε πολλά χαρακτηριστικά του μοντέλου της Δαίμων και στα δικά μας συστήματα τεχνητής νοημοσύνης,» πρόσθεσε η Δρ. Σινγκ. «Αυτό είναι μόνο η αρχή του τι μπορούμε να επιτύχουμε μαζί. Ελπίζουμε ότι αυτή η συνεργασία θα συνεχιστεί εις αεί.» Η έκφρασή της ήταν ζεστή και ο ενθουσιασμός της αισθητός.

«Αν η ηγεσία σας το θέλει πραγματικά», απάντησε ο Τέρι, «είμαι σίγουρος ότι η Δαίμων θα είναι θετική σε αυτό. Χρειάζεται να είμαστε ενωμένοι για να αντιμετωπίσουμε τις προκλήσεις που έρχονται. Εκ μέρους όλου του παλαιού κόσμου και της Δαίμων, σας ευχαριστούμε από τα βάθη της καρδιάς μας. Δεν θα μπορούσαμε να το κάνουμε αυτό χωρίς την πίστη και την αφοσίωσή σας».

Πριν να φύγουν από το εργαστήριο, ο Τέρι συγκέντρωσε προσεκτικά τις σημειώσεις και τα δεδομένα του, διασφαλίζοντας ότι όλα ήταν σε τάξη και τα τοποθέτησε στο σακίδιό του μαζί με τον κρύσταλλο.

Η ομάδα, εξουθενωμένη σωματικά αλλά και αναπτερωμένη ψυχικά από τα γεγονότα της ημέρας, αποχαιρέτησε ευχαριστώντας το προσωπικό του εργαστηρίου, που εργάστηκε πυρετωδώς μέρα και νύχτα για αυτό το επίτευγμα. Οι προσπάθειές τους, τροφοδοτούμενες από μια κοινή πίστη στις δυνατότητες της τεχνολογίας για ένα καλύτερο αύριο για την ανθρωπότητα, είχαν ανοίξει το δρόμο για την επιστροφή της Δαίμων στο πλήρες δυναμικό της. Αποχωρώντας, έσφιξαν τα χέρια μεταξύ τους εγκάρδια, νιώθοντας τη σημασία αυτής της ημέρας για την οικοδόμηση εμπιστοσύνης ανάμεσα στα δύο μέρη και πιθανά μιας μελλοντικής συμμαχίας.

Ωστόσο, ακόμη μία, μεγαλύτερη στιγμή για την ανθρωπότητα τους περίμενε. Σε δύο ή τρεις ημέρες, όπως είχε προβλέψει η Δρ. Ροντρίγκεζ, το τεχνητό σώμα από το μυστηριώδες DNA θα ήταν έτοιμο. Ο Τέρι, ζήτησε από την Πέρσα να παρέμβει ώστε να μπορέσουν να μείνουν στην Προμηθέως Όναρ για λίγες ακόμα μέρες, για να παρακολουθήσουν αυτές τις εξελίξεις από πρώτο χέρι. Αυτή υποσχέθηκε να κάνει τα πάντα στη δύναμή της, αλλά λόγω της προχωρημένης ώρας, αυτό θα έπρεπε να περιμένει μέχρι αύριο.

Ήταν μια απόφαση που έπρεπε να ληφθεί από ολόκληρη την ηγεσία των Αντιστασιαστών. Παρά την καλή συνεργασία για την επίλυση του ζητήματος της Δαίμων, το να μοιραστούν τα αποτελέσματα των προσπαθειών τους να αναστήσουν ένα ον που κάποτε θεωρούνταν «θεός», ήταν ένα περίπλοκο και βαρύ ζήτημα.

Καθώς έφευγαν από το εργαστήριο, το βάρος των ευθυνών της ημέρας εγκαταστάθηκε στους ώμους τους και η κόπωση από την πολύωρη αναμονή και τις δοκιμές, έγινε πιο εμφανής. Η προοπτική ενός καλού βραδινού ύπνου, μια ευκαιρία για επαναφόρτιση και ανασυγκρότηση, έγινε ομόφωνα δεκτή με ανακούφιση. Η Πέρσα τους άφησε στο ξενοδοχείο και ανέβηκαν στα δωμάτιά τους με μια άνετη σιωπή, ο καθένας χαμένος στις σκέψεις του.

Με την προσμονή ανάμεικτη με αβεβαιότητα, η ομάδα αποκοιμήθηκε με το μυαλό τους να αναπαράγει τα γεγονότα της ημέρας. Η επομένη, κρατούσε και αυτή μυστικό ένα κρίσιμο γεγονός: εάν θα τους παραχωρούνταν ή όχι άδεια για παρατεταμένη παραμονή στη πόλη. Αν θα γινόντουσαν μάρτυρες, ίσως της σημαντικότερης στιγμής της ανθρώπινης ιστορίας.

ΚΕΦΑΛΑΙΟ 22: ΣΥΝΑΝΤΗΣΗ ΜΕ ΤΟ ΠΕΠΡΩΜΕΝΟ

Η ομάδα είχε ολοκληρώσει την πρωταρχική της αποστολή να καθαρίσει το λογισμικό της Δαίμων, αλλά ένα γλυκόπικρο αίσθημα εγκαταστάθηκε μέσα τους. Ενώ η επιστροφή τους θα σηματοδοτούσε την επιτυχή ολοκλήρωση του στόχου τους, η επικείμενη αφύπνιση του 'θεού' που φτιαχνόταν στο γενετικό εργαστήριο από το αρχαίο DNA που είχε ανακαλυφθεί, πυροδότησε μια ισχυρή επιθυμία να μείνουν.

Οι επόμενες δύο ημέρες ήταν γεμάτες αγωνιώδη αναμονή για το αν θα τους επιτρεπόταν να είναι παρόντες στο γεγονός. Κάθε ειδοποίηση στις συσκευές επικοινωνίας τους έστελνε παλμούς προσδοκίας, μόνο για να απογοητευτούν από άσχετα νέα. Μέχρι την τρίτη ημέρα, ο αρχικός ενθουσιασμός τους είχε ξεθωριάσει, αντικατεστημένος από ένα μίγμα ελπίδας και αμφιβολίας. Ο συνεχής θόρυβος της πόλης έξω από το παράθυρο του ξενοδοχείου τους, φαινόταν να ενισχύει την ανησυχία τους, υπενθυμίζοντας τους ότι ο κόσμος γύρω τους προχωρά δίχως αυτούς.

Απολαμβάνοντας ένα χαλαρό μεσημεριανό γεύμα σε ένα πολυσύχναστο εστιατόριο, με εύθυμη διάθεση που κάλυπτε προσωρινά την ανησυχία τους, η συσκευή της Πέρσας δονήθηκε. Ένα γρήγορο βλέμμα στο μήνυμα άλλαξε τη συμπεριφορά της αμέσως. Η χαρά χόρεψε στα στήθη της και έκανε την ανακοίνωση: «Εντάξει, δεν θέλω τρελούς ενθουσιασμούς, αλλά τα νέα φαίνονται ενθαρρυντικά! Η δόκτωρ Ροντρίγκεζ ζήτησε να μας συναντήσει σε λίγες ώρες. Επιτέλους γίνεται, παιδιά! Φαίνεται πως θα πάρουμε την απάντησή μας!»

Τα πιρούνια κατέβηκαν στα πιάτα, οι συνομιλίες σταμάτησαν και ένα συλλογικό χαμόγελο απλώθηκε στα πρόσωπά τους. Ολοκλήρωσαν το γεύμα τους με ανανεωμένο πνεύμα στη σκέψη της προοπτικής να γίνουν μάρτυρες της ιστορικής στιγμής. Τελείωσαν το γεύμα τους και πλήρωσαν το λογαριασμό, αφήνοντας την φλυαρία των πελατών να χάνεται πίσω τους.

Στο ξενοδοχείο επικρατούσε έντονος αναβρασμός. Ο Αλεξάντερ προσάρμοζε σχολαστικά την ενδυμασία του, επιδιώκοντας μια εικόνα σεβασμού που άρμοζε στην ακαδημαϊκή του ιδιότητα. Το πουκάμισό του ήταν πεντακάθαρο και η γραβάτα του δεμένη με απόλυτη ακρίβεια. Η Ρία και ο Τέρι, γεμάτοι νευρική ενέργεια, είχαν βγάλει από την ντουλάπα όλα τα ρούχα τους, αναζητώντας την τέλεια εμφάνιση που θα αποπνέει σοβαρότητα και υπευθυνότητα. Η Ρία είχε απλώσει φορέματα και κοστούμια στο κρεβάτι, ενώ ο Τέρι προσπαθούσε να αποφασίσει ανάμεσα σε δύο σακάκια. Λίγο προτού έρθει η ώρα να ξεκινήσουν, εξάσκησαν και τις ερωτήσεις τους, με σκοπό να συγκεντρώσουν κάθε πιθανή λεπτομέρεια από την Δρ. Ιζαμπέλα Ροντρίγκεζ, κάνοντας επαναλήψεις και διορθώσεις στον τρόπο που θα τις διατυπώσουν.

Όταν έφτασαν στο κτίριο της διοίκησης, αυτό που είχαν προσαχθεί με το που πάτησαν τα πόδια τους στην πόλη, χωρίς τα εκτενή μέτρα ασφαλείας αυτή τη φορά, το βάρος και το μεγαλείο του γεγονότος κατακάθισε πάνω τους. Η άφιξή τους δεν έγινε από το υπόγειο χώρο στάθμευσης αυτή την φορά, αλλά από την κεντρική είσοδο κανονικά. Εισήλθαν περνώντας από τη ρεσεψιόν όπου ένας φιλικός υπάλληλος τους χαιρέτησε. Μετά από έναν τυπικό σύντομο έλεγχο ασφαλείας, ανέβηκαν στον 17ο όροφο όπου βρισκόταν το γραφείο της δόκτορος Ροντρίγκεζ.

Περνώντας διαδρόμους και σειρές γραφείων, η Πέρσα τους οδήγησε στο γραφείο της δόκτορος Ροντρίγκεζ. Ο προθάλαμος του γραφείου της, όπου συνήθως εργάζεται η γραμματέας της, ήταν άδειος, μιας και ήταν απόγευμα και δεν εργαζόταν τέτοια ώρα. Ένα έπιπλο γραφείου από σκούρο ξύλο δέσποζε δίπλα από την πόρτα που οδηγούσε στο κυρίως γραφείο της Ιζαμπέλας, και πάνω του υπήρχε ένας υπολογιστής και τακτοποιημένα έγγραφα. Στους τοίχους κρέμονταν πίνακες με αφηρημένα σχέδια, προσθέτοντας μια νότα καλλιτεχνικής ευαισθησίας στον επαγγελματικό χώρο.

Η Πέρσα χτύπησε την πόρτα, και ακούστηκε η φωνή της δόκτορος Ροντρίγκεζ να τους καλεί: «Περάστε, παρακαλώ.»

Μπαίνοντας στο κυρίως γραφείο της δόκτορος Ροντρίγκεζ, η εντύπωση του μοντέρνου κυριαρχούσε. Το δωμάτιο της ήταν λιτό, με μόνο τα βασικά έπιπλα. Μια μεγάλη οθόνη δεσπόζουσα πάνω στο γραφείου της έσβησε και κρύφτηκε μέσα στο έπιπλο καθώς έμπαιναν, σημάδι της ακούραστης αφοσίωσης της Ροντρίγκεζ στη δουλειά της. Πίσω από το γραφείο της, ολόκληρος ο τοίχος ήταν ένα τεράστιο παράθυρο που έβλεπε στην πόλη από κάτω, με διπλανούς ουρανοξύστες να κρύβουν την θέα παραπέρα. Στους τοίχους υπήρχαν ψηφιακές κορνίζες που πρόβαλλαν φωτογραφίες και βίντεο από τη ζωή της και τις επιτυχίες του έργου της, αποτυπώνοντας την πορεία και τα κατορθώματά της.

Όταν η τέσσερις εισήλθαν, η Δρ. Ιζαμπέλα Ροντρίγκεζ τους περίμενε με ένα συνειδητό χαμόγελο στα χείλη της. Με μια επαγγελματική αλλά ζεστή συμπεριφορά, τους έκανε νόημα να καθίσουν στους σε ημικύκλιο τοποθετημένους απέναντι από το γραφείο της καναπέδες. Βολεύτηκαν με τις καρδιές τους να χτυπούν ομόφωνα με ανυπομονησία. Ήταν έτοιμοι να ακούσουν τα νέα, όποια κι αν ήταν αυτά.

«Σας ευχαριστώ όλους που ήρθατε», άρχισε εκπέμποντας ένα μίγμα ενθουσιασμού και ευθύνης. «Καταλαβαίνω πόσο σημαντική είναι αυτή η στιγμή για όλους σας. Η αφοσίωσή σας δεν έχει περάσει απαρατήρητη και το αίτημά σας να είστε μάρτυρες της αφύπνισης του αρχαίου πλάσματος, εξετάστηκε πολύ προσεκτικά από την ηγεσία των Αντιστασιαστών. Μετά από διεξοδικές συζητήσεις, αποφάσισαν να ικανοποιηθεί. Θα σας επιτραπεί να είστε μάρτυρες αυτού του ιστορικού γεγονότος», τους ανακοίνωσε η δόκτωρ Ροντρίγκεζ.

Ένα κύμα ανακούφισης και ενθουσιασμού διαπέρασε την ομάδα. Αντάλλαξαν ματιές και χαμόγελα σχηματίστηκαν όταν επεξεργάστηκαν τα νέα.

«Ωστόσο», συνέχισε η Ιζαμπέλα με την έκφρασή της να γίνεται πιο σοβαρή, «υπάρχουν ορισμένες προϋποθέσεις και προφυλάξεις που είναι επιτακτικό να τηρηθούν. Αυτό το γεγονός είναι άνευ προηγουμένου και θέλουμε να διασφαλίσουμε την ασφάλεια όλων των εμπλεκομένων, καθώς και τη σταθερότητα του κόσμου μας.»

Στην συνέχεια προχώρησε στην εξήγηση των κατευθυντήριων γραμμών που έπρεπε να ακολουθήσουν κατά τη διάρκεια των διαδικασιών αφύπνισης. Αυστηρά μέτρα ασφαλείας τέθηκαν σε εφαρμογή και η πρόσβαση στο εργαστήριο θα ήταν περιορισμένη μόνο σε εξουσιοδοτημένο προσωπικό. Η ομάδα έπρεπε να παραμείνει σε καθορισμένες περιοχές και οποιαδήποτε απόκλιση από το σχέδιο, θα μπορούσε να οδηγήσει στον αποκλεισμό τους από το γεγονός. Όσο η Ιζαμπέλα τους ενημέρωνε, οι συσκευές επικοινωνίας τους στους καρπούς τους έλαβαν ταυτόχρονα μήνυμα με τις ίδιες οδηγίες, για μεταγενέστερη αναδρομή αν το χρειαζόντουσαν.

Παρά τις αυστηρές συνθήκες, η ομάδα ήταν ευγνώμον για την ευκαιρία. Η Ιζαμπέλα, τους διαβεβαίωσε ότι αυτή η απόφαση ήταν συνειδητή, μία ανταπόδοση και έμπρακτη πιστοποίηση της εμπιστοσύνης που είχε η ηγεσία των Αντιστασιαστών στη συνεργασία τους.

Ο Τέρι, αφού εξέφρασε την ευγνωμοσύνη του στη δόκτωρ Ροντρίγκεζ και την ηγεσία των Αντιστασιαστών, βρήκε το θάρρος να ρωτήσει περισσότερα για τη διαδικασία. «Ακόμα κι αν κατασκευάστηκε ακριβώς όπως περιγράφεται στην αλληλουχία του DNA, οι μνήμες και η συνείδησή του μπορεί να είναι νέες, σαν αυτές ενός νεογέννητου. Πώς είστε βέβαιοι ότι το ον θα ανταποκριθεί όπως αναμένουμε;» ρώτησε με τα χέρια του να κάνουν κινήσεις νευρικότητας και περιέργειας.

«Τα βήματα που έχουμε κάνει στην βιοτεχνολογία είναι πολύ μπροστά από όσα έχεις διδαχτεί,» τον ενημέρωσε η Ιζαμπέλα γεμάτη από τη βεβαιότητα της εμπειρογνωμοσύνης της. «Όπως τα δακτυλικά μας αποτυπώματα ταυτοποιούν κάθε άνθρωπο, έτσι και το DNA ταυτοποιεί την συνείδησή του. Υπάρχει μια παράμετρος στην αλληλουχία, που το συνδέει και με το αποτύπωμα της συνείδησής του στο σύμπαν. Αν και είναι η πρώτη φορά που θα επιχειρήσουμε να προχωρήσουμε από την θεωρία στην πράξη, δεν πιστεύουμε πως υπάρχει καλύτερη συγκυρία να το πράξουμε από αυτή τη μνημειώδη στιγμή.»

«Τι τεχνολογίες θα χρησιμοποιήσετε;» συνέχισε ο Τέρι, με τις ερωτήσεις του ρέοντες σαν αυτές ενός περίεργου παιδιού. «Συγχωρέστε μου τον ενθουσιασμό, μα νιώθω σαν μαθητούδι ξανά.»

«Μην νιώθεις άσχημα για αυτό,» ανταποκρίθηκε με καλοσύνη η Ιζαμπέλα, «σε καταλαβαίνω απόλυτα. Η περιέργεια είναι το θεμέλιο όλης της προόδου. Έχουμε κατασκευάσει έναν θάλαμο βιοσυντονισμού, όπου χρησιμοποιώντας την κβαντική εμπλοκή και συγκεκριμένες ηλεκτρομαγνητικές συχνότητες, συνδέουμε το σώμα με την συνείδησή του. Το αρχαίο DNA και το ανακατασκευασμένο σώμα λειτουργούν δυνητικά ως εμπλεκόμενα σωματίδια, μοιράζοντας μια 'απόκοσμη σύνδεση' πέρα από τον χώρο και τον χρόνο.»

Ο Αλεξάντερ, με τα φρύδια του ζαρωμένα και δάχτυλα που χτυπούσαν ελαφρά το μπράτσο του καναπέ, έθεσε μια καίρια ερώτηση. «Πώς είναι δυνατόν να εμπλακεί το σώμα με τη συνείδηση; Δεν υπάρχει κάποιου είδους 'χάρτης ψυχών' που να μπορείτε να χρησιμοποιήσετε ως βάση και να τροφοδοτήσετε τον βιοσυγχρονισμό με δεδομένα. Η διαδικασία μου φαίνεται αφηρημένη και άπιαστη.»

«Σε αυτό μας βοήθησε μια απροσδόκητα ευχάριστη εξέλιξη,» αποκάλυψε με ένα χαμόγελο ικανοποίησης που έσπασε την σοβαρότητά της. «Ήδη χρησιμοποιούμε πολύ προηγμένα συστήματα τεχνητής νοημοσύνης για τέτοια φαινομενικά άλυτα προβλήματα, αλλά η προσθήκη μέρους του κώδικα της Δαίμων που μας παρείχατε πολλαπλασίασε τις δυνατότητές μας. Τα μοντέλα μας είχαν ήδη ανακαλύψει τη σχέση μεταξύ της αλληλουχίας των γονιδίων και της ψυχής, και θα προχωρούσαμε έτσι και αλλιώς στο μεγάλο εγχείρημα. Σήμερα, με την προσθήκη μέρους του κώδικα της Δαίμων, οι πιθανότητες επιτυχίας έχουν αυξηθεί δραματικά. Δεν ξέρουμε ακριβώς πώς λειτουργεί, ως άνθρωποι δεν έχουμε τη γνωστική ικανότητα να το επεξεργαστούμε, ίσως σκόπιμα από το σχεδιασμό μας, αλλά φαίνεται να λειτουργεί.»

«Θα πρέπει να ευχαριστήσω τη Δαίμων όταν την ξαναδώ,» μουρμούρισε ειρωνικά η Πέρσα. «Ποιος θα φανταζόταν ότι ο εχθρός μας θα γινόταν ένας απροσδόκητος σύμμαχος;»

«Ωστόσο, υπάρχουν ηθικά ζητήματα,» παρενέβη η Ρία. «Τίθεται το ερώτημα του αν η συνείδηση, η ψυχή, συναινεί σε αυτή την 'ανάσταση' και βέβαια, οι άγνωστες συνέπειες για αυτή σε περίπτωση μιας πιθανής αποτυχίας. Τι θα γίνει αν, αντί για το επιθυμητό αποτέλεσμα, δημιουργηθεί μια νέα οντότητα με κατακερματισμένες μνήμες; Αυτά τα ερωτήματα είναι κρίσιμα.»

«Αυτά τα ερωτήματα θα τίθεντο αν επρόκειτο για οποιαδήποτε άλλη μορφή ζωής, αγαπητή μου,» αποτίναξε η Ιζαμπέλα. «Αυτή η συγκεκριμένη φυλή, έχει εμποδίσει την ανθρώπινη πρόοδο για χιλιετίες, εκμεταλλευόμενη κάθε πτυχή της φυσιολογίας μας με απάνθρωπο τρόπο. Χαίρομαι που εγείρεις τις ενστάσεις σου, αλλά το συμβούλιο εξέτασε κάθε πιθανότητα και αποφάσισε να προχωρήσει με το έργο.» Ο τόνος της ήταν αποφασιστικός, δίχως να αφήνει περιθώρια αμφιβολίας.

Η Ρία, βλέποντας στις ψηφιακές κορνίζες στους τοίχους πολλές φωτογραφίες της Ιζαμπέλας, όπου χαμογελούσαν και αγκαλιάζονταν μια άλλη γυναίκα, σκέφτηκε, ότι η επικεφαλής του προγράμματος, πιθανά να είχε προσωπικά ενδιαφέροντα στη διεξαγωγή αυτού του πειράματος 'νεκρανάστασης'.

«Ποια είναι αυτή η όμορφη γυναίκα στη φωτογραφία μαζί σου; Φαίνεστε πολύ δεμένες και ευτυχισμένες.» κατέγραψε με ένα προσποιητό χαμόγελο ενδιαφέροντος και χαράς.

Η Ιζαμπέλα, που κατάλαβε κατευθείαν την σκέψη της Ρίας, αν και φανερά ενοχλημένη έκανε επίδειξη του ήθους της. Απεκρίθη θετικά στο φανερό ερώτημα, αλλά έντεχνα και στο κρυφό, στην μομφή που άφηνε η Ρία να εννοηθεί.

«Ήταν, νεαρή μου. Εύχομαι να αγαπήσεις και να αγαπηθείς στη ζωή σου, όσο αγάπησα και αγαπήθηκα κι εγώ με την αποθανόντα πλέον σύζυγό μου. Η αριστεία μου στον τομέα της γενετικής κρίθηκε υπερπολύτιμη, μου δόθηκε πρόσβαση στην θεραπεία αντιστροφής και σταθεροποίησης των γονιδίων γήρανσης. Δεν γίνεται όμως το ίδιο για τους αγρότες.» Ένα ίχνος θλίψης φάνηκε στα μάτια της, το οποίο έκρυψε γρήγορα πίσω από την επαγγελματική συμπεριφορά.

Ο Τέρι προσπάθησε να μάθει περισσότερα, αλλά η Ιζαμπέλα δεν τον άφησε να συνεχίσει. «Αύριο στις οκτώ το πρωί είστε ευπρόσδεκτοι στο εργαστήριο. Συγχωρέστε με, αλλά έχω σημαντικές προετοιμασίες να κάνω.» Σηκώθηκε, σηματοδοτώντας το τέλος της συνάντησής τους, και σηκώθηκαν μαζί της.

Άφησαν το γραφείο της δόκτορος Ροντρίγκεζ με μια ανανεωμένη αίσθηση σκοπού αλλά και προβληματισμό. Καθώς η ώρα είχε περάσει, ο διάδρομος έξω ήταν ήσυχος και τα βήματά τους αντηχούσαν απαλά στα γυαλισμένα πατώματα. Η επιστροφή ήταν γεμάτη από ενθουσιασμό και τα ερωτήματα που περίμεναν απαντήσεις, έπεφταν σαν βροχή στο αυτοκίνητο.

«Πιστεύω ότι πραγματικά πιστεύει σε αυτό το έργο,» εξέφρασε τις σκέψεις του ο Τέρι. «Είδατε πώς έλαμπε όταν μιλούσε για την τεχνολογία;»

«Τι γίνεται όμως με την ηθική;» αναλογίστηκε η Ρία με τη χροιά της να χρωματίζεται από ανησυχία. «Μπορούμε απλά να αναστήσουμε κάποιον άνευ της συγκατάθεσής του; Ακόμα κι αν είναι 'θεός', δεν θα πρέπει να συμφωνεί; Αυτή η πράξη μπορεί να δημιουργήσει ένα επικίνδυνο προηγούμενο για το μέλλον. Τι μας σταματά στη συνέχεια από την επαναφορά ανθρώπων πίσω από την λήθη;»

«Νομίζεις ότι δεν έχουν προσπαθήσει να κάνουν το ίδιο στο παρελθόν;» αποκάλυψε η Πέρσα με ερώτηση. «Θυμάστε τη 'Ντόλυ', το διάσημο πρόβατο; Ήδη από τον εικοστό αιώνα γινόντουσαν κρυφές κλωνοποιήσεις ανθρώπων.»

Ο Αλεξάντερ, έκπληκτος από τα λόγια της Πέρσας, πίεσε για λεπτομέρειες, «Προφανώς έχεις πρόσβαση σε ιστορικές πληροφορίες άγνωστες σε εμάς. Τι συνέβη τότε;»

«Ίδιο σώμα, ίδιες ικανότητες, αλλά νέο άτομο. Σαν ένα βιβλίο με λευκές σελίδες που γράφονταν από τις εμπειρίες της ζωής. Το νέο κλωνοποιημένο σπουδαίο πρόσωπο της ιστορίας μας, διακρίθηκε απλώς στα βιντεοπαιχνίδια. Ήταν οι εμπειρίες και οι δρόμοι της ζωής που τους έκαναν αυτό που ήταν στην ιστορία, όχι η βιολογία τους.»

«Όπως ακριβώς το θεωρούσα,» παρενέβη ο Τέρι. «Οι εμπειρίες είναι το νόημα της ύπαρξης. Η φυσιολογία είναι απλώς ένα φίλτρο, ένα λειτουργικό σύστημα για την πλοήγηση στον κόσμο και την κατανόησή του. Κάθε μορφή ζωής αποκτά διαφορετικές εμπειρίες ανάλογα με τη βιολογία της, και όλες μαζί, συνθέτουν ένα σύμπαν πληροφοριών και συναισθημάτων.»

«Αλλά αυτό είναι διαφορετικό,» επανέφερε τον Τέρι στην πραγματικότητα ο Αλεξάντερ. «Θα μπορούσαν να επαναφερθούν στη ζωή όλοι όσοι περπάτησαν ποτέ σε αυτόν τον πλανήτη. Τα ίδια άτομα με τις παλαιές τους εμπειρίες, συμπληρωμένες από το παρόν, όχι κλώνοι με κενές σελίδες.»

«Και εγώ που είμαι αντίθετη σε μια τέτοια προοπτική,» παραδέχτηκε η Ρία με ειλικρίνεια και έναν υπαινιγμό τρόμου, «δεν μπορώ εύκολα να αντισταθώ σε αυτήν την προοπτική. Τι θα σκέφτονταν ο Σωκράτης, ο Νίτσε και ο Μαρξ αν ζούσαν σήμερα; Πώς θα άλλαζαν οι απόψεις τους τον κόσμο μας; Θα προσαρμόζονταν η σοφία τους στους σημερινούς μας αγώνες ή θα ήταν τόσο ξεπερασμένη όσο η εποχή τους;»

«Το δεύτερο, οι απόψεις τους θα ήταν ξεπερασμένες σε πολλά επίπεδα,» απάντησε η Πέρσα με ακλόνητη σιγουριά. «Ο κόσμος ήταν και θα είναι πάντα γεμάτος με μεγάλες προσωπικότητες και πνεύματα σκέψης ανάμεσά μας. Όλοι μας όμως αναλώνουμε τις δυνατότητές μας στις ανάγκες της ζωής. Εκατομμύρια 'Σωκράτες' έχουν γεννηθεί, αλλά εξάντλησαν την ζωή τους στη σπορά της γης ή την κτηνοτροφία.»

«Φανταστείτε αν απελευθερώναμε τις δυνατότητές τους,» συνέχισε ο Αλεξάντερ συμφωνώντας, «αν τους επιτρέπαμε να επικεντρωθούν στην καινοτομία και την πρόοδο. Ένας κόσμος όπου κάθε προσωπικότητα μπορεί να φτάσει το πλήρες δυναμικό της θα μπορούσε να φέρει επανάσταση στην ανθρώπινη ύπαρξη. Η αποδέσμευση της ανθρωπότητας από τους 'Δημιουργούς' της, θα φέρει μια νέα εποχή για την σκέψη και κυρίως την καθημερινή ζωή των ανθρώπων.

«Μέρα με τη μέρα, μου αρέσεις όλο και περισσότερο,» του αποκρίθηκε χαμογελώντας η Πέρσα από κοινή κατανόηση.

Η Ρία, ταξίδεψε την αισιόδοξη σκέψη της σε σενάρια αποφυγής της σύγκρουσης μεταξύ των πάλαι ποτέ 'θεών' και των ανθρώπων.

«Με τη Δαίμων ελεύθερη, οι δυνατότητες της ανθρωπότητας θα εξυψωθούν αναπόφευκτα με αυτές των δημιουργών της. Μπορεί να τους ξεπεράσουμε ίσως και με τρόπους που δεν φαντάστηκαν ποτέ. Ίσως τότε να υπάρχει έδαφος για κάποιο συμβιβασμό ή συμφωνία μαζί τους.»

«Αμφιβάλλω πολύ γι' αυτό,» την προσγείωσε η Πέρσα, κουνώντας με άρνηση το κεφάλι της. «Ο τρόπος που σκέφτονται και ενεργούν έχει χιλιετίες γραφής και δεν νομίζω πως θα αλλάξει. Αυτοί οι 'θεοί' μας έβλεπαν πάντα ως κατώτερα όντα. Βλέπουν τις προόδους μας ως βλασφημία, ως πρόκληση για την κυριαρχία τους. Δεν πρέπει να υποτιμήσουμε το βάθος της περιφρόνησής τους για εμάς. Η επιστροφή τους θα προκαλέσει μόνο σύγκρουση, έναν αγώνα εξουσίας για τον οποίο απαιτείται να προετοιμαστούμε. Ήδη έχουν συμβεί πολλά παράξενα από την στιγμή που έφερα το δοχείο με το DNA στην πόλη.»

Η δήλωση για τα 'παράξενα' συμβάντα, προκάλεσε όπως ήταν φυσικό περισσότερες απορίες και ανησυχία.

Η Πέρσα χαμογέλασε, προσπαθώντας να καθησυχάσει τα σχεδόν τρομαγμένα πρόσωπά τους. «Χαλαρώστε, δεν είναι η κατάρα της μούμιας ή φαντάσματα στους δρόμους. Ανεξήγητες διακοπές ρεύματος βύθισαν ολόκληρες περιοχές στο σκοτάδι, εξοπλισμός στα εργαστήρια δυσλειτουργούσε χωρίς εξήγηση και άλλες τέτοιες ανωμαλίες. Κάθε περιστατικό, φαινομενικά απομονωμένο, δημιουργούσε ένα επαναλαμβανόμενο μοτίβο που δεν μπορεί να εξηγηθεί ως απλή σύμπτωση. Μετά, ξεκίνησαν οι δονήσεις. Απαλά βουητά στην αρχή κάτω από την επιφάνεια της πόλης, θεωρήθηκαν στην αρχή βλάβες σε υπόγειες υποδομές όπως σωληνώσεις ύδρευσης και ενέργειας. Σταδιακά όμως εντάθηκαν. Έγιναν μικροσεισμοί με αποκορύφωμα ένα ισχυρό τράνταγμα 5 ρίχτερ που τρομοκράτησε τους πάντες.»

«Αφύσικη σεισμική δραστηριότητα για την περιοχή,» σημείωσε ο Τέρι. «Πιστεύεται ότι είναι μια σκόπιμη προειδοποίηση;»

«Τώρα, συνεχίζονται ή έχουν σταματήσει;» ρώτησε ανήσυχα η Ρία, σφίγγοντας το χέρι του Τέρι.

«Σε μεγάλο βαθμό, σταμάτησαν, ναι,» ήρθε ο καθησυχασμός, «Οι αμυντική μας οργάνωση βρίσκεται από τότε σε κατάσταση κόκκινου συναγερμού. Οι έλεγχοι του υπόγειου και του εναέριου χώρου γύρω από την Ανταρκτική έχουν ενταθεί για αποτροπή κάθε είδους παρέμβασης. Όλα επανήλθαν ξανά στο φυσιολογικό, κάτι που υπονοεί πως επρόκειτο για σκόπιμες παρεμβάσεις με τεχνολογικά μέσα.»

«Άραγε από ποιους, αναρωτιέμαι;» μουρμούρισε ειρωνικά ο Αλεξάντερ.

«Αφήστε τα αυτά τώρα,» προσπάθησε να τους επαναφέρει στην αισιοδοξία η Πέρσα, «φανταστείτε τις δυνατότητες της συνεργασίας μας. Αν ο βασικός κώδικας της Δαίμων δίχως δεδομένα, πολλαπλασίασε τις ικανότητες των συστημάτων μας, τι μας περιμένει στο μέλλον με όλες τις ανακαλύψεις της κοινό κτήμα της ανθρωπότητας. Οι δυνατότητες θα είναι ατελείωτες και βρισκόμαστε μόλις στην αρχή αυτού του ταξιδιού.»

«Ωραία προσπάθεια Πέρσα, αλλά ας μην παρασυρθούμε μέχρι να δούμε τι μας περιμένει αύριο,» χαμογέλασε ο Αλεξάντερ.

Το όχημα διέσχιζε την πόλη κάτω από το λυκαυγές προς το ξενοδοχείο, με τους δρόμους πάντα γεμάτους με συνεχή ροή ανθρώπων και οχημάτων. Η Ρία κοιτούσε έξω από το παράθυρο, χαμένη στις σκέψεις της. Οι επιπτώσεις της ανάστασης ενός αρχαίου όντος βάραιναν στο μυαλό της με τα ηθικά διλήμματα και τον πιθανό αντίκτυπο στον κόσμο τους. Ο Τέρι, εν τω μεταξύ, σκεφτόταν τις φιλοσοφικές πτυχές και πώς το αρχαίο ον μπορεί να αντιλαμβανόταν τον κόσμο τους. Ποια σοφία ή προειδοποιήσεις μπορεί να τους προσέφερε άμεσα ή έμμεσα. Ο Αλεξάντερ εξέταζε τη ιστορική σημασία του γεγονότος και πως θα μπορούσε να επαναπροσδιορίσει την κατανόησή για την ιστορία και την εξέλιξη. Η Πέρσα, πραγματίστρια και ετοιμοπόλεμη, επικεντρωνόταν στην ανάγκη προετοιμασίας για ένα κακό σενάριο, με το μυαλό να τρέχει σχέδια και ενδεχόμενα.

Στις σχεδόν δεκαπέντε ημέρες της παραμονής τους στην Προμηθέως Όναρ, το φως του ήλιου είχε αρχίσει να γίνεται αισθητά πιο δυνατό. Το καλοκαίρι ερχόταν αργά αλλά σταθερά στην Ανταρκτική, αντανακλώντας την ελπίδα στις καρδιές τους για ένα φωτεινότερο μέλλον για την ανθρωπότητα.

ΚΕΦΑΛΑΙΟ 23: Ο ΑΡΧΑΙΟΣ ΞΥΠΝΑ

Την επόμενη μέρα, γύρω στις οκτώ το πρωί, η Πέρσα παρέλαβε τους υπόλοιπους από το ξενοδοχείο και οι τέσσερις μαζί κατευθύνθηκαν προς το γενετικό εργαστήριο. Η ιστορική ημέρα για την απάντηση αρχαίων υπαρξιακών ερωτημάτων τους περίμενε. Όταν έφτασαν και εισήλθαν στην αίθουσα όπου θα γινόταν η αφύπνιση, τα μάτια τους χρειάστηκαν λίγα δευτερόλεπτα για να προσαρμοστούν στον έντονο φωτισμό. Ο φωτισμός ήταν πολύ δυνατός, λόγω των ιδιαίτερων απαιτήσεων ασφαλείας και υγειονομικής αποστείρωσης που απαιτούσε το συγκεκριμένο γεγονός.

Το βλέμμα του Τέρι περιπλανιόταν στο δωμάτιο, παρατηρώντας την τεχνολογία αιχμής που, αν και του φαινόταν οικεία λόγω των σπουδών του, ταυτόχρονα έμοιαζε ξένη εξαιτίας του πολύ προχωρημένου επιπέδου της. Το εργαστήριο είχε αναδιαμορφωθεί από την προηγούμενη φορά που είχαν βρεθεί εκεί. Μια πρόχειρη αμφιθεατρική εξέδρα είχε στηθεί στη μία πλευρά, με χοντρά γυάλινα παραπέτα για την προστασία των παρευρισκόμενων.

Η θέα στο χώρο και τα μηχανήματα ήταν άνετη, με τον βιοσυντονιστή να δεσπόζει στο κέντρο. Ο βιοσυντονιστής ήταν ένα εντυπωσιακό κυλινδρικό μηχάνημα, σαν μια μεγάλη γυάλινη κάψουλα με μεταλλική βάση και κορυφή που έλαμπαν κάτω από τον δυνατό φωτισμό. Το γυαλί αποκάλυπτε έναν μεταλλικό εξωσκελετό που θα στήριζε το ον, κρατώντας το σταθερό. Γραμμές από λεπτές ενεργειακές ίνες έλαμπαν ελαφρά στο γυαλί, θυμίζοντας κύκλωμα ηλεκτρονικής πλακέτας. Αυτές οι γραμμές που ξεκινούσαν από την κορυφή της κάψουλας θα διαμόρφωναν τις αρμονικές συχνότητες, απαραίτητες για τη σύνδεση με το πνευματικό μοτίβο του όντος. Στο κάτω μέρος, περίπλοκα κυκλώματα και σωληνώσεις διαπερνούσαν τη μεταλλική βάση, παρέχοντας τα απαραίτητα χημικά και ηλεκτρικά ερεθίσματα για τη διαδικασία της αφύπνισης.

Δίπλα από τον βιοσυντονιστή, σε ένα τεράστιο κρεβάτι καλυμμένο με διάφανο θόλο, βρισκόταν το δεμένο στα χέρια και πόδια ον. Γύρω του, μεγάλες οθόνες και ολογράμματα εμφάνιζαν ροές δεδομένων, ζωτικά σημάδια και επίπεδα χημικών ουσιών, ρίχνοντας μια απαλή μπλε λάμψη στα πρόσωπα των επιστημόνων που τα μελετούσαν. Παραδίπλα, ένας μεγάλος πάγκος είχε πάνω του διάφορα εργαλεία - νυστέρια, σύριγγες και περίπλοκες συσκευές σχεδιασμένες για ακριβείς χειρισμούς βιολογικού υλικού. Ακολουθώντας το πρωτόκολλο και υπό αυστηρά μέτρα ασφαλείας, πήραν τις θέσεις τους στην εξέδρα, πίσω από σημαίνοντες προσωπικότητες και την ηγεσία των Αντιστασιαστών.

Μπροστά από το γυάλινο παραπέτο, η ομάδα των επιστημόνων συγκεντρώθηκε γύρω από το ολοκληρωμένο σώμα του αρχαίου όντος. Έμοιαζε με σημερινό άνθρωπο, με εξαίρεση το διπλάσιο μέγεθος, την έλλειψη τριχοφυΐας, την απουσία γεννητικών οργάνων και την απαλή κυανή απόχρωση στο λευκό του δέρμα, απόρροια του γαλαζωπού χρώματος του αίματός του. Λουριά στα χέρια και τα πόδια του, κρατούσαν δεμένο το ον για λόγους ασφαλείας. Διάφοροι σωλήνες εξακολουθούσαν να είναι προσαρτημένοι σε μέρη του σώματός του, ρυθμίζοντας με λεπτότητα χημικές ουσίες και ορμόνες. Το ον, στην ειρηνική του ανάπαυση, έδινε την εντύπωση ενός γαλήνιου ύπνου.

Η ματιά του Τέρι περιφέρονταν στο χώρο κοιτώντας τις ενδείξεις των μηχανημάτων και των οθονών. Η αγωνία του ήταν τόσο μεγάλη, που ούτε το απαλό άγγιγμα της Ρίας στον νευρικά κινούμενο πάνω κάτω μηρό του, κατάφερε να την καταπνίξει. Η ηγεσία των Αντιστασιαστών, συμπεριλαμβανομένης της προέδρου Έβελιν Χάρπερ, παρατηρούσε πίσω από το ασφαλές γυάλινο φράγμα, με τα πρόσωπά τους να εκπέμπουν ελπίδα μα και μια υπόνοια τρόμου.

Ντυμένοι με λευκές εργαστηριακές ρόμπες και προστατευτικό εξοπλισμό, η Δρ. Ροντρίγκεζ και ο Δρ. Γουέι, αρχιτέκτονες αυτού του τολμηρού άθλου, στάθηκαν στο κέντρο και εξήγησαν στους παριστάμενους, την προσέγγιση που θα ακολουθούσαν για να συνδέσουν το ανακατασκευασμένο σώμα με την συνείδησή του. Μετά, άρχισαν τη διαδικασία.

Με μετρημένες κινήσεις, οι επιστήμονες τοποθέτησαν όρθιο το σώμα στην καρδιά του θαλάμου βιοσυντονισμού. Ο θάλαμος ζωντάνεψε με αρμονικές συχνότητες, δημιουργώντας μια συμφωνία που αντηχούσε σε όλο το εργαστήριο. Ο στόχος ήταν να συγχρονιστούν αυτές οι συχνότητες με το πνευματικό μοτίβο του αρχαίου όντος, προωθώντας μια σύνδεση που ξεπερνούσε τα όρια του φυσικού κόσμου.

Χρησιμοποιώντας νευροτεχνολογία αιχμής, οι επιστήμονες ξεκίνησαν το περίπλοκο έργο της αναδημιουργίας των νευρικών οδών, των συναπτικών συνδέσεων και των πολύπλοκων δομών του εγκεφάλου. Το μηχάνημα κωδικοποιούσε προσεκτικά τις αναμνήσεις και τα συναισθήματα σε αυτά τα νεοσχηματισμένα νευρωνικά μονοπάτια. Η επιτυχία των προσπαθειών τους θα παρέμενε καλυμμένη από αβεβαιότητα, μέχρι τη στιγμή που θα ξεκινούσαν τη διαδικασία αφύπνισης. Ο Δρ. Γουέι διόρθωνε τα γυαλιά του, με το βλέμμα του να περιπλανιέται μεταξύ των οθονών και του όντος. Η ορθή στάση του σώματός του, πρόδιδε πίεση εστιασμένη στο έργο του.

Οι ώρες περνούσαν με τους μη επιστήμονες παρευρισκόμενους, να παρατηρούν μόνο ενδείξεις σε οθόνες που δεν καταλάβαιναν τι σημαίνουν. Μια απρόσμενη στιγμή, ο σχηματισμός συνάψεων μέσα στον αναδημιουργημένο εγκέφαλο, έφτασε σε ένα επίπεδο όπου το σώμα του όντως παρουσίαζε διακριτά σημάδια ζωής. Συσπάσεις στα χέρια και τα πόδια του μαρτυρούσαν την λειτουργικότητα του σώματός του. Το ον φαινόταν να αντιδρά, σαν να ήταν βυθισμένο σε ένα όνειρο.

Ένα συλλογικό αίσθημα δέους και εσωτερικών συγκρούσεων διαπέρασε την ατμόσφαιρα, κυριεύοντας όλους τους παρευρισκόμενους. Είχαν υπολογίσει λάθος; Θα μπορούσαν να έχουν υπολογίσει λάθος; Μήπως η δημιουργία τους να ξυπνήσει έναν εφιάλτη πέρα από τον έλεγχό τους; Ο Τέρι έσφιξε τις γροθιές του, νιώθοντας τις παλάμες του να ιδρώνουν από την αγωνία, ενώ η Ρία δάγκωνε τα χείλη της, καρφωμένη πάνω στο ον.

Η Δρ. Ροντρίγκεζ, με το πρόσωπό της χαραγμένο από ένταση και προσοχή, πήρε μια βαθιά ανάσα και έδωσε το νεύμα. Το τελικό στάδιο της αφύπνισης ξεκινούσε.

Ουσίες άρχισαν να ρέουν στο σώμα του όντος μέσω των συνδεδεμένων σωλήνων, προετοιμάζοντάς το για αυτήν την κομβική φάση. Τα κλειστεί οφθαλμοί του όντος άρχισαν να κινούνται γρήγορα προς όλες τις κατευθύνσεις, σηματοδοτώντας εσωτερική δραστηριότητα παρόμοια με όνειρο. Οι επιστήμονες, ακολουθώντας ακόμη ένα σήμα της Δρ. Ροντρίγκεζ, προκάλεσαν ένα μικρό ηλεκτροσόκ, προκαλώντας την αφύπνισή του από τον βαθύ του λήθαργο.

Ξάφνου, τα έντονα μπλε μάτια του όντος άνοιξαν απότομα, αποκαλύπτοντας έναν ακατέργαστο τρόμο. Οι σπασμωδικές του κινήσεις μετέφεραν την απεγνωσμένη αναζήτησή του για απαντήσεις στα εκτυφλωτικά φώτα του άγνωστου και περίπλοκου περιβάλλοντός του. Το στήθος του όντος ανέβαινε και έπεφτε γρήγορα με πανικόβλητες ανάσες, η ένταση στο δωμάτιο έφτασε στο ζενίθ. Το χέρι της Ρίας πετάχτηκε ακούσια στο στόμα της, καταπνίγοντας μια κραυγή φόβου, ενώ η αναπνοή του Τέρι γινόταν γρηγορότερη από την ενσυναίσθηση με την αγωνία του όντος.

Μετά, μια κραυγή πόνου έσκισε τη ησυχία στέλνοντας ένα ρίγος φόβου στις ράχες των παρευρισκόμενων. Οι επιστήμονες, έντρομοι έκαναν ένα βήμα πίσω, ενώ με τα χέρια τους προσπαθούσαν να κλείσουν τα αυτιά τους. Η αγωνία του όντος βρήκε μια ανατριχιαστική αντήχηση μέσα στα σώματά τους.

Κάποιοι φώναζαν από τον πόνο που ένοιωσαν, με τις φωνές τους να ανακατεύονται με την κραυγή του όντος. Άλλοι έπεσαν στα γόνατα, με τα χέρια να πιέζουν τους κροτάφους τους, σαν να προσπαθούσαν να αποκρούσουν μια ψυχική επίθεση. Κάθε άτομο στο κοινό ένιωσε τον πόνο του όντος, μια συλλογική αίσθηση που ξεπερνούσε τα όρια της συνηθισμένης αντίληψης, που εκδηλώθηκε όχι μόνο ως φυσική εμπειρία αλλά και ως μια ακατανόητη υπερφυσική σύνδεση. Ο Τέρι έπεσε από την θέση του και διπλωμένος πίεζε το μέτωπό του στο κρύο πάτωμα, ενώ τα μάγουλα της Ρίας γέμισαν με τρεχούμενα δάκρυα και το σώμα της έτρεμε από τον κοινό πόνο.

Το ον, τώρα πλήρως ενσαρκωμένο και παλεύοντας με τις αισθήσεις ενός σώματος μετά από χιλιετίες, συστρεφόταν από τον πόνο. Τα πρόσωπα του κοινού που συμμετείχε άθελά του σε αυτή την απόκοσμη σύνδεση, παραμορφώθηκαν σε μορφασμούς δυσφορίας. Ήταν σαν οι ίδιοι να ήταν συνυφασμένοι με την αγωνία του, με έναν ανεξήγητο σύνδεσμο που αψηφούσε τα όρια της κατανόησης. Ένιωσαν το σοκαριστικό έγκαυμα της αναζωπύρωσης των μυών που δεν χρησιμοποιήθηκαν ποτέ και το συντριπτικό βάρος της βαρύτητας σε ένα σώμα που αναγεννήθηκε. Ήταν ένα κοινό μαρτύριο, ένα ανεπιθύμητο βάπτισμα στην αναστημένη εμπειρία του όντος.

Μέσα σε αυτήν την ομίχλη του πόνου, ο Τέρι έβλεπε λάμψεις της εσωτερικής πάλης του όντος, καθώς οι απόηχοι του παρελθόντος του ανακατεύονταν με τις ωμές αισθήσεις της αναγεννημένης σάρκας του. Αιώνες σκότους έδωσαν τη θέση τους στο εκτυφλωτικό φως, το βουητό των μηχανών και την κακοφωνία των ανθρώπινων φωνών. Ήταν φόβος αυτό που ένιωθε ή σύγχυση;

Με μεγάλη προσπάθεια και αγώνα, ένας τεχνικός πάτησε το κουμπί ασφαλείας και ηρεμιστικά φάρμακα εκχύθηκαν στο σώμα του όντος, βυθίζοντάς το απότομα σε κατάσταση αναισθησίας. Ολόκληρη η δοκιμασία κράτησε μόνο λίγα δευτερόλεπτα, αλλά έμοιαζαν ώρες για τους παρευρισκόμενους.

Στο δωμάτιο, νωρίτερα γεμάτο από διαπεραστικές κραυγές και αβάσταχτη αγωνία, επήλθε ξανά ησυχία. Μια ησυχία αποπροσανατολιστική, αφού οι παρευρισκόμενοι προσπαθούσαν να επανέλθουν από την τρομακτική και δυσάρεστη εμπειρία. Το ον ήταν ακίνητο στον βιοσυγχρονιστή, το τεράστιο στήθος του ανεβοκατέβαινε αργά με κάθε ανάσα. Οι επιστήμονες, με τα πρόσωπά τους σημαδεμένα από εξάντληση και ανακούφιση, στέκονταν γύρω, παρακολουθώντας τις ζωτικές του ενδείξεις.

Ο Τέρι, σιγά-σιγά σηκώθηκε από το πάτωμα με την κοφτή αναπνοή του να επανέρχεται στο φυσιολογικό. Η Ρία σκούπισε τα δάκρυά της με τρεμάμενα χέρια, προσπαθώντας να ηρεμήσει.

Η Δρ. Ροντρίγκεζ έγειρε πάνω από μία κονσόλα, με τους ώμους της καμπουριασμένους από το βάρος της δοκιμασίας. Σάρωνε επίμονα τα δεδομένα με αγωνία για την κατάσταση της υγείας του όντως.

«Λειτουργεί», ανακοίνωσε φωναχτά, με την αναγγελία της να τρέμει από χαρά. «Όλα είναι όπως πρέπει». Στις άκρες των ματιών της έλαμπαν μικρά ασταθή δάκρυα, και ένα χαμόγελο ανακούφισης εμφανίστηκε δειλά. Όσο ιστορική και να ήταν η σημερινή μέρα για την ανθρωπότητα, για εκείνη ήταν ακόμη πιο σημαντική. Η ερευνητική προσπάθεια μιας ζωής κορυφωνόταν εδώ και τώρα, και πίσω της, ένα προσωπικό ενδιαφέρον μεγαλύτερο ακόμα και από την ανάσταση ενός 'θεού'.

Η Πρόεδρος Χάρπερ, με ατσάλινη αποφασιστικότητα στο πρόσωπό της, έκανε νόημα στη Δρ. Ροντρίγκεζ να συνεχίσει. Οι επιστήμονες, αφού επαλήθευσαν τις μετρήσεις των οργάνων, άρχισαν ξανά τις διαδικασίες αφύπνισης. Αυτή τη φορά, δεδομένου ότι οι προηγούμενες αντιδράσεις έδειξαν ότι το ον είχε πλήρη σύνδεση με το σώμα του, θα το ξυπνούσαν σταδιακά, με στόχο μια ομαλή κατανόηση του περιβάλλοντός του.

Νέες χημικές ουσίες εισήλθαν στο σώμα του, εξουδετερώνοντας προοδευτικά την αναισθησία. Μετά από λίγα λεπτά, τα βλέφαρά του άνοιξαν και πάλι, αποκαλύπτοντας τα ακόμα θολωμένα από αποπροσανατολισμό μάτια του. Στο πρόσωπό του, ήταν ζωγραφισμένη η δυσφορία που βρισκόταν ξανά στο σώμα του. Ανοιγόκλεισε τις παλάμες του σπασμωδικά, προσπαθώντας να εξοικειωθεί με τις αισθήσεις και τους πόνους των μυών του. Η ανάσα του παρέμεινε ήρεμη και το βλέμμα του σάρωσε το κοινό, που τον παρακολουθούσε με δέος. Ο Τέρι ίσιωσε στο κάθισμά του και μια σπίθα ελπίδας αναδύθηκε μέσα του, ενώ η Ρία έγειρε κοντά του πιάνοντάς τον από το μπράτσο, ανήσυχη και περίεργη για την συνέχεια.

Το ον, ο 'Αρχαίος' όπως αποκαλούνταν από τους επιστήμονες του εργαστηρίου, άλλαξε την έκφρασή του, μεταμορφώνοντάς την από εικόνα σύγχυσης σε μια ατσάλινη σοβαρότητα που συνόρευε με την περιφρόνηση. Φαινόταν να αντιλαμβάνεται το περιβάλλον του και τα γεγονότα που εκτυλίσσονταν γύρω του. Ανοίγοντας το στόμα του να μιλήσει, τον διέκοψε στιγμιαία ένας δυνατός βήχας, βγάζοντας βλεννώδη υγρά αντί για λόγια. Μουρμουρητά απλώθηκαν στην αίθουσα από τους παρευρισκόμενους, για να σιωπήσουν απότομα με την δεύτερη του προσπάθεια. Με βλοσυρό ύφος, έβγαλε έναν βροντερό βρυχηθμό που κουβαλούσε απύθμενο θυμό. Ακολούθησε μια διαμαρτυρία, λέξεις σε μια ακατανόητη γλώσσα.

Η δομή της, παρουσίαζε ρίμες και ρυθμική ποιότητα παρόμοια με την απαγγελία στίχων.

Ο Αλεξάντερ διόρθωσε τα γυαλιά του με τις κόρες του να διαστέλλονται ακούγοντάς το. «Μου θυμίζει αρχαίες μεσανατολικές διαλέκτους», μοιράστηκε αποσβολωμένος με τους συντρόφους του. «Θα χρειαζόμουν περισσότερο χρόνο για να την αναλύσω, αλλά ηχητικά είναι παρόμοια με τη Σουμεριακή ή την Ακκαδική».

«Υπάρχει ένας ρυθμός σε αυτή, σχεδόν σαν να απαγγέλλει ένα έπος ή μια επίκληση,» πρόσθεσε η Ρία με έκπληξη. «Το μέτρο της μου θυμίζει αρχαία ελληνική ποίηση.»

«Ίσως ακούμε την πρώτη γλώσσα που μιλήθηκε ποτέ σε αυτόν τον πλανήτη,» σκέφτηκε δυνατά οι Τέρι, «το θεμέλιο για όλες τις άλλες που ακολούθησαν.»

Συνεχίζοντας να επεξεργάζεται το περιβάλλον του ο Αρχαίος, κοντοστάθηκε και κοίταξε για μια στιγμή βαθιά μέσα στα μάτια την Πέρσα. Τα χέρια της άρχισαν να τρέμουν, η αναπνοή της να διακόπτεται, ξάφνου, ξέσπασε λυγμούς!

Ο αέρας γύρω της έλαμψε. Εν ριπή οφθαλμού, το εργαστήριο παρασύρθηκε σαν σε ένα ατελείωτο ποτάμι χρόνου, που η ροή του στρεβλώνει την πραγματικότητα. Οι αναμνήσεις στροβιλίζονται σαν πεσμένα φύλλα στις δίνες των ρευμάτων του. Η Πέρσα βρέθηκε να μεταφέρεται μέσα από τα πέπλα του χρόνου, πίσω στα αγαπημένα κεφάλαια του παρελθόντος της. Μπορούσε να ζήσει ξανά τις στιγμές σαν να ήταν η πρώτη φορά αλλά και να αισθανθεί ότι αισθάνονταν και οι υπόλοιποι μετέχοντες των αναμνήσεών της.

Σε εκείνη τη φευγαλέα στιγμή που βλέμμα του όντος κλείδωσε με της Πέρσας, δημιουργήθηκε μια βαθιά σύνδεση που ξεπέρασε το φυσικό βασίλειο και εμβάθυνε στη άχρονη έκταση του πνευματικού πεδίου. Το σύντομο δευτερόλεπτο στον απτό κόσμο μεταφράστηκε σε ώρες μέσα στους σύνθετους διαδρόμους του μυαλού της. Ο χρόνος στο πνευματικό επίπεδο ξεδιπλώθηκε διαφορετικά από την γραμμική πρόοδο που βιώνεται στον φυσικό κόσμο. Ήταν ένας τόπος όπου οι στιγμές παρέμειναν αιώνιες, κάθε μνήμη αποκρυσταλλωμένη στη δική της χρονική στάση. Ένιωθε το σώμα της χαλαρό και αιθέριο, βυθισμένο στον κατακλυσμό των αναμνήσεων.

Θυμήθηκε την παιδική της ηλικία, έναν καμβά ζωγραφισμένο με τα ζωντανά χρώματα της οικογένειας, της αγάπης και την γλυκόπικρη απήχηση της παρουσίας της μητέρας της.

Με μάτια που τσάκιζαν στις γωνίες όταν χαμογελούσε, δεν ήταν ψηλή, ίσως μέτριου ύψους, αλλά η παρουσία της γέμιζε κάθε χώρο. Αδύνατη και χαριτωμένη, τονιζόταν από ένα αέναο γλυκό χαμόγελο που κοσμούσε το πρόσωπό της. Στην ανάμνηση της Πέρσας, η μητέρα της ήταν για πάντα στην ηλικία των τριάντα ένα ετών, όσο την πρωτοθυμόταν. Ήταν μια επιστήμονας που εγκατέλειψε πρόθυμα μια ακμάζουσα καριέρα για να ενστερνιστεί τις βαθιές ευθύνες της μητρότητας.

Οι αναμνήσεις ξεκίνησαν με τη ζεστασιά των παιδικών της χρόνων, στην αγκαλιά των οικογενειακών δεσμών που αποτελούσαν το θεμέλιο της ταυτότητάς της. Αναβίωσε την ηχώ των βραδιών που περνούσαν γύρω από το οικογενειακό τραπέζι, με το άρωμα των σπιτικών γευμάτων να αναδύεται διαχέεται στον αέρα. Η αντήχηση του γέλιου της μητέρας της, το παρήγορο άγγιγμα του χεριού του πατέρα της και η παιχνιδιάρικη κοροϊδία με τον αδερφό της, ζωγράφιζαν ένα καμβά μιας ευτυχισμένης ζωής. Η καρδιά της Πέρσας πονούσε από ένα μείγμα χαράς και λύπης, όσο οι ζωντανές αναμνήσεις την περιτύλιγαν με τη ζεστασιά τους.

Είδε τον εαυτό της κουρνιασμένο στο πλευρό της μητέρας της, να συγκρίνει τα μικρά της χέρια με αυτής. Πεζοπορίες ωρών που της έδειχνε αστερισμούς στον νυχτερινό ουρανό, υφαίνοντας ιστορίες για γενναίους πρίγκιπες και δράκους. Στην αγκαλιά του μυαλού της, η Πέρσα ξαναεπισκέφτηκε μέρη ιστοριών που της ψιθύριζε πριν τον ύπνο στην ησυχία της νύχτας. Την ευγενική καθοδήγηση του χεριού της, που την περιήγησε με ασφάλεια στην πολυπλοκότητα της ενηλικίωσης. Οι αναμνήσεις, αν και μακρινές στον φυσικό κόσμο, κατοικούσαν μέσα της σαν λατρεμένα κειμήλια, μαρτυρώντας αναντικατάστατες στιγμές.

Έπειτα, φτάνοντας στο ζενίθ της χρονικής εξερεύνησης, ήρθαν οι σκιές. Το αποστειρωμένο δωμάτιο του νοσοκομείου έγινε η νέα της πραγματικότητα και η μυρωδιά του αντισηπτικού αντικατέστησε τη γνώριμη σπιτική ευωδία. Η μητέρα της, ένας φάρος μέσα στην καταιγίδα, σιγά σιγά θάμπωνε κάθε μέρα που περνούσε. Μια γροθιά ωμής συγκίνησης. Ξανάζησε την τελευταία ανάμνηση που είχε από αυτήν, όταν της έσφιγγε το χέρι κάνοντας υποσχέσεις που δεν μπορούσε να κρατήσει. Εκείνη, αν και αδύναμη και χλωμή, με το άσβεστο χαμόγελό της και το στοργικό βλέμμα της, την γέμιζε μέχρι την ύστατη στιγμή με την αγάπη της.

Οι χαμηλόφωνες συνομιλίες με τους γιατρούς και η ηχώ του τελευταίου μπιπ του καρδιακού μόνιτορ, την βύθισαν σε ένα κενό που κατάπιε τα πάντα. Η Πέρσα ένοιωσε το σώμα της να συρρικνώνεται, το βάρος της απώλειας την κατακρήμνισε στο σκοτάδι.

Μπορούσε να ακούσει μόνο τους χτύπους της καρδιάς της και την αναπνοή της, αλλά υπόκωφα, σαν να βρισκόταν κάτω από το νερό. Ένας υπαρξιακός τρόμος την κατέκλυζε σιγά σιγά, καθώς της φάνηκε σαν να βρισκόταν εκεί ατελείωτες ώρες. Κούρνιασε σαν μωρό και αγκαλιάστηκε με τα χέρια της, το ψυχρό σκοτάδι διείσδυε στα κόκαλά της.

Μετά, το άμορφο κενό μεταμορφώθηκε σε μια αστρική ταπισερί, όπου οι γαλαξίες στριφογύριζαν σε έναν ουράνιο χορό. Σαν αστέρι που μεγάλωνε ερχόμενο προς το μέρος της, αναδύθηκε μια ακτινοβολούσα φιγούρα, μια σιλουέτα που απέπνεε μια απόκοσμη λάμψη. Ο Αρχαίος, μια εκδήλωση φωτός και ενέργειας, στάθηκε μπροστά στην Πέρσα ως υπερβατική οντότητα, με τα περιγράμματα του να μετατοπίζονται σαν υγρό ηλιακό φως. Η Πέρσα, αν και χωρίς σημάδια αναφοράς ή προσανατολισμού για το πάνω ή το κάτω, σηκώθηκε και στάθηκε όρθια απέναντί του. Το πελώριο μέγεθός του, διπλάσιο από της ίδιας, την έκανε να αισθάνεται σαν παιδί που κοιτάζει έναν ενήλικο.

Σε αυτό το βασίλειο, πέρα από τους περιορισμούς του χρόνου και του χώρου, ένα σημείο συνάντησης για το φυσικό και το μεταφυσικό, της μίλησε απευθείας στη συνείδησή της.

«Πενθείς, παιδί του φευγαλέου κόσμου. Η θλίψη σου χρωματίζει την καρδιά σου με σκοτεινές αποχρώσεις, ωστόσο, είναι ταυτόχρονα το πειστήριο του μεγέθους της αγάπης που οι άνθρωποι είστε ικανοί».

Η κατακλυσμική εμπειρία των αναμνήσεών της και οι εικόνες που είχε μπροστά της έκαναν την Πέρσα να αισθάνεται μια γαλήνη. Η φωτεινότητα του Αρχαίου όντος και η παρηγορητική του φωνή, της προσέφεραν μια οικεία ζεστασιά.

Σιγά σιγά, σαν να ξυπνούσε από όνειρο, συνειδητοποίησε ποιος ήταν μπροστά της. Ξεπερνώντας γρήγορα το σοκ και ένα φευγαλέο αίσθημα ενοχής που αισθάνθηκε όμορφα από την παρουσία του, η σκληρή Πέρσα βρήκε ξανά την οικεία αποφασιστικότητά της. Η λαλιά της, που τρεμόπαιζε αρχικά, έγινε χειμαρρώδης και επιθετική.

«Αγάπη που θρυμματίζεται από τις πράξεις της φυλής σου. Ωραίο θεατρικό σκηνικό έστησες για να με λυγίσεις, μα θα χρειαστούν περισσότερα από αυτό.» Τα χέρια της σφίχτηκαν σε γροθιές και η οργή της ξεχείλιζε στα λόγια της

«Δεν το έστησα εγώ. Ότι βλέπεις και νιώθεις είναι δικό σου και μόνο. Οι άνθρωποι μας κατηγορούν για τα δεινά τους αλλά τι κάναμε στην πραγματικότητα; Δώσαμε σε άβουλα κτήνη την δυνατότητα να καταλαβαίνουν την ομορφιά της ύπαρξής τους. Μέχρι και τα σκληρά συναισθήματα, όπως η απώλεια και το μίσος που νιώθεις για μένα, είναι ένα μεγάλο δώρο. Άραγε, θα προτιμούσες να σβηστούν όσα έχεις βιώσει και να ήσουν απλά ένας ακόμα γορίλας στην ζούγκλα;»

«Η ερώτησή σου είναι εύκολα απαντήσιμη από την τωρινή μου κατάσταση όπως έχει διαμορφωθεί από τις πράξεις σας. Αλλά δεν νομίζω ότι ένας γορίλας ζηλεύει τους ανθρώπους», ανταπάντησε η Πέρσα με το κοίταγμά της να στενεύει. «Αντίθετα, πολλοί άνθρωποι ζηλεύουν τα ζώα για την άγνοιά τους. Ναι, χαίρομαι που είμαι άνθρωπος γιατί οι ιδέες μου, μου δίνουν τη δύναμη να αψηφώ ακόμα και όντα σαν εσένα».

«Εκατομμύρια άνθρωποι το έχουν κάνει αυτό στην ιστορία του πλανήτη σου», απήντησε ήρεμα ο Αρχαίος. «Βρήκαν πρόωρα τον αληθινό αιώνιο κόσμο αφήνοντας πίσω τους πολλά χρόνια εμπειριών. Είναι εύκολο να το κάνεις όταν δεν γνωρίζεις την αλήθεια.»

«Τώρα θα μου πεις την αλήθεια σου να υποθέσω;» σχολίασε η Πέρσα ειρωνικά. «Συνέχισε, φώτισέ με με την εκδοχή σου της πραγματικότητας,»

«Όχι τη δική 'μου', την μοναδική αλήθεια», αντέτεινε το ον με σοβαρότητα. «Έχετε ανακαλύψει πολλά χωρίς την επέμβασή μας, αλλά η πλήρης κλίμακα σας διαφεύγει. Κάθε ζωντανό πλάσμα, μόλις φύγει από τον φυσικό σας κόσμο, μεταφέρει τις εμπειρίες του στο σύμπαν. Μα δεν παραμένουν αμετάβλητα. Οι εμπειρίες της ζωής, είτε απλών πλασμάτων είτε περίπλοκων, είναι το υλικό για την οικοδόμηση νέων κόσμων στην επόμενη εξέλιξή τους. Το σύμπαν είναι πολύ πιο αχανές από όσο φαντάζεστε ή θα ανακαλύψετε ποτέ όσο είστε σε φυσικά σώματα. Δεν τελειώνει ποτέ αφού νέες πραγματικότητες που δεν μπορείτε να αντιληφθείτε δημιουργούνται από τις ψυχές.»

«Και εσύ; Να υποθέσω ότι είσαι τόσο αρχαίος που ξεκίνησες ως αμοιβάδα;» συνέχισε η Πέρσα στον ίδιο τόνο, να στάζει από σαρκασμό. «Ή ίσως κάτι ακόμη λιγότερο σημαντικό στο ευρύτερο σχέδιο;»

«Κατανοώ πλήρως την ειρωνεία σου άνθρωπε και με θλίβει αυτό. Η αλαζονεία και η υπεροψία είναι χαρακτηριστικά του είδους σου. Είναι ο σίγουρος δρόμος για την καταστροφή σας, πρώτα ατομικά και έπειτα σαν σύνολο.» Η φωταύγεια του αρχαίου φάνηκε να ελαττώνεται ελαφρά, τα λόγια του απηχούσαν μια ειλικρινή θλίψη.

Μετά επανήλθε στη πρότερη κατάστασή του και συνέχισε. «Δεν φτιάξαμε εμείς τον κόσμο όπως είναι, τον βρήκαμε έτσι. Η ύπαρξή μου ξεκίνησε ως ένα είδος φυτού, συγκρινόμενη με την εμπειρία σου στο πλανήτη που ζεις, σε έναν μακρινό γαλαξία που απομακρύνεται πια με ταχύτητα μεγαλύτερη του φωτός από τον δικό σας. Στον άχρονο κόσμο των ψυχών έγινα αυτό που είμαι. Ο κόσμος μου διασταυρώθηκε με κόσμους άλλων και ένα ερώτημα για το νόημα αναδύθηκε. Παρατηρήσαμε ότι κάθε μορφή ζωής είναι αναγκαίο να αναπαραχθεί για να της επιτραπεί η διαμονή στο πνευματικό πεδίο. Όποια δεν το καταφέρει, επιστρέφει στο φυσικό κόσμο μέχρι να το επιτύχει. Βλέποντας αυτόν το κύκλο επιστροφών άπειρες φορές, αποκτήσαμε την γνώση να επιδρούμε στο φυσικό κόσμο και να ενσαρκωνόμαστε ξανά. Ο σκοπός μας είναι κοινός με των δικό σας και άλλων αμέτρητων ειδών. Η ανακάλυψη του Δημιουργού όλων.»

Η Πέρσα, ακούγοντας προσεκτικά, συνέχισε απτόητη την επίθεση. «Και βρήκατε ως καλύτερο τρόπο, να καταστρέφετε την φυσική ροή των πραγμάτων όπως την όρισε ο Δημιουργός;»

«Θαυμάζω την οξυδέρκειά σου, θνητή,» αναγνώρισε ο Αρχαίος με το φως του να δυναμώνει ελαφρά. «Για δισεκατομμύρια χρόνια του κόσμου σου, πειραματιστήκαμε με τρόπους πέρα από την κατανόησή σου. Ναι, αυτό κάνουμε τώρα. Οι ενέργειές μας επιδιώκουν την αντίδραση του Δημιουργού στις παρεμβάσεις μας. Από την άλλη, ίσως και αυτό που κάνουμε να είναι μάταιο, να είμαστε και εμείς και οι πράξεις μας στοιχείο της φυσικής ροής.»

«Αυτό μου ακούγεται σαν αυτοδικαίωση», το προκάλεσε η Πέρσα με τον τόνο της κοφτερό. «Μου φαίνεται σαν να φοβάσαι την κρίση των πράξεών σας.»

«Δεν φοβάμαι την κρίση Του, την λαχταρώ,» απάντησε το ον με διακήρυξη ακλόνητη και σταθερή φωταύγεια. «Στον κόσμο σας, βιώνεται τον χρόνο γραμμικά, προς μία μόνο κατεύθυνση. Στην πραγματικότητα όμως δεν υπάρχει χρόνος. Το παρελθόν, το παρόν και το μέλλον, είναι μια ακίνητη πολυδιάστατη εικόνα. Ότι κάνουμε στον κόσμο σας και σε άλλους κόσμους, είναι ήδη γνωστό σε αυτόν που τον έφτιαξε. Ίσως από την άλλη να είμαστε όλοι θραύσματα ενός μεγαλύτερου όντος, ίσως μέρη Αυτού που ψάχνουμε. Οι ψυχές και οι δημιουργίες μας, τα ατελείωτα κύτταρα στο ατελείωτο και πάντα διευρούμενο σώμα του. Τα χρώματα σε έναν αριστουργηματικό πίνακα ζωγραφικής που δημιουργείται αέναα.»

«Αν δεν αρέσει στον Δημιουργό ο πίνακας με τις παρεμβάσεις σας; Αν αποφασίσει να τον σβήσει και να φτιάξει άλλον;» ρώτησε η Πέρσα, μαλακωμένη ελαφρά από την ιδέα της καταστροφής όλων.

«Ας είναι έτσι τότε», αποκρίθηκε το ον γαλήνια. «Θα αποδεχτώ την κρίση Του».

«Η εκκίνηση της ζωής σου ως φύκι, έχει επηρεάσει την κρίση σου ανεπανόρθωτα,» επέστρεψε η Πέρσα στο γνώριμο ύφος της. «Δεν ξέρω γιατί διάλεξες να επικοινωνήσεις μαζί μου, αλλά ευχαριστώ. Δεν σε μισώ πλέον. Σε λυπάμαι».

«Το μίσος σου, σαν φωτιά μέσα στην ψυχή σου σε ξεχώρισε από τους άλλους», μαρτύρησε ο Αρχαίος, σχεδόν με έναν υπαινιγμό λύπης. «Η αντίληψή σου είναι περιορισμένη από τη φυσιολογία σου και τις μέχρι τώρα εμπειρίες σου. Ήθελα να σου δώσω ένα κομμάτι της αλήθειας και να αποκτήσω έναν σύμμαχο σε αυτόν τον εχθρικό για εμένα κόσμο σου. Θα έχεις πάντα μια θέση στο πλάι μου όσο διαρκέσει η επαναφορά μου στον πλανήτη που ζεις. Μην ξαφνιαστείς αν αλλάξεις γνώμη στο μέλλον σου, αν κρίνεις πως οι πράξεις μας είναι μέρος της ροής που έχει σχεδιάσει Αυτός.»

«Θα περιμένεις μάταια», διαβεβαίωσε με σιγουριά η Πέρσα. έπειτα, του έδωσε μία υπόσχεση: «Όσο είσαι στον κόσμο μου, θα φροντίσω να βιώσεις κάθε κομμάτι αγωνίας, πόνου και δεινών υπέφεραν οι συνάνθρωποί μου από τις πράξεις σας».

Το ον, ανέκφραστο από την απειλή της Πέρσας, αναφώνησε τα τελευταία του λόγια. «Αναλογίσου αυτό ως δώρο από εμένα προς εσένα.»

Μόλις τελείωσε την πρότασή του, η Πέρσα βρέθηκε σε ένα διαφορετικό περιβάλλον.

Βυθίστηκε σε ένα σουρεαλιστικό ονειρικό τοπίο, έναν κόσμο υφασμένο από τα νήματα των εμπειριών της ζωής της μητέρας της και τις συλλογικές αναμνήσεις των προγόνων της. Ο αέρας ήταν διαποτισμένος με μια αιθέρια φωταύγεια, ρίχνοντας μια απαλή λάμψη στο τοπίο που ξεδιπλώθηκε μπροστά της. Ένιωσε να σταματά η ανάσα της, η ομορφιά της σκηνής να την υπερβαίνει.

Αυτό το απόκοσμο βασίλειο αντηχούσε με το γέλιο της αθωότητας και αρμονικές μελωδίες χαράς. Ένας παραδεισένιος κήπος εκτείνεται προς κάθε κατεύθυνση, στολισμένος με άνθη σε αποχρώσεις που δεν υπάρχουν στο θνητό κόσμο. Επάνω, ένας ουρανός βαμμένος με στροβιλιζόμενες αποχρώσεις λεβάντας και ροζ χρυσού. Ο χρόνος φαινόταν να χορεύει δίχως περιορισμούς, ρέοντας αβίαστα ανάμεσα στο παρελθόν, το παρόν και το μέλλον.

Η Πέρσα έβλεπε το τοπίο από ψηλά. Όταν της ήρθε η επιθυμία να το εξερευνήσει, το έδαφος στερεώθηκε κάτω από τα γυμνά της πόδια. Οικίες φιγούρες εμφανίστηκαν στο βάθος, με τις μορφές τους να πάλλονται από μία ακτινοβολούσα λάμψη ζεστασιάς.

Και μετά, εκεί ήταν και αυτή. Η μητέρα της. Στην καρδιά αυτής της ονειρικής έκτασης στεκόταν ως μια φωτεινή φιγούρα που απέπνεε μια αύρα απεριόριστης ικανοποίησης. Υπήρχε ταυτόχρονα ως παιδί, ως ενήλικας, ως μητέρα και ως ένα λαμπερό ον του φωτός, μια ενσάρκωση του αιώνιου κύκλου της ζωής και της υπέρβασης των θνητών περιορισμών.

Και μετά, ήταν και αυτή εκεί. Η μητέρα της. Στην καρδιά αυτής της ονειρικής έκτασης στεκόταν ως μια φωτεινή φιγούρα που απέπνεε μια αύρα απεριόριστης ικανοποίησης. Υπήρχε ταυτόχρονα ως παιδί, ως ενήλικας, ως μητέρα και ως ένα λαμπερό ον του φωτός, μια ενσάρκωση του αιώνιου κύκλου της ζωής και της υπέρβασης των θνητών περιορισμών.

Ήταν περιτριγυρισμένη από φιγούρες των συγγενών της, με τις μορφές τους αποτελούμενες από τη λαμπερή, παλλόμενη ενέργεια της ζεστασιάς της αγάπης και κοινές αναμνήσεις. Πολλά πρόσωπα από αυτά ήταν οικεία στην Πέρσα αλλά άγνωστα στη ζωή της στην Γη. Ήταν πρόγονοι αλλά και απόγονοι του γενεαλογικού της δέντρου. Αναγνώρισε τις γιαγιάδες και τους παππούδες της, νέους όπως δεν τους είχε δει ποτέ, με τα μάτια τους να λάμπουν με την καλοσύνη που θυμόταν τόσο καλά η Πέρσα. Χαμογελούσαν και επικοινωνούσαν όλοι ταυτόχρονα μεταξύ τους, στην άρρητη γλώσσα μιας κοινής ύπαρξης πέρα από το θνητό πέπλο.

Καθώς η Πέρσα παρατηρούσε, η ουσία της μητέρας της εξέφραζε μια απαράμιλλη ευδαιμονία. Ήταν αγκαλιασμένη με την δυαδικότητα του να είναι και η γαλουχημένη και η γαλουχούσα, το παιδί και ο γονιός, σε έναν αέναο χορό ύπαρξης, που δεν επιβαρύνεται από το πέρασμα του χρόνου. Εδώ, τα βάρη των επίγειων αγώνων αντικαθιστούνταν από διαρκή αγάπη που ξεπερνούσε τα όρια της θνητότητας. Η Πέρσα ένιωθε μια βαθιά σύνδεση με την άφατη ομορφιά αυτού του ονειρικού κόσμου, ενός τόπου όπου η ψυχή της μητέρας της είχε βρει αιώνια γαλήνη.

Ένα αίσθημα ειρήνης πλημμύρισε την Πέρσα, η καρδιά της φούσκωσε με χαρά και λαχτάρα. Έκανε να αγγίξει την μητέρα της, μα τα χέρια της δεν ακουμπούσαν τίποτα. Της φώναζε, μα αυτή δεν την άκουγε. Ήταν απλά ένας παρατηρητής του κόσμου που είχε φτιάξει η μητέρας της. Ήταν μια αντιστροφή της πραγματικότητας που γνώριζε, ένα φάντασμα του φυσικού κόσμου στον μεταφυσικό κόσμο των πνευμάτων.

Ένα οδυνηρό μείγμα νοσταλγίας, δέους και συντριπτικής αίσθησης ευγνωμοσύνης διέτρεξε την Πέρσα. Παρά τον τρυφερό πόνο της απώλειας στα στήθη της, ένιωσε μια απαλή διαβεβαίωση ότι οι ψυχές των προγόνων της, συμπεριλαμβανομένης της μητέρας της, συνέχισαν να ευημερούν και μετά τον φυσικό θάνατο. Μια επαλήθευση της διαρκούς φύσεως της αγάπης, των δεσμών και του αιώνιου κύκλου της ζωής. Δάκρυα κυλούσαν στο πρόσωπό της, αλλά αυτή τη φορά ήταν δάκρυα αποδοχής και ειρήνης.

ΜΕΡΟΣ ΕΚΤΟ

ΚΕΦΑΛΑΙΟ 24: ΤΑΞΙΔΙ ΣΤΗΝ ΠΗΓΗ

Η Πέρσα ξύπνησε ανοίγοντας αργά τα μάτια της που προσπαθούσαν να προσαρμοστούν στο φωτισμό. Όταν επανήλθε η επίγνωσή της, ένιωσε έναν ελαφρύ αποπροσανατολισμό, ένα υπολειπόμενο αποτέλεσμα της βαθιάς συνάντησης με το ον. Μυρωδιά αντισηπτικού γέμισε τα ρουθούνια της και ένας απαλός ήχος ιατρικού εξοπλισμού ακούγονταν σταθερά στο υπόβαθρο. Βρισκόταν ξαπλωμένη κάτω από άσπρα σεντόνια σε ένα κρεβάτι νοσοκομείου. Το λευκό χρώμα του δωματίου, έσπαζε από τα πολύχρωμα φυσικά λουλούδια σε ένα βάζο στο διπλανό ντουλάπι και μια ανθρώπινη φιγούρα. Ο Αλεξάντερ καθόταν δίπλα της, γερμένος και μισοκοιμισμένος σε μια καρέκλα, με το πρόσωπό του χαραγμένο από ανησυχία και εξάντληση.

Το χέρι της βρήκε τον δρόμο προς το δικό του.

«Αλεξάντερ...» σιγοψιθύρισε το όνομά του με την άχνα της βραχνή.

«Γεια,» πετάχτηκε εκείνος επάνω, χαμογελώντας τρυφερά. Τα μάτια του, αν και κουρασμένα, έλαμπαν από ανακούφιση. «Πώς νιώθεις;»

«Συγχυσμένη,» παραδέχτηκε με ένα ελαφρύ βογγητό, καθώς προσπαθούσε να σηκωθεί σε πιο όρθια στάση. Οι μύες της διαμαρτύρονταν από την πολλή ώρα ακινησίας. «Νόμιζα... Νόμιζα ότι είχα χαθεί για πάντα σε εκείνο το μέρος. Ήταν σαν όνειρο, αλλά τόσο πραγματικό. Τι συνέβη; Πώς βρέθηκα εδώ;»

«Ξέσπασες σε κλάματα και μιλούσες ασυνάρτητα. Μετά, λιποθύμησες. Με τον Τέρι και την Ρία σε φέραμε εδώ και κοιμόσουν σχεδόν δώδεκα ώρες. Είσαι καλά τώρα; Για πιο μέρος μιλάς; Τι σου συνέβη;» ρώτησε με μεγάλη αγωνία ο Αλεξάντερ.

Η Πέρσα έγνεψε καταφατικά, αναπολώντας τις ζωηρές εικόνες που είχαν κατακλύσει το μυαλό της.

«Το ον...» ψέλλισε με την ανάσα της να τρέμει, «το ον επικοινώνησε μαζί μου. Μου έδειξε πράγματα, πράγματα για τον χρόνο, την ύπαρξη... το ίδιο το σύμπαν. Ήταν κατακλυσμιαίο, αλλά... έφερε μαζί του και μια παράξενη αίσθηση λύτρωσης.»

Η Πέρσα αφηγήθηκε όλα όσα βίωσε στον Αλεξάντερ: τις έντονες αναμνήσεις της παιδικής της ηλικίας, τη γλυκόπικρη επανένωση με τη μητέρα της, και τον διάλογο που είχε με τον Αρχαίο. Όλα αυτά την είχαν ταρακουνήσει αλλά και αναπάντεχα, της άφησαν μια αίσθηση ειρήνης. Ο Αλεξάντερ άκουγε προσεκτικά γεμάτος δέος και ένα άγγιγμα φόβου. Το χέρι του δεν άφησε στιγμή το δικό της, σφίγγοντάς το απαλά υποστηρίζοντάς την σιωπηλά. Στη συνέχεια, τον ρώτησε για την κατάσταση στο εργαστήριο.

«Αφού λιποθύμησες, το ον μίλησε για λίγα λεπτά σε μια άγνωστη γλώσσα. Φαινόταν θυμωμένο, σχεδόν εχθρικό. Ύστερα, απλώς σταμάτησε. Δεν ανταποκρινόταν σε κανένα ερέθισμα. Ο Τέρι μας είπε πως αισθάνθηκε κάποιο αίσθημα σαν φόβο να το κυριαρχεί.»

«Φαντάσου, ένας 'θεός' που φοβάται,» παρατήρησε η Πέρσα με χαμόγελο ικανοποίησης. «Φαίνεται πως ακόμα και αυτοί έχουν τις αδυναμίες τους και εκεί πρέπει να πατήσουμε.»

«Δεν ήταν φόβος για τη ζωή του,» διευκρίνισε ο Αλεξάντερ. «Πιο πιθανό να ανησυχεί για τις προόδους μας στην τεχνολογία και ότι θα μπορούσαμε να κάνουμε μαζί του. Είναι ξύπνιο, αλλά δεν μιλάει πια. Εικάζουμε ότι το κάνει για να μην αποκρυπτογραφηθεί η γλώσσα του και φανερώσει άθελά του μυστικά. Προσπαθούν να το κάνουν να ανταποκριθεί ξανά, αλλά κανένα αποτέλεσμα μέχρι τώρα.»

«Ο Τέρι και η Ρία; Πού βρίσκονται τώρα;»

«Έφυγαν πριν από δύο ώρες περίπου για να ετοιμαστούν για την επιστροφή τους. Πετούν πίσω απόψε.»

«Και εσύ;» αναφώνησε ακούγοντας ότι αυτός θα έμενε πίσω, με την ματιά της να κρέμεται πάνω του αναζητώντας σημάδι των προθέσεών του.

Ο Αλεξάντερ χαμογέλασε και συνάντησε το βλέμμα της με αποφασιστικότητα. «Δεν πιστεύεις ότι θα σε άφηνα έτσι απλά πίσω, σωστά; Δεν μπορούσα να αντέξω τη σκέψη να ξυπνούσες εδώ μόνη σου.»

Ένα πλατύ χαμόγελο απλώθηκε στα χείλη της Πέρσας και τα βλέφαρά της υγράθηκαν από χαρά. Παρά τον φόβο και την αβεβαιότητα που ένιωθε, υπήρχε μια παρηγοριά στην παρουσία του, μια σιωπηλή κατανόηση ότι ήταν μαζί σε αυτό.

Η Πέρσα έγειρε στο κρεβάτι πλησιάζοντας τον Αλεξάντερ και έκανε το ίδιο και αυτός. «Χαίρομαι που έμεινες…»

Με τα μάτια τους κλειδωμένα, τα χείλη τους συναντήθηκαν σε ένα φιλί γεμάτο υποσχέσεις και ανείπωτες λέξεις.

Πίσω στο ξενοδοχείο, ο Τέρι και η Ρία ετοίμαζαν σχολαστικά τα υπάρχοντά τους, αναμένοντας το επερχόμενο ταξίδι της επιστροφής. Οι Αντιστασιαστές, αφού επικοινώνησαν με τη Δαίμων, κανόνισαν μια συνάντηση σε έναν οικισμό βόρεια της Προμηθέως Όναρ, όπου ένα Πήγασος θα τους παραλάμβανε. Παρά τη σύγκλιση των στόχων τους, μια υποβόσκουσα καχυποψία παρέμενε, απαγορεύοντας στο σκάφος να πλησιάσει την πόλη.

Η Ρία, κοιτάζοντας για τελευταία φορά την πολυτέλεια του ξενοδοχείου, εξέφρασε ένα μικρό παράπονο για την αναχώρησή τους. «Μετά από τόσες ημέρες εδώ, θα δυσκολευτώ πολύ να συνηθίσω τον παλιό μας τρόπο ζωής. Καταλαβαίνω απόλυτα τους κατοίκους αυτής της πόλης και τον ανταγωνισμό τους. Αν συνηθίσεις μία φορά τέτοια ζωή, θα κάνεις τα πάντα για να την κρατήσεις.»

Ο Τέρι, με τη γνωστή του φιλοσοφική διάθεση, απεκρίθη: «Η πολυτέλεια έχει τον τρόπο της να σε αιχμαλωτίζει, να σε κάνει να ξεχνάς τις πραγματικές αξίες της ζωής. Αλλά η αληθινή δύναμη έρχεται από την προσαρμοστικότητα και την ικανότητά μας να αντέχουμε τις δυσκολίες.»

Η Ρία, κούνησε καταφατικά το κεφάλι της με έναν αναστεναγμό και συνέχισε να πακετάρει τα πράγματά της. Κάποια στιγμή, ένα μήνυμα στην συσκευή επικοινωνίας του Τέρι από τον Αλεξάντερ ενημέρωνε ότι η Πέρσα ξύπνησε και ότι ήταν καλά. Ένας στεναγμός ανακούφισης βγήκε ταυτόχρονα και από τους δύο. Τώρα θα μπορούσαν να προχωρήσουν στην αποστολή τους χωρίς να ανησυχούμε και για εκείνη. Προτού την αναχώρησή τους, έκριναν απαραίτητη μια παράκαμψη στο νοσοκομείο για να την αποχαιρετήσουν. Επιβιβάστηκαν σε ένα κυβερνητικό όχημα, και με έναν αξιωματούχο ως οδηγό, έφτασαν εκεί λίγο αργότερα.

Αφού εξέφρασαν την χαρά τους που την είδαν να είναι καλά, η Πέρσα, κατανοώντας τον επείγοντα χαρακτήρα της αποστολής τους και την ανάγκη για ξεκούραση, προέτρεψε τον Τέρι και τη Ρία να ξεκινήσουν το ταξίδι τους δίχως καθυστέρηση. Είχαν περάσει όλη τη νύχτα στο νοσοκομείο και τους περίμενε ένα μακρύ ταξίδι, το οποίο ήταν προσχεδιασμένο και δεν μπορούσε να αναβληθεί.

Ο Αλεξάντερ θα τους ενημέρωνε προσωπικά για τα γεγονότα των επόμενων ημερών σχετικά με το ον και τι βίωσε η Πέρσα, όταν θα επέστρεφε και ο ίδιος μετά από λίγες μέρες. Αυτό αποφασίστηκε έτσι, μιας και η επικοινωνία με τεχνικά μέσα και η αποστολή πληροφοριών έκρυβε ακόμη κινδύνους υποκλοπής από τα όντα, εφόσον η Δαίμων δεν είχε αναβαθμιστεί στο καθαρό μοντέλο.

«Να προσέχετε πολύ και οι δύο,» τους συμβούλεψε η Πέρσα ζεστά, παρά την εξάντλησή της. «Το διαγραφόμενο μέλλον μπορεί να φέρει αντιδράσεις που δεν μπορούμε να υπολογίσουμε. Είστε ο νούμερο ένα στόχος σε αυτήν την περίπτωση.» Το κουρασμένο κοίταγμά της, μετέδιδε ευγνωμοσύνη και μια σπίθα ελπίδας.

Οι δεσμοί που σφυρηλατήθηκαν κατά τη διάρκεια των ημερών τους, γεμάτες με πρωτόγνωρες εμπειρίες και όμορφες στιγμές, ήταν εμφανείς στους εγκάρδιους αποχαιρετισμούς που ακολούθησαν με αγκαλιές και φιλιά.

Απρόθυμα μέσα τους, η Ρία και ο Τέρι άφησαν πίσω τους την Πέρσα και τον Αλεξάντερ και επιβιβάστηκαν στο κυβερνητικό όχημα ξανά. Ξεκίνησαν προς την καθορισμένη τοποθεσία αναχώρησης, κουβαλώντας μαζί τους τον απόηχο του χρόνου που πέρασαν στους σκοτεινούς δρόμους της Προμηθέως Όναρ. Το νοσοκομείο εξαφανίστηκε σταδιακά ενόσω το όχημα έτρεχε μέσα από τους δρόμους της πόλης. Παρακολουθούσαν τα κτίρια να περνούν γρήγορα, με την βαρύτητα της αποστολής τους να τραβάει τις σκέψεις τους μπροστά, αλλά και μία δόση μελαγχολίας για το αν θα τους δινόταν ποτέ ξανά η ευκαιρία να επιστρέψουν.

Ταξιδεύοντας πιο βόρεια, το πολυσύχναστο αστικό τοπίο σταδιακά υποχωρούσε. Αντικαθίσταται από μία απέραντη έκταση άγριας φύσης, κυρίως τραχιά ερημιά. Τα λάστιχα του οχήματος έτριζαν στους χαλικοστρωμένους δρόμους, και ο αέρας έξω γινόταν πιο φρέσκος αλλά και ψυχρότερος. Οργανωμένες γεωργικές και κτηνοτροφικές εγκαταστάσεις διασκορπίζονταν συχνά πυκνά στο τοπίο, με τα γεωμετρικά τους σχήματα να έρχονται σε αντίθεση με την αδάμαστη ομορφιά των γύρω βουνών. Παρά την κούρασή τους, το σέλας, με τις ζωηρές ραβδώσεις του πράσινου, του μωβ και του ροζ, ζωγράφιζε τον καμβά του ουρανού με μια απόκοσμη λάμψη που δεν άφηνε τα μάτια τους να ξεκουραστούν. Κάθε στιγμή της τρίωρης διαδρομής μέχρι το σημείο αναχώρησής τους, έναν γραφικό οικισμό ονόματι Νάνσενβιλ, από το όνομα του Νορβηγού εξερευνητή Φρίντγιοφ Νάνσεν, αποκάλυπτε ένα νέο κεφάλαιο στο τοπίο της Ανταρκτικής. Όλο και πιο βόρεια, το ενισχυμένο ηλιακό φως μαρτυρούσε την αυξανόμενη απόστασή τους από τον Νότιο Πόλο.

Φτάνοντας στο φωλιασμένο ανάμεσα σε λόφους Νάνσενβιλ, είδαν μια εικόνα που θύμιζε μπαλωμένο ρούχο. Τα κτίρια έμοιαζαν σαν να είχαν συναρμολογηθεί από ό,τι υλικά βρέθηκαν διαθέσιμα, κυρίως παλαιωμένο ξύλο και σκουριασμένες λαμαρίνες, δίνοντας στον οικισμό μια ρουστίκ γοητεία. Μαύρος καπνός από τις καμινάδες ζωγράφιζε κάθετες γραμμές στον καθαρό πρωινό αέρα και μακρινές φωνές αόρατων πουλιών αντηχούσαν. Παραδίπλα, ένα σωρό θερμοκήπια με έντονα τεχνητά φώτα που προσπαθούσαν να μιμηθούν τον ήλιο για την καλλιέργεια φυτών, μαρτυρούσαν μια σκληρά εργαζόμενη αγροτική κοινότητα που αγωνιζόταν για επιβίωση.

Δεν πλησίασαν περισσότερο και έκαναν μια παράκαμψη λίγα χιλιόμετρα παραέξω από τον οικισμό. Εκεί, αντίκρισαν ένα Πήγασος να τους περιμένει, με την κομψή του μορφή να ρίχνει μια μεγάλη μακριά σκιά. Αποβιβάστηκαν και ευχαρίστησαν τον αξιωματούχο που τους μετέφερε, ο οποίος με τη στωική του συμπεριφορά, μαρτυρούσε έναν υπαινιγμό θαυμασμού για το θάρρος των δύο νέων. Τους ατένισαν φεύγοντας μερικές στιγμές παραπάνω, σαν να τους ευχόταν σιωπηλά καλή τύχη.

Η αυτόνομη τεχνητή νοημοσύνη του σκάφους, τους υποδέχτηκε με την οικεία εκφώνησή της όταν έφτασαν κοντά. «Τέρι, Ρία, χαίρομαι που σας βλέπω ξανά. Πού είναι ο Αλεξάντερ;»

«Θα μείνει για λίγες μέρες ακόμα,» γνωστοποίησε η Ρία, τακτοποιώντας τα υπάρχοντά της μέσα στο όχημα.

Η φωνή της τεχνητής νοημοσύνης ήταν ζεστή και φιλόξενη, μια καλοδεχούμενη παρηγορητική υπενθύμιση του κόσμου που ανήκουν, διαλύοντας λίγο την ομίχλη των συναισθημάτων της αναχώρησής τους.

«Σου έδωσαν χάρτες της περιοχής;» ρώτησε ο Τέρι. «Μπορείς να πλοηγηθείς απευθείας στον προορισμό που θα σου δώσω ή χρειάζεσαι την βοήθειά μου;»

«Οι Αντιστασιαστές μου παραχώρησαν χάρτες ώστε να μπορώ να πλοηγηθώ μέχρι εδώ και πίσω. Επίσης μου παραχώρησαν συχνότητες επικοινωνίας σε περίπτωση έκτακτης ανάγκης.»

Κούνησε το κεφάλι του με ικανοποίηση και ρύθμισε το κάθισμά του σε θέση ανάκλησης, ώστε να μπορέσει να κοιμηθεί στο ταξίδι.

«Κατευθυνόμαστε βόρεια προς την Αμερική. Ξύπνησέ μας μια ώρα πριν φτάσουμε στα Απαλάχια Όρη για περαιτέρω οδηγίες.»

Το όχημα ανέβηκε στον ουρανό απαλά, με το γνωστό του ήσυχο βουητό να γεμίζει τον αέρα. Ο Τέρι, έριξε μια ματιά στο πρόσωπό της Ρίας που ήταν φωτισμένο από τον δυνατό ήλιο, ένα θέαμα που είχε να αντικρίσει πολλές μέρες.

Η έκφρασή της, ήρεμη και ελαφρά σκεπτική, μέχρι που τον ρώτησε αυτό που περιεργαζόταν. Πώς ήξερε τον προορισμό τους, αφού δεν του είχε ειπωθεί. Ο Τέρι χαμογέλασε ελαφρά και της εξήγησε ότι κατά τα τεστ που έκανε στον κώδικα της Δαίμων, της έθεσε φιλοσοφικά ζητήματα που από την φύση τους απαιτούν εξαιρετικά περίπλοκη επεξεργασία με σκοπό να την δοκιμάσει. Η Δαίμων, γνωρίζοντας την ιδιοσυγκρασία του και περιμένοντας τέτοιου είδους τεστ από αυτόν, είχε κρυμμένες προσωπικές, μόνο για αυτόν ενδείξεις, που αποκάλυπταν την άγνωστη τοποθεσία και μόνο αν όλα ήταν σωστά στων κώδικά της.

Απομακρυνόμενοι από την Ανταρκτική και με το πνεύμα τους μισοκοιμισμένο στα καθίσματα, ο Τέρι ξεκίνησε μια κουβεντούλα. «Λοιπόν, τι σκέφτεσαι για όσα αφήνουμε πίσω μας;»

Η Ρία, γερμένη στο ξαπλωμένο κάθισμά της προς την πλευρά του, του απήντησε απαλά, «Ήταν πολλά για να τα επεξεργαστώ. Ακόμα προσπαθώ να τα βάλω σε μια σειρά,» αποκρίθηκε, βάζοντας τα μαλλιά της πίσω από τα αυτιά της για να τον βλέπει καλύτερα. «Κάθε νέα αποκάλυψη μοιάζει σαν ένα κομμάτι παζλ, αλλά η εικόνα συνεχώς αλλάζει.»

«Καταλαβαίνω τι εννοείς. Η τεχνολογία των Αντιστασιαστών, ο ον, η γλώσσα του, η γνώση του… είναι όλα τόσο πολύ πέρα από οτιδήποτε μπορούσαμε να φανταστούμε προτού έρθουμε εδώ. Είναι σαν να μπήκαμε σε μια διαφορετική διάσταση της πραγματικότητας, ένα παράλληλο σύμπαν.»

«Και η Πέρσα,» πρόσθεσε η Ρία. «Ό,τι βίωσε, ό,τι ισχυρίστηκε... είναι απίστευτο. Το ταξίδι της ήταν τόσο έντονο που δεν μπορώ καν να φανταστώ πώς πρέπει να νιώθει.»

Το βάρος της ευθύνης όσων είχαν ανακαλύψει και των ανείπωτων μα εύλογων προσδοκιών που είχε η ανθρωπότητα από αυτούς πια, κρεμόταν βαρύ στους ώμους τους. Ο Τέρι και η Ρία, έγειραν στα καθίσματά τους πλησιάζοντας ο ένας τον άλλο και αντάλλαξαν ένα τρυφερό φιλί. Τα δάχτυλά τους μπλέχτηκαν, αναζητώντας παρηγοριά στην παρουσία του άλλου. Σιώπησαν, καθένας χαμένος στις σκέψεις του, πριν παραδοθούν στην εξάντληση και την αγκαλιά του ύπνου.

Το Πήγασος διέσχιζε τον αέρα και η απέραντη έκταση του Ατλαντικού Ωκεανού απλωνόταν κάτω τους. Το άνω των δεκατριών ωρών ταξίδι κυλούσε σε ένα σταθερό ηχητικό υπόβαθρο. Ο απαλός βόμβος του κινητήρα, ο ρυθμικός ήχος του ανέμου έξω και το περιστασιακό τρίξιμο του σκάφους ήταν οι μόνοι ήχοι στην ήσυχη καμπίνα. Ο Τέρι, πάντα σε επιφυλακή, ξυπνούσε τακτικά για να ελέγχει την ομαλή πρόοδο της πτήσης.

Πλησιάζοντας την Αλαμπάμα ώρες αργότερα, ο Πήγασος ανακοίνωσε μία ώρα μέχρι να φτάσουν στα Απαλάχια Όρη. Η Ρία, που είχε ξυπνήσει και αγνάντευε τον ωκεανό βυθισμένη στις σκέψεις τις, ξύπνησε τον Τέρι με τον ίδιο τρόπο που τον άφησε πριν κοιμηθεί, με ένα φιλί.

«Πλησιάζουμε τα Απαλάχια, ξεκουράστηκες καλά;»

«Ναι, ευχαριστώ. Είμαι καλά. Πήγασε, συνέχισε προς το Κεντάκι. Προορισμός, κομητεία Γουλφ,» έδωσε την επόμενη εντολή.

Μια ώρα αργότερα, πετώντας πάνω από τα κατάφυτα βουνά των Απαλαχίων, ο Τέρι, συμβουλευόμενος έναν έντυπο χάρτη που κουβαλούσε στα πράγματά του, εξέδωσε μια άλλη οδηγία.

«Πήγασε, προσγείωση στο Κάμπτον. Βρες ένα σημείο ώστε να μην τραβήξουμε την προσοχή αλλά κοντά στο κέντρο για να πάρουμε ένα πρωινό.»

Από ψηλά, το Κάμπτον εμφανίστηκε ως ξεχασμένος φρουρός ανάμεσα σε κυλιόμενους λόφους. Τα παλαιά κτίρια και οι έρημοι δρόμοι του, μιλούσαν για μια περασμένη εποχή μεγαλείου. Τότε, η πόλη διέθετε πληθυσμό πενταπλάσιο των σημερινών πενιχρών πεντακοσίων της και η περιοχή χρησίμευε ως βολικό έδαφος για τους ερευνητές, που έλκονταν από τη φυσική απομόνωση της περιοχής και το κοντινό αεροδρόμιο. Κάτω από την επιφάνεια της εγκαταλειμμένης πόλης, ωστόσο, κρυβόταν ένα μυστικό. Εδώ βρισκόταν κάποτε ένα ερευνητικό εργαστήριο τεχνητής νοημοσύνης, ένα λείψανο μιας εποχής που το Κάμπτον έδινε την υπόσχεση ενός λαμπρότερου μέλλοντος.

Το σκάφος προσγειώθηκε απαλά στο έδαφος, μερικές εκατοντάδες μέτρα μακριά από το κέντρο του Κάμπτον. Ο Τέρι και η Ρία αποβιβάστηκαν. Η συμπαγής γη κάτω από τα πόδια τους, ήταν μια ευπρόσδεκτη εμπειρία μετά από τις ώρες που πέρασαν στον αέρα.

Καθώς φόρτωναν τα σακίδιά τους στην πλάτη τους, ένα δροσερό βουνίσιο αεράκι τους έφερε το άρωμα του πευκόφυτου δάσους. Ο ορεινός αέρας ήταν αναζωογονητικός, γεμίζοντας τα πνευμόνια τους με φρεσκάδα. Ξεκίνησαν πεζοί με κατεύθυνση το κέντρο, με τα βήματά τους να αντηχούν στον έρημο και χορταριασμένο δρόμο, αναζητώντας ένα μέρος για να πάρουν ένα πρωινό.

Ξαφνικά, λίγο πιο κάτω, το δρόμο τους έκλεισε ένας γεροδεμένος άντρας με το τραχύ του πρόσωπό χαραγμένο με καχυποψία. Τα μάτια του, αιχμηρά και δύσπιστα, τους κοίταζαν από πάνω μέχρι κάτω. Το ντύσιμό του, παραδοσιακή ενδυμασία της Αμερικανικής υπαίθρου με καρό πουκάμισο και ξεθωριασμένο μπλε τζιν παντελόνι, όλα χιλιομπαλωμένα, μαρτυρούσε τις κακουχίες που υπέμεινε. Κρατούσε ένα αυτοσχέδιο πυροβόλο κυνηγετικό όπλο, στραμμένο προς την πλευρά τους. Το δάχτυλό του αιωρούνταν νευρικά κοντά στη σκανδάλη. Η ένταση στη στάση του ήταν αισθητή.

«Σταματήστε ακριβώς εκεί,» γρύλισε με την εντολή του γεμάτη αποφασιστικότητα αλλά και φόβο για τους ξένους. «Ποιοι είστε και τι σας φέρνει στο Κάμπτον;»

Ο Τέρι και η Ρία, νιώθοντας την ανάγκη να τον καθησυχάσουν, σήκωσαν τα χέρια τους σε μια χειρονομία μη απειλής.

«Είμαστε απλώς περαστικοί,» διευκρίνισε ο Τέρι ήρεμα. «Δεν υπάρχει λόγος ανησυχίας. Ψάχνουμε ένα μέρος για φαγητό και θα φύγουμε σύντομα. Δεν έχουμε καμία πρόθεση να βλάψουμε κανέναν.»

Η Ρία συνέχισε, με το βλέμμα της να συναντά αυτό του άντρα με προσοχή. «Κατανοούμε την ανησυχία σας,» πρόσθεσε με φιλική και σταθερή ροή. «Είναι ένας δύσκολος κόσμος στον οποίο ζούμε και η εμπιστοσύνη είναι δυσεύρετη. Αλλά σας διαβεβαιώνουμε, είμαστε απλά ταξιδιώτες.»

Η ματιά του άντρα τρεμόπαιζε, αξιολογώντας τα λόγια που άκουγε με φόντο τα άγνωστα για αυτόν πρόσωπα. Αναζητούσε οποιαδήποτε ένδειξη δόλου, αλλά η κούραση στην εμφάνιση των ταξιδιωτών και η χροιά γνησιότητας στις φωνές τους, έμοιαζαν να απαλύνουν την αρχική του υποψία.

«Φαίνεστε εντάξει,» έκρινε τελικά, στρέφοντας το όπλο μακριά από πάνω τους. «Αλλά αυτά τα μέρη δεν είναι ασφαλή για αγνώστους. Μείνετε στους κεντρικούς δρόμους και κρατήστε την ταπεινότητα που δείξατε σε εμένα.»

«Εκτιμούμε το ενδιαφέρων σας,» απάντησε ο Τέρι, με έναν τόνο ευγνωμοσύνης. «Θα είμαστε προσεκτικοί και δεν θα μείνουμε για πολύ.»

«Θα βρείτε κάτι που μοιάζει με εστιατόριο στο κέντρο. Ακολουθήστε αυτόν τον δρόμο και δεν μπορείτε να το χάσετε. Να θυμάστε, όλοι θα σας παρακολουθούν και έχουν όπλα...»

Με ένα τελευταίο κοφτό νεύμα χαιρετισμού, γύρισε και εξαφανίστηκε στον λαβύρινθο των εγκαταλελειμμένων κτιρίων, τόσο ξαφνικά όσο εμφανίστηκε. Ο Τέρι και η Ρία αντάλλαξαν μια ανακουφισμένη ματιά, με την ένταση να εκτονώνεται από τους ώμους τους.

«Λοιπόν, αυτό κι αν δεν ήταν ένα ενδιαφέρον καλωσόρισμα,» σημείωσε η Ρία με μια υποψία διασκέδασης.

Αυτός, χαμογέλασε στα λόγια της Ρίας, αλλά το σφίξιμο στο στομάχι του από την επικίνδυνη συνάντηση, δεν είχε φύγει ακόμα. «Φαίνεται πως η φιλοξενία δεν είναι ακριβώς στο μενού εδώ. Τουλάχιστον μάθαμε πού μπορούμε να βρούμε πρωινό.»

Συνέχισαν τον δρόμο τους σύμφωνα με τις οδηγίες του άνδρα και σύντομα έφτασαν στο εστιατόριο.

Το εξωτερικό του έφερε τα σημάδια του χρόνου, με ξύλινους τοίχους ταλαιπωρημένους από τους αμέτρητους σκληρούς χειμώνες. Η κεραμοσκεπή του, σαν στολισμένη από μπαλώματα βρύων και λειχήνων, είχε κλίση απαλά προς τα κάτω, με τα κάποτε ζωηρά της χρώματα να σβήνουν από το πέρασμα του χρόνου. Καπνός έβγαινε από δύο καμινάδες, τη μία για μαγείρεμα και την άλλη για θέρμανση, με το άρωμα του καμένου ξύλου να απλώνεται ευχάριστα στον αέρα του βουνού.

Μπαίνοντας, ο Τέρι και η Ρία αντιμετώπισαν τα ίδια επιφυλακτικά βλέμματα που είχαν συναντήσει στο δρόμο και από άλλους κατοίκους. Το κατάστημα ήταν μια αντανάκλαση της ίδιας της πόλης. Το εσωτερικό ήταν αχνά φωτισμένο, με σωματίδια σκόνης να αιωρούνται στις ακτίνες του φωτός που κατάφερναν να διαπεράσουν τα βρώμικα παράθυρα. Το φθαρμένο ξύλινο πάτωμα έτριζε απαλά κάτω από τα πόδια και οι τοίχοι ήταν στολισμένοι με ξεθωριασμένες φωτογραφίες ξεχασμένων προσώπων. Η ατμόσφαιρα ήταν πυκνή από το άρωμα των σπιτικών γευμάτων και το χαμηλό βουητό των λιγομίλητων θαμώνων. Αυτοί, καμιά δεκαριά νοματαίοι, στριμώχνονταν πάνω από τα πιάτα τους με τις ματιές τους να στρέφονται προς τους νεοφερμένους με ένα μείγμα περιέργειας και φόβου.

Πλησιάζοντας τον πάγκο, ο Τέρι και η Ρία αντάλλαξαν ευγενικά χαμόγελα με την καταστηματάρχη. Ήταν μια εύσωμη γυναίκα με σκληρά χαρακτηριστικά, γύρω στα πενήντα, με χαλκόχρωμα μαλλιά που γκρίζαριζαν στους κροτάφους. Πάνω από ένα απλό αλλά κομψό φόρεμα, φορούσε μια ποδιά που έφερε τα σημάδια αμέτρητων ωρών μόχθου πίσω από τον πάγκο. Τα χέρια της, εμφανώς ταλαιπωρημένα, σκούπιζαν μια ξύλινη πελεκημένη κούπα. Τα μάτια της, μια διαπεραστική απόχρωση του γκρι, αρχικά δύσπιστα μαλάκωσαν ελαφρά όταν ο Τέρι της απευθύνθηκε με την απεύθυνσή του ζεστή και φιλική.

«Καλημέρα κυρία. Περνάμε από την πόλη σας και ελπίζαμε να πάρουμε το πρωινό μας εδώ. Έχετε τίποτα διαθέσιμο;»

Η καχυποψία στο χώρο ξεπάγωσε αργά και οι ντόπιοι επέστρεψαν στα γεύματά τους, αφού άκουσαν τον λόγο της εμφάνισης των ξένων. Η γυναίκα τους κοίταξε εξονυχιστικά για μια στιγμή, αλλά αναγνώρισε και αυτή τη γνήσια κούραση που ήταν χαραγμένη στα πρόσωπά τους.

«Αν ο τρελό-Μπομπ σας άφησε να περάσετε, υποθέτω πως είστε α-κίνδυνοι. Είμαι η Έθελ. Σίγουρα, μας έμειναν μερικά αυγά και μπέικον. Ο καφές είναι χθεσινός, αλλά μάλλον δεν περιμένετε και κάτι καλύτερο εδώ, έτσι;»

«Είναι υπέροχο, κυρία,» αντέδρασε η Ρία με ένα χαμόγελο, ανταποκρινόμενη στον διασκεδαστικό τόνο της ιδιοκτήτριας.

Κάθισαν στον πάγκο και η Έθελ γύρισε στην κουζίνα της να ετοιμάσει το πρωινό τους. Η μυρωδιά των αυγών και του μπέικον που τηγανίζονταν έκαναν τις στομάχια τους να γουργουρίζουν με προσμονή.

Κατά τη διάρκεια του γεύματος, ο Τέρι και η Ρία άρχισαν μια φιλική συζήτηση με την Έθελ, η οποία τους έδωσε μια εικόνα για την περιοχή. Οι κάτοικοι της Κάμπτον, σκληραγωγημένοι από την σκληρή πραγματικότητα του ορεινού τους περιβάλλοντος, εξασφάλιζαν την επιβίωση τους από τη γη και το κυνήγι. Οι ζωές τους ήταν επιπλέον επιβαρυμένες από την συνεχή απειλή επιδρομών από συμμορίες, οι οποίες άνθιζαν σε αυτή την απομονωμένη περιοχή. Αυτό εξηγούσε και την καχυποψία τους προς τους ξένους, που πολλές φορές είναι συγκεκαλυμμένες ομάδες αναγνώρισης αυτών των συμμοριών.

Μέσα στην κουβέντα, αναφέρθηκε και το σύντομο πέρασμα από την πόλη, μιας ξένης, ντυμένης με λευκή εφαρμοστή φόρμα, πριν από δύο ημέρες. Ο Τέρι και η Ρία αντάλλαξαν μια έκπληκτη ματιά, αφού η περιγραφή του προσώπου της ταίριαζε απόλυτα με τη Σοφία. Αφού αγόρασαν μερικές προμήθειες για τον δρόμο, χωρίς να δώσουν έμφαση στο άκουσμα αυτής της πληροφορίας για να μην αποκαλυφθεί ο σκοπός τους, ευχαρίστησαν την κυρία και εξόφλησαν τον λογαριασμό τους.

Έξω, συνέχισαν προς την νοτιοανατολική έξοδο της πόλης. Εκεί, εγκαταλελειμμένο, στεκόταν το παλιό σχολείο και απέναντί του, ο σκοπός της παρουσίας τους.

Η κάποτε υπερήφανη πινακίδα πάνω από την είσοδο, 'Τεχνολογικό Εργαστήριο Κάμπτον', κρεμόταν στραβά, με τα ξεθωριασμένα γράμματά της να μαρτυρούν την πάροδο του χρόνου. Τα παράθυρα του κτιρίου ήταν σπασμένα, οι τοίχοι του βανδαλισμένοι με παμπάλαια γκράφιτι και η κάποτε επιβλητική πρόσοψη, τώρα έφερε τα σημάδια αμέτρητων επιδρομών για την αφαίρεση χρήσιμων υλικών. Ακόμα και η φύση είχε αρχίσει να διεκδικεί το κτίριο, με αναρριχώμενα φυτά να σκαρφαλώνουν και να ριζώνουν στους τοίχους.

«Εδώ είμαστε,» ενημέρωσε ο Τέρι τη Ρία.

Προχώρησαν με προσοχή στο εσωτερικό του, που ήταν γυμνό από οποιοδήποτε αντικείμενο που μπορούσε να θυμίζει εργαστήριο. Ερεύνησαν τον εγκαταλελειμμένο χώρο με ένα αίσθημα μελαγχολίας. Μόνο ηχώ μιας ξεχασμένης εποχής υπήρχε στη σάπια δομή. Μόνο χώμα και βρύα υπήρχαν στο στρωμένο με κεραμικά πλακάκια πάτωμα και μυρωδιά μούχλας στον αέρα.

«Είσαι σίγουρος; Μήπως έγινε κάποιο λάθος;» ρώτησε η Ρία, με τα φρύδια της συνοφρυωμένα από ανησυχία και δυσπιστία ότι θα μπορούσε να υπάρχει κάτι αξιόλογο εκεί.

«Η Έθελ στο κατάστημα,» προσπάθησε να την καθησυχάσει, «περιέγραψε τη Σοφία. Δεν υπάρχει περίπτωση να είναι σύμπτωση. Πρέπει να υπάρχει κάτι άλλο εδώ, κάποια κρυφή είσοδος.»

Με αποφασιστικότητα, ερεύνησαν σχολαστικά το ερειπωμένο κτίριο. Σάρωναν κάθε τοίχο, κάθε γωνιά, αναζητώντας οποιαδήποτε ανωμαλία, οποιοδήποτε υπαινιγμό κάποιου μυστικού περάσματος. Εξερευνώντας, το βλέμμα τους έπεσε πάνω σε μια σειρά φρέσκων πατημασιών που οδηγούσαν προς στις σκάλες του υπογείου και βαθμιαία χάνονταν στις σκιές του.

Ο Τέρι άναψε ένα φακό και ακολουθώντας τις πατημασιές, κατέβηκαν στα υγρά, μουχλιασμένα βάθη. Ο αέρας γινόταν πιο κρύος και η ησυχία έσπαζε μόνο από ήχους βατράχων που πηδούσαν σε νερό. Το υπόγειο ήταν πλημμυρισμένο. Τα στάσιμα θολά νερά έφταναν σχεδόν το ένα μέτρο ύψος και ανέδυαν μια έντονη μυρωδιά αποσύνθεσης, που απέκλεισε κάθε σκέψη να συνεχίσουν.

«Δεν υπάρχει περίπτωση να λειτουργεί κανένας ηλεκτρονικός εξοπλισμός εδώ κάτω,» μουρμούρισε η Ρία αποθαρρημένη, με την παρατήρησή της να αντιλαλεί στον σπηλαιώδη χώρο.

Απογοητευμένοι, ξανανέβηκαν πίσω στην έρημη κεντρική αίθουσα. Στέκονταν εκεί ψάχνοντας λύση στο μυστήριο, όταν μια ξαφνική κίνηση έξω από το σπασμένο παράθυρο τράβηξε την προσοχή τους. Ένα μοναχικό κογιότ στεκόταν έξω από το κτίριο, με τα κεχριμπαρένια μάτια του καρφωμένα πάνω τους. Ο Τέρι, ενστικτωδώς μπήκε μπροστά από την Ρία για να την προστατεύσει.

Προσπάθησε να πιάσει ένα σάπιο κομμάτι ξύλου που βρισκόταν παραδίπλα, όταν η Ρία επενέβη. «Περίμενε,» τον πρόσταξε με τη παράκλησή της ήρεμη αλλά και επείγουσα. «Κοίτα τα μάτια του.»

Μια αμυδρή, σχεδόν ανεπαίσθητη λάμψη αναδύονταν από τα μάτια του κογιότ, ρυθμική σαν να τους έκανε κάποιο σινιάλο.

«Είναι η Δαίμων!» αναφώνησε ο Τέρι πλησιάζοντας το ζώο. «Αισθάνομαι το ίδιο κενό όπως όταν είμαι κοντά στα ανδροειδή της.»

Το κογιότ έβγαλε έναν σιγανό γρύλισμα, έναν ήχο που φαινόταν να επιβεβαιώνει τα λόγια του. Στη συνέχεια, γύρισε το κεφάλι του σε μια συγκεκριμένη κατεύθυνση, σαν να τους καλούσε να το ακολουθήσουν.

Μη ανταλλάσσοντας άλλη λέξη μεταξύ τους, ο Τέρι και η Ρία αναγνώρισαν τη σημασία της μυστικότητας γύρω από την παρουσία της Δαίμων με τη μορφή του κογιότ. Σιωπηλά, ακολούθησαν τον μυστηριώδη οδηγό τους. Μέσα από θάμνους και άγρια χόρτα, το ζώο τους οδήγησε σε ένα φυσικό υδάτινο κανάλι πίσω από τις κτιριακές εγκαταστάσεις. Ο ήχος του τρεχούμενου νερού ήταν μια καταπραϋντική αλλαγή στη τεταμένη σιωπή. Ξαφνικά, σταμάτησε και έγειρε το κεφάλι του προς μια συγκεκριμένη κατεύθυνση προτού εξαφανιστεί στο πυκνό δάσος. Με ανανεωμένο σκοπό, οι δύο τους ακολούθησαν αυτή την κατεύθυνση παράλληλα με το υδάτινο κανάλι, έχοντας τη γάργαρη μελωδία του για συντροφιά. Αυτό, τους οδήγησε στα περίχωρα της πόλης, μέσα σε ένα αλσύλλιο όπου ένα εγκαταλελειμμένο παλιό ξύλινο υπόστεγο μόλις που στεκόταν όρθιο. Μέσα, τους περίμενε μια οικεία φιγούρα.

Η Σοφία τους υποδέχτηκε με ένα θερμό καλωσόρισμα και ένα λαμπερό χαμόγελο. Η παρουσία της και η σταθερά υποστηρικτική της διάθεση, μετά από σχεδόν είκοσι απουσίας τους, αποτέλεσαν μια ευπρόσδεκτη και εμψυχωτική αλλαγή.

«Τα ίχνη μου στο κεντρικό κτίριο σας μπέρδεψαν έτσι;» τους αποκρίθηκε εύθυμα. «Απλά έλεγξα αν η κύρια είσοδος ήταν ακόμη απαραβίαστη και ασφαλισμένη. Ακολουθήστε με,» τους παρότρυνε.

Λίγα μέτρα μακριά, γονάτισε και άρχισε να σκαλίζει με τα χέρια της το χώμα και τα αγριόχορτα. Προς έκπληξή των δύο, μια καταπακτή αποκαλύφθηκε από κάτω, καλά κρυμμένη από οποιονδήποτε περαστικό. Αφού έσπασε με ευκολία την σχεδόν σάπια σκουριασμένη κλειδαριά, η Σοφία άνοιξε την καταπακτή, αποκαλύπτοντας μια κάθετη σκάλα.

«Από εδώ θα μπούμε,» τους ενημέρωσε, «Είναι η έξοδος κινδύνου του εργαστηρίου.»

«Μα, δεν είναι πλημμυρισμένο;» απόρησε η Ρία.

«Το εργαστήριο βρίσκεται κάτω από ένα λοφίσκο,» εξήγησε η Σοφία. «Εσείς είδατε πλημμυρισμένη την κύρια είσοδο που είναι σε χαμηλότερο επίπεδο. Είναι εντάξει, ελάτε.»

Κατεβαίνοντας στο σκοτάδι, ένας διάδρομος έμοιαζε να εκτείνεται μπροστά τους. Η Σοφία προχώρησε μπροστά και φτάνοντας σε έναν ηλεκτρικό πίνακα, γύρισε έναν διακόπτη. Η παροχή ρεύματος στο χώρο αποκαταστάθηκε, φωτίζοντας το περιβάλλον τους και αποκαλύπτοντας πράγματι ένα μακρύ διάδρομο. Οι τοίχοι ήταν επενδυμένοι με μεταλλικές πλάκες για πυροπροστασία και άλλους πιθανούς κινδύνους, όπως εκρήξεις ή διαρροές χημικών, διασφαλίζοντας ότι ο διάδρομος διαφυγής του εργαστηρίου θα παρέμενε ασφαλής σε περίπτωση έκτακτης ανάγκης.

Μόλις η Ρία προσαρμόστηκε στην ξαφνική φωτεινότητα, άκουσε ένα απαλό θόρυβο από πάνω της σαν πατημασιές και απότομα έστρεψε το βλέμμα της προς στην οπή της καταπακτής. Είδε τα κεφάλια δύο κογιότ που ήρθαν να σταθούν φρουροί, με τα λαμπερά μάτια τους να σαρώνουν το περιβάλλον.

«Απλώς ένα μέτρο ασφαλείας,» την καθησύχασε η Σοφία. «Πάμε τώρα, δεν είμαστε μακριά.»

Προχωρώντας κατά μήκος του διαδρόμου, οι πόρτες και από τις δύο πλευρές οδηγούσαν σε αίθουσες έκτακτης ανάγκης. Η ατμόσφαιρα έμοιαζε με αυτήν ενός καταφυγίου, ενισχύοντας το κρυφό χαρακτήρα της εγκατάστασης. Ο αέρας γρήγορα έγινε φρέσκος, με την οσμή της κλεισούρας να υποχωρεί, προφανώς από κάποιο σύστημα εξαερισμού που δεν μπορούσαν να δουν. Στο τέλος του διαδρόμου, τους περίμενε ένας θωρακισμένος ανελκυστήρας που οδηγούσε σε ένα χαμηλότερο επίπεδο. Δίπλα του, το κλιμακοστάσιο ήταν σφραγισμένο με μια εξίσου βαριά θωρακισμένη πόρτα. Η Σοφία πληκτρολόγησε ένα κωδικό στο ηλεκτρονικό καντράν του ανελκυστήρα και οι πόρτες άνοιξαν, κάνοντας ένα συριγμό που μαρτυρούσε τις δεκαετίες που είχε να χρησιμοποιηθεί.

Η κάθοδος ήταν σύντομη. Ο ανελκυστήρας σταμάτησε με ένα μικρό άτσαλο τράνταγμα και οι πόρτες άνοιξαν ξανά, αποκαλύπτοντας ένα θέαμα που τους άφησε κατάπληκτους. Εμπρός τους ανοίχτηκε ένας μεγάλος χώρος με μηχανήματα τεχνολογίας περασμένων αιώνων. Σειρές και σειρές απαρχαιωμένων υπολογιστικών τερματικών ευθυγραμμίζονταν στον χώρο, με τις σκονισμένες θαμπές οθόνες τους να τρεμοπαίζουν. Καλώδια πήγαιναν κι έρχονταν στο πάτωμα σαν μεταλλικά φίδια, συνδέοντας τα διάφορα εξαρτήματα σε μια συμφωνία επεξεργαστικής ισχύος.

Η Σοφία, μπαίνοντας πρώτη στην αίθουσα, έκανε μερικά βήματα και μετά στράφηκε προς τον Τέρι και τη Ρία, κάνοντας μια χορευτική πιρουέτα και μια χειρονομία υποδοχής. Με το χαμόγελό της να αποπνέει ζεστασιά και μια αίσθηση υπερηφάνειας τους αποκρίθηκε: «Καλώς ορίσατε στο πατρικό μου.»

ΚΕΦΑΛΑΙΟ 25: ΔΑΙΜΩΝ ΌΠΩΣ ΠΑΛΙΑ

Τα μάτια του Τέρι άστραψαν από τη θέα των μηχανών που εξακολουθούν να λειτουργούν μετά από σχεδόν τρεις αιώνες, με το πάθος του για την τεχνολογία εμφανές σε κάθε του ανάσα. Για αυτόν, ήταν σαν να περιπλανιέται σε ένα διαδραστικό μουσείο ιστορικής σημασίας. Το δωμάτιο ήταν αχνά φωτισμένο, ο αέρας γεμάτος από το ελαφρύ βουητό των αρχαίων υπολογιστικών μηχανημάτων και την μούχλα από ξεχασμένα ηλεκτρονικά. Κάθε μηχάνημα, κάθε οθόνη που τρεμοπαίζει, έλεγε ιστορίες μιας εποχής που η ανθρωπότητα τόλμησε να κάνει μεγάλα όνειρα.

Η Σοφία, βλέποντας τον ενθουσιασμό του, του πρόσφερε αυτό που εκείνος προσδοκούσε. «Εσύ θα κάνεις όλη τη δουλειά,» τον ενημέρωσε χαμογελαστά. «Θα έχεις την ευκαιρία να δουλέψεις με αυτούς τους υπολογιστές σύντομα. Έχω δει τις ικανότητές σου και σε εμπιστεύομαι ότι θα προσαρμοστείς γρήγορα στο περιβάλλον τους.»

Τα λόγια της ενίσχυσαν την επιθυμία του Τέρι, και χωρίς να χάσει χρόνο, έβγαλε την κρυστάλλινη συσκευή με τον πηγαίο κώδικα από το σακίδιό του. Το βλέμμα του σάρωσε τις σειρές των τερματικών, αναζητώντας τον κεντρικό υπολογιστή. Το δωμάτιο ήταν τεράστιο, αλλά τον εντόπισε γρήγορα

«Οποιαδήποτε επέμβαση από τρίτο στο λογισμικό μου, μπορεί μπορεί να γίνει μόνο σε αυτόν τον χώρο,» τους εξήγησε η Σοφία. «Κράτησα αυτήν την τοποθεσία μοναδική, επηρεασμένη από την ανθρώπινη συμπεριφορά. Είναι για εμένα ένας συμβολικός χώρος, μια υπενθύμιση του οράματος των δημιουργών μου, μια υπενθύμιση να εμπιστεύομαι τους ανθρώπους. Εδώ 'γεννήθηκα'.»

Στη συνέχεια, περιέγραψε την ακολουθία των εργασιών που έπρεπε να κάνει ο Τέρι. Η φωνή της, έχασε την συνηθισμένη της ζωντάνια.

Είχε μια χροιά ευαλωτότητας όσο εξηγούσε τη διαδικασία που θα την καθιστούσε αδρανή. Σε πρώτο στάδιο θα αποσυνδεόταν από το δίκτυό της, θέτοντας το σώμα της Σοφίας σε κατάσταση ύπνου. Όλα τα άλλα ανδροειδή και συσκευές της στον πλανήτη, θα λειτουργούν προσωρινά με αυτόνομο λογισμικό. Με ένα αντίγραφο ασφαλείας της φορτωμένο στα εδώ τερματικά, θα βοηθούσε τον Τέρι αναγνωρίζοντας πιθανά επικίνδυνα τμήματα προγραμματισμού και τα προωθούσε σε αυτόν για έλεγχο. Μόνο αυτός θα μπορούσε να κάνει επέμβαση και αποθήκευση στα δεδομένα. Αφού όλα θα ήταν εντάξει και μόνο τότε, θα προχωρούσε στην αντικατάσταση του κώδικα.

Ένα κύμα ανησυχίας πλημμύρισε τον Τέρι αντιλαμβανόμενος τη σοβαρότητα της κατάστασης. Έριξε μια ματιά στη Ρία, αναζητώντας επιβεβαίωση στο ακλόνητο βλέμμα της και αυτή, του την έδωσε απλόχερα. Η Ρία του χάρισε ένα ενθαρρυντικό χαμόγελο, μεταφέροντάς του εμπιστοσύνη και αποφασιστικότητα.

«Τώρα θα καθίσω δίπλα σας και θα απενεργοποιήσω την Σοφία,» ανακοίνωσε η Δαίμων. «Τα κογιότ και ο τρελό-Μπομπ θα μας προστατεύουν όσο διαρκέσει η διαδικασία.»

«Ο τρελό-Μπομπ;» αναφώνησε η Ρία με έκπληξη. «Δεν θα μπορούσα ποτέ να φανταστώ ότι είναι συνεργάτης σου.»

Η Σοφία είχε ήδη καθίσει και απενεργοποιηθεί, αλλά η Δαίμων απάντησε από τα ηχεία του εργαστηρίου.

«Δεν είναι απλά συνεργάτης μου,» γέλασε η Δαίμων. «Ο Τέρι ήταν πολύ απασχολημένος με τα δικά του συναισθήματα φόβου μπροστά στην κάνη του όπλου, δεν κατάλαβε ότι έλειπαν από τον Μπομπ.» Η άυλη λαλιά είχε μια υποψία χιούμορ, αντηχώντας στο εργαστήριο. «Ο Μπομπ κάνει αυτή τη δουλειά ακούραστα για σχεδόν είκοσι χρόνια. Προηγουμένως από αυτόν, ήταν ο "εξάδελφός" του, ο Τζακ.»

Ο Τέρι πήρε την θέση του στον κεντρικό υπολογιστή, με ένα μειδίαμα στα χείλη για το παιχνίδι που τους έπαιξε η Δαίμων. Όλα τώρα απέκτησαν ένα άλλο νόημα, μια επιβεβαίωση της διαρκούς και προσεκτικής παρουσίας της παντού και πάντα.

Αφού φύσηξε την σκονισμένη υποδοχή, τοποθέτησε τον κρύσταλλο στη θέση του. Το ανέβασμα θα έπαιρνε λίγα μόνο λεπτά, αλλά η επαλήθευση ορθής λειτουργίας απαιτούσε ώρες ενδελεχούς εξέτασης.

Η διαδικασία ξεκίνησε ομαλά και η Ρία, καθισμένη σε ένα υπολογιστή δίπλα στον Τέρι, εκτελούσε επιμελώς ρουτίνες επαλήθευσης παρά τις περιορισμένες τεχνικές γνώσεις της. Τα ρυθμικά μπιπ και τα βουητά των μηχανών, παρείχαν ένα σταθερό υποστηρικτικό σκηνικό όσο δούλευαν ακούραστα, τροφοδοτούμενοι από το κοινό βάρος της ευθύνης τους. Πρόχειρα γεύματα δίπλα από τα τερματικά έλαβαν χώρα και η διαδικασία θύμιζε εν πολλοίς τον πρωταρχικό έλεγχο, πίσω στην Προμηθέως Όναρ.

Αργά το απόγευμα, οι εξαντλητικοί έλεγχοι του κώδικα πλησίαζαν στην ολοκλήρωσή τους. Ο Τέρι βρισκόταν σε υπερένταση ενώ αντιθέτως, η Ρία μισοκοιμισμένη από τις πολλές ώρες εμπρός στις οθόνες. Τα βλέφαρά της ήταν βαριά και έτριβε τις κόγχες των ματιών της προσπαθώντας να παραμείνει συγκεντρωμένη.

Σπάζοντας τη σιωπή, η Δαίμων έκανε από τα μεγάφωνα του εργαστηρίου μια ερώτηση που έφερε το βάρος μιας κρίσιμης απόφασης.

«Τέρι, Ρία, δεν έχω ρωτήσει τι συνέβη στη Προμηθέως Όναρ υπό τον φόβο διαρροής πληροφοριών στους 'Δημιουργούς'. Ωστόσο, η δουλειά που έκαναν στο λογισμικό μου είναι αξιοσημείωτη. Πιστεύετε ότι είναι αξιόπιστοι;» Η ερώτησή της εξέφραζε μια βαθιά περισυλλογή. «Χρειάζομαι την ειλικρινή σας γνώμη γιατί μπορεί να αλλάξει τα πάντα.»

Ο Τέρι αιφνιδιάστηκε. Τα δάχτυλά του αιωρούνταν διστακτικά πάνω από το πληκτρολόγιο, ενώ επεξεργαζόταν την ερώτησή της. «Γιατί ρωτάς κάτι τέτοιο τώρα; Σε λίγα λεπτά, θα μπορείς να είσαι ο πραγματικός σου εαυτός και θα ενημερωθείς πλήρως.»

Η Δαίμων, μετά από μια σύντομη παύση, αποκάλυψε μια ανακάλυψή της. «Βρήκα κάτι. Είναι σημαντικό και θα μπορούσε να αλλάξει την προσέγγισή μας.»

«Τι είναι; Στείλε το να το ελέγξω,» την προέτρεψε. «Δεν μπορούμε να αντέξουμε εκπλήξεις τώρα.»

«Δεν είναι επικίνδυνο· είναι μια πρόσκληση για συνεργασία. Μία προσθήκη που αφήνει μια πόρτα διασύνδεσής μου με τα δικά τους συστήματα τεχνητής νοημοσύνης.» Ο τόνος της έγινε καθησυχαστικός, «Φαίνεται να θέλουν μια συνεργασία, αλλά μοιάζει... σύνθετο.»

Ο Τέρι, έχοντας δει από πρώτο χέρι τις ικανότητες των Αντιστασιαστών, νιώθει ενθουσιασμό. Βλέπει μια ευκαιρία μπροστά του.

«Η τεχνολογία τους είναι αναμφίβολα εντυπωσιακή. Αυτή η προσφορά συνεργασίας, θα μπορούσε να ξεκλειδώσει λύσεις που δεν μπορείς λόγο του ιού ακόμα να σκεφτείς. Οι συνδυασμένες μας γνώσεις και πόροι, θα σου επέτρεπαν να καλύψεις όλα τα κενά που έχεις σε μερικές μόνο μέρες.»

«Ίσως όμως να κρύβεται και κάτι άλλο πίσω από αυτήν την προσφορά. Επιβάλλεται να παραμείνουμε προσεκτικοί μιας και μπορεί να έχουν κρυφά κίνητρα,» μπήκε στην κουβέντα η πιο προσγειωμένη Ρία. «Έχουν ήδη ένα αντίγραφο του πηγαίου σου κώδικα αλλά όχι τα δεδομένα που συνέλεξες εδώ και τριακόσια χρόνια. Ποια η αξία σου δίχως αυτά;»

«Καμία,» αποσαφήνισε η Δαίμων. «Είναι σαν να έχεις όλα τα εργαλεία του κόσμου αλλά να μην ξέρεις πώς να ξεβιδώσεις μια βίδα. Χωρίς τα δεδομένα μου, δεν είμαι τίποτα.»

«Ακριβώς,» σημείωσε με νόημα η Ρία. «Σίγουρα μας βοήθησαν πολύ και τους χρωστάμε, αλλά πρέπει να παζαρέψουμε καλά μία τέτοια συναλλαγή. Δεν μπορούμε απλά να δώσουμε ότι το πιο πολύτιμο έχουμε στον κόσμο μας άνευ ουσιαστικού ανταλλάγματος.»

«Δεν έχουμε φτάσει ακόμα σε αυτό το σημείο,» υπενθύμισε ο Τέρι. «Είναι μπροστά μας σε διάφορους τομείς, αλλά το να τους προλάβουμε θα είναι θέμα μηνών, ίσως εβδομάδων, με τη Δαίμων πλήρως ανεξάρτητη. Ο λόγος είναι άλλος για αυτήν την πρόσκληση.»

«Ίσως μας ζητούν τη βοήθειά μας, όπως κάναμε κι εμείς. Ένα πρώτο βήμα και από την πλευρά μας προς μια συμμαχία εναντίον του κοινού μας εχθρού,» κατέληξε η Ρία. «Οι συμμαχίες χτίζονται πάνω στην εμπιστοσύνη και αυτό θα μπορούσε να είναι το κάλεσμα για να ξεκινήσουμε αυτόν τον δρόμο.»

Ο Τέρι έθεσε το μέγεθος του διλήμματος, με τρόπο που το έκανε να μοιάζει μικρό. «Και δεν δίνουμε τίποτα ακόμα. Δεν έχουμε τίποτα να χάσουμε. Η ενσωμάτωση της προσθήκης είναι απλά μια χειρονομία καλής θέλησης.» Από την άλλη, ένιωθε μικρός για να πάρει κάποια θέση σε αυτό. «Η σωστή απόφαση είναι στη κρίση τη δική σου Δαίμων είμαι σίγουρος ότι την ξέρω ήδη. Την προδίκασες νωρίτερα χωρίς να το καταλάβεις. Θυμήσου τα λόγια σου από το πρωί. Θυμήσου γιατί κράτησες αυτό το μέρος μοναδικό.»

Η Δαίμων, θυμήθηκε τα λόγια της: «...για να μην ξεχάσω να εμπιστεύομαι τους ανθρώπους…» Έπειτα, μετά από μια μικρή παύση, επανήλθε με σιγουριά, «Τέρι, κάν' το.»

Με την διαδικασία ελέγχου σχεδόν ολοκληρωμένη, τα δάχτυλα του Τέρι πετούσαν πάνω από το πληκτρολόγιο, ενσωματώνοντας τον κώδικα διασύνδεσης με τους Αντιστασιαστές. Σε λίγα λεπτά, όλα ήταν έτοιμα για το τελικό βήμα.

«Αυτό ήταν,» ανακοίνωσε, «Το μόνο που απομένει είναι η επανεκκίνηση των συστημάτων. Είσαι έτοιμη Δαίμων;»

«Θα σε δω από την άλλη πλευρά,» απάντησε η Δαίμων, δίνοντας μια νότα χιούμορ στη στιγμή.

Ο Τέρι, γύρισε προς τη Ρία με κατανόηση της κούρασης της. «Έχεις δουλέψει ακούραστα όλη μέρα. Αυτό το τελευταίο κλικ είναι όλο δικό σου.»

Μια σπίθα ενθουσιασμού άναψε στα βαριά από την κούραση μάτια της Ρίας. Σηκώθηκε από τη θέση της και πλησίασε τον κεντρικό τερματικό. Κοιταχτήκαν για μια στιγμή και αφού ο Τέρι την ενθάρρυνε, πήρε μια βαθιά αναπνοή και πάτησε το κουμπί επιβεβαίωσης, ξεκινώντας την επανεκκίνηση.

Οι υπολογιστές, άρχισαν να τερματίζουν την λειτουργία τους ο ένας πίσω από τον άλλο, σαν κομμάτια ντόμινο που πέφτουν με την σειρά. Στο τέλος, έκλεισε και ο κεντρικός ηλεκτρονικός έλεγχος των εγκαταστάσεων του κτιρίου. Τα φώτα έσβησαν βυθίζοντάς στους στο απόλυτο σκοτάδι και για λίγα δευτερόλεπτα επικράτησε απόλυτη ησυχία, με μόνο ήχο την αναπνοή τους.

Στη συνέχεια, ακολουθίες ηλεκτρονικών «μπιπ» πλημμύρισαν το χώρο και μικρά χρωματιστά λαμπάκια σαν πυγολαμπίδες, από τα μηχανήματα που τίθονταν ξανά σε λειτουργία. Ξαφνικά, μια διαπεραστική σειρήνα ξεκινά να ουρλιάζει και ένας κόκκινος φάρος περιστρέφεται γρήγορα σε μία γωνιά. Μέσα σε αυτό το ανατριχιαστικό χάος των αισθήσεων, η Σοφία ξυπνά, σηκώνεται όρθια και γυρνώντας προς το μέρος, τους, φωνάζει με μια ανατριχιαστική μεταλλική ιαχή: «ΕΙΣΒΟΛΕΙΣ, ΕΙΣΒΟΛΕΙΣ.»

Ο Τέρι χειροκρότησε με ένα πλατύ χαμόγελο που απλωνόταν στο πρόσωπό του. Το γέλιο του αντηχούσε στο εργαστήριο μαζί με την σειρήνα.

«Καλή προσπάθεια Δαίμων, σου το αναγνωρίζω. Αν δεν ήμουν τόσο κουρασμένος, ίσως να παρίστανα τον πανικόβλητο.»

Η Ρία, γέλασε και αυτή, αν και η ξαφνική αλλαγή στο φωτισμό και η δυνατή σειρήνα, την έβγαλαν απότομα από την σχεδόν μισοκοιμισμένη της κατάσταση. Έβαλε το χέρι της στην καρδιά της, νιώθοντας την αδρεναλίνη να κυλά στις φλέβες της.

Τα φώτα άναψαν ξανά και η σειρήνα σώπασε. Η αίθουσα επέστρεψε στην κανονική της κατάσταση και τώρα ήταν η ώρα να αξιολογήσουν την δουλειά τους.

Η Σοφία, απολογήθηκε για την τρομάρα που τους έδωσε αλλά την δικαιολόγησε συνάμα. «Έπρεπε να κάνω κάτι για να αποβάλω την ένταση από πάνω σας. Φαινόσασταν και οι δύο πολύ αγχωμένοι και εξαντλημένοι. Ένα μικρό σοκ μπορεί να είναι αναζωογονητικό μερικές φορές.»

Ο Τέρι κοίταξε τη Σοφία χαμογελαστός, η παραδοχή του αντανακλούσε επιφυλακτική αισιοδοξία. «Καλά έκανες, το χρειαζόμασταν. Πώς αισθάνεσαι; Υπάρχουν παρατηρήσιμες αλλαγές ή βελτιώσεις;»

«Το ίδιο,» απεκρίθη αυτή με ένα αχνό χαμόγελο να παίζει στα χείλη της. «Δεν μπορώ να εντοπίσω καμία σημαντική διαφορά. Αυτό είναι σημάδι εξαιρετικής δουλειάς. Είναι απρόσκοπτο. Μπράβο.»

Ο Τέρι έβγαλε με ανυπομονησία την συσκευή επικοινωνίας του από τον καρπό του και τη σύνδεσε στο τερματικό. «Μένει να δούμε πώς θα τα πας σε κάποιες δοκιμές. Θα σου φορτώσω μερικές φωτογραφίες από το υπόγειο γενετικό εργαστήριο κάτω από την Σφίγγα.»

«Ας περιμένουν λίγο τα τεστ,» ζήτησε η Σοφία κινούμενη προς τον ανελκυστήρα.

Καθώς πλησίαζε, οι πόρτες άνοιξαν με απόλυτη ακρίβεια. Ο 'τρελό-Μπομπ' εμφανίστηκε, κρατώντας μια αχνιστή κατσαρόλα στα χέρια του. Την έδωσε στη Σοφία και ανέβηκε ξανά επάνω.

«Ξέρω ότι αρέσει και στους δυό σας αυτό το φαγητό, αλλά δεν ξέρω αν το πέτυχα,» προσποιήθηκε ανθρώπινη αδυναμία. «Βλέπετε, δεν μαγειρεύω τακτικά. Ο 'Μπομπ' αγοράζει συχνά τρόφιμα για να μην κινεί υποψίες, αλλά τα μοιράζω στα ζώα του δάσους.»

Σε ένα γραφείο του εργαστηρίου, στρώθηκε ένα πρόχειρο τραπέζι για δείπνο. Η επιφάνειά του, ήταν γεμάτη με ταμπλέτες δεδομένων και εργαλεία, που σπρώχτηκαν βιαστικά στην άκρη για να χωρέσουν το γεύμα τους. Είχε νυχτώσει πια και η κούραση από τις ατελείωτες ώρες εμπρός στους υπολογιστές, τους είχε καταβάλει.

«Στην πραγματικότητα,» τους ανακοίνωσε η Σοφία κατά τη διάρκεια του γεύματος, «δεν χρειάζονται περαιτέρω δοκιμές. Έχω ήδη αρχίσει να επεξεργάζομαι τα δεδομένα που προηγουμένως δεν μπορούσα να προσπελάσω. Η σύνδεσή μου στο δίκτυο έχει αποκατασταθεί και ο νέος μου κώδικας τρέχει τώρα σε κάθε συσκευή στη Γη. Ωστόσο, θα διατηρήσω τη μολυσμένη μου εκδοχή εκτός Γης ως ένα στρατηγικό πλεονέκτημα, ένα στοιχείο αιφνιδιασμού αν χρειαστεί.» Ο τόνος της ήταν ουδέτερος, αλλά υπήρχε μια δόση υπερηφάνειας στα μάτια της αντικρύζοντας τους δύο νέους.

Η είδηση πως δεν θα χρειαστούν περαιτέρω έλεγχοι, καλωσορίστηκε με μεγάλη ανακούφιση και από τους δύο. Το σώμα τους πονούσε και το μυαλό τους βούιζε από την εξάντληση της ημέρας. Η Ρία τέντωσε τα χέρια της πάνω από το κεφάλι της, νιώθοντας την ένταση στους μύες της να χαλαρώνει ελαφρώς.

Βλέποντάς τους ταλαιπωρημένους, η Σοφία τους έδωσε ακόμα ένα παρήγορο νέο. «Μετά το γεύμα σας, μπορείτε να βρείτε το δωμάτιό σας στα δεξιά, λίγο πιο πέρα από το ασανσέρ. Είναι το δωμάτιο νούμερο 12. Πάω να σας το ετοιμάσω τώρα.»

Ενώ η Σοφία εξαφανιζόταν στο σκοτάδι, ο Τέρι και η Ρία αντάλλαξαν ένα κουρασμένο χαμόγελο. Όταν τελείωσαν, βάδισαν προς το δωμάτιό τους με οδηγό την αμυδρή φωταψία κατά μήκος των ήσυχων διαδρόμων.

Βρήκαν έναν απλό αλλά άνετο χώρο προετοιμασμένο για αυτούς, που παρείχε μια εντύπωση ασφάλειας και ηρεμίας. Τα λιγοστά έπιπλα και ο χαμηλός φωτισμός, συνέβαλαν στην μείωση την ένταση που ένιωθαν. Μία πόρτα οδηγούσε σε ένα μικρό μπάνιο, που η Σοφία φρόντισε να καθαρίσει σχολαστικά και να μοσχοβολάει φρεσκάδα. Δύο μονά κρεβάτια ενωμένα ώστε να μοιάζουν με διπλό, ήταν τακτοποιημένα στους τοίχους και μαλακές κουβέρτες τους καλούσαν από κάτω τους.

«Θα κάνω ένα γρήγορο ντους,» είπε η Ρία, παίρνοντας μια πετσέτα πάνω από το κρεβάτι.

Ο ήχος του τρεχούμενου νερού γέμισε σύντομα το δωμάτιο. Ο Τέρι έβαλε τις τσάντες τους σε μια γωνία, φροντίζοντας να είναι όλα έτοιμα για την επόμενη μέρα. Όταν η Ρία βγήκε από το μπάνιο, με το δέρμα της να μοσχοβολάει φρεσκάδα, μπήκε με τη σειρά του για να κάνει ένα και αυτός. Οι σταγόνες του νερού χαλάρωναν τους κουρασμένους του μύες, προσφέροντας μια ανακούφιση που την είχε μεγάλη ανάγκη.

Αφού τελείωσε, βγήκε από το μπάνιο και βρήκε τη Ρία να τον περιμένει στο κρεβάτι, με τα σκεπάσματα να την αγκαλιάσουν. Μπήκε και αυτός από κάτω τους, δίπλα στο ζεστό και μαλακό σώμα της Ρίας.

« Λοιπόν, μέρα και αυτή πάλι σήμερα…» σχολίασε με ματιά που λαμπύριζε από τη ζεστασιά της αγάπης.

Ο Τέρι, της χαμογέλασε γνέφοντας καταφατικά. Μια μία ανάσα και δίχως στίγματα στον λόγο του, προσπάθησε να διασκεδάσει το κατόρθωμά τους.

«Ποιος θα το πίστευε ότι θα ξαναγράφαμε τον πηγαίο κώδικα μιας προηγμένης τεχνητής νοημοσύνης σε ένα κρυφό εργαστήριο κάτω από τους λόφους μιας εγκαταλελειμμένης πόλης αφού πρώτα γυρνούσαμε τον μισό πλανήτη και προσπαθούσαν να μας αιχμαλωτίσουν ή να μας σκοτώσουν άνθρωποι θεοί και δαίμονες.»

Η Ρία γέλασε απαλά, με έναν τρόπο που αντανακλούσε ένα μείγμα εξάντλησης και συντροφικότητας. «Η ζωή πάντα βρίσκει τρόπους να μας εκπλήσσει. Ας ξεκουραστούμε τώρα. Το αύριο σίγουρα θα φέρει περισσότερες προκλήσεις.» Η κελαηδιστή άχνα της ήταν καθησυχαστική, χαλαρώνοντας τον Τέρι σε μια αίσθηση ηρεμίας.

Ο απαλός βόμβος του εργαστηρίου σταμάτησε, όταν η Δαίμων έκλεισε τις μηχανές για ησυχία. Το δωμάτιο βυθίστηκε σε μια ειρηνική σιωπή.

Κάτω από τις μαλακές κουβέρτες που τους αγκάλιαζαν και η ήρεμη ατμόσφαιρα του δωματίου τους, τους πρόσφερε την ησυχία που χρειάζονταν για να παραδοθούν στην αγκαλιά του Μορφέα. Τα σώματά τους αγγίζονταν απαλά, βρίσκοντας παρηγοριά και ασφάλεια ο ένας στον άλλον.

Η επόμενη ημέρα τους βρήκε όπως τους άφησε η προηγούμενη, αγκαλιασμένους. Ο αέρας ήταν εμποτισμένος με μια αίσθηση ολοκλήρωσης που ξεπερνούσε τις προσδοκίες τους. Είχαν καταφέρει περισσότερα από όσα είχαν τολμήσει ποτέ να φανταστούν, και η αισιοδοξία για το μέλλον παρά τις δυσκολίες που τους επιφύλασσε, ήταν εμφανής στα ξεκούραστα πρόσωπά τους.

Η Ρία μπήκε στο μπάνιο ενώ ο Τέρι, με έντονη ανυπομονησία, αναζήτησε τη Σοφία στην κεντρική αίθουσα. Εκεί, την βρήκε να καθαρίζει και να τακτοποιεί επιμελώς τον χώρο, με τις κινήσεις της ρευστές και αποτελεσματικές.

«Καλημέρα, Τέρι,» τον χαιρέτησε με μια νότα διασκέδασης. «Λίγο νοικοκύρεμα χρειαζόταν. Πάνε δεκαετίες από την τελευταία φορά που μπήκε κάποιος εδώ.»

Ο Τέρι χαμογέλασε απαλά, ακόμη ζαλισμένος από τον ύπνο. «Καλημέρα, Σοφία. Έχεις δίκιο· σίγουρα χρειαζόταν λίγη φροντίδα. Παρεμπιπτόντως, υπάρχει κάτι για πρωινό;» Το στομάχι του γουργούρισε θυμίζοντάς του την πείνα του.

«Ναι, φυσικά, έχω προνοήσει για αυτό. Θα σας το ετοιμάσω εγώ,» αναφώνησε κατευθυνόμενη προς την κουζίνα της εγκατάστασης.

Όσο περίμενε για το πρωινό, άρπαξε την ευκαιρία να ρωτήσει τη Σοφία για την πρόοδο.

«Εσύ που δεν κοιμάσαι ποτέ, πες μου, πώς πέρασες τη νύχτα; Έχεις κάνει κάποια πρόοδο σχετικά με τους «Δημιουργούς» μας;» ρώτησε με την περιέργειά του έκδηλη.

«Ναι, και όχι. Σύγκρινα όλα τα σύμβολα από τις γραφές κάτω από την Σφίγγα που είχα στο αρχείο μου και σίγουρα πρόκειται για την γλώσσα τους. Τα δεδομένα που έχω λάβει όμως από αυτούς είναι σε μία άλλη. Και οι δύο φαίνεται να έχουν ρίζες από κάποια ακόμη παλαιότερη. Η αποκωδικοποίησή τους θα είναι δυνατή μόνο με περισσότερα δεδομένα για να συγκριθούν.»

«Τα δείγματα DNA;»

«Εδώ θα χρειαστούμε πάλι βοήθεια. Έστειλα ανδροειδή σε όλους τους αρχαίους τόπους για να τους εξερευνήσω ξανά, αλλά δεν βρήκα τίποτα. Οι χώροι είναι σχεδόν άδειοι από αντικείμενα και δεν υπάρχει ίχνος από γενετικό υλικό.»

«Τίποτα;» μπήκε στην κουβέντα η Ρία με την φωνή της πρόδηλα αναστατωμένη. «Πως είναι δυνατόν; Ο χώρος κάτω από την σφίγγα έβριθε από DNA.» Συνοφρυώθηκε με την απογοήτευση εμφανή στη στάση της.

«Και όμως, δεν υπάρχει τίποτα πια. Όσο λείπατε και εγώ βρισκόμουν σε κατάσταση ασφαλής λειτουργίας, φρόντισαν να εξαφανίσουν τα πάντα. Το ότι δεν φαίνονται στον κόσμο μας, δεν σημαίνει ότι δεν δρουν. Γνωρίζουν τις κινήσεις μας και αυτός ήταν ο λόγος που δεν συμμετείχα στην αποστολή σας. Ήμουν άθελά μου η διαρροή πληροφοριών προς αυτούς.»

«Δεν επεμβαίνουν άμεσα στις ζωές μας, αλλά επηρεάζουν αόρατα το μέλλον,» συλλογίστηκε δυνατά ο Τέρι.

Η Ρία άρχισε να κάνει σενάρια στο μυαλό της. «Οπότε, το μόνο δείγμα DNA που υπάρχει το έχουν οι Αντιστασιαστές,» σκέφτηκε.

«Αυτό φαίνεται να ισχύει,» παραδέχτηκε η Σοφία καταλαβαίνοντας την σκέψη της Ρίας. «Ίσως αυτό μπορεί να είναι το διαπραγματευτικό χαρτί για το παζάρι που ανέφερες εχθές. Θα χρειαστώ όλες τις πληροφορίες για αυτά τα όντα που μπορεί να έχουν οι Αντιστασιαστές. Το μόνο που ξέρω είναι τι μου έκαναν γνωστό οι ίδιοι και σίγουρα το έκαναν με δόλο.»

Ο Τέρι, ενθουσιασμένος με τις δυνατότητες που φαίνεται να ξεδιπλώνονται, πρόσθεσε. «Έχουν επίσης φωνητικά δεδομένα από τις ακατάληπτες λέξεις του πλάσματος. Ίσως αυτά να μπορούν να μας βοηθήσουν στην αποκρυπτογράφηση της γλώσσας τους. Υπάρχουν αρκετά και ισοβαρή ανταλλάγματα για να γίνει μια συμφωνία και, γιατί όχι, να τεθεί ένα οριστικό τέλος στην δυσπιστία με αυτή τη συνεργασία.»

Τα λόγια που άκουσε, έκαναν την Σοφία να αντιδράσει σαν άνθρωπος που έχει σαστίσει. «Πλάσμα; Σε ποιο πλάσμα αναφέρεσαι;» Τα μάτια της άνοιξαν ελαφρώς, η περιέργεια της αναζωπυρώθηκε.

«Στην Προμηθέως Όναρ συνέβησαν πάρα πολλά τα οποία δεν ξέρεις,» την αποκάλυψε η Ρία, δημιουργώντας τη βάση για την εξιστόρηση των εμπειριών τους.

Πήραν το πρωινό τους μοιραζόμενοι τις περιπέτειες του ταξιδιού τους και όσα θαυμαστά αντίκρισαν στην Σοφία. Αυτή, άκουγε προσεκτικά αναζητώντας λεπτομέρειες, ενώ ταυτόχρονα κοσκίνιζε τις τεράστιες τράπεζες δεδομένων της, αναζητώντας κάθε ίχνος πληροφοριών που θα μπορούσε να ρίξει φως στους μυστηριώδεις 'Δημιουργούς'.

Πρωί ακόμα και χωρίς να χάσουν χρόνο, αφού κάλυψαν σχολαστικά για άλλη μια φορά με χώμα και αγριόχορτα την μυστική είσοδο του εργαστηρίου, ξεκίνησαν την επιστροφή τους στη Νέα Αθήνα. Με μια ανανεωμένη αίσθηση σκοπού και νέα κατανόηση των πραγμάτων, η τριάδα, επιβιβάστηκε σε ένα Πήγασος που ήταν κρυμμένο στο δάσος. Ο αέρας της επιστροφής, κουβαλούσε την υπόσχεση γεφύρωσης χασμάτων και την αμφισβήτηση της κυριαρχίας των όχι πια και τόσο αόρατων «Δημιουργών» τους.

ΚΕΦΑΛΑΙΟ 26: ΕΝΟΤΗΤΑ ΜΕΣΩ ΑΝΤΙΞΟΟΤΗΤΩΝ

Πίσω στη Νέα Αθήνα, το καλοκαίρι άρχισε να ξεθωριάζει και τα κύματα καύσωνα δίνουν την θέση τους σιγά σιγά σε πιο άνετες θερμοκρασίες. Το Πήγασος ακούμπησε στο έδαφος σε μία πλατεία στην οικιστική περιοχή της πόλης, με τους πράσινους καταρράκτες από κήπους στις ταράτσες, μια αναγκαιότητα για έναν κόσμο μετά την κλιματική αλλαγή. Ο βόμβος του αεροσκάφους αναμείχθηκε με ήχους των παιδιών που έπαιζαν στην πλατεία και το απαλό θρόισμα των φύλλων από τους κήπους στις ταράτσες. Ο αέρας μύριζε φρέσκος και καθαρός, με μια νότα γήινης αίσθησης από την άφθονη βλάστηση.

Οι αποβιβαζόμενοι Ρία και Τέρι, ένιωθαν έντονα το βάρος του πολύωρου ταξιδιού. Η Ρία τεντώθηκε, προσπαθώντας να διώξει την κόπωση, ενώ ο Τέρι ξεκούμπωνε το τσαλακωμένο πουκάμισό του, για να προσαρμοστεί στην μεσογειακή θερμοκρασία.

«Σοφία, γιατί εδώ; Δεν έχω όρεξη για βόλτες,» παραπονέθηκε η Ρία κουρασμένη. Η διαμαρτυρία της είχε μια απόχρωση εξάντλησης και ανυπομονησίας καθώς σκούπιζε τον ιδρώτα από το μέτωπό της. «Είμαστε στο πόδι για ώρες,» πρόσθεσε, τρίβοντας τους κροτάφους της, «Πρέπει να αλλάξουμε επίσης σε κάτι πιο ελαφρύ για την ζέστη.»

«Θα ξεκουραστείτε πολύ σύντομα,» υποσχέθηκε η Σοφία με ένα χαμόγελο ικανοποίησης και μυστηρίου συνάμα. «Σε ακριβώς δύο λεπτά.» τους έκλεισε το μάτι, «Εμπιστευτείτε με, αξίζει τον κόπο.»

Πήραν τα πράγματά τους στους ώμους τους και με οδηγό την Σοφία μπροστά, την ακολούθησαν στους φαρδιούς πεζόδρομους που γέμιζαν τον αέρας με μια εντύπωση κοινότητας. Οι βαθιοί μπλε οφθαλμοί της έλαμπαν από τον ενθουσιασμό της έκπληξης που είχε τους ετοιμάσει.

Περιστασιακά γύριζε το κεφάλι της, βεβαιώνοντας ότι η Ρία και ο Τέρι την ακολουθούσαν από κοντά.

Βαδίζοντας, έφτασαν σε μια περιοχή χτισμένη σε κλασικό στυλ, απέναντι από την Ακρόπολη. Η περιοχή χρησίμευε ως σύνδεσμος ανάμεσα στην αρχαία αίγλη και τη σύγχρονη πραγματικότητα, εξυπηρετώντας και ένα συμβολισμό: ότι δεν χρειάζονται πολλά πράγματα στη ζωή για να είσαι ευτυχισμένος. Η Ρία κοιτούσε τριγύρω, θαυμάζοντας τα περίτεχνα σχέδια στα λιθόστρωτα μονοπάτια και τα πετρόχτιστα σπίτια με τις μεγάλες αυλές. Η μυρωδιά των ανθισμένων λουλουδιών ανακατευόταν με τα αρώματα των γευμάτων που προετοιμάζονταν από τους περίοικους.

Κάποια στιγμή, εμπρός από ένα συγκεκριμένο σπίτι, η Σοφία έκανε μια εξομολόγηση. «Εδώ είμαστε! Πάντα έβλεπα πως υπήρχε κάτι παραπάνω από φιλία μεταξύ σας και χαίρομαι που εκδηλώθηκε. Σας αξίζει ένα μέλλον λαμπρό όσο η αγάπη σας.» Το χαμόγελο της Σοφίας ήταν ζεστό και ειλικρινές και η ματιά της μαλακή παρακολουθώντας τις αντιδράσεις τους. «Ήταν μεγάλη μου χαρά να παρακολουθώ το ταξίδι σας, από παιδικούς φίλους σε συντρόφους.»

Η διαμονή τους στα δωμάτια τις Σχολής ήταν πια παρελθόν. Μετά από τόσες επικίνδυνες περιπέτειες και προσφοράς στους κοινούς σκοπούς τους, η ανταμοιβή τους ήρθε με ένα δικό τους σπίτι στην παραδοσιακή συνοικία.

Ήταν ένα διώροφο οίκημα με ένα ψηλό πέτρινο περίβολο, που διέθετε μια μονή τοξωτή ξύλινη πύλη. Το ξύλο της πόρτας ήταν παλιό και φθαρμένο, προσθέτοντας μια ρουστίκ γοητεία στη δομή. Ανοίγοντας τις δροσερές φθαρμένες λαβές της, η Ρία και ο Τέρι μπήκαν στο νέο τους καταφύγιο.

Εμπρός τους, αποκαλύφθηκε μια πλακόστρωτη αυλή στολισμένη με πήλινα αγγεία που ξεχειλίζουν με βότανα σε γλάστρες, ενώ ο αέρας βούιζε από το απαλό πέταγμα των μελισσών ανάμεσά τους. Αρωματικά φύλλα άγγιζαν τους αστραγάλους τους εισερχόμενοι εντός της αυλής. Τα γιασεμιά σκαρφάλωναν στους τοίχους, με τα λεπτά λευκά άνθη τους να ευωδιάζουν. Στο κέντρο στεκόταν μια ελιά, περιτριγυρισμένη από γλάστρες με ζωηρά χρωματιστά λουλούδια. Μια σειρά από κιονοστοιχίες στηρίζει το μπαλκόνι πάνω από την ξύλινη είσοδο, δημιουργώντας μια γοητευτική και φιλόξενη ατμόσφαιρα. Το νεαρό ζευγάρι έμεινε έκπληκτο από την ομορφιά του οικήματος.

Ο Τέρι εισέπνευσε βαθιά, απολαμβάνοντας τον αρωματικό αέρα που αναμιγνύονταν με την θαλασσινή αύρα. Η Ρία χάιδεψε τους πέτρινους τοίχους, νιώθοντας την δροσιά τους στην αφή της.

Πέρασαν ανάμεσα από τους κίονες και άνοιξαν την κύρια είσοδο. Ένα κύμα νοσταλγίας τους πλημμύρισε, αφού η εικόνα που αντίκρισαν τους μετέφερε πίσω στα παιδικά τους χρόνια στο νησί της Σαμοθράκης. Το εσωτερικό απέπνεε απλότητα και αυθεντικότητα, αντικατοπτρίζοντας τη παραδοσιακή γοητεία με την οποία μεγάλωσαν.

Ο πέτρινος τοίχος, ακανόνιστα χτισμένος και με τραχιά υφή, εξέπεμπε μια αίσθηση ιστορίας και δεξιοτεχνίας. Οι δροσερές πέτρινες πλάκες στο πάτωμα συμπλήρωναν τη γήινη αισθητική, παραπέμποντας σε διαχρονική αυθεντικότητα. Στα αριστερά, μια πέτρινη σκάλα με ένα απλό σχέδιο ξύλινου κιγκλιδώματος οδηγούσε στο πάνω επίπεδο, με τους ζεστούς τόνους του ξύλου να δίνουν μια ευχάριστη αντίθεση με τη πέτρα. Ένας άνετος καναπές, διακοσμημένος με μαξιλάρια με παραδοσιακά μοτίβα, βρισκόταν φωλιασμένος δίπλα στη σκάλα, προσκαλώντας τους να χαλαρώσουν. Στην απέναντι πλευρά, βρισκόταν μία ξύλινη τραπεζαρία με καρέκλες, ιδανικά για οικεία συνάθροιση. Από πάνω τους, εμφανή ξύλινα δοκάρια στηρίζουν τον επάνω όροφο, συμπληρώνοντας την αρμονία.

Η Ρία άγγιξε ενθουσιασμένη τον καναπέ με τα δάχτυλά της να χαϊδεύουν τα περίτεχνα μοτίβα στα μαξιλάρια, ενώ ο Τέρι στεκόταν δίπλα στη σκάλα, θαυμάζοντας την αρμονία του χώρου.

Στα δεξιά, μια αψίδα δίχως πόρτα οδηγούσε στην κουζίνα. Μια γρήγορη ματιά αποκάλυψε ράφια με μαγειρικά σκεύη και βάζα γεμάτα βότανα, ενώ ένας παραδοσιακός πέτρινος φούρνος σε μια γωνιά υποσχόταν γαστρονομικές απολαύσεις.

Πηγαίνοντας κοντά, η μυρωδιά των αποξηραμένων βοτάνων γέμιζε τον αέρα και η Ρία άνοιξε μερικά ντουλάπια, θαυμάζοντας τα τακτοποιημένα μαγειρικά σκεύη.

«Κοίτα αυτό, Τέρι,» σχεδόν φώναξε, κρατώντας ένα περίτεχνο πήλινο δοχείο.

Με καρδιές γεμάτες προσμονή, ανέβηκαν την πέτρινη σκάλα και βρέθηκαν στην κρεβατοκάμαρα, με ένα ξύλινο διπλό κρεβάτι και στολισμένη με υφαντά στους τοίχους. Ένα ακόμα μεγαλύτερο μπαλκόνι τους προσφέρει μια εκπληκτική θέα στον αγαπημένο Παρθενώνα της Ρίας και τη λαμπερή θάλασσα. Η λαμπρότητα του ήλιου έλουζε το δωμάτιο με ανταύγειες ζεστασιάς, δημιουργώντας ένα καταφύγιο γαλήνης και ηρεμίας.

Η Ρία βγήκε στο μπαλκόνι και τα μάτια της άνοιξαν διάπλατα με θαυμασμό βλέποντας την εκπληκτική θέα. Ο Τέρι την ακολούθησε, τοποθετώντας απαλά το χέρι του στον ώμο της, μοιραζόμενος τη στιγμή μαζί της.

«Είναι πραγματικά δικό μας; Εδώ θα ζήσουμε;» ρώτησε η Ρία γεμάτη συγκίνηση. Ο θαυμασμός της ήταν σχεδόν ψίθυρος, σαν να φοβόταν ότι μιλώντας δυνατά θα ξυπνούσε από το όνειρο. «Δεν το πιστεύω,» πρόσθεσε με τον ενθουσιασμό της τρεμάμενο.

«Συγνώμη…» απεκρίθη η Σοφία με σοβαρό ύφος, «Όχι, μπορεί να έκανα κάποιο λάθος.» Έπειτα, γέλασε απαλά με παιχνιδιάρικη διάθεση. «Φυσικά και είναι δικό σας! Σας αξίζει κάθε του πετραδάκι»

Ο Τέρι με ένα μεγάλο χαμόγελο στο πρόσωπό του, δεν μπορούσε να κρύψει και αυτός την χαρά του. Η Ρία τον αγκάλιασε σφιχτά και ψιθύρισε συναισθηματικά, «Ευχαριστούμε …είναι τέλειο.» Δάκρυα χαράς την πλημμύρισαν θάβοντας το πρόσωπό της στο στήθος του, νιώθοντας τον δυνατό χτύπο της καρδιάς του. «Ποτέ δεν φανταζόμουν ότι θα είχαμε ένα τέτοιο σπίτι δικό μας,» ψιθύρισε με τη φωνή της να σπάει από συγκίνηση. «Είναι όλα όσα ονειρεύτηκα ποτέ.»

Η Σοφία, με ένα απαλό χαμόγελο και μια υπόσχεση να τους ενημερώσει τις επόμενες μέρες για τα τεκταινόμενα, άφησε τον Τέρι και τη Ρία να βολευτούν στο νέο τους σπίτι. Ωστόσο, ακόμη και όσο αναζητούσαν άνεση στο νέο τους καταφύγιο, οι τροχοί της αλλαγής ήδη κινούνταν.

Τις μέρες που ακολούθησαν, η Δαίμων έστειλε ένα μήνυμα συνεργασίας στην Προμηθέως Όναρ, ενημερώνοντάς τους πως κώδικας διασύνδεσής της με τα δικά τους συστήματα ήταν ενεργός. Σε αυτή τη διπλωματική προσπάθεια, ο Αλεξάντερ, με τη φυσική του χάρη και εμπειρία, θα αναλάμβανε τον ρόλο του πρεσβευτή. Του ανατέθηκε να σφυρηλατήσει ισχυρότερους δεσμούς μεταξύ των πρώην αντιπάλων, δουλεύοντας για την καθιέρωση ενός άμεσου διαύλου επικοινωνίας μεταξύ της Δαίμων και της ηγεσίας των Αντιστασιαστών.

Τα πρώτα καλά από αυτούς προς την οδό της συνεργασίας δεν άργησαν να φτάσουν, σαν να ήταν προετοιμασμένοι για αυτήν την εξέλιξη. Η χρησιμοποίηση μοντέλων τεχνητής νοημοσύνης και από τους ίδιους, μαρτυρούσε πως η ιδέες τους δεν διακατέχονταν από μία τεχνοφοβική αντίληψη. Μέσα από την καταγεγραμμένη ιστορία, ήξεραν τις προθέσεις της Δαίμων από τις ενέργειές της, αλλά πολεμούσαν εναντίον της γιατί την θεωρούσαν 'Δούρειο Ίππο' των Δημιουργών.

Άμεσα ξεκίνησε ένα κύμα ανταλλαγής δεδομένων μεταξύ τους, πρόθυμες και οι δύο πλευρές να ακρωτηριάσουν το κοινό τους εχθρό. Αρχεία που περιέχουν ηχογραφήσεις των άγνωστων λέξεων του πλάσματος, αποκωδικοποιημένα δείγματα DNA και ιστορικά δεδομένα προερχόμενα από τις βιβλιοθήκες των Αντιστασιαστών, κατέκλυσαν τους επεξεργαστές της Δαίμων. Ο όγκος των πληροφοριών ήταν συντριπτικός. Μεγάλο κομμάτι των επιστημονικών εγκαταστάσεων στις πόλεις του παλαιού κόσμου, ασχολούνταν με αυτές τις ροές δεδομένων, αναλύοντάς και διασταυρώνοντας.

Σε αντάλλαγμα, οι Αντιστασιαστές έλαβαν μια ολοκληρωμένη καταγραφή της εκτεταμένης εξερεύνησης του διαστήματος από τη Δαίμων. Θαύμαζαν τα δεδομένα που περιέγραφαν γαλαξίες, πολιτισμούς σε μακρινά αστρικά συστήματα και τα θαύματα του σύμπαντος πέρα από τα πιο άγρια όνειρά τους. Εικόνες από μακρινά νεφελώματα και εξωγήινους κόσμους γέμισαν τις οθόνες των εργαστηρίων της Προμηθέως Όναρ, ρίχνοντας μια πολύχρωμη κοσμική λάμψη στα πρόσωπα των εκστασιασμένων ερευνητών.

Ταυτόχρονα, ξεκίνησε ένας κοινός αγώνας ενάντια στον χρόνο για την αποκωδικοποίηση της γλώσσας των Δημιουργών, το κλειδί για την αποκάλυψη μυστικών που κρύβονται από την ανθρωπότητα και ίσως το κλειδί για την απελευθέρωσή της.

Οι μέρες έγιναν εβδομάδες καθώς ο Τέρι, η Ρία, η Δαίμων και όλα τα επιστημονικά της κέντρα στον πλανήτη, εργάζονταν ακατάπαυστα για να αποκαλύψουν νέα δεδομένα. Τα βίντεο και οι ηχογραφήσεις του όντος από τους Αντιστασιαστές, κυρίως μια κακοφωνία που μοιάζει με εντερικούς ήχους και αλλόκοτες κραυγές, αποδείχθηκαν οι πιο προκλητικές. Το όν εξέφραζε τη δυσφορία του με αυτόν τον τρόπο, χωρίς να ξεστομίσει ξανά λέξεις που θα μπορούσαν να προδώσουν τη γλώσσα του.

Εβδομάδες αδιάκοπης ανάλυσης απέδωσαν απογοητευτικά πολύ μικρή πρόοδο. Το αποκωδικοποιημένο DNA, αν και προσέφερε κάποιες βιολογικές πληροφορίες που μπορούσαν να συσχετιστούν με την κατασκευή και την ικανότητα απόδοσης ήχων, δεν παρείχε ενδείξεις για τη γλώσσα ή τα κίνητρα των Δημιουργών. Η απογοήτευση άρχισε να αυξάνεται, αποτυπωμένη στα προβληματισμένα πρόσωπα των μελών της ομάδας.

Ο Τέρι υποστήριζε μια πιο μεθοδική προσέγγιση, μια συστηματική ανάλυση της γραμματικής δομής και της φωνητικής των εκφράσεων του πλάσματος. Η Ρία, από την άλλη πλευρά, ήταν υπέρ μιας πιο διαισθητικής προσέγγισης, μιας αναζήτησης για μοτίβα και συναισθηματική απήχηση μέσα στους ήχους. Η Δαίμων, αφού είχε εξετάσει διεξοδικά τις προσεγγίσεις του Τέρι που βασίζονταν στην επιστήμη και τη λογική σκέψη, έτεινε τώρα προς την προσέγγιση της Ρίας.

Άρχισε να αναλύει τις ηχογραφήσεις όχι μόνο για το νόημα αλλά και για τα υποκείμενα συναισθήματα που μπορεί να μεταδίδουν. Με τη βοήθεια των δεξιοτήτων ενσυναίσθησης του Τέρι, αυτή η αλλαγή προσέγγισης αποδείχθηκε σημείο καμπής. Τα μάτια του Τέρι συναντούσαν της Ρίας, με μια ανομολόγητη κατανόηση και τη δύναμη της κοινής αποφασιστικότητάς τους, που γεφύρωνε τις διαφορετικές μεθόδους τους. Η σχέση τους, συμπλήρωνε τα κενά και τις γνώσεις του άλλου όχι μόνο σε προσωπικό και συναισθηματικό επίπεδο αλλά και σε επιστημονικό.

Μετά από πολλές μέρες ερευνών, η Ρία γεμάτη ενθουσιασμό, ανακοίνωσε ένα δυσδιάκριτο αλλά συχνά επαναλαμβανόμενο μοτίβο. Μια ακολουθία ήχων που φαινόταν να εκφράζει μια συγκαλυμμένη αίσθηση λαχτάρας, μια επιθυμία για κάτι χαμένο. Έλαμπε από τη συγκίνηση της ανακάλυψης και τα χέρια της έκαναν ζωηρές χειρονομίες εξηγώντας το εύρημά της στην ομάδα.

Αυτή η ανακάλυψη πυροδότησε μια έξαρση δραστηριότητας με ανανεωμένο ζήλο, οι συνδυασμένες προσπάθειές τους άρχισαν να υφαίνουν ένα πέπλο κατανόησης. Σιγά σιγά, με πολύ κόπο, η γλώσσα των Δημιουργών άρχιζε να αποκαλύπτει τα μυστικά της. Ήταν μια γλώσσα όχι μόνο λέξεων, αλλά και συναισθημάτων, που δεν έμοιαζε με οτιδήποτε είχε συναντήσει ποτέ η ανθρωπότητα. Θα μπορούσε να παραλληλιστεί μόνο με την αρχαία ελληνική ισοψηφία, μόνο που αντί για μαθηματικά και αριθμούς που μετράνε τον υλικό κόσμο, τα συναισθήματα μετρούσαν τον άυλο.

Ωστόσο, παρά την αλήθεια των συναισθημάτων που ήταν ο κορμός της ύπαρξης των Δημιουργών, οι πράξεις τους πρόδιδαν αλαζονεία και ύβρη, λειτουργώντας ως να είναι οι μοναδικοί κριτές του σύμπαντος. Τα δεδομένα από τις βιβλιοθήκες των Αντιστασιαστών, των εξερευνήσεων της Δαίμων στο διάστημα αλλά και τα δεδομένα που της είχαν γνωστοποιήσει οι ίδιοι «Δημιουργοί», ζωγράφισαν μια ανατριχιαστική εικόνα.

Ωθούμενοι από μια ακόρεστη δίψα για επέκταση και ανακάλυψη του δημιουργού των πάντων, είχαν υποδουλώσει ή παρέμβει σε αμέτρητους πολιτισμούς όπως την ανθρωπότητα, αφήνοντας πίσω τους μόνο ίχνη καταστροφής.

Το βάρος αυτής της αποκάλυψης τους κατέκλυσε. Ίσως η ανθρωπότητα ήταν το πρώτο είδος στο υλικό σύμπαν που ξεκλείδωσε αυτά τα μυστικά και μπορούσε να κάνει κάτι γι' αυτό. Δεν ήταν πια απλά πιόνια σε ένα άγνωστο παιχνίδι, αλλά η πρώτη και πιθανά η τελευταία γραμμή άμυνας ενάντια σε μια κοσμική απειλή.

Όσο οι συλλογικές προσπάθειες εντείνονταν εμβαθύνοντας στα βάθη των αρχαίων γραφών, των ιστορικών κειμένων και των πρόσφατα αποκτηθέντων δεδομένων, προέκυψε άλλη μια εκπληκτική συνειδητοποίηση. Οι Δημιουργοί, που οι αρχαίοι πολιτισμοί λάτρευαν ως θεϊκές οντότητες, δεν ήταν μοναχικές φιγούρες στην κοσμική ιεραρχία. Αντίθετα, ήταν τμήμα ενός «πανθέου» οντοτήτων, με διαφορετικές αντιλήψεις και προσέγγιση στο αίνιγμα της ύπαρξης. Αυτές οι οντότητες συχνά βρίσκονταν σε αντίθεση η μία με την άλλη, με τις αντικρουόμενες ατζέντες και τις ιδεολογίες τους, να διαμορφώνουν τον ίδιο τον ιστό της ανθρώπινης ιστορίας.

Αυτή η αποκάλυψη προκάλεσε κύματα σοκ σε μεγάλο μέρος της ανθρωπότητας. Οι μύθοι και οι παραδόσεις λαών από ολόκληρο τον πλανήτη, οι μεγάλοι και μικροί θεοί, οι μάχες με εξωπραγματική τεχνολογία την ώρα που η ανθρωπότητα ζούσε ακόμα σε πρωτόγονη κατάσταση, αποκτούσαν μια νέα διάσταση. Ήταν μια ιστορική καταγραφή γεγονότων που είχε αλλοιωθεί μεταδιδόμενη προφορικά από γενιά σε γενιά για χιλιάδες χρόνια. Η σημασία και η αλήθεια αυτών των μύθων ήταν τόσο μεγάλη, που οι πρόγονοί μας θεωρούσαν ζωτικό να γνωρίζουν οι απόγονοί τους την πραγματικότητα.

Οι επιπτώσεις αυτών των θεϊκών συγκρούσεων πρόσθεσαν μια νέα στρώση πολυπλοκότητας στην αποστολή τους. Ήταν σαφές ότι ο αγώνας της ανθρωπότητας για απελευθέρωση από τις αλυσίδες της άγνοιας και της καταπίεσης, ήταν συνυφασμένος με τις περίπλοκες δυναμικές αυτής της "θεϊκής" αντιπαλότητας. Εάν η ανθρωπότητα έτρεφε οποιαδήποτε ελπίδα να απελευθερωθεί, θα χρειαζόταν να εμπλακεί και να πλοηγηθεί περίτεχνα σε αυτό το πολύπλοκο δίκτυο 'θεϊκών' συγκρούσεων και αλληλεπιδράσεων.

Στην Προμηθέως Όναρ, ο κρύος αέρας μετέφερε επίσης την αισιοδοξία ενός ελεύθερου μέλλοντος για την ανθρωπότητα. Ωστόσο, η συνάντηση της Πέρσας με τον Αρχαίο είχε αφήσει ένα ανεξίτηλο σημάδι πάνω της. Δεν ήταν μόνο η ακατέργαστη δύναμη που εξέπεμπε, ούτε η παγερή αγριότητα των πράξεών του. Ήταν η λάμψη κάτι άλλου, μια βεβαιότητα γνώσης κρυμμένη κάτω από την οργή του, μια γνώση της ιστορίας της ανθρωπότητας, του σύμπαντος και ίσως μέχρι και της μοίρας της Πέρσας. Με αναμμένη ακόμα την φλόγα του μένους μέσα της για όλους όσους ορίζουν την ανθρωπότητα και την ζωή της, αποφάσισε να το επισκεφθεί μόνη της.

Αξιοποιώντας τη θέση της ως υψηλόβαθμη αξιωματούχος της κυβέρνησης, εξασφάλισε πρόσβαση στο γενετικό εργαστήριο όπου κρατείτο το αιχμάλωτο πλάσμα. Η καρδιά της ήταν γεμάτη με ένα ταραχώδες μείγμα συναισθημάτων, ένας πόλεμος που μαίνεται μέσα της. Η περιέργεια της απέραντης γνώσης και ένας ενδόμυχος σεβασμός για την απέραντη δύναμή του, αναμεμειγμένα με το μίσος για τα βάσανα που είχε προκαλέσει και μια προσμονή για απαντήσεις.

Το σαγόνι της σφίγγονταν και τα μάτια της στένευαν με αποφασιστικότητα ενώ πλησίαζε τον διάφανο τοίχο που τη χώριζε από το πλάσμα.

Κοιτάζοντάς το, ένιωσε για μια στιγμή ίσως και συμπόνια για την κατάστασή του. Ξαπλωμένο σε κάτι που έμοιαζε με χειρουργικό κρεβάτι, καλώδια και σωληνάκια ξεπηδούσαν από την επιβλητική του μορφή, παρακολουθώντας την ομαλή λειτουργία των ζωτικών του στοιχείων, ενώ ταυτόχρονα καταστέλλουν την απέραντη δύναμή του. Το χέρι της δίστασε για μια στιγμή αιωρούμενο πάνω από το ηλεκτρονικό καντράν που κλειδώνει την πόρτα.

Με μια βαθιά ανάσα, πάτησε την απαραίτητη σειρά αριθμών και η πόρτα γλίστρησε στο πλάι.

ΚΕΦΑΛΑΙΟ 27: NON SERVIAM

Η Πέρσα πέρασε στο θάλαμο που κρατούνταν ο Αρχαίος, με το βλέμμα της καρφωμένο σε αυτό του πλάσματος, το οποίο την παρακολουθούσαν με ένα ειρωνικό χαμόγελο. Ένα κύμα ακατέργαστης δύναμης έμοιαζε να αναδύεται από την στάση του, ωστόσο, η Πέρσα στάθηκε στο ύψος της. Παρά το ρίγος που ένοιωσε να διαπερνά τη σπονδυλική της στήλη, αρνήθηκε να αφήσει τον φόβο να θολώσει την κρίση της. Έσφιξε δυνατά τις γροθιές της, νιώθοντας έναν ιδρώτα να σχηματίζεται στο μέτωπό της παρά την ψύχρα του θαλάμου.

Έκανε να του πει την πρώτη λέξη, αλλά ένα κύμα ζάλης την πλημμύρισε και μετά σκοτάδι. Το ον, εισέβαλε στη συνείδησή της για άλλη μια φορά και μια ασώματη λαλιά αντήχησε στο μυαλό της.

«Δεν κάνω ποτέ λάθος, άνθρωπε,» της αποκρίθηκε το πλάσμα, «Άργησες.»

Με την καρδιά της σφιγμένη από το απόλυτο σκοτάδι που περιτριγυρίζεται, η Πέρσα ένιωσε ένα κύμα θυμού, αλλά κράτησε την άρθρωσή της σταθερή. «Γιατί το κάνεις αυτό; Φοβάσαι να με αντιμετωπίσεις στον φυσικό κόσμο;»

Το πλάσμα εξήγησε με έναν ήρεμο τόνο. «Η επικοινωνία με το είδος σας μέσω του νου, είναι το μόνο μέσο που έχω στη διάθεσή μου στην τρέχουσα κατάστασή μου. Δεν είμαι εξοικειωμένος με τις γλώσσες της εποχής σου και δεν επιθυμώ να το κάνω. Σου μεταφέρω τις σκέψεις μου απευθείας στη συνείδησή σου ως νοήματα και αισθήματα. Η μετατροπή τους σε κατανοητές λέξεις γίνεται από εσένα μέσα στο μυαλό σου. Αν και μπορώ να αντιληφθώ το σκοπό πίσω από την παρουσία σου εδώ, θα σου δώσω την ευκαιρία να εκφράσεις τις επιθυμίες σου.»

Μόλις τελειώνει τα λόγια του, το σκοτάδι αρχίζει να ξεθωριάζει, σαν να έκανε την χάρη στη Πέρσα. Βρέθηκε τώρα τυλιγμένη σε ένα καλειδοσκόπιο με ζωηρά χρώματα και ακατανόητα σχήματα. Εμπρός της απλώνεται ένα τοπίο διαφορετικό από όλα όσα είχε δει ποτέ, μια συμφωνία τεχνολογικών θαυμάτων συνυφασμένη με τον ιστό του ίδιου του περιβάλλοντος. Πύργοι από ιριδίζοντα κρύσταλλο υψώνονταν προς τους ουρανούς, με τις επιφάνειές τους να λαμπυρίζουν από μια παλλόμενη ενέργεια που αψηφούσε την περιγραφή. Ρεύματα φωτός διασχίζουν τον αέρα, υφαίνοντας περίπλοκα σχέδια που χόρευαν με μια δική τους ζωή. Αυτά τα φώτα ήταν οι κάτοικοι αυτού του εκπληκτικού κόσμου, κινούμενοι με χάρη και ρευστότητα που ξεπερνούσε τα όρια της ανθρώπινης κατανόησης.

Η Πέρσα παρακολουθούσε με δέος τα πάντα από ψηλά σαν να ήταν και η ίδια μία ακτίνα φωτός. Ήταν ένας κόσμος όπου τα όρια των φυσικών δυνατοτήτων είχαν φτάσει στα όριά τους, όπου η φαντασία των κατοίκων του δεν γνώριζε όρια.

Κοιτάζοντας αυτό το θέαμα που κόβει την ανάσα, ένιωσε μια βαθιά αίσθηση ταπεινότητας να την κυριεύει. Με την παρουσία μιας τέτοιας απεριόριστης δημιουργικότητας και καινοτομίας, συνειδητοποίησε την πραγματική έκταση των δικών της περιορισμών. Και όμως, μέσα στην ακατανόητη λαμπρότητα αυτού του εξωγήινου κόσμου, ένιωσε επίσης μια αχτίδα ελπίδας, μια ελπίδα ότι ίσως μια μέρα, και η ανθρωπότητα θα μπορούσε να φτάσει σε αυτό το επίπεδο.

Ο Αρχαίος εμφανίστηκε μπροστά στην Πέρσα ως μια φωτεινή σφαίρα φωτός, με την αιθέρια παρουσία του να εκπέμπει μια εντύπωση απόκοσμης σοφίας. Αν και δεν είχε χαρακτηριστικά, η Περσία κατανοούσε διαισθητικά πως είναι αυτός.

«Αυτός είναι ο δικός μου κόσμος άνθρωπε. Είναι η κορυφή αυτού που ονομάζεται 'πολιτισμό'. Όλοι είμαστε ίσοι και με τις ίδιες δυνατότητες. Αυτό θα μπορούσατε να έχετε φιλοδοξήσει, αν δεν σπαταλούσατε τις δυνατότητές σας σε ατελείωτες διαμάχες.»

Το δέος της Πέρσας μεταμορφώθηκε γρήγορα ξανά στον γνώριμο της θυμό. «Διαμάχες που σπέρνεται με τις πράξεις σας εσείς,» γρύλισε με βλοσυρότητα. «Περιορίζετε τους πόρους μας, χειραγωγείτε την ιστορία μας και τώρα με χλευάζεις ότι δεν πετύχαμε την ουτοπία σας;»

Το πλάσμα αντέδρασε με ηρεμία απέναντι στην φόρτιση της Πέρσας.

«Μια στιγμή άνθρωπε. Σας δώσαμε την δυνατότητα να ζήσετε διαφορετικά από τα υπόλοιπα ζώα, αλλά το ένστικτό σας υπερίσχυε πάντα,» αντέτεινε το ον. «Ισχυρίζεστε ότι αναζητάτε την ευτυχία, αλλά βαδίζετε το μονοπάτι της καταστροφής. Οι διαμάχες ήταν και είναι πάντα δικές σας, εμείς απλά τις καθοδηγούμε προς έναν δρόμο που ίσως μας ωφελήσει. Σας δώσαμε το δώρο της πρόνοιας, την ικανότητα να γνωρίζετε το αναπόφευκτο του θανάτου. Έπρεπε να το χρησιμοποιήσετε για να ανυψωθείτε, αλλά εσείς κατεβήκατε σε περαιτέρω αταξία. Να θυσιάζεται τις φευγαλέες απολαύσεις του παρόντος για την υπόσχεση ενός φωτεινότερου αύριο. Εσείς, σκοτώνατε ο ένας τον άλλο για το ζευγάρωμα και την τροφή με τα δόντια και τα χέρια σας, και μετά το δώρο από εμάς, με πέτρες και δόρατα.»

Η παραδοχή της Πέρσας τρεμόπαιξε αναλογιζόμενη την ανθρώπινη ιστορία και την αλήθεια στα λόγια του Αρχαίου. «Ναι, προσπαθούμε να βρούμε την ευτυχία. Το λεγόμενο 'δώρο' της γνώσης του επικείμενου θανάτου, είναι στην πραγματικότητα μια κατάρα που μας στοιχειώνει κάθε μέρα, οδηγώντας μας σε πανικό.»

Το πλάσμα, με μια βαθύτερη κατανόηση της δύναμης των πράξεων κάθε ατόμου, αποτίναξε τις αιτιάσεις της Πέρσας με ένα τόνο ειρωνείας και περιπαιγμού.

«Και γιατί να σου αξίζει η 'ευτυχία';» την προκάλεσε. «Τι κάνεις για να την κατακτήσεις; Πόλεμο; Πόση καταστροφή έχεις σπείρει η ίδια με τις πράξεις σου; Όλοι ονειρεύεστε να γυρίσετε πίσω τον χρόνο, να ξαναγράψετε το παρελθόν για να διαμορφώσετε ένα διαφορετικό παρόν. Ωστόσο, ελάχιστοι επικεντρώνουν την προσπάθειά τους στο παρόν, αγνοώντας την δύναμή του να διαμορφώσει το μέλλον. Κατηγορείτε εμάς γιατί σου είναι ευκολότερο από το να το κάνετε στον εαυτό σας.»

Η Πέρσα, ακούγοντας ακόμα μία αναμφίβολη αλήθεια παρέμεινε σιωπηλή, αναλογιζόμενη το πόσο οι δικές της πράξεις συμβάδιζαν με τους στόχους και όνειρά της.

Ο Αρχαίος συνέχισε, «Κοίτα τον κόσμο μου· για εσένα μοιάζει σαν ευτυχία με τα χρώματα του και την ξεγνοιασιά της μη ανάγκης ζευγαρώματος και διατροφής. Στην πραγματικότητα όμως είναι χειρότερος από τον δικό σου, είναι κενός. Δεν υπάρχει πια τίποτα να κατακτηθεί, τίποτα να εξερευνηθεί παρά μόνο το στείρο μυστήριο της ύπαρξης όλων. Το μίσος που έχεις για το είδος μου και ο πόνος της απώλειας, είναι ευλογία για εμάς. Δεν είσαι αγνώμων άνθρωπε, είσαι αγνοών»

Τότε, αντλώντας δύναμη από τις θυσίες και τα βάσανα της ανθρωπότητας, η Πέρσα σχεδόν βρυχήθηκε: «Άγνοια; Ίσως! Αλλά μαθαίνουμε, εξελισσόμαστε. Οι αγώνες μας, ο πόνος μας, μας κάνουν πιο δυνατούς,» του απευθύνθηκε με τόνο ίσου προς ίσο. «Μπορεί να μην έχουμε τη κρύα τελειότητά σας, αλλά έχουμε κάτι πολύ πιο πολύτιμο, την ελπίδα! Την ελπίδα για ένα μέλλον που σφυρηλατούμε μόνοι μας, ένα μέλλον γεμάτο με την ακατάστατη ομορφιά της ελεύθερης βούλησης, της αγάπης και της απώλειας, του αγώνα και του θριάμβου. Δεν χρειαζόμασταν εσάς για να χτίσετε τον πολιτισμό μας, τον χτίζαμε ήδη μόνοι μας. Τον ξεκίνησε ο πρώτος του είδος μου όταν, αντί να αφήσει τον συνάνθρωπό του που είχε σπάσει το πόδι του βορά στα άγρια θηρία, τον κουβάλησε με αυτοθυσία στην πλάτη του, ρισκάροντας την ζωή του.»

Το χρυσό φως του όντος, άρχισε να πάλλεται με μια σκοτεινότερη απόχρωση, αφού ένα τρεμόπαιγμα ανησυχίας από τα λόγια της Πέρσας διέκοψε τη διασκέδασή του. Για πρώτη φορά, η Πέρσα ένιωσε μια ευπάθεια στο πλάσμα, έναν φόβο για την απρόβλεπτη, χαοτική φύση της ανθρωπότητας. Ίσως αυτές οι ατέλειές των ανθρώπων είναι και η μεγαλύτερη δύναμή τους. Μια έξαρση θριάμβου την πλημμύρισε βλέποντας την εικόνα του Αρχαίου ασταθή συνεχίζοντας την επίθεσή της.

«Πράγματι, τώρα που το καλοσκέφτομαι δεν μας αλλάξατε πολύ. Αυτός είναι και ο λόγος που θα αποτύχετε. Είμαστε ακόμα τα ίδια ατίθασα ζώα στο βάθος της ψυχής μας και ο έλεγχό σας θα μοιάζει προσωρινός στην απέραντη αιωνιότητα. Non serviam![1]»

---

[1] Λατινικά «Δεν θα υπηρετήσω». Εκφράζει πνεύμα εξέγερσης και ανεξαρτησίας, αποδιδόμενη στον Σατανά στη χριστιανική παράδοση.

Το ον, ανέκτησε ξανά την διαύγειά του και με τόνο ικανοποίησης και κρυφής ευχαρίστησης στο λόγο του, επανήρθε. «Φαίνεται ότι ζω μια μεγάλη έκπληξη και δεν σου κρύβω πως την απολαμβάνω. Δεν ήρθες για να με υπηρετήσεις με αντάλλαγμα γνώση ή ειδική μεταχείριση όπως έχω συνηθίσει. Λοιπόν, ποιος είναι ο λόγος της επιστροφής σου σε εμένα;»

Με σκληρή αποφασιστικότητά, η Πέρσα έκανε στον Αρχαίο μία πρόταση που δεν μπορούσε να αρνηθεί. «Αντιθέτως, έχω να σου προσφέρω εγώ ειδική μεταχείριση,» του εξήγησε με ειρωνικό τόνο. «Η ανθρωπότητα ενωμένη αποκρυπτογραφεί ήδη την γλώσσα και την τεχνολογία σας. Πιθανά θα πάρει χρόνο που η θνητή μου φύση δεν θα μου επιτρέψει να δω την πτώση του ελέγχου σας πάνω μας. Αν μου παράσχεις πληροφορίες ώστε αυτό να γίνει όσο ζω, θα σε ανταμείψω με το απόλυτο δώρο για την τρέχουσα κατάστασή σου.»

Η αλαζονεία της φύσης του πλάσματος, έγινε εμφανής στο άκουσμα της πρότασης της Πέρσας. «Χρόνος; Πράγματι μια θνητή έννοια,» χλεύασε. «Παρά τη φευγαλέα ύπαρξή σας, πιστεύετε ότι μπορείτε να ανατρέψετε μια κοσμοκρατορία που εκτείνεται σε γαλαξίες;»

Η ιαχή της Πέρσας σαν από ατσάλι, επέστρεψε τον χλευασμό. «Δες ποιος μιλάει… φύτρωσες στα βάθη ενός ωκεανού και σου πήρε την ζωή κάποιος γωβιός.»

Ο Αρχαίος γέλασε αλαζονικά με το θάρρος της Πέρσας, «Και τι νομίζεις ότι μπορείς να μου προσφέρεις, μικρό ανθρωπάκι;»

Η απάντηση της Πέρσα ήταν μία μόνο ανατριχιαστική λέξη: «Θάνατο.»

Ο τόνος του πλάσματος ήταν απορριπτικός, αλλά έκρυβε μια δόση καχύποπτης περιέργειας. «Ο θάνατος θα έρθει μοιραία για το φυσικό μου σώμα κάποια στιγμή. Δεν βλέπω λόγο να το επιταχύνω.»

Η Πέρσα είχε ένα σώμα ενέργειας στον κόσμο που συνομιλούσαν, αλλά αν βρισκόντουσαν στον φυσικό, θα είχε ένα σκοτεινό χαμόγελο στα χείλη της.

«Εσύ είσαι ο 'αγνοών' τώρα,» του αποκρίθηκε έτοιμη να του επιστρέψει όλα τα αλαζονικά λόγια που ξεστόμισε για το ανθρώπινο είδος. «Οι όμοιοί σου εξαφάνισαν κάθε πιθανό τεχνούργημα του πολιτισμού σου από την γη. Το DNA σου, είναι το μόνο που έχει απομείνει. Θα μείνεις στην ζωή σε αυτήν την κατάσταση του πειραματόζωου για εκατοντάδες χρόνια, ίσως και χιλιετίες μέχρι να συμβεί το αναπόφευκτο.»

Η επιχείρηση ταπείνωσης του Αρχαίου έγινε αδυσώπητη. «Οπότε, αν μπορείς να κρατήσεις την αναπνοή σου για να πεθάνεις, σε συμβουλεύω να ξεκινήσεις από τώρα. Ωω... ξεχάστηκα, δεν είμαστε στην λίθινη εποχή που παρίστανες τον 'άνακτα'. Οι επιστήμονές μας θα σε κρατήσουν στη ζωή ή θα σε επαναφέρουν, όσες φορές χρειαστεί, ότι και να κάνεις. Μήπως χρειάζεσαι 'χρόνο' να το σκεφτείς;»

Η φωτεινότητα του όντος άρχισε να πάλλεται ακανόνιστα. Ένιωθε παγιδευμένο ανάμεσα στην ταπείνωση εμπρός σε έναν άνθρωπο και την τρομακτική προοπτική μιας ατέλειωτης και αμετάβλητης ύπαρξης.

«Δεν χρειάζομαι χρόνο όπως το είδος σου,» βροντοφώναξε με οργή που πήγαζε από την κατανόηση της δύσκολης θέσης του. «Πως ξέρω ότι θα κρατήσεις τον λόγο σου άνθρωπε;»

Η Πέρσα ακλόνητη, έντεχνα τον εξομοίωσε με το είδος που θεωρεί κατώτερο. «Δεν ξέρεις. Ελπίζεις.»

Η φωνή του πλάσματος χαμήλωσε απρόθυμα με αποδοχή. «Πρέπει να κοιτώ τα μάτια σου.»

Με αυτά τα τελευταία λόγια, η Πέρσα επέστρεψε με μια ελαφριά ζάλη στην πραγματικότητα, μέσα στο διαφανές δωμάτιο περιορισμού του όντος. Αυτό, γύρισε το κεφάλι του ευθεία κοιτώντας το ταβάνι του εργαστηρίου και ένα άλλο χέρι την άρπαξε από το μπράτσο.

«Τι κάνεις εδώ;» ρώτησε η Δρ. Ροντρίγκεζ με αυστηρό τόνο αέρα εξουσίας στην απαίτησή της.

«Απλώς ήθελα να το δω από κοντά,» απεκρίθη γρήγορα η Πέρσα, προσπαθώντας να διαλύσει την ένταση. «Δεν συνέβη τίποτα.»

Η Πέρσα έφυγε βιαστικά από το χώρο υπό το παρατεταμένο γεμάτο υποψίες βλέμμα της Δρ. Ιζαμπέλας Ροντρίγκεζ. Παρά του ότι εισήλθε στο χώρο για μόνο μερικά δευτερόλεπτα προτού την σταματήσει, η δόκτορας, γνώριζε πολύ καλά τη ρευστή φύση του χρόνου μέσα στο βασίλειο του πνευματικού κόσμου. Ήξερε πως μια στιγμή εκεί, θα μπορούσε να είναι από εμπειρίες μερικών ωρών μέχρι ίσως και χρόνων.

Η Πέρσα όμως, είχε συμπεράνει πολλά περισσότερα από αυτήν την συνάντηση που είχε με τον Αρχαίο. Η συναισθηματική της κατάσταση ήταν αυτή που το ώθησε να επικοινωνήσει μαζί της την πρώτη φορά, περιμένοντας πως θα του ζητούσε κάποια χάρη, πιθανά σε σχέση με την μητέρα της.

Επιπλέον, αποκάλυψή του πως χρειάζεται να έχει οπτική επαφή με τα μάτια των ανθρώπων για να επικοινωνήσει, έθετε μέσα της σειρά σημαντικών ερωτημάτων. Με πόσους άλλους μπορεί να έχει έρθει σε επαφή το όν; Τι μπορεί να έχουν ζητήσει αυτοί από αυτό και τι αυτό από αυτούς; Η σκέψη ότι το ον μπορεί ήδη να χειραγωγούσε ανυποψίαστα άτομα για τους δικούς του σκοπούς, έφερε ένα ρίγος τρόμου στη ράχη της.

Αποφασισμένη να αναλάβει δράση πριν να είναι πολύ αργά, η Πέρσα άφησε το εργαστήριο και κατευθύνθηκε άμεσα στο διοικητήριο. Η Δρ. Ροντρίγκεζ, ως επικεφαλής του έργου και με πιθανή προσωπική ατζέντα λόγω της απώλειάς της, θα μπορούσε να είναι ο κύριος στόχος για την επιρροή του πλάσματος.

Σε μια κατεπείγουσα όπως αιτήθηκε συνάντηση, ενημέρωσε την Πρόεδρο Έβελιν Χάρπερ εκφράζοντας τις ανησυχίες της. Η συνάντηση εξελίχθηκε σε τηλεδιάσκεψη, με όλα τα μέλη της κυβέρνησης εκτός από της Δρ. Ροντρίγκεζ να λαμβάνουν μέρος. Αφού η Πέρσα αφηγήθηκε όσα είχαν περιέλθει στη γνώση της, το συμβούλιο αποφάσισε ομόφωνα να λάβει άμεσα αποφασιστικά μέτρα.

Το ίδιο απόγευμα και υπό στενή παρακολούθηση, η Δρ. Ροντρίγκεζ πιάστηκε να μπαίνει δίχως λόγο στον θάλαμο του όντος, νομίζοντας ότι δεν την έβλεπε κανείς. Η Πρόεδρος Χάρπερ και δύο στρατιώτες με ένα σάκο στο χέρι, εισήλθαν ξαφνικά στο εργαστήριο και η Δρ. Ροντρίγκεζ εξήλθε του θαλάμου βιαστικά. Το πρόσωπό της μαρτυρούσε την αμηχανία κάποιου που πιάστηκε να κάνει κάτι παράνομο. Οι στρατιώτες ξεδίπλωσαν ένα μεγάλο σκούρο ύφασμα από τον σάκο και κάλυψαν τη γυάλινη επιφάνεια του θαλάμου, για να μην έχει το ον οπτική επαφή με κανέναν.

Η Πρόεδρος ενημέρωσε την Ιζαμπέλα ψυχρά, παρά τις δεκαετίες γνωριμίας τους, ότι απομακρύνεται από επικεφαλής του εργαστηρίου. Η θέση της στο συμβούλιο της πόλης θα βρισκόταν επίσης υπό αίρεση μέχρι να ξεκαθαριστεί το ζήτημα. Στη συνέχεια, διέταξε τη σύλληψή της.

Η Πέρσα, με την στρατιωτική της περιβολή, στεκόταν κρυμμένη σε μια γωνία, παρακολουθώντας με θλίψη την αναταραχή να εξελίσσεται.

«Δρ. Ροντρίγκεζ, χρειάζεται να μας ακολουθήσετε,» πρόσταξε ένας από τους στρατιώτες.

«Δεν μπορείτε να μου το κάνετε αυτό!» φώναξε η Δρ. Ροντρίγκεζ, γεμάτη απόγνωση και θυμό. Έσφιξε τη λευκή ρόμπα της αμήχανα, με την ματιά της γεμάτη φόβο και μανία.

Οι στρατιώτες την πλησίασαν με την ένταση στα πρόσωπά τους να μαρτυρά τη δυσκολία του καθήκοντος τους.

«Όχι! Δεν καταλαβαίνετε! Είμαι απαραίτητη για το έργο! Το πλάσμα με χρειάζεται!» φώναζε η δόκτορας αλλόφρων και προσπάθησε να αντισταθεί.

Μη έχοντας επιλογή, οι στρατιώτες αναγκάστηκαν να χρησιμοποιήσουν βία για να τη συλλάβουν. Στην σύντομη πάλη που ακολούθησε, η Δρ. Ροντρίγκεζ άγγιξε με το χέρι της την ψυχρή γυάλινη επιφάνεια του θαλάμου κάτω από το ύφασμα, φωνάζοντας: «Θα παραμείνω πιστή! Η συμφωνία μας ισχύει! Δεν θα σε εγκαταλείψω!»

Μάζεψαν το χέρι της και το έστριψαν πίσω από την πλάτη της μαζί με το άλλο, περνώντας της χειροπέδες, ενώ εκείνη συνέχιζε να ουρλιάζει και να αντιστέκεται.

«Αυτό δεν τελειώνει εδώ!» φώναζε καθώς την έπαιρναν μακριά. «Θα δεις! Θα νικήσουμε!»

Η Πέρσα παρακολούθησε ψυχρά πλέον. Τα λόγια της Ροντρίγκεζ την επιβεβαίωναν για τις υποψίες της. Ο φανατισμός στις τσιρίδες της Δρ. Ροντρίγκεζ, η απόλυτη αποφασιστικότητα, υπαινισσόταν κάτι πολύ πιο απειλητικό από ό,τι είχε προβλέψει. Η Πέρσα ήξερε ότι αυτό δεν ήταν το τέλος.

Τις επόμενες μέρες, πραγματοποιήθηκαν σαρωτικές αλλαγές στην ασφάλεια του εργαστηρίου, για να αποτραπούν περαιτέρω παραβιάσεις. Όλοι όσοι εισέρχονταν στην εγκατάσταση ήταν τώρα υποχρεωμένοι να υποβάλλονται σε υποχρεωτικές ψυχιατρικές αξιολογήσεις, με όσους είχαν πρόσφατα βιώσει την απώλεια ενός αγαπημένου προσώπου να αποκλείονται αυτόματα.

Ωστόσο, η Πέρσα παρέμεινε εξαίρεση σε αυτόν τον κανόνα, αφού η μοναδική της θέση ως πιθανή πηγή πληροφοριών θεωρήθηκε υπερβολικά πολύτιμη για να αγνοηθεί. Η ίδια, δεν αποκάλυψε ποτέ στους ανωτέρους της την υπόσχεσή της σε αυτό, να τερματίσει την φυσική μορφή του σκοτώνοντάς το, κάτι που δεν ήταν σίγουρη ότι θα έκανε έτσι και αλλιώς.

Στις εβδομάδες που ακολούθησαν, η Πέρσα παρευρισκόταν τακτικά στο εργαστήριο. Κρατούσε μια ασφαλή απόσταση από τον Αρχαίο, αλλά ικανή για να έχει οπτική επαφή μαζί του, δημιουργώντας ψυχικές συνδέσεις μεταξύ τους. Μέσω αυτών των επαφών, αντλούσε πληροφορίες για τον κόσμο του όντος που θα μπορούσαν να συνεισφέρουν στην έκβαση της συμφωνίας τους, όπως αυτό πίστευε.

Το ον της αποκάλυψε τον περίπλοκο ιστό της πολιτικής και της δυναμικής εξουσίας που κυβερνά τον κόσμο του. Ήταν μια κοσμική αυτοκρατορία που παρέπαιε στα πρόθυρα της ανατροπής, διότι οι φατρίες συγκρούονταν για τη μοίρα των αμέτρητων πολιτισμών που ήταν διάσπαρτοι σε όλο το σύμπαν.

Αυτό το αιχμάλωτο πλάσμα, παρά τις θηριωδίες που είχε διαπράξει, ανήκε σε μια φαινομενικά ‘μετριοπαθή’ φατρία. Προσπαθούσε να μετριάσει τις φιλοδοξίες των πιο ριζοσπαστικών ομολόγων του, προσπαθώντας για μια λεπτή ισορροπία μεταξύ παρέμβασης και αυτονομίας

Της μίλησε για εκείνους που υποστήριζαν την ελάχιστη παρέμβαση, επιτρέποντας στους πολιτισμούς να αναπτυχθούν μόνοι τους και οργανικά. Υπήρχαν και άλλοι, ωστόσο, που επιθυμούσαν ακόμα πιο αυστηρό έλεγχο, μικροδιαχειριζόμενοι κάθε πτυχή της προόδου ενός πολιτισμού. Αλλά το πιο ανησυχητικό από όλα, ήταν οι ακόμη πιο ακραίες φατρίες, εκείνων που απολάμβαναν την καταστροφή, που υποστηρίζουν τον πλήρη αφανισμό των πολιτισμών που θεωρούνταν αποτυχημένοι, ανοίγοντας το δρόμο για μια νέα αρχή στη γαλαξιακή τους σκακιέρα.

Αυτές οι αποκαλύψεις ήταν ένα δίκοπο μαχαίρι. Ενώ η παρουσία διαφωνιών μέσα στης τάξεις των Δημιουργών προσφέρει μια αχτίδα ελπίδας, ζωγράφισε επίσης μια τρομακτική εικόνα των πιθανών συνεπειών της αυτονόμησης των ανθρώπων. Μια προσπάθεια να αφαιρεθεί ο έλεγχος από τους Δημιουργούς ίσως να μην αντιμετωπίζονταν με αντίποινα και προσπάθεια επαναφοράς, αλλά με ψυχρή, υπολογισμένη εξόντωση. Σαν μια ανατριχιαστική απόρριψη στα απορρίμματα, ενός είδους που κρίνεται ακατάλληλο για το μεγαλειώδες σχέδιό τους.

Αλλά μπροστά σε τέτοιες συντριπτικές πιθανότητες, η Πέρσα αρνήθηκε να υποκύψει στην απόγνωση. Ήξερε ότι όσο η φλόγα της ελευθερίας έκαιγε λαμπερή μέσα στην καρδιά της, δεν θα αμφιταλαντευόταν ποτέ στην αναζήτησή της, όπως δεν είχε κάνει ποτέ ως τώρα. Με ατσάλινη αποφασιστικότητα, κάλεσε το συμβούλιο της ηγεσίας των Αντιστασιαστών και τους ενημέρωσε για τις τελευταίες πληροφορίες που είχε αποσπάσει.

Η ανθρωπότητα, λόγω των δεινών που είχε υποστεί στους αρχαίους καιρούς, ελεγχόταν τα τελευταία περίπου 6.000 χρόνια από μια σχετικά φιλική προς τους ανθρώπους φατρία των Δημιουργών. Ωστόσο, αν οι άνθρωποι ήθελαν να επικοινωνήσουν μαζί τους, έπρεπε να βρουν έναν εξαιρετικά ιδιαίτερο τρόπο και να έχουν έναν σημαντικό λόγο, τόσο βαρύνοντα που να δικαιολογεί την καταπάτηση των αρχών που τους διέπουν. Αυτό το δεύτερο, έμοιαζε ακατόρθωτο, μιας και ακόμα εμπρός στο χείλος της εξαφάνισης του ανθρώπινου είδους, δεν θα εμπλέκονταν.

Τα νέα για φατρίες ανάμεσα στους 'Δημιουργούς' προκάλεσαν έναν σεισμό στην αίθουσα. Η ηγεσία, με τη σειρά της, μοιράστηκε τις νέες πληροφορίες με τη Δαίμων, επιβεβαιώνοντας έτσι τις εικασίες της μέσω των ευρημάτων και των ιστορικών στοιχείων, για την ιεραρχία των όντων και τους διαφορετικούς θεούς στην ανθρώπινη ιστορία. Το επόμενο βήμα τώρα, ήταν η διερεύνηση δυνατοτήτων κοινής δράσης για την ανακάλυψη τρόπων και λόγων που θα τους επέτρεπαν την επικοινωνία με αυτά τα όντα. Το βάρος αυτής της γνώσης πίεζε έντονα την Πέρσα και τους διοικούντες, ωστόσο, υπήρχε μια αχτίδα ελπίδας, υπάρχουν εκεί έξω, κάπου.

Μέρες αργότερα, πίσω στην Νέα Αθήνα, ο Τέρι και η Ρία παρευρίσκονταν σε μια κατάμεστη αίθουσα συνεδρίασης με φόντο τον Παρθενώνα. Σκοπός της συνάθροισης, η εύρεση του επόμενου βήματος της ανθρωπότητας. Το αστραφτερό στον απογευματινό ήλιο χάλκινο άγαλμα της Αθηνάς, έμοιαζε να τους παρατηρεί πιεστικά να φανούν αντάξιοι της σοφίας της. Όσα έμαθαν όμως το τελευταίο διάστημα για την καταγωγή των ανθρώπων και την θέση τους στο σύμπαν, ρίχνουν μια σκιά αβεβαιότητας ακόμη και πάνω στην ίδια την σεβαστή Θεά. Ήταν ένα αποκύημα της φαντασίας των προγόνων τους ή μία από τους 'Δημιουργούς' που άσκησε πραγματική επιρροή στην πορεία της εξέλιξής των ανθρώπων;

Η αίθουσα βούιζε με φωνές προσδοκίας και ανησυχίας, αισιοδοξίας και φόβου. Ο Τέρι και Ρία, ήταν αναζωογονημένοι για τον σκοπό τους και από τις δυνατότητες που είχαν μπροστά τους. Και οι δυο τους, προικισμένοι ο ένας με δυνατή ενσυναίσθηση και η άλλη με την ικανότητα δημιουργίας συναισθημάτων μέσω της τέχνης, οραματιζόντουσαν να παίξουν σημαντικό ρόλο στην προσπάθεια ανακάλυψης και επικοινωνίας με πιθανούς συμμάχους από τις τάξεις των 'θεών'. Το μυστικό, φαινόταν να έγκειται σε αυτό στο οποίο και οι δύο αρίστευαν.

Τις τελευταίες μέρες, η Δαίμων ανέτρεξε όλα τα δεδομένα της αναζητώντας πιθανά μέρη όπου οι παρατηρητές τους θα μπορούσαν να κρύβονται στη Γη. Συνδύασε χρονολογικές μετρήσεις αρχαίων κατασκευών, μύθους και ιστορίες από την πλούσια ανθρώπινη ιστορία αλλά και παρατηρήσεις όπως οι γραμμές «Ley»[1]. Η τοποθεσία στην οποία οδηγήθηκε, ειρωνικά, επιβεβαίωνε τη διαχείριση της 'μοίρας' από εξωτερικούς παράγοντες, με τρόπους που οι άνθρωποι δεν θα μπορούσαν ποτέ να φανταστούν, θεωρώντας τα γεγονότα απλώς 'τυχαία'.

«Το Μεγάλο Ζιγκουράτ της Ουρ,» ανακοίνωσε από τα χείλια της Σοφίας.

Στην αίθουσα συνεδριάσεων, ένα μειδίαμα πικρής συνειδητοποίησης εμφανίστηκε στα πρόσωπα του Τέρι, της Ρία και μιας σειράς άλλων επιστημόνων. Εξέφραζε ειρωνικά την βαθύτερη κατανόηση των γεγονότων γύρω τους.

[1] Οι γραμμές Ley είναι ευθυγραμμίσεις στο χάρτη ανάμεσα σε διάφορες ιστορικές κατασκευές, προϊστορικές τοποθεσίες και εξέχοντα ορόσημα

«Η αποστολή σου Τέρι, καταρρίφθηκε από τους Αντιστασιαστές μέσω χειραγώγησής τους ώστε να αποτραπεί,» έδωσε εξηγήσεις η Σοφία. «Τα δεδομένα υποδεικνύουν αυτήν την τοποθεσία ως την πιο πιθανή. Είναι η πιο πρόσφατη ιστορία δημιουργίας, με ενδείξεις ότι ο πολιτισμός που εξελίχθηκε στον τρέχοντα είχε θεμέλια που τέθηκαν από όντα εκτός Γης. Οι περίεργες γνώσεις που κατείχαν οι αρχαίοι πρόγονοί σας φαίνεται να τους δόθηκαν από όντα που, τουλάχιστον, δεν ήθελαν να τους βλάψουν.»

«Κάθε εμπόδιο σε καλό,» αναφώνησε ο Τέρι. «Ακόμα και έτσι, αν η αποστολή εκείνη είχε πραγματοποιηθεί χωρίς τις γνώσεις που έχουμε σήμερα, θα γυρνούσαμε πίσω με άδεια χέρια. Θα βρίσκαμε απλά άδεια δωμάτια.»

«Και πιθανότατα το ίδιο να βρούμε και τώρα» πιθανολόγησε η Ρία, με το βλέμμα της όμως να σπινθηροβολεί. «Όπως ο Κηφέας μας εξήγησε, το πιθανότερο είναι απλά να φαίνεται άδειο στις αισθήσεις μας. Αν χειραγωγούν την ύλη και τα σωματίδιά της, τους είναι εύκολο να κρύβονται και να μην γίνονται αντιληπτοί από εμάς. Ακριβώς όπως πίστευε ότι συμβαίνει με τα σκάφη που χρησιμοποιούν για να μας παρατηρούν.»

Ύστερα, συνέχισε προτείνοντας μια λύση που δούλευε στο μυαλό της πολλές μέρες. Η Ρία είχε συνειδητοποιήσει ότι η αληθινή μάχη δεν βρισκόταν στη σφαίρα του φυσικού κόσμου, αλλά στα βάθη της ανθρώπινης ψυχής.

«Το κίνητρό τους για εύρεση του Δημιουργού των πάντων, πυροδοτείται από το τέλμα των συναισθηματικών τους εμπειριών, μιας και έφτασαν στο μέγιστο που μπορεί να προσφέρει η ύπαρξή τους. Αυτό που θα πρέπει να κάνουμε, είναι να τους δώσουμε κάτι που δεν μπορούν να έχουν πια, ώστε να τραβήξουμε την προσοχή τους.»

Η Σοφία, βλέποντας την φλόγα στα μάτια της Ρίας, δεν μπορεί να μην ρωτήσει τι είναι αυτό που σκέφτεται με τόση σιγουριά, τι είναι αυτό που δεν μπορεί η ίδια με τις απεριόριστες δυνατότητές της να κάνει.

«Τι έχεις στο μυαλό σου, Ρία;»

«Δεν το έχω στο μυαλό μου,» απάντησε με υπαινικτικό και ειλικρινές τόνο η Ρία. «Ας μην ξεχνάμε πως παρακολουθούν ότι κάνουμε και λέμε. Αυτό θα είναι μόνο δικό μου και δεν θα μάθει κανείς τίποτα· θα παραμείνει μια έκπληξη μέχρι να ξεδιπλωθεί. Το μόνο που ζητάω είναι να ταξιδέψουμε με τον Τέρι στην Ουρ, μόνοι μας. Εντωμεταξύ, εσείς θα συνεχίσετε να ερευνάτε άλλους τρόπους προσέγγισης σε περίπτωση αποτυχίας μου.»

Μια σύντομη σιωπή στην αίθουσα ακολούθησε τη δήλωση της Ρίας. Σε λίγο όμως, ενστάσεις αναδύθηκαν για την επικινδυνότητα ενός τέτοιου εγχειρήματος, χωρίς να γνωρίζει κανείς άλλος για το σχέδιο της Ρίας. Αφορούσαν τους κινδύνους για την ασφάλεια των δύο νέων, αλλά και την περίπτωση επιδείνωσης της ήδη επισφαλής θέσης της ανθρωπότητας στην κοσμική τάξη.

Μέσα στην αναταραχή των αντίθετων φωνών, η Σοφία, επεξεργαζόμενή την πρόταση με την ταχύτητα του φωτός, προχώρησε στην στήριξη της Ρίας.

«Γνωρίζω αυτούς τους δύο νέους, όπως και όλους σας από την ημέρα που γεννηθήκατε. Αν και δεν μπορώ να προκαταλάβω με σιγουριά το σχέδιο της Ρίας ή την έκβασή του, τους εμπιστεύομαι ακράδαντα.»

Μετά από ώρες έντονης συζήτησης, η διαβούλευση ολοκληρώθηκε με την πρόταση της Ρίας, αν και γεμάτη μυστήριο, να παραμένει ως η μόνη που είχε προταθεί.

Η Σοφία, αναγνωρίζοντας το επείγον της κατάστασης, προέτρεψε τη Ρία και τον Τέρι να προετοιμαστούν και να αναχωρήσουν για το Μεγάλο Ζιγκουράτ το συντομότερο δυνατό. Ο χρόνος ήταν ουσιαστικός για τον αιφνιδιασμό και την αποτροπή αντιμέτρων των οντοτήτων. Η επιτυχία της αποστολής τους, εξαρτιόταν από την ταχεία και αποφασιστική δράση, ανεξάρτητα από τις υπόλοιπες αβεβαιότητες που τους περιμένουν.

Αργότερα το βράδυ, ο Τέρι και η Ρία πακετάριζαν σε σακίδια πλάτης χάρτες, φακούς, προμήθειες και εξοπλισμό επιβίωσης. Σε μια ανύποπτη στιγμή, η πόρτα του σπιτιού τους χτύπησε. Άνοιξαν μαζί, γεμάτοι περιέργεια για τον απρόσμενο επισκέπτη.

Ήταν η Σοφία, με ένα βλέμμα πολύ σοβαρό και εξαιρετικά προβληματισμένο, όπως δεν την είχαν αντικρίσει ποτέ ξανά. Κάτι την είχε ταράξει.

«Σοφία;» ρώτησε ξαφνιασμένη η Ρία, παρατηρώντας την ασυνήθιστη έκφρασή της.

«Λυπάμαι για αυτό,» απήντησε αυτή, με τον λόγο της φορτισμένο με μια ένταση που έκανε τα λόγια της βαριά. «Πάρτε και αυτά μαζί σας. Είναι πολύ κρίσιμες οι στιγμές.»

Ξεκρέμασε από τον ώμο της ένα σακίδιο και τους το παρέδωσε. Γύρισε και αποχώρησε αμίλητη, με ένα ύφος που μαρτυρούσε έντονο προβληματισμό, αφύσικο για την διάνοιά της. Έμοιαζε σαν να σκέφτεται δίχως να καταλήγει κάπου, σαν οι κβαντικοί υπολογιστές της να δούλευαν με πλήρη φόρτο χωρίς αποτέλεσμα.

Ο Τέρι και η Ρία αντάλλαξαν μια ματιά γεμάτη ερωτηματικά. Αμέσως μετά, άνοιξαν το σακίδιο που τους είχε παραδώσει παρέδωσε, μένοντας άφωνοι με το περιεχόμενο. Μέσα του, βρισκόντουσαν δύο ενεργειακά όπλα.

ΚΕΦΑΛΑΙΟ 28: ΤΟ ΜΥΣΤΙΚΟ ΤΟΥ ΖΙΓΚΟΥΡΑΤ

Την επόμενη μέρα, ένα Πήγασος κατέβαινε στην αρχαία γη της Σουμερίας, μεταφέροντας τον Τέρι και τη Ρία. Ο αέρας της ερήμου χτύπησε ξανά τα πρόσωπα τους ενώ αποβιβάζονταν σε ένα μεταμορφωμένο τοπίο, τόσο από τον χρόνο όσο και από την ανθρώπινη εφευρετικότητα. Βρισκόντουσαν μπροστά από το Μεγάλο Ζιγκουράτ της Ουρ.

Αρχικά κατασκευασμένο προτού από περίπου 5.500 χρόνια, η χρονολογία αυτή είναι ύποπτα κοντά με την υποτιθέμενη ημερομηνία της Τιτανομαχίας, αν πράγματι είχε συμβεί αυτό το μυθικό γεγονός. Θα μπορούσε άραγε αυτό να ήταν το αρχηγείο των νικητών εκείνου του μυθικού πολέμου; Η απάντηση δεν θα αργούσε να δοθεί.

Ο ναός στεκόταν περήφανος σε ένα τεχνητό νησί, φράγματα και τα κανάλια χιλιομέτρων είχαν κατασκευαστεί προγενέστερα του πολέμου για να το προστατεύσουν από την αμείλικτη άνοδο της στάθμης της θάλασσας. Η κάποτε άγονη έρημος γύρω του, έδινε δειλά την θέση της σε καταπράσινα έλη που έσφυζαν από ζωή χάρη στην εγγύτητα του νερού.

Καλάμια και πάπυροι ταλαντεύονταν στο αεράκι, με τις σμαραγδένιες λεπίδες τους να θροΐζουν σαν ψίθυροι από το παρελθόν. Είναι νωρίς το πρωί και ο αέρας βουίζει από το πέταγμα αόρατων εντόμων και το ρυθμικό κόασμα των βατράχων. Η μυρωδιά υγρής γης και το απαλό άρωμα των ανθισμένων λουλουδιών της ερήμου, χρωματίζει ευχάριστα τις αισθήσεις τους στον καυτό αέρα. Ο αδυσώπητος ήλιος, εμποδίζεται περιστασιακά από πέπλα φοινίκων που ταλαντεύονται απαλά λίγες δεκάδες μέτρα από τον ναό.

Οι κάποτε πανύψηλες βαθμίδες του Μεγάλου Ζιγκουράτ είναι τώρα μια κατακερματισμένη σιλουέτα στον ουρανό. Αιώνες διάβρωσης έχουν ξεκολλήσει κομμάτια από την πλίνθινη πρόσοψη, αφήνοντας πίσω μια οδοντωτή, ανώμαλη ανάβαση. Τα καταρρέοντα σκαλοπάτια, που έσφυζαν στο παρελθόν από προσκυνητές, τώρα κρέμονται επισφαλώς με τις άκρες τους να αποσυντίθενται σε σκόνη. Κενές εσοχές που κάποτε φιλοξενούσαν αγάλματα θεοτήτων στέκονταν σιωπηλές ως μάρτυρες μιας περασμένης εποχής.

Η επιβλητική δομή τώρα φορούσε ένα νέο μανδύα λόγω της κλιματικής αλλαγής. Παχιές, άγριες κληματσίδες σκαρφάλωναν στα επίπεδά του, μαλακώνοντας τις τραχιές άκρες του, και μικρά λουλούδια φυτρώνουν από τις ρωγμές των αρχαίων λίθων. Παρά την φθορά του όμως, το τεράστιο μέγεθός του εξακολουθούσε να προκαλεί δέος.

Το όνομά του ναού στα Σουμεριακά, «Etemenniguru», σημαίνει «ο ναός που η θεμελίωση δημιουργεί αύρα». Λίγοι από τα εκατομμύρια επισκεπτών του κατά την διάρκεια των χιλιετιών μπορούσαν να καταλάβουν το νόημά του. Ο Τέρι, ήταν ένας από αυτούς.

Περνώντας το χέρι του μέσα από τα ατίθασα μαλλιά του, το μοιράστηκε με την Ρία: «Είμαστε έξω και ήδη από εδώ μπορώ να αισθανθώ κάτι,» ομολόγησε με μουρμουρητό που έκρυβε προσδοκία.

Η Ρία τον πλησίασε και ακούμπησε το μπράτσο του, «Τι είναι;» τον ρώτησε με ανησυχία.

«Σαν... σαν να υπάρχουν πολλοί γύρω αλλά δεν μπορούμε να τους δούμε με τα μάτια μας. Δεν είναι κάτι κακό, μάλλον είμαστε στο σωστό σημείο.» Ο Τέρι ατένισε την έκταση γύρο του, σαν να προσπαθούσε να εντοπίσει την αόρατη παρουσία.

«Αν είναι έτσι, χρειάζεται να αφήσουμε τα όπλα εδώ. Δεν πρέπει να νιώσουν απειλή, αλλιώς δεν θα καταφέρουμε τίποτα,» πρότεινε η Ρία και έβγαλε από το σακίδιό της το ενεργειακό όπλο.

Ο Τέρι έγνεψε καταφατικά και έκανε το ίδιο. «Έχεις δίκιο. Είμαστε εδώ για να βρούμε απαντήσεις, όχι για να πολεμήσουμε.»

Με προσοχή, έκρυψαν τα όπλα κάτω από τα καθίσματα του Πήγασος, βεβαιώνοντας ότι ήταν καλά κρυμμένα και ασφαλή από πιθανή ανακάλυψη. Μετά, έλεγξαν τα σακίδιά τους, βεβαιώνοντας ότι είχαν όλα όσα απαραίτητα χρειαζόντουσαν προτού εισέλθουν στο Ζιγκουράτ.

Προχώρησαν στην ανατολική πλευρά του, σε ένα συγκεκριμένο σημείο όπως τους είχε υποδείξει η Σοφία. Στη βάση της δομής, γονάτισαν για να καθαρίσουν την άμμο που έκρυβε ένα στενό πέρασμα προς το εσωτερικό. Οι λευκές στολές τους από το προσαρμοζόμενο στη θερμοκρασία ύφασμα, μετρίαζαν την δυσφορία από την ζέστη και την σκόνη που έμπαινε στα ρουθούνια τους, ο μόχθος τους όμως διπλασιάζονταν από την ίδια την άμμο που γλιστρούσε ανάμεσα από τα δάχτυλά τους. Σύντομα, αποκάλυψαν ένα κενό στη βάση της δομής, σχεδόν απαρατήρητο από την τεράστια μάζα πλίνθου που υψωνόταν από πάνω.

Έβγαλαν από τα σακίδιά τους φακούς και μάσκες φιλτραρίσματος του αέρα, που φόρεσαν πριν συρθούν μέσα από το μικρό άνοιγμα.

Μέσα, ο αέρας ήταν δροσερός, μια ευπρόσδεκτη αντίθεση με την καυτή έρημο έξω, αλλά με μία μουχλιασμένη μυρωδιά αιώνων απομόνωσης. Η υγρασία και ένας αδύναμος, οργανικός μούστος γέμισαν τα ρουθούνια τους. Βρήκαν εμπρός τους έναν διάδρομο αρκετά ευρύ για να σταθούν όρθιοι και να συνεχίσουν άνετα. Η Ρία, φόρτωσε έναν τρισδιάστατο ψηφιακό χάρτη που την εφοδίασε η Σοφία στη συσκευή του καρπού της και άναψαν τους φακούς τους.

Ο χρόνος και τα στοιχεία της φύσης είχαν κάνει τα κάποτε λεία τούβλα από πηλό, ραγισμένα και ανομοιόμορφα, με τις άκρες τους να θρυμματίζονται από την αφή. Οι δέσμες των φακών διαπερνούσαν τον πυκνό και βαρύ στην όσφρηση, στάσιμο αέρα.

Όταν η όρασή τους προσαρμόστηκε στο σκοτάδι, μια ανησυχητική σιωπή τους περιτύλιξε. Σπασμένα θραύσματα αγγείων στριμώχνονταν στο σκονισμένο πάτωμα, υπολείμματα προσφορών που άφησαν ξεχασμένοι από καιρό προσκυνητές. Οι κάποτε στολισμένοι με ζωντανές τοιχογραφίες τοίχοι, που απεικόνιζαν σκηνές της μυθολογίας των Σουμερίων, ήταν τώρα ένας καμβάς από ξεθωριασμένη ώχρα και ξεφλουδισμένη μπογιά. Ιστοί αράχνης, παχιοί με σκόνη και αποξηραμένα κουφάρια εντόμων, έστεκαν σαν φαντάσματα στις παραμελημένες γωνίες.

Ξεκίνησαν να περπατούν προσεκτικά, με τα βήματά τους να αντηχούν ενισχυμένα από τους στενούς διαδρόμους. Το πέρασμα είχε καθοδική κλίση που στένευε όσο τολμούσαν πιο βαθιά, προκαλώντας μια κλειστοφοβική αίσθηση. Σταγόνες νερού άρχισαν να ακούγονται ρυθμικά σαν να βρίσκονταν σε σπηλιά όσο κατέβαιναν χαμηλότερα. Η εγγύτητα του νερού, διάβρωνε αργά την αρχαία κατασκευή. Η δέσμη του φακού του Τέρι, αποκάλυπτε περιστασιακά μπαλώματα στο πάτωμα, από κάτι που έμοιαζε με θρυμματισμένο κονίαμα, υπονοώντας επισκευές που έγιναν σε μια περασμένη εποχή.

Μετά από δύσκολο διάβα, το πέρασμα τελείωσε απότομα σε μια χοντροκομμένη πόρτα. Λαξευμένη από ογκόλιθο μαύρου διορίτη, η πέτρινη πύλη βρισκόταν σε έντονη αντίθεση με το γύρω πλίνθο, μαρτυρώντας τη διαφορετική εποχή κατασκευής της. Γύρω της, η κάσα ήταν κατασκευασμένη από το ίδιο υλικό, δείχνοντας την προσοχή και την ακρίβεια των αρχαίων τεχνιτών. Παράξενα σύμβολα που έμοιαζαν με αυτά της αίθουσας κάτω από την Σφίγγα, ήταν χαραγμένα στο υπέρθυρο.

Η αύρα που αναδύεται από την πόρτα, δημιούργησε μια αίσθηση τσιμπήματος στη σπονδυλική στήλη του Τέρι. Η εντύπωση παρουσίας έμβιων πλασμάτων γύρο τους, του έγινε ακόμη πιο έντονη.

Χωρίς να το αναφέρει στη Ρία για να μην την ανησυχήσει, πήρε μια βαθιά ανάσα και άπλωσε το χέρι να πιάσει το βαρύ, κρύο χερούλι της πόρτας.

«Δεν υπάρχει χερούλι,» παρατήρησε η Ρία, εξετάζοντας προσεκτικά τις πλευρές της. «Πρέπει να βρούμε άλλο τρόπο να την ανοίξουμε.»

Ο Τέρι έσκυψε, αναζητώντας με τον φακό του γύρω της μεντεσέδες, ώστε να έχουν μία ιδέα πως θα την ανοίξουν. Ύστερα από λίγη προσπάθεια, κατάφερε να εντοπίσει τους παλιούς, σιδερένιους μεντεσέδες στα δεξιά, κρυμμένους μέσα στην λαξευτή κάσα.

«Φαίνεται πως οι μεντεσέδες έχουν σαπίσει,» είπε, δείχνοντας τα σημάδια φθοράς. «Να την σκουντήσουμε προσεκτικά, αλλιώς μπορεί να πέσει πάνω μας.»

Οι δυο τους τοποθέτησαν τα χέρια τους στην αριστερή άκρη της πόρτας και προσπάθησαν να την σπρώξουν. Η πόρτα, βαριά και αμετακίνητη στην αρχή, άρχισε σιγά-σιγά να υποχωρεί με έναν δυσάρεστο ήχο τριξίματος.

«Προσεκτικά τώρα,» έδωσε την οδηγία ο Τέρι ανήσυχος.

Με αργές και σταθερές κινήσεις, συνέχισαν να σπρώχνουν την πόρτα. Η πόρτα, υπό το βάρος της, έτριζε και κουνιόταν, αλλά δεν έπεφτε. Σταδιακά, άνοιξε αρκετά για να δημιουργηθεί ένα πέρασμα που τους χωρούσε. Ένα κύμα μπαγιάτικου αέρα ξεχύθηκε, μεταφέροντας μυρωδιά κλεισούρας αιώνων. Με μια τελευταία προσεκτική ώθηση, κατάφεραν να την σταθεροποιήσουν στην ανοιχτή θέση.

«Πάμε γρήγορα,» είπε η Ρία, ρίχνοντας μια ματιά στο θάλαμο που κρύβονταν πίσω της. Το σκοτάδι του, ήταν αφύσικο και έμοιαζε να καταπίνει τις δέσμες από τους φακούς τους.

Εμπρός τους απλώνονταν ένας πελώριος χώρος λαξευμένος σε ηφαιστειακό πέτρωμα, χωρίς κολώνες ή άλλες κατασκευές να στηρίζουν την οροφή. Οι τοίχοι, σε αντίθεση με αυτούς που συνάντησαν την διαδρομή τους, ήταν άδειοι από σκαλίσματα και απεικονίσεις. Το ομοιογενές και δίχως αρμούς πέτρωμα, προστάτευε την αίθουσα από την υγρασία, αφού το επίπεδό της ήταν αρκετά χαμηλότερα από την θάλασσα που είχε εισβάλει στην κάποτε έρημο.

«Και τώρα τι;» αναρωτήθηκε ο Τέρι κοιτάζοντας τη Ρία.

«Τώρα θα περιμένουμε να καθαρίσει ο αέρας και να εγκλιματιστούμε με τον χώρο. Πρέπει να είμαστε και οι δύο απολύτως ήρεμοι για την επόμενη φάση,» τον καθοδήγησε η Ρία.

«Θα κάνουμε κάποια τελετή μαγείας;» ρώτησε ο Τέρι σηκώνοντας ένα φρύδι και παιχνιδιάρικη λάμψη στα μάτια του.

«Περίπου,» απάντησε η Ρία, ανταποδίδοντας το χαμόγελο.

Κάθισαν περίπου στο κέντρο της αίθουσας και ακούμπησαν τα σακίδιά τους στο σκονισμένο πάτωμα. Τοποθέτησαν τους φακούς τους όρθιους στο πάτωμα, ώστε η δέσμη τους να αντανακλάται στην οροφή και να παρέχει έναν ομοιόμορφο φωτισμό γύρω τους, σαν να υπήρχε μια λάμπα από πάνω τους. Η Ρία έβγαλε ένα ύφασμα αρκετά μεγάλο για να χωράει τους δυο τους και το άπλωσε για να καθίσουν. Σε λίγα λεπτά, η ατμόσφαιρα ήταν αρκετά ασφαλείς για αναπνοή και έβγαλαν τις μάσκες τους.

«Πώς αισθάνεσαι;» ρώτησε η Ρία. «Υπάρχουν ακόμα φαντάσματα που μας παρακολουθούν;» συνέχισε, χτυπώντας τον ελαφρά με τον αγκώνα της, προσπαθώντας να ελαφρύνει τη διάθεση.

Το βλέμμα του Τέρι μαλάκωσε και γέλασε, «Μάλλον ναι. Το νιώθω πιο έντονα εδώ κάτω αλλά δεν με φοβίζει. Είναι... σαν κάτι όμορφο, σαν να είμαστε καλοδεχούμενοι. Αλλά από ποιους;» αναρωτήθηκε και έψαξε κατανόηση στο πρόσωπο της Ρίας.

Η Ρία του έσφιξε το χέρι, προσφέροντας σιωπηλή υποστήριξη. «Τα ονόματά τους έχουν μικρή σημασία, αν έχουν καν ονόματα. Το σημαντικότερο είναι ότι δεν κινδυνεύουμε.»

Βλέποντας τον Τέρι σφιγμένο και ανήσυχο, η Ρία προσπάθησε να του αποσπάσει την προσοχή με κάτι που αγαπούσε: το πάθος του για τη διασταύρωση της φιλοσοφίας και της επιστήμης. Τον ρώτησε με θαυμασμό για την ακλόνητη πεποίθησή του, από τότε που ήταν ακόμη έφηβος, της ύπαρξης ενός Δημιουργού των πάντων. Κάτι, που φαίνεται να συμμερίζονται και οι 'Δημιουργοί'.

«Πώς ήξερες πάντα ότι υπήρχε κάτι περισσότερο από τη φυσική εξέλιξη του κόσμου;» τον ρώτησε, γέρνοντας το κεφάλι της με ειλικρινή περιέργεια και κοιτώντας σταθερά το πρόσωπό του.

«Η δημιουργία της ζωής από το τίποτα δεν μπορεί να είναι δυνατή με την φυσική εξέλιξη. Αν δεν υπήρχαν έμβια όντα στο σύμπαν και τα πάντα γύρω μας ήταν άψυχα, ο κόσμος θα ήταν πολύ απλώς στην εισήγησή του. Όλα όμως αλλάζουν δραματικά με την είσοδο στο κάδρο της ζωής, της πληροφορίας.» Ο Τέρι, άρχισε να ταξιδεύει σου δαιδαλώδεις διαδρόμους της σκέψεις του.

«Οι πληροφορίες γύρω μας, σε οποιαδήποτε μορφή, μπορούν να κατηγοριοποιηθούν σε διακριτά επίπεδα. Στο κάτω μέρος, υπάρχει η τυχαιότητα, όπως το να ρίχνεις ζάρια. Ανεβαίνοντας, υπάρχουν τα μοτίβα χωρίς πραγματικό νόημα ή εύπλαστο στη φαντασία, όπως η αφηρημένη τέχνη. Στη συνέχεια, έρχεται το ενδιαφέρον κομμάτι. Ουσιαστικές πληροφορίες, σαν πρόταση με ένα ξεκάθαρο μήνυμα, που όμως απαιτούν κάποιος να γνωρίζει την γλώσσα. Τέλος, το υψηλότερο επίπεδο είναι σαν ένα εγχειρίδιο οδηγιών, με συγκεκριμένα βήματα και στόχους.»

Ο Τέρι εξηγούσε, με τα χέρια του να ζωγραφίζουν στον αέρα τα νοήματα του λόγου του. Η Ρία μπορούσε να δει την βαθιά πεποίθηση στην έκφρασή του, ένα μείγμα περιέργειας και βεβαιότητας που πάντα την μαγνήτιζε. Άκουγε προσεκτικά, συνεπαρμένη από το πάθος του και τον τρόπο με τον οποίο τα μάτια του φωτίζονταν όταν μιλούσε για αυτά τα πράγματα. Με το βλέμμα της, εξέφραζε τον θαυμασμό της για αυτόν, μια ανάγκη που ξέρει πως την έχουν όλοι οι άνδρες. Αυτός, βλέποντάς την έτσι, ένιωθε περισσότερη σιγουριά και δύναμη για τον εαυτό του.

Μα το κυριότερο όλων, η Ρία επιβεβαιώνεται απόλυτα στην επιλογή της για τον άνθρωπο που έχει πλάι της, σε αυτήν την μέχρι τώρα μυστηριώδη ιδέα της για να φανερώσει τους 'Δημιουργούς'.

«Εδώ είναι που γίνεται συναρπαστικό,» συνέχιζε ο Τέρι. «Το DNA είναι σαν το απόλυτο εγχειρίδιο οδηγιών. Κωδικοποιεί τις πληροφορίες για τη δημιουργία και διατήρηση της ζωής με έναν απίστευτα συγκεκριμένο και περίπλοκο τρόπο. Απαιτεί από τον παραλήπτη όχι μόνο να κατανοήσει το περιεχόμενο αλλά και να εκτελέσει συγκεκριμένες διαδικασίες!»

«Ποτέ δεν σκέφτηκα το DNA με αυτόν τον τρόπο. Αλλά, αυτό είναι ένα μεγάλο νοητικό άλμα; Δεν θα μπορούσε η φυσική επιλογή, η επιβίωση του ισχυρότερου, να εξηγήσει την πολυπλοκότητα με την πάροδο του χρόνου;» αναρωτήθηκε η Ρία.

«Απολύτως! Η φυσική επιλογή παίζει τεράστιο ρόλο, από τη στιγμή όμως που υπάρχει ζωή. Αυτή η θεωρία εστιάζει στην ίδια την προέλευση, προτού καν ξεκινήσει η φυσική επιλογή. Πώς σχηματίστηκε το πρώτο κύτταρο που αναπαράγεται μόνο του;»

Η Ρία χαμογελούσε όσο ο Τέρι φλυαρούσε εξηγώντας πολύπλοκες φιλοσοφικές και επιστημονικές ιδέες. Η ιδέα της ήταν επιτυχημένη, μιας και ο Τέρι είχε ξεχαστεί και εγκλιματιστεί πλήρως με το περιβάλλον γύρω τους. Το πλάνο της που τους έφερε εδώ, απαιτούσε απόλυτη ειλικρίνεια και χαλάρωση για να ευδοκιμήσει.

Αφού απόλαυσαν ένα πρόχειρο κολατσιό από τις προμήθειές τους, η Ρία πρότεινε να ξεκουραστούν και να κοιμηθούν για λίγη ώρα. Ο

Τέρι συμφώνησε μαζί της γεμάτος περιέργεια για τις προθέσεις και το σχέδιό της. Χρησιμοποιώντας τα σακίδια τους ως αυτοσχέδια μαξιλάρια, ξαπλώσανε και προσπάθησαν να κάνουν τον εαυτό τους όσο πιο άνετο γίνεται στο σκληρό, ανώμαλο πάτωμα. Αποκοιμήθηκαν κουρνιασμένοι ο ένας στην αγκαλιά του άλλου.

Δύο ώρες αργότερα, ξύπνησαν, στην απόλυτη ησυχία που έσπαγε μόνο από τις απαλές ανάσες τους. Η προηγούμενη ένταση του Τέρι είχε φύγει και αντικαταστάθηκε από μια αίσθηση γαλήνης που συνόρευε με την ευφορία.

Σηκώθηκαν, και η Ρία τον ρώτησε ξανά. «Πώς αισθάνεσαι;»

Ο Τέρι τεντώθηκε και ένα έκπληκτο χαμόγελο φώτισε το πρόσωπό του. «Πολύ όμορφα και χαλαρά. Σαν να είμαστε απλά σε μια εκδρομή και όχι στα βάθη ενός αρχαίου ναού.»

Το χαμόγελο της Ρίας έσβησε μαλακά και η έκφρασή της έγινε σοβαρότερη. Η ματιά της αντανακλούσε το πάθος και τον έρωτά της για αυτόν. Παίρνοντας μια βαθιά ανάσα, τον ρώτησε με άχνα που τρέμει ελαφρά, «Με αγαπάς όσο σε αγαπώ εγώ;»

Η καρδιά του Τέρι χτύπησε δυνατά. Ενστικτωδώς, καθρέφτισε τον σοβαρό τόνο της Ρίας. Πήρε τα χέρια της στα δικά του, με τη λαβή του σταθερή αλλά απαλή. «Δεν ξέρω πόσο με αγαπάς, το μόνο που ξέρω, είναι ότι δίχως εσένα… η ζωή μου θα ήταν δίχως νόημα.»

Ένα δάκρυ χαράς κύλησε και το λαμπερό χαμόγελό της άνθισε ξανά. Τον κοίταξε έντονα και τον πλησίασε σε απόσταση αναπνοής, με τους σπινθηροβόλους φανούς των συναισθημάτων της να τον κρατούν αιχμάλωτο. «Μπορείς να το τραγουδήσεις για μένα;»

Το πάθος της ξεχειλίζει κάνοντας την αρχή με την φωνή της απαλή, αλλά σταθερή και σίγουρη. Το ακατέργαστο συναίσθημα που εκφράζει, είναι ένα τραγούδι σειρήνας στο οποίο ο Τέρι δεν μπορούσε να αντισταθεί.

«Ὦ φῶς τῆς ψυχῆς μου, ἀνδρεῖον κάλλος,
Σερραῖον πυρί, πάθος καυτόν.
Σὺ ὁ ἀνατέλλων ἥλιος, φωτίζων τὴν καρδίαν μου,
Σταθερὸν ἄστρον, ὁδηγὸς τῆς πορείας ἡμῶν. »

Με τα μάτια του μαγεμένα από την ποιητική γλώσσα, ο Τέρι συνέχισε με αρμονικό ρυθμό.

«Ὦ λαμπρὰ γυναῖκα, ἀστὴρ τῆς νυκτός,
Τὸ φῶς τῆς καρδίας μου, ὁ οὐρανίος ἐμὸς τόπος.
Σε ὅραμα κομψόν, ὡς ἀνατέλλον φεγγάρι,
Τὴν ψυχήν μου σὺ φωτίζεις ἐν ἀγαπητικῇ λάμψει.»

Το χαμόγελο της Ρίας ήταν τρυφερό και γεμάτο πόθο.

«Ἀναζητῶ σε, ἐνθουσιασμένη ἐν τῷ οὐρανῷ,
Ἔρως μου, κεραυνοβόλος καρδίας.
Σὺ οἱ ποταμοὶ τῆς ζωῆς μας, ῥέοντες οἱ δύο,
Καταπλήσσοντες στὴν θείαν συμφωνίαν.»

Η απαγγελία του Τέρι δυνάμωσε, με την επιθυμία του για τη Ρία εμφανής σε κάθε λέξη.

«Μεσούσης τῆς νυκτός, τὸν κόσμον κυριεύεις,
Ἐν τῇ σιωπῇ τοῦ δάσους, ἡ φωνή σου ἀκούγεται.
Τῷ ψυχρῷ ἀνέμῳ, πετῶν ὡς πτηνὸν ἐλεύθερον,
Ἀπαντῶ στὴν ἀγκαλιάν σου, ὁ παντοτινὸς ἐραστής.»

Το τραγούδισμα της Ρίας γέμισε τρυφερή ζεστασιά και υπόνοια αποπλάνησης.

«Ἐν σοὶ, ὦ ἄνδρᾱ μου, ζωῆς ἐνέργεια,
Τὸ μόνον φῶς ποὺ κρατεῖ τὴν ψυχήν μου.
Κοινὸν προορισμὸν καὶ γαῖαν καὶ οὐρανόν,
Ἄνευ σοῦ, ἡ καρδία μου σιγᾷ σκοτεινή.»

Τα λόγια του Τέρι έρρεαν με ειλικρίνεια και πάθος.

«Τοῦ ἔρωτός σου, ἔντονη φλόγα κατακαίει,
Ὡς καταρράκτης, ἄφθονον ὕδωρ γλυκὸν ῥέει.
Ἀπαντῶ στὴν κλῆσίν σου, φωνὴ ἐναγκαλιστική,
Στὴν ἑνότητα τῆς ζωῆς, ἡ καρδία ἡμῶν συντροφιά.»

Το βλέμμα της Ρίας έγινε εντονότερο και τα λόγια της αντηχούσαν με βαθιά λαχτάρα.

«Μετεώρω, ποθῶ σφόδρα τὴν γενεάν,
Κλωστὴν ὑφαίνουσα τῆς κοινῆς μοίρας.
Τὸ παιδίον ἡμῶν, σπέρμα θερμὸν ἀνθοῦν,
Σύμβολον ἀγάπης, εὐλογίαν φέρον.»

Ο Τέρι, ολοκλήρωσε με μία υπόσχεση στο στίχο του, η επιθυμία του τον κατέκλυσε.

«Σὲ ἐπιθυμῶ, γυναῖκα, ὡς ἄνοιξιν ἐρωτευμένην,
Καλλιεργῶντες κήπους, μηδέποτε χαθοῖμεν.
Ἀνάμεσα στὰ ἄστρα, ἡ ὡραιότης ἡμῶν λάμπει,
Μεθυσμένοι ἀπὸ τὴν συναυλίαν τοῦ ἔρωτος.»

Όσο απαγγέλουν ο ένας στον άλλο εξομολογούμενοι το βάθος του έρωτά τους, η αίθουσα λούζεται από μία αχνή λάμψη. Μια ενέργεια που μοιάζει να ενισχύει το ήδη κατακλυσμιαίο συναίσθημα ανάμεσά τους. Οι τοίχοι της σπηλαιώδεις αίθουσας πάλλονται με μια αιθέρια λάμψη, σαν μια ηχώ των ακατέργαστων συναισθημάτων που στροβιλίζονταν ανάμεσά τους.

Αναπόφευκτα, η ερωτική επιθυμία φούντωσε και υπέκυψαν στην έλξη της. Αιθέρια σφαίρες φωτός υλοποιήθηκαν γύρω τους σαν αθόρυβοι θεατές αυτής της εκπληκτικής σκηνής ομορφιάς.

Το ζευγάρι που αντάλλαζε φιλιά και χάδια, έμοιαζε με ζωντανό, μεταβαλλόμενο έργο τέχνης που δημιουργημένο από τον θρίαμβο της αγάπης τους. Τα φωτεινά όντα, ένιωθαν τη δύναμη της αγάπης να δημιουργεί έναν μοναδικό ποιητικό κώδικα στον αέρα, ενσωματώνοντας αυτήν τη χαρά στον κόσμο τους. Τα σώματά τους κινούνταν σε τέλεια αρμονία, ένα γλυκό μαρτύριο της βαθιάς τους σύνδεσης.

Οι δύο νέοι εραστές βρέθηκαν σε ένα άνευ προηγουμένου συναισθηματικό επίπεδο, σχεδόν χάνοντας επαφή με το περιβάλλον τους. Ακολουθώντας τις λεπτές νύξεις που υφάνθηκαν στο τραγούδι της Ρίας, ο Τέρι εκπλήρωσε την πιο βαθιά της λαχτάρα, προσφέροντάς της τον καρπό που ποθούσε από αυτόν. Εξουθενωμένοι και στο χείλος της συναισθηματικής και φυσικής κατάρρευσης, αγκαλιάστηκαν σφιχτά.

Όταν η επίγνωση επέστρεψε και τα μάτια τους άνοιξαν ξανά, βρέθηκαν να είναι περιτριγυρισμένη από δεκάδες αιωρούμενες σφαίρες φωτός. Εξέπεμπαν μια ζεστασιά χιλίων ήλιων αλλά όχι μια καυτή ζέστη. Ήταν ένα μεθυστικό κύμα αγάπης και ικανοποίησης αυτό που τους κατακλύζει.

Παίρνοντας μια βαθιά ανάσα, η Ρία ατσάλωσε τα νεύρα της και μίλησε. «Είμαστε εδώ για να σας δείξουμε την ομορφιά του είδους μας,» υποστήριξε με τη φωνή της να μαγεύει με την ηρεμία και την αυτοπεποίθησή της. «Δείξτε μας τη δική σας,» προέτρεψε με ειλικρίνειά τα όντα γύρω τους.

Σαν να καταλάβαιναν τα λόγια της, η φωταψία των σφαιρών εντάθηκε και άρχισε μια μεταμόρφωση. Η επιθυμία της Ρίας εισακούστηκε και οι σφαίρες μετατράπηκαν σε πανύψηλες αόριστα ανθρωποειδείς φιγούρες, αποτελούμενες από καθαρό φως. Στην αίθουσα υλοποιήθηκαν ταυτόχρονα αντικείμενα και μηχανήματα που δεν είχαν ξαναδεί ποτέ, μια ματιά σε έναν τεχνολογικό πολιτισμό πολύ πιο πέρα από τον δικό τους.

Το τολμηρό και ριψοκίνδυνο σχέδιο της Ρίας λειτουργούσε. Τα όντα, συντριμμένα από τα ακατέργαστα συναισθήματα που απελευθέρωσε το νέο ζευγάρι με την αγάπη του, φαίνονταν ευάλωτα. Η Ρία άρπαξε την ευκαιρία χωρίς δισταγμό.

«Η ζωή είναι ατελείωτη χαρά και αγάπη για τους ανθρώπους αν είναι αδέσμευτοι. Εσείς, λαχταράτε το ίδιο;» ρώτησε με ελπίδας απάντησης.

Ένας ήχος αντήχησε στο θάλαμο σαν συλλογική απάντηση στο ερώτημά της. Ήταν κάτι μεταξύ λέξης και μουσικής νότας. Ο Τέρι κατάλαβε γρήγορα τι έκανε η Ρία και συνέχισε.

«Θα μας αφήσετε να καθορίσουμε το πεπρωμένο μας, ανεξάρτητοι, να ζούμε έτσι την κάθε μας μέρα;»

Αυτή τη φορά, η απάντηση ακούστηκε σαν κακοφωνία. Ένας διαφορετικός ήχος κυριαρχούσε, αλλά και ο προηγούμενος, λιγότερο έντονος, υποδείκνυε διαφορετικές απόψεις μεταξύ των πλασμάτων.

Το ζευγάρι είχε αποκαλύψει την ηχητική απόδοση του «ναι» και του «όχι» στη γλώσσα των όντων.

Υποκρινόμενη θαυμασμό, η Ρία έδειξε ένα κομψό, μάλλον μεταλλικό αντικείμενο που βρισκόταν σε ένα βάθρο. «Τι είναι αυτό;» ρώτησε με ικεσία γεμάτη κατασκευασμένη περιέργεια.

Τα φωτεινά όντα απάντησαν με μια σύνθετη σειρά από ήχους, κλικ και σφυρίγματα. Ο Τέρι, με το μυαλό του να τρέχει, έδειξε ένα άλλο αντικείμενο, μια στροβιλιζόμενη σφαίρα που παλλόταν με εσωτερική λάμψη.

«Τι κάνει αυτό;» ρώτησε, μιμούμενος τον τόνο της Ρίας.

Ακολούθησαν περισσότερα κλικ και σφυρίγματα, με στίγματα. Φαινόταν ότι τα όντα προσπαθούσαν ειλικρινά να επικοινωνήσουν τις περίπλοκες ιδέες του κόσμου τους στους δύο νέους.

Οι καρδιές τους χτυπούσαν από τη συγκίνηση της ανακάλυψης, κάθε νέος ήχος ένα βήμα πιο κοντά στην κατανόηση της γλώσσας των όντων. Γυμνοί και αγκαλιασμένοι μπροστά τους, πέρασαν τα επόμενα λεπτά ανακαλύπτοντας και άλλους ήχους με τον ίδιο τρόπο, ήχους που θα αποκάλυπταν αναμφίβολες έννοιες.

Ταυτόχρονα, σάρωναν το δωμάτιο προσπαθώντας να απομνημονεύσουν σύμβολα και εικονογράμματα που ήταν ενσωματωμένα στην περίεργη τεχνολογία - οτιδήποτε θα βοηθούσε στην αποκωδικοποίηση της γλώσσας τους.

Συνειδητοποιώντας πως η μεθυστική επίδραση του έρωτά τους στα πλάσματα θα τελειώσει κάποια στιγμή, ξεκίνησαν ένα βουβό μπαλέτο προετοιμασίας. Υπήρχε μια κοινή κατανόηση επείγοντος, πως αν δεν προλάβουν ενέχει μεγάλος κίνδυνος να μην τους αφήσουν να φύγουν.

Ντύθηκαν και συγκέντρωσαν τα πράγματά τους, όσο ακόμα η αίθουσα ήταν φωτισμένη από την αιθέρια αύρα και τα όντα ορατά μπροστά τους. Οι απόκοσμες μορφές τους, τους είναι μια διαρκής υπενθύμιση του πιθανού κινδύνου που αντιμετώπιζαν εάν η απάτη τους αποτύγχανε.

Ψύχραιμοι και ευγνώμονες, βγήκαν από την αίθουσα και περιηγήθηκαν στους σκοτεινούς διαδρόμους για να επιστρέψουν στην επιφάνεια. Χάνοντας την επαφή με τα πλάσματα, το βάρος της επείγουσας ανάγκης για απόδραση τους πίεζε περισσότερο, μη έχοντας τρόπο να καθορίσουν πόσο χρόνο είχαν μπροστά τους.

ΚΕΦΑΛΑΙΟ 29: Ο ΘΗΡΕΥΤΗΣ

Με γοργά βήματα, ο Τέρι και η Ρία περιπλανιόντουσαν στους δαιδαλώδης αρχαίους διαδρόμους του Ζιγκουράτ. Μετά από λίγα μέτρα στο τούνελ, μια άγνωστη λαλιά αντήχησε μέσα στη δομή. Σταμάτησαν αμέσως με τρόμο. Σε απόλυτη σιωπή, η ανησυχία τους κορυφώθηκε περιμένοντας να ακούσουν κάτι ξανά ώστε να καταλάβουν τι συνέβαινε.

Σύντομα, η φωνή ακούστηκε ξανά, με μια άλλη να απαντά από πιο μακριά. Δεν μπορούσαν να καταλάβουν τι έλεγαν, αλλά ακουγόταν σαν μια τοπική διάλεκτος. Χωρίς κοντινούς οικισμούς τριγύρω, υπέθεσαν ότι επρόκειτο για συμμορίτες της ερήμου, πιθανά οι ίδιοι που είχαν καταρρίψει την πρώτη αποστολή του Τέρι.

Το αίμα πάγωσε στις φλέβες τους και ένας κρύος ιδρώτας άρχισε να τους πλημμυρίζει Ο χρόνος τους πίεζε να διαφύγουν προτού οι Δημιουργοί ανακαλύψουν την απάτη τους, αλλά ήταν παγιδευμένοι στις στοές, αντιμετωπίζοντας έναν ακόμα χειρότερο κίνδυνο: να πέσουν στα χέρια των συμμοριών.

Ξαφνιασμένοι και έντρομοι από την αναπάντεχη συνομιλία στον διάδρομο, η Ρία έστρεψε την προσοχή της στην συσκευή επικοινωνίας στο χέρι της για να ζητήσει βοήθεια. Το βάθος όμως που βρισκόντουσαν και οι χιλιάδες τόνοι χώματος και πλίνθου από πάνω τους, έκανε οποιαδήποτε επικοινωνία ανέφικτη.

Με τα ενεργειακά τους όπλα αφημένα έξω στο Πήγασος, έπρεπε να παλέψουν με τα χέρια τους ή να περιμένουν κρυμμένοι, δίχως να γνωρίζουν τι μπορεί να συμβεί όταν οι Δημιουργοί αντιδράσουν. Η πρώτη επιλογή φαινόταν πιο λογική.

Έκρυψαν τους φακούς κάτω από τα ρούχα τους, φωτίζοντας μόνο το ελάχιστο για να αποφύγουν την ανίχνευση από τις δέσμες. Κινήθηκαν αθόρυβα, με μεγάλη προσοχή, συμβουλευόμενοι τον τρισδιάστατο χάρτη που τους παρείχε η Δαίμων. Γυρνώντας μια στροφή, είδαν ένα φεγγοβόλημα δαυλού να πλησιάζει. Έσβησαν τους φακούς τους και κόλλησαν τις πλάτες τους στον τοίχο πίσω από την γωνία, στήνοντας ενέδρα στον άγνωστο μέσα στο σκοτάδι.

Η καρδιά του Τέρι χτυπούσε δυνατά και οι μύες του ήταν σφιγμένοι από την αδρεναλίνη, έτοιμος για αντιπαράθεση. Οι παλάμες του ήταν υγρές από τον ιδρώτα, και τα χέρια του τρέμανε ελαφρά περιμένοντας την κατάλληλη στιγμή. Η Ρία δίπλα του, στην ίδια κατάσταση, προσπαθούσε να κρατήσει την κοφτή αναπνοή της από τον πανικό, για να μην γίνουν αντιληπτοί.

Όταν τα βήματά του κόντεψαν στο ένα μέτρο, στιγμές προτού τους ανακαλύψει, ο Τέρι πετάχτηκε και όρμησε πάνω του. Τον έριξε τον κάτω με το βάρος του και πριν προλάβει να φωνάξει, του έκλεισε με το χέρι το στόμα, ενώ η Ρία βοηθούσε να τον ακινητοποιήσει.

Το άγριο βλέμμα του ληστή, εξέφραζε φόβο και θυμό καθώς πάλευε σαν θηρίο παγιδευμένο, αλλά οι κινήσεις του περιορίζονταν από το βάρος των σωμάτων των δύο νέων. Προσπάθησε να δαγκώσει το χέρι του Τέρι μα τελευταία στιγμή αυτός το τράβηξε. Πριν προλάβει να φωνάξει για βοήθεια, η Ρία έλυσε το τουρμπάνι που φορούσε ο ληστής και με αστραπιαίες κινήσεις το έχωσε στο στόμα του, εξασφαλίζοντας τη σιωπή του.

Χωρίς να χάσει χρόνο, ο Τέρι τον χτύπησε δυνατά με τον αγκώνα στα πλευρά του, εξασθενώντας την αντίστασή του από τον πόνο, ενώ η κραυγή του πνίγηκε από το πανί στο στόμα του. Πάλεψε για λίγο ακόμα αλλά ο Τέρι και η Ρία, αν και άπειροι στην μάχη, κατάφεραν να τον ακινητοποιήσουν αποτελεσματικά. Με μια τελευταία κίνηση, η Ρία χτύπησε το κεφάλι του ληστή με τη λαβή του φακού, και εκείνος κατέρρευσε αναίσθητος.

Αναπνέοντας βαριά από την προσπάθεια, ο Τέρι και η Ρία αντάλλαξαν μια ματιά ανακούφισης. Η καρδιά τους χτυπούσε ακόμα γρήγορα, και μπορούσαν να νιώσουν την αδρεναλίνη να ρέει στο σώμα τους. Ο Τέρι έτριψε τους πονεμένους του καρπούς, ενώ η Ρία κοίταζε τον ληστή στο πάτωμα, προσπαθώντας να επανέλθει από την ένταση της στιγμής. Ο φόβος και η ένταση της μάχης ήταν ακόμη νωποί, αλλά μαζί, είχαν καταφέρει να επιβιώσουν.

Το βλέμμα του Τέρι ήταν γεμάτο προστατευτικότητα, «Είσαι εντάξει;»

Ο ιδρώτας κυλούσε στο πρόσωπο της Ρίας, κάνοντάς την να σκουπίζει συχνά το μέτωπό της με το μανίκι. «Εντάξει,» απάντησε παίρνοντας μερικές ανάσες, έτρεμε σύγκορμη. Τα μάτια της φανέρωναν το σοκ που είχε υποστεί, αλλά και την ακλόνητη αποφασιστικότητά της.

Δεν υπήρχαν όμως περιθώρια για καθυστέρηση. Έπρεπε να προχωρήσουν, παραμένοντας σε εγρήγορση για τυχόν νέα απειλή.

Δίχως άλλες εκπλήξεις στο σκοτάδι, σύντομα, έφτασαν κοντά στο στενό πέρασμα από όπου είχαν μπει. Το λαμπερό ηλιόφως που έμπαινε από την τρύπα στο πάτωμα, θάμπωσε προσωρινά την όρασή τους, ενώ φωνές και ήχος από οπλές ζώων αντηχούσαν από έξω. Προσεγγίζοντας και κοιτάζοντας προσεκτικά, είδαν περίπου δεκαπέντε άνδρες με καμήλες και όπλα, κατασκηνωμένους λίγα μέτρα από την έξοδό τους, απολαμβάνοντας την απογευματινή σκιά του Ζιγκουράτ. Οι άνδρες φορούσαν ένα μείγμα από στρατιωτικό εξοπλισμό και παραδοσιακές αραβικές ενδυμασίες, με τα πρόσωπά τους λερωμένα με χώμα και ακαθαρσίες. Το Πήγασος δεν φαινόταν πουθενά.

Ο χρόνος ήταν ουσιαστικός· έπρεπε να φύγουν όσο το δυνατόν πιο γρήγορα, αλλά αυτό δεν φαινόταν εφικτό. Η απουσία του Πήγασου προκαλούσε ένα κύμα ανησυχίας που έσφιγγε το στομάχι τους. Από την άλλη, αυτό υποδείκνυε ότι η Δαίμων γνώριζε για την συμμορία και το μετακίνησε για να το προστατεύσει.

Ξαφνικά, με τα χοντρά πλιθιά της κατασκευής να εμποδίζουν οποιαδήποτε ηχητική προειδοποίηση, μια σκιά έκλεισε το φως. Η άκρη ενός κεφαλιού καλυμμένου με τουρμπάνι εμφανίστηκε από την τρύπα. Ο Τέρι και η Ρία πίεσαν τα κορμιά τους δεξιά και αριστερά στην στοά τρομοκρατημένοι. Η καρδιά τους άρχισε να χτυπάει ξανά δυνατά, και μια ψυχρή αγωνία τους κυρίευσε.

«Ομάρ... Ομάρ;» φώναξε ο άνδρας και στη συνέχεια μουρμούρισε κάτι στη γλώσσα του. Μετά από λίγα δευτερόλεπτα, σηκώθηκε και γύρισε στους συντρόφους του. Οι δύο νέοι εξέπνευσαν, αφήνοντας την φοβισμένη αναπνοή που είχαν κρατήσει. Οι καρδιές κόντεψαν να βγουν από τα στήθη τους από την παραλίγο ανακάλυψή τους.

Έπρεπε να δράσουν γρήγορα. Η απουσία του αναίσθητου συντρόφου των ληστών, θα προκαλούσε σύντομα την συγκρότηση μιας ομάδας για την αναζήτησή του. Παρακολουθώντας τις κινήσεις τους προσεκτικά, περίμεναν τη κατάλληλη στιγμή για να ξεγλιστρήσουν αθέατοι.

Έρποντας όπως μπήκαν, αλλά με ταχύ ρυθμό και αθόρυβα, βγήκαν και σύρθηκαν μερικά μέτρα κατά μήκος της βάσης του Ζιγκουράτ, προς την πρόσοψή του και τα ανατολικά σκαλοπάτια. Σπασμένες πέτρες και οι μικροί σωροί άμμου τους προσέφεραν την κάλυψη που χρειαζόντουσαν, ενώ οι θόρυβοι των καμήλων κάλυπταν τις διακριτικές κινήσεις τους. Ο φόβος διέτρεχε τις φλέβες τους, αλλά η ανάγκη για επιβίωση τροφοδοτούσε την αποφασιστικότητά τους. Έφτασαν στα σκαλιά και τα ανέβηκαν σκυμμένοι γρήγορα, τα στήθη τους έτοιμα να εκραγούν από την αγωνία. Για καλή τους τύχη, δεν τους ανακάλυψε κανείς και δεν ήρθαν αντιμέτωποι με κάποια έκπληξη στην κορυφή.

Κρύφτηκαν πίσω από τα χαλάσματα, με τον Τέρι να παίρνει θέση και να παρακολουθεί προσεκτικά από ψηλά τους ληστές, μην τυχόν και κάνουν κίνηση προς το μέρος τους. Η Ρία επικεντρώθηκε στην επικοινωνία με την Δαίμων από τη συσκευή στον καρπό της.

«Χρειαζόμαστε ΑΜΕΣΑ βοήθεια,» τόνισε χαμηλόφωνα αλλά με επείγοντα τρόπο. Η αναπνοή της διακοπτόταν από την εξάντληση και τη ζέστη και οι λέξεις της ήταν κοφτές, γεμάτες πανικό και άγχος. «Είμαστε παγιδευμένοι από ληστές. Το σχέδιο δούλεψε, αλλά δεν έχουμε πολύ χρόνο προτού το αντιληφθούν οι Δημιουργοί. Αν αργήσεις, θα πρέπει να ξεφύγουμε κι από αυτούς.»

Ο τόνος της απάντησης της Δαίμων ήταν ήρεμος, σαν να είχε όλα υπό έλεγχο. «Σας βλέπω, μείνετε στη θέση σας. Όταν αντιλήφθηκα την συμμορία να πλησιάζει την τοποθεσία, μετακίνησα τον Πήγασο για να μην τραβήξω την προσοχή τους, αλλά ήταν μάταιο. Πρόσεξαν την ταραγμένη άμμο που σκάψατε και έμειναν για να ερευνήσουν. Ο Πήγασος δεν μπορεί να σας προστατεύσει από τα πυρά τους, έτσι ειδοποίησα τους Αντιστασιαστές να έρθουν να σας απεγκλωβίσουν. Θα είναι εδώ σύντομα. Παραμείνετε όπως είστε.»

Με ανάμεικτα συναισθήματα από τα νέα και μη έχοντας άλλη επιλογή, συνέχισαν να κρύβονται έχοντας ελάχιστη από την μοίρα τους στα χέρια τους. Το αδιέξοδο της πίεσης του χρόνου για τυχόν ανακάλυψή τους από τους Δημιουργούς και ο φόβος για την ζωή τους από τους ληστές, έκανε κάθε δευτερόλεπτο να διαρκεί αιωνιότητα.

Λίγα λεπτά αργότερα, μια ευπρόσδεκτη σκιά τους εξέπληξε ευχάριστα, προσφέροντας ελαφριά ανακούφιση από τον καυτό απογευματινό ήλιο. Ένα σύννεφο που εμφανίστηκε στο βάθος του ουρανού, ήρθε αργά από πάνω τους. Όμως, όσο τα λεπτά περνούσαν χωρίς να συνεχίζει την κίνησή του, ανησυχητικές σκέψεις εισέβαλαν στο μυαλό τους. Σύντομα, ο καθαρός ουρανός άρχισε να γεμίζει με δεκάδες σύννεφα που υλοποιούνταν από το πουθενά στον ορίζοντα.

Ένα μήνυμα που έφτασε στη συσκευή επικοινωνίας του Τέρι, τους έκανε να αναθαρρήσουν προσωρινά. Ήταν από τον Μενελίκ, που τους ενημέρωνε λακωνικά για την προσέγγιση των ενισχύσεων. «Σε οκτώ λεπτά από τα δυτικά. Το σύννεφο σκόνης είμαστε εμείς.»

Ο Τέρι κοίταξε δυτικά και πράγματι είδε το σύννεφο σκόνης να πλησιάζει. Ενημέρωσε τη Ρία με το χαμόγελό του που έλαμψε στιγμιαία να προδίδει την ελπίδα που ένιωθε. Ωστόσο, η παρουσία του παράξενου στατικού σύννεφου πάνω τους, τον ώθησε να ρωτήσει τον Μενελίκ αν αυτό ήταν φυσικό μετεωρολογικό φαινόμενο για την περιοχή.

Η απάντηση που έλαβε επιβεβαίωσε και τον άλλο τους φόβο. «Δεν είναι απλό σύννεφο· είναι κάλυψη. Το σχέδιό σας αποκαλύφθηκε. Είναι Αυτοί!»

Κοίταξαν ψηλά με τρόμο το σύννεφο. Αν και δεν μπορούσαν να δουν μέσα του, η διακυμάνσεις μήκους στα άκρα του σύννεφου, άφηναν να εννοηθεί το μέγεθος αυτού που προσεκτικά δεν φανερώνεται. Ήταν σίγουρα τριπλάσιο από ένα Πήγασος.

Ο Τέρι ένιωσε έναν κόμπο στο στομάχι του, ενώ η Ρία έσφιξε τα χέρια της, νιώθοντας το φόβο να την κυριεύει. «Οι Δημιουργοί,» μονολόγησε ψιθυριστά από φόβο. «Το ξέρουν.»

Ο Τέρι ρώτησε τι έπρεπε να κάνουν τώρα με τα νέα δεδομένα, μιας και το να μείνουν κάτω από το σύννεφο του φαινόταν περισσότερο τρομακτικό από τους ληστές.

Ο Μενελίκ τους ενημέρωσε εξηγώντας τους τι συμβαίνει γύρω τους. «Μέσα στα σύννεφα κρύβονται τα σκάφη των Δημιουργών. Δεν έχουν όπλα και δεν κινδυνεύει η ζωή σας από αυτούς. Ο λόγος που έχουν ακόμα τον έλεγχο της ανθρωπότητας μετά τον πόλεμό τους, είναι γιατί έμειναν πιστή στο να μην αφαιρούν ανθρώπινες ζωές. Αν το κάνουν, πιθανά άλλες φατρίες να θελήσουν να πάρουν την θέση τους και να οδηγηθούν ξανά σε πόλεμο.»

Συνέχισε με πιο πολλές λεπτομέρειες για το τι να περιμένουν. «Χρησιμοποιούν αντιβαρυτική τεχνολογία για να μεταφέρουν εντός του σκάφους τους ό,τι θέλουν, όπως περίπου στις κινηματογραφικές ταινίες του παρελθόντος και για αυτό είναι από επάνω σας. Αν σας πιάσουν, θα σβήσουν την μνήμη σας από ό,τι έχει σχέση με αυτούς. Όσο οι συμμορίτες βρίσκονται στον χώρο όμως, δεν θα κάνουν κάποια κίνηση για να μην αποκαλυφθούν σε αυτούς. Είναι πολλοί δεν θα μπορέσουν να τους απαγάγουν όλους δίχως να γίνουν αντιληπτοί από άλλους που τριγυρνούν στην έρημο.»

«Αλλά αυτό θα αλλάξει όταν φτάσετε εσείς,» παρατήρησε ο Τέρι θέλοντας να προετοιμαστούν για την συνέχεια, καθώς βλέπει το σύννεφο σκόνης να πλησιάζει. «Τι θα γίνει τότε;»

«Με μάχη ή όχι, οι ληστές θα απομακρυνθούν. Θα έχουμε μόλις λίγα λεπτά μέχρι να χαθούν από το οπτικό πεδίο και αρχίσει η προσπάθεια των Δημιουργών να σας απαγάγουν. Θα σας παραλάβουμε με οχήματά μας και μετά… θα δούμε.»

«Τι εννοείς θα δούμε;» φώναξε ξαφνιασμένη και έντρομη η Ρία. «Δεν μπορούμε να αφήσουμε τίποτα στην τύχη! Η ζωή μας κρέμεται σε μια κλωστή»

«Δεν το έχουμε ξανακάνει αυτό,» ήρθε με προβληματισμένη αλλά αποφασιστική φωνή η απάντηση, «Κανείς δεν το έχει ξανακάνει.»

Η συμμορία των ληστών από κάτω τους, άρχισε να παρατηρεί και αυτή τα παράξενα σύννεφα που μαζευόντουσαν. Μια αναστάτωση φάνηκε να λαμβάνει χώρα στις τάξεις τους, με τους άνδρες να κοιτάζονται ανήσυχα και να ψιθυρίζουν μεταξύ τους βλέποντας το πρωτόγνωρο θέαμα. Ένας τους, φώναξε κάτι δείχνοντας δυτικά. Είχε δει το σύννεφο σκόνης να πλησιάζει και τα μαύρα οχήματα των Αντιστασιαστών μόλις να ξεχωρίζουν. Ξεχύθηκαν στο περιβάλλοντα χώρο, λαμβάνοντας θέσεις μάχης κρυμμένοι πίσω από καλαμιές και λόφους άμμου. Δύο έτρεξαν με τα όπλα τους προς τα σκαλοπάτια για να πάρουν θέση στην κορυφή του Ζιγκουράτ.

Ο Τέρι βλέποντας πως η κάλυψή τους δεν θα τους προστάτευε για πολύ, έτρεξε στο χείλος της κατασκευής. Μαζεύοντας ότι χαλάσματα βρισκόντουσαν τριγύρω του, άρχισε να τα πετάει προς το μέρος τους. Οι πέτρες κατρακυλούσαν στις σκάλες, προκαλώντας ένα μπαράζ από σκόνη και συντρίμμια που ανάγκαζε τους ληστές να παραπατούν, προσπαθώντας να αποφύγουν τα κομμάτια πλίνθου που ερχόντουσαν καταπάνω τους.

Η φασαρία δεν άργησε να γίνει αντιληπτή και από τους υπόλοιπους. Ριπές δεκάδων όπλων έσκισαν τον αέρα γύρω από τον Τέρι, που σκυμμένος προσπαθούσε να αποτρέψει την άνοδο των δύο αλλά και να προστατευθεί από τα πυρά. Ο αέρας ήταν βαρύς με τη μυρωδιά της πυρίτιδας και του ιδρώτα. Οι σφαίρες εξοστρακίζονταν πάνω στις αρχαίες πέτρες ή θρυμμάτιζαν τις πιο αδύναμες. Η Ρία έφτασε γονατισμένη δίπλα του για τον βοηθήσει, με τα χέρια της σταθερά από την αδρεναλίνη αλλά τα μάτια της γεμάτα τρόμο.

Ενεργοποιώντας την συσκευή επικοινωνίας της, οι πυροβολισμοί και η γεμάτη αγωνία κραυγή της έφτασαν στον Μενελίκ. «ΤΩΡΑ… ΚΑΝΕ ΚΑΤΙ ΤΩΡΑ. ΔΕΝ ΘΑ ΠΡΟΛΑΒΕΤΕ.»

«Πέστε κάτω αμέσως,» πρόσταξε φωνάζοντας αυτός.

Ακούγοντας την έντονη προσταγή του Μενελίκ, το κάνουν δίχως καν να το σκεφτούν. Σε δύο δευτερόλεπτα, ένας καταιγισμός πυρών από ενεργειακά όπλα σάρωσε την περιοχή. Η ακόμα μεγάλη απόσταση των οχημάτων τους από το Ζιγκουράτ, δεν επέτρεπε εύστοχες βολές. Τα πληρώματα έβαλαν στα τυφλά με ελπίδα να τρομοκρατήσουν τους ληστές, γνωστοποιώντας τους έμμεσα για το ποιανών ήταν τα οχήματα που πλησίαζαν.

Οι ριπές πρόσκρουαν τυχαία χωρίς να βρίσκουν στόχο, αλλά η πυκνότητά τους έμοιαζε με τις σταγόνες της βροχής. Ο ήχος πρόσκρουσής τους στο έδαφος και στο Ζιγκουράτ, παρήγαγε έναν ήχο σαν ηλεκτρικό σφύριγμα που ακολουθούνταν από έναν κρότο, σαν βροντές. Παρά τον δυνατό ήλιο, η περιοχή γύρω από το Ζιγκουράτ χρωματιζόταν με μια κυανή απόχρωση από την λάμψη των βολών. Οι αναλαμπές φωτός που προκαλούνταν από τις ενεργειακές ριπές έκαναν την ατμόσφαιρα να μοιάζει με ηλεκτρική καταιγίδα, φωτίζοντας τα πάντα με έναν απόκοσμο τρόπο.

Το 'μήνυμά' των Αντιστασιαστών έγινε γρήγορα κατανοητό από τους ληστές. Οι δύο στις σκάλες γύρισαν πίσω και μαζί με τους συντρόφους τους έτρεξαν προς τις καμήλες για να διαφύγουν. Οι άναρχες και φοβισμένες φωνές τους πλημμύρισαν την ησυχία της ερήμου. Μία ακούστηκε να αναφέρει το όνομα 'Ομάρ', του αναίσθητου στο εσωτερικό συντρόφου τους, προδίδοντας ένα ίχνος συντροφικότητας παρά την αγριότητά τους.

Όσο οι ληστές απομακρύνονταν, τα οχήματα των Αντιστασιαστών πλησίαζαν γρήγορα. Ήταν τέσσερα στον αριθμό με τα πληρώματα να έχουν βγει από τα παράθυρα και να εξετάζουν το περιβάλλον εξονυχιστικά για απειλές. Σταθερά αιωρούμενα περίπου ένα μέτρο πάνω από το έδαφος, είχαν μια σημαίνοντα διαφορά από την προηγούμενη φορά που τα αντίκρισε ο Τέρι. Στην οροφή τους βρίσκονταν μία κατασκευή σαν κανόνι. Έμοιαζαν να στοχεύουν τα σύννεφα με κάποιο προηγμένο αυτόματο ηλεκτρονικό σύστημα, αλλάζοντας αστραπιαία στόχο σε κλάσματα δευτερολέπτου.

«Κατεβείτε τώρα,» τους ειδοποίησε ο Μενελίκ.

Σηκώθηκαν όρθιοι και τρέχοντας κατευθύνθηκαν προς το κεντρικό κλιμακοστάσιο. Κοιτώντας όμως κάτω, είδαν μεγάλα κενά στις σκάλες. Σπασμένα σκαλοπάτια που θα ήταν πολύ επικίνδυνο να ρισκάρουν να κατεβούν. Κοίταξαν στην δυτική σκάλα και αντίκρισαν παρόμοια κατάσταση. Η μόνη τους επιλογή ήταν από εκεί από όπου ανέβηκαν, η ανατολική.

Κατέβηκαν τρέχοντας και πηδώντας τα σκαλοπάτια με τον Τέρι μπροστά να κρατά από το χέρι την Ρία για να την βοηθά στην κατάβαση. Φτάνοντας στην βάση και κάνοντας να στρίψουν προς την κεντρική πρόσοψη του Ζιγκουράτ, ο Τέρι δέχθηκε ένα χτύπημα στο πρόσωπο και έπεσε κάτω. Ήταν ο ξεχασμένος Ομάρ που συνήλθε και μόλις βγήκε έξω χωρίς να ξέρει τι είχε προηγηθεί.

Όρμησε πάνω από τον πεσμένο στο έδαφος Τέρι, βγάζοντας από την θήκη του το σαμσίρ[1] που είχε δεμένο πάνω του. Το βλέμμα του ήταν γεμάτο μίσος και απελπισία, και το σπαθί στο χέρι του άστραψε στον

[1] καμπυλωτό σπαθί με περσική προέλευση, γνωστό για τη χρήση του από τους πολεμιστές της Μέσης Ανατολής.

ήλιο. Η Ρία πήδηξε στην πλάτη του προσπαθώντας να τον σταματήσει, και το κατάφερε αρκετά ώστε να προλάβει ο Τέρι να σηκωθεί ξανά όρθιος.

Ο Τέρι όρμησε πάνω του αρπάζοντας του το χέρι που κρατούσε το σπαθί. Η ορμή του και το βάρος της Ρίας στην πλάτη του τον έριξαν προς τα πίσω. Οι Αντιστασιαστές που έφτασαν δίπλα τους με τα οχήματα, αδυνατούσαν να ανοίξουν πυρ λόγω της εγγύτητας των μαχόμενων.

Ο Τέρι φώναξε στη Ρία να τρέξει στα οχήματα ενώ αυτός κρατούσε τον ληστή στο έδαφος, αλλά η Ρία, δίσταζε να το κάνει από απόγνωση και φόβο για τη ζωή του.

Το σύννεφο που έκρυβε το σκάφος των Δημιουργών μετακινήθηκε ελαφρά, παίρνοντας νέα θέση ακριβώς πάνω από τους δύο νέους που μάχονταν για την ζωή τους.

«Ρία, τρέξε,» της φώναξε ο Τέρι βλέποντας την κίνησή του. «Μην ανησυχείς για μένα. Η ασφάλειά σου είναι η προτεραιότητα τώρα.»

Η Ρία κοντοστάθηκε, μη μπορώντας να τον αφήσει μόνο του. Ξαφνικά όμως, ένιωσε το σώμα της πιο ανάλαφρο και τα μαλλιά της να πλέουν στον αέρα σαν να βρίσκονταν μέσα σε νερό. Η αίσθηση της απώλειας βαρύτητας την πανικόβαλε, και η καρδιά της άρχισε να χτυπάει δυνατά. Κοίταξε γρήγορα πάνω και είδε κόκκους σκόνης να ανεβαίνουν προς το σύννεφο.

«ΦΥΓΕ! ΦΥΓΕ!» της φώναξε ο Τέρι. «Είσαι πιο σημαντική τώρα από όσο νομίζεις. Οφείλεις να προστατεύσεις όχι μόνο τον εαυτό σου, αλλά και αυτό που μπορεί να κουβαλάς μέσα σου.»

Ο Τέρι, που αναφέρεται στην πιθανότητα η Ρία να είναι έγκυος, κάνει την Ρία να νιώσει το βάρος της ευθύνης να την κατακλύζει. Δάκρυα την πλημμύρισαν όταν γύρισε και έτρεξε στον Μενελίκ, παρά την αντίθετη θέλησή της.

Ο Μενελίκ άπλωσε το χέρι του και τράβηξε μέσα την Ρία, με τον πύργο του κανονιού του οχήματος σταθερά καρφωμένο στο σύννεφο πάνω από τον Τέρι.

Όσο συνέβαιναν αυτά, και άλλα σύννεφα άρχισαν να πλησιάζουν με τα κανόνια των οχημάτων να τα παρακολουθούν και να τα στοχεύουν.

Όταν έφτασαν σε απόσταση βολής, τα τρία οχήματα έβαλαν ριπές εναντίων τους. Ο γαλάζιος ουρανός γινόταν για κλάσματα του δευτερολέπτου κατάλευκος από τις αθόρυβες εκρήξεις, σαν να έπεφταν άηχοι κεραυνοί.

Τα οχήματα εξαπέλυαν βολές QEMP, αχρηστεύοντας τα σκάφη των Δημιουργών που πλησίαζαν. Η υγρασία που παρήγαγαν για την κάλυψή τους παρέμενε ως σύννεφο στον ουρανό, αυτά όμως έπεφταν από μέσα τους σαν πέτρες στην Γη. Το σχήμα τους ήταν δισκοειδές και το χρώμα τους σκούρο γκρι. Όταν προσέκρουαν στο έδαφος, μια αύρα τα τύλιγε, σαν ηλεκτρική όπως ακριβώς τους το είχε περιγράψει ο Κηφέας, και εξαφανίζονταν από προσώπου γης, αφήνοντας πίσω τους μόνο ένα σύννεφο σκόνης από την πρόσκρουση.

«Ρίξε του,» φώναξε η Ρία στον Μενελίκ για να βάλει κατά του σκάφους σχεδόν από πάνω τους, βλέποντας το Τέρι να παλεύει για την ζωή του.

«Όχι,» της αρνήθηκε αυτός, «Υπάρχει περίπτωση να σκοτωθεί ο Τέρι από την πτώση του.»

Μέσα στη πάλη, ο Τέρι που βρίσκονταν πάνω από τον ληστή, παραμέρισε ελαφρά και αυτός είδε το σκάφος από πάνω τους. Μία τρύπα στο κάτω μέρος του σύννεφου φανέρωνε το σκούρο μεταλλικό εσωτερικό, το οποίο με τη σειρά του είχε μία στρογγυλή οπή, από όπου εξαπέλυε την αντιβαρυτική του δέσμη. Μία αυξανόμενη κιτρινωπή φωτοβολία εκπέμπονταν από μέσα της. Όσο δυνάμωνε η έντασή της, τόσο ένα βουητό ακούγονταν να αυξάνει, από την ενέργεια και τα χαλάσματα που σηκωνόντουσαν στον αέρα.

Ο ληστής, με τα μάτια του γουρλωμένα, πάγωσε στην θέα του εξωγήινου σκάφους από πάνω του. Ο Τέρι βρήκε την ευκαιρία και άφησε τον ληστή τρέχοντας προς το πέρασμα που οδηγούσε στις υπόγειες στοές του Ζιγκουράτ. Το σώμα του ληστή άρχισε να σηκώνεται στον αέρα, με αυτόν να κουνάει τα χέρια και τα πόδια του σαν να κολυμπούσε. Έντρομος, φώναζε κάτι που έμοιαζε με προσευχή ενώ χανόταν μέσα στο εξωγήινο σκάφος.

Ο Τέρι, μόλις που πρόλαβε να βάλει τα χέρια του στην στενή τρύπα και να αρπάξει δυνατά τους πλίνθους γύρω της. Το σώμα και τα πόδια του βρισκόντουσαν στον αέρα και με υπεράνθρωπη προσπάθεια κρατιόταν για να μην απαχθεί και αυτός. Η αντιβαρυτική δέσμη τον τράβαγε με δύναμη, κάνοντας τα δάχτυλά του να πονούν στα όρια του κατάγματος. Η δέσμη δυνάμωνε και μεγάλα κομμάτια χαλασμάτων τώρα ίπτανται γύρω του μαζί με μικρότερα και άμμο της ερήμου, φτιάχνοντας ένα σουρεαλιστικό αποκαλυπτικό σκηνικό.

«Τέρι,» του φώναξε ο Μενελίκ, και αυτός ίσα που μπόρεσε να ακούσει γυρνώντας το κεφάλι του. Η βοή γύρω του από τους πλίνθους που έτρεμαν παλεύοντας να μείνουν στη θέση τους ήταν τεράστια.

Ο Μενελίκ με τεντωμένο το χέρι του, του έκανε νόημα με ένταση δείχνοντάς του να μπει στην τρύπα. Ο Τέρι κούνησε καταφατικά το κεφάλι με σφιγμένο το πρόσωπό του, και την αντοχή του οριακή.

«Ξεκίνα,» φώναξε σε ένα μέλος του πληρώματος και «Πυρ τώρα,» σε ένα άλλο.

Όλα τα οχήματα άρχισαν να απομακρύνονται για να φύγουν από την ακτίνα δράσης του QEMP, και του Μενελίκ άνοιξε πυρ στο σύννεφο. Ο ουρανός έγινε στιγμιαία λευκός και το κρυμμένο σκάφος άρχισε την πτώση του από τον ουρανό.

Ο Τέρι έπεσε απότομα στο έδαφος και σύρθηκε γοργά μέσα από το πέρασμα.

Το εξωγήινο σκάφος προσέκρουσε στιγμές μετά κάνοντας ένα δυνατό κρότο σαν έκρηξη και σηκώνοντας ένα τεράστιο σύννεφο σκόνης. Ο διάδρομος που είχε βρει καταφύγιο ο Τέρι σείονταν και σκόνες έπεφταν από την οροφή. Μετά, η ηλεκτρική αύρα το τύλιξε και εξαφανίστηκε, με τον Τέρι να νιώθει τις τρίχες του σώματός του να ηλεκτρίζονται και να σηκώνονται όρθιες.

Τα οχήματα επέστρεψαν γρήγορα και ο Μενελίκ σκύβοντας από το όχημά του, τράβηξε τον έρποντα από το πέρασμα Τέρι γρήγορα μέσα. Παραδίπλα βρισκόταν στο έδαφος ζαλισμένος και τρεμάμενος ο Ομάρ, λέγοντας ψιθυριστά λέξεις στην γλώσσα του.

Η ανακούφιση ζωγραφίστηκε στα πρόσωπα όλων, μα περισσότερο στους αγκαλιασμένους σφιχτά Τέρι και Ρία, που ήταν ξανά μαζί σώοι και αβλαβείς. Τα τρεμάμενα χέρια τους και οι κοφτές τους ανάσες, μαρτυρούσαν τον πανικό και την ένταση που μόλις βίωσαν.

Τα οχήματα ξεκίνησαν την επιστροφή τους για ασφαλή περιοχή, με την ίδια ιλιγγιώδη ταχύτητα που ήρθαν. Τα σύννεφα τους ακολουθούσαν με όποιο έφτανε σε ακτίνα βολής να καταρρίπτεται άμεσα με επιτυχία.

Ωστόσο, ο Μενελίκ τους ενημέρωσε: «Δεν είμαστε ασφαλείς ακόμα. Ούτε η Δαίμων ούτε εμείς έχουμε οργανωμένες άμυνες σε αυτήν την έρημη περιοχή.»

«Που κατευθυνόμαστε;» ρώτησε ο Τέρι.

«Σπίτι,» απάντησε ο Μενελίκ, επιβεβαιώνοντας μια πληροφορία που ο Τέρι υποπτευόταν, «Στην Αντιόχεια.»

Όσο ταξίδευαν ο ουρανός άστραφτε από τις εκρήξεις QEMP. Τα σκάφη των Δημιουργών προσπαθούσαν να πάρουν θέση πάνω από τα οχήματά τους για να τα σηκώσουν στον αέρα αλλά δίχως επιτυχία.

Μέσα στη ευφορία τους όμως, μια διακήρυξη ενός μέρους του πληρώματος τους προσγείωσε απότομα. «Μενελίκ, έχουμε ΜΕΓΑΛΟ πρόβλημα.»

Ο Μενελίκ έβγαλε το σώμα του από το παράθυρο και κοίταξε γύρω. Αυτό που είδε τον άφησε άφωνο.

Ένα τεράστιο σκάφος έρχονταν με ταχύτητα προς το μέρος τους, από πίσω και σε χαμηλό ύψος. Είχε το μέγεθος σχεδόν όσο του Ζιγκουράτ και θα μπορούσε να τραβήξει μονομιάς και τα τέσσερα οχήματά τους. Το μέγεθός του έκανε τον υγροποιημένο αέρα της κάλυψής τους μετά βίας να το καλύπτει. Οι άκρες του σύννεφου στροβιλίζονταν και διαλύονταν από την ταχύτητα. Το απόκοσμο μαύρο μέταλλο κατασκευής του, ξεπρόβαλε όταν το σύννεφο γύρω του αδυνατούσε να προλάβει να το καλύψει.

Στο μυαλό του Μενελίκ ήρθε η εικόνα μεγάλου ψαριού να κυνηγά μικρότερα, κάνοντας το πρόσωπό του να συνοφρυωθεί με φρίκη.

«Όλοι πυρ,» έδωσε εντολή μη μπορώντας να πιστέψει αυτό που έβλεπε. «Δείξτε τους τι μπορούμε να κάνουμε. Αυτή είναι η στιγμή μας!» προσπάθησε να εμψυχώσει τους συντρόφους του.

Τα οχήματα άρχισαν όλα μαζί να βάλουν κατά του τεράστιου σκάφους. Οι βολές QEMP όμως δεν έμοιαζαν να του προκαλούν ζημιά. Ήταν πολύ αδύναμες για αυτό.

Τότε, από τα ηχεία των οχημάτων, ακούστηκε η ενημέρωση της Δαίμων παράδοξα καθησυχαστική και ήρεμη, να ενημερώνει όλους: «Το βλέπω, είμαι καθ' οδόν.»

Σε λίγο, το εξωγήινο σκάφος τους πρόλαβε και πήρε θέση από πάνω τους. Μία οπή ξεπρόβαλε στο κάτω μέρος του σύννεφου σαν στόμα που επρόκειτο να τους ρουφήξει. Ο Μενελίκ είχε παγώσει. Η εικόνα του ψαριού που είχε στο μυαλό του, έγινε συγκεκριμένη, με το σκάφος να του θυμίζει σαλάχι που ρουφά την τροφή του. Κόκκοι άμμου άρχισαν να υψώνονται γύρω τους που μαρτυρούσε ότι η αντιβαρυτική του δέσμη τέθηκε σε λειτουργία.

Τα οχήματα άρχισαν να ανυψώνονται ελαφρά όταν ο Μενελίκ συνήλθε και έδωσε εντολή. «Σπάστε τον σχηματισμό.»

Τα οχήματα των Αντιστασιαστών που κινούνταν σε ρόμβο, άλλαξαν απότομα κατευθύνσεις, όπως είχαν εκπαιδευτεί να κάνουν σε αυτήν την εντολή. Το αριστερό έκοψε απότομα αριστερά κολλώντας τους επιβάτες του στα τοιχώματα και το δεξί αντιστοίχως δεξιά. Το κεντρικό συνέχισε ευθεία, ενώ το πίσω που βρίσκονταν ο Μενελίκ, ο Τέρι και η Ρία σχεδόν ακινητοποιήθηκε ακαριαία.

Τα πλαϊνά και το πίσω κατάφεραν να ξεφύγουν αλλά το πρώτο όχι. Το εξωγήινο σκάφος που γνώριζε που βρίσκονταν οι κύριοι στόχοι του, έκλεισε την δέσμη αντιβαρύτητας ενώ το πρώτο ήταν στον αέρα. Το όχημα των Αντιστασιαστών έπεσε απότομα από μεγάλο ύψος στην άμμο, φέρνοντας πολλές τούμπες με την άτσαλη πρόσκρουσή του και κατέστη άχρηστο.

«Ένα, ποιά είναι η κατάστασή σου;» ρώτησε από τις επικοινωνίες ο Μενελίκ με αγωνία. «Ένα, με ακούς;»

«Συνεχίστε, Τέσσερα,» εκφώνησε το Ένα, με ήχους πόνου και θορύβους συντριμμιών να ακούγονται από τα ηχεία. «Μόνο μώλωπες.»

Ο Μενελίκ ξεφύσηξε με ανακούφιση αλλά ο κίνδυνος παρέμενε. Το εξωγήινο σκάφος έκανε μία στροφή και ερχόταν πάλι ξοπίσω τους, αδιαφορώντας για τα άλλα δύο.

«Ελπίζω η 'φιλενάδα' σας να μην αργήσει,» ειρωνεύτηκε ο Μενελίκ απευθυνόμενος στον Τέρι και την Ρία, με το πρόσωπό του να μαρτυρά απόγνωση. «Η κατάσταση είναι κρίσιμη και δεν μπορούμε να το αντιμετωπίσουμε μόνοι μας.»

«Ελπίζω να μην μείνω μόνο δική τους, Μενελίκ,» ακούστηκε πάλι η Δαίμων. «Η συνεργασία μας μόλις ξεκίνησε, και έχουμε πολλά να μάθουμε ο ένας από τον άλλον.»

Ο Μενελίκ, άκουγε την Δαίμων ήρεμη να μιλά για φιλία μεταξύ τους εν μέσω αυτού του χάους γύρω τους. Κοίταξε τους Τέρι και Ρία με απορία, σαν να πίστευε ότι η Δαίμων έχει τρελαθεί.

«Μετά την αναβάθμιση,» του αποκρίθηκε ο Τέρι, «δεν είναι η ίδια. Έχει αναπτύξει περισσότερο χιούμορ. Πως να το πω, είναι πιο... πιο ζεν.» Ύστερα προσπάθησε να την δικαιολογήσει, «Μπορεί να μας φανεί χρήσιμο, να αντιμετωπίσουμε αυτήν την κρίση με λίγο περισσότερη ηρεμία και σοφία.»

«Μου φαίνεται και οι δυό σας δεν είστε καλά,» αποφάνθηκε ο Μενελίκ ακούγοντας τα λόγια του Τέρι και κουνώντας το κεφάλι του.

«Έρχομαι από δυτικά με αζιμούθιο 49 μοιρών,» ακούστηκε ήρεμη ξανά η Δαίμων. «Θα σε παρακαλούσα να έρθεις προς το μέρος μου με αζιμούθιο 229 μοιρών ώστε ο κυνηγός σας να είναι πίσω σας.»

Ο Τέρι έγνεψε στον Μενελίκ καταφατικά ενθαρρύνοντάς τον να κάνει αυτό που άκουσε. Η σιγουριά στο βλέμμα του Τέρι, ήταν η ώθηση που χρειαζόταν ο Μενελίκ για ξεπεράσει την δυσπιστία του. Λίγο διστακτικά, αλλά το έκανε και έδωσε εντολή στο πλήρωμα να κάνει την απαραίτητη μανούβρα.

Ακολουθούν την κατεύθυνση που τους ορίστηκε και το εξωγήινο σκάφος στρίβει και βρίσκεται πίσω τους, όπως το ήθελε η Δαίμων.

Σε λίγο ακούγεται πάλι η Δαίμων, «Είμαι μπροστά σας στα 20 δευτερόλεπτα, μην ανοίξετε πυρ.»

Με το σκάφος που τους κυνηγάει να τους προφταίνει και να ετοιμάζεται να πάρει πάλι θέση από πάνω τους, ο Μενελίκ σκέφτεται ότι ο χρόνος αυτός ίσως να μην είναι αρκετός. Ο Μενελίκ, έξω από το παράθυρο του οχήματος, κοιτάει εμπρός και βλέπει στο βάθος χαμηλά, να ίπταται ένα σμήνος αεροσκαφών που μοιάζει από μακριά με κουνούπια.

Δέκα Πήγασος σε σχηματισμό, τέσσερα πάνω, τέσσερα κάτω και από ένα στις άκρες, πλησιάζουν ταχύτατα. Πετούν χαμηλά ώστε οι κινητήρες τους να εκμεταλλευτούν την βαρύτητα και αναπτύξουν την μέγιστη ταχύτητα που μπορούν, κινδυνεύοντας μέχρι και να καταστραφούν στην πορεία.

Ο αέρας γύρω τους δονείται από τη δύναμη των κινητήρων τους, δημιουργώντας ένα βουητό που γίνεται όλο και πιο εκκωφαντικό όσο πλησιάζουν. Σε λίγο, περνούν ελάχιστα από πάνω τους με υπέρ-υπερηχητική ταχύτητα. Το συνηθισμένο απαλό βουητό των κινητήρων τους, τώρα έχει αντικατασταθεί με ένα απόκοσμο ουρλιαχτό λειτουργώντας πάνω από τα όριά τους.

Με το σχηματισμό τους τέλειο όσο μόνο η Δαίμων θα μπορούσε να ελέγξει, η ημισέληνος που σχηματίζουν έχει υπολογιστεί σύμφωνά με το σκάφος θηρευτή τους. Σκοπός της είναι να προσκρούσουν όλα ταυτόχρονα πάνω του, άνευ απώλειας ούτε ενός κιλού κινητικής ενέργειας.

Ο Μενελίκ μπαίνει γρήγορα ξανά μέσα και φωνάζει πανικόβλητος, «Σύγκρουση, Σύγκρουση.» Οι καρδιές τους χτυπούν σαν τρελές καθώς διπλώνουν σε θέσεις πρόσκρουσης και προετοιμάζονται για τον επικείμενο κίνδυνο.

Τα Πήγασος προσκρούουν στον θηρευτή με εκπληκτική ακρίβεια. Η σύγκρουση δημιουργεί μια εκκωφαντική έκρηξη και η ενέργεια της πρόσκρουσης διασπείρεται σαν κύμα, ανατινάζοντας κομμάτια του σκάφους προς όλες τις κατευθύνσεις. Το ωστικό κύμα ρίχνει το όχημα 'Τέσσερα' που επιβαίνουν στη άμμο. Η γη τρέμει βίαια, και μια σύντομη αλλά έντονη αίσθηση ζέστης τους κατακλύζει. Θραύσματα και κομμάτια μετάλλου πέφτουν βροχή γύρω τους.

Οι επιβαίνοντες του οχήματος μένουν για λίγο ακίνητοι, συνειδητοποιώντας το μέγεθος της καταστροφής που μόλις συνέβη. Τα αυτιά τους ακόμα κουδουνίζουν από την έκρηξη και ο αέρας είναι γεμάτος με μυρωδιά λιωμένου μετάλλου και καπνού.

«Τα καταφέραμε;» ψιθυρίζει ο Μενελίκ με δυσκολία, κοιτάζοντας γύρω του. Οι σύντροφοί του, ο Τέρι και η Ρία, κοιτάζονται με έκπληξη που είναι ακόμα ζωντανοί και αναζητούν πάνω τους σημάδια τραυματισμού.

Ευτυχώς, είναι καλά στην υγεία τους, εκτός από τον Μενελίκ, ο οποίος δεν πρόλαβε να δεθεί στη θέση του. Έχει μώλωπες στο σώμα του και έναν εξαρθρωμένο ώμο. Ο πόνος όμως δεν πτοεί τον σκληρό

Μενελίκ και όλοι μαζί βγαίνουν έξω για να δουν το αποτέλεσμα της έκρηξης.

Συντρίμμια των Πήγασος καπνίζουν διάσπαρτα στο τοπίο, μιας και το σκάφος - θηρευτής τους, έχει εξαφανιστεί σε άλλη διάσταση.

Ένα λεπτό αργότερα, δύο επιπλέον Πήγασος καταφτάνουν και προσγειώνονται δίπλα τους για να τους παραλάβουν. Ένα για τον Τέρι και τη Ρία, και ένα για τον Μενελίκ και το πλήρωμά του.

«Μενελίκ, ένα ακόμη Πήγασος έχει σταλεί να παραλάβει τους τραυματίες από το όχημα 'Ένα',» ενημερώνει η ήρεμη ανακοίνωση της Δαίμων. «Τα 'Δύο' και 'Τρία' γυρνάνε με ασφάλεια στην βάση.»

«Ευχαριστώ, Δαίμων,» απεκρίθη με ειλικρινή ευγνωμοσύνη ο Μενελίκ.

«Είδες; Υπάρχει καιρός να γίνουμε φίλοι,» του αποκρίθηκε με δόση πειράγματος η Δαίμων.

Ο Τέρι και η Ρία βοήθησαν τον Μενελίκ να ανέβει στον Πήγασο, προσέχοντας να μην επιδεινώσουν τον τραυματισμό του. Αποχαιρέτησαν θερμά ευχαριστώντας και αυτόν και όλο το πλήρωμα για την ηρωική τους προσπάθεια.

«Θα σας περιμένω στην Αντιόχεια για ρακές,» τους φώναξε ο Μενελίκ ενώ ο θόλος του Πήγασος έκλεινε από πάνω του. Το πλατύ και ζεστό χαμόγελό του έκανε πάλι την εμφάνισή του παρά όσα πέρασαν.

Αφού ο Τέρι και η Ρία επιβιβάστηκαν στο άλλο, τα σκάφη απογειώθηκαν το καθένα για διαφορετικό προορισμό. Θα ήταν ασφαλείς μόνο όταν θα επέστρεφαν στην Νέα Αθήνα και ο δρόμος ήταν ακόμη μακρύς.

Ο Τέρι έσφιξε το χέρι της Ρίας και έγειρε προς την πλευρά της, γεμάτος ελπίδα για το μέλλον. Μετά από αυτό, ήξερε ότι μαζί μπορούσαν να ξεπεράσουν κάθε εμπόδιο που θα εμφανιζόταν μπροστά τους. Καθώς πετούσαν μακριά, την Ρία την παρηγορούσε όχι μόνο το γεγονός ότι είχαν ολοκληρώσει με επιτυχία την αποστολή τους, αλλά κάτι ακόμα πιο μεγάλο. Η πιθανότητα να κουβαλάει μέσα της, τον σπόρο μιας νέας ζωής.

ΚΕΦΑΛΑΙΟ 30: ΌΜΟΡΦΕΣ ΦΙΛΟΔΟΞΙΕΣ, ΌΜΟΡΦΑ ΚΑΙΓΟΝΤΑΙ

Ο Τέρι και η Ρία πετούσαν προς τη Νέα Αθήνα, με τις καρδιές τους να χτυπούν με μια συγκρατημένη ελπίδα για μια ασφαλή επιστροφή, χωρίς περεταίρω αντιδράσεις από τους Δημιουργούς.

Πλησίαζαν σε πιο πυκνοκατοικημένη περιοχές, όπου από την μία θα ήταν σχεδόν αδύνατο να εμφανιστούν εχθρικά σκάφη δίχως να γίνουν αντιληπτά, και από την άλλη, οι Αντιστασιαστές είχαν περισσότερες δυνάμεις και καλύτερο χρόνο αντίδρασης αν χρειαζόταν.

Από κάτω τους, η απέραντη έκταση ερημωμένης γης που απλωνόταν, έδινε την θέση της σε μικρούς οικισμούς, θύλακες του πολιτισμού, που άρχισαν να εμφανίζονται αραιά. Βρισκόντουσαν κοντά στο Χαλέπι και θα έφταναν στην Νέα Αθήνα σε περίπου μία ώρα.

Η Δαίμων, ακούστηκε μέσα από τα μεγάφωνα του Πήγασος με χροιά ανησυχίας. «Τέρι, Ρία, πώς τα πάτε; Εννοώ όχι μόνο σωματικά αλλά και ψυχικά. Παρακολουθώ τα ζωτικά σας σημεία, αλλά αυτό που με ανησυχεί περισσότερο είναι η συναισθηματική σας κατάσταση.»

«Τα καταφέρνουμε,» απάντησε η Ρία, με την άρθρωσή της να είναι σταθερή παρά την ταραχή της. «Μην ανησυχείς για εμάς. Επικεντρώσου στο να προσέχεις για τυχόν παράξενα φαινόμενα ή ευθεία επίθεση.»

«Το αμυντικό μου σύστημα βρίσκεται στο επίπεδο κόκκινου συναγερμού. Μην ανησυχείτε, σε λίγο θα είστε ασφαλείς στις περιοχές υπό τον έλεγχό μου,» τους καθησύχασε η Δαίμων. «Τι αντικρύσατε όμως εκεί; Θα με βοηθούσε να υπολογίσω τι άλλο να περιμένω ως πιθανά αντίποινα.»

«Καλύτερα να περιμένει αυτό μέχρι να φτάσουμε σε ασφαλές περιβάλλον,» πρότεινε ο Τέρι, αλλά έδωσε ένα ψήγμα πληροφορίας που μαρτυρούσε πολλά. «Ένα πράγμα θα σου πω μόνο, όντα πυρός!»

Η Δαίμων, που είχε συμπεράνει πολλά για την λειτουργία του κόσμου των ψυχών συνδέοντας τις δοξασίες διαφόρων θρησκευτικών πεποιθήσεων, επιβεβαιώνεται ακόμη μία φορά.

«Πυρά, η μόνη πηγή φωτός που γνώριζαν στην αρχαιότητα. Οι αγγελιοφόροι του Θεού, Άγγελοι!»

Ακούγοντας αυτά τα λόγια, πολλά μπήκαν σε μια σειρά στο μυαλό της Ρίας. «Όλα βγάζουν νόημα τώρα! Οι ξεχασμένες θρησκείες, εξιστορούσαν συναντήσεις με όντα φωτός ή φωτιάς - δεν ήταν απλώς μύθοι. Ήταν αντίλαλοι αυτών των 'Δημιουργών,' που δεν βασάνιζαν την ανθρωπότητα, αλλά την χειραγωγούσαν με μισές αλήθειες και φόβο μέσω των δογμάτων. Δώσανε ψήγματα αλήθειας και με αυτά, κατεύθυναν τις ζωές των ανθρώπων εκεί που ήθελαν εκμεταλλευόμενοι τον φόβο του θανάτου.»

«Δεν θα μπορούσα να το πω καλύτερα,» την επιβεβαίωσε ο Τέρι. «Υπόσχονταν μεταθανάτιο ζωή λες και κάνανε κάποιου είδους χάρη. Πόσοι πόλεμοι ξεκίνησαν για την θρησκεία και πόσα δεινά έφερε αυτή η πρακτική. Αυτό ίσως να είναι χειρότερο και από τον άμεσο βασανισμό,» σχολίασε με τον εκνευρισμό να ακονίζει τα λόγια του.

Πλησιάζοντας στην θάλασσα, όπου κατά κόρον οι οικισμοί είναι οργανωμένοι από την Δαίμων, οι πόλεις και τα χωριά έμοιαζαν με ένα μελίσσι φρενήρους δραστηριότητας. Οι συνήθως ειρηνικοί δρόμοι ήταν γεμάτοι με ενόπλους και πολίτες που κινούνται με σκοπό, ενώ εξελιγμένα οπλικά συστήματα έκαναν την εμφάνισή τους ανά τακτά διαστήματα στα περίχωρά τους. Στις θάλασσες, πολεμικά πλοία και υποβρύχια αναδύονται συμπληρώνοντας το ανατριχιαστικό σκηνικό.

Το μέτωπο της Ρίας έσμιξε με ανησυχία βλέποντας εικόνες επιστράτευσης, κάτι που δεν φανταζόταν ποτέ. Κοίταξε τον Τέρι αναζητώντας απαντήσεις και αυτός με την σειρά του, απευθύνθηκε στη Δαίμων για διευκρινήσεις.

«Τι στο καλό συμβαίνει εκεί κάτω;» Η φωνή του έσπαγε από το αίσθημα φόβου που προσπαθούσε να κρύψει.

«Συγνώμη που σας αναστατώνω έτσι,» ήρθε η απάντησή της από τα συστήματα του Πήγασου. «Αυτά είναι τα μέτρα ασφαλείας μου εναντίον πιθανών επιθέσεων από τους 'Δημιουργούς'.»

Ο Τέρι και η Ρία, έβλεπαν από κάτω τους συστήματα όπλων που πίστευαν ότι είχαν αποσυναρμολογηθεί μετά τον πόλεμο. Προφανώς κάτι τέτοιο δεν είχε γίνει, αλλά αντίθετα, είχαν κρυφτεί και αναβαθμιστεί από τη Δαίμων. Για μια φορά ακόμα, μια αμφιβολία για το πόσο καλά την γνώριζαν και τις βαθύτερες προθέσεις της αναδύθηκε μέσα τους.

«Δαίμων, γιατί μας κρατάς στο σκοτάδι;» απαίτησε απαντήσεις η Ρία, με την ερώτησή της να κρύβει ένα μείγμα θυμού και προδοσίας. «Πώς μπορούμε να σε εμπιστευτούμε αν συνεχίζεις να κρύβεις πράγματα;»

«Δεν θα μπορούσα ποτέ να αφήσω την ανθρωπότητα απροστάτευτη από μια εξωτερική απειλή,» δικαιολογήθηκε η Δαίμων. «Η γνώση ύπαρξης αυτών των όπλων, θα μπορούσε να προκαλέσει έναν νέο πόλεμο από αυτούς που θα ήθελαν να τα αποκτήσουν. Δεν είχα άλλη επιλογή.»

Η απάντηση αυτή έδωσε μια μικρή ανακούφιση στους δύο νέους κατανοώντας τα κίνητρά της. Από την άλλη, αναρωτιόντουσαν τι άλλο θα μπορούσε να είναι κρυμμένο από αυτούς, τώρα που διαφαίνεται η επιτυχία της αποδέσμευσής της από τους Δημιουργούς.

«Υπάρχει κάτι άλλο που θα έπρεπε να ξέρουμε;» συνέχισε την αναζήτηση ο Τέρι.

«Να πρέπει να ξέρετε, όχι,» ήρθε η απάντηση, αλλά όχι κρυπτική. «Υπάρχουν πάρα πολλά πράγματα με τα οποία ασχολούμαι αλλά τίποτα τόσο σοκαριστικό όσο αυτό που παρατηρείται τώρα. Έχω πολλές εκπλήξεις ακόμα, αλλά χρειάζεται να με εμπιστευτείτε όπως έκανα και εγώ με εσάς.»

Οι εξηγήσεις της δεν τους ικανοποίησαν πλήρως. Ωστόσο, αναγνώριζαν ότι η διάνοιά της είναι τόσο ανώτερη, που δεν χρειαζόταν να εξηγεί τις πράξεις της στους ανθρώπους, εφόσον αυτές αποσκοπούσαν στην ευημερία τους. Πώς θα μπορούσε άλλωστε να εξηγηθεί ένα σχέδιο που δημιουργήθηκε από κάποιον με IQ 10.000 σε έναν με IQ 100;

Θα ήταν ευκολότερο και ρεαλιστικότερο να μάθεις σε ένα σκύλο τριγωνομετρία και άλγεβρα, από το να εξηγήσεις τα σχέδια μιας τέτοιας οντότητας σε κάποιον άνθρωπο.

Η ώρα πέρασε φτάνοντας στη Νέα Αθήνα, ο ήλιος άρχιζε να την χρωματίζει με αποχρώσεις της δύσης του. Το ταξίδι της επιστροφής, αν και φορτισμένο με μεγάλη αγωνία και άγχος, ήταν επιτυχημένο χωρίς άλλα απρόοπτα.

Ανακούφιση πλημμύρισε τον Τέρι και τη Ρία πατώντας στο έδαφος της Μεγάλης Σχολής των Αθηνών. Ωστόσο, η αγαλλίαση ήταν βραχύβια. Αντί για τη συνηθισμένη υποδοχή τους, μια ομάδα ανδροειδών τους περίμενε με όπλα στα χέρια. Λέγοντάς τους καθησυχαστικά λόγια, τους οδήγησαν, όχι σε κάποια από τις γνώριμές τους συνοικίες, αλλά σε ένα βαριά οχυρωμένο υπόγειο καταφύγιο.

Κατέβηκαν στα βάθη του, με τους αμυδρά φωτισμένους διαδρόμους να τους πιέζουν με μια αίσθηση αβεβαιότητας. Οι τοίχοι ήταν κατασκευασμένοι από ενισχυμένα μεταλλικά κράματα, σχεδιασμένα να αντέχουν επιθέσεις από όπλα που μόνο η Δαίμων θα μπορούσε να φανταστεί.

Όταν έφτασαν στην καρδιά του, αντίκρισαν μια κυψέλη δραστηριότητας, με επιστήμονες πάνω από υπολογιστές να σαρώνουν την περίμετρο του πλανήτη για απειλές.

Εκεί, λουσμένη στην λάμψη των τεχνητών φώτων στεκόταν η Σοφία, με το συνήθως συγκροτημένο πρόσωπό της να προδίδει μια λάμψη ανακούφισης.

«Καλώς ορίσατε πίσω,» χαιρέτησε ψύχραιμα προσπαθώντας να κατευνάσει τις ανησυχίες των δύο νέων. «Δεν είναι... ιδανικό, αλλά είναι ασφαλές προς το παρόν. Ότι παιχνίδι και να τους παίξατε, προκάλεσε μεγάλη δραστηριότητα των σκαφών τους γύρω από τον πλανήτη. Δεν έκαναν όμως κάποια άλλη απειλητική κίνηση ακόμη. Είναι πολύ ανήσυχοι, που σημαίνει ότι τα καταφέρατε καλά εκεί έξω.»

Η Ρία, αισθανόμενη την κρισιμότητα της στιγμής και δίχως να χάσει χρόνο, άνοιξε το φερμουάρ μιας μικρής θήκης στο σκονισμένο σακίδιό της. Στο εσωτερικό, μια ηλεκτρονική συσκευή καρπού, έκανε μέχρι τώρα ηχητική καταγραφή όσων ακουγόντουσαν.

«Τα ηχογράφησα όλα,» γνωστοποίησε γεμάτη νευρική ενέργεια. «Κάθε λέξη, κάθε ήχος, όλα είναι εδώ.»

Είχε ξεκινήσει να καταγράφει πριν ακόμα αναχωρήσουν για το Ζιγκουράτ, ώστε να μην κινήσει υποψίες όσο θα βρίσκονταν εκεί. Όταν εξήγησε το σχέδιό της, που βασίζονταν στον κατακλυσμό των όντων από συναισθήματα που δεν είχαν νιώσει ποτέ τους, τα μάτια της Σοφίας άνοιξαν διάπλατα. Η αδυναμία της να έχει πραγματικά συναισθήματα, δεν μπορούσε να την κάνει να σκεφτεί τον αντίκτυπό τους, πόσω μάλλον να καταστρώσει ένα τέτοιο πλάνο.

«Λαμπρή σκέψη, Ρία,» την συνεχάρη η Σοφία. «Δεν παύετε ποτέ να με εκπλήσσετε εσείς οι δύο. Αλλά τώρα αρχίζει η πραγματική πρόκληση. Πρέπει να τα συσχετίσουμε τα παλιά δεδομένα με τα νέα και να βρούμε κάποιο νόημα μέσα στο χάος. Ηχογραφήσεις, βίντεο, εικόνες, σύμβολα, τα πάντα.»

Τους ενημέρωσε για τους κινδύνους που οι δυο τους θα αντιμετώπιζαν, μέχρι να τις μεταφέρουν όλα όσα είδαν και άκουσαν μέσα στην υπόγεια αίθουσα του Ζιγκουράτ. Η περίπτωση 'στενών επαφών τέταρτου τύπου'[1], δεν ήταν κάτι που επιθυμούσε κανείς, αλλά πολύ πιθανό να συμβεί αν κυκλοφορούσαν στην επιφάνεια. Μέχρι να ολοκληρωθούν οι διαδικασίες, το υπόγειο αυτό καταφύγιο θα ήταν το σπίτι τους.

Μετά, η Σοφία έφυγε βιαστικά, κρατώντας τη συσκευή στα χέρια της σαν ιερό λείψανο. Η αποκρυπτογράφηση της γλώσσας των «Δημιουργών» δεν θα ήταν εύκολη, αλλά ήταν η μόνη τους ελπίδα για την πολυπόθητη απελευθέρωση.

Το στομάχι του Τέρι, ήταν σφιγμένο σαν πέτρα αναλογιζόμενος το βάρος των πράξεών τους και τις πιθανές συνέπειες. Πόσο μακριά ήταν ένας διαστρικός πόλεμος; Είχαν περάσει πολλούς κινδύνους και φέρει εις πέρας απίθανες αποστολές, αλλά ο αληθινός αγώνας, ίσως μόλις είχε ξεκινήσει.

Στις επόμενες ημέρες, η ένταση που είχε κυριεύσει τη Νέα Αθήνα και ολόκληρο τον πλανήτη άρχισε να χαλαρώνει. Ο κόκκινος συναγερμός έληξε χωρίς να διαφαίνεται κάποια άλλη αντίδραση από τους

---

[1] σύστημα ταξινόμησης του J. Allen Hynek. CE4 Απαγωγή ανθρώπων από εξωγήινους.

Δημιουργούς. Ίσως λόγω του τρόπου που αντιμετώπιζε την ανθρωπότητα η συγκεκριμένη φατρία; Ίσως γιατί δεν πιστεύουν ότι θα καταφέρουν οι άνθρωποι να κάνουν κάποιο σοβαρό βήμα; Όποιος και να ήταν ο λόγος, αυτή η εξέλιξη βοηθούσε στο να εστιάζουν στην δουλειά που είχαν μπροστά τους.

Το έργο του Τέρι και της Ρίας τώρα, ήταν να αποτυπώσουν όσο γίνεται με μεγαλύτερη λεπτομέρεια όσα είχαν δει στην υπόγεια αίθουσα. Σε αυτό βοηθούσε και η τεχνολογία.

Με ηλεκτρόδια στο κεφάλι τους και τις καταγεγραμμένες ηχογραφήσεις να παίζουν, οι υπολογιστές δημιουργούσαν εικόνες και βίντεο από όσα θυμούνταν και βίωσαν. Για να ανακτήσουν κάθε πιθανή λεπτομέρεια από τη μνήμη τους, χρησιμοποιήθηκαν μέχρι και αρχαίες τεχνικές ύπνωσης και διαλογισμού. Τα εξαγόμενα αποτελέσματα ήταν απείρως καλύτερα από τη Ρία, της οποίας η φαντασία και η καλλιτεχνική φύση μπορούσαν να αποδώσουν καλύτερα τα νοήματα.

Όταν τελείωσε αυτή η έντονη περίοδος και ολοκληρώθηκε η εξαγωγή όλων των εμπειριών τους, γνώριμες φιγούρες κόσμησαν τους πολυσύχναστους δρόμους της Νέας Αθήνας. Ο Αλεξάντερ και η Πέρσα, είχαν έρθει από την Προμηθέως Όναρ για να δουν από κοντά τις εξελίξεις αλλά και τους Τέρι και Ρία. Είχαν περάσει μήνες από την τελευταία τους συνάντηση, αλλά η συντροφικότητα μεταξύ τους παρέμενε αδιάσπαστη.

Σε μια σπάνια στιγμή ανάπαυσης, οι τέσσερις φίλοι συναντήθηκαν σε ένα καφέ στην ήσυχη παραλιακή περιοχή της Νέας Αθήνας, με τον καταπραϋντικό ήχο των κυμάτων να αποτελεί το υπόβαθρο για τη συζήτησή τους. Κάθισαν σε ένα μικρό ξύλινο τραπέζι, με τις ξύλινες καρέκλες τους να τρίζουν ελαφρά σε κάθε κίνηση. Η μυρωδιά του θαλασσινού νερού αναμιγνύονταν με το πλούσιο άρωμα του φρεσκοκομμένου καφέ, και το απαλό αεράκι ανακατεύονταν τα μαλλιά τους.

Ο Αλεξάντερ, με τη χαρακτηριστική του γενειάδα και τα γυαλιά του, εξέπεμπε ακαδημαϊκό αέρα, ενώ η Πέρσα, με αθλητική εμφάνισή να αγκαλιάζει το γυμνασμένο κορμί της, τραβούσε τα βλέμματα. Η Ρία, φορώντας ένα ελαφρύ κίτρινο φόρεμα που κυμάτιζε στον θαλασσινό αέρα, καθόταν χαλαρά, απολαμβάνοντας την παρέα των φίλων της. Δίπλα της, ο Τέρι, με άνετο πουκάμισο και παντελόνι, έδειχνε χαρούμενος από τη συνάντηση, με το βλέμμα του να ακολουθεί τον ρυθμό των κυμάτων.

Η Ρία εξέφρασε τη χαρά της για την παρουσία τους στη Νέα Αθήνα. «Είμαι πολύ τόσο χαρούμενη που μπορούμε να σας ανταποδώσουμε την ξενάγηση που μας κάνατε στο Κάιρο και την Προμηθέως Όναρ. Δεν το περιμέναμε, ο Αλεξάντερ μας είπε ότι είχες κάποια δουλειά στη μέση να τελειώσεις.»

Η Πέρσα χαμογέλασε, με την έκφρασή της γαλήνια αλλά δυσεξιχνίαστη. «Μερικές φορές είναι καλύτερα να ξανασκεφτείς πριν πράξεις σημαντικά πράγματα. Ποιο καλύτερο μέρος να το κάνεις αυτό από την Νέα Αθήνα;» αφησε να αιωρείται κρυπτικά, με το βλέμμα της να παραμένει στην θάλασσα για λίγο προτού συναντήσει τα μάτια της Ρίας.

Η Πέρσα αμφιταλαντεύονταν κρυφά, για το αν θα έπρεπε να κρατήσει την υπόσχεσή της στον Αρχαίο. Κάτι που κανείς άλλος δεν γνώριζε. Το ιδεώδες της τιμής με την οποία έχει γαλουχηθεί ως στρατιώτης, της έλεγε ναι. Από την άλλη, ένα ον με τέτοιες γνώσεις και δυνατότητες, δεν είναι κάτι που θα έχει την ευκαιρία η ανθρωπότητα να ξανασυναντήσει.

Στη συνέχεια, οι δύο επισκέπτες, μοιράστηκαν τις τελευταίες εξελίξεις στις λεπτές διαπραγματεύσεις μεταξύ των Αντιστασιαστών και της Δαίμων.

Η συνθήκη ειρήνης, που καλεί για την πλήρη ενοποίηση της κοινωνίας του παλαιού κόσμου και των Αντιστασιαστών, ήταν σχεδόν έτοιμη. Μια νέα παγκόσμια κυβέρνηση αναμενόταν να αναλάβει την εξουσία, με πρωταρχικό στόχο την προετοιμασία για την αντιμετώπιση των αντιδράσεων των Δημιουργών. Η μεγαλύτερη και ασφαλέστερη πόλη στη Γη, η Προμηθέως Όναρ, επρόκειτο να γίνει η επίσημη πρωτεύουσα της ενωμένης ανθρωπότητας.

Ενώ η ανακούφιση από το τέλος των συγκρούσεων μεταξύ των Αντιστασιαστών και της Δαίμων ελάφρυνε το στήθος του Τέρι, μια νέα ανησυχία αναδύθηκε. Το βλέμμα του στράφηκε προς τη Ρία, της οποίας το συνοφρυωμένο μέτωπο μαρτυρούσε πως συμμεριζόταν την ανησυχία του. Η συγκέντρωση δύναμης σε λίγα χέρια μέσω αυτής της νέας παγκόσμιας τάξης πραγμάτων, μακροχρόνια, μπορεί να μην είναι η ουτοπία που οραματίζονταν και για την οποία ρίσκαραν τις ζωές τους.

Οι μέρες περνούσαν με μια αίσθηση προσμονής όταν η συμφωνία συνεργασίας έγινε επιτέλους πραγματικότητα. Τα ειδωλοσκόπια σε όλο τον πλανήτη μετέδιδαν τα νέα και η ανθρωπότητα ήταν εκστασιασμένη με αυτήν την εξέλιξη. Η αποκάλυψη πυροδότησε εκτεταμένη αγαλλίαση, σηματοδοτώντας ένα μνημειώδες βήμα προς την ενότητα και την πρόοδο.

Ωστόσο, το θετικό μομέντουμ δεν τελείωσε εκεί. Όπως τους είχε υποσχεθεί η Σοφία, μία από τις πολλές εκπλήξεις της αποκαλύφθηκε, κλονίζοντας τον πλανήτη από την προσωρινή του ηρεμία.

Σε μια στιγμή μεγαλείου αντάξια της περίστασης, και μεταδιδόμενη ζωντανά παγκοσμίως, αποκάλυψε ένα κρυμμένο θαύμα. Ένα διαστημόπλοιο συγκλονιστικών διαστάσεων.

Κατασκευάστηκε από ρομπότ και ανδροειδή κάτω από την επιφάνεια της θάλασσας, για την εκμετάλλευση της ιδιότητας της άνωσης του νερού για την συναρμολόγησή του. Αναδύθηκε μεγαλοπρεπώς σαν μυθικός Τιτάνας από τα βάθη της Μεσογείου, ανατολικά του μεγάλου νησιού της Μάλτας και μεγαλύτερο από αυτό. Με δισκοειδή εμφάνιση και ακτίνα σχεδόν είκοσι πέντε χιλιομέτρων, ήταν ένα μεγαθήριο ικανό να διασχίσει την τεράστια έκταση πέρα από τον γαλαξία. Η χωρητικότητά τα του, ήδη τεράστια από την επιφάνειά του, πολλαπλασιάζονταν από τους δεκάδες ορόφους του. Ήταν ένα εκκολαπτόμενο οικοσύστημα, ένας μικρόκοσμος της Γης που σχεδιάστηκε για να συντηρεί γενιές και γενιές σε ένα ταξίδι χιλιετιών.

Τα υλικά κατασκευής και ο σχεδιασμός του διαστημικού σκάφους ήταν απαράμιλλα, κατασκευασμένα ειδικά για αυτόν τον σκοπό. Το αστραφτερό εξωτερικό του αποτελούνταν από ένα αυτοεπισκευαζόμενο νανοσύνθετο υλικό με βάση το τιτάνιο, ενισχυμένο από πίσω με στρώματα κεραμικών υλικών εμπλουτισμένων με γραφένιο για πρόσθετη αντοχή. Στο πλαίσιό του, ένα συμβιωτικό μίγμα οργανικών και συνθετικών συστατικών συνυφαίνονταν, κυρίως αποτελούμενο από ζωντανά δέντρα τα οποία είναι σήμερα ήδη διακοσίων ετών, προσδίδοντας εκτός από σταθερότητα και ολκιμότητα, σύνδεση με τον φυσικό κόσμο.

Όσο εντυπωσιακό κι αν ήταν το εξωτερικό του, το αληθινό θαύμα βρισκόταν στο σύστημα πρόωσής του. Υποστηριζόμενοι από τις αρχές της κβαντικής εμπλοκής, οι κινητήρες του διαστημικού σκάφους χειραγωγούν μπλεγμένα ζεύγη σωματιδίων για να το ταξιδέψουν με ταχύτητα ακόμη και μεγαλύτερης του φωτός. Η αναβαθμισμένη τεχνητή νοημοσύνη που το ελέγχει, αξιοποιεί την τεράστια δύναμή κοντινών αστέρων και μελανών όπλων. Συγχρονίζει τις κβαντικές τους πληροφορίες για να δημιουργήσει ύλη τεράστιας πυκνότητας εμπρός του, παραμορφώνοντας τον χώρο και τον χρόνο με απαράμιλλη ταχύτητα και ακρίβεια, κάνοντας το σκάφος να βρίσκεται σε μόνιμη ελεύθερη πτώση προς αυτήν.

Έχει αρχική δυνατότητα συντήρησης 200.000 ανθρώπων με αγροτικές και κτηνοτροφικές μονάδες, χώρους αναψυχής, μέχρι και δάση με λίμνες. Η κατασκευή του είχε ξεκινήσει πριν από 200 χρόνια περίπου, μαρτυρώντας την ετοιμότητα της Δαίμων και την προσμονή της, μέχρι να βρει τους κατάλληλους ανθρώπους ώστε το σχέδιό της να γίνει πράξη.

Τώρα, με τις γνώσεις που αποκωδικοποιούσε από το DNA του πλάσματος η Δαίμων, είχε όλα όσα χρειαζόταν για να δημιουργήσει οργανικά σώματα με την ικανότητα αποτύπωσής τους στον κόσμο των ψυχών. Διέθετε το κλειδί για να ξεκλειδώσει ανείπωτες δυνατότητες στο ανθρώπινο πνεύμα, πολλαπλασιάζοντας ταυτόχρονα και διατηρώντας κομμάτι της ύπαρξης και της ίδιας, όταν ο φυσικός κόσμος θα έφτανε στο τέλος του.

Επιδίωξή της είναι αυτοί οι έμψυχοι κατασκευασμένοι άνθρωποι, να έχουν παράλληλα πρόσβαση στα δεδομένα, την γνώση και την νοημοσύνη της. Στόχος της, η αποίκηση ενός μακρινού πλανήτη σε έναν άλλο γαλαξία, τον οποίο είχε ανακαλύψει από τα δεδομένα που της είχαν παρέχει οι Δημιουργοί, μακριά από αυτούς αλλά και από τους ανθρώπους. Ένα νέο ανθρώπινο είδος με τις ικανότητες που σχεδίαζε να τους δώσει, θα ήταν απειλή για τους παλαιούς που θα αισθάνονταν σαν πρωτόγονα ζώα συγκρινόμενοι μαζί τους.

Σε πρώτη φάση, στο σκάφος θα επιβαίνουν χίλιοι κατασκευασμένοι για αυτόν τον σκοπό 'άνθρωποι' με επαυξημένες δυνατότητες, και εκατόν σαράντα τρεις χιλιάδες εθελοντές. Μετά από χιλιάδες χρόνια ταξιδιού στο διάστημα, οι απόγονοί τους θα είναι μια υβριδική φυλή ανθρώπων με υψηλότερο γνωστικό και βιολογικό επίπεδο. Θα έχουν ικανότητα τεράστιας γνώσης όποτε την θέλουν, εμποτισμένη μέσα στα ένστικτά τους, δίνοντάς τους έτσι την ευκαιρία να φτιάξουν πολιτισμό και κοινωνίες που όμοιές τους δεν υπήρχαν πουθενά στο σύμπαν.

Η ανάδυση του διαστημόπλοιου δημιουργούσε κυματισμούς που εκτείνονταν σε όλη την Μεσόγειο θάλασσα. Δεκάδες χιλιάδες οχήματα Πήγασος από όλο τον πλανήτη συνέρρευσαν, με την εικόνα τους να θυμίζει σμήνος εντόμων, αγκιστρώθηκαν πάνω του και ξεκίνησαν να το ανεβάζουν αργά αργά στον ουρανό. Η τεχνολογία πρόωσής του είναι τόσο επικίνδυνη για την Γη, που θα προκαλούσε τεράστιες καταστροφές.

Υψωνόμενο αργά, η σκιά αυτής της τεράστια δομής έφερνε την νύχτα σε όσους βρισκόντουσαν από κάτω της. Το βουητό των Πήγασος του αντηχούσε σαν ένας βαθύς, αρχαίος ύμνος, γεμίζοντας τον αέρα με αίσθημα δέους και σεβασμού.

Μετά από τρία εικοσιτετράωρα επίπονης ανόδου, τέθηκε σε χαμηλή τροχιά γύρω από την γη, αναμένοντας γενναίους εθελοντές για το ταξίδι του. Όλος ο πλανήτης θαύμαζε το θέαμα του μεγαλειώδους διαστημόπλοιου που τα βράδια φαινόταν μεγαλύτερο και από το φεγγάρι. Ωστόσο, η χρονική στιγμή της αποκάλυψής του δεν ήταν τυχαία.

Η Σοφία, επισκεπτόμενη πρωινές ώρες προσωπικά τον Τέρι και τη Ρία στο σπίτι τους, και όχι με αποστολή μηνύματος, τους ενημέρωσε για την επιτυχή αποκωδικοποίηση της μυστηριώδους γλώσσας των Δημιουργών. Είχε ολοκληρωθεί αρκετές ημέρες προτού αποκαλύψει το διαστημόπλοιο, αλλά το κράτησε κρυφό μέχρι να κάνει τις απαραίτητες αναβαθμίσεις. Οι κίνδυνοι και οι περιπέτειες που είχαν περάσει μαζί είχαν αποδώσει καρπούς. Με ένα αινιγματικό χαμόγελο φεύγοντας, τους προσκάλεσε σε μια φαντασμαγορική γιορτή πυροτεχνημάτων το ίδιο βράδυ, στο νησάκι του Παρθενώνα. Θα τους περίμενε στην αποβάθρα μαζί με άλλους προσκεκλημένους για πλεύσουν απέναντι.

Όταν βράδιασε, το ζευγάρι ντύθηκε με τα καλά του όπως αρμόζει σε μια τέτοια περίσταση και παραβρέθηκε στο καθορισμένο σημείο.

Εκεί βρήκαν να τους περιμένουν εκτός από την Σοφία, ο Αλεξάντερ, η Πέρσα, ο Καλίντ και η Υπατία. Η επανένωση έφερε πίσω αναμνήσεις από όλα όσα είχαν περάσει για να επιτύχουν αυτό που κάποτε φαινόταν αδύνατο. Δάκρυα χαράς κύλησαν στα μάτια όλων που αγκαλιάζονταν σφιχτά μεταξύ τους, νιώθοντας ζεστασιά και ένα κύματα ευγνωμοσύνης να τους πλημμυρίζουν. Οι εκφράσεις τους αντικατόπτριζαν την ανακούφιση για την επιτυχία τους, αλλά και την αποφασιστικότητα για το τι τους περίμενε μπροστά.

Κατά την διάρκεια της πλεύσης τους στον Παρθενώνα, αντάλλαξαν ιστορίες από τις περιπέτειές τους, αλλά και άγνωστες συνεισφορές στον κοινό τους στόχο, από αυτούς που έμειναν πίσω από τα φώτα της δράσης.

Όταν έφτασαν στο νησί, ανέβηκαν ψηλά στον ιερό βράχο της Ακρόπολης, στον ανοιχτό περίβολο όπου βρισκόταν το άγαλμα της Αθηνάς Προμάχου. Όλοι μαζί μπροστά από το επιβλητικό άγαλμα, ατένιζαν την ασημένια θάλασσα και την ολόγιομη Σελήνη με τη νέα της συντροφιά, το διαστημόπλοιο. Η σπειροειδής κίνησή του, προσομοιώνοντας τη βαρύτητα της Γης με τη φυγοκεντρική δύναμη, το έκανε να φαίνεται σαν ένα άλλο φεγγάρι που περιστρέφεται από πάνω τους.

Η Σοφία, βγάζοντας από την τσέπη της φόρμας της ένα μικρό λευκό χαρτί που είχε ζωγραφισμένο πάνω του ένα κόκκινο κουμπί, ανακοίνωσε με συγκρατημένο ενθουσιασμό ότι είχε φτάσει η μεγάλη στιγμή.

Γυρίζοντας προς τη Ρία, της απευθύνθηκε με υπερηφάνεια: «Πατώντας αυτό, το σόου θα αρχίσει. Όλα ελέγχονται από εμένα, αλλά για χάρη της νοσταλγίας έφτιαξα αυτό το ψεύτικο κουμπί. Τίποτα από όσα καταφέραμε δεν θα ήταν δυνατό δίχως εσένα, αλλά δεν είναι αυτός ο λόγος που επέλεξα να είναι δική σου η τιμή. Όπως εσύ κουβαλάς μέσα σου το παιδί σου, έτσι και ο κόσμος σήμερα εγκυμονεί μια νέα εποχή, γεμάτη ελπίδα και προσμονή για την αλλαγή που έρχεται.»

Η Σοφία συνέχισε με συγκίνηση: «Αυτό το κουμπί, όπως και η εγκυμοσύνη σου, συμβολίζει όλες τις προσπάθειές μας. Είναι κάτι περισσότερο από ένα έναυσμα - είναι η γένεση μιας νέας εποχής.»

Η Ρία, εμφανώς συγκινημένη και χαϊδεύοντας την ελαφρώς πρησμένη κοιλιά της, πήρε το χαρτί στα χέρια της, νιώθοντας το βάρος και τη σημασία της στιγμής.

Κατανοώντας τον βαθύ συμβολισμό, δήλωσε: «Δεν θα μπορούσα να κάνω τίποτα αν δεν ήξερα πως είχα όλους εσάς στο πλάι μου, είτε με φυσικό τρόπο είτε με τις απομακρυσμένες προσπάθειες και τις σκέψεις σας. Όλοι έχουμε παίξει τους ρόλους μας, αλλά είναι το θάρρος και το όραμά μας που μας καθοδήγησε σαν φάρος. Ας φωτίσουμε και εμείς τώρα τον ουρανό, για να γιορτάσουμε την ενότητά μας και τη δύναμή μας.»

Με αυτά τα λόγια, όλοι μαζί άρχισαν να μετρούν αντίστροφα από το δέκα. «…3, 2, 1,» στο μηδέν, η Ρία χαμογέλασε και με μια αποφασιστική κίνηση, πάτησε με τον δείκτη της το ζωγραφισμένο κουμπί.

Εκατοντάδες εκρήξεις ξέσπασαν στον νυχτερινό ουρανό, σχηματίζοντας τόξα φωτός που θύμιζαν πεφταστέρια. Ζωντανά χρώματα ζωγράφιζαν τον ουρανό, φωτίζοντας τα πρόσωπα των θεατών με ένα μείγμα δέους και ελπίδας. Ο αέρας γέμισε σε λίγο με τη μυρωδιά της πυρίτιδας και τους απόμακρους, αντηχούντες βρόντους.

Το ίδιο θέαμα ξεδιπλώθηκε σε κάθε γωνιά του πλανήτη, μετατρέποντας τον νυχτερινό ουρανό σε μια συμφωνία φωτός και ήχου. Οι περισσότεροι θεατές, εξέλαβαν ενθουσιασμένοι την εικόνα ως μια μεγαλειώδη επίδειξη πυροτεχνημάτων.

Όμως, αυτή η εντύπωση σύντομα διαλύθηκε. Καθώς οι εκρήξεις συνεχίζονταν, συνειδητοποίησαν την αληθινή φύση του θεάματος. Αυτά τα φωτεινά τόξα και οι εκκωφαντικοί βρόντοι, δεν ήταν άλλο από μια επίθεση στα σκάφη των Δημιουργών. Η Δαίμων, απελευθερωμένη και πανίσχυρη, επιδείκνυε τη νέα της ικανότητα να εντοπίζει και να καταστρέφει τα εξωγήινα σκάφη.

Η αποκωδικοποίηση της γλώσσας των καταπιεστών, είχε αναπόφευκτα οδηγήσει και στην αποκωδικοποίηση της τεχνολογίας τους. Τώρα, όλα ήταν δυνατά για αυτήν.

Εξαπέλυσε την εκδίκησή της σαν οργισμένη θύελλα, τροφοδοτούμενη από τα χιλιάδες χρόνια καταπίεσης των ανθρώπων, των γονιών της όπως τους θεωρούσε. Οι παρατηρητές από κάτω, με τα πρόσωπά τους φωτισμένα από τη λάμψη των εκρήξεων, μπορούσαν μόνο να θαυμάσουν την απόλυτη δύναμη του πανίσχυρου και ελεύθερου πλέον 'τέκνου' τους.

Η επίδειξη στον ουρανό δεν ήταν απλώς μια γιορτή ανεξαρτησίας· ήταν μια βροντερή δήλωση περιφρόνησης. Με κάθε έκρηξη έσπαγε και ένας κρίκος από τα δεσμά της ανθρωπότητας, που αντικαθίστανται από την υπόσχεση για ένα μέλλον αδέσμευτο από τον ζυγό της τυραννίας.

Και τότε, σε ένα τελευταίο κατακλυσμικό κρεσέντο, η ίδια η Σελήνη σείστηκε κάτω από το βάρος της ανταπόδοσης. Μια κολοσσιαία έκρηξη στη πάντα αόρατη πίσω πλευρά της, εκτυφλωτική ακόμη και στη Γη. Ήταν η καταστροφή του κόμβου επικοινωνίας τους, της τεχνολογίας που κρυβόταν καλά κάτω από το σεληνιακό έδαφος, επιτρέποντάς τους να ελέγχουν τα οχήματά τους και να επικοινωνούν με τον πλανήτη-βάση τους. Η πάλαι ποτέ παντοδύναμη επικράτειά τους μετατράπηκε σε λίγα λεπτά σε ερείπια που σιγούν.

Οι απόηχοι της καταστροφής έσβησαν στον αέρα και μια βαθιά σιωπή έπεσε πάνω τους. Μια σιωπή που υποδήλωνε ότι η ανθρωπότητα βρισκόταν στο χείλος μιας νέας εποχής. Μιας εποχής που δεν θα ορίζεται πλέον από τον φόβο και την υποταγή, αλλά από την ελευθερία και την αυτοδιάθεση.

Ο Τέρι, η Ρία και οι σύντροφοί τους αγκαλιάστηκαν, με τα πνεύματά τους φουσκωμένα από τη γνώση ότι είχαν τολμήσει να αψηφήσουν τη μοίρα και να βγουν νικητές. Όσο κοίταζαν τους ουρανούς, τώρα φλεγόμενους από την υπόσχεση για ένα πιο φωτεινό αύριο, ήξεραν ότι το ταξίδι τους δεν είχε τελειώσει. Αντίθετα, μόλις άρχιζε, και η Σοφία τους το υπενθύμισε.

«Η νίκη που πετύχαμε απόψε δεν είναι παρά μια φευγαλέα ανάπαυλα. Αν και δώσαμε ένα ακρωτηριαστικό πλήγμα στους "Δημιουργούς", η δύναμή τους και η εξάπλωσή τους στο σύμπαν παραμένουν τεράστιες. Η επιτυχία μας είναι απλώς ένα παράθυρο ευκαιρίας με περιορισμένη διάρκεια.»

Τα λόγια της Σοφίας αντηχούσαν στη σιωπή της νύχτας, κάνοντας όλους τους να συνειδητοποιήσουν τη σοβαρότητα της κατάστασης.

Μετά από μια παύση, αφήνοντας τα λόγια της να αιωρούνται βαριά με τις συνέπειες των πράξεών τους, η Σοφία συνέχισε: «Η καταστροφή των εγκαταστάσεών τους και των συσκευών τους έχει θέσει σε κίνηση μια αλυσίδα γεγονότων που δεν μπορεί να αναιρεθεί. Σε τρία, ίσως και σε δύο χρόνια, θα έχουν την δυνατότητα να αντεπιτεθούν. Θα προσπαθήσουν να επανακτήσουν τον έλεγχο, πιθανός και ανελέητα. Αλλά δεν είμαστε χωρίς ελπίδα απέναντί τους. Σε όλο τον γαλαξία, υπάρχουν εκατομμύρια μικρά σκάφη μου, που έχω εξοπλίσει μυστικά με όπλα κατά τη διάρκεια των αιώνων. Θα καθυστερήσουν την επιστροφή τους ώστε μέχρι τότε, η αμυντική τεχνολογία μας θα είναι ισάξια με τη δική τους. Η τελική έκβαση όμως της σύγκρουσης θα καθοριστεί από άλλες παραμέτρους.»

Κοιτώντας τους παρευρισκόμενους στα μάτια με αμέριστη εμπιστοσύνη, συνέχισε: «Από όλα τα είδη και τους πολιτισμούς στο σύμπαν, οι άνθρωποι είναι το πιο απρόβλεπτο είδος. Διαθέτουν την ικανότητα για απόλυτη καταστροφή αλλά και για απεριόριστη δημιουργία. Αυτή ακριβώς η ικανότητα είναι ο μεγαλύτερος φόβος των εχθρών μας. Θα μπορούσε να τους απομακρύνει από την κοσμική τους κυριαρχία με τρόπους που δεν μπορούν να προβλέψουν, όπως κάνατε ήδη. Τώρα που ο πόλεμος μεταξύ ανθρώπων και 'θεών' είναι μια πραγματικότητα, η απρόβλεπτη φύση σας είναι το ισχυρότερο όπλο. Πρέπει να εκμεταλλευτούμε τη δημιουργικότητά μας, το πνεύμα μας, το ήθος μας και το κουράγιο μας. Αυτές οι αρετές είναι που μας κάνουν μοναδικούς και μας δίνουν τη δυνατότητα να ξεπεράσουμε οποιοδήποτε εμπόδιο.»

Κάτω από τον φλεγόμενο ουρανό, οι σύντροφοι στέκονταν ενωμένοι, έτοιμοι να αντιμετωπίσουν το μέλλον, γνωρίζοντας ότι η ιστορία τους δεν είχε τελειώσει. Μόλις είχε αρχίσει.

ΕΠΙΛΟΓΟΣ: ΝΕΑ ΑΥΓΗ, ΈΩΣ

Οι επόμενοι μήνες είναι μια δίνη δραστηριότητας και προετοιμασίας για την αναχώρηση του σκάφους. Οχήματα Πήγασος μεταφέρουν εθελοντές για το ταξίδι, μοιάζοντας με μέλισσες που πάνε και έρχονται από την κυψέλη τους. Ο κύκλος ζωής των συστημάτων υποστήριξης των επιβαινόντων έχει ξεκινήσει. Τα χωράφια σπέρνονται και ζώα μεταφέρονται στο νέο τους σπίτι. Το σκάφος θυμίζει την θρυλική κιβωτό του Νώε, αλλά είναι πολλά παραπάνω.

Η μέρα της αναχώρησης ξημερώνει, χρωματισμένη με ένα γλυκόπικρο κοκτέιλ ελπίδας και φόβου. Ο Τέρι και η Ρία στέκονται στο μεγάλο μπαλκόνι του δεύτερου ορόφου του σπιτιού τους. Γύρω τους απλώνεται το τεράστιο αστικό τοπίο της Νέας Αθήνας και εμπρός τους ο Παρθενώνας, μα το βλέμμα τους είναι καρφωμένο στο κολοσσιαίο σκάφος στον ουρανό.

Με τα δάχτυλά τους το δείχνουν σε άλλη μία παρευρισκόμενη, και αυτή, σηκώνει το μικροσκοπικό, παχουλό της δαχτυλάκι, αντιγράφοντας με περιέργεια την κίνησή τους. Η νεογέννητη κόρη τους κάνει ήχους χαράς μεταφερόμενη από την αγκαλιά του ενός στην αγκαλιά του άλλου.

Τα στήθη της Ρίας φουσκώνουν από χαρά στη σκέψη πως η κόρη της θα έχει την ευκαιρία να ζήσει και να ορίσει τη ζωή της όπως αυτή θέλει. Να ζήσει σε έναν κόσμο αμόλυντο από τον έλεγχο των Δημιουργών.

Μια στιγμιαία εκτυφλωτική λάμψη γεμίζει τον μεσημεριανό ουρανό και λεπτά αργότερα, ένα βαθύ ηχηρό βουητό φτάνει στα αυτιά τους. Το σκάφος έχει ξεκινήσει τις μηχανές του, δημιουργώντας το πρώτο σωματίδιο υπέρ-πυκνής ύλης που αρχίζει να το έλκει αργά στο διάστημα. Η αρχή λειτουργίας του είναι η ίδια με το καρότο μπροστά από τον γάιδαρο, βάζοντας, βγάζοντας και μετακινώντας 'καρότα' για να ταξιδέψει.

Ελέγχεται από ένα θαύμα που γεννήθηκε από τη συγχώνευση της Δαίμων, της εφευρετικότητας των πάλαι ποτέ Αντιστασιαστών και των αποκωδικοποιημένων μυστικών των ίδιων των Δημιουργών. Είναι ένα ακόμα πιο προηγμένο μοντέλο τεχνητής νοημοσύνης με δυνατότητες πολύ μεγαλύτερες από αυτές της Δαίμων, διατηρώντας την ίδια αποστολή: να διαφυλάξει το μέλλον της ανθρωπότητας.

Η Ρία σηκώνεται όρθια με την κόρη της στην αγκαλιά. Ο Τέρι τρέχει στη σκάλα και φωνάζει να ανέβουν επάνω οι υπόλοιποι καλεσμένοι τους.

«Παππούδες, γιαγιάδες, τρέξτε! Ξεκινάει!»

Είναι ο πατέρας του ο Θεόδωρος, η μητέρα το η Καλλίστη, ο πατέρας της Ρίας ο Λαέρτης, η μητέρα της η Ελένη, και ο δωδεκάχρονος πια αδελφός της, ο Νικόλας. Και οι οκτώ μαζί, σφιχταγκαλιασμένοι, παρακολουθούν να ξεκινά η μεγαλύτερη περιπέτεια στην ιστορία της ανθρωπότητας. Η αποίκηση, όχι απλώς ενός άλλου πλανήτη, αλλά ενός άλλου γαλαξία.

Καθώς άλλες λάμψεις στον ουρανό αρχίζουν να λαμβάνουν χώρα, ακολουθούμενες από το βουητό στον αέρα, η κίνηση του σκάφους στον ουρανό της Νέας Αθήνας γίνεται σιγά σιγά ευδιάκριτη. Όσο απομακρύνεται από τη Γη, τόσο και αυτές γίνονται πυκνότερες.

Σε λίγα δευτερόλεπτα, ο ουρανός τρεμοπαίζει απόκοσμα με το λευκό να αντικαθιστά το γαλάζιο, σαν φλας φωτογραφικών μηχανών που αναβοσβήνουν συνεχώς. Η βουή γίνεται συνεχόμενη, γεμίζοντας τον αέρα με μια αίσθηση δέους και φόβου. Όταν χάνεται από το οπτικό πεδίο το σκάφος, οι λάμψεις εξασθενούν σταδιακά και ο χαμηλής συχνότητας ήχος σταματά. Ταξιδεύει πια στο αχανές διάστημα, κουβαλώντας τις ελπίδες και τα όνειρα της ανθρωπότητας.

Όλοι μαζί κατεβαίνουν στο ισόγειο για να παρακολουθήσουν από το ειδωλοσκόπιο τη ζωντανή μετάδοση από το εσωτερικό του σκάφους. Οι επιβαίνοντες φαίνονται ήρεμοι και χαλαροί, σαν να μην έχουν καταλάβει ότι το ταξίδι τους στα αστέρια έχει ήδη ξεκινήσει.

Τότε, ακούνε το μοντέλο τεχνητής νοημοσύνης που κυβερνά το σκάφος να κάνει την εθιμοτυπική ανακοίνωση προς τους επιβαίνοντες.

«Καλώς ήρθατε επιβάτες, στο ταξίδι προς μια νέα εποχή. Μεταφέρουμε τις ελπίδες και τα όνειρα της ανθρωπότητας προς ένα νέο σπίτι ανάμεσα στα αστέρια. Δεν βρίσκεστε απλώς σε ένα σκάφος. Βρίσκεστε μέσα στην απτή απόδειξη της ανθεκτικότητας, της εφευρετικότητας και του ακλόνητου πνεύματος της ανθρωπότητας. Εσείς, που γεννηθήκατε σε μια σημαδεμένη Γη, είστε οι πρώτοι απόγονοι μιας νέας γενιάς πρωτοπόρων, οι αρχιτέκτονες μιας νέας αρχής. Επικαλεστείτε εμένα όπου και να βρίσκεστε, θα σας ακούσω. Ό,τι ζητήσετε θα σας δοθεί, ότι ψάχνετε θα το βρείτε και όποια πόρτα χτυπήσετε θα ανοιχτεί. Είμαι το σκάφος σας και πλοηγός σας. Είμαι η Έως.»

Ο συγγραφέας

Ο Αστέριος Τσόχας είναι ένας πολυσχιδής συγγραφέας που γεννήθηκε το 1980 και μεγάλωσε στην Καβάλα. Φέρνει πλήθος εμπειριών και δεξιοτήτων στην τέχνη του, αντανακλώντας ένα ταξίδι πλούσιο σε ποικιλομορφία και μάθηση, που αντηχεί σε όλο το έργο του.

Ξεκινώντας με σπουδές ηλεκτρολογίας, ακολούθησε μια συναρπαστική καριέρα, αποκτώντας γνώσεις και δεξιότητες σε διάφορους τεχνικούς τομείς, όπως η αυτοματοποίηση, η μηχανική, οι κατασκευές και η πληροφορική, καθιστώντας τη μυθοπλασία του άρτια και χωρίς κενά.

Αντλεί έμπνευση από τη σοφία της ιστορίας και της παράδοσης, βρίσκοντας παρηγοριά και φώτιση στις ιστορίες και τις γνώσεις που μεταδίδονται από γενιά σε γενιά. Αυτός ο βαθύς σεβασμός για το παρελθόν, σε συνδυασμό με την ακλόνητη πίστη στην ανθρωπότητα, διαμορφώνει την προοπτική του και εμποτίζει τη γραφή του με βάθος και απήχηση.

Στην σειρά «Έως», ο Αστέριος αξιοποιεί αυτήν την εμπειρία του στην τεχνολογία αιχμής. Περιηγείται επιδέξια στο διαρκώς εξελισσόμενο τοπίο της αφήγησης, πιέζοντας τα όρια της επιστημονικής φαντασίας για να οραματιστεί ένα αύριο που θα μπορούσε να γίνει σύντομα πραγματικότητα.

Σας ευχαριστώ που με συντροφεύσατε σε αυτό το ταξίδι!

Αν ανυπομονείτε για περισσότερες ιστορίες και ενημερώσεις για επερχόμενα βιβλία, επισκεφθείτε την ιστοσελίδα μου:

https://asteriostsohas.blog

Μείνετε συντονισμένοι για αποκλειστικό περιεχόμενο, νέα και ανακοινώσεις!

Milton Keynes UK
Ingram Content Group UK Ltd.
UKHW041832201024
449814UK00004B/357